漳州作家丛书

陈燕松／主编

转折

江山／著

中国华侨出版社

·北京·

图书在版编目（CIP）数据

漳州作家丛书 / 陈燕松主编 .—北京：中国华侨出版社，
2018. 10
ISBN 978-7-5113-7767-8

Ⅰ . ①漳… Ⅱ . ①陈… Ⅲ . ①中国文学－当代文学－作品综合集
Ⅳ . ① I217.1

中国版本图书馆 CIP 数据核字（2018）第 216910 号

漳州作家丛书：转折

主　　编 / 陈燕松
著　　者 / 江　山
责任编辑 / 笑　年
责任校对 / 孙　丽
经　　销 / 新华书店
开　　本 / 670 毫米 ×960 毫米　1/16　印张 /324　字数 /4281 千字
印　　刷 / 三河市华润印刷有限公司
版　　次 / 2018 年 11 月第 1 版　2020 年 2 月第 2 次印刷
书　　号 / ISBN 978-7-5113-7767-8
定　　价 / 980.00 元（全 24 册）

中国华侨出版社　北京市朝阳区西坝河东里 77 号楼底商 5 号　邮编：100028
法律顾问：陈鹰律师事务所
编辑部：（010）64443056　　64443979
发行部：（010）64443051　　传真：（010）64439708
网　址：www.oveaschin.com
E-mail：oveaschin@sina.com

《漳州作家丛书》总序

漳州是中国历史文化名城，历史悠久，文化深厚。在文化的星空，群星璀璨，先后涌现出黄道周、林语堂、许地山、杨骚等文化名人，令我们引以为傲。

四十年改革开放，四十年风雨兼程。漳州土地，生机盎然，文学创作也迎来繁荣发展的春天。应是春风吹拂，应是文脉相承，一支包括了老、中、青三代作家的队伍正在悄然形成。2004 年，漳州市委宣传部、漳州市文联编辑出版了第一套《漳州作家丛书》，有十二人，十二本。时隔十多年，在祖国改革开放四十周年的今天，漳州市委宣传部、漳州市文联再次编辑出版第二套《漳州作家丛书》，展现活跃在省内外文坛的二十四位当代作家的创作风采。十二到二十四，这不仅是作家作品数量的增加，更是漳州文学创作水平质的飞跃。

《漳州作家丛书》的出版，旨在展现漳州作家的创作成果和创造实力。以期让更多的人，通过这套丛书，了解漳州，关注漳州，热爱漳州。同时，我们也希望，通过这套丛书的出版，能够激发漳州作家深入生活，体验人生，潜心于文学创作，用更好的作品回馈家乡，回馈人民，回馈时代。

《漳州作家丛书》编委会

2018 年 10 月 1 日

一枝红杏出墙来——序《转折》

邵华

1992年6月间，我们因公由粤入闽，来到当年毛主席率领红军战斗过的革命圣地漳州。就在这个时候，认识了一位新朋友，他便是这部长篇小说的作者江山。

本来我与江山同志素不相识。在漳期间，他陪我们进行参观访问，并向我作过一次专访。从言谈举止中，我发现他的思路很清楚、反应很敏锐、为人很朴实。在我们离开漳州之前，他送来了一篇稿件要我过目。一看，在《红楼相遇访邵华》的题目下，记述了我们在漳参观访问和我同他交谈的详细内容，条理明晰、言简意赅、很有文采。这更引起我的注意：看人，年纪不大；看文章，却写得相当老练。经旁人介绍，才知道他从19岁开始当上省报记者，已经从事新闻工作将近三十年，在这期间曾任过县委副书记、县长等职，现在是闽南日报社的党组书记、总编辑，享有"闽南神童""漳州才子"之誉。我对此很感兴趣，问起他有一些什么成功之作。他只告诉我，根据个人切身经历，遵循"源于生活，高于生活"的原则，前年创作了一部正面描写农村改革的长篇小说《转折》。这部小说作为建党七十周年献礼作品连载于《闽南日报》，受到读者好评，并在全国报纸副刊作品评比中得奖，出版社已决定成书出版。他有点不好意思地说："现在万事具备，只欠东风，就少一位权威人士作序了。要是邵大姐肯支持，那就太好了。"我说："我不是什么权威人士，但可以作为一个读者拜读拜读你的作品。"就这样，我与《转折》搭上了关系。

江山同志把《转折》书稿、后记和几篇教授写的评介文章交给了我。说实话，因为当时事情很多、工作繁忙，我只能走马观花浏览《转折》的正文，而对这部作品的后记和评论文章，却是细细阅读了。尽管这样做有“舍本求末”之弊，可《转折》给我留下的整体印象还是深刻的：

首先是，它具有鲜明的时代特征。这部作品以闽南某县为环境和农村改革大潮初起为背景，描写了当时的各种矛盾。作者不是一般地、肤浅地从过去和现实的比照中去勾勒一幅改革的图画，而是站在历史转折的高度上，既剖示改革举步的艰辛，又审视时代前进的趋势，把对改革的满腔热情与清醒分析结合起来、对生活的真切描述与深刻理解统一起来，让读者从作品中实实在在听到了时代前进的沉重脚步声，看到了农村改革的历史必然性。从这一点上说，《转折》无疑是一部追随时代、呼唤实行家庭联产承包责任制的力作，是一曲动人的农村改革“春意颂”。作品描写的虽然是农村改革大潮最初的涌动，可今日读来，仍令人感到清新、贴切和现实。它不仅让人回眸当时的那一段不平常岁月，而且给人以启示、感奋和力量，使人们更加珍惜十几年来农村改革的成果，更加坚定不移地沿着深化改革的路子继续往前走，更加同心同德地去创造美好的将来。

其次是，它具有较高的艺术造诣。写现代题材的小说难，写农村题材的小说更难，大约作家们均有此同感。然而，这一部作品从主题的确立、事件的选择、情节的安排，到人物的塑造、语言的运用、气氛的渲染，都是甚为到家的。在一篇评论文章中写道：“《转折》以县委书记杨柳青为主轴，塑造了一代改革者的群像，个个有血有肉、栩栩如生……并且把众多人物关系与感情纠葛聚拢起来，组合成彼此联系又相互映照的本真画面而轮番显现，许多情节相当感人，或催人泪下，或撼动人心。”在另一篇评论文章中写道：“我们不仅为这部作品语言的丰富、立意的隽永、意象的生动、情思的凝重所瞩目，更为作者精心营造的氛围所赞叹。整部作品，时而剑拔弩张，时而悲怆哀婉，时而凄清孤寂，时而沉闷紧张，时而躁动不安，时而欢天喜地。这种浓烈、厚重、可信的氛围，给作品增添了风采，增强了表现力度。”这些评价，我感到是贴切的，也是恰如其分的。在这里，我还想补充一点，那就是贯穿全书的党内新旧思想矛盾写得好。这部小说的主线放在县委这样一个层次较高的领导班子，分寸较难把握。《转折》展示琼山县委内部的思想冲突，不是像某些作品那样通过“一次激烈的辩论”“一记重重地拍案”“一声那就等着瞧吧”的手法去表现、渲染、完成，而是描写得丝丝入扣、步步深化、入情入理、可读可信，摆脱了公式化、概念化、简单化的窠臼，这是很不容易的。由此看来，创作现代农村题材的小说，并非注定“平淡无奇”“难于动人”，只要通过合适的艺术手段去揭示生活的本真面目，就能使作品富有感染力和吸引力。《转折》在这方面，可说有着它的独到之处。

最后是，它具有一定的研讨价值。据了解，这部作品在《闽南日报》连载之时，曾经有过不同评说。一种认为，当代潮流，人们求轻松、讲娱乐，这种“政论小说”很难吸引读者；另一种认为，此类反映农村改革的力作属多年少见，有意义、有价值、有看头。到作品在报纸上连载结束、北京出版社决定成书出版之时，读者赞誉之声鹊起，预订此书已近万册。究竟什么奥秘使《转折》产生奇效？什么魅力能这样征服读者？这是值得探讨的。尤其是作者采取一种正面切入的写作方法，让政策性很强的事件通过小说形式表现出来，同时又避免了“政策图解”“政治说教”之嫌，这一点当会引起人们的兴趣。有造就的作家，通常是不太愿意以小说、特别是长篇小说去直接讲政治、讲政策的，而《转折》却独树一帜打进了这个“写作禁区”，所以读者赐予它“政论小说”的嘉名。既是“政论”，又是“小说”，是否符合文艺创作规律？是否能够独成小说派系？作一番研究也是挺有意义的。

以上仅就《转折》本身的写作特点作了一些赘述，下面再来谈谈这部作品在创作方向上给人以一些什么启示。

正确处理文艺与人民、文艺与生活的关系，这是毛泽东文艺思想体系的核心内容。几十年来，我国几代文艺工作者沿着“为人民大众”的正确方向和“深入生活”的创作道路，积极投身于民族解放战争，投身于社会主义革命和社会主义建设事业，创作了一大批思想性与艺术性高度结合的优秀文艺作品。邓小平同志坚持和发展了毛泽东文艺思想，科学地阐明新时期党对文艺工作者的要求，强调必须坚持文艺“为人民服务、为社会主义服务”方向和“百花齐放、百家争鸣”方针。老一代文艺战士、新一代文艺工作者遵照“两为”方向和“双百”方针，满腔热情地拥抱现实生活，投身四化建设和改革开放伟业，在时代激流中感受人民的心声，创作出不少讴歌改革开放的力作。我想，江山同志能写出这部富有时代精神和一定艺术高度的作品，同样离不开正确文艺方向的指引，同样离不开走“深入生活”的创作道路。

从《转折》的后记中可以了解到，这部作品萌生于“改革春潮初起”之时，成稿于“光辉节日到来”之际，均有它的政治背景。作者明确表露：“作为一个马列主义信徒，正是出自政治动机而去涉足长篇小说创作领域的。”“是群众的伟大创举，是人民的根本利益，是党的正确主张，激起我的创作欲望，鼓起我的创作勇气，燃起我的创作热情。”党的正确主张与人民的根本利益是同一体的，作者以此为出发点，也就把握住了“为人民服务、为社会主义服务”的正确文艺方向，使作品上到一定的思想政治高度，产生应有的时代价值和艺术价值，这是《转折》取得成功的根本所在。

从《转折》的后记中可以感觉到，这部作品是农村生活的本真写照。表面看来，作者是《转折》圈中的“局外人”；观其内在，便不难看出无论是时间、地点还是人物、情节，都同作者当时所处的环境息息相关、有机联系。江山同志告诉我，在这部作品里，环境本来就在他的驻点，人物本来就在他的身旁，情节本来就在他的眼前。原料现成，制作时只是把火烧旺，“加油添醋”，炒一炒便成“熟菜”了。按照我的看法，“这盘菜”做得堪称上乘。这首先得益于他的生活实践，然后才是艺术升华，使“原料”变成“优质产品”。假如江山同志没有在辛酉年梅花盛开季节到了长泰担任县委副书记，而后又当上县长；没有在农村改革浪潮中身体力行，同广大干部、农民共度着喜怒哀乐、荣辱浮沉交替出现的不平常日子。那么，我想他是写不出这农村改革的壮丽篇章的。创作的素材来源于生活，生活的真谛有赖于鉴别，鉴别的深浅借助于审视，审视的真伪取于观点。只有用正确的立场、观点去观察多姿多彩的现实生活，才能达到客观真实和主观真实的和谐统一；也只有在生活激流中感受人民的心声，在社会实践中号准时代的脉搏，才能创作出真善美的作品。关在房里想入非非，只能陷入胡扯乱编的泥沼；浮光掠影动辄浅止，写不出有高度、有深度的佳作。当前，我国人民正在从事历史上前所未有的崇高事业，抓住有利时机，加快改革开放，集中精力把经济建设搞上去，这是国家之大局，人民根本利益之所在。《转折》的作者到改革开放和经济建设的第一线认识生活、分析生活、反映生活，因而受益匪浅，这对广大文艺工作者是会有启发的。

从《转折》的后记中可以体察到，创作这部作品，倾注了作者的真诚、毅力和苦心。他自己这样写道："创作的欲望出自对党对人民事业的执着追求，创作的勇气来源于对必备客观条件的准确判断，创作的韧劲产生于对自己认定事业的必胜信心。"从作者所处的地位、工作条件和《转折》的立意谋篇、文字表达，便可看出此话的真切。江山同志在创作这部作品期间，先是身任一县之长，后是担任报社总编，工作任务繁重可想而知，可他却能忙里偷闲，一日十行，锲而不舍，写就全稿，这种坚韧不拔的创作精神，是很值得提倡的。尤为难得的是，统观《转折》那布局之严谨、线条之明快、描写之细腻、人物之形象、语言之简练、情节之动人，均是值得赞美的。它没有粗制滥造之疵，有的是精雕细刻之妙。这种严肃认真的创作态度，也是值得发扬的。

"应怜屐齿印苍苔，小扣柴扉久不开。春色满园关不住，一枝红杏出墙来。"我为《转折》的问世感到由衷高兴，但愿广大读者也能喜欢它；我向福建又出了一部好作品表示祝贺，预祝在八闽的文艺园地上涌现出更多的佳作。

1992年盛夏于北京

目／录

一

时近傍晚，西斜的阳光透过葱茏的桉树林，把条条金线抛在蜿蜒起伏的山间公路上。一辆北京牌的吉普车绕过一道山弯，按响喇叭，惊起路旁的林间栖鸟。鸟群惊慌地“叽里喳啦”乱飞，飞向远处，又兜回来，还是再找那片树林栖息。

吉普车里坐着一位年刚四十出头的英俊男子。这男子身材匀称挺拔，脸盘清秀文雅，眼睛机灵明亮。此时，他正心情自若地凭窗外眺，似在观赏山林间的景色，又像窥探大自然的奥秘，显示一种试图改造客观世界的神态。

车子继续行驶在公路上，路旁出现一柱两米高的“T”形路标，上面镶有四个红漆大字。中年男子见之，不禁脱口念道：“琼山县界！”

吉普车进入琼山县境，来个急转弯，又向前行进，上岭下坡，时急时缓。忽然前方不远处的老龙岭，泥丸石块好似江流沿着陡险的山坡滚落下来，横七竖八地堵塞去路。车子被阻，无法前进。

车门开了。中年男子走下车来，站到路旁，放眼山腰。荒坡上人山人海，声音嘈杂。几层红土赤壤，像浸血的绷带裹住绿色的身躯。层层梯田在动工中，土石仍断断续续地往下滚。中年男子眉头一皱，走上山坡，他的来临特别引人注目。

“是谁来了？”山腰工地上，一个年纪四十开外的壮汉，见到那位中年男子，忙问身边的人。

“宏发叔，亏你还是个大队长，这么没眼力！”人群中，有个打着赤膊的壮小子鄙视地说：“看他那模样，准是城里的老爷！”

“讲话得规矩些，对人要有礼貌。”周宏发瞪着眼睛教训那小子。

壮小子反唇相讥：“现在我肚子饿得只剩下一股气，礼貌能当干饭吃吗？”

在众目注视下，中年男子健步登上工地，腿起脚落，不小心踩塌田埂上的一块石头。石头滚下坡去，中年男子感到遗憾。

壮小子很不客气，冲到中年男子面前，指地警告："这是大寨田，你懂不懂？走，扛石头来补上！"说着，把手中的一根竹杠丢了过去，像要考考对方的手眼灵敏度如何。

中年男子不慌不忙，信手接住丢来的那根竹杠，跟着壮小子到了一堆石块旁。不知何意，他露出矜持的笑容望着壮小子，并不说话。

"冷笑，你还不服气？"壮小子向中年男子斜了一眼，便把麻绳往石块一套，说："扛吧！"

中年男子俯下身去，肩就竹杠，扛起石头就走。

"许洋洋，你不要以力压人！"人群那边，有人发出责备声音。原来，那个壮小子名叫许洋洋，挺会作弄人。

"创高产，要大干，把力气豁出来！"许洋洋将麻绳往前一推，石块的重量猛压过去，中年男子力不能支，一个踉跄，差点跌倒。

"许洋洋，你在干什么？"

中年男子转眼一看，责怪许洋洋的也是一位青年人，中等偏高身材，穿着短裤。他那被阳光灼红的脸盘上长着一副斯文的五官，两条胳膊的肌肉结实得有点粗鲁，令人感到此人身上混合着一股书生气和农民味。

那位青年快步跑了过来，给中年男子替下竹杠，把石块抬到田埂上，套绳晃了一下，石块不偏不斜落在缺角的地方，补得完整无缺。

中年男子向那位跑来相助的青年报以赞许的目光："请问你叫什么名字？"

"许志农。"

"许志农？"中年男子一听，不禁愕然。他立即回想到十三年前收养琼山县长王云岗的女儿王小华的那一户人家，是姓许，有个孩子叫志农，难道就是他？

"许志农是我们沧桑的秀才，不认识他吗？"许洋洋说着，把竹杠收回来丢到一边，双手叉着腰奚落起中年男子："怎么样？扛石头没有吃馒头那么轻松吧？你们当官的净搞瞎指挥，叫我们在这狗屎埔造什么鸟田？真是上头手一指，下面干半死，劳民伤财！"

中年男子听到那刺耳的话，欲答无语，只是摇头苦笑作罢。

工地上的社员们围了过来，从人群中钻出个三十多岁的男人。这人眨一眨狡黠的眼睛，笑容可掬地走近中年男子，说："同志，您是上头派来检查生产的吧？刚才我们许洋洋对您不礼貌，这都怪我，是我这个政治辅导员管教不好。人要进步，批判开路。许洋洋刚才表现不好，我们一定对他来个田头大批判！”

“批个屁！再批下去，大锅饭就砸了，看你洪彤彤吃这个！”许洋洋回击着，顺手扔过一团红泥，引得在场社员一阵哄笑。

中年男子看着这情景，心里感到很不好受，可他没说什么，只是陷入思索。

周宏发挨近中年男子，不安地说：“同志，在我们沧桑，劳动累了，大家就这样开开玩笑，提神解乏。这已经习惯成自然了，请您别在意。”中年男子眼睛一提，像是打趣又似认真地说：“牢骚满腹，不满现实，这是个大是大非问题，哪能含糊？我得把情况汇报给王县长，不汇报可不行！”

二

太阳落下西山，晚风飘来夜幕，月儿升上天空，清辉撒满原野。在琼山县城后山前的一座四合院里，淡淡的灯光映照在洁白的粉墙上，显得几分柔和，几分耀眼。县长王云岗正躺在一张竹卧椅上，似闭目养神，也似在思考问题。

“爸爸，群众的呼声不能不听，干部的意见不能不理。我们应该正视现实，农村的‘大锅饭’已经煮煳了，再烧下去就要变焦啦！”一位年轻姑娘正用双手按摩着王云岗的太阳穴，“党的三中全会明确指出：思想要解放，政策要放宽。你还抱着过去僵化的那一套，怎么行呢？我看还是……”

王云岗已经听不下去了。他拨开女儿的手，仰起身来，不耐烦地说：“放宽放宽，在我们琼山已经放得够宽了，还要宽到哪里去？”

“宽到农民满意为止，会过分吗？”

“要使农民满意，就得一年退一步，三年退到单干户！”

“只要群众能满意，生产能上去，就不能叫作倒退，应该叫作进步！”女儿争辩着。

“好啦好啦，不用再争了，等你杨叔叔到来，再请他作判断吧！”

“笃笃！”敲门声突然响起。

“谁？”姑娘边问，边轻捷地跑去开门。站在门前的就是那位中年男子，姑娘感到陌生：“同志，您……”

中年男子望着姑娘，说：“我叫杨柳青，来拜见王县长。”

姑娘睁大两只眼睛：“啊！您是杨叔叔，我是小阿华呀！”姑娘一时高兴，忙接过杨柳青手上的旅行袋，迎他进入家里。

王云岗闻声也迎了上来，父女拥着客人步进会客室。杨柳青环视室内，只见两副沙发配着茶几，一个雅致的玩具橱，还有一张桌子，一一油光闪亮。窗台上一件古榕盆景苍劲有力，配着两块溪石，显得古朴幽娴，宜人心情。

杨柳青随意就旁侧的沙发坐下。王小华急忙拉起他来：“县委书记驾到，不大位就座还行？”

“调皮！还一定要我坐当中？”杨柳青随小华指挥而坐，“噢！原来这儿有你的照片，是想叫我来看看。”杨柳青含着快慰的笑容，看起玻璃板下放置的王小华玉照：短短的黑发环抱着红润的脸蛋，长长的睫毛护着两只水灵灵的大眼睛，薄薄的双唇里是整齐的洁齿。甜蜜的一笑在脸颊上显出两个浅浅的酒窝，使她更美了。

杨柳青收回目光，转向王云岗说：“才十来年，咱阿华已是小鸡变凤凰了。”

“孩子大了，我却老啦！”王云岗感慨地说，“自从你调到外地去，我们就少联系了。‘文化大革命’运动一开始，我就被打翻在地，后来又给踩上一脚。今天劫后相逢，一起共事，实在三生有幸。可惜，我已力不从心了！”

杨柳青深情地望着王云岗，感到他确实苍老多了：那偏矮的身体，脂肪多余地堆积起来；掉得稀疏的头发，开始花白；过于泛红的脸盘，显然是高血压的见证。幸好，他那刚毅的目光还很有神，洪亮的声音仍似当年。

“阿叔，请尝一尝。”王小华清脆的声音打破了杨柳青的瞬间回思。他定神一看，一串黄熟香蕉和一盘切片凤梨已摆到茶几上。王云岗也努着嘴：“吃吧，这是闽南佳果，尝尝味道怎样？”

王小华剥好一只香蕉递给杨柳青。杨柳青边吃香蕉边说：“老首长，这几年您负责政务，又代理书记，两副担子一肩挑，够累的了。”

王云岗随口应答：“你要不来，我连腰都伸不直了。”

杨柳青真挚地说：“那十几年，你我只能心息相通，难于相助；现在好了，我们又可以同舟共济了。您是我的老首长，事事还得多指点。”

久别重逢，思绪万千，天南海北，无所不谈。当杨柳青和王云岗交谈话题转向琼山眼下的工作时，王小华从厨房里捧出一碗热腾腾、香喷喷的面条，娇甜地说:“杨叔叔，请先吃下这碗如意面，祝您挂帅琼山，旗开得胜!”

杨柳青接过碗来，举筷夹起面条就往嘴里送，刚尝两口，便称赞道:“小阿华的烹调技术够格，这面条做得真可口。”

王小华借题发挥:“技术好，还得靠那小锅炒，用‘大锅’是做不出来的。”说着，向她父亲投去挑战的一瞥。

王云岗听出他的女儿话中有话，也就不肯放下作为父亲的尊严，便对杨柳青说:“这孩子在家里给娇惯了，说话做事就是不让人。你进门之前，她还正在和我辩论呢!”

随着，王云岗便把刚才他们父女争论的问题说了一遍。一方讲得激动，一方听得认真，不觉墙上的挂钟已敲了十一响。

“爸，十几年的话，今晚是谈不完的。阿叔路上辛苦，还是先去安顿住宿，好让他早些休息。”王小华提醒她父亲。

“是呀，久别话多，十几年的过去事，一时是谈不完的。”王云岗起身相送，“你来啦，不要急，先把琼山的情况熟悉熟悉。明天，或者后天也可以，我带你先同姚新副书记及各位常委见见面。”

三

杨柳青的住处安排在县委宿舍楼三层靠东的一个套间，室内用具皆新，案头盆景秀绿。杨柳青用陌生的目光审视着室内的一切。而后，返身走到书架旁，从行装里取出一帧条幅，换下挂在墙上那幅精致的《松鹤延年》棉花画。条幅黑白鲜明，字迹苍劲有力。

与柳青同志共勉:

在政治上同中央保持一致，是共产党员的最高党性。

——你的战友陈振邦　一九七九年七月一日

杨柳青再看一遍那帧条幅，沉思了一阵子，而后踱到室外凉台放眼县城，月色中，几条不长的街道，灯光依稀；几排不高的楼房，凭山而上；几座不大的工厂，隐约可见。环城溪波光粼粼，小木船停泊其中；一片墨绿色的橘林，延绵于溪的两岸。溪那边，庄重凝铸的山峦，犹如卧虎藏龙。这缥缈而美丽的夜景，使杨柳青感到心旷神怡。

收回目光，杨柳青发现近方的一幢小楼窗户开着，室内相当华丽：电风扇在机械地旋转，三用机哼着靡靡之音，彩电失调景色偏黄，绸罩台灯照得室内明暗各半。灯前，拉出一个长长的人影。杨柳青对此并不介意，他哪知这人影，正是年近五十、仪表堂堂的县委副书记姚新。此时，姚新心思正多，坐在案前吊起眼睛入神。香烟，放肆地熏着他的手指，直到把他烫得猛然一悚。姚新狠狠掷掉手上的烟蒂，抓起桌上的铅笔，在一张纸上重复地写着“杨柳青，杨柳青，杨柳青”这三个字，写到最后，咬牙切齿地往杨柳青的名字上一杠划去。

此时，发生在姚新副书记室内的事情，杨柳青看不见，也没想到。他只是带着一种进入新战场的亢奋心情和肩负新任务的无形压力，返回室内考虑着如何迈出第一步。这一夜，老龙岭工地的一幕，王云岗家中的情景，直在他的眼前萦绕。当蒙蒙胧胧睡去，又一觉醒来之时，琼山县城已是晨光熹微，新的一天开始了。

未到上班时间，县委常委们已经提前来到县委会议室，各人有各人的心情、感情和表情。准时七点半，王云岗陪着杨柳青步入会议室。

“同志们，我向大家介绍一下，这位就是上级给我们派来的新书记杨柳青同志。”王云岗脸带笑容，充满喜气。

大家投去炯炯的目光，报以热烈的掌声；杨柳青如遇故人，亲切点头，随意就座。

“这位是县委副书记姚新同志。”王云岗指向站在一旁的姚新，向新书记介绍说。

姚新急忙两个箭步，上前与杨柳青热烈握手：“大家一直盼望琼山再来一位掌舵人，今天总算把您盼来了。”他说着，紧挨杨柳青的隔位坐了下来，感情显得十分真挚。

王云岗依次指向另一位与会者：“这是县委常委、计委主任田峰同志。”杨柳青注目：五十出头的田峰，脸挂拘谨的笑容，欠身点头，向新书记表示致意。

王云岗继续介绍："那是县委常委、办公室主任李明同志。"年约四十、架着一副近视眼镜的李明，带着几分学者风度，神态自如。

"我是离休老头、'列席常委'向民同志！"自我介绍的是个上了年纪的老者。他身躯微驼，两鬓斑白，双眼略陷但很有神，脸上笑靥透露诙谐。

一番介绍之后，王云岗首先说话："新班长到来，是主不是客，我看也不用先致个'欢迎词'，大家有什么见面话就随便说吧！"

姚新开腔："柳青同志来得正是时候，目前干部、群众都对农村家庭联产承包责任制争论不休。是进是退，听从主帅，就靠老杨您来拍板了。"

杨柳青笑答："我初来乍到，十座大屋还没摸进一道门。若要发点议论，也得先下去跑跑才有发言权。"

"这个相亮得好！"向民听得舒心，直言道，"要知田间事，乡下问老农；欲明山中路，实地拱一拱。老王、小杨，你们一个扮老生，一个唱小生，我来当院公，明天就坐上四轮轿子，先下农村兜它一圈。"

在场者都赞成向民所出的主意。随后，李明向杨柳青介绍了琼山的基本情况，田峰给杨柳青送上几本统计资料，姚新又说了一番感情真挚的话，王云岗最后打了个圆场，新书记到来的第一次县委常委会就这样结束了。

四

曙光照耀琼山县城，朝霞映红连绵群山。杨柳青进县时乘坐的那辆北京牌吉普车，穿过东大路，开出北城门，跑了一段平坦路，进入环山曲道中。

车厢里，王小华指着山间公路两旁的大地向杨柳青说："阿叔，您看琼山这山有多广，地有多肥。"

被向民和王云岗夹在中间的杨柳青，微笑颔首："是呀，是个好地方！"

吉普车爬上一座山路蜿蜒的岭峦，这里树木依稀。王云岗抓住机会，带着几分夸耀地说："山好水好，还得有好领导。这片小山林，是前几年大兵团作战战出来的，一次不活，二次再种，三次四次，树总成林，不容易呀！"

王云岗讲得得意，向民却话带讥讽地说："运动山，老头林，王县长对它有感情！”

王云岗翻个白眼回敬向民，感到这老头还是那样硬脾性，总不随意饶人。

杨柳青接口而问王云岗：“琼山山多地广，土地肥沃，这几年经济收入好不好？”

讲到经济收入，王云岗嘴角抖了抖说：“好不好，没个标准，这要怎么说呢？”

车子拐了个弯，来到一处山坳里。公路下一条小溪，虽是夏季，却没有水，沙石落底，几条小鱼在一洼水中游来游去，小生灵正寻找着水源更丰满的去处；公路盘山而上，两旁山岭，虽有造林，林木却遭损不少，一见便知道这是缺少管理所致。

一处山垅映入眼帘，一片梯田稻子黄熟，一伙社员正在挥镰收割。杨柳青眼睛一眨，拍拍司机的肩膀：“请停一停，下去看看。”

司机立即把车刹住，大家下车。

王小华翘着嘴说：“季节已是立秋，现在才割早稻，过时的日历有什么好看的！”

“咋呼什么？你不爱看，可你杨叔叔想看！”向民瞪了王小华一眼。

梯田从山窝里延向半山腰，田里稀稀拉拉的稻子中，高出一截的稗草十分神气。这稻子，显然长得又比去年差，人们无精打采地收割着。看这情景，杨柳青蹲到田头问一位农民：“同志，你们是哪个村的？”

那位农民收住镰刀，回答：“跃进大队。”

“你叫什么名字？”

“由进步。”

王小华转过脸来，冲着那位农民责怪说；“好个跃进村，有进步！到了这时候才割早稻，晚季还想不想插秧？”

由进步冷冷地说：“这个，你得去问我们的生产队长！”

王小华动了气：“那你们就没责任了？”

杨柳青轻轻岔开王小华，和气地再问由进步：“你说，这样一亩地，一季能打多少粮？”

由进步还是这样回答：“这也要问生产队长，我们怎么能知道？”

情况如此，杨柳青只好再找话题：“你说，这稻子能不能种得好一些？”

没想到这一问，由进步便反唇相讥：“首长，现在大锅饭已经吃得够饱了，稻子种得再好一些，你不怕粮食多了胀破社员的肚皮？”

杨柳青知道由进步讲的是气话，便来个“以德报怨”，恭敬地递过一瓶矿泉水，强颜欢笑：“喝喝水，解解闷气。”

由进步不客气地把水接过来，这时他觉得问话者是诚恳的，自感过意不去，马上换了个口气：“说实话，这些年来，大家都是干干良心活，做做糊涂工，说说违心话，要把生产搞好，难呀！”

杨柳青又问：“你们想改变这种现状吗？”

由进步摇摇头说：“上面不赞成，我们想有什么用？”

杨柳青还想再问下去，王云岗却已听得厌烦，他转身就走：“好啦好啦，别再花费时间了，上车吧！”

在沉闷的气氛中，杨柳青、王云岗等人一起上车，又朝沧桑村进发。吉普车开上环山路，越过一个高坡，急驰而下。

“开慢一点。”王云岗一边招呼司机，一边把手指向车窗外告诉杨柳青说：“看，这个地方叫老龙岭，沧桑村新造的梯田多带劲！”

向民望了一眼岭上的梯田，只是在心里想：“那也是华而不实的东西。不争了，给你王云岗留个面子吧！”

王云岗见向民没话可说，杨柳青听得认真，便神气起来，殊不知杨柳青一进入琼山县境，就已光顾了那片梯田。

“我们有的同志，就是喜欢当‘群众尾巴’，老是跟着群众瞎嚷嚷。干社会主义，没有一点坚定性怎么行？”王云岗自言自语，话有所指。

向民似真似假，连连点头：“对，坚定，坚定，是应该坚定！”

王小华伸了个懒腰，有气无力地说：“你们坚定，我可坚定不下去，跑了一整天，也该喘口气啦！”

五

琼山地处漳泉市的西南部，漳泉市区是地委、专署的所在地，市区与县城相距七十二公里。跃进和沧桑两队以漳琼公路为界，从东边看过来，左侧是跃进，右侧是沧桑，各有三百多户千余人口。两队同处漳琼公路中段地带，上至漳泉市区行程四十公里，下达琼山县城行程三十二公里。两个大队有如两只眼睛遥望着漳泉与琼山。

眼前，夕阳余晖正投向古老的沧桑村。但见那里层峦叠嶂，盆地宽阔，民居齐整，溪流宛转，汪汪水田泛起微波，袅袅炊烟随风飘绕。

此时，村头的老榕树下，聚合着一群劳动归来的社员。大队长周宏发立于高高的石墩上，在那里牛声马喉地训话："有人说，大寨的经验不灵了，大兵团作战不行了，要去请什么'老包'来当家。这是什么思想？我看这是反党反社会主义思想。大家必须充分认识到，这种思想是要不得的，如果执迷不悟，就会受到法律制裁！"

"大队长，不管是什么材，'竹材'也好，'木材'也好，我家的灶君公已经断了烟火，明天我还得向你请个假，先到山上去砍柴！"许洋洋放肆高喊，社员们哄然大笑，惊得榕树上的鸟儿四散纷飞。

当聚集在老榕树下的社员一哄而散之时，吉普车已由远及近，徐徐开进沧桑村，停在周宏发刚才站着训话的那个石墩旁。

杨柳青一行相继下车。王小华上前几步，朝着不远处的一户农家大声喊道："春山叔，春山叔！"

随着王小华的喊声，一位年近五十的大胡子探门而出，迎上前来："小华、王县长，你们刚到？"他以陌生的目光望着杨柳青；杨柳青一见如故，主动握起他那只粗糙的大手："春山同志！"

王小华看出许春山不认识见面者，便逗趣地问："老支书，你认得这位贵客吗？"

许春山眨了眨眼，摇了摇头，表示回忆不起来。杨柳青微笑着，王小华帮作了介绍："我的杨叔叔，新来的县委书记。"

许春山一听，睁大眼睛："您就是杨柳青同志？"

向民在一旁打趣："杨柳青同志就是杨柳青同志，还会冒牌？"

许春山红了脸，忙作解释："杨柳青三个字听阿华念过多遍了，人不认识，名字很熟。"

王云岗走上前来，交代说："杨书记今天来与你见面了，往后可多联系。"

"太好了，太高兴了！大家快到屋里喝茶。"许春山话音充满盛情。

"不啦，跑了一整天，看了不少东西，得回去消化消化才行！"王云岗谢绝。

杨柳青有感于沧桑村的地理环境和自然条件，却另有一番打算："我想在这里待几天，多接触接触群众。"

王云岗略加小思："也可以。如果你要待下来，小华在农业部门，农村工作比较熟悉，就把她留下给你当助手吧！"

就这样，王云岗上车回县；许春山把杨柳青、王小华和向民迎进自己的家里休息。住宅在村头大榕树旁，是一处坐北朝南的平房。大家在会客厅里坐定，只见一位四十开外的农妇闻声从厨房跑了出来，她是许春山的妻子黄桂花。此时，黄桂花的目光正与杨柳青相遇："是客人来啦，请坐，请坐！"

"桂花你也真糊涂，人家不是已经坐下了吗，还要再叠个凳子表演杂技？"向民笑责道。

黄桂花慌忙中只把话听了半截，双手便往大腿一拍："好呀，正中我意，我就爱看杂技！"她朝杨柳青走近两步："请问这位师傅，你是先来联系业务的吧，打算演些什么好节目？"

杨柳青将错就错："节目不多，只有一个，叫作治穷导富。"

黄桂花有点扫兴："节目听起来倒新鲜，就是太少了，能不能多演几个？"

杨柳青说："很抱歉，一个节目能不能演好，也还没有把握呢！"

"一个节目能演多久？"

"一年半载吧！"

黄桂花："你这位师傅真爱说笑话，演上两个钟头，社员就满意了。我们沧桑穷，也只能请得起演一个节目的杂技团。"

许春山连连向黄桂花递眼色，可她不理，固执己见："演出一场要收多少钱？"

杨柳青十分慷慨："义务演出，分文不取。"

黄桂花感到不解："怪，演出不收钱，怎么过生活，你们这个杂技团也真古怪！"

许春山忍不住了："嗨，你这个人才古怪呢，人家是杨柳青同志，新来的县委书记！"

黄桂花一听大震，感到很不好意思。杨柳青一步上前，与黄桂花握手说："跟你开个玩笑，你不会生气吧？"

黄桂花既感尴尬又觉抱歉，有些不好意思地说："看我这人真糊涂，竟把骏马当牛牯！"

许春山有意给老伴解窘："别再糊涂了，快去泡茶请客。"

黄桂花进入厨房，转身出来，提着茶壶、茶具，边沏茶边说："我们这沧桑，啥也比不上人家，就是这茶，泉清水甘，茶叶又香，喝喝它，真能延年益寿。"

杨柳青接过黄桂花送过来的一杯茶，呷了两口，觉得甘香，便赞美道："沧桑山好水也好，山山水水都是宝，大有前途呀！"

"杨书记，您爱我们这地方？"黄桂花拉了一张凳子，坐到杨柳青的跟前，"既然来了，就请您多住几天。多住它几天，才能看清这农村是圆还是扁。土地改革那时节，土改队干部来村，白天和我们同劳动，晚上伴老爹同床睡，大家心连着心。后来就不一样了，下村的干部转一圈就跑，待半天便溜，我们种田人满心里话没处讲。"

"杨书记刚到，你就有那么多的话说！"许春山斜了老伴一眼，想制止黄桂花这挺响叫不停的机关枪。没想到黄桂花并不收嘴，反而向杨书记告起状来："您看，这大胡子作风就是不民主，难怪社员对他意见一大堆。杨书记，您说群众的意见该不该提一提？"

杨柳青笑笑问许春山："春山同志，你说呢？"

许春山苦笑着摇了摇头，从表情上可以领略到他内心的苦楚和无奈。

向民不放过打趣的机会："桂花这挺机关枪，加上许洋洋那门大炮，就够大胡子受了。"

说话间，院子的大门推开，许洋洋毛手毛脚探身而进，见屋里满是人，就想上前凑热闹。一过来，便和那位在造田工地上被他戏弄过的"中年男子"打了个照面。他身不由己地往后退，一失神，脚跟绊到门槛，跌了个四脚朝天，又敏捷地翻起身，想溜。

"别走别走，过来。"杨柳青向许洋洋招手。

许洋洋感到进退不是，只得嘿嘿傻笑，自我解嘲。

厅里的人莫名其妙。王小华好奇地问杨柳青：“阿叔，您认识他？”

杨柳青笑着说：“刚进琼山，就与这小伙子交锋了，还不认识！”

许洋洋像立地生根，还是站在那边，脸红了。向民向他吆喝道：“还不过来，这是县委杨书记，赶紧向他赔个礼！”

许洋洋一听“杨书记”，又是一震。他搔着脑瓜，边上前边自语：“县委书记，官这么大！”

杨柳青拉过许洋洋，拍拍他的肩膀：“不打不相识，交个朋友吧！”

许洋洋受宠若惊，眼睛一亮：“嘿，真是宰相肚里能撑船！”说着，深深鞠躬，而后掉头就跑。

向民感到有趣：“你想溜啦？”

许洋洋回头一笑：“不是溜，出去办件小事！”

许春山望着许洋洋的背影，内疚地对杨柳青说：“我的这个不肖儿子，就像孙悟空一样，真是拿他没有办法。”

忽然鸡栏里的鸡仔“咯咯”直叫，黄桂花闻声跑出室外一看，赶忙吆喝道：“阿洋，抓鸡作啥！”

许洋洋一手操刀，一手把鸡抓到丝瓜架下。黄桂花上前夺鸡：“这是要做种的，不能杀！”

许洋洋不肯放手：“交朋友哪能小气？杀！”

天色转暗，许春山家里的电灯亮了。会客厅里的圆桌上，有盘有碗，有菜有汤：炒丝瓜、煎鸡蛋、炖鸡汤，还有一碗碗热腾腾香喷喷的大米饭。虽说是山村自家土产，倒也做得新鲜可口。杨柳青、向民、许春山围坐在桌前，等着王小华来。

“没关系，我们先吃，阿华来了再补吧。”许春山提起筷子招呼两位客人。

“大嫂，别再忙了，一起吃饭吧。”杨柳青从身旁让出个位子，要黄桂花一同进餐。

黄桂花从容陪客，坐在杨柳青的身边，才吃下半碗饭，话匣子又打开了：“老杨呀，您别嫌我话多，我不说话就生病。咱沧桑就像个绣花枕头，广播筒成天在喊什么‘沧桑社员学大寨，山山水水重安排’‘队里组织大兵团，开山造田显威风’，好得可以上北京。其实呀，‘大兵团’是个‘大饼团’‘显威风’是在‘吃公弄空’。社会主义该是姓富不姓穷吧，这样大闹天宫，搞得人人干活磨洋工，年终分配两手空，社会主义是这样吗？”

许春山见黄桂花越讲越“离谱”，又想制止：“让客人吃饭吧，就是打机关枪也得有个停！”

“这机关枪打得好，再打下去！”杨柳青听得认真，点头作了肯定。

黄桂花受到杨书记的那般赞许，更来劲了：“就看对面那一户人家吧。”她指着不远处的一间矮小瓦房，“孤儿寡妇的，母亲大家叫她来喜嫂，女儿名字叫许阿兰。阿兰可是个好姑娘，一年三百六十五天在队里拼命干活，没有偷过一天懒。可到年底分红，一个工值三毛钱，连口粮都买不回去，看了都叫人伤心。”

许春山越听越不好受，想发作又不敢发作，只是埋头吃闷饭。

这时，许洋洋从室外跑进门来，挤到杨柳青身旁的一个空位上。他发现他的老子神色不好，便有意再给刺激一下。

许洋洋装出一副斯文的样子，问了杨书记：“我们这些‘土八路’，一根肠子通到底，好话坏话都直说，您高兴听吗？”

“高兴，可是你阿爸不高兴！”杨柳青有意挑逗。

“他不高兴就让他不高兴去。”许洋洋无所顾忌，“杨叔叔您这一来，大书记可以管小书记，我们也不怕他老子皇帝了。”

向民看到许春山默默无语那样沮丧，顿时产生怜悯之情：“说句良心话，自从‘文化大革命’那个‘史无前例’以来，上煎下烤，春山也是为难。”

一顿话比菜多的晚餐过后，大家又就地泡茶聊天。杨柳青很随和，海阔天空地和大家拉家常，真是亲如一家人。

沧桑村在人们的话语中进入夜幕，一丁点一丁点的灯光闪现于各户农家。

六

与许春山家的热闹气氛形成鲜明对照，在黄桂花刚才谈到的那户“孤儿寡妇”家中，有个面容憔悴而神态端庄的妇人，正面对桌上的一碗鸡汤出神。周围，那灰层剥落的屋墙，露出年轮的木桌椅……和这妇人一样憔悴，然而却干干净净，适得其所。

一位脸无施朱桃红自在、眉不着墨柳叶成双的姑娘，走到妇人身旁，捧起桌上的鸡汤，恭恭敬敬地说："阿母，这是洋洋的一片心意，趁热吃了吧！"原来，许洋洋在杀鸡招待杨书记的时候，不忘留下一份来孝敬这位将来的丈母娘。

妇人接过鸡汤，放回原处，指指前面的椅子："阿兰，你坐下，我问你一件事。"

许阿兰温顺地坐了下来，等待母亲的发问。

妇人话从心底出："我问你，阿洋这孩子好吗？"

阿兰还没回答，门外已传来了重重的脚步声。

"来喜嫂，县委书记看望你家来了。"走在前面的许春山一步跨进门槛。

来喜嫂听到是县委书记，慌忙起身迎前两步，又不知所措地退了回来。杨柳青上前握着妇人的手："大嫂好，我们冒昧打扰你了。"

来喜嫂手在发抖，嘴角微微颤动着说："贵客上门，这是我家的好福分呀！快请坐。"

杨柳青随意往靠墙的一只木板凳子坐下，环视着室内那陈旧而简陋的摆设。

许春山又把刚才的话重复了一次："县委书记来看望你家，是新来的杨书记。"

"小户人家劳驾了大首长，这叫我怎么担当得起？"妇人拘谨地说。

许阿兰急急捧走放在桌上的那碗鸡汤，又端来茶具，勤快地沏茶待客。

杨柳青接过茶，呷了一口，然后把杯子轻轻放到桌上："大嫂，听桂花婶说，你家日子过得不太顺心，眼前有些什么困难，给我们说说好吗？"

小屋里悄然静下。来喜嫂看看许春山，又望望杨柳青，话到唇边，又咽回去。

杨柳青意识到来喜嫂思想有顾虑，便加以开导："大嫂，你可能已经看过《七品芝麻官》这出戏，戏里那个县令说：'当官不为民做主，不如回家卖红薯'。要是你能相信我，也相信春山，就把心里话说出来，这对我们开展工作是个很好的帮助。"

来喜嫂双眼不敢正对杨柳青，只是望着那盏伴随她不知度过多少夜晚的油灯，把话扯向远去："要说困难，新中国成立前咱山里人的日子才够惨呀，那时官不怕你穷，鬼不怕你瘦；穷人好比一块肉，狼一口来狗一口。佃户面前路三条：投河、上吊、坐监牢。我的爹娘，便是拿着打狗棍饿死在讨饭路上的。”来喜嫂擦了一把泪，继续往下说，“当今虽说手头还不宽裕，可有我们穷人的地位，再也不受‘三座大山’的压迫了。山里人常说，只要路途不坎坷，双脚不怕爬大坡。我们社员总相信共产党好，社会主义好，待今后国家稳稳顺顺，生活就会好起来的。”

许春山听着来喜嫂的诉说，脸有愧色地低下了头，一声不响地抽起闷烟。

杨柳青又呷了一口茶，感慨地说：“新中国成立前，我家有着和大嫂一样的遭遇。所以总感到共产党好，社会主义好，新社会比旧社会好。可是，我比你多上一份心事，作为共产党的干部，还没有带领群众彻底搬掉贫穷这座山，实在感到问心有愧。”

怯生生地站在一旁的阿兰姑娘，眨巴着长长的睫毛，认真聆听杨柳青的一言一语，感到眼前的这位“大官”与众不同：他没有那个“嗯”呀“哼”呀的官腔，也没有空话和大话，而是像一个普普通通的老百姓在和她阿母拉家常。因此，紧张心理渐渐消除，求说欲望逐步萌生，便拿了一只小凳子坐到杨柳青跟前，等待合适时机搭话。

杨柳青觉察到阿兰姑娘有话想讲，便给开了言路：“我知道你的名字叫阿兰，是个聪明伶俐、勤劳朴实的好姑娘。相信你有什么心里话是不会瞒着杨叔叔的，对吗？”

“良言一句三冬暖”。封在阿兰姑娘喉咙间的一层坚冰，被杨柳青那动人的话语所溶解。阿兰姑娘话匣打开了：“杨书记——”

“你就和阿华一样叫我杨叔叔好吗？”杨柳青把慈祥的目光投向许阿兰。

“杨叔叔！”阿兰姑娘甜甜一叫，随着往下说，“杨叔叔，我阿兰不该在您面前再讲违心话。现在动不动就搞‘革命大批判’，社员都害怕，上头派人来了解情况，好话听了一大堆，群众困难看不见。其实，现在沧桑田地一大片，社员口粮只够半；山山水水都是宝，群众手中钱物少。集体是个空壳子，个人家里也很穷。像我这样的女孩子，想添一件新衣裳都不容易。”

杨柳青注意到阿兰姑娘身上的衣裳，只见被磨破的衣肩补丁盖着补丁，不禁一阵心酸。他克制着自己，又问：“你一年出工多少天？”

“我很少生病，除开过年过节，都在田里劳动。”

“一年分红有多少？”

“扣掉口粮款，剩下几十元钱，还不够给我阿母抓药看病用呢！”

“你不想改变这种状况吗？”

“想，人盼出头树望春，总想过上好日子。这个好日子，要靠杨叔叔您这样体贴百姓的领导来带我们去创造。”

杨柳青把来喜嫂和阿兰姑娘的话语句句听进心里。他觉得这户农家母女说话的声音是微弱的，而在这微弱的声音中，却充满对党对国家的信任和热爱。杨柳青深感内疚：这些年来，我们没有把农村发展的路子铺平，更没有把农村前进的道路拓宽，实在为难了农民兄弟，也实在对不起农民兄弟。他心情沉重地对来喜嫂说：“大嫂，你们的话很在理。只要大家听党的话，齐心协力把前进的道路铺平、拓宽，顺心的日子是会很快到来的。”

杨柳青和许春山告辞来喜嫂，出门去了。屋里又静了下来，那盏昏黄的煤油灯，火苗依然在微风中不断摇曳。可它却十分倔强，不肯熄灭。来喜嫂望着灯光，细细品味起杨柳青刚才所说的话语。

七

来喜嫂独对油灯沉思，突然听到不远处另一户农家的主妇陈二妹高声喊道：“阿华，阿华，衣服别洗了，快回来！”

“嗳，就回去！”回答是娇甜的声音。

片刻，王小华从沧桑溪边捧回一盆洗净的衣服，刚到家门口，陈二妹就把衣盆接了过去：“衣服我来晾，蛋汤给你放在桌子上了。”

原来，王小华一进沧桑村，就离群跑回养母家中帮忙做家务。

王小华进屋走到桌旁，捧起一碗甜汤荷包蛋。这时，从左厢房走出了许志农。

王小华亲热地叫了一声：“哥！”便把蛋汤往前送。

许志农露出一丝笑意，摇了摇头。

王小华边喝蛋汤边问：“阿爹，明天您和志农哥还上工地吗？”

“铁圈穿牛鼻，不去也得去。”有土老汉拿只凳子坐了下来，想往下说。

陈二妹晾好衣服进门，瞪了一眼许有土，夺过小华手中的空碗：“鸡快啼了，别跟柴头说闷话，收拾床铺睡觉去！”

王小华歉意地对着许有土：“阿爹，你们也早点休息。”起身进入右厢房。

厢房里，一张大床，一个镜台，样式过时，却很坚固。

王小华走到镜台前，照了照她那充满青春活力的脸儿，又把目光移到台上的一个相框上。相框里装着一张合家照：中年的许有土和陈二妹并排端坐在靠背椅上，身前站着一个男孩和一个女孩。那女孩依偎在陈二妹怀里，咬着小嘴甜笑。王小华坐了下来，凝望着相片上的那个女孩，渐渐、渐渐，小女孩从镜框中伸出两只小手，活动起来了——

“爸爸，爸爸……”一个泪珠满腮的女孩，踮起双脚，手抓窗栅，凄厉地呼唤着。

在贴满“革命无罪，造反有理”“坚决打倒走资派！”大标语的“班房”里，发长胡子黑的王云岗走到窗口，抓住女孩的小手：“别哭，阿华。听爸爸的话，回去帮妈妈做事。”

小阿华听到“妈妈”二字，“哇！”的一声，哭得更伤心了。

不远处，杨柳青以打扫地板作掩护，偷偷捡着地上的烟屁股。他听到女孩的哭声，慌忙观顾左右，跑了过去。见无旁人，左手从口袋里抓出一把烟蒂塞给王云岗，右手抱起小阿华就跑。

哪知这些举动，已被几个红卫兵发现。有个头头冲到杨柳青面前，双手一叉腰：“好哇，保皇小丑，过去你当‘王走资’的通信员，为他‘提尿壶’；现在你是他的狗腿子，又来送情报。真是保皇到底，死路一条！”那头头向在场的红卫兵一挥手：“来呀，把他送进学习班！”

红卫兵押走杨柳青，截下小阿华。小阿华的哭声，引来了很多围观的群众，有人投以好奇的目光，有人露出怜悯的神色。一个红卫兵凶起小阿华：“狗崽子，再哭就揍死你！”小阿华被吓住了，可是，待红卫兵一走，又哭得更加令人揪心。

观众中，一位农妇模样的中年人，粗鲁地排开人群，蹲到小阿华面前：“孩子，你叫啥名字？”

“王小华。”

“妈妈呢？”

“被红卫兵叔叔斗死了！”

“爸爸呢？”

“被红卫兵叔叔抓走了！”

“家里还有什么人？”

“没有了。不不，还有刚被红卫兵叔叔带走的那个杨叔叔。”

“现在你要找谁？”

“找爸爸，找叔叔！”

“爸爸、叔叔都被抓走了，哪里找？跟阿婶走好吗？”

“不，我要找爸爸，我要找叔叔！”

农妇凄然地摇了摇头，揩了揩小阿华脸上的泪水，又从腰包里掏出两张大票面的人民币塞到阿华的小手上，转身走了。

小阿华看了看手上的人民币，急急追上前去：“阿姨，我不要，我不要，爸爸、妈妈叫我别拿人家的东西。”

农妇停下脚来，拉起阿华的小手，泪水在眼眶里打转：“乖孩子，阿姨没存歹心。”又把钞票放进小阿华的口袋里。

农妇亲了亲小阿华的脸蛋，起身欲走；这下，小阿华紧紧揪住了农妇的衣角：“阿姨，好阿姨，我跟您走，我跟您走！”

农妇蹲下身，背起小阿华，面对围观的人群高声说：“我是山里人，土八路，今天来城里赶热闹，没想到交上好运气，捡了个千金。待小阿华的爸爸从‘牛棚’里出来，劳烦好心人帮我说一声，就讲琼山县沧桑村的陈二妹只生小子，没有闺女，把他的女儿背回去养了。”说着，撩开人群，走出街心，扬长而去……

“阿华，你不睡还在想啥？”陈二妹取过王小华手中的相框，摆回原处。

王小华眨了眨眼睛，再看相框：小女孩仍然依偎在陈二妹怀里，咬着小嘴甜笑。

王小华拉着陈二妹坐到床沿，一手搭在她肩上，天真未泯地说：“阿母，我来考考您的记性好不好。您记得我今年多少岁？”

陈二妹不假思索：“那年背你来沧桑，八岁；眨眼过去一轮生肖又一年，今年二十一，到该找对象的时候了。”

王小华轻轻地推了一下养母：“看您说的，再长二十一岁，我还要陪伴您。”

陈二妹笑道：“傻孩子，说傻话，娘怎能叫你当尼姑？别翅膀长硬不认旧窝就好了。”

“翅膀再硬，我也不离开这个窝，不离开您！”王小华说得很定心。

左厢房里，有土父子也未入睡。许志农躺卧床上，双手枕着后脑勺，眨巴着眼睛在想什么。

“咱这个窝，支架着它的树杈慢慢软了，这样下去，也不知道什么时候要塌下来。”许有土坐在灯前抽闷烟，煽动两片憨厚的嘴唇哆嗦着，“阿华的父亲是一县之长，他怎么没想到：明摆着的田地还长草，硬要社员去开那个‘大寨田’做什么？阿华的杨叔叔来了，这回就看这根主心骨正不正啦！”

八

沧桑大队部二楼上，有一扇窗户射出灯光，杨柳青的临时宿舍就设在这里。此时，杨柳青正立于窗口处，凝望着不断被闪电划过的村庄和田野。

一条火龙又从天际窜来，随着是狂风呼啸，雷雨交加。

杨柳青转过身，踱步思索。明亮的灯光，把他的轮廓照得更加鲜明：上翘的浓眉，炯炯的大眼，高高的鼻梁，宽宽的双唇，搭配得是如此匀称，而那镇静自若、会神沉思的仪态，更是英气照人。

电灯一眨，又是雷鸣，暴风雨来得更猛了！

杨柳青眼望窗外，眉宇一拧，不禁替那老龙岭上新造的梯田担忧。于是，马上取出手电、雨衣，快步走出门去……

雨过天晴，太阳从岭后露出笑脸，朝晖把原野披上金衣，薄绡般的晨雾飘绕山腰，银链似的流水顺坡闪烁。一阵轻风吹来，又从树梢洒下无数露珠。雨后的老龙岭，景色依然迷人。

造田工地上，另是一番情景：田埂被冲得支离破碎，石块散落于田间坡地，浑浊的泥水，恰似从老龙伤口溢出的鲜血沿坡流淌。昨夜的暴风雨，给沧桑的“大寨田”带来了严重创伤。

杨柳青手挎雨衣，站在刚进琼山时曾被他踩塌过的那条田埂上，审视着狼藉的战场。他已经一夜没有睡觉，从出了大队部，便去敲响向民和许春山的家门，同老向、春山商量如何对付那场暴风雨，保住“大寨田”。尽管他觉得那种“大呼隆”的组织形式不宜，“理光头”的开山方法也欠妥；可他还是认为：社员的劳动成果必须珍惜，王县长的威信应当维护，补救的措施要赶紧跟上。

许春山蹲在杨柳青旁边的一块石头上，他见杨柳青闷着，自己也深深叹了一口气：“杨书记，发霉的豆子长不出芽，这烂摊子一时是难收拾好的，看来得先顾抢插晚稻要紧。”

杨柳青没有应声，还是看着，考虑着，好一会儿才说：“不要着急，和王县长商量一下再定。”

“嘟嘟！”山下的公路上来了一辆吉普车。王云岗县长和姚新副书记也赶到了，他们登上工地，忙向杨柳青和许春山靠拢过来。瞬间，王小华也扶着向民上山。

杨柳青平静地对王云岗和姚新说：“看来，这些梯田基础太差，一冲就垮，还得加固才行。”

“是应该加固，马上组织社员上场抢修！”王云岗语气十分坚定。

许春山不敢插话，他只是在一旁自怨自艾：“一手难抓两条鳗，顾了这头丢了那头。季节到了，犁田插秧劳力不够怎么办？”

“怎么办？这应该是我来问你！”王云岗生气了。

姚新见气氛不佳，赶忙排解道：“紧事宽办，不慌不乱，大家一起想想办法，矛盾总是可以解决的。”

“看这天气，还会有雨，岭头水库安全不安全？要是一出问题，损失就更大了。”向民不无顾虑地说。

“过去看看吧。”经杨柳青提议，大家便拐过山弯，往岭头水库走去。

岭头水库，像一面巨大的明镜镶在山谷之中。库容里，烟波悠悠；溢洪道，水帘荡荡；启闭机升高了，冲出闸门的流水，好似一条银色的巨龙盘山而去，直奔田野。

王云岗站在大坝上，神气活现：“很好，水库、渠道都没问题。看见了吧，要不是大兵团作战，这里可能还是个烂山坑呢！哎，干哪一项事业都要有个坚定性，不能受点挫折就动摇。靠那个什么‘包产到户’是包不出这样的水库来的。”

向民不以为然地说：“有人有钱又有物，才有这个大水库。可惜这些年来老煮‘大锅饭’，煮得人心都散了。社员出工‘陈三磨镜’，干活‘黛玉葬花’；集体积累起来的家当，也快吃空弄光了。再这样下去，别说梯田散了架，就连水库也会垮的。你们看！”向民把手一抬，指向前头。

王云岗一瞪眼：“看什么？我看你那个老右倾的毛病又发作了！”

“老兄弟，莫性急，等我把话说完再扣帽子也不迟。”向民手往山上一指，“你们看，水库固然壮观，要是没有那么多的涓涓细流，库里能把水蓄满吗？这几年大兵团作战，山地乱开乱挖，林木山水生态大受破坏，旱天无水下水库，雨天泥沙滚下来。这样下去，恐怕连这座水库寿命也不会长。”向民的话说得有些激动，他缓了缓气，又说：“集体就像这座水库，社员就像那涓涓细流，若不很好保护社员群众的积极性，我们的集体经济是很难巩固的，生产要上也是不可能的。”

王云岗越听越烦，打断了向民的话：“你说三道四，还不是要用那个‘包产到户’去吊社员的胃口！”

向民坦然承认：“算咱老王有见地，说对了！”

大坝上，空气顿时紧张起来。

姚新跟在旁边，非常注意听着两位的争论。他察言观色，待到关键处，便哈哈笑着说：“两个老兄弟，吵得真开心。‘黄魏相争，刘备排解’，我看就请老杨当个裁判吧。”

杨柳青淡然一笑，虽心中有数，却不轻口论判。

大家走下坝岸。在水库通往山下的公路上，杨柳青与王云岗并肩而行；前头，隐约可见向民、许春山和王小华远去的身影。

王云岗郑重地对杨柳青说：“现在干部和群众的思想都很乱，对农村问题的认识很不一致。你初来乍到，情况不熟悉，对问题应该多观察、多分析，特别是在‘包产到户’这个大是大非问题上，更不能轻易附和。”

杨柳青只是认真地听着，不忙作出回答。

王云岗只顾说话，不顾看路，左脚绊到一根横路的野藤，站立不稳，好在，杨柳青眼疾手快，急忙扶他一把：“路不好走，请多留神。”

王云岗稳住脚，望一眼向民离得更远的背影，感情真挚地说：“老向是个好同志，对党的事业忠心耿耿。离休以后，把家都安在这乡下。这些年来，他和农村社员生活在一起，受‘小生产’的影响多了，头脑也就糊涂起来了。往后，你还得帮助帮助他才好。”

天空一片乌云老是压在人们的头上。两人攀谈着，不知不觉走到山坡下，吉普车已在公路旁等着他们。

姚新打开车门，给王云岗一个“请上车”的手势。他考虑得很周到，不忘再招呼杨柳青和王小华一声：“你们也一起回县城吧？”

杨柳青略加思索，即给向民、春山和王小华作了交代：“你们先回村里，组织干部、群众讨论讨论如何抓紧抢修这片梯田；我回县城一下，很快就会再来沧桑。”话一说完，便上了车。

王云岗与向民握别：“看来我们的争论还得继续下去，改日再来领教。

老兄弟，可要注意身体呀！”他轻轻拍拍向民的手背，表达友好之情。

吉普车“呼哧”几声，撒下一缕白烟，朝县城方向奔驰而去。

九

杨柳青回到县城之后，首先与他的老首长王云岗交换了意见。王云岗出于对新来书记的尊重，赞同杨柳青的建议，再召开一次县委常委会议，就当前干部、群众议论最多的“联产承包”问题进行讨论和分析。

当天下午，县委常委会议准时举行。杨柳青第一个在会上作了发言：“通过这几天跑跑、听听、看看，总算对琼山有了个初步印象。这里山多地广土壤肥沃，生产潜力很大；当地农民勤劳朴实正直，群众基础很好；这几年大家做了许多工作，取得不少成绩。按照我的看法，现在我们最主要的任务，就是要把群众的生产积极性充分调动起来，让巨大的生产潜力真正发挥出来。这就需要改革，大胆而稳妥地进行改革。”

王云岗一听“改革”二字，立刻敏感地把眼睛盯向杨柳青。可他还是加以克制，沉下脸来听着杨柳青继续往下说。

杨柳青已经注意到王云岗的表情变化，他想借此机会做做王云岗的思想工作，同时也影响影响其他常委。于是，便把话题同实际问题挂起了钩：“譬如说，今天上午，老王、老姚和我一起去看了沧桑村老龙岭新造的梯田，都很有感触。开山造田是件利国利民、造福子孙的大好事，要是能够把它建得更牢，种得更好，防止水土流失，避免有种无收，那么经济效益就会更加显著。”

“这个意见很好！”王云岗听得顺耳，插进话来：“你再讲讲应该采取什么样的措施？”

杨柳青迟疑了一下，试探说：“按我的想法，要把这片梯田修好种好，就得建立生产责任制，增强群众责任心。是否可以考虑组织个小型联合体，负责承包耕种这片梯田。”

“承包”字眼一出现，王云岗脸色马上变了。他下意识地把身体往椅背上一靠，不再说话。

李明睨视王云岗一眼，然后也发表了意见：“建立责任制，组织联合体，承包新耕地，种好‘大寨田’，这是个好办法，我看可以采用。”

“不行！”王云岗霍地站了起来，“‘承包’和‘大干’猫虎不能同窝，这只能导致一场混乱，我坚决反对！”

会场顿时沉寂无声，气氛显得有些紧张。

姚新副书记暗暗观察了每位与会者的面部表情变化，然后发表高见：“历史经验证明，要彻底改变琼山的穷山恶水面貌，还得靠大兵团作战才行。‘承包’这个口子一定不能开，以免造成干部、群众思想波动，导致不良后果。我看现在还是稳妥一点为好，别去随意打乱正常的农村秩序。”

坐在一旁的田峰主任一直用手指搓着鼻子，默不作声。这次常委会议，实际上已以两票赞成两票反对一票弃权，对在琼山进行“联产承包”实验作出了表决。

会议毫无结果地开完了。杨柳青和王云岗一起走出会议室，二人默默无言地穿过办公楼的过道，出了县委会，再走一段路，来到王云岗的住宅处。王云岗推开家门，一屁股坐到会客室的沙发上，胸膛在微微起伏。

杨柳青倒很自在，他似这家的主人，主动给王云岗倒来一杯茶，然后坐到另一张沙发上，强颜作笑地问：“老王，您是在生我的气吧？”

王云岗伸手按摩起自己的太阳穴，不作正面回答：“我人已经老了，思想僵化了，不中用了，今后县里的事就由你去拿主意了！”

“请您不要见怪。”杨柳青真挚而坦诚地说，“今天会议上，我提出了与您的主张不合拍的思路，并非有意发难。作为个人，我永远尊敬您；作为集体研究问题，我不能隐瞒自己的观点。我觉得，对于当前的农村经济工作，是很有必要作一番调查研究的，相信您一定会赞同我的这个看法，也一定会支持我这样去做。”

考虑到王云岗对于“联产承包”问题的认识很难一下子扭转过来，要改变他的思想认识，还需要一定时间，需要通过实践。因此，杨柳青不再提起“联产承包”的事，只是建议说：“我想再到沧桑住上一段时间，好好解剖一下‘麻雀’，县里的全面工作，劳神您多加关照。”

“你要往那里跑跑，这也是为了工作，说那么多的客气话做什么，县里的事我还能丢着不管？”王云岗抬头看了一下墙上的挂钟，瓮声瓮气地说，“时间不早了，阿华不在家，看要到食堂打饭还是在家里自己做饭，就由你定吧！”

杨柳青抓到继续联络感情的好机会，连忙回答："自己动手，丰衣足食。您好好休息一下，待会儿看看我的手艺。"说着，忙往厨房走去。

王云岗望着杨柳青的背影，仿佛过去的杨柳青又出现在眼前，在无可奈何地摇摇头的同时，脸上重新露出了会心的微笑。

十

杨柳青"献出一番殷勤"，一时取悦了他的老首长王云岗之后，即回到自己的宿舍。他想好好睡个觉，以消除身上的疲劳。然而不能，老龙岭基础不牢的"大寨田"，山坳间稗草长得比稻子高的"黄金地"，许春山家的"机关枪加大炮"，来喜嫂小屋里那盏昏黄的煤油灯……一幕幕在眼前重现。杨柳青感到，农村经济已经到了相当空虚的地步，农民负重也已到了难以想象的程度，不坚决改变这种状况不行了。要改变这种状况，没有别的选择，唯一的出路就是改革。然而，眼下障碍道道，阻力重重，没有直路可走，更没有坦途可行。改革如何开展？杨柳青苦苦思索，不禁自言自语："走尽崎岖羊肠路，自有大道通青天。琼山的农村改革，就从沧桑击石生火吧！"

第二天清早，北京牌的吉普车又载着杨柳青，也载着杨柳青的梦想和希望、决心和打算，朝沧桑行进。杨柳青沿途察看山山水水，到达村里时已日过中午。

司机开着车子，掉头回县；杨柳青下车便朝陈二妹家走去，他准备先到那里"讨碗饭吃"，然后再作道理。

正在收拾桌上碗筷的陈二妹，见杨柳青走进门来，不禁一喜："是老杨，刚到吧？大概还未吃午饭呢？"

"哈哈，您猜得很准，真是饿了。"杨柳青把行装往地上一放，便自己去倒茶喝。

陈二妹和王小华一起进入厨房，刷锅声、切菜声随着响起。不一会儿，干饭、便菜相继上桌。王小华又给添上一盆番薯："请阿叔尝尝'红烧猪蹄'的味道。"

杨柳青抓起一条番薯往嘴里送，边吃边说："嗬，这比红烧猪蹄还够味！"他饱餐一阵之后，搁下碗筷，马上掏出钱包，在桌上放下了四毛钱和一斤粮票。

"你也来这一套，真是把我看成外人了。"陈二妹生气地推回了钱和粮票，随着眼睛一眨，笑道："对啦，老杨你要跟我算饭钱，我还得向你还旧账呢！"她转身进入房里，拿出一个木盒子，在杨柳青面前打开来。一看，里面装满人民币，大约有着上千元。

杨柳青疑问："大嫂，看你家日子也不宽裕，哪来这些钱？"

陈二妹回答："全是你的。"

杨柳青不解："嫂子，你是在和我说笑话吧？"

陈二妹正色："真话，我说的话全是真的。"

杨柳青略有所悟，但还是将信将疑地听着陈二妹往下说："那些年月，阿华的爸爸进了'牛棚'，无力接济；你也'充军'边疆，领饷很少。每个月，邮差总是把写着杨柳青名字寄出的汇款单送到我手里。"

王小华眼含泪水，一旁插话："您汇来的款，我阿母、阿爹一分钱都舍不得花；志农哥是个高才生，为了我，他初中毕业就到队里拼命干活，挣钱供我继续上农校。阿母暗暗对我说，我们家里穷，把你阿叔的钱积起来，以后好给你办……"她说到这里，脸一红，把话咽了回去。

"给你办嫁妆！"陈二妹手往王小华鼻尖一指，然后将钱盒捧给杨柳青，"现今好了，阿华有爸爸、叔叔为她操心，这钱也该归还主人了。"

杨柳青接过盒子，大受感动："嫂子，你的心好比金子赤、水晶纯，我不知道该怎样来感谢你才好。请你收下这些钱，派个新用场吧！"说着，又把盒子交给陈二妹。

门外，有只母鸡突然觅到食物，"咕咕"呼唤小鸡来啄食。

王小华见景生情，忙从米缸抓来一把米，撒给那群啾啾直叫的小鸡："吃吧，吃吧，这米是我阿母的。"

杨柳青听到王小华的话，觉得有趣："真怪，养鸡还得先发表个声明！"

王小华笑着解释："我阿母爱养鸡，家里的油盐酱醋，就是靠她喂鸡下蛋换来的。"

杨柳青望着鸡群，颇有感触。他走到院子里蹲了下来，边观看小鸡嬉戏啄食，边在想些什么。忽然眼睛一亮，返身询问陈二妹："嫂子，你爱养鸡，何不多养一些？"

陈二妹指着院子，无可奈何地说：“就这么大的场地，能养多少？”

杨柳青明言点破：“沧桑山坡宽阔，还怕没有场地？我建议你来领个头，再请桂花嫂、来喜嫂合伙，就用你积下的那笔款作本钱，办个养鸡场。”

陈二妹心里猛然一热，旋即又犹疑起来：“办鸡场，好是好，就怕那个‘资本主义’往你脸上抹黑。”

杨柳青坦然回答：“养鸡发展生产，增加社会财富，算啥资本主义？”

陈二妹壮起胆子：“你说不是资本主义，我看就是社会主义。这鸡场由我陈二妹来张罗，老杨你得给我当后盾。”

“嚯，鸡场还没开办，你就先提条件。好，说到做到，不放空炮，我马上当起后盾，给你们选派两个人，由阿华和志农当技术员兼参谋。”杨柳青说得有点兴奋。

陈二妹是个做事风风火火的人，她把钱盒子捧进房里，返身便搂过小华：“来，王参谋，老杨说到做到，我们说办就办，现在便去向你桂花婶和来喜嫂报个信，商量怎样把锣鼓敲响。”

十一

陈二妹、王小华母女相随来到许春山的家门口，听见黄桂花正在和许春山拌嘴。黄桂花的声调很高，简直咄咄逼人。陈二妹不管三七二十一，一脚跨进门槛，声调压过了黄桂花：“快嘴婆，你已经半老不死了，火气还那么盛，是不是看我们许支书好欺负？”

黄桂花给陈二妹这突如其来的吆喝蒙住了。陈二妹不容分说，挽起黄桂花的胳膊就往外走，并故作神秘地说：“现在还吵什么架，大事都来不及办了，哪有那个闲工夫去斗嘴！”

像耍猴戏一样，黄桂花一路上被陈二妹作弄得莫名其妙，她们和小华一行三人嘻嘻哈哈、不知不觉来到了来喜嫂的家。

这时，来喜嫂正拿着针线在缝补衣裳，缝补着阿兰那件双肩已经磨得破碎不堪的花格上衣。

陈二妹见此情景，鼻头一酸，轻轻取过来喜嫂手中的针线、衣物，动情地说："旧衣裳，补丁多，这里缝，那里破。阿兰是个大姑娘了，也该给她添一件新衣服啦！"

来喜嫂抹去挂在脸上的泪水，强颜作笑："说得也是，待队里分红再给她买吧。"

"队里年终分配还得半年时间。再说，到时扣除口粮款，还债信用社，也就擦手了，哪有钱去给阿兰添置新衣裳。"陈二妹取下来喜嫂手中的那件破衣服，"我们总不能眼看阿兰再穿这件百衲衣过大年呀！"

来喜嫂茫然："那有什么办法呢？"

"办法就靠我们一起来想。"陈二妹准备把话引入正题，却被黄桂花打断："拉我到这里，就是要我来听你的这些慈悲话？"

陈二妹伸手往黄桂花的大腿一拧："还没轮到你讲，等我把话说完再咋呼。"

黄桂花憋不住了："哼，一根肠子通到底的人，啥时候也学会拐起 三个弯。你闷葫芦里装的是什么狗皮膏药，赶紧全抖出来，要不我可走啦！"

"走，看我打断你的腿！"陈二妹镇住黄桂花，继续对来喜嫂说，"今天我把桂花这个快嘴婆拉到你家来，不为别的，专为要办一件大事！"

来喜嫂忙问："什么大事？"

陈二妹故意把嗓门提高："合计开办三姐妹养鸡场！"

"开办三姐妹养鸡场？听起来倒挺新鲜。"黄桂花双手一拍，笑得前仰后合，"嘻嘻……原来是我的好二妹喝醉酒，叫我来这里听胡话、寻开心，我可没有那个闲工夫！"说着，起身又要走。

陈二妹拉过黄桂花："给我规矩些，开办三姐妹养鸡场是件当真的事，不能这样嘻嘻哈哈的！"

黄桂花还是不相信："说得正经，办鸡场本钱哪里来？"

"我出！"陈二妹很有把握地说。

"你能出多少？"

"一千！"

"嘻嘻嘻嘻，我说二妹你喝醉酒就是喝醉酒。"黄桂花笑得不能自制，她与二妹打赌，"你能拿出一千，我黄桂花至少也出五百！"

"桂花婶，一言为定，不能反悔呀！"在旁静静"观战"的王小华，也给她阿母帮腔。

"反悔，你桂花婶就不是人！"黄桂花毫不示弱。

陈二妹见黄桂花一直不肯就范，干脆来个摊牌：“桂花呀，实话告诉你，过去老杨每月寄钱来给阿华作生活费，我舍不得用，一五一十积起来，五年零九个月，便积下了这笔钱。现在你该相信了吧？”

黄桂花听得目瞪口呆，一时哑口无言。

陈二妹开始反攻：“你那五百元钱什么时候拿出来？”

黄桂花犹豫了一下，又开始逞强：“我能把话说得出口，就能把钱拿得出来。不过你们要替我保密。”她压低了声音说：“这钱是我的私房钱，平时卖鸡售蛋不让我家那个大胡子和小阿洋知道，一角一元积起来的。”

“鬼婆子，心计多，难怪我们许支书平时都拿你没办法！”陈二妹高兴得举手往黄桂花背上一捶，随着收敛笑容，正色道：“既然本钱有了，正事也就可以办了。俗话说：三个婆娘一台戏。我们三姐妹就要演出好戏来给村里人看一看。”

“好戏怎么演，就由你来当戏师傅了。”黄桂花也认真了起来。

陈二妹不客气地说：“三姐妹养鸡场的场长由我来当，桂花你和来喜嫂就委屈一些，两人都当个副场长。志农、洋洋、阿兰都是我们手下的兵。还有阿华，她的杨叔叔已经委任她当我们场里的技术员兼参谋了。我看今晚我们就去给许书记和周大队长挂个号，不管他们批准不批准，明天便把锣鼓敲起来！”

“三姐妹”心情都很激动，她们急不可待地等到天晚，便乘大队党支委和队委委员开联席会之机，一起闯到队部的会议室里。领头的陈二妹，把王小华事先帮她准备的几句见面话有板有眼地说了出来：“在座的各位领导，陈二妹、黄桂花、来喜嫂一起来向你们请示、汇报。我们准备办个‘三姐妹养鸡场’，这是发展生产的需要，也是改善社员生活的需要。请你们加以研究，并给批准。”陈二妹一时感到那些话说得有点别扭，也不够劲，便临场作了自我发挥：“大队的头人都在这里，请你们现在就研究，今晚就批准。我们坐在外面等待答复。”

大队长周宏发赔笑说：“二妹嫂子，你这是来请示、汇报，还是在给我们下命令？”

“请示、汇报也得，给下命令也好，只要你说一声同意，我们就向队长磕头。”陈二妹回答。

主持会议的许春山见三位“不速之客”当中有他的老伴，感到尴尬和为难。他很客气地对陈二妹说：“这样的事情总得让我们共同研究一下才能答复，你们先回去吧！”

“急着回去做什么？你们在这里研究，我们到外面等待，批准不批准，简简单单一句话，也用不着花本钱，有啥难？”陈二妹示意黄桂花和来喜嫂，“我们在这里他们不好说话，走，就到外面等答复。”

“三姐妹”步出会场，会议室里便开始骚动起来。周宏发侧过身征询许春山：“这件事看来不太好对付，今晚不作研究她们是不肯离开的。我看就先议一议吧。”

许春山点头表示赞成。与会者经过短暂的思考，随即便热烈讨论开了。

洪彤彤是个队委，所以今晚也到会。他抢先作了发言：“这是一个大是大非问题，那样做是在长资本主义尾巴，我们态度必须明确，绝对不能含糊。我的意见是：不能批准，坚决给她们顶回去！”

几个队委和党支委也相继发言，有人表示支持，也有人持反对意见。最后，大家都把目光投向许春山和周宏发，习惯性地将事情交给他们拍板。

许春山深深吸了一口“喇叭烟”，然后平静地说：“个体经济是社会主义经济的必要补充，我看私人发展养鸡生产也没有什么坏处，这个场就让她们去办吧！”

周宏发跟着表了态：“我同意春山的意见。今晚还有许多事情要研究，不能再受干扰了。我去把这个决定告诉她们，免得这些婆婆妈妈再到这里吵吵嚷嚷。”

“三姐妹”得到“明确答复”，取得“合法地位”，自是高兴。

她们离开大队部，又一起回到了来喜嫂的那间小屋，并叫来许志农、许洋洋、许阿兰。房间里挤上六七个人，再加上一盏明亮的马灯代替了那盏昏黄的煤油灯，这间原来冷冰冰的小屋顿时变得充满生气。这一夜，灯火在小屋里通明，话音几乎要把屋顶掀翻，开办“三姐妹养鸡场”的“建设方案”，也在许志农的笔头下整理出来了。

当晨光洒向村后的山坡时，在来喜嫂那块没有种植作物的五分二厘自留地上，许洋洋、许阿兰已经听从许志农的指挥，开始画线整地，修筑便道；黄桂花、来喜嫂也在陈二妹的指点下，帮忙抬泥土、垫石子。此 时王小华不在场，她奉她阿母的指令，到兴华禽畜养殖场采购鸡苗去了。

五天之后，在来喜嫂的那块自留地上，已经围起了整齐的篱笆，搭盖了简易的鸡窝，并利用周围荒坡地，开辟了宽阔的活动场所。杨柳青特地为她们写了“三姐妹养鸡场”六个大字，堂堂正正地挂在竹制的场门上。

王小华开着拖拉机，从兴华禽畜养殖场运来了五百只“芦花洛克”良种鸡苗，放进了这个自由自在的新天地。

十二

“三姐妹养鸡场”一开张，沧桑村如同干柴着了火，家家户户都在公开或私下议论。敏锐的人、精灵的人，都预感到“三个婆娘一台戏”只是一出小戏，真正的大戏还在后头。

在沧桑村引发出这场风波，完全在杨柳青的预料中，这也是他支持开办“三姐妹养鸡场”的本意。现时，杨柳青正在沧桑大队部聚精会神地听取许春山和王小华有关群众反映的汇报。

看上去许春山的心情很好，他边卷着纸烟边说：“社员中十有八九都说，县委书记可以支持个人办鸡场，我们为啥不能个人承包耕地？”

王小华作了补充：“有人还打赌，只要队里给他一片山、十亩地，就要一年粮满仓，二年盖新房，三年娶媳妇，四年有钱存银行。”

杨柳青笑道：“既是这样，我们何不顺应民意？”

许春山惊喜：“您是说，准许让那个‘老包’来当家？”

杨柳青重重地点了一下头：“不错，依我看，沧桑应该带头来个放宽政策，实行家庭联产承包责任制。”

许春山听到那话，喜出望外：“好，我本来就想试探试探您对这件事的态度，没想到您的思想比我还解放！”

“那还用说，要不怎么会他是大书记，你是小……”王小华自感失言，把话咽了回去。

“小书记？”许春山就势表露委屈，“说实在话，小书记也不好当呀！这些年来，真是驼背打拳头，出力不好看。群众意见纷纷，你爸爸又老说我思想右倾，整得我鼻青脸肿，待有机会，我还要向他提意见呢！”

杨柳青对许春山表示同情，同时又作了解释：“王县长也有王县长的难处。‘得饶人处且饶人，情仇恩怨莫强追’，过去的事情，要靠我们一起来总结经验教训；今后的路子，也要靠我们一起去摸索开拓。家庭联产承包经营的事，我建议大队党支部和队委会认认真真地研究一番。要统一认识，制订方案，还要采取积极稳妥的实际步骤。现时是在摸着石头过河，只有双脚踏得牢，才能风浪不动摇。”

根据杨柳青的提议，大队党支部和队委会马上召开了领导成员联席会议。经过缜密研究，决定先在干部和群众中放上“一把火”。

“这把火”，此时正在沧桑大队的会场上燃起。

会场里，人声嘈杂，烟雾腾腾，三四百个社员聚集一堂，随意交头接耳。

会场的讲台上摆着一张简陋的长条桌子和几只竹制靠背椅。大队长周宏发一边擦着额上的汗珠，一边拍着桌子：“别吵了，别吵了，这里不是自由市场，有话一个一个说吧！”周宏发的呼唤，只取得了一秒钟的安静，随之而来的是更加热闹的喧哗。

许春山离座而起，帮忙维持秩序：“安静一点，这样吵吵嚷嚷哪能解决问题。大家围绕这几个问题好好议一议：山上的那片梯田垮了，怎么修？夏种季节到了，怎么保证及时插秧？”

“我发表个意见。”洪彤彤从靠背椅上一弹而起，跳到讲台前，“社会主义就是一大二公，说得具体一点，便是有活大家干，有饭大家吃，有钱大家花。”他扫视了一眼会场，嗓门又提高八度，“梯田被山洪冲垮了怎么办？简单，天塌下来我们顶，男女老少齐上阵；不计报酬讲风格，大干特干……”

洪彤彤话音未尽，陈二妹从人群中走到讲台前，提起茶壶把杯子斟得茶水四溢，然后送到洪彤彤面前：“来，润润喉，把声音喊得更大一些，大家才能听得见！”洪彤彤自知这是“罚茶”，心神不定，接杯失手，茶杯当啷落地，碎了，社员乘机大喝倒彩。

“我也发表个意见。”陈二妹落落大方地面对社员，“大家知道，我陈二妹说话不掺水，喜欢铁锤砸石头——实打实。咱洪队委是个特等劳力，一天记十二个工分；他许志农是个全劳力，一天记十个工分；我陈二妹是个半劳力，‘男十女八’，记四个工分。明天一起上工地，不动我家大将许志农，就用我这个弱兵和你洪彤彤比一比，抬石头，挑泥土，垒田埂，看要哪一项随你挑。我陈二妹输了，算你老洪的话是金子，你洪队委输了，是——”

“是狗屎！”许洋洋蹦了起来，高声喊道。

“好，讲得好！”喝彩声、鼓掌声齐起，会场更乱了。

周宏发拍案维护会场秩序：“别吵啦，别吵啦，有话正经讲，不要挖苦人！”

陈二妹盯了周宏发一眼，镇定自若："要我正经讲，我就讲正经。沧桑的'大锅饭'煮煳了，该另起炉灶——田地包到户，众人拿本事！"

"对，田地包到户，众人拿本事！"会场好比一锅开水在沸腾。

这时，挤在人群中的村民周进财，暗暗以手肘撞了撞身旁的一个憨小子，低声说："出去，出去一下！"

憨小子鼓起腮帮："这儿热闹，出去作啥？"

周进财往憨小子的腿上一拧："叫你出去就出去！"憨小子无奈，只好跟着周进财溜出会场。

在会场门外的大墙脚下，周进财见没有来人，便把大嘴挨到憨小子耳边："我说大憨呀，人家在争吵，你别乱插嘴。琼山县，琼山县，政策一年十八变，眼前还是尺把称子未钉花——没个准。"

周大憨翘起嘴巴嘟囔："管它有准没有准，人家种竹咱种竹，人家挖笋咱挖笋。"

沧桑大队的社员大会，闹哄哄地散了；许春山在会上提出要"议一议"的问题，也都议不出个眉目来。然而，那"一把火"却起到了它的应有作用：映照出村里的人心所向，激发了群众的改革热情，在思想战线上为实行家庭联产承包责任制打了个"前哨仗"。在这之后，大队党支部和队委会又连续召开了几次联席会。支委、队委当中尽管认识还不完全统一，可是对实行家庭联产承包持反对意见的人，已经越来越少了。

住在村里进行观察的杨柳青，觉得在沧桑实行农村改革的时机已经基本成熟，他事先征得全体党支委的同意，随之帮助召开了一次支部全体党员大会，就沧桑村实行家庭联产承包责任制议案进行表决，大家意见一致，议案顺利通过。接着，便是紧锣密鼓地做好各项准备工作，再次召开全村社员大会，宣布"联产承包"付诸实施。

这次会议，参加人数比上一次大会还要多，几乎把整个会场挤得水泄不通。大队长周宏发还是站在台上那张长条桌子前说话，这次不用再拍着桌子大声呼喊了，因为会场里静得连谁咳嗽都能辨出声音。

会议在周宏发的主持下由许春山作了讲话。许春山郑重其事地念起王小华帮他准备的讲稿，阐明了实行家庭联产承包责任制的目的意义、具体做法、集体和个人双方所享有的权利及应承担的义务。随后，便是各家各户的家长按顺序到台前领取《承包合同书》。一切进行得有条不紊，秩序井然。

当许春山最后展示一张无人认领的《承包合同书》时，会场又哗然了。

许春山招了招手，示意大家安静，接着便介绍起那张《承包合同书》的内容："现在就剩下老龙岭新造的一百三十亩'大寨田'无人承包了。队里经过慎重研究，对这片梯田作出如下规定：修复水毁工程，一亩由大队付给二百个工分，每个工分值按四角钱计算，由大队公积金支付；耕地产权归集体所有，作物种植由个人安排；从第二年起，每亩一年净缴队里利润五十元。"许春山把《合同书》扬了扬："谁来承包，自动报名！"

会场上毫无动静。

许春山环视着会场，等了好一阵子，又问："谁来承包，快主动报名！"

会场上依然鸦雀无声。

许洋洋见没人敢站出来，按捺不住，又一次逞能："这块硬骨头要是没有人啃，就交给许洋洋来啃吧。我一个人啃不动，乘这个机会招兵买马。本人当司令，请志农当政委；谁愿意入伙，也都封他个师长旅长干干！"

在全场大笑声中，王小华给许洋洋纠正道："那不叫司令，也不称政委。我建议你们成立个联合体。"

许洋洋一时也弄不清"联合体"是什么，便囫囵吞枣地欣然接受："好，就叫联合体，我来当'体长'，志农任经理。"

与会者哄堂大笑，掌声笑声连成一片。

沧桑村联产承包大会开完了，人群涌出会场，喜气洋溢全村。

王小华一路小跑到达大队部，"噔，噔，噔……"一口气上了楼。她怀着激动的心情，要向杨柳青汇报《合同书》的发放结果。

为了让村里的干部更好地发挥作用，杨柳青采取"回避做法"，没有参加今天的大会，只是挨在队部楼上考虑着下一步的工作。他见王小华春风满面地登上楼来，便问："事情办得顺利吧？"

"顺利，除了三个'五保户'没有承包任务外，三百一十一份《承包合同书》已经全部发到各户。"王小华得意地说。

"很好！"杨柳青露出满意的笑容。旋即，他眉头一皱，提出疑问："全村三百一十三户，扣除三个'五保户'，怎么会是三百一十一份《合同书》呢？"

王小华作了解释："老龙岭的一百三十亩'大寨田'，我和队里的干部商量以后，让一个联合体承包了。"

杨柳青一听，感到不妙："办理此事，你怎么不先告诉我一声呢？哎，这下子可和咱王县长说不清了！"

十三

沧桑村办起养鸡场、成立联合体、发放《承包合同书》的消息不胫而走，迅速传遍全县，自然也传到了王云岗的耳朵里。

此时，王云岗正在他的办公室里背手踱步，显得焦躁不安。

李明进门，把一叠信件放到办公桌上，说：“最近群众来信不少，我选了几件让您过目。”

王云岗把眼睛一提：“有什么好看的，还不是那些‘大锅饭’‘大呼隆’，统统要砸烂之类的东西！”

李明扶了扶眼镜，说：“我看信中一些意见提得很有道理，这是值得我们加以重视的。”

“要重视，更要分析！”王云岗没好气地说，“你挂个电话叫老杨回来，就说我有急事和他商量。”

李明挂通电话，把话筒交给了王云岗。

“唔，是阿华。”王云岗开始与王小华对话，“你的杨叔叔呢？……不在沧桑。那你把沧桑村近来的工作情况给我汇报汇报。……嗯，办了个三姐妹养鸡场。……你的杨叔叔意见怎样？……是他提议的。……我问你，被冲垮的梯田抢修了没有？……为什么不去抢修？……已经由联合体承包，你们办这件事为什么不事先和我通个气？……是你出的主意？我不相信，这不可能！”“啪”的一声，王云岗重重地把话筒扣下。

在旁的姚新副书记听得出刚才电话的意思，故意再问：“沧桑出了什么事？”

王云岗吐出一口闷气，然后说：“乱弹琴，私人办什么养鸡场？我看将来场里不是养鸡，而是繁殖资本主义的毒菌。真不像话，连老龙岭的那片‘大寨田’也给包下去了，社会主义到底还要不要？”

姚新眼睛一眨，心怀叵测地说：“新官上任三把火，总想露一手，这种心情是可以理解的。既然那些事是老杨亲自办的，我看我们暂时也不好多说。新书记初到琼山，应该维护维护他的威信。不过，今后像这样的大事，也得事先和您商量一下才对，不好那样自行其是，民主集中嘛！”

王云岗正在气头上，他对姚新所说的话，似听见也似没有听见，只顾叫李明再挂电话到沧桑村查问杨柳青的下落。

李明挂了几次电话，一直挂不通。当总机把线路接到沧桑大队部时，杨柳青已一步跨进县长办公室。

杨柳青见王云岗、姚新、李明都在场，带着几分歉意地说：“一到基层就脱不开身，今天抽空回来向大家通报通报沧桑的工作进展情况。”

王云岗没等杨柳青坐定，劈头就问：“听说沧桑村办了个什么养鸡场？”

杨柳青随口回答：“是啊，由小华的阿母陈二妹领头，办起一个‘三姐妹养鸡场’。”

王云岗单刀直入：“你的态度呢？”

杨柳青明确回答：“我表示支持。”

王云岗再问：“据说老龙岭的那一片梯田也分到户了？”

杨柳青解释说：“不是分到户，是交给一个联合体负责承包。”

“分与包说法不同，本质一样。”王云岗脸色一变，“这种事情，我劝你还是不干为妙，‘放’容易，要‘收’可就难了，弄不好便出大问题。”

杨柳青见王云岗心情不好，便有意避开话锋，尽量把语气放得平淡一些：“我觉得在农村把政策放宽放宽，是有利于调动群众生产积极性的。‘联产承包’先在局部试验试验，看来并没有什么危险性。可行，就总结经验，加以推广；不行，及时刹车，吸取教训。”

王云岗所要了解的情况，已直接从杨柳青口中得到证实；杨柳青对“联产承包”问题所持的态度，也表达得相当明确。王云岗不再多问，沉着脸不冷不热地说：“好哇，你想实验那就实验吧。上午接到地委通知，要你下午就去地区参加县委书记会议。到时，你还可以把老龙岭的‘大寨田’该不该包下去，拿到会上让大家议论议论！”

杨柳青虽然听出王云岗话中有话，但是不忙再作解释。他感到：过去表面轰轰烈烈、内在冷冷冰冰的沧桑村，现在才开始散发出一点真正的热气，新生事物也刚在这热气中萌发，需要人们去认真对待和热心扶持。不难想见，随着新生事物的出现，会在他和王云岗之间的这片感情土壤中挤开裂缝；在新生事物成长的过程中，裂缝还会不断扩大。但是，杨柳青坚信：这片感情的土壤总归都要为那新生事物服务，最终必然要连成一片甚至比原来更加牢固。想到这里，杨柳青心里也就坦然了。

姚新副书记看到杨柳青与王云岗之间处于难堪的境地，正想乘机在二者面前来一番“维护团结，照顾大局”的表演，不巧这时有个年纪二十左右的姑娘匆匆跑进室内，一把拉住姚新的手臂：“爸爸，快、快！”这姑娘因为着急，圆圆的脸蛋涨得通红，长长的睫毛不住眨巴，鼓起的胸脯上下起伏。

姚新摆摆手制止姑娘的喊声，又向杨柳青和王云岗做了个告辞的动作，便把姑娘带出门去。

十四

在办公室门外过道上，姚新小声地问他女儿姚向梅：“到底出了什么事？”

姚向梅喘息未定：“哥哥和薛腾飞又喝醉了，说狂话，摔碗碟，亮刀子，吵得可吓人呢！”

“这混蛋！”姚新勃然生怒，快步走回家去。

在一间高雅华丽、低级庸俗兼而有之的厢房里，两个纨绔子弟正瞪大血眼，无病呻吟。

“呵哈哈，‘人生几何，对酒当歌，譬如朝露，去日苦多’，噎……”

“什么‘花生几箩，日币马克’？老弟，我缺的可是老婆和人民币呀！”

吟诗者是年约二十二三岁的姚向鸿。这人脸型与其胞妹姚向梅甚是相似，颇为英俊。可惜，右眼角上一道又细又长的伤痕，却无情地破坏了他的容颜。

另一人名叫薛腾飞，稍大姚向鸿一两岁，大包头，八字胡，人高马大，有点武林架势。他一手抓着茅台酒瓶，一手举起琉璃酒杯：“人逢知己千杯少，老弟，来，再干一杯，一醉方休！”

“砰！”的一声，房门震开，双腿插入。

姚向鸿掉头一看，正是其父姚新，背后随着姚向梅。

姚新怒目相视：“向鸿，你过来！”姚向鸿坦然近前，“啪！啪！”两记耳光落下。

姚向鸿挨揍，撕心嚎叫："哈哈哈，打吧，重重地打吧，反正我这'一百四十斤'也不想要了！"寒光一闪，手操短刀对准自己的心窝。

薛腾飞一步上前，扳翻姚向鸿的手腕；姚向鸿就势往前一捅，短刀戳在酒桌上；姚向梅用力拔起利器，把短刀交给了姚新。

姚新摆弄着刀子冷笑："哼哼，靠这个东西，就想旋转乾坤？混账！"

姚向鸿大醉初醒，抱头啜泣。

姚新撒开其子，破怒为笑："小薛呀，你比向鸿懂事，应该教他学好才是。再说，你的爸爸是个厅长，凡事也要为他增光才好。"

薛腾飞瞪大血红的眼睛，问："增光，要我增什么光？"

姚新加以诱导："譬如说，新来的县委杨书记正在沧桑发动个人办鸡场，搞'包产到户'，你是政府办公室的干部，向梅是会计辅导站的人员，就该到那里去了解了解情况，帮助做点事，也好从中学点东西。"

薛腾飞仰头大笑："哈哈哈，要我再去'插队改造'？我可没有这个兴趣！"

姚新投下诱饵："你若不去，我只好叫阿梅一个人去了！"

"向梅要去？"薛腾飞有了"动力"，立刻精神起来，"她若去我也就去！"

姚新的鼓动奏效，姚向梅和薛腾飞第二天各自收拾行装，一起乘上县政府最近买来的那辆马自达小轿车，兴冲冲地出了县城。

轿车翻山越岭，一路行进。薛腾飞无心观顾周围，他睁大贪婪的双眼，不时在扫描姚向梅全身每一个部位。

姚向梅美目流盼，只顾欣赏眼前的自然景象："小薛你看，那个池塘圆得就像一面镜子。"

薛腾飞心不在焉："对，镜子可以照人。"

"你再看，这里的野花比我们家里的盆景还美。"

"是呀，你比野花美。"

"喃，前面那座山好似站着两个人。"

"那两人一男一女，正在接吻谈恋爱！"

姚向梅感到不对头，一转首，发现薛腾飞满脸淫笑，便提醒道："放规矩些！"

薛腾飞毫无收敛之意："哈哈，生活本身就是丰富多彩的，太规矩就枯燥无味了！"

小轿车载着一个灵魂空虚的少爷和一位幼稚天真的小姐来到沧桑村口，二人下车进入村里，只见家家户户门可罗雀。姚向梅感到奇怪："这么静，人都哪里去了？”

薛腾飞出言不逊：“死绝了！”

“别胡说！”姚向梅侧起耳朵，“听，会场里有声音。”

二人循声朝会场走去。这时，队里的夏种工作动员大会刚刚开完，人流一起涌出会场大门。

许阿兰挽着来喜嫂的手臂步出门槛，正好与迎面而来的薛腾飞目光相遇，薛腾飞犹如中邪，魂都被许阿兰勾去了。身后的姚向梅不知其故，推了站着不动的薛腾飞一下；许阿兰不解其意，与薛腾飞擦肩而过。

许春山、周宏发、王小华脸带喜色地步出了会场。

“阿华姐！”

王小华听到那叫声，定眼一看，是姚向梅，这使她感到意外：“阿梅、小薛，是什么风把你们吹来了？”

姚向梅亲昵地拉起王小华的手，说：“爸爸叫我和小薛来这里‘包产到户’。”

王小华听了扑哧一笑：“不是叫你们来‘包产到户’，是要你们来帮助队里搞好‘联产承包’。”

姚向梅开言出错，感到很难为情。

薛腾飞摆出一副行家模样，斜了姚向梅一眼：“不懂就别乱讲，免得出洋相！”

许春山瞧瞧薛腾飞，又看看姚向梅，鼓励说：“没关系，不懂就学，学了就会。我们也一样还在学走路呢！”

王小华搂过姚向梅：“老支书说得对，不懂就学。我们一起来学习，一起来参加实践，好吗？”

姚向梅诚心实意地点着头说：“打算盘，我能闭上眼睛加减乘除；做农村工作，我是摸着石头过河。我和小薛一定好好向你们学习。”

薛腾飞自与许阿兰打了个照面之后，便魂不守舍，因此对姚向梅的那些话根本不感兴趣。当他随着许春山等人来到大队部后，便装模作样地拿起钢笔，摊开笔记本，叫许春山、周宏发和王小华向他介绍沧桑村开办“三姐妹养鸡场”“推行家庭联产承包责任制”的“做法和经验”。

许春山谈得认真，薛腾飞听着出神。他小薛香烟一根接着一根抽，一直在“思考问题”。当许春山介绍到来喜嫂参加办鸡场的情况时，薛腾飞顿时精神百倍，原来他思考的“问题”，正是如何去“关照关照”这一家子，而这一家子值得“关照”的也只是那个使他魂不守舍的阿兰姑娘。除此之外，许春山所介绍的情况，他一句也没有听进去。

傍晚时分，来喜嫂和阿兰一起坐在煤油灯前，端详着前天领回来的那份《承包合同书》。突然，门外有人叫道："来喜嫂，快迎接贵客！"随着声音，周宏发把薛腾飞带进屋里。

来喜嫂没有思想准备，看见来了一个陌生人，忙问："这位同志是……"

"是省里薛厅长的公子，县政府办公室的干部，大名薛腾飞。"周宏发介绍"贵客"，也觉得自己脸上有光。

来喜嫂赶忙扶过椅子请客人落座。

"大婶，别客气。"薛腾飞轻轻坐了下来，装出一副斯文模样，"这次我到沧桑来搞调查研究，了解到您家生活有困难，特地来访贫问苦。"

来喜嫂一时找不到合适的话作答："薛同志，多谢你的关心，困难队里会帮忙解决。"

"目前队里和您家一样穷，哪能帮得了您的忙！"薛腾飞渐渐失去自制能力，偷眼斜视许阿兰。

来喜嫂对薛腾飞的举动有所觉察，便有意支开许阿兰："阿兰，你去烧水泡个茶吧！"

"不用不用，一起坐下来谈谈比泡茶好。"薛腾飞忘情地掏出几张钞票放到桌上，"见面总得有个见面礼，这三十元请先收下，有困难再说！"

来喜嫂受宠若惊，急忙送还钞票："薛同志，你的关心，我很感激，可这钱怎么也不能收。"

周宏发劝道："既是小薛好意，你就收下，都是阶级兄弟姐妹嘛！"

"对对，都是兄弟姐妹，一家人。"薛腾飞凛然成了个救世主，"往后有困难，尽管说。钱不够，我还可以向我的爸爸妈妈要，他们半个月工资，就够您家花一年了！"

来喜嫂执意不肯把钱收下。就在相互推让之际，从门外走进了一个人。薛腾飞回身一看，来人正是许春山。

薛腾飞装出一本正经地对许春山说："干办公室的工作，就得常找贫下中农座谈座谈，才能情况明决心大。"

"很好，可以多跑几户听听、看看。"

"那还用你说？我本来就有这个打算！"薛腾飞傲气十足回了许春山一句，偕同周宏发悻悻走出来喜嫂的家门。

来喜嫂指指桌上的钞票，惴惴不安地说："春山你来得正好，刚才那位薛同志留下这些钱，还他他不肯收回去，不知该怎么发落？”

许春山是来了解来喜嫂家在夏种中有什么困难的，他见安分守己的来喜嫂正为那“三十元”而焦急，便说：“不用费心，这些钱交给我，我负责送还薛腾飞。”

细心的来喜嫂不忘再交代一句：“你要马上把这钱送还他，免得人家闲话。”

“请放心。”许春山把话转到了正题，“夏种季节到了，你家农具欠缺，劳力也弱，我想明天就叫阿洋帮助把你家的那片责任田耕一耕，插上秧，你的意见怎样？”

来喜嫂感激地说：“春山兄弟你的心地真好，这下又让你多操心了。”

十五

清晨，湛蓝的天空飘着几朵白云，沧桑溪边的垂柳犹如绿帘。透过柳帘望去，阡陌纵横，好水盈田。

炭红的朝阳刚浮出青山，一路上，三五成群的社员，送肥的送肥，挑秧的挑秧。

田野里，人一行行，手一双双，竞相在那一平如镜的水田中飞指点翠。秧苗通过社员的巧手，在田间播下了棋盘似的绿线。

沧桑大队实行家庭联产承包责任制后的第一个夏种，开始了。那劳动场面是小型、分散的，也是内在、井然的。

然而，井然中也有不协调的地方。紧挨山脚的一处梯田里，正在进行着一场惊险的“斗牛表演”，身强力壮的周大憨，强硬地给一头水牛套犁，犍牛不肯就范，扬蹄摆尾，赏给了周大憨一脸黑泥；周大憨大发脾气，连续给犍牛打了三鞭；犍牛拉下一泡尿、一堆屎，扬起四蹄跑了；周大憨大骂“臭你娘！”拔腿就追。

“别吓它，我来！”循声望去，树林里跳出一个人，正是杨柳青。原来，杨柳青到县城同王云岗交换意见“不欢而散”，到地区参加县委书记会议又“不太如意”，正承受着压力返回沧桑，准备继续他的探索和实践。当顺路在探测林相时，正好与那头奔跑着的犍牛相遇。杨柳青“嗬——”的一声，那头牛马上住脚，并乖乖地跟着杨柳青回到田间，杨柳青给牛套上拉担，再把牵牛绳子一抖。就在犁动田地水花飞溅之时，周进财来了。

周进财接过犁把子，说：“杨书记，由我来。”他边驾犁边叹息，“刚才的见笑事我都看见了。老杨呀，别怪我说过头话，十几年来，‘大锅饭’养出的‘土少爷’不只是我家大憨一人。只图干便活挣工分，不肯学真功夫的人还有的是，再不变一变，往后就得靠老公公扶犁，老婆子插秧了。”

杨柳青随犁而行，默默地听细细地想。

周进财言犹未尽：“这回‘包产到户’，看来‘土少爷’也会挽挽袖子卷卷裤管了。”

当犁拉到田坎处，周进财吆住耕牛，把它放了。杨柳青不解地问：“为啥不再犁田？”

周进财不自然地笑道：“犁田是件容易的事，要碰到您可不太容易。”说着，带着两腿泥上田埂，蹲到田边的一块石头旁请杨柳青抽起纸烟。

杨柳青知道周进财有话要说又不好开口，便鼓励道：“进财兄，如今不会再搞那个‘田头大批判’了，有什么话就尽管说吧。”

周过财抖了抖嘴角，壮壮胆子：“我想问您一件事，这地承包给社员种五年，不会变卦吧？”

杨柳青有意反问：“你是担心队里的合同不算数？”

“纸写的东西，要变卦就变卦了。我还是问问您才放心，也才好作打算。”

“现在你有什么打算，说给我听听好吗？”

“还没有什么打算，只是听别人在说：种责任田，若是包一年就撒化肥，包两年就施水肥，包三年就下绿肥。”

“这意思是说，承包年限长一些才要往责任田施有机肥，对吗？要是长期包下去呢？”

“那就种地又养地，‘洋参加高丽’，‘狗屎埔’也要让它变成‘状元田’。”

杨柳青笑了：“那我们为什么要‘狗屎埔’，不要‘状元田’呢？”

周进财这回算听懂了杨柳青的话，双手一拍：“好！只要您这一说，我心里就踏实了。看来，这五年是我们的，以后还会是我们的。”

杨柳青看到周进财那舒心、得意劲，很想继续同他谈下去。可是，一见挂在天际的太阳升得老高，又觉得不好去影响周进财干活，便起身拍了拍周进财那宽厚的肩膀，说：“桥惧不稳，人怕忘本。希望你双手耕种承包土地，心里装着社会主义，来个先富帮助后富，为咱沧桑共同富裕出力。”

来喜嫂家的责任田离周进财的承包地不远，杨柳青沿着泥泞的田埂，一路朝那边走去。正在田里插秧的许洋洋和阿兰姑娘发现杨柳青到来，都很高兴。许洋洋大声叫道：“杨书记，请您检查检查这秧苗插得合不合规格？”

杨柳青卷起裤管下到田间，边取秧苗边说：“我不是来当田头警察，是来参加义务劳动的。让我试试看，不行再返工。”

许洋洋把杨柳青的谦虚当胆怯，便安慰道：“没关系，您先插插看，要是不行，我再教您。”

阿兰姑娘一看杨柳青摆开架势，便说：“杨书记蹲如钟，俯如弓，准是个插秧老把式。”

“若是老把式，当场试一试。”许洋洋又想逞能，“杨书记，您一行，我一行，看谁插得直、插得快？”

“阿洋你是想考考我呀？好，比就比，你想赢过我，我也想赢你。”杨柳青慨然应战，“马上比赛，就请阿兰当裁判。”

阿兰姑娘见杨柳青没有半点架子，随和得叫人可亲可敬，顿时拘束全消。她兴高采烈地按照一定距离，把一束束秧苗从田头摆到田尾，然后让杨柳青和许洋洋各就各位。杨柳青和许洋洋听到阿兰一声令下，立即摆动双手，飞指点翠。两组六行绿线，随着二人身往后退，不断从田头朝田尾延伸。杨柳青抢先一步把绿线拉到尽头，取胜第一回合。

许洋洋不服气，说是阿兰从中作梗，把好插的秧苗安排给杨书记，将难插的秧苗留给他许洋洋，又要杨柳青和他再比试一次。就这样连战三个回合，许洋洋均败在杨柳青手下。许洋洋还想再比下去，可是这块责任田已全部插完秧苗，只好鸣金收兵。

杨柳青蹲到田埂上，边往水田里洗去满手黑泥，边翻老账说：“老龙岭上扛石头我输给你，沧桑洋里插秧苗你败了阵，我们算打了个平手。须知强中自有强中手，往后可别随意作弄人了。”

“嘿嘿，杨书记您真会治人的毛病，我这下子算服了！”许洋洋一边傻笑，一边和阿兰一起收拾劳动工具。他挑起一担盛秧用的空竹笼，在归途中紧挨着杨柳青说：“刚才一阵比赛，也够累了。我们一起回去，喝它二两五加皮，消除消除疲劳，我请客！”

“嗬，按劳付酬，马上兑现？”杨柳青扑哧一笑，“不忙，这笔账暂时挂一挂，待到晚季有个好收成，再向你们讨喝‘丰收酒’不迟。”

走出沧桑洋，蹚过沧桑溪，分路了。许洋洋和阿兰姑娘望着杨柳青渐渐远去的背影，一个说："这样的共产党干部，够格！"另一个说："我阿母说的当年土改工作队，可能就是杨书记这样的好人。"

十六

杨柳青一路浏览田野、山村景色，一路思考如何把"灯"拨得更亮，不知不觉来到了村后山坡上，定眼一看，挂在门上的"三姐妹养鸡场"牌子赫然在目。他怀着一种特殊的感情走进了鸡场，只见一群昂首挺胸的公鸡在那里"喔喔"高唱；一群母鸡带着众多的小鸡在活动场上觅食。鸡场虽然简陋，却充满生机。

杨柳青蹲下身来，把在路上收下的一把草籽撒了过去，小鸡发出"啾啾"叫声，一起围拢到他的身边。杨柳青逗着那活蹦乱跳的小鸡，心里感到十分舒畅，因为他预想到今天这"啾啾"直叫的小鸡，明天将变成"喔喔"高唱的雄鸡或者是连连下蛋的母鸡。善良的人，对新生事物总是抱着这种善良的愿望。

"唔，老杨呀，我们手下的众喽啰抢在主人前面迎接你啦！"正在草棚里搅拌饲料的陈二妹听到外面有动静，探头一看，发现杨柳青正蹲在那里与小鸡嬉戏，她赶忙出了草棚，一边往身上的围裙擦擦手，一边走到杨柳青跟前，"你回县城，连这些小鸡都在想念你呢！"

杨柳青脸有喜色地说："二妹嫂你真会说笑话。"

和陈二妹相随出了草棚的黄桂花、来喜嫂也迎上前来。来喜嫂静静地站在一旁，只是把话说在心里；黄桂花的话匣关不住，抢着插嘴："我黄桂花不说话就生病，她陈二妹不说笑就头疼。那些年，咱老姐妹就靠说闲话、瞎笑闹来打发日子，要不就难活到今天啦！现在鸡场办起来了，话说得正经，脸笑得开心，请书记快来参观参观鸡场吧！"

"三姐妹"领着杨柳青看了草棚鸡窝、大锅小灶、饲料鸡槽……事不分巨细，唯恐漏掉哪一项。

黄桂花叽里喳啦了一阵子，突然略有所思。她钻进草棚，从钵头里抓起两个鸡蛋，待杨柳青与陈二妹走远几步，便偷偷塞给来喜嫂，并给她耳语几句，把她打发走了。黄桂花本人，又嘻嘻哈哈地赶上杨柳青和陈二妹，将刚刚关上半分钟的话匣子又打开："老杨呀，待您巡视完，请多提意见，表扬也好，批评也好，我们都听您的，就是不听王县长的。阿华和她爸爸在场，这话我也敢向他们大声讲。"

"你想造反？"陈二妹白了黄桂花一眼。

"不是造反是改革！"黄桂花不肯示弱。

陈二妹听到"改革"二字竟出自黄桂花之口，感到意外："嗬，火药枪也会打出洋子弹，你这新鲜话是从哪里偷来的？"

黄桂花把头一斜，说："不用偷，不用抢，我家大胡子，双手送到我面前。"她感到这样说还不能直接表现自己的认识水平，又把话连续下去："咱沧桑，过去裤子当成马褂穿，当今不穿马褂穿新衫，没换个新头脑怎能搞改革！"

陈二妹明白黄桂花东一声改革，西一声改革，是有意在杨柳青面前表现自己，也就不便多加挑剔，只是说："刚学'改革'两个字，就像一位政治家，往后我们许支书更拿你没有办法了。"

杨柳青一面饶有兴趣地听着二位农家主妇在拌嘴，一面心想：现在农村改革的春风已经吹进了农家，如何因势利导，让这一股春风吹进每个人的心房，吹绿那有待复苏的大地，已是刻不容缓了。他和陈二妹、黄桂花一起回到草棚门口，拉过凳子随意坐了下来，便从背在身上的那个军用挎包里取出册子交给陈二妹："我从县城给你们买来了两本书，一本是《通俗科学养鸡技术》，一本是《饲料加工方法介绍》，可叫阿华和志农教教你们。"

陈二妹接过册子，感激地说："老杨你想得真周到，又给我们送来了及时雨。我们三姐妹斗大的字识不了一箩，可这两本书就是两块石头，也要把它啃下来。"

"盲人摸路，难免跌跤。要使鸡场兴旺，就得学习知识、掌握科学，还得明白办好这个场的目的意义才行。"杨柳青有意乘机启发启发三姐妹，便问，"你们说说，身上热乎乎，心里喜洋洋，为啥要办这座养鸡场？"

黄桂花感到问题不难回答，即抢先说："东一升，西一斗，顶不上谷囤时时有。这座鸡场红火了，三姐妹三个家就不愁再受穷了，给我阿洋娶亲的本钱也有了。"

“你家不再受穷，阿洋也有本钱娶亲；别人还是口袋里装电灯，大男儿打光棍，你能心安吗？”杨柳青笑问。

黄桂花一时答不上来，便耍了个滑头，把下文推给陈二妹：“话都由我来讲，二妹嫂子会不高兴的，现在就让她说吧！”

“鬼婆子，答不上就老老实实说答不上，在杨书记面前你也敢捉弄我。”陈二妹瞪了黄桂花一眼，而后严肃认真地说，“自家柜里有万金，还要想到众乡亲。我们应该把三姐妹养鸡场办成脱贫致富的‘聚宝盆’，办成乐作贡献的‘好样板’。杨书记，我这话说得对吗？”

“很对！”杨柳青十分满意地说，“俗语话，石看纹理山看脉，人看志气树看材。你们要有志气，要把鸡场办好，不能单为养鸡赚钱，还要为沧桑树立榜样，为乡亲提供鸡苗，为国家作出贡献。”

陈二妹话语充满真诚：“请老杨你放心，‘三姐妹’响亮的话讲不来，大方的事做得开，不会只把眼睛盯在鼻尖上。”

黄桂花又补上一句：“饮水思源，吃菜念根。杨书记您为沧桑人谋利益，沧桑人不会辜负您的一片心。”

“水有源，树有根，恩情报答共产党，不是报答我个人。”杨柳青见日近中午，起身欲离开养鸡场。这时，只见来喜嫂急急从场外走来。

来喜嫂不好意思地解开手帕，取出两个染红的鸡蛋，恭恭敬敬送到杨柳青面前：“杨书记，我们乡下有个古例，‘喜事要办，先吃红蛋’，那年土改工作队长进村，我爹代表全村人献上这种吉祥如意的礼物；今天我们‘三姐妹’也献上这份心意，愿您工作顺利，沧桑发达。”

来喜嫂朴实的话语，使杨柳青感到心热。杨柳青接过红蛋轻轻把它装进绿色的挎包里，意味深长地说：“我今天收下这一份礼物，来日再向你们道贺。”

杨柳青怀着不平静的心情走出鸡场，一路上在想：红蛋不能定命运，却能表真情。多好的农民，你们当年欢迎土改工作队，今日欢迎我杨柳青，不为别的，都因为相信我们是共产党派来的干部。这些年，农民承受着巨大的精神负担和经济压力，仍然一心跟党走，不也正是因为你们仍然抱着一种内在的信任和希望吗？现在，绝不能给民众伤口加盐，再做损害这种信任和希望的事了。想到这里，他感到有许多马上要办的事情需要和向民商量，便下了山坡，沿着村街走去。

十七

当杨柳青还在路上之时，向民家里已有一位年轻人在向长者请教。这位年轻人，就是沧桑的“秀才”许志农。

许志农平时话语很少，他阿母陈二妹说他是个“半哑巴”，村里人则夸他是不肯轻易开口的“金蝉”。然而，这只“金蝉”一飞到向民家里，话便多了起来。他很年轻，可中国人的传统美德却在他的身上根深蒂固，这也许是从出娘胎那一天起，就受到了母养父教的熏陶。他每天都要抽空帮助向民老两口挑水劈柴、采药治病，成了这家子的一个“编外成员”。向民和他的老伴也打心眼里喜欢这个诚实的年轻人，一天不见面就会把他的名字念三次。现在，许志农已完成了他的挑水劈柴任务，坐在向民膝前谈心事。他习惯眨巴着眼睛有板有眼地说话：“我阿母的养鸡场办起来了，老龙岭上的‘大寨田’修牢固了，分给我家的责任田也插上秧了。可是，我心里总感到还不扎实。”

向民慈祥地望着许志农：“哪儿不扎实，说给我听听。”

“每天收工进门，一静下来就想：我家人人有事做，别家门路还不多；我家插秧快又好，别家无秧在发愁……户与户之间差别很大。照这样下去，富了几家人，苦了众邻里，搞家庭联产承包责任制还有什么意思？”

向民瞪大眼睛：“你是想打退堂鼓？”

许志农摇着头说：“不是想打退堂鼓，是想响鼓用重锤。我有一个打算和两个建议，想先说出来请您指点。”

向民忙问：“你有什么好主意？”

许志农很有次序地回答：“一个打算是，在村里开办一所文化技术夜校，我来当义务教师，再请小华帮忙，教社员学文化、学技术，掌握农业科学知识，改变耕作落后面貌。两个建议是：再把山地承包下去，使大家更有用武之地；由村里组织个‘变工队’，帮助像来喜嫂那样的困难户种好责任田。”

“好，真是‘金蝉开口就惊人’！”向民大手往膝盖上一拍，“你的打算和建议，我举双手赞成！”

向民那激动的声音，惊动正在厨房为他煎药的老伴黄阿勤。阿勤婆跑了出来，忙问：“出了什么事？”

“好事，不是坏事。”向民乐呵呵地向老伴夸起许志农，“真是周郎妙计安天下，志农这孩子又为村里出了好主意。”

就在此时，杨柳青一步踏进门来，他见向民喜形于色，便打趣说：“入门不问荣枯事，察颜观色便得知。看来志农又讨得二老欢心啦！”

向民和阿勤婆见杨柳青到来，都很高兴；许志农为了使杨柳青与向民说话方便，便斯斯文文地站起身来，找个托词走了。

“小杨，中午不能走，就在这里吃饭。”向民语调如下命令，“阿勤，把最好吃的东西都摆上桌，再把那瓶荔枝酒拿出来。”

杨柳青见向民正处在兴头上，也不推辞，便在饭桌前坐下。阿勤婆虽上了年纪，可手脚还很麻利，一会儿，就做出炒肉片、炒丝瓜、炒花生、炒米粉，并在一色是“炒”的菜肴中添上一碗萝卜鱿鱼汤，然后摆杯进酒。看来，阿勤婆已经把她的现有存货全豁上了。按照当地习惯：“是单欠诚意，是双才吉利。”

杨柳青觉察到阿勤婆在点数上桌的菜肴碗数时脸露难色，便从那只绿色的挎包里抓出一对红蛋，在阿勤婆面前晃了晃，说：“桌上饭菜有五碗，再添这个便是六。六请来，恭喜二老发大财！”杨柳青的这一招，逗得阿勤婆在枣皮脸上绽开了一朵好看的绒花。

向民舒心极啦，他一把抓过那二粒红蛋，问：“小杨你这是从哪家偷来的？”

杨柳青笑答：“是‘三姐妹养鸡场’送的。”

向民把红蛋抓在手里，看了又看，感慨地说：“民心所向，真是物轻意重呀！”

阿勤婆笑着说：“你们这些成天念‘政治经’的也养成个怪癖，两个蛋就说了那么多的话。赶紧动筷子吧，饭菜都凉了。”

杨柳青请阿勤婆一起上桌，阿勤婆打了个手势，说：“不是外人，你们先吃，我还有事要做。”

向民和杨柳青开始对酌，虽然菜肴不够丰盛，两人却吃得津津有味。三杯荔枝酒过喉，向民话又多起来，他把许志农的“一个打算和两个建议”一字不漏地向杨柳青作了转达。杨柳青听到末了，不禁随口赞道：“好家伙，他把我心里所想的都说出来了。帅才，真是沧桑的帅才！”

“不错，这孩子很有头脑，人也诚实，是棵好苗子。”向民一听杨柳青那样评价许志农，乘势谈了自己的见解，“现在春山年纪大了，宏发要在沧桑扛大旗看来也有困难。重担压出铁肩膀，志农是个党员，也是村里的团支部书记，我看可以再往他肩上压压担子。”

“我也有这个想法。”杨柳青深有同感地说，“多年来时兴着一句话：‘火车跑得快，全靠车头带’。我在沧桑接触了一段时间，感到党支部的领导班子是比较弱的，应该加强。不磨不砺，难成大器。要是支部大会选举能通过，可以让志农先当当春山的助手。”

向民点头表示赞成：“办事业需要人才，搞改革有赖闯将。志农这孩子可以作为春山的接班人来培养。先声夺人，现在就把他的打算和建议提交支委会、队委会讨论，一定下来，马上行动。”

“你们只顾说话，为啥都不行动？”阿勤婆到室外做完杂事走进门来，见桌上的酒菜动得不多，忙给提醒。

杨柳青与向民相对一笑，各举杯把酒喝下，吃了几口菜和炒米粉，又把精神集中到“如何搞好山地承包”的话题上。他们都感到，这项工作比起“办鸡场”和建立“责任田”难度要大得多。然而，“有心吃蟠桃，不怕上西天”，无论如何也要迎着困难上。

二人吃罢午饭，乘兴约了许春山、周宏发、许志农和王小华一同上山。一行人迎着和煦的阳光、山风，观察了林果丰茂的坡地，翻越了树木依稀的山岭，踏勘了面目可憎的荒埔，直到日落西山、群鸟归巢时分才返回村里。

十八

紧事紧办。当天晚上，村里便在大队部召开“两委”联席会议，专题研究起“山地承包”问题。

周大队长把已在各种大小会上念过了不知多少遍的本队山地基本情况，又在这个会上不胜其烦地重复了一遍：“我们沧桑村，七山一水二分田，全队有山地一万八千五百六十二亩零三分，人均十二亩三分六厘四。其中有林地两千三百五十一亩，疏林地五千五百七十一亩六分，荒山一千零六十三亩九分七。咦，不对，后面这个数念错了，是一万零六百三十九亩七分。大家知道，田园是粮仓，山地是银行。可是，我们的‘银行’没有钱，队里还很穷。若要富，笔架山上找出路。今天把大家召集来开会，就是要专门研究这个问题。一人心里没好计，三人肚里唱本戏，现在就请大家充分发表意见吧。”这篇不着边际的讲话，使人根本摸不着头脑，更无法展开实质性的讨论。与会者面面相觑，你看我，我看你，谁也没有发言。

参加今晚会议的杨柳青显得很超脱，他只是静静地坐在那里旁听，像是个局外人；向民却有些着急，他眼睛不停地看看大家，希望能有一个人先发表意见，可是等了好久，只看到“几条烟枪”给会议室增添了更浓的雾气。他忍不住了，指名许春山再作个启发性发言。

许春山深吸了一口烟，然后说：“在沧桑，山地是个大头，过去我们也讲向山进军，也抓植树造林，可是由于管理不善，加上砍伐过量，有林面积不但没有增加，反而越来越少。再这样下去，就会吃掉祖宗业，打碎‘聚宝盆’，不尽快改变这种状况已经不行了。怎么来改变？我认为最根本的出路，还是实行‘山地承包’，至于怎样承包，就请大家来共同讨论。”

会议室里又是一阵沉静，仍然讨论不起来。

今晚，洪队委不像通常那样坐在显眼的政治辅导员位置上，而是躲到角落里。他经过一番观察和深思熟虑，觉得已经有把握在杨柳青书记面前表现出自己的“政治水平”和“进步思想”，便下意识地从后排挪到前座，这回吸取了那次吃过陈二妹苦头的教训，尽量把话说得谦虚一些，说得符合眼前的“潮流”一些：“我来发表个很不成熟的意见，如果说得不对，请大家批评指正，特别是请杨书记指教。我认为只有挤疮不留脓，才能免受二遍痛。我们应该把山把树包到户，依靠群众拿本事。不干便罢，要干就得敢字当头，闯字当先，不管是近山远山还是林木果树，统统分给个人，一放到底，彻底革命！”

洪彤彤的一百八十度大转弯，不仅没有取得他预想的效果，反而讨了个没趣，谁也不去理会他那个“很不成熟的意见”，有人还向他报以难看的冷笑。

会议从晚上八点开到十一点，三个小时过去，还是研究不出个什么名堂来。向民眼见会议越开越不像样，便低声征询坐在他旁边的杨柳青意见：“看来大家准备不足，会是不是先开到这里，明天再议。”杨柳青心中有数地说：“可以再等一等。”

过了两分钟，有个坐在很不显眼位置的年轻人开了腔：“我也来谈谈自己的想法。”众眼望去，原来是那只“金蝉”要开口了。

许志农从口袋里摸出个小小的笔记本子，并没有翻开，只是捏在手上。他又眨巴起那对大而明亮的眼睛，有板有眼地说：“依我看来，我们沧桑队穷地不穷，树穷山不穷，人穷志不穷。可为什么至今还在受穷呢？根本原因是好多年来一直在穷折腾。越往后，劳力组织越差，经营管理越乱，无效劳动越多，在表面轰轰烈烈的假象掩盖下，集体经济和个体经济与地下水在淘沙一样，越淘越空。有句常话：万丈高楼平地起。要改变沧桑的面貌，就得先把经济基础打牢，就得把我们的好山好水充分利用起来。所以我建议，根据我们沧桑的实际情况，现有山地可以分成三种类型来分别作出处理；一种是有林地，组织专业队加强抚育管理；一种是疏林地，分到各户去补植幼林；一种是荒山坡，组织联合体进行开发……”

挂在会议室里的时钟，节奏十分严密地运转着。在许志农讲话停顿的间隙，使人清晰地听到了它的嘀嗒声。时针越过当天的终极，次日凌晨已经到来了。许志农足足作了一个小时的发言，从山地承包的目的意义，到管理形式和收入分配等方面，提出了自己的见解和设想。他的发言，使与会者都感到吃惊：沧桑并非南阳地，却有“卧龙”藏其中。而杨柳青对此并不感到意外，他在与许志农的接触中，早就预料到了。

沧桑“卧龙”一鸣惊人，与会“两委”倦意全消。大家根据许志农提出的“山地承包”框架，共同作了补充、修改，再经杨柳青的点拨、校正，全队山地承包方案和“两委”就此作出的决定，就这样形成了。

第二天，村里的干部兵分三路，一路由许春山负责，召开全村社员大会，宣布“山地承包方案”；一路由周宏发带队，上山划分山界地片，确定类型等级；一路由许志农主持，办理合同手续，进行立章建制。各项工作环环扣紧，山地承包五天完成。这次承包，没有出现大的波折，一切都进展得十分顺利。在诸多的承包者当中，有两个人特别心欢。一个是周进财，他家承包了一百亩疏林地，当《承包合同书》到手，周进财便带着周大憨去熟悉山场，并向他作了一番现场训话：“你娶老婆的本钱就在这里，要成家还是要当和尚由你自己选，往后别来向我伸长手。”另一位是大队长周宏发，他也承包了一百亩疏林场，不过，这块地的现有林木要比周进财的那片地密得多。周宏发在心里盘算着：“当了一二十年的大队长，虽然也从队里捞到了一点油水，可是，躺着的水牛饿不死也吃不饱，到现在连一座新房子都盖不起来。想吃西瓜栽瓜秧，想治感冒种生姜，还是把这片山地好好经营起来比较靠得住。”

许春山、陈二妹两家子，在这次山地承包中都是一分地也没有要，因为他们已承包了老龙岭的那片“大寨田”，并且办起了“三姐妹养鸡场”。他们公开说是劳力忙不过来，实际上是考虑到功不能独居，利需要让人，往后说话办事才有人听、才行得通。尤其是许志农想得更多，他认为：本人极力主张实行“山地承包”，要是从中再拿一份，就会使人产生误解，瓜田李下，应当力避嫌疑。那还是次要的，更主要的是，他的兴趣已经放到开办文化技术夜校去了。

十九

当家家户户忙着张罗料理那承包山地之时，许志农却在王小华的帮助下，专心致志地筹办沧桑村文化技术夜校。

王小华对开办夜校倾注满腔热情。因为她有这方面的专业知识，可以从中施展才能；因为这是她志农哥提议要办的事，心上人的主意也是她的主意。而因为的因为，还有更深一层的缘故——

已经过去的日子并不遥远。在那“批林批孔批周公”的岁月，每到年终分红，勤劳忠厚的有土爹，就用那冻裂的手指点数着从队里领回的寥寥几张钞票，数了一遍又一遍，然后交给家里的女主人：“这是阿华上学的学费，不能用到别的地方去。”

已经湮没的情景重现眼前。少言寡语的志农哥，路途遥遥为她送了大米、咸菜到农校，东西一放下，说声：“阿爹阿母叫你星期天回家。”便眼也不抬地默默走出了校门。王小华无言地目送着志农哥渐渐远去的人影，待到心神稍定，泪水早已沾湿衣襟。

已经消逝的声音又再响起。聪颖贤惠的王小华，曾在她的阿母、阿爹面前发誓：“我绝不辜负您们的恩情，一定要把学到的知识用来改变咱这穷家、穷村的穷面貌！”

现在，王小华正履行着她的誓言。许志农办夜校所需要的一切，她一项项帮助筹措；许志农要参考的材料，她一件件帮助收集；许志农要上课的讲稿，她一遍遍帮助校正。

就在月明星稀的中秋之夜，“沧桑村文化技术夜校”在经过改造的大队仓库里正式挂牌开课了。学员们穿上他们现有最好的衣裳，背上那时髦的绿色书包，笑吟吟地走进课堂里，喜盈盈地坐到长条木板铺成的课桌前，开始聆听他们的老师许志农讲授第一课:《怎样识别与防治稻瘟病》。

一幅挂图悬在正墙上，许志农把教鞭指到绿色叶片中的一个梭子形褐色病斑处，有板有眼地说:“叶稻瘟，主要发生于分叶盛期。病斑有急性型、慢性型、白点型、褐点型四种，而以急性型和慢性型最为常见。这种病，由稻瘟病菌所引起，病菌以病草和病谷为主要来源。病害的消长，受到品种、肥料、用水和气候条件的影响……”

坐在前排的陈二妹，乐滋滋地望着许志农在讲课。讲些什么，她不在乎，只是一直在观察着课堂里百来个学员情绪的变化。当看到人们的注意力都很集中时，便断定许志农已把头炮打响。她假借给志农倒茶水，走到讲台旁悄悄给志农打气:“家里鸡蛋煮熟了，回去有点心吃，把本事都拿出来，把声音讲得更响亮些！”

许志农若无其事，继续讲课；坐在一旁的王小华虽然听不清她阿母在讲些什么，可也已经猜透几分，不禁报以会心的微笑。

“根据刚才所说的那些主要发病因素，我们在防治策略上，应该充分利用水稻品种、病菌和环境之间的相互关系，抓住发病的薄弱环节，认真贯彻‘以防为主，防重于治’的方针……”许志农声音来得更加流畅和清亮。

座无虚席的课堂，始终鸦雀无声。许春山在做笔记，许洋洋抓耳挠腮，周进财张大嘴巴，周大憨则拿着铅笔在沾涎液……

许志农翻开下一页讲稿，继续讲解稻瘟病的防治措施和办法。教室里的电灯一直在一眨一眨地亮着，看来电压不够稳定。然而，这像是有意的安排，它和许志农边眨巴双眼边讲课配合得十分默契，不仅没有影响上课效果，而且增强了许志农话语的节奏感。

在今夜的课堂上，学员们是那么遵守纪律，那么聚精会神，那么如饥似渴地求索着他们耕种责任田所需要的知识。作为夜校校长兼“首席教员”的许志农，十分理解学员们的求知欲望，十分理解自己从事这项事业的意义所在。因此，在讲课的时候，唯恐出现任何疏忽和错漏，始终把全部精神贯注于教学。作为王小华，她既理解学员，也理解教员，完全不把自己看成是县里小有名气的农业技术员，而是乐于担当她志农哥的好助手。当志农需要挂图时，她便把图张挂到墙上；当志农需要翻阅讲义时，她已把讲义翻到了急用处；当志农讲话有点吃力时，她就上前给他倒茶水。说来也怪，谁也没有教给王小华“孔孟之道”，可她在这课堂上却把“夫唱妇随”表现得如此淋漓尽致。

教室里的两名学员看到王小华和许志农配合得十分密切，便窃窃私语起来：

“你看他们两个合作得多好，真是小时同喝一锅粥，长大共捧一碗糖。你家什么时候要让他们成亲做大人？”

“能生能养儿女身，难捉难摸儿女心，他们到底有没有这个意思，我做娘的也猜不透呀。再说，阿华的爸爸是个堂堂的县长，会不会看得起这农家小户，也还没个准呢。”

许志农发现他阿母和向伯伯在那里小声讲话，便有礼貌地对着他们笑了笑；向民和陈二妹觉察到自己违反了课堂纪律，赶紧把话刹住，端正姿势“专心听课”。可是，当许志农的注意力放到讲稿上时，他们又交头接耳起来。

“志农这孩子才貌双全，谁看了都喜爱，相信王县长也是会中意的。你们若自己不好开口，这个大媒就由我来做，老向不收你们一分红包钱。”向民说得兴奋，突然手按腹部，倒抽了一口气。

“怎么，身体又不舒服了？”陈二妹看到向民脸色不好，忙劝他说，“课让志农去上，您先回家休息吧。”

“没有关系，老毛病了。到医院检查了几次，也查不出个原因来，实在讨厌！”向民痛楚稍过，又诙谐地说，“你听，咱志农正在讲怎样‘防病治病’呢。往后我只要常来听他讲课，就会把身上的病治好的。”

二十

文化技术夜校挂牌开课，本是村里一件不小的事。平时喜欢抛头露面的周宏发大队长，今晚却一反常态，没去给夜校剪彩或来一番开课动员，而是挨在家里不出大门。

原来是，薛腾飞和姚向梅吃罢晚饭，相约登门拜访周宏发。周宏发见一对很有身价的“少爷小姐”光临他家，深感荣幸，立刻呼大唤小，召集家人热烈欢迎。他本人亲自出门买来中秋月饼，家里人赶忙洗杯泡茶待客。一时，紫气东来，满门有光。

薛腾飞往大位坐定，跷起二郎腿边喝茶边吹牛：“我这次到沧桑调查研究，准备写一篇很有分量的报告，通过我爸爸直接送省委。今晚登门造访不为别的，就是想来听听你周大队长对沧桑实行‘包产到户’的看法。兼听则明，偏听则暗。多听听各方面的意见，才能反映真实情况。”

要顺婆婆意，先摸小姑心。周宏发对薛腾飞的“好恶”还没摸底，为了迎合，便先试探地说：“联产承包这种事，别说过去没有做过，就是连听也没听过，到底是猫还是虎，我正想请教请教你们呢！”

“是猫是虎，要靠大家辨认。不过，我看目前谁也吃不准。”薛腾飞点燃一支香烟，深吸两口，然后吐出烟雾，斜起头来，“说句不客气的话，就连那个杨柳青书记，现在也只是凭着一股热情在标新立异而已。”

周宏发故作忧虑：“这可麻烦了，弄不好又要来一次折腾，大锅饭砸了，小炉灶再垮，农民就别想生活下去啦！”

薛腾飞十分自负：“用不着担心，只要我的调查报告送上去，上级就会马上批示下来，说刹就刹，说纠就纠，他杨柳青想‘包’也包不成。”

周宏发明白薛腾飞这是在吹牛皮说大话，可从薛腾飞的口气中已闻出个味儿来，谈吐、表情、态度，都有意向着反对联产承包那边靠。这一着可真灵，二人很快有了共同语言。随着一来一去、你吹我捧，“知心朋友”顿时交就，“知心话语”对答如流。

姚向梅见薛腾飞和周宏发二人越说越离谱，便有意提醒："周大队长，今晚不是村里的文化技术夜校要挂牌开课吗？有话往后再谈，我们还是先去夜校表示表示庆贺吧！"

周宏发自有想法：要在村里表现一番，易如反掌；欲结识一位厅长的公子和一个县委副书记的千金，实在很难。今晚天赐良机，哪能随意放弃。因此，便冠冕堂皇地说："夜校挂牌、开课，事先我已经给安排好了，就让他们自己去活动吧。村里的事要靠大家一起来做，总不能样样包办代替。"他周宏发办事是粗线条的，在交际方面也往往显得含蓄不足露骨有余。就在薛腾飞坐着不走之时，周宏发即说："二位可能肚子已经饿了，煮碗点心吃吧？"

"不要不要，你去做点心我们就走啦！"姚向梅赶忙推辞。

薛腾飞瞟了姚向梅一眼，则说："今晚正是中秋夜，既然周大队长要请客，盛情难却。来，千金易得，知己难求，把这些钱拿去买酒喝，大家痛痛快快过佳节！"他从口袋里掏出三张人民币放到桌子上，这正是来喜嫂通过许春山退还薛腾飞的那三十元钱。

"今晚该我请客，哪能让你破费。"周宏发把款送回薛腾飞手中。

薛腾飞重将钞票压到桌上："知心朋友，不分彼此，再推就见外了。把这些钱全部开销，喝他个一醉方休！"

薛公子的"慷慨之举"却为难了周大队长。此时，周宏发已意识到不是"两个鸡蛋一匙糖"所能应付得了的。他马上调遣家人，杀鸡的杀鸡，打酒的打酒，炒菜的炒菜，办了一桌丰盛的宴席，把薛腾飞、姚向梅和他周宏发本身填得酒足菜饱，醉眼惺忪。

薛腾飞感到今晚一为煽动周宏发、二为节日有酒喝，两个目的均已达到，便起身告辞；周宏发为能巴结这样的"要人"，也暗自庆幸，他再三恳请薛腾飞、姚向梅多多关照之后，便一直把他们送到了村街尽头。

乘着酒兴，薛腾飞又邀姚向梅和他一起欣赏这美好的月夜。在城市里，要找个安静幽娴的地方不容易；而这农村却很方便，龙眼树下绿荫宜人，池边岸上柳垂水秀，果园石板凉爽洁净，后山草地犹如仙境。

这些天来，一直在往阿兰姑娘身上打主意的薛腾飞，面对来喜嫂围得严严实实的"篱笆"，只有兜圈之功，没有跳墙之力。欲火熏心，想找替身。现在人们都上夜校，村里宁静，正是下手良机，猎取之物又在身边，机会哪能放过？

薛腾飞和姚向梅并肩出了村街，信步穿过龙眼树林，再走到后山芳草地上，席地而坐。薛腾飞望着月明星稀的天空，自言自语：“月亮在天上，月老在哪里？”

姚向梅天真地斜起头问：“你找月老做什么？”

“做什么？装蒜，你心里还不明白！”

“我真的不明白。”

“你应该明白，没有月老你我的事谁来牵？”

“不要胡思乱想、胡说八道！”姚向梅举手往薛腾飞的背上捶了一下。

“这一拳打得好！”薛腾飞说着，顺势伸过手臂去搂姚向梅。

“老实一点，君子动口不动手，动手是小人。”姚向梅急忙把身子挪开。

“在你面前，我心甘情愿当小人。”薛腾飞靠了过去，展开双臂把姚向梅紧紧搂抱在怀里，说了声“来呀，别害臊！”

姚向梅双手推着薛腾飞，使劲地挣扎；薛腾飞死死抱着姚向梅不放，先是嘴巴往她那洁白的脸蛋贴了过来，随着大手按到她那鼓起的胸脯上。啊，更可怕的一幕发生了，薛腾飞疯狂地将姚向梅压倒在地，就势又把手伸向她那严严实实的衣服底下……

在一阵急促的“嚯嚯”喘息和微弱的“哼哼”呻吟声中，姚向梅片刻安静，随之便觉得天旋地转，天上那明净的月亮已经变得暗淡无光。

当姚向梅如梦初醒之时，隐约听到从村里传来了笑声，仿佛有许多人一齐站到面前，瞪大眼睛在耻笑她。一阵凉风吹来，她顿时感到全身冷得发颤，定睛一看，面前还是只有那个已经疲惫不堪的薛腾飞和一片月色如霜的空旷原野。

欢声笑语仍在村里缭绕，沧桑的文化技术夜校下课了。

二十一

太阳从笔架山后升起，满山遍野披上金色衣裳。

杨柳青按照平时的生活习惯，早早起床。他从村口的老榕树下出发，沿着沧桑溪边兜了一圈，再上笔架山腰呼吸一阵新鲜空气，然后返回吃罢早饭，又开始了新一天的工作。他把许春山、周宏发、王小华、许志农几个人请到大队部二楼上，一起商量如何继续巩固、完善家庭联产承包责任制和抓好当务之急的防治稻瘟病工作。

当正在研究事情之时，县委办公室主任李明派通信员给杨柳青送来了一封信。杨柳青把信打开一看，原来不是别的，是向民的病情检查报告单。报告单上写着：肝癌怀疑，建议住院继续观察。杨柳青顿时感到手在发抖，他把报告单交给许春山，许春山看后往下传给周宏发、王小华、许志农。大家一看，都呆住了。

杨柳青沉思了一会儿，说："伤心、着急无用，现在要考虑的是，病情要不要告诉向民同志本人？怎样动员他去住院治疗？"

"这种病一般是不告诉本人的，要是告诉了他，他的精神一定会受到很大打击。"许春山说。

"向民同志人很坚强，如果不把病情告诉他，他是不肯去住医院的。"杨柳青想了又想，还是拿不定主意。大家正在犹豫不决之时，忽然听见外面响起沉重而缓慢的脚步声，接着是向民面带喜色地走进门来。杨柳青和许春山见到向民，一时无言以对，还是王小华反应灵敏，她装着若无其事地打了招呼："向伯伯，这些天您已经够累了，怎么不在家里休息休息又出来。"

"待在家里做什么，咱沧桑现在正是枯木逢春发新芽的时候，忙都来不及了还能闲待着？"向民喘喘气，兴奋地说，"志农、阿华，你们农业技术课讲得很好，据说明晚又有新课文，我还要再去听，不听就可惜了。"

听着向民的话，杨柳青如锥刺心，许春山垂头不语，小华和志农也默默无言。

“哎哟，你们在商量事情，我太随意打扰你们了。”向民见大家都没有什么反应，以为不欢迎他，便悻悻欲走。杨柳青控制着自己，赶忙扶住向民：“老向，您别走！”

许春山欲语无言，垂下头来暗暗拭泪。

向民感到气氛异常，忙问：“怎么啦，你们有什么事情瞒着我？”

许春山犹豫了好一阵子，咬咬牙，从口袋里掏出那张医院病情报告单，颤抖着手递给了向民；向民接过单子一看，“肝癌怀疑”四个字赫然在目，他脑门不禁嗡了一下，呆住了。

杨柳青此时感到讲什么都是多余的，他无声地把一杯茶捧到向民手里；向民接过茶呷了一口，慢慢镇静下来，随着强颜作笑地安慰大家：“刚才你们是在为我伤心吗？哈哈，傻瓜，真是傻瓜，这病来找我，总比去找别人好。我活到今年六十五，也已经够啦，只要让我再看看咱沧桑承包后的第一个丰收年，我去向毛主席和周总理报到心就安了。”他讲到这里，收起那张病情检查报告单，挪着沉重的步子走向窗台，深情地望着室外的山岭和田野，望着那条从村旁潺潺流过的沧桑溪……

“我这个他乡异地人，到这里安家也有好几年时间了，此山此水朝夕相见，多么熟悉，多么亲切呀！那些年，想帮助沧桑改变穷山穷水穷面貌，怎奈道路坎坷，难于起步；现在好了，有希望了，可我却要离开这片土地了！”向民按着窗台，心情沉重地自思自想。他缓缓转过身来，突然嘿嘿笑道：“没有事，报告单不是只写‘怀疑’吗？怀疑不等于事实。你们看，老向现在不是好好的吗？我在这里，你们就无心研究工作，还是到外面走走好。”

“等一等。”杨柳青叫住向民，然后把几件事情给许春山等人作了简单交代，便扶着向民下楼。

向民不是往回家的路上走，而是朝着村口的方向行；杨柳青随向民的意，一直陪在他的身旁。二人各有所思，默默无言来到村口的那棵老榕树下。

向民习惯地依墩而坐，定了定神，说：“小杨，你还记得吗？我陪你第一次进村，两人就在这棵树下谈心。眼睛一眨，就是一个月零七天了。一个多月来，沧桑真是人情世故不同，山水田园变样，成绩是很大的，经验也是不少的，这要靠你们去总结。群众心里也很明白，路好走靠人踩，树遮凉靠人栽，好话我不给你多说，现在只想对你讲些不该讲的话。”

杨柳青言诚语挚：“现在已经不是初交，我了解您，您也了解我，我们有什么心里话都可以掏出来。”

“我们还是边走边谈吧。”向民站了起来，朝着他自家的方向走去。此时，他说话声音很低而分量却很重，“别的我不挂意，只是担心你的下一步工作会遇到很大阻力。你已经知道，王云岗县长对实行联产承包是很反对的，现在沧桑又一直在添他的心病，估计他已经很生气了。这些年，他既当县长又代理县委书记，琼山的大事基本上是他一个人说了算，只有我这个不知轻重的老者敢在他的面前敲敲边鼓。他是你的老首长，尽管个人之间感情很深，可是按照他的脾性，在这种大事上目前是不会让步的，这个你得要有充分的思想准备。”

“向民同志，您休息一下，有话慢慢再讲。”杨柳青见向民心情激动，担心他再说下去伤了身体。

“不，不能慢慢讲，明天你要回县城，看来我也得去住医院，棘手的事马上摆到面前，我想给你提个醒。”向民固执地往下说，“红脸关公不好对付，笑面菩萨更难提防。现在我不好说更多的话，只能提醒提醒你。在我们党内确实还存在着那种两面三刀、阳奉阴违的人。这种人口口声声说要与党中央保持高度一致，要全心全意为群众谋利益，而且声音喊得比什么人都高。其实，骨子里藏着见不得人的东西，为了达到个人目的，什么手段都可以使出来。经过这一段的接触，我感到你很有能力，工作很有办法也很实在，就是过于忠厚。对待同志，忠厚是好的，对待那种搞阴谋诡计的人，还得提防三分才行。噢，噢，我把话讲到哪里去了？”

“向民同志，您把话讲到要害处了。”杨柳青感激地说，“有句谚语：结交要像长流水，莫学杨柳一时青。我这个杨柳青的名字起得不好，但您可以相信我的为人，您的话我会记在心上，您对我的真挚情谊我会永远珍惜。”

杨柳青和向民并肩沿着鹅卵石铺成的村巷相互倾诉着肺腑之言，不知不觉已到向民的家门口。向民驻足对杨柳青说：“你还得去和春山他们一起研究工作，不要再陪着我了。”

杨柳青一时挪不开步：“您住院检查身体的事，我们还没有商量呢！”

“这有什么好商量的，带上一两件衣服，再拿上牙缸、牙刷和毛巾便是了。”向民说得很坦然，“不过我得吩咐你一句话，病情报告单上的事，千万不能告诉我的那个老婆子。姜越老辣越浓，人越老情越深。现在儿子媳妇都到外面工作，没有人在家给她开导散心，这件事要是让她知道，她就会比我先去向毛主席和周总理报到了。”

杨柳青无言以答，只是连连点了两下头。他目送向民进门以后，马上返回大队部挂电话到县委办公室，交代李明找县医院给向民安排病房，并约定第二天上午派车到沧桑来接老向。

按照预定时间，第二天上午村人刚刚下到地里劳动的时候，李明便陪着驾驶员，把那辆北京牌吉普车开到了沧桑村的老榕树下。杨柳青不动声色地护着向民上车，他事先已交代了许春山等人，如果有人问起，便说他们一起到县里开会。

汽车“呼哧呼哧”几声，启动轮子，出村了。

清澈的溪水，翠绿的稻田，布满人群的山岭，不断从杨柳青和向民的眼前闪现而过。起初，坐在车里的人均无言，当车子开到老龙岭下时，向民开了个话头，他忧虑地问起李明：“小李子，最近云岗心情好不好？”

李明习惯地扶了扶眼镜，感到很难回答向民提出的问题，只是笑笑说：“可以说好，也可以说不好。”

向民虽然心情沉重，可还是少不了诙谐：“知识分子说话就是要多转个弯。有什么就应该直截了当说什么，光明磊落。”

李明受到向民乐观情绪的感染，说话也就宽松了：“我不会骗您，王县长现在的心情是又好又不好。说好，是因为杨书记来到咱琼山，他非常高兴，一闲聊起来，免不了要向我们介绍一番杨柳青同志的身世、为人、品德和工作精神。每当说到他住‘牛棚’那几年柳青同志对他一片深情时，泪水就在眼眶里打转。谈到末了，总要捎上一句：你们得好好向柳青学习。说不好，因为他感到一个多月来，沧桑的‘资本主义尾巴’越露越长、越长越粗。有时他想这事，想得都不说话，甚至烦躁得净训人，一天连续几次叫我给老杨打电话。为了不影响杨书记开展工作，我不是给他说电话打不通，就是说找不到人。开始他还相信，后来觉察到我在‘捣鬼’，连电话也不叫我打了，一见到我就气呼呼的。而我呢？他脸色不好看，我就给他赔笑脸；他要亲自打电话或者要到沧桑来，我就劝他说：书记不在家，县长又下去，家里没有一个人主持工作怎么行。拖一拖，磨一磨，也就过去了。”

向民听到这里，已经完全忘记自己是要去住院的，他往李明背上一拍：“好哇，小李子你也学会耍‘阴谋诡计’了，到县城以后，我非到王县长那里揭发不可。”

杨柳青一言不发地静静听着李明和向民的谈话，只觉“叽呀”一声，震动一下，车子停在琼山县人民医院的院子里。早已在医院等候的王云岗，几步走到车旁。当向民一下车，王云岗便扶住了他："老兄弟，我很担心不下一道命令你会不肯来这儿。走吧，往前面走吧！"

向民紧紧握住王云岗的手说："云岗呀，我得批评你，工作那么忙，到这里浪费时间做什么？"

"批评多了，也就皮了。咱老向不也是这样吗？三番两次叫你检查身体，你一直挺硬，这次我可不能再让步了。"王云岗责备着说。

杨柳青、李明跟在二位老同志的后面，听着他们的对话，心里都被那"同志亲，战友情"所感动。

医务人员把向民带进一间洁净的病房里，并做了妥善安顿。在向民的一再催促下，杨柳青、王云岗和李明才离开了病房。

二十二

杨柳青等人走出医院的病房通道，又来到竹翠花香的院子里。李明坐上吉普车，同司机一起走了；王云岗和杨柳青已经多日没见面，各有不少心事，可暂时都把话憋在心里。他们肩挨着肩走了几十米远，仍然一路无语。还是杨柳青找个话题打破这沉闷的气氛："听李明说，您最近身体又不大舒服，有没有再检查一下血压？"

"检查啦！"

"稳定不稳定？"

"不稳定！"

"那我打个电话叫阿华回来照顾您好吗？"

"不用啦！"

杨柳青还是像当年跟随他老首长一样，恭恭敬敬地陪着王云岗。王云岗连头也不抬地一步步走到他住处的会客室里，对杨柳青说了声"茶你自己泡吧！"便坐到了那只油光发亮的沙发椅上，微微喘着闷气。

杨柳青泡完茶，先送一杯给王云岗，然后自己也喝了起来。王云岗朝茶具橱努了努嘴："里面有巧克力糖，是我给阿华买的，你自己拿吧。"

杨柳青打开橱子，不是去取糖果，而是拿出一瓶“冠心苏合丸”：“上午还没吃药吧？”

“那种药又治不了心病，吃它干什么！”

杨柳青从药瓶里倒出四粒药丸，配上一杯温水送到王云岗手里。这下王云岗有些心软了，他服下药去，心情也开始平静起来：“现在沧桑的情况怎么样了？”

杨柳青回答：“有的情况您已经知道。有的事情，包括个人感受，我准备理一理以后，再向您作个汇报。”

王云岗摇摇手，说：“不敢不敢，现在我们是平起平坐了，有什么事情可以共同商量，一起研究。”

杨柳青从王云岗的口气中，听出了二人开始有点见外。可是，他有意避开这种一下子解释不清也难于消除的感情隔阂，照样自自然然地把话往下说：“调查明事理，实践出真知。这次在沧桑住了一段时间，认识与过去就不一样了。”

“有什么新的感受？”

“最主要的感受是，山好水好人也好，农民受穷不应该。依我看，这几年的农村经济政策是有毛病的。”

“毛病在哪里？”

“最大的毛病，就是生产关系超越了生产力的发展水平，超越了群众的觉悟程度。生产资料搞得过于集中，经营管理也统得过死。这么一来，便产生这样一种客观效果：热粥烫喉，急吃伤胃。严重挫伤了群众的积极性，反而阻碍甚至破坏生产力的发展。一把政策放宽，生产也随着出现了新气象。”

“何以见得？”

“譬如说，‘三姐妹养鸡场’办起来以后，二妹嫂她们就像照顾自己的小孩一样照顾着大鸡小鸡，办场不到一个月，小鸡长大，母鸡下蛋。我要回县里时，二妹嫂子告诉我：场里已经收成一百多斤蛋，她还特地装了一篮子鸡蛋托我送给您补养身体。我对她说，鸡场刚开张，这样做老王是会批评的。鸡蛋没有收下，还代您向她们道了个谢。”杨柳青留心着对方情绪上的变化，他见王云岗没有什么不愉快的表露，且听得挺认真，便有意把话题引到老龙岭那片“大寨田”的承包事上，“现在，老龙岭的梯田也变了样。春山的儿子许洋洋、二妹嫂子的儿子许志农等几位年轻人，组成一个联合体承包了那片地。他们已经把被洪水冲垮的田埂修得很牢固，土壤也

进行了一番改良，

并在地里种上秋植蔗，目前长势良好。我想，您看了一定会感到高兴。”

一谈到老龙岭“大寨田”的承包事，王云岗立刻产生逆反心理。他脸一沉，冷冷地说：“高兴？嘿嘿，我们相处多年，你知道我王云岗一根肠子通到底，想什么就说什么。你要抓住那片‘样板田’开刀，也可以通报一声嘛，何必先下手为强？”

杨柳青本想通过这次交谈使王云岗的思想有所转变，不料目的没有达到，反而陷入僵局。他沉住气，又开口：“请您不要生气，听我再往下说……”

“行啦行啦！”王云岗把手一摆，打断了杨柳青的话，“大是大非问题，不是三言两语，也不是用一两件事能说得清楚的。我们还是按照组织原则办事，再开一次县委常委会讨论讨论，形成个集体决定。这样，对你、对我、对其他常委都有个约束力，我王云岗也不好去自行其是。”

杨柳青听出王云岗话中有话，不便多说什么，只好勉强同意再召开一次他本不想开的县委常委会议，并交代李明通知姚新和田峰于当天下午两点半准时出席。

姚新接到开会通知以后，皱起眉头进入书房，开始考虑起如何在下午的县委常委会上有个上乘的表现。

最需姚新副书记动脑筋的是：怎样超常发挥自己的应变能力，既赢得王云岗的器重，又博取杨柳青的信任。而要做到这一点实在太难了，因为一场“大是大非”的争议已摆在面前，“骑墙”最后是要掉下来的，“折中”也只能落得个两头不讨好，不表明自己的态度又有失县委副书记的身份。难题，随着桌子上那只漂亮的座钟在嘀嘀嗒嗒地困扰着他的思绪。姚新定睛一看，时针指向二时二十五分，距离开会只剩下五分钟。“来不及多考虑了，还是见机行事吧！”姚新把掀开的笔记本子啪的一声合上，狠狠丢进公文包里，然后走到镜台前，梳了梳他那开始掺杂几根银丝的秀发，便急急出门朝着县委会走去。

杨柳青、王云岗、李明、田峰等人已经提前来到会议室里，当姚新入座之后，会议便开始了。王云岗说了个简单的开头语，接着便由杨柳青发言。他没用讲话稿，也不翻笔记本，自如地摆出了沧桑的基本情况，分析了在沧桑实行家庭联产承包责任制的必要性，详谈了群众的情绪、要求和愿望，介绍了实行承包的项目、内容和做法，表明了自己的认识、见解和态度。说到最后，他把所有的讲话内容归结成这样一句话：“琼山要变富，改革找出路。”

姚新副书记尽管是抱着成见和对立情绪到会上来的，然而，他不得不在心里承认：杨柳青所作的调查是深入的，说理是充分的，走的第一步也是成功的。越是有这种感觉，便越感到不好对付。所以，当杨柳青把话说完之后，他不忙于发表意见，还要好好思考一下，还要看看其他常委有些什么反应。

李明对农村的经济现状本来就有自己的见解，只是没有真正说话的机会。现在，县委的第一把手已经把旗帜举起来了，他自然感到扬眉吐气。于是，便毫无保留地亮出自己的观点：“杨柳青同志刚才的发言有理有据，是从实际出发的。我认为，家庭联产承包责任制不仅沧桑可行，在琼山全县各地也值得仿效。我建议，为了慎重起见，我们可以先好好总结一下沧桑的做法和经验，然后县委再作一次认真的讨论研究，形成决定，逐步推广，以达到‘拨亮一盏灯，照亮一大片；敲响一声鼓，震动一个县’的效果。”

田峰一向说话谨慎，今天一反常态，当李明话音一落，也马上表明了自己的态度：“从我们琼山的农村经济情况来看，确实已到非改革不可的地步了。多年来，我一直昧着良心在当计委主任，每年计算粮食产量和经济收入，总是掺进不少水分，而且一年掺得比一年多。要治‘水肿病’，就得有‘良方’，这良方便是‘改革’二字。我们应当通过经济改革，克服‘大锅饭’的弊端，调动群众的劳动积极性，发展农业生产，增加物质财富，以达到‘补虚消肿，健身强体’的目的。”

现在已轮到姚新发言。在会议进程中，他很注意听着大家的表述，更注意王云岗脸部表情的变化。权衡再三，办法有了，来个模棱两可：“我感到今天会议开得很有必要，大家都摆出了自己的看法。农村经济改革这是个新课题，也是一件大事。前留三步好进，后留三步好退。是不是由杨书记和许春山同志到上面跑一趟，把沧桑的情况向省委和地委汇报一下，听听上级的指示，我们再来作出决定。这样可能会更有把握一些。”

在今天的县委常委会议上，田峰已向杨柳青的主张那边靠，姚新又来个“谨慎从事”，这使王云岗感到沮丧。他脸色一变，没好气地说：“也行，既然我们县委本身不能形成决定，那就听上面的吧。姚新副书记的意见，我赞成！”

会议不欢而散。次日，杨柳青和许春山收拾一下行装，便带了沧桑实行联产承包责任制的情况，又乘坐那辆北京牌的吉普车，上市里向地委汇报去了。

二十三

老马识路数，智者通世故。姚新副书记不愧是个善于把握时机的政坛骁将，他估计杨柳青此去最快也得个把星期才能回琼山，因此可来个乘虚而入。当他躲进那华丽的卧房刚要开动脑筋之时，姚向梅则跟了上来，一把鼻涕一把泪地向父亲哭诉起她所受的委屈。

不知是怕“家丑外扬”还是担心得罪“厅长”，姚新对于薛腾飞侮辱他女儿的行为，并未表现出怒意，反而极力安慰姚向梅：“薛腾飞那种不讲道德的举动是极端错误的。现在只好这样去想，年轻人一时冲动做出越轨的事，也是可以理解的。这事只能说给你爸爸知道，不能再对任何人讲，以免声扬出去，造成不良影响。”

姚向梅不仅没有从中得到安慰，而且越听越有气：“薛腾飞这样可恶，爸爸您不感到愤怒，反而说是‘可以理解’，亏您说得出口。那好，您不管，就由我自己同薛腾飞算账！”

薛腾飞根本不把在沧桑做出的风流事记挂心上，一回县城，照样大摇大摆地出入于姚新家里。他的猜拳行令声，正从对面的姚向鸿卧室里传到姚新和向梅的耳边。

姚向鸿、薛腾飞、洪彤彤凑在一起狂吃猛喝，酒已半酣。薛腾飞摇头晃脑地叫道：“我的向鸿老弟，沧桑有的是泥土，哪来人民币？噎……你爸爸真缺德，存心叫我去那里活受罪！”

姚向鸿从酒桌上提起茅台酒瓶，又给薛腾飞斟上一杯：“喝吧，喝够了人民币就来啦！”他丢开了薛腾飞，把盛情倾注到洪彤彤身上：“别听他说狂话，我们尽管喝，酒逢知己千杯少！”

洪彤彤受宠心欢：“好啊，既然老兄把我当成知己，我便士为知己者死！”

“不不，你应该士为知己者活，好好地活下去。人家端走你的‘大锅饭’，我偏要给你‘小灶’吃！”姚向鸿拿出一沓人民币，在洪彤彤面前摆弄起来。

洪彤彤见钱，醉眼红上加红：“这是？”

姚向鸿慷慨大方："拿着吧，随你要怎么花就怎么花，知己钱，不用还！"

洪彤彤接过钞票，眨了眨诡谲的眼睛，发出一阵狂笑："哈哈哈，其实你我都是在演戏。小肠接大肠，肾脏连膀胱，你理解我，我也理解你。请放心，我会把这些钱用到你满意的地方去的！"

屋里，烟气熏天，酒味呛人，洪彤彤走到窗口想吸一吸清新空气，一眼看到周宏发身背帆布挎包，一路从街上走来，被那"琼山建筑材料门市部"所吸引。

周宏发走进了门市部。门市部里瓷砖、马赛克、圆钉、钢丝索……样品繁多。周宏发望着墙上的价格表，目光停留在一行字上："水泥，每吨一百零二元。"

"大队长！"一只手突然搭在周宏发的肩膀上。周宏发转身见是洪彤彤，只是冷冷地说了声"你也来了！"

洪彤彤满脸堆笑："是呀，朋友要建楼房，托我代买几吨水泥。你来采购什么？"

周宏发爱理不理地回答："随便看看。"

洪彤彤有意搭讪："哎，最近水泥紧俏，难得今天这里有货。"他故意摆阔，取出一沓人民币边数边走向柜台。

周宏发受了条件反射，伸手捏捏挎包，包里扁扁。

洪彤彤放高声音问营业员："水泥标号多少？"

营业员随口答道："三百。"

洪彤彤在周宏发面前表示失望："大队长，这水泥建楼房标号太低，修平房倒很合适，听说你准备盖单层大屋，快买几吨回去吧！"

周宏发心里痒了起来："可惜钱没带够，只好改日再买了。"

"改日就卖光了。来，先垫上！"洪彤彤把钞票递了过去。

周宏发想要又不敢要："那是别人的钱，怎么好这样做？"

洪彤彤满不在乎地说："应个急，有啥关系？朋友可相信我，我也能相信你。要几吨？"

周宏发想了想，说："我看三吨就差不多了。"

洪彤彤主动转向柜台："来，水泥三吨。"

营业员拨完算盘，开了发票递给洪彤彤："三百零六元，到仓库取货。"

洪彤彤付了款，取了票，亲热地把手搭在周宏发的肩膀上，走出门市部："仓库在隔壁，我们一起去取货！"

洪彤彤拿着姚向鸿赏给的“知己钱”，往大队长周宏发的身上“投资”去了；薛腾飞和姚向鸿则醉眼惺忪地留在卧室里密谈起来，说到投机处，两人相对发出一阵狂笑。

笑声，刺激了还在对面宿舍里开导向梅的姚新副书记。他恶起面孔，骂了一声：“这两个混蛋！”随之又换出一副慈祥的笑脸，走过去轻轻拍了拍姚向梅的脸蛋，继续安慰说：“事情既然发生了，伤心气恼也没有用，要冷静一点，要想得开。爸爸一定替你出这口气，我马上去教训教训他们。”

推开紧闭着的姚向鸿卧室房门，一股扑鼻而来的烟酒气味，真叫姚新副书记恶心。他皱了皱眉头踏进房里，扫视着狼藉的餐桌和凌乱不堪的床铺，摆出长者的尊严对姚向鸿训道：“喝够了没有？成天不务正业，醉生梦死，我看总有一天要走上犯罪的道路。我说的话听不听由你，今天再警告一次，不允许你继续往我脸上抹黑！”

姚向鸿爱理不理地躺在床上抖着二郎腿。薛腾飞抽着香烟，吊起眼睛挖苦说：“我知道姚副书记是个正人君子，你务你的正业，我们走我们的邪道，井水不犯河水，免得给你增加烦恼，也免得大家都不愉快。到时，我可以在我爸爸面前多给你说几句好话，这对你来说是有好处的。”

姚新感到薛腾飞侮辱了他的女儿，现在又这样肆无忌惮地在他面前耍野，顿时心里燃起一股无名之火。可是，他克制着自己，不温不火地说：“小薛呀，我劝你们都是为了你们好。再说，你爸爸、妈妈把你放在琼山，我也有义务为他们负责，好好把你培养成才。”

“哈哈，成才，成什么才？”薛腾飞醉话醒语参半，毫无顾忌，“上梁不正下梁歪，中梁不正塌下来。你能培养我成好才？不可能。泥菩萨过河，自身难保，你还是自己管管自己吧！”

堂堂县委副书记，受到这样一个无赖的欺凌，真是令人不可容忍。然而，姚新却忍下去了。因为他有不可见人的“隐情”，而这“隐情”的证据又被薛腾飞抓在手里，有什么办法呢？

姚新怕再说下去，被醉酒失控的薛腾飞翻了“老底”，便把话题一转：“好啦好啦，不谈这些，还是说说你们的打算吧！”

薛腾飞依然盛气凌人：“打算，你指的是什么打算？捞钱，喝酒，还是要我再去沧桑活受罪！”

“不，到沧桑不是活受罪，是去施展你的才能。农村是个广阔的天地，在那里是可以大有作为的。你应该再去，向鸿和向梅也应该去，到那里跟着杨书记搞农村改革，好好学点东西，做点事情，从中锻炼锻炼自己。”

姚新这般“循循善诱”跟一个无赖磨嘴皮谈工作，目的何在？对此，姚向鸿是心领神会的。他霍地从床上爬了起来，丢掉手上的烟蒂，说：“算啦算啦，够烦的啦！我佩服爸爸您的本事，遇秀才吟诗，见农夫说猪。可对我和薛腾飞，根本用不着来这一套，要我们干什么，您可以直讲，不必躲躲闪闪采用迂回战术。”

“痛快，还是你的儿子为人痛快！”薛腾飞酒气尚未全消，说话仍然十分放肆，“猫哭老鼠总是假，狗馋骨头才是真。咱姚副书记现在闷葫芦里藏的是什么狗皮膏药，我薛腾飞看得比你本身更清楚。杨柳青来啦，你想取代王云岗的好梦像肥皂泡吹了，你那个‘大批促大干’的看家本领也将没有市场了；要是你在‘文化大革命’中挑动武斗的事实再被揭发出来，还有，还有……新账老账一起算，那就非彻底垮台不可。等着当头挨一棒，不如开口先咬人。亲爱的姚副书记，我薛腾飞算是很理解你了吧，现在就看你的胆量、决心和行动了。只要你不是狗熊，我姓薛的绝不会是个脓包！”

姚新耐着性子听完薛腾飞那劈头盖脸的狂言，表面生气，暗中自得，他已猜透薛腾飞将有什么举动，也就不再多说，只是又给一激：“真是醉汉狂言，不知深浅。我已经拿你没有办法了！”其实，姚新的“办法”就在这“没有办法”之中。他佯装气恼，愤然出门。

薛腾飞没等姚新的脚后跟全跨出门槛，就把房门“砰！”的一声关上，再去与姚向鸿密谈起来。

二十四

一阵妖风起，乱云遮日光。阴影很快从县城移动到了沧桑村……

许春山随杨柳青去向地委和省委汇报情况，沧桑村的工作自然是由大队长周宏发主持。

周宏发那天上县城买下三吨水泥，洪彤彤帮他雇来一辆三十四马力的拖拉机，跑了三十二公里山路，当天把货运回家里。自此，周宏发便整天在盘算着欠洪彤彤的钱什么时候还？自家的瓦房什么时候盖？一天上午，他又边想这两个问题，边扛上锄头走向大墓山的那片承包地。周宏发上山后，脱掉身上的外衣，进入林间锄草整地。就在这个时候，洪彤彤突然来到他的面前："大队长，辛苦啦，休息休息吧！"

"老洪，你怎么跑到这儿来了，有事找我？"周宏发放下锄头，边往挂在树上的衣袋掏烟丝边发问。

洪彤彤阔绰地递给一支凤凰牌过滤嘴香烟："来，抽这个。"

周宏发接过香烟点燃，深吸一口，赞道："好香！"他想洪彤彤来了个"香烟搭桥"，必定还有什么奉送，不料洪彤彤却把身子往树干一靠，面有难色地在那里叹气。

周宏发疑惑地问："你有什么难事？"

"是有难事，可这事实在不好向你开口。"洪彤彤摇摇头说，"买水泥的那笔钱，朋友要讨回去买杉木，催得很急，我又帮不了你的忙，实在为难！"

周宏发心里有些着慌，他想了片刻之后，说："那我只好去向别人借一借，就这个办法了。"

"也不是十元八元的，人家哪有这么便当的钱借给你。"洪彤彤还是摇头。

这下周宏发被完全难住了，他感到有生以来第一次被人家讨钱讨得这般难堪。

洪彤彤察言观色，眼睛一眨，出了个点子："一千赊不如八百现，八百现不如三百便。依我看，可来个就地取材！"

"这话怎讲？"

"既然这片山地已经包给你，你就砍它几立方米杉木抵还，不就行了。"

"那可不行，队里有规定，包地要保林。"

"什么规定不规定，林从地上长，地比林重要。既然山地能包，杉木为什么不能砍？"

周宏发犹豫不决："这可不能马虎，我得再和队里的干部商量商量。"

洪彤彤又再一激："我看大队长你也太谨慎了，还要商量什么？春山不在，你便是一队之主。要是连这点事都不敢干，往后谁还瞧得起你！"

洪彤彤那几句话像石头砸过来，周宏发开始动摇了："让我再想一想。"

洪彤彤乘势再攻："这一回要拿出胆量来，让人家看看你周宏发并不是个豆腐队长。世间从来就没有救世主，全靠自己救自己！"

周宏发渐渐收紧五指，捏成一个拳头往身旁的树干一砸："好，干！"

随即，他回到家里带来锯子、柴刀，连他的老婆也请上山。山坡上，场地宽，砍伐便当，一棵棵杉木就这样哗哗倒了下来！

不远的一处山坳里，薛腾飞和洪彤彤躲在那边观察动静。洪彤彤指着山坡上的杉木，得意扬扬地对薛腾飞说："这就是钞票，运它一车，就够我们花的了。"说着，两人相对黠笑，一人再点燃一支中华牌香烟，满吸一口，朝西边的云彩呼吐出去。微微的西风反吹回来，又把烟雾蒙在他们的脸上。

就在大墓山上杉木接连倒下的时候，沧桑溪边的稻田正随风翻着绿浪，两位年轻人在那里检查着水稻的病虫害。

王小华边用放大镜观察稻子的叶片，边发出信号："慢性型病斑二叶""急性型病斑三叶"。许志农聚精会神，把数据一一记在卡片里。

检查了一阵子之后，王小华收起放大镜，撩开散落在脸上的发丝，声音轻轻地对许志农说："稻瘟病被压下去了，白叶枯病的菌脓密度却很高，要赶快采取措施防治。"

"小王，志农，快，快！"王小华和许志农听到喊声，转身一看，只见周大憨气喘吁吁跑了过来，结结巴巴地说："你阿母、桂花婶，还……还有许洋洋，快与宏发叔打……打起来了。"

王小华吃了一惊："为了什么事，你慢慢讲。"

周大憨更急了："我……我讲不清楚，你……你们到那里，就……就……就知道了。"

"走，看一看去！"王小华招呼了许志农。两人急急离开稻田，转过山脚，爬上土坡，只见锯倒的杉木东倒西歪，枝叶散落一地。

此时周宏发正在火头上，气呼呼喊道："你是黄桂花，不是许春山，没有权利来阻挡我！"

黄桂花双手一叉腰："我是沧桑的社员，就有权利制止你破坏集体财产！"

陈二妹全力助战："你是大队长，带头破坏队里的规定，罪加三分！"

周宏发撇开黄桂花，咬住陈二妹："我周宏发违反了哪条规定？犯了什么罪？你说明白。林从地上长，地是我承包，我为什么不能砍这杉木？告诉你陈二妹，周宏发不是豆腐渣，不怕你仗势欺人！"

"你说我仗势欺人就仗势欺人。我仗共产党的势，欺破坏生产的人，天经地义。"陈二妹把头一仰，寸步不让。

"是你拿大帽子压人，还是我破坏生产？"周宏发跳了起来，"我知道你陈二妹觉悟高，也明白你陈二妹想在沧桑当老大。你可以到别人面前要威风，别想在我周宏发头上拉屎拉尿。赤婆娘，我不怕你！”

“你敢臭嘴骂人！”众口怒喝。

“好哇，姓周的，你真是胆大包天，竟敢对我二妹婶耍野。我二妹婶一身是金子，哪容你狗嘴喷粪，今天我可饶不了你啦！”许洋洋瞪大双眼，捏紧拳头，冲了过去。许志农一个箭步，强行拦下许洋洋。

“请大家冷静一点！”王小华拦退许洋洋，尽量控制着自己的激动，“宏发叔，你粗嘴骂人，这且暂放一边，以后计较。现在我问你：你明明知道砍伐林木需经大队讨论，再报上级批准，为什么明知故犯？”

周宏发仍然振振有词：“包地包山有没有上级批准？你把文件拿来给我看看！哼哼，别以为人多就是理，现在又不是‘文化大革命’，我不怕你们围攻，我还要上诉！”他见众人怒目而视，自己处境孤立，不敢恋战，便取下挂在树上的衣服，扛起锄头，嘴硬心虚地边说气话边走下山去。

当众人撤离现场之后，夜幕随着罩上了大墓山。周宏发和原先躲在山坳里的薛腾飞、洪彤彤会合，仔细观察了一番周围的动静，便闯到周宏发的承包山地上，同他们带来的人一起把砍倒的木材搬下山。

一辆解放牌载重汽车满载着木材，从山脚下的公路上开出。汽车油门放得很大，呼呼狂吼，车屁股上冒出的浓烟，随时被风吹散。驾驶室里，薛腾飞催促着司机：“快，开快一点，时间就是金钱。”

年轻司机许万两注视前方，回答说：“不能再快了，再快就要翻车了！”

汽车跑了一程之后，洪彤彤拍拍薛腾飞的肩膀，得意地说：“别紧张，小偷钻狗洞，头过身就过。现在已经出了沧桑地界，量他们插翅也追不上啦！”

薛腾飞松开了绷紧的面孔：“那就给我开慢一点，免得钞票未上手，先见阎罗王。”

许万两没有应声，依旧注视前方，但车速明显降低了。

再过三公里之后，洪彤彤复又紧张起来：“当心，前头就是木材检查站。”

薛腾飞从口袋里取出一张加盖琼山县人民政府公章的证明条，在洪彤彤的面前扬了扬：“护身符在这里，怕什么？”

车到十字路口，许万两问：“开往哪里？”

薛腾飞打了个手势：“往右拐，直抵葫芦口！”

二十五

陈二妹等人带着气愤的心情从大墓山场回村之后，已是掌灯时分。王小华一进门，赶忙帮她阿母动手做起晚饭。她一边淘米下锅，一边心想：“看周宏发的那个架势，是不会因为大家和他一吵就收场的，说不定还会再杀回马枪，乘夜把砍下的杉木盗运出去，不加监视不行。”许志农同样作出这样的分析，两人想到了一块儿。他们给阿母打了一声招呼，便带上手电筒，相随出门。

溶溶月色洒在山场，习习山风吹动林木。王小华、许志农在通往大墓山的曲径上，突然发现有个高大的身影迎面而来，这人正是大队长周宏发。

周宏发闯到王小华、许志农面前告急：“你们来得正好，我刚要跑回村里求援呢！”

王小华问：“又出了什么事？”

周宏发答：“今天下午我做错了事，感到很后悔。我担心砍倒的那些杉木散失，正要把它搬到一块保护起来，忽然有一帮人冲上山，不容分说就抢杉木。我拼着老命同他们争夺，一人抵挡不了众人，衣服被他们撕破，身体也受了重伤，你们看！”

王小华把手电筒照在周宏发卷起衣袖的手臂上，有处伤口正流着血水。她问：“那帮人是从哪里来的，你认识他们吗？”

“不认识，看样子是跃进大队的人。”周宏发答。

“走，一起去看看现场。”王小华说着，率先往前走去。

三人来到周宏发承包的山地上，但见砍倒的杉木已一根不剩，只留下遍地残枝败叶。

周宏发着急地说：“看来哄抢木材的人不会跑远，我们还是赶紧回村给跃进大队打个电话，请他们帮助追查，要不就晚了。”

王小华和许志农都只听不答，心里泛起疑团，打下问号，周宏发则自鸣得意，感到他制造的假象表演已获成功。

看完林木被破坏的现场，王小华、许志农迅即返回家里，匆匆吃罢晚饭，马上赶到大队部。他们把几位共产党员召集起来开了个紧急会议，通宵研究如何保卫集体财产和巩固家庭联产承包成果，并作了明确的工作分工：许春山回来之前，由许志农为主负责处理联产承包事宜；由王小华帮助支部抓好当前农业生产工作。直至次日黎明到来之时，会议才结束。

王小华离开大队部，回家吃过早饭，便乘上队里的一部手扶拖拉机直奔县城，主要任务是采购防治水稻白叶枯病的农药。拖拉机在那七拐八弯的山间简易公路上震动、颠簸，王小华好像没有感觉到这种旅途的难受，一直在思索着什么。三十二公里山路，跑了一个多钟头，当拖拉机停靠在县委会大院时，太阳已升得老高。王小华跳下拖拉机，向司机招了招手，径直跑进县委办公室。这时，李明正在埋头整理着一大堆信件。

“李叔叔。”

李明听到声音，抬起头来见是王小华，即迎上去：“刚到？要回来也不先打个电话，好派车子去接。”说着，起身给王小华倒了一杯水。

王小华边喝水边问：“我爸爸到哪儿去了，从昨天下午一直挂电话回家，都没有人接。”

“王县长前天下午就到跃进大队了，大概今天上午就会回来。”李明给王小华再加了水，说：“有什么急事能不能先告诉我？”

王小华答：“当然可以。”接着，便把昨天沧桑发生滥伐、盗走木材的事细说一遍，并反映了村里水稻白叶枯病有发展趋势，急需60%代森锌农药用于防治。

李明一面将王小华反映的情况详细记录下来，一面安慰她道：“别着急，要真正办好一件事情都得花点力气，何况农村改革这样的大事。你已经个把月没回家了，先回去看看。农药的事我马上帮你联系，其他事情等王县长回来再商量解决。”

王小华说了一声：“谢谢李叔叔！”便离开县委办公室。

李明随之挂了电话：“摇农资公司。”电话通了，李明接话：“是农资公司吗？……贵姓？……晤，是向鸿。你马上发车，调给沧桑一千斤60%代森锌……不能明天，今晚之前就要送到，越快越好！”

在县农资公司经理室。姚向鸿和李明通完电话，刚把话筒放下，王小华就一步跨进门来。

姚向鸿如遇贵客，盛情相迎：“县长千金驾到，鄙人未开中门迎接，请恕罪！”

“不敢！”王小华端庄大方地坐到一把靠背椅上，直截了当地说：“今天特地前来拜访，不为别的，只因沧桑急需60%代森锌农药，贵公司能马上供应吗？”

“没有问题。”姚向鸿很有把握地回答，“李主任也刚来电话谈这件事。现在本公司虽然没有存货，可我会马上派车到地区调运，保证准时送到沧桑。”

“那好，请你千万不要耽误。”王小华起身告辞。

姚向鸿边送王小华出门，边笑容可掬地说：“想农民之所想，急农民之所急，这是农资公司的本分。此事就包在我的身上，请你尽管放心！”。

县农资公司只有一部运输汽车，昨晚已开去大墓山场盗运木材。姚向鸿从上午盼到下午，一直不见车子开回，从其他单位又一时借不到车辆，心里逐渐从着急变为发慌。

太阳慢慢西斜，已是日暮黄昏。姚向鸿站到农资公司门前，心神不定，焦躁不安，香烟一支接着一支猛抽。突然，汽车的喇叭声从远处传来。姚向鸿掷掉手上的烟蒂，拔腿就往路口奔去。

三岔路口，姚向鸿拦下迎面开来的汽车，薛腾飞打开了车门。姚向鸿仓皇挤进驾驶室：“开往仓库！”

薛腾飞问：“紧张什么？”

姚向鸿把脸一沉：“没有时间回答你的问题。”

汽车由姚向鸿指挥开到仓库门前，姚向鸿、薛腾飞和洪彤彤先后跳下车来。

“老洪你留在外面，注意别让他人靠近。”姚向鸿打开仓库大门，“小薛你跟我来！”

庞大而物杂的仓库，电灯一亮，各种物品呈现眼前。

姚向鸿边查货边恶骂：“臭他娘，不早不迟，你把农资公司的车子开走以后，李明来了电话，要我到地区农资公司调运60%代森锌。我怕露馅，答应他马上发车。刚才又来一次电话，催着要把农药赶运到沧桑。你赶紧帮忙查一查，看看这里有没有那种货。”

两人手忙脚乱地查了一番，只是徒劳。姚向鸿沮丧地说：“现在仓库里没有货，怎么交代？”

薛腾飞说：“今天地区农资公司已经关门，再说车子来回也得跑到半夜，明天早上再去调运不行吗？”

姚向鸿猛摇着头:“不行！到明天早上，一查农药为什么没有及时发运，尾巴便会从裤底露出来。”

薛腾飞手足无措:“那怎么办？”

姚向鸿把眼睛盯在一堆农药上，脑子一转:“现在只好丁勾代替老K打，用叶枯净给顶上了。”

薛腾飞点头附和。于是，马上叫人来把仓库墙边的那一堆叶枯净搬上汽车。

街道上人来人往，运载“60%代森锌”的汽车，响着刺耳的喇叭声，开出东门，往城郊疾驰而去。

二十六

今天上午，王小华到县农资公司联系农药供应事宜走出经理室之后，已经感到十分疲劳。一夜没睡，旅途颠簸，加上心情不好，使她体力难支，她很想回家好好睡个大觉，以便养精蓄锐，再到沧桑组织村民防治水稻病害。

王小华进入家门，只见会客室窗台上的那盆古榕已经多日没有浇水，盆中的泥土开始发白，雅致的玩具橱和油光发亮的茶几，也蒙上了薄薄的灰尘。打开茶具橱，一盒巧克力糖原封未动，几瓶“冠心苏合丸”只有其中一瓶动了几粒。走进爸爸的卧室，几件穿脏了的衣服挂在衣架上，床上的毛毯叠得很不整齐。她开始收拾房间，抬起头来正好与挂在墙上的一帧遗像目光相遇。啊，妈妈是这样年轻和慈祥，妈妈在对她微笑，妈妈在呼唤着“阿华”的名字。可是，妈妈并没有走下来把房间整理好，也没有催促爸爸每天要服药。人家都说您是个贤妻良母，可您却这样失职。

王小华站在母亲遗像前滴着眼泪，突然听到了脚步声。她急忙抹去挂在脸上的泪水，走出会客室，一见来人，便亲昵地叫了一声:“爸爸！”

王云岗已经多日没有见到自己的女儿了，那甜甜的声音一进耳里，眉头立刻舒展开来。他看到小华手里拿着衣裳准备去洗，便走过去把它取了下来，并轻轻地拍拍小华的脸蛋，说:“我知道你也刚回家，先歇一歇再忙。”

王小华顺从地把衣服放到一边，又去取药烧开水。她娇嗔地责备说：“我一不在家，连‘冠心苏合丸’也睡大觉。不听大夫言，吃亏在眼前，往后我可不管您了！”

水开了，王云岗边把药服下边说：“我这不是在接受你的批评吗，还生爸爸的气呀！”

王小华转嗔为喜，挨到她父亲的身旁坐下，便把话题引到沧桑村实行家庭联产承包责任制的事情上。王云岗一听这事，心情又烦起来。他起身去拿了条毛巾，边洗脸边说：“你我都够累的了，刚回到家，还是让大脑轻松轻松吧！”

王小华见父亲也很疲倦，不忍心再“咸酱加盐”，便拿起那些脏衣服到水池浆洗。

王云岗也到了水池边，卷起袖子：“运动好比灵芝草，何必去把仙方找。”

“勤洗衣服勤打扫，不生病来身体好。”王小华随口对答。

父女二人高高兴兴，很快把装了半水池的衣服洗净、晾挂定当。王小华顺手舀了一瓢水浇到那盆古榕上，便转身进入厨房淘米做午饭。

王云岗看到小华忙个不停，便说：“回来就不用再下去了，家务慢慢再做。我从乡下返回就到办公室，李主任把你反映的情况都告诉我了。沧桑村要的农药，李主任也已交代农资公司办理，今天晚上就能运到，你可以放心。”

王小华边打开炉门生火，边回答说：“不行呀，眼下许支书不在村里，周大队长又那个样子，村里再出了事怎么办？”

“你还能长期挨那里为他们当保姆？本来我是想柳青刚到县里情况不熟，才让你给他带带路，当当助手，并没有叫你长期住在那里搞那个什么‘包产到户’。”王云岗沉着脸说。

王小华见炉膛火苗正旺，触景生情：“爸爸，杨叔叔到琼山一个多月，主要是在沧桑办家庭联产承包责任制这件事。现在他不在县里，就要给釜底抽薪，这样做您不感到对不起杨叔叔吗？”

“不是我对不起你的杨叔叔，是你的杨叔叔对不起我。”王云岗开始认真起来，“他明明知道我不主张‘包产到户’，为什么一到琼山就同我唱起对台戏？”

“爸爸您怎么讲出这个话？”王小华知道在她父亲和叔叔之间，观点有着明显的不同。但万万没想到思想上已有这么大的裂缝。她放下手中的活，走到父亲跟前，辩解道：“杨叔叔到了琼山，深入调查研究，从农村的实际情况出发，帮助沧桑建立家庭联产承包责任制，这应该说是初出茅庐第一功，怎么能说和您唱起对台戏。”

“初出茅庐第一功，最大的功劳，便是一到沧桑就挥起大斧砍向老龙岭的‘大寨田’。他明知这片田地是我王云岗亲自树立的样板，为什么非抓住它开刀不可？为什么要这样同我作对？这不是为了打击别人抬高自己是什么？”王云岗说得激动，话已走火。

“爸爸，您完全错怪了我的杨叔叔。成立联合体，承包那片地，这件事确实是由我提议的，当时杨叔叔并不在场，事后他知道了还批评我不该不征求您的意见呢！”王小华耐心再作解释。

“好啦好啦，我知道你现在心目中只有杨叔叔，根本就没有我这个爸爸。就是他有什么不对，你也会替他打掩护的。”王小华的解释王云岗根本听不进去，“个人恩怨可以放到一边，这件事我也不想再去计较了。可是，联产承包是个方向性问题，我还得提醒你不要随意盲从。”

“我认为，联产承包势在必行，把老龙岭的那片‘大寨田’包下去也是对的。”

“既然是对的，为什么杨柳青一离开沧桑，便发生了滥砍盗运木材的怪事？照这样下去，不‘前头追着小麻雀，后头丢了大母鸡’，把社会主义集体经济搞垮才怪呢！”

王小华感到她父亲分析问题带有很大的片面性，便继续分辩说：“滥伐盗运木材，这是周宏发几个人的过错和家庭联产承包责任制有什么关系？”

“就是有直接关系，山地不分，便不会出现这种事情。”王云岗固执己见。

王小华再摆见解：“总不能因为嚼到一粒沙子，就说大米不好，也不能因为烫了一次喉咙，便把饭碗丢掉。沧桑村一万八千多亩山地承包下去以后，荒山得到开垦，林木得到抚育，我看好的作用是主要的。”

“你说的‘主要的’我并没有看见，滥砍盗运木材却是事实。小漏不补，大洞难堵，就是次要的也得注意。不管怎么说，你的杨叔叔要在沧桑继续搞‘试验’，我管不了。而你，不准再去干这种蠢事！”王云岗把话说得很坚决。

王小华担心再争论下去会出现僵局，可能连中午这餐饭也吃不好，便强颜作笑：“请爸爸不要激动，饭菜都熟了，我们吃饭吧！”

菜肴上桌，父女你谦我让，一直把好吃的东西夹到对方碗里。当饭桌收拾干净之时，今天早上给王小华开车的那位拖拉机手找上门来，问王小华是否还要乘他的拖拉机到沧桑。

王小华礼貌地请司机就座、喝茶之后，便去取来一瓶“冠心苏合丸”轻轻放到桌上，用心吩咐：“爸爸，我把药放在这儿，您才不会再忘记。一天吃三次，每次吃四粒，一定要记住。我走啦！”

“你还要再去沧桑？”王云岗望着小华和司机匆匆出门的背影，怅然若失，呆立在那会客室里。

二十七

王小华乘坐拖拉机又一路颠簸回到沧桑村。她一下车，就往田间继续观察水稻白叶枯病的发生情况，直至日落西山群鸟归巢才进家门。

陈二妹发现王小华脸上气色不好，忙把她带进房里，指着床铺说：“夜里没睡觉，白天骑铁牛，够累的了。快闭闭目养养神，晚饭煮熟我再叫你起床。”

王小华有气无力地躺到床上，陈二妹拿过一条被单盖在她的腰间，重重亲了一下小华的脸蛋，说：“你好好睡，阿母煮饭去。”

王小华躺在那张陪她从小到大的古老床铺上，觉得十分安然，一会儿便进入梦乡——

缥缈、潮湿的烟霭晃荡在迤逦的笔架山麓，环绕着翠色的山谷，飞出了幽静的深涧，罩到那绿波荡漾的沧桑洋上。沧桑洋，渐渐，渐渐变成一片褐黄。啊，不好了，这烟霭原来全是真菌，正在吮吸叶绿素，破坏稻禾的肌体。

王小华忧心忡忡，急忙请来许志农。他俩站在鸟啼声声、垂柳袅袅的溪岸上，就像天女散花般地将一把把农药洒向田间。农药溶入雾霭，降落在稻海之中。霎时，沧桑洋又是遍地绿茵。

一阵清风掠过田野，田野翻起层层金浪。王小华俯身捧起金灿灿、沉甸甸的稻穗，稻穗上谷子粒粒大如黄豆。她惊喜不已，忘情呼唤：“志农哥，快来看……”

“看什么？”陈二妹刚要进房取东西，一脚跨入门槛，听到小华喊声，便走到床前。

王小华听到她阿母的声音，睁开眼来。

“不叫阿母叫志农哥作啥，睡觉都不老实，娘真替你害臊！”陈二妹一时心欢，逗起小华。

王小华满脸绯红，急作表白：“阿母您真会冤枉人，我是在做梦，梦见——”

“别不好意思，阿母也不是外人，甭再解释了。”陈二妹看到王小华精神恍惚，便说，“你准是没睡安稳，先起来吃晚饭，吃饱了再安安心心地睡，一觉睡到阳光照进房。”

“这可不行。”王小华翻身起床，理了理头发，说：“稻子的白叶枯病还在发展，晚上我得和志农哥一起到夜校，给社员们讲讲怎样配药，怎样防治，明天好采取行动。”

厅里的电灯亮了，一家人围上桌来吃晚饭。就在这个时候，许洋洋进门告诉农药已经运到，并问怎么处理。许志农交代许洋洋先叫几个人把农药搬进队里的仓库，今晚分配到各户去。

许洋洋走了，王小华和许志农急急吃过晚饭，便相随出门。

村里的文化技术夜校又开始热闹起来，家家户户都有人到这里聆听王小华和许志农讲授配药方法和治病技术，然后领回由许洋洋等人事先按照稻田亩数分配的农药。

第二天一早，人们就背起喷雾器，到各家各户承包的稻田里喷洒农药。

药液似一床圆形的尼龙蚊帐，从周大憨手中的喷枪消失。

周大憨好比一位得胜的将军，身背喷雾器沿着一条两旁种有豆子的田埂走来。豆枞之中，突然露出周进财的脸。

周大憨一见他爹，不解地问：“您在这里做什么，抓青蛙？”

周进财恶了周大憨一眼：“抓啥青蛙？是查蚜虫！来，把药往这里喷一喷。”

“哈哈，您真不懂科学！”周大憨第一次在他父亲面前神气地说话。

“我不懂，你懂！”周进财瞪起眼睛。

周大憨不甘示弱：“我就是比您懂。这喷雾器里是‘代森锌’，不是‘乐果’，哪能治蚜虫？小华讲课，您没带耳朵去听？”

周进财“尊严”受到挑战，真想反驳。可那是科学，科学是反驳不了的。

他只好耍了个赖皮:“就你懂，你要是真懂人家就不会叫你大憨啦!”

“进财伯，大憨学技术，求进步，你应该高兴才对!”

周进财一转首，发现王小华站在身后，忙赔笑脸:“对对，应该高兴，我很高兴!”

防治稻禾病害，已成村民自觉行动。王小华和许志农整日在田间巡回，他们边辅导社员配药、喷药，边严格加以督促、检查。一天之中，患病的稻禾普遍受到药疗。第二天，社员又按照许志农和王小华提出的技术要求，作了第二次喷药防治。第三天，王小华和许志农满以为病害可以得到控制。可是，当他们再下田间观察之时，不禁大吃一惊:白叶枯病不仅没有减弱，反而继续蔓延。这是怎么一回事?王小华和许志农都感到十分困扰。

为了弄清原因，许志农取来几种模样相近的农药在他的卧房里作起化验、对比。通过验证，从中发现姚向鸿发运沧桑的农药并非“60%代森锌”，而是过了期的“叶枯净”。叶枯净和代森锌虽然都可用来防治水稻白叶枯病，但是配量大不相同。每喷施一亩稻田，代森锌是二两配水一百五十斤，叶枯净则是八两配水一百五十斤，来去相差三倍，况且发运来的又是过期失效的劣货，这就是“药到病难除，水稻活受苦”的原因。这一发现，使许志农痛心、愤懑交加。他收起药物和化验仪器，便出了家门，来到“三姐妹养鸡场”找王小华。正在养鸡场里帮助消毒防疫工作的王小华，迎上前去问道:“化验情况怎样?”

许志农回答:“问题出在农药有假，运来的不是代森锌而是过期失效的叶枯净。”

“这简直是在犯罪!”王小华气得发抖，“坑害农民，破坏生产，姚向鸿连这样的事都做得出来!”

“这事都怪我们马虎失街亭，大意失荆州。”许志农一字一板地说，“现在还是暂别声张，先把没分发出去的农药封存起来，并通知各家各户别往田里喷药。我马上开拖拉机到市农资公司购买真正的代森锌，尽量赶在明天把农药运回村里，然后再作计议。”

“那我和你一起去。”

“现在不能演‘空城计’，你应该留在村里。”

“山路难走，开车一定不要着急。”

“请放心。”许志农说着，大步走出养鸡场。

祸不单行。王小华返身和她阿母、桂花婶、来喜嫂一起仔细检查了各间鸡舍之后，发现一共死了五只母鸡和二十几只小鸡。鸡瘟已向沧桑“明灯”扑来，“三姐妹”心急如焚。

几天之中接二连三出事，沧桑村的家庭联产承包责任制被蒙上一层阴影，队里的干部、社员思想波动，王小华和许志农承受着巨大压力。

自从村里发生那次私自砍伐与反对砍伐杉木的山场纠纷之后，周宏发对村里的事情已撒手不管，且有幸灾乐祸之意。王小华和许志农虽然得到村里大多数党员、干部和社员的支持。但是，向民同志住进医院，春山支书不在村里，他们的杨叔叔也不知什么时候再来沧桑。虽说“卧龙”“恒心欲搭通天路，勇气直冲智慧门”，但毕竟肩膀还嫩，况且目前也没有正式职务在身，较难左右沧桑的局势。周宏发在冷眼旁观：“看你许志农到底有多大本事！”许洋洋在为他志农哥担忧：“‘卧龙’会不会被大山压得腾不起来？”

陈二妹、黄桂花和来喜嫂比村里的任何人都焦急。她们担心瘟神在鸡场继续作怪，更担心鸡场的闪失在队里造成不良影响。“三姐妹”经过商量，都把铺盖搬到了鸡场的草棚里，日夜守候着大鸡小鸡。红日落下西山，鸡群钻进窝里。“三姐妹”饮茶不甘，吃饭无味，卧席难眠，又坐到了草棚门前讨论起如何扭转村里目前的困难局面。她们话题虽然散乱，但目标很明确，是非也很鲜明。当“三姐妹”讨论得正是热烈之时，王小华边想心事边走进鸡场。她看到桂花婶手舞足蹈说得正起劲，便站在一旁静静倾听。

只听黄桂花大声说道：“有盐同咸，无盐同淡，讲义气的事做给众人看。杨书记一心一意为咱沧桑治穷导富，我们若是没将鸡场办好，没把村里的联产承包巩固下来，不为杨书记争回一口气，就不是人！”

陈二妹接上嘴：“这个我和来喜嫂都懂。现在最为难的是祸水一直流过来，我们要有对付的办法才好呀！”

黄桂花自有见解：“对付办法一条条，首先找个好领头。周宏发实在不是人，春山一离开村里，他就挖墙脚，祸水先是从他那里流出来的。依我看，我们志农是条龙，他周宏发是条虫。现在时兴讲民主，既然讲民主，我们就有权利另封队长。二妹你不好出面，由我来呐喊，鼓动社员造反、夺权，让咱志农扛大旗。”

王小华听了一笑，说：“这可不行，队有队规，国有国法，宏发叔做错事，还得教育帮助他，给他改过的机会。就是要换队长，也应按照组织原则办事。我们暂时别去想这件事，现在最紧迫的是要想办法尽快把鸡瘟、白叶枯病控制住。山地管住了，鸡场兴旺了，稻子长好了，说话就有力量，也才能真正为杨书记争回这口气。”

话多更感时间短，不知不觉，明月又爬上了笔架山，把寒光洒在养鸡场。

二十八

共是一轮明月下，各人心境不相同。这时，姚新副书记正半闭双目躺在他家会客室的沙发上，眼前出现了杨柳青来到琼山以后的一幕幕情景。《何日君再来》的歌曲，从厢房里的三用机中不断传到他的耳际，使他感到烦躁：“别唱了，讨厌！你们都给我过来。”

歌声静止，姚向鸿、薛腾飞神态萎靡地从厢房里走进会客室，坐到姚新对面的长沙发上。

“说不说由我，听不听由你们。”姚新见姚向梅坐在一旁，话不好说白，便垂着眼皮用隐语说话：“年轻人应该讲点政治，老是听那些乱七八糟的东西干什么？最近沧桑连连出事，杨书记又不在家，你们应该把那些时间用来帮帮他的忙。”

薛腾飞一听感到好笑：“怪哉，他是个大书记，我是个小干事，能够帮他什么忙？”

姚新一本正经地说：“帮不了大忙，也能帮帮小忙。譬如你们参加过‘文化大革命’，都懂得舆论的重要，为什么不能从这个方面支持支持他？”

薛腾飞昂然大笑：“哈哈，过时的日历不中用，现在的舆论一斤能值几元钱？”

姚向梅不知他们说的全是反语，听到薛腾飞这么一说，便气愤地顶了过去：“你开口是钱，闭口也是钱，真是财迷心窍，不要脸！”

姚新不温不火地说：“向梅这话虽然说得重了，但也不无道理。年轻人不能财迷心窍，应当懂得自己的理想和前途。”

薛腾飞反唇相讥：“我是个实用主义者，可谓理想理想，有钱便想；前途前途，有利就图。”

姚向梅眼睛几乎冒火：“亏你说得出口，真是不知羞耻！”

“何必激动？”姚向鸿阴阳怪气地说，“劈柴看纹理，做事讲道理嘛！小待即使思想有毛病，我也还可以开导开导他呢！”

“你能开导他？”姚向梅嗤之以鼻。

“知性可以相居，那就让他开导去吧！”姚新招呼姚向梅，“在这里待着多憋气。今晚月明，时间还早，我们上医院探望探望向民同志去。”说着，父女俩一起走了。

姚向鸿探身窗外，见父亲与妹妹踏着灯光依稀的街道渐渐远去，他神秘地一笑，便返回原来座位，自己倒了一杯 茶，呷了一口说：“小薛呀，我老子的话你听懂了没有？我们该从舆论上‘支持’姓杨的一下了！”

薛腾飞不明其意：“为什么？”

“你听我说，”姚向鸿伸过头去，对着薛腾飞耳语。薛腾飞听后拍案而起：“高，你老子真是老谋深算，一箭双雕！”

姚向鸿来了个激将法：“这就得看你的本事了。”

薛腾飞拍拍胸膛：“请老弟放心，别的不行，这一手我可有两下子！”

当夜，薛腾飞找到了在县城鬼混的洪彤彤，待大地万籁俱寂、人们进入梦乡之时，两具幽灵便晃荡开来……

明月西坠，旭日东升，中共琼山县委会门口突然围上一大群人。按时前来上班的田峰拨开人群探头一看，不禁吃惊：“谁搞复辟倒退，就和谁坚决斗到底！”的大字标语刷在墙上，落款竟是“沧桑大队贫下中农”。

田峰急急进入办公室打了电话，把情况告诉还在家里的王云岗。

“现在是什么时候，还搞这个名堂，乱弹琴！”王云岗在电话上命令田峰，“马上把标语撕下来！”

王云岗放下话筒，沉思片刻，又与姚新通了电话。

姚新一听此事，立即回答：“这简直是反革命行为，我不相信贴标语的人是沧桑的贫下中农，一定有人捣鬼，非追查到底不可！”

一会儿，除了杨柳青不在家以外，几位县委常委都赶到县委会，马上举行紧急会议。席间，有几个地方（其中包括沧桑村）也打来电话，告诉出现同样的标语。

当县委常委又是分析情况，又是发表意见，连续开了两个多小时会议以后，县委会门外闯来了一辆拖拉机，人声马达声响成一片。李明闻声跑了出去，站在大门口的台阶上看个究竟。被拥在人群之中的陈二妹一眼认出李明，高声叫道：“李主任，请你给王县长通报一声，沧桑的正牌贫下中农想见见他。”

李明忙走下台阶，搀起陈二妹的手臂：“不用通报，快请进！”说着，把陈二妹径直带进了会议室。

王云岗一见陈二妹，急忙迎上前去，握着陈二妹的手说：“嫂子，今天你是闯堂来了！”

姚新笑容可掬，赶忙让位：“大嫂，快请坐！”

陈二妹也不谦让，一经坐定，就上了火：“你们领导人都在这儿，谁是沧桑的真正贫下中农？谁搞复辟倒退？请各位评评理！”

李明边给陈二妹倒茶，边作安慰：“大嫂不用急，公道自在人心，真相终会查明。”

“你讲公道，可别人偏不和你讲公道。”陈二妹让开李明，抓住王云岗，“老王，我想问一问，你对今天发生的这件事情有什么态度？你们打算怎么发落那些假贫下中农？”

王云岗说：“不用着急，得把事情先查清楚才好办。”

陈二妹说：“是蛇一身冷，是狼一身腥。事情已经很清楚，那种猪尿狗屎大标语，你还闻不出味道来？”

王云岗说：“话也不好这样讲。依我看，贴出那种标语的做法是非常错误的，也是不允许的。可用心……”王云岗犹豫了一下，没有把后面的话说下去。

“用心怎样？”陈二妹问。

王云岗勉为其难地回答：“也不一定全是恶意。”

“不是恶意是善意？”陈二妹再问。

王云岗把头一斜：“这叫我怎么说呢？现在有人主张‘包产到户’，有人坚持‘一大二公’，究竟谁是谁非还分不清，这就难免有争论啰！”

“争论？那你是站在‘包’字这一头，还是站到‘大’字那一边？”陈二妹紧追不舍。

王云岗强颜作笑：“我哪一边都不站，只要走社会主义道路，就坚决支持。我一向主张，每个人，无论是谁，都应当把目光放远一些，不能只顾眼前利益，不看长远利益！”

“这话怎讲？”陈二妹对王云岗认真起来。

按王云岗平时的脾性，是不容别人这样追问他的，今天出自对陈二妹的尊重，他克制着自己，只是说了声：“我没有别的意思，请你冷静冷静。”

陈二妹根本无法冷静，一定要王云岗把话说明白。

王云岗被追问得有些生气了，便说："比如你是个很有觉悟的老贫农，我十分感激你，也非常敬重你。越是这样，就越希望你带头走社会主义道路，一心为公，不谋私利。"

"谋私利？"陈二妹自尊心猛受打击，颤动着嘴角缓缓站起身来，沉吟良久，说："王县长，难得听到你这句话。我陈二妹今天这一趟就算白走了，我的心也算是丢进沧桑溪去了！"

室内出现窒人的沉静。

陈二妹不禁一阵心酸，她用微微颤抖的双手往桌上捧起茶来，连连呷了几口，不再说话。

这时，姚新和田峰不知上哪儿去了，唯有李明站在旁边。他感到王云岗的话说得过了头，已经伤到二妹嫂子的心。可是，在这两者都各执一端的时候，说向哪一边的话，都会雪上加霜，火上浇油，所以也就缄口不语。

王云岗看到陈二妹在伤心，一时感到内疚。他提起茶壶，边给陈二妹加茶边说："嫂子，我刚才的话要是说得不合你听，就请你原谅。现在的事情确实很复杂，简单几句话是难于说清楚的。我们再冷静想一想看一看，好吗？"王云岗说着，从腰间解下钥匙交给李明："小李，你带嫂子到我家里好好休息休息。家里有米有菜，劳烦嫂子自己动手做饭。待我们会议开完，吃过午饭再好好聊一聊。"

陈二妹被王云岗的诚意感动了，她长舒了一口气，从李明手中取过钥匙交还王云岗，说："外面还有好多人在等着我，村里的事情也很多，阿华和志农整天忙着，还不知道中午他们会不会自己做饭呢？我得赶回去了。"说着，起步就往外走。

王云岗和李明把陈二妹送出会议室，只见姚新和田峰正在县委大院同黄桂花、许洋洋，还有几位沧桑"正牌的贫下中农"交谈。陈二妹一来到院子里，人们都围拢过去，大家只看她的脸色，没敢问话。

沧桑的一行人护拥着他们的"谈判代表"陈二妹上了拖拉机，在姚新、田峰、李明的目送下，由"突突"直吼的马达声伴随着穿过大街，正气凛然地出了东门外。

二十九

闷气未解气难消，一路行车一路话，陈二妹一行乘坐的拖拉机又回到了沧桑村口。车上的人远远看见许志农站在老榕树下向村民们讲些什么，为了不打扰他，大家便提早下车，不声不响地步行进村。

此时，许志农正在向村民们说明前次喷药防治白叶枯病无效的技术原因。

周进财没等许志农把话说完，就哭丧着脸问："那还有救吗？"

许志农蛮有把握地回答："60%代森锌正货已经买了回来，只要我们用准农药，合理配量，相隔三天，再喷两遍，就可以补救过来。"

周宏发站在一旁小声敲边鼓："补救有啥用，大头已损失，十补九不足，现在只能死虎当成活虎打了。这不必去怪什么人，要是不搞'包产到户'，就没有这种事了！"

"堂堂大队长，有话当众大声讲，扭扭捏捏啥本事？"已经悄悄走到老榕树下的陈二妹，听见周宏发在那里说泄气话，瓦解人心，不禁一团火又涌上心头，"来，周大队长，请到前面，给乡亲们说说错用农药跟联产承包到底有啥缘分？"

周宏发听到责问声，返身见是陈二妹一行人已经回来，心里着慌，答不上话，"唔唔"两声，忙往后退。

都在静静听着许志农讲话的众多村民骚动起来，注意力一下子都被陈二妹吸引过去了。

陈二妹乘势登到老榕树下的石墩上："鼓不敲不响，灯不拨不亮。现在我就向大家说清楚，错用农药不是阿华和志农的责任，也和联产承包没有牵连，是县农资公司的姚经理卖给我们冒牌货。若是稻子收成像周大队长说的'十补九不足'，大家就叫姚经理来赔偿。"

村民们哗然，同声谴责姚经理坑害农民太缺德。

陈二妹一声喊："来，是周大队长你要讲，还是让志农往下说，现在由你做主。"

周宏发有怒难发，有口难言，只好在那里干笑自我解嘲。

“好，既然周大队长客气，志农你就往下讲。”陈二妹大声撑腰鼓劲。

许志农有他的阿母压阵，心里更加踏实，他把如何喷施农药、怎样防治病害说得有条不紊。村民们个个聚精会神，唯恐漏听错听每一句话。

农家，总把土地作为依靠，把粮食当成财宝。眼下，他们还没有更多门路、更好办法来保证一家老少的吃、穿、医、用。终年指望的，就是那早、晚两季打下的稻谷。丰收了，全家人便会围着金灿灿的谷堆喜笑颜开，哼上一曲闽南小调《丰收歌》，摆上几桌“割稻酒”；歉收了，大人小孩都没有好脸色。当家人夜里躺在床上辗转难眠，唉声叹气。农家主妇打鸡骂狗，怨天尤人。沧桑村民，现在正是处在这种氛围中，抱着负重的心情，满怀夺取粮食丰收的希望，争先从大队仓库里领回农药“代森锌”，按照许志农和王小华授给的技术，继续配药下田喷药防治病害去了。

稻禾白叶枯病不只发生在沧桑山村，而是几乎遍及琼山县的每一处田野，各地都或早或迟，或快或慢地组织群众投入防病灭害的战斗。

姚新副书记在跃进大队指挥打了一场“胜仗”，神采飞扬地从乡下回到县委办公室。他一见王云岗在场，感到是个表现自己的好机会，便大加渲染：“人多力量大，灾害不可怕。跃进大队稻禾白叶枯病一发生，立刻组织大兵团围歼，哨子一吹，满田是人，红旗一扬，众军冲锋。几个小时就把几千亩稻田都喷上了农药，到处一派热气腾腾。”

“就是要采取这种人海战术，搞大兵团作战。包产到户，小打小闹，非吃亏不可！”王云岗对跃进大队的做法十分赞赏。

李明一旁听着，不以为然：“喷药治病，要讲效果。往年也有过这种情况，人出动很多，药没有少喷，白叶枯病照样压不下去，教训并不是没有的。”

王云岗加重语气进行反驳：“要说教训，那就是声势还不够大，行动还不统一，指挥还不一致。灾害面前，我们绝不能把希望寄托在那个散散乱乱的‘包产到户’上，要特别强调‘一大二公’的优越性，迅速高度集中劳力打歼灭战！”

“我完全赞同这个观点。俗语说得好：众人拉起手，高山也发抖。就是已经‘包产到户’的沧桑村，要战胜自然灾害，还得靠大兵团作战才行。我想，杨书记在家也不会反对这种意见。”姚新有意把问题连到他要攻击的对象。

王云岗受到触动，即问：“柳青和春山有没有挂电话回来？”

“没有。”李明回答。

王云岗点燃一支香烟，边抽边皱着眉头自思自想，忽然对李明说：“你马上叫办公室的同志向各个公社的书记或社长通个电话，传达我的三条意见：第一，现在经济体制要保持稳定，包产到户没有县委和县政府的决定，一律不准轻举妄动；第二，要继续批判资本主义，严格制止劳力外流，坚决克服重钱轻粮的错误倾向；第三，要充分发挥人民公社‘一大二公’的优越性，高度集中劳力，统一指挥作战，坚决把水稻白叶枯病压下去，不获全胜，决不收兵。”

李明往本子上一一作了记录之后，犹豫片刻，问：“这三条，要不要征求一下其他同志的意见再往下传达？”

王云岗听了很不高兴，眼睛一瞪：“再征求什么意见？二人抬不出个‘理’来，现在我不兼书记还是县长，说话算数，有问题由我负责。”

“我不是这个意思。”李明跟上一句。

王云岗不容李明叙述，他说：“不必再作解释了，不同观点允许存在，是非问题不能含糊，有话以后再讲！”

三十

当工作人员正在往下传达王云岗的三条意见时，突然从县委大院里传来了非常熟悉的汽车喇叭声。随之，杨柳青和许春山带着简单的行装，相继走进县委办公室。

杨柳青的突然出现，使在场者均为之一怔。还是姚新反应灵敏，他一步跨了过去，同时向前伸出两只手，与杨柳青、许春山热烈握起手来：“二位辛苦了！大家正在等着你们呢，快坐下，先喝喝茶，休息休息，再把上级指示精神透一透。”

王云岗沉着脸对杨柳青说：“你回来得正好，县里有不少事情亟待研究，沧桑出现许多麻烦事也需要你去解决。现在就靠你到省里和地区借来的东风了。”

李明只顾向杨柳青、许春山沏茶，没有说话。

杨柳青坐定，连喝两杯茶。他镇静自若地环顾了一下周围，问："田峰同志不在家吗？"

李明回答："就在计委会，我马上打电话请他过来。"随着去挂了电话。县政府计委会离这里很近，两分钟后，田峰便到达县委会议室。

"我们县委常委都在这里，我把情况简单介绍一下。"杨柳青从容地说，"这次我和春山一起出去，先向地委主要领导同志作了汇报，后来又到省里，陈振邦书记去北京开会不在家，其他领导同志也很忙，最后找到了薛厅长。"

王云岗急切地问："他们对包产到户意见怎样？"

杨柳青坦诚回答："大家对实行家庭联产承包责任制看法不大一样，有人鼓励大胆摸索、试验；有人认为目前中央没有作出决定，也没有下达这方面的正式文件，还是等一等比较妥当。薛厅长的态度倒是很明确。"

姚新听到"明确"二字，心里一震，可他仍然不动声色，平静地问："薛厅长的态度如何？"

杨柳青停顿了一下，然后有意提高话音："他表示坚决反对！"。

在场的县委常委听到"坚决反对"一语，均为一愣，沉默良久。

还是姚新副书记处事不惊，他既像安慰杨柳青又似在表现自己："攀登有心唯久锲，攻关无阻在熟谋。办每一件事都得经过长期的调查研究和实践摸索，才能得出正确的结论，作出正确的决策。琼山今后的路子怎么走，我们还可以再继续加以探索嘛！"

"农村改革这东西，我看并没有那么容易。二三十年来，我们党所制订的方针、政策，都是围绕着一个'公'字。现在要把'公'字改成'包'字，我看上级是不会容许的。要改变农村面貌，还得靠'一大二公'。小舢板经不起风浪，过不了大洋，想靠那个'包'字由穷变富，不可能！"王云岗毫不掩饰地表明自己的观点。

李明很同情杨柳青现在的处境，他有意来个"缓冲"，便提醒说："老杨和春山刚回来，还是先让他们休息休息，有话改日再谈吧。"

"也好，待柳青同志休息休息以后，李主任你先把这些天县里的情况告诉他一下，让他心中有个数，以便研究县里的下一步工作。"王云岗面无表情地说。

李明边点头表示接受，边帮助杨柳青提起行装回宿舍。田峰也带着许春山出门，到县招待所住了下来。

天边的晚霞消失了，琼山县城又在夜幕的笼罩下亮起了点点灯光。

杨柳青吃过晚饭便到李明家里，同李明进行了一个多小时的交谈。现在，他回到宿舍，带着不平静的心情坐在办公桌前，独对台灯，在思考问题。

一扇房门推开，杨柳青转首一看，是王云岗来了。他赶忙让位，自己又拉了椅子坐到王云岗对面。王云岗落座，点燃一支香烟抽了两口，而后问："李主任把情况告诉你了没有？"

杨柳青答："详细说了。"

"那好，李主任详细说了，你心中就有个数了。"王云岗今晚是怀着恻隐之心和带着规劝动机来的。根据他的推理，现在杨柳青的精神压力一定不小。王云岗虽然心里有气，但看在多年交情的分上，还是要给杨柳青做些安慰工作和抓住时机帮他迷途知返。因此，这时王云岗同杨柳青的交谈来得特别平心静气："你一离开沧桑，那里便是干部矛盾，社员纠纷；乱砍山林，盗运木材；水稻白叶枯病还没有治下去，鸡场又闹起鸡瘟。最要命的是，连大标语也刷到县委会门口来了。短短时间就接连发生了那么多事情，是很值得我们好好想一想的。"

杨柳青镇静地说："我仔细想了想，出现那些问题，并不是家庭联产承包责任制的过错，这只能怪我没把工作做好。我觉得，问题要引起足够重视，教训要很好加以吸取，但不能因为碰到问题就后退。要闯新路子，难免会跌跤。"

"明知会跌跤，何必走险路？当年被打成'走资派'所吃的苦头，你忘了，我可没有忘记。"

"如今不同当年，那时苦头吃得冤枉，现在我是自讨苦吃，希望来个先苦后甜。"

"没有这个必要。"王云岗见杨柳青坚持实行联产承包的态度并无改变，又开始激动起来，"我还是想劝劝你：农村工作很复杂，不能一到琼山就标新立异，这个风头是万万出不得的！"

"我不是在出风头，也不是想标新立异，而是为了调动群众的积极性，促进生产发展，让农村经济早日翻个身。"

"靠包产到户翻身？我看危险！俗话说：马临悬崖勒缰晚，船到江心补漏难。还是趁早把桨收回来保险。要是你不好收，我帮助你收。"

"方向归方向坚持，问题归问题解决。我看实行家庭联产承包责任制没有错，只能放，不能收。"

“行，既然你说服不了我，我也说服不了你，那就让你放到底吧！”王云岗生气了。他起身打开房门，突然有人猝不及防跌了个踉跄，倾倒在王云岗身上。

王云岗吃了一惊：“谁？”

“是我。”向民倚着王云岗，极力站定。

王云岗火上加火：“这么晚了，是谁批准你出院的？乱弹琴！”

向民自知理亏，忙赔笑脸：“今晚月明，是我自己偷溜出来走走的，请老兄弟包涵包涵、原谅原谅。”

“别的可以包涵，这个不能原谅。你自己乱遛，跌倒了怎么办？”王云岗扶着向民进入房内，让他坐在靠背椅上，“只允许你在这里待十分钟，便坐我的小车回医院去。记住，以后再自己跑出来，我就不讲情面了！”

三十一

向民虽然挨了王县长的批评，心里却十分感激。他目送王云岗出门之后，转过脸来问杨柳青：“小杨，你不会再批评我吧？”

杨柳青给向民倒来一杯茶，说：“在这一点上，我是和王县长‘同一个鼻孔出气’的，不但要批评，还要处罚您呢！”

向民听了凄然一笑：“刚才我在门外，你和云岗二人的话都听见了。本来，书记、县长就要‘同一个鼻孔出气’才好，可惜现在是你一个调，他一个腔，不合拍，真叫人烦恼。拿对杯子来，一酒解百愁，喝了再说。”他边说话边从口袋里掏出一瓶“蜜沉沉”。

杨柳青接过那瓶酒放到桌上：“把它留下吧，待琼山喜庆丰收，咱们再来对饮。”

“怕是没有这个福分了！”向民伤情地摇了摇头，“嗨，让我进医院享福，比当年住‘牛棚’还难受。小杨啊，我求求你，还是准许老向在离开人世之前，回沧桑做点事吧！”

杨柳青克制着激动，安慰向民：“这个心意我理解。希望您安心把病养好，我再陪您回沧桑和乡亲们同甘共苦。”

“现在云岗与你之间的思想裂缝越来越大，这怎么能叫我安心呢？”向民叹息道，“哎，云岗兄弟，你不该错把假神当真神，误将假金当真金，给我这个快和你告别的人添心病！”

杨柳青解释说：“您不要责怪他，他也是出自一片好心，想把琼山的工作抓上去。风车能让白米和糠秕分开，实践会把真理和谬误区别。相信经过一段实践以后，他是会改变认识，支持改革的。”

随着门外的脚步声由远及近，李明带着王云岗的小车司机走进门来，准备把向民送回医院。

向民根本没有想走的意思，他央求李明：“小李子你高抬贵手，让我再和小杨多聊一会儿吧。王县长若批评你，你就说那个倔老头不肯走，拿他没有办法。”

杨柳青也为向民说情：“就让司机先回去休息，待会儿我们再一起陪他回医院吧。”

李明本来就想和老杨、老向一起倾心长谈，便顺水推舟把司机打发回去，自己则拉过一只椅子坐到向民旁边。这时，许春山也不约而同进门。不大的宿舍，一时变得拥挤而热闹起来。

向民又见到李明和春山，满心高兴。他少不了平时的诙谐：“物以类聚，人以群分。要是‘文化大革命’，我们便成了‘死党策划于密室’啦！”

“‘文化大革命’已经过去，‘死党’的罪名也挂不到我们的头上了。可是，极‘左’路线的流毒并没有完全埋进棺材，至今仍然还在作怪。要不是这样，农村改革就不会遇到这么大的阻力了。”李明借题发挥。

向民深有同感，立刻接上话茬：“现在进行农村改革，好比春笋破土一样艰难。不管压力多沉，阻力多大，我们一定要带领群众冲破它，战胜它，千万不能动摇。春山同志，你说呢？”

许春山十分明确地回答：“绊三跤，才知天高地厚。我在沧桑当了十几年支部书记，这边冲，那边闯，翻过来，复过去，都没能使集体经济发展壮大，也不能让群众由穷变富，真是心里惭愧，脸上无光。现在刚找到了改革这条出路，哪能让它半途而废？请老向您尽管放心，我绝对不会给杨书记挖墙脚，一定当好农村改革的带头人。”

李明事先已有考虑，他一听完许春山的话，便说：“不让农村改革在沧桑半途而废，我看当前就得来个‘两线同抓，三管齐下’，力争掌握主动权。”

杨柳青望着李明："你把话说下去。"

李明胸有成竹："两线同抓，便是做王县长的思想转化工作，使他不至于站到改革的对立面；对别有用心的人保持必要的警惕，叫其阴谋诡计不能得逞。三管齐下则是：要对滥砍盗运木材、供应冒牌农药和冒名刷出大标语等几个案件进行追查；要马上采取有效措施，把养鸡场的鸡瘟尽快控制下来，将水稻白叶枯病迅速给压下去，巩固前段的联产承包成果；要尽最大的努力开拓新的生产领域，让群众看到联产承包的威力、作用和前景，鼓舞斗志，坚定信心。"

"谈得很好！"杨柳青眼睛一亮，"你再说说这些工作如何组织实施？"

"我有个初步的设想和建议。"李明紧接着说，"'两线同抓'，要靠我们一起去做工作。'三管齐下'，可以适当分工。其中案件调查，我在县里便于组织，由我为主负责。防治水稻白叶枯病已是刻不容缓，'联产承包'能否优于'一大二公'战胜自然灾害，人们正拭目以待，个别人还想借此大做文章，不可疏忽，春山回去务必首先全力以赴指挥打好这一仗。"

"好参谋长，我感谢你！"杨柳青赞赏李明所出的主意，更赞赏他的主动精神和高度的责任心。

杨柳青站了起来，原地小踱两步，又回到原来的座位上，说："李明同志对我们的下一步工作已经作了周到考虑和很好安排，我完全赞成。现在看来，单靠我们抱着良好的主观愿望去支持实行家庭联产承包责任制，这是很不够的。不从理论上说明农村改革的必要性，从实践上去证明联产承包的正确性，那就难于真正使我们的干部摆脱思想僵化，也很难把沧桑的做法推广到琼山各地。现在我也有个想法和打算：先别急于去强求县委领导班子思想认识上的统一和共同作出个什么决定，还是继续在沧桑扎扎实实地做工作，真正拿出成果，并从理论和实践结合上总结出经验来。我想，这样才有说服力，也才能真正达到'拨亮一盏灯，照遍琼山县'的目的。"

向民听得连连点头，可仍然不无忧虑地说："继续在沧桑村抓点创造经验、树立样板，这个打算很对也很好。可你是琼山县的书记，不是沧桑村的支书，一两个月可以，长时间蹲在那里，县里的全面工作顾及不了，怎么行！"

"这个问题我也有过考虑。"杨柳青深思熟虑地说，"舍得盐才能做好酱，舍得肥才能多打粮。与其在县里将就维持现状，不如到沧桑击石生火。再说，县里还有王县长和李明、田峰等同志照管面上的工作，一些大的事情我也可以回来参加研究，问题不大。”

“说的也是，沉得下才能上得去，当领导的就应该有这样的胆略和气魄。”向民从内心赞佩杨柳青的素养。

一次事先没有任何约定的碰头，成了一场作出重要决策的会议。

当在场的人们心情尚未平静之时，突然桌头上的电话机“叮铃铃”响了起来。李明抓起话筒，但听他在回话：“唔，是陈院长。你们估计得很准确，就在这里。对不起，我马上送他回去。”

李明放下话筒，急急地说：“陈院长说他们一直在找向民同志，找得都发脾气了。”他扶起向民：“我们赶紧走吧，再迟就更不好交代了。”

杨柳青吩咐了许春山一声：“现在村里有许多事情急着要办，你明天先回沧桑，我随后就到。”说着，便和李明一起护送向民回医院。

三十二

杨柳青和李明把向民交还院长、护士，并向他们作了一番道歉，而后细履轻声走出医院。二人踏着一路月光，并肩漫步交谈，不知不觉回到县委宿舍区，在路灯下，互道一声“晚安”，各自归宿。

“晚安”并不安。杨柳青进入卧室，按亮台灯，拿过纸笔意想写点什么。可是，百思难于下笔。他干脆把灯关上，走到凉台俯瞰宁静的县城。记得他刚进琼山的第一夜，也是站在这里思索着如何开步。时间如环城溪水滚滚流逝，两个月过去了。在这六十天中，到底自己做了一些什么？琼山又发生了一些什么？杨柳青独自在回忆、梳理……

沧桑实行家庭联产承包的一幕幕情景，县委常委会会上的一场场争论，不正常现象的一次次发生。所有这些，都在杨柳青的面前不断闪现，并驱使着他认真思考、分析。

霎时，来喜嫂那“我们社员总相信共产党好、社会主义好”的话音，姚新副书记那“攀登有心唯久锲，攻关无阻在熟谋”的高见，王云岗那“要靠包产到户翻身？我看危险！”的忠告，薛厅长那“联产承包，我坚决反对”

的表态，一一都在杨柳青的耳际反复回响……

杨柳青抬起头来，仰望着中天明月，只见浮云不断飘动而过，有时裹着光华，有时染晕天体，有时遮住满月。当那流云被风吹向远去之后，月亮复露笑脸，月色仍然皎洁。在幽幽月光的映照下，连绵起伏的高山峻岭格外凝重、挺拔、雄壮，滚滚东流的环城溪水更加欢畅、晶莹、耀眼。

自然的景色，竟把生活的哲理、事物的必然渗进人们的心灵。杨柳青在这小小的凉台上思索着肩负的历史责任、人民的殷切希望，凭栏展望那改革的美好前景、琼山的来日新貌。继而联想到眼前这富有诗意的夜景，深感人生若能像月一样的纯洁明净、水一般的百折不回、山一样的崇高坚强，那该多好呀！

启明星从天际明亮起来，近处远处的公鸡开始第二遍大合唱了。杨柳青连连来了三个深呼吸，随后返回卧室，打开台灯，往笔记本上疾书："崇高理想不可无，党的宗旨不可忘，个人名利不可求，群众利益不可丧，困难临顶不可惧，压力加身不可慌！"他从头到尾再看了一遍，然后合上本子，关上台灯，伏案迷迷糊糊睡去。

正当杨柳青伏案而睡之时，王云岗还在他自家的卧室里辗转难眠。三十多年来，组织农村互助组，成立农业合作社，大办人民公社，我王云岗哪一项不竭尽全力、哪一步不走在前头？历史经验已经证明，我王云岗的每一步，都是迈在社会主义大道上的。在我身兼书记、县长两职主持琼山工作期间，更是旗帜鲜明地批判"资本主义"，好不容易才把"资本主义尾巴"一条条给割断，让"一大二公"占领农村阵地。虽说目前农村还穷，可它穷得合理，没有出现"两极分化"；穷得纯洁，没有掺杂资本主义因素；穷而有志，满山遍野大兵团作战就是证明。至于农民群众对现实的各种各样不满情绪，那是小生产者自私自利的顽强表现，必须加以批判，不能迁就。可是，杨柳青并不这样看，更不这样做，他要打乱正常的生产秩序，要从前进的道路上后退，真是叫人担忧和痛心！

伴随着王云岗的辗转反侧，床铺在"咯吱咯吱"地响。这响声增添了王云岗的烦躁，使他愈加难于入眠。他越思越想，越感到杨柳青来到琼山以后的所作所为，完全与他的愿望相反，甚至有意对抗。要不然，怎么会一再不听劝阻？怎么要拿着老龙岭的"大寨田"开刀？"是啊，地位变了，平起平坐了；他要标新立异，自树威信了；他已经不把我这个老头儿看在眼里了。唉，千尺深潭能见底，一寸人心难看清。现在的杨柳青，已不是当年的杨柳青了。”王云岗想到这里，一种失落感和气愤心情不禁涌上心头。他从床上爬了起来，开亮电灯，走进会客室，拿起放在桌上的那只药瓶，倒出四粒冠心苏合丸。药丸并没有服下，而是捏在手中，又想起心事。待他感到手上发黏想起吃药的时候，那药丸已经溶化了。

这一夜，姚新副书记也没合上眼。他想用那《何日君再来》作为催眠曲送他进入梦乡，哪知此举不仅不能见效，而且越听越烦。加上隔壁房的姚向鸿鼾声如雷地干扰着他的思绪，更使他的神经衰弱症难于得到有效的控制。他索性一夜不睡，喝茶抽烟提神醒脑，独对孤灯苦苦思索。

一种权力欲不招自来，在姚新的心间腾挪翻滚。想我姚某使出浑身解数投机钻营，目的不是别的，只为步步高升，成名获利。你杨柳青打着“改革”的旗号，在沧桑极力推行“联产承包”，不也是为了显示本领、为了捞取政治资本、为了在琼山给自己树碑立传？论我姚某的本事、资历都不在你杨柳青之下，我哪能让你在琼山得势，让你占据我那即将到手的县委书记宝座！是你姓杨的伤害了我姚某的利益，不是我姚某去侵犯你姓杨的，这就别怪我姚某无情了。姚新想到这里，更加坚定了他的恶念：不择手段，彻底搞垮杨柳青。

一段时间来的交手领教，姚新已觉察到杨柳青是个“外柔内刚”的政敌，并不那么容易对付。于是，他又来一番运筹帷幄，研究对策。功夫不负有心人，与杨柳青较量的“三部曲”谱出来了：舌头底下压死人，不能让杨柳青在琼山有个好名声，定要从舆论上继续“支持”他；人听甜言易上当，紧紧抓住王云岗这堵挡风墙，一层一层地往他脸上贴金；坐上高山观虎斗，千方百计加深王、杨之间的矛盾，让其两败俱伤，然后来个“渔翁得利”。姚副书记毕竟是位深懂“人无远虑，必有近忧”的智者，他对这个“三部曲”的实施，还要再做一番精心的设计和周密的安排，避免露出任何破绽，以保证马到成功。

喷薄而出的红日倒映在滚滚东去的环城溪，不大的琼山县城又开始热闹起来。粮店门前，陆续排上了持票购粮买油的队伍，这队伍渐渐地越排越长；百货门市部，顾客在那里游来逛去，多数人并不成交，只饱眼福；在受到严格限制的农贸市场上，家庭主妇正为买一斤蔬菜、两块豆腐而讨价还价一两分钱；摆在路旁的几个地摊，摊主尽情发挥他那油腔滑调的演说才能，向路人推销“一射即中”的毒杀老鼠、蟑螂的“神药”。为了生活而奔波的平民百姓，根本不去想也想不到他们的“三位公仆”昨夜各自在谋略些什么，更料想不到“三驾马车”已经开始强烈碰撞直至分道扬镳。至于这“三驾马车”将来能否殊途同归，那当然是无从谈起了。相信有着县委、县政府正确领导的平民百姓，只是带着一种美好的向往，希望明天的日子能过得比今天更富足一些。

按照预先的安排，今天上午县委常委再开一次专题会议，共同研究当前的工作安排。杨柳青、王云岗、姚新、李明和田峰，都准时来到会议室里。除王云岗表情严峻之外，大家都是笑脸相迎，谦让落座。会上，家庭联产承包责任制的事情，谁也没再提起。中心议题是：如何采取紧急措施，尽快把水稻白叶枯病压下去。这次会议开得很短，会后县委常委立即坐上小车，分头出发了。

三十三

杨柳青仍然乘坐最初进县的那辆北京牌吉普车，一路停停靠靠。他边下地检查稻禾发病情况，边在田头同农民一起研究防治措施。沿途察看田情，来到老龙岭下。这次，已不是被山上滚落下来的泥丸石块阻挡，而是被那层层叠翠的梯田所吸引。

山腰间梯田里的秋植蔗长了米把高，宽阔翠绿的剑叶迎风飘曳，好似在向杨柳青频频招手。

杨柳青下了车，情不自禁地沿着山坡便道登上梯田，就在曾被他踩塌过的那条田埂上住脚。现在，这条田埂已经坚坚实实，石缝中开始长出了顽强而富有生命力的蜈蚣草。

当杨柳青习惯地双手叉腰在观察眼前的美好田园景象时，一对青年男女肩荷锄头从田那边一前一后跑了过来。走在前面的是杨柳青的“老朋友”许洋洋，跟在后头的是来喜嫂的独生女阿兰姑娘。初秋的天气已有一点凉意，许洋洋却只穿一件农村时兴的红色背心，汗水正从他那壮实的肩膀上直往下流，整件背心都湿透了。阿兰姑娘仍然穿着她阿母用针线把肩位缝补得结结实实的那件花格衣裳。紧张的劳作，使她脸上挂着汗水，泛起红晕；

一对水灵灵的眼睛，带着一种吃惊的神色在探索深奥莫测的世界；不大不小的双唇，与她那甜美的话音配搭得如此和谐。这位连天仙也比不上她健美的姑娘，恰如一颗破布包着的珍珠，难怪色眼锐利的薛公子一见到她便神魂颠倒。杨柳青望着面前这对质朴而生机勃勃的年轻人，一种信任感油然而生。他既像父辈又似兄长地招呼许洋洋和许阿兰坐到梯田旁的草地上，开始无拘无束地攀谈起来。

许洋洋早已把当时在这里作弄过杨柳青的事忘得一干二净。他屁股着地，正话不说，戏言先上："杨书记，这几天您耳朵痒不痒？"

"不痒！"杨柳青明白许洋洋问话的意思，便笑笑作答。

"我不相信。"许洋洋说得很肯定，"您一走，村里就少了一尊土地公在显灵，山上的树被鬼抢走了，鸡场的鸡被鬼捏死了，田里的稻子被鬼糟蹋了。干部、群众一天都要念三遍：杨书记啥时才会回来沧桑抓鬼除妖？大家成天念着您，您耳朵就不痒？"

阿兰姑娘一旁作证："洋洋没有说假话。我阿母每天傍晚从养鸡场回到家，总要点亮煤油灯，烧上三炷香，求菩萨保佑杨书记工作顺利，保佑沧桑风调雨顺，保佑'联产承包'兴旺发达。"

杨柳青并不把这对年轻人所说的话当成无稽之谈，他理解沧桑群众的心情，他为此而备受感动。可是，他不加表露，故意发问："村里人都相信鬼神？"

许洋洋不假掩饰地回答："我阿母半信，来喜嫂全信，我们两人和二妹婶不信，志农哥成天讲科学更不相信。"

杨柳青一本正经地说："你们不信，我可相信！"

阿兰姑娘一听杨柳青口出此言，不禁睁大她那对吃惊的眼睛，许洋洋霍地屁股离地，急问："您也相信鬼神？"

杨柳青毫无掩饰地说："我信的是'上帝'，这'上帝'就是毛主席所指的人民。'人民，只有人民，才是创造世界历史的动力'。事实不正是这样吗？两个月前也是在这个地方，我和阿洋你一起扛石头，还好志农帮了我的忙，要不就被压得挺不起身来了。一个杨柳青能有多大本事、多大力量？沧桑要翻身，要变富，还得靠众多乡亲齐心协力，靠大家的勤劳和智慧。"

许洋洋不以为然地说："要说勤劳，我和阿兰力气并没有少出，汗水也没有少流，一年十二个月在田地里摸爬滚打，到头来还不是一身磨破了的衣裳，一双磨粗了的空手。"

杨柳青问:“这到底为什么?”

许洋洋搬出他的结论:“还用再说?就是被那个‘大锅饭’给搞穷了!”

杨柳青加以启发:“现在不是已另起‘小炉灶’了吗?为啥村里还会出现那么多不顺心的事?”

这下,许洋洋被问住了。还是阿兰姑娘来得机灵,她眨了眨眼睛,说:“山里人,见识浅,请杨书记给咱多指点。”

“叫我指点,必须等价交换,你们先回答我提出的问题。”杨柳青有意考一考面前的这对年轻人,“为什么在周大队长承包的那片山地上,新树还没种下去,老树已经被砍走;在你们这片梯田里,垮掉的田埂能修牢,贫瘠的土地会长出这么好的甘蔗?”

“因为周大队长私心重,土地一到手,就想占便宜;我们志农哥思想正,他说地是集体的,一定要耕好种好,给沧桑增加一份财富。他还说,甘蔗收成卖了钱,不能都装进自己的腰包里,得拿出一半用到办夜校,搞科研。”阿兰姑娘说到这里,略加小思,然后望着杨柳青,“包田包地不分心,泥土才能变成金。杨书记,我没有答错吧?”

杨柳青点了点头:“我再问你,你阿母办鸡场,力气、心血都用上了,为什么鸡瘟还会来找她们?”

“她们过去只在家里养养十只八只的小鸡群,土办法行得通。现在管的是上千只鸡的场子,新办法跟不上。‘鸡婆婆’好做,‘鸡司令’难当。”阿兰姑娘敏捷地回答。

杨柳青:“我再问你,联产承包以后,林木被砍、鸡场遭瘟、稻子患病。麻烦事、棘手事、为难事,一件接一件。问题出了这么多,不搞联产承包不是更好吗?”

窘在一旁的许洋洋,这下可找到了在杨柳青和阿兰姑娘面前表现自己的机会。他抢过话题:“麻烦棘手为难事,只是伤皮不动骨。过去社员口吃‘大锅饭’,嘴唱‘人民公社好’,好得人人出工陈三磨镜,干活黛玉葬花,收工三战吕布。现在搞起联产承包,村里人‘出门鸡拍胸,进门手提灯’,赶早贪晚开山种地,呼大唤小要快出力。单凭这一条,我就要大唱‘联产承包好,联产承包就是好!’”

大出杨柳青所料,平时三句没有一句规矩话的许洋洋,今天竟说出了这些很有水平的话语来。他心里一喜,便问:“阿洋,这些话你是从哪里学来的?”

许洋洋自得地说：“一半是我自己的，一半是志农哥教给我的。”

杨柳青好奇地问：“志农怎么会教你说这些话？”

阿兰姑娘代许洋洋作了回答：“我们承包这些梯田，在工地上劳动累了，志农哥就给我们讲故事，讲做人的道理。他叫阿洋不要似过去那样当调皮捣蛋鬼，要学会多动脑筋、多想问题，好为村里联产承包出力。近来阿洋想的问题可多呢！”

杨柳青会意地笑了笑，又问许洋洋：“现在你在想些什么，说给我听听好吗？”

许洋洋一本正经地说：“我在想，山承包了，地承包了，就是水还没有人包，沧桑的木材也还没有人去加工。要是把这两项再加上去，沧桑的生产就会‘跳’上一层楼。”

“那你有什么‘跳’的好打算？”

“说出来怕您笑我说疯话。”

“不笑你，你就说。”

“好，我来说。”许洋洋把一双大手捏成两个拳头，“办厂建站。办一个木材加工厂，建一座小型水电站，向山要金，向水要银。”

“没有本钱，金银能要得来吗？”

“要得来，没有技术我们学，没有资金我们筹，没有厂房我们建，杀出个联产承包的威风！”

杨柳青听了许洋洋的打算，不禁有点吃惊：好家伙，口气不小，心也很大。他转而一想：这个打算立足本地资源，并非在说疯话，只要经过努力，完全可以实现。

三十四

许洋洋谈了他的打算，睁大眼睛等待杨柳青的反应，哪知杨柳青却不把话往下说，而是站起身来，陷入沉思：沧桑的群众是那样执着，村里接连出事，他们在联产承包问题上并没有动摇，更没有后退，足见人心所向。沧桑的农民是那样淳朴，他们把自己的命运同实行农村改革连在一起，自觉扶正祛邪，保护联产承包成果，这种精神多么可贵。沧桑的人才何止志农一个，可惜过去被埋没了，要是让他们从跟着生产队长的哨子声出工收工中彻底解放出来，充分发挥大家的聪明才智，何愁联产承包不兴，何愁山区面貌不变。想到这里，他更加感到“麻烦棘手为难事，只是伤皮不动骨”这话的真切，也更加感到“联产承包只能放，不能收”的认识没有错。

一对普普通通的农村青年，一些平平常常的田头交谈，竟能给杨柳青增添信心和力量。是许洋洋和阿兰姑娘有过人的本事，还是杨柳青有超人的素养？这个问题看来是不必要加以探讨的。值得注意的是，现在杨柳青的眉宇已经舒展开来，心情也比刚上山时好得多了。他抬头望了望缕缕白云飘动的天空，随着对许洋洋和阿兰姑娘说：“闲聊都把你们的劳动时间给聊走了。太阳爬到头顶上了，一起回去吃午饭吧！”

洋洋和阿兰扛上锄头，高高兴兴地跟着杨柳青走下山坡来到公路上，他们把工具藏到车座位下，而后一人一边把杨柳青夹在座位中间，又开始了热烈的对答。

吉普车又在时起时伏的山间公路上行进。从小就失去父亲的阿兰姑娘，平时总感到矮人一个头，也总是默默无声地在队里干活。今天依偎在一位县委书记身旁，实在感到太幸福了。她不时找出话题，争取能和杨柳青多说些话。可是，当她一手摸到衣肩上的补丁时，不由得忙把身子挪开，心里也忐忑不安起来。杨柳青觉察到阿兰姑娘情绪上的变化，便借机引导说：“阿兰，你说说，有人生活过得好，有人生活过得差，这是命中注定的吗？”

阿兰姑娘摇了摇头：“我不相信人一生下来，就注定命运有好有坏。”

杨柳青不加修饰地问："不相信，那为什么你现在还穿着破衣裳？"

阿兰姑娘被触到痛处，突然两颊绯红，不好意思地说："因为生的不是时候，出的力气都让沧桑溪水漂走了。"

杨柳青因势利导："过去不是时候，现在已是时候了。世上一代接一代，一代更比一代强。你们要穷而有志，发奋向上。阿洋提出开办'一厂一站'的事，只要许支书和村党支部、队委会同意，我便支持你们。希望你们把现有的山耕好，把承包的地种好。同时来个竞赛，志农和阿洋带领一帮人办电站，小华和你也带领一帮人办工厂。到时，阿兰是厂长，阿洋是站长，阿兰穿旗袍，阿洋穿西装，让外界的人都看到，沧桑山村里，飞出金凤凰。"

杨柳青的话把一对年轻人的心都烧热了。他们异口同声地问："杨书记，您不是在和我们开玩笑吧？"

"真话，不是开玩笑。"

许洋洋一听，忘情地把双手往杨柳青的脖子上搂，阿兰姑娘也依偎到杨柳青的身旁，异口同声地说："杨书记，您真好！"

杨柳青长长地舒了一口气，说："你们说杨书记好，有人却说我是在搞复辟倒退呢！"

许洋洋和阿兰姑娘一时找不到合适的语言来安慰坐在他们身旁的这位长者，只是报以一种同情的目光。

其实，杨柳青此时并非在出闷气，也不需要得到安慰和同情。他正在考虑着下一步的行动，权衡着每一步的利弊。鼓励许洋洋和阿兰姑娘办工厂、建电站，正是为了给那些刷出"谁搞复辟倒退，就和谁坚决斗到底！"标语的"假贫农"一个眼色、一个有力的回击，正是在表明联产承包"只能放，不能收"的决心与行动。这样做，会在他和王云岗之间产生一种什么样的效果，杨柳青也已同时作了估计：观点进一步分歧，感情进一步破裂，矛盾进一步扩大。至于如何通过努力而避免出现这种不幸？杨柳青还来不及好好考虑，就被车子猛烈的一震给打断了思路。

汽车撞到一处被山洪冲塌的泥坑里，车轮不断打滑，爬不起来。许洋洋、阿兰和杨柳青相继下车，一同跑到车后用力猛推，还是无济于事。

杨柳青说了一声"搬石头垫上"，便带头动手。

许洋洋和阿兰力气大，他们接连从山边搬来角石，迅速填满泥坑。

汽车呼叫了好一阵子，还是在原地挣扎，车轮给石块卡住了。

许洋洋一甩手，开步就走："我回村叫人来扛！"

“先别着急。”杨柳青唤回许洋洋，“我们再一起想想办法。”

“要推，推不动；想扛，扛不了。嗨，我是没有办法了。”许洋洋无可奈何地连连摇头。

“动动脑筋，办法就会有的。”杨柳青手一指，“你看，阿兰不是把办法想出来了。”

阿兰从山垅里抱来一捆稻草，就地把草铺到石块上，然后招呼司机一声：“开动！”

车子加大马力，“呼呼”几声，冲出泥坑，爬上路面。

三人复又上车，车子继续前行。杨柳青仍然坐在中间，他心有感触，借物喻事：“前进的道路并非平坦，不仅会碰到刚才的那种泥坑，还会遇到许多障碍。我们要有战胜困难的勇气，要有百折不回的毅力，要有改造自然的智慧，才能把事业办好。阿洋、阿兰，你们说是吗？”

阿兰姑娘重重地点了一下头，说：“杨书记，我听懂了您的话，我们一定按照您说的去做，把木材加工厂办好。”

“杨书记，我也听懂了您的话，我们也一定按照您的指示去干，把水电站办起来。”许洋洋不甘示弱。

“很好，今天我们这段路算没有白跑了。”杨柳青激动地张开双臂，搭着身旁的这对年轻人，“困难好比一座山，看你敢不敢登攀，胆怯永远站山下，勇敢就能上顶端。相信你们一定会成为勇敢的攀登者，在农村改革中大显身手。”

说话间，汽车已经开到沧桑村的老榕树下。许洋洋和阿兰姑娘一下车，看到许春山站在树下的石墩旁，二人都感到有些不好意思，急忙从车厢里取出劳动工具，向杨柳青说声“谢谢杨书记，我们走了。”便躲过许春山，各自回家想着“办厂建站”的事去了。

三十五

许春山替杨柳青从车上取下一大包行装，又招呼了驾驶员，起步就往自家的方向走。

杨柳青叫住许春山："你回来，我们先去看看阿勤婆。"

"时间已经不早了，到我家吃过午饭再去吧！"

"午饭就在阿勤婆的家里吃好啦。"

许春山不便勉强，只好顺从杨柳青，沿着那条鹅卵石铺成的村道走进了阿勤婆的家门。

正在刷锅洗碗的阿勤婆，见杨柳青、许春山和司机一起进门，赶忙往身上的围裙擦擦手，迎上前来："午饭还没有吃吧？"

"还没有，我来做。"杨柳青好似回到自己家里一样，走进厨房，便要动手。

"做饭还用得着你？给我好好坐在那里休息休息！"阿勤婆把杨柳青推出厨房，赶紧生火做饭。

杨柳青领了阿勤婆的情，从厨房走到厅里，解开放在地上的行装，取出菜干、鱼干、粉干、面干，并把它一包包摆进菜橱。阿勤婆见了就问："我的好小杨，你是要在这里开食杂店吧？"

"不是开食杂店，是'藏粮于民，备战备荒'。"杨柳青说得大家都笑了。

阿勤婆又问："这么多的东西，是老向托你带的，还是你掏腰包买的？"

杨柳青含糊其词："带的买的都一样，问这个作啥？"

"小杨，我说你呀！"阿勤婆听出杨柳青的话意，笑着摇了摇头，又忙烧饭去了。

杨柳青坐了下来，即向许春山问起这几天村里的情况。

许春山事先已有准备，随口应答："我一回村，就被大家包围了。这个告周宏发的状，那个提出要追查姚经理供应假农药的事，这个准备去揪刷大标语的'假贫农'，那个打算要再找王县长说理。气呼呼的都在火头上。"

“你是怎么做大家工作的？”

“七劝八劝，好话说了一大箩，才把众人的火气暂时压下去。看来我并没有真正说服大家，二妹嫂、黄桂花、周进财，连那个周大憨都说，等杨书记回到沧桑，才能有个谱，定下敲锣或打鼓。”

“现在你有什么看法和打算？”

“前脚站稳，再移后脚。我想眼下最紧迫的，是要继续采取有效措施，巩固和健全联产承包责任制；要把群众的精力集中起来，搞好当前各项生产工作。我们离开沧桑时村里发生的那些事情，可以结合一件一件调查，把事实真相搞清了，再来决定是敲锣妥当还是打鼓合适。”

杨柳青听了许春山说的话，甚感满意。可他并没马上表态，还要听听更多人的意见，看看村子里的情况，然后再作决策，所以也就暂时把话岔开：“哎，肚子饿了，吃饱饭再说吧。”

在许春山和杨柳青说话间，阿勤婆把饭菜摆上桌了。许春山已经吃过午饭，坐在一旁抽他的“喇叭烟”，杨柳青和司机开始吃起来。他们刚刚吃下半碗饭，陈二妹、黄桂花、王小华和许洋洋都赶来了。顿时，阿勤婆家里有如会场一样的热闹。

阿勤婆张开双臂，像赶鸭子似的把来人拦到一旁：“你们坐下，现在不许说话，让杨书记吃饱饭再咋呼。”

杨柳青夹了一些菜放进饭碗里，走过来对阿勤婆说：“我边吃，让他们边讲好吗？我保证不会听话听得把饭菜送进鼻孔里。”

阿勤婆也不加拦阻，只是没好气地说：“连一餐饭也吃不安然！”

陈二妹她们看到阿勤婆不高兴，都不敢再吭声，屋子里一时寂静了下来。可是，当杨柳青放下饭碗，司机告辞大家去开车回县时，话语又充满了整个厅堂。

黄桂花声音压倒所有在场的人，她一边指着许春山，一边对杨柳青说：“那个大胡子真无用，我们本来有一肚子气没地方出，他回村又给我们泼冷水。我当着二妹和阿华的面说，志农做事样样好，这两天也和春山一个鼻孔出气、一个嘴巴说话，把我们管得死死的。”

杨柳青问：“他们说了一些什么？怎样管你们的？”

许春山盯了黄桂花一眼，示意多加包涵。黄桂花根本不把许春山放在眼里，继续告状：“那个牛头马脸的周大队长，砍了集体的林木又偷运出村不算，还用粗嘴恶骂二妹嫂子，我们要去找他评理，这许春山就说暂时不要那样做；我们要去找卖假农药的姚经理算账，这许春山又说，先把稻子的病治好再说；我们要去把那个刷大标语的‘假贫农’洪彤彤叫来坦白交代问题，这许春山又说事情还未彻底弄清楚，不好轻举妄动。‘轻举妄动’，不知啥时候他学到这种有学问人讲的话，用来吓唬我们。杨书记你说说，这种胆小怕事的人，还能再当支部书记？还能领导群众搞联产承包？要是我当县委书记，半夜就把他给撤职了，还要等到白天！”

杨柳青见黄桂花越说越激动，有意来个缓和。他问陈二妹：“春山回来以后，和桂花嫂吵架了？”

陈二妹强颜作笑：“已经闹翻天了，她桂花还拉着春山要去法院办离婚呢！”

杨柳青故作惊讶：“唔，问题有这么严重？”

“是这么严重！”黄桂花见她的告状已经引起杨柳青的重视，更加盛气凌人，“他大胡子不在村里，我们这些无职无权的老百姓守的守、攻的攻，一心为了联产承包不落空。可他回来以后，连个屁都不敢放，当起了好人。要是他的眼睛不亮，我就和他一刀两断，他当他的和尚，我做我的尼姑。当了尼姑，还要和周宏发、洪彤彤计较到底，阎王也怕拼命鬼，看他洪队委和周大队长作孽到哪里去！”

黄桂花越讲嘴越热，声音惊动了四邻。顿时，大人、小孩都跑来围观。周进财挤出人群走到杨柳青面前：“杨书记，您知道我的胆子只有老鼠大，就连我这种平时走路都怕踩死蚂蚁的人，也准备和周宏发、洪彤彤、姚经理斗一斗。他们实在太没有良心了，把林木抢走不算，还用那种假农药来坑害我们，做这种伤天害理的事，就不怕雷打刀劈！只要您点个头，我就和阿憨去把周宏发、洪彤彤扭到这里来认罪。”

“对，把周宏发和洪彤彤揪来批斗！”在场的村民一哄而起，群情激愤。

“走，有种的跟我来！”许洋洋把手一挥，冲出人群，有几个年轻人立刻跟了上去。

“阿洋，你给我回来！”杨柳青喝住许洋洋，然后镇静地对大家说，“乡亲们心里有气，这是很自然的，也是可以理解的。可是你们想过没有？眼下山需要开，地需要种，稻子马上得施肥，幼林也要进行抚育。我们放下田地的活，把时间和精力用到别的地方去，生产搞不好，不就等于自己拆联产承包责任制的台吗？”

在场的人听了杨柳青这番话，开始议论、骚动起来。

杨柳青接着说：“俗话说，耐得心头火，可溶地上霜。希望乡亲们冷静冷静，专心把承包的田地耕好种好。至于大家要求追查的事，请相信春山同志和党支部是会妥善办理的。我建议你们都回去，照常出工，不要耽误生产。大家意见怎样？”

“杨书记说得在理，没有意见！”周进财大声回答，第一个离开了现场。随着，大人、小孩也都陆续散去。

阿勤婆的屋里屋外又恢复了正常秩序。可是，黄桂花仍然恶气未消，挨着不走。杨柳青请了陈二妹做工作，好说歹说才把她劝回养鸡场。

阿勤婆的房子里剩下屋主和杨柳青、许春山三个人了。许春山提起放在地上的行装，说：“老杨，先去安顿一下，休息休息，有事再作商量吧！”

杨柳青接过行装，说：“要是阿勤婆不嫌打扰，我准备就住在这里，再把志农叫过来，一起和阿勤婆做伴，你说好不好？”

许春山想了想，说：“也好，老向不在家，屋里多两个人，阿勤婆也比较热闹。志农本来就等于二位老人的‘半个儿子’，过来可头头尾尾帮忙伺候伺候阿勤婆。”

阿勤婆听了杨柳青和许春山的对话，心里十分高兴。她一把提过杨柳青的行装，就往她卧室对面的那间厢房放，然后又笑容满面地走出厅堂，说：“过去学习焦裕禄，只是听人家念报纸，今天焦裕禄就在我家里。春山，咱共产党队伍里的焦裕禄多呀！”

“阿勤婆，您过奖了。焦裕禄是我学习的榜样，可我比不上焦裕禄，事事还得请您多指点。”

“指点谈不上，你们商量事情我便来泡茶，肚子饿了就给做饭，这些事阿婆都会做，请放心。”阿勤婆越说心越欢。

“要我放心还得有一条，您吃什么我就吃什么，不能把我和志农当外人。”杨柳青郑重其事地说。

“这事你也尽管放心，阿婆笃定把你当成自家人。”阿勤婆说得很恳切。

“好啊，那我们都放心了，现在春山你就不要管我生活安排的事了。”杨柳青拿起桌上的杯子呷了一口茶，而后对许春山说，“我们下地里转一转，走吧！”

三十六

许春山随杨柳青步出阿勤婆的家门，走了一段路，又来到垂柳飘拂的沧桑溪畔。雨季刚过不久，沧桑溪湍急的流水激起浪花，淙淙向前流淌。倒映在溪中的山体，被那流水的波浪刮得摇摇晃晃，可它始终垮不下来。

杨柳青双手叉腰，望着溪两岸的田野，只见到处一片翠绿。他来到田地里，俯身查看稻禾的生长情况。白叶枯病已经消失，母枝开始花芽风化，经过一场“假药浩劫”之后，在许志农和王小华的带领下，村民们齐心协力精心管理，晚稻已呈现丰收在望的新景象。

许春山看到杨柳青脸挂笑容，自身也感到欣慰：“以正压邪，起死回生。我们离开沧桑，要不是阿华和志农撑台，可就糟了。现在稻子长得这么精神，该给他们记上大功。”

杨柳青也感慨地说：“是呀，有这么好的年轻人，我们的事业就有希望了。”

许春山见杨柳青站在那里舍不得离开，便建议说：“我们再到别的地方去看一看好吗？”

“走吧！”杨柳青蹲到水沟旁洗去手上的泥土，起身就往前行。步出沧桑洋，登上小土坡，来到养鸡场。

眼前的场景令杨柳青吃惊不小：迎接他的不是那热热闹闹的鸡群，而是零零落落的“散兵游勇”，一场鸡瘟的袭击，使“三姐妹养鸡场”元气大伤，沧桑村联产承包的第一盏“明灯”，正处在或明或灭的危急关头。“三姐妹”见了杨柳青，已不是那一次“送红蛋”时的喜气盈盈，而是带着沉重且有愧的神色站在杨柳青面前，来喜嫂连头都不敢抬起来。

杨柳青理解此时此刻“三姐妹”的心情。他走到一处关着多只抱窝母鸡的鸡栏旁，有意把话说得轻松些：“这些功臣任劳任怨，都在为场里创造财富呀，要好好奖励奖励它们，多给一些好的饲料吃！”

“米糠、豆粉都用上了，本钱花了不少，谁知到头来又会怎样？”陈二妹忧心忡忡。

杨柳青显得很乐观:“到头来一定会鸡满场，蛋满窝，大鸡小鸡齐唱歌。不信现在就来打赌，要是我说准了，你们每人胸前都戴上一朵斗大的红花，绕着琼山县城游三圈，怎样？”

“哎，你这是在为我们三姐妹打气，看来要办好这个场难呀！”陈二妹表现出信心不足。

“不怕困难能成事，害怕困难事不成。只要好好总结一下经验教训，往后就能把这个鸡场办好。走路难免会跌跤，可从来没见过跌了跤的人不再走路，你们说是吗？”杨柳青一句责备的话也没有，“鼓起勇气，继续努力，我再想办法给场里配个技术员。相信一两个月以后，这里就会真正鸡满场，蛋满窝，公鸡母鸡齐唱歌！”

黄桂花听了杨柳青的话，又精神起来了。她把和许春山吵架的事忘到一边，开始叽里喳啦:“我说二妹、来喜嫂，前几天黄桂花给你们说的话，和今天杨书记说的不是一模一样吗？你们就是听不进去，现在该听进去了吧！”

“尖嘴婆脸皮足有三寸厚，刚才杨书记来到场门前，你还在唉声叹气，现在风头话又出口了。”陈二妹的“揭露”，把大家都逗笑了，连静静站在一旁的来喜嫂心情也轻松了许多。

陈二妹收敛笑容对杨柳青说:“争气事藏心底，泄气话说出声，请老杨你相信，三姐妹不是豆腐兵！”

养鸡场受挫折，并没有使杨柳青感到失望。他相信:“寒霜打过的红梅会更加鲜艳”，在倔强的“三姐妹”苦心经营下，这座养鸡场一定能兴旺起来，能成为闪烁在沧桑村里的一颗明珠。他怀着这样一种信念离开养鸡场，又带着一种异样的心情进入大墓山。

在周宏发承包的那片山地上，林荫之中好似长着一块伤疤，被砍去的杉木留下了露出年轮的树底座。杨柳青站在数天前黄桂花、陈二妹等人与周宏发干仗的那个地方，凝视着杉木被破坏的情景，动了动唇角并未说话。他沿着残留树底座的现场转了一圈，好似在查点被砍杉木的株数，也像在思考补救的措施。

离开大墓山场，杨柳青和许春山又到笔架山上。这里片片承包地荒草、荆棘已经让位，取而代之的是整排整排的鱼鳞坑，村民们及早动手做了来春造林种果的准备。杨柳青放眼山场，渐渐陷入沉思。

许春山开始不敢打扰，后来渐渐沉不住气了，便说:“联产承包作用就是大，一两个月，荒山变样。我看再过三五年，山上就会成银行。”

“没有这样简单，也不会那么容易。”杨柳青闪动明眸，深思熟虑地说，“山地承包下去，并非万事大吉。规划工作、生产资金、栽培技术、苗木供应，这些问题还得帮助村民加以解决，造林种果才能真正落到实处。山地开发又是一门很深的学问，该种什么果，要造什么林，适合运用哪种经营形式，必须采取哪些管理措施，也得加以考虑和研究。”

“是这样，我把问题看得太简单了。”许春山受到启发，认真地说，“往后，我和村里的干部还得多动脑筋多想问题才行。”

杨柳青手朝背后反剪起来，一步步走下笔架山，有如引导春山也似告诫自己：“实行联产承包，这是农村一场大的变革。我们想问题办事情，都要有利于调动群众的积极性，有利于发展生产力，有利于更好地发挥社会主义制度的优越性。不然，联产承包还有什么意义？”

许春山跟在杨柳青背后，边听边想。他看到路旁一片竹林，触景生情，以物喻事：“不管怎么说，在咱沧桑，联产承包恰似春笋把根扎进土里，把芽吐出地面，只要好好栽培，就能长成大竹，送人阴凉，给人财富。”

杨柳青也望了望那片竹林，深沉地说：“春笋出土，还要经受风吹雨打，还会遇到竹蝗侵害。只有精心施肥培土，才能让它把根扎牢，把茎长高，也只有及时防病灭虫，才能使它不受破坏，翠绿成荫。”

二人相随走到山脚下，这时村民陆续收工回村，杨柳青和许春山身处众人寒暄之中，没能继续交谈，眼见夕阳落下西山，天边挂起晚霞，也就各自归去。

三十七

杨柳青进入阿勤婆家门，只见桌上已摆好碗筷、饭菜。他先洗洗脸擦擦汗，然后坐了下来，从口袋里掏出笔记本子想写些什么。阿勤婆夺过杨柳青手中的本子放到桌上，即端上一碗甜味绿豆汤。待杨柳青三口两口喝下那清凉解渴的佳品后，阿勤婆又送过一碗干饭：“赶紧填饱肚子，要不待会儿又满屋是人，吃也吃不安然。”

杨柳青请阿勤婆一起就餐，阿勤婆摆摆手，说：“砍柴汉和放牛娃不一样，你赶时间，我可以慢慢来。”

杨柳青手捧干饭刚吃几口，不由拧紧眉头眨起眼睛。姚向鸿供应假农药、周宏发盗砍杉木林、“假贫农”刷出大标语……疑云浮现，阴影罩来。他想暂不去理会，待吃饱晚饭休息一下再说，怎奈欲罢不能，那一连串咄咄怪事总在心里搅乱。

室外阿勤婆呼鸡赶鸭的声音，驱走了困扰杨柳青的怪事。杨柳青眼睛一亮，只见桌上饭菜还在冒着热气，他伸出筷子夹了一片萝卜放进嘴里，又吃两口干饭，慢慢咀嚼起来。老龙岭上与一对年轻朋友的聊天、沧桑洋里同翠穗扬花稻禾的相会、笔架山上跟遍地鱼鳞树穴的见面……尤其是许春山那“联产承包已如春笋扎根土里”的比喻，忽地跳到眼前，忽地回响耳际，一丝笑容渐露于杨柳青的脸上。

阿勤婆欲从门外走进厅堂，见杨柳青手里还是捧着那碗干饭在发愣，感到不大对劲，驻足门旁静静观察。杨柳青想得出神，差点失手打翻饭碗，就在那碗一晃之际，他却完全清醒了过来。杨柳青转身一看，阿勤婆站在背后直摇头。

阿勤婆走进门来，心疼地说：“小杨呀，你连吃饭都不专心，长久下去怎么得了！”

“您看我不是在专心吃饭了吗？”杨柳青动起筷子，边把干饭送往嘴里，边和阿勤婆说趣话：“这饭菜做得可口，慢慢品尝好开开胃，吃得太快味道就没了。”一碗干饭快吃完时，垫在碗底的却是香菇、猪肉。杨柳青不禁心里一热：多么朴实的阿婆，多么真挚的情谊！我该怎样来报答您呢？他正要往下想，思路却被门外嘈杂的脚步声给打断了。

不出阿勤婆所料，杨柳青饭碗刚放下，春山、二妹、小华、志农和几个村干部就相继走进门来。阿勤婆收起饭钵菜碗，换来水壶茶杯，大家边喝茶，边说些无关紧要的话。杨柳青也不加引导，任意让大家自由发挥。

陈二妹显得有些着急，她挪挪椅子坐到前面，认真地说：“闲话不顶用，我们还是来谈谈正经事，商量商量怎样让‘老包’在沧桑坐稳交椅吧。”

“对，闲话少说，实事多做。”王小华积极为她阿母的话题鸣锣开道，“依我看，目前我们沧桑的联产承包责任制，是处在有人拥护、有人反对、有人撑腰、有人拆台的情况下进行的。想吃蜂蜜，不怕蜂蜇；想吃年糕，不怕黏牙。要巩固发展联产承包成果，就得排除左右干扰，前段时间发生的那些怪事，要一件一件追根究底，查个水落石出。春山叔，您说呢？”

许春山抽着闷烟，没有吭声。

“在咱沧桑，春山兄你是个掌舵人，乡亲们都睁大眼睛看着你，是攻是守，是进是退，得拿出个主意来，不能事事依赖杨书记！”陈二妹与王小华相呼应。

许春山丢掉手上的烟蒂，继续卷着他的毛烟，还是没吭声。

“这春山，一包烟丝都快给你卷光了，还吐不出个‘牙齿屎’？怪不得咱王县长说你是个老右倾，三鞭子打不出一门屁来。”坐在一旁的阿勤婆也将了许春山一军，说得大家都笑了。

许春山本人不恼也不笑，照样卷着毛烟，慢条斯理地说：“不爬高山腰不弯，不走长路腿不酸。试一试，才知道农村改革不容易。我的意见是：只能进，不能退。进，就要把已经承包的巩固下来，将可以再包的给包下去，集中精力搞好当前生产。至于前段时间发生的那些事，不是一时能查得清的，还是慎重从事为好，免得把事情搞乱。”

“乱？怕乱就用不着改革了！”陈二妹作为一个普通农家妇女，在杨柳青、许春山离开沧桑的那些日子里，怀着对实行联产承包的满腔热情和高度责任感，左冲右挡与坏人坏事做斗争，意想杨柳青、许春山回来以后，必定会有明确态度，不料许春山今晚却是这样暧昧，心里大感不快。她把椅子又挪前一步，生气地说：“见火不扑火烧身，见蚊不打蚊叮人。过去，春山兄你就是患了这毛病，凡事总想求个稳稳顺顺、平平安安，到头来连桂花、阿洋都不服你管。一家人，不计较，可那个周宏发爬到你的头上拉屎拉尿，你也忍了，纵使他胆子越来越大，集体的林木砍了不算，还敢气壮如牛粗嘴骂人。这种恶人不治，别人也学他的样，联产承包怎巩固得了，农村改革怎改得下去。要是你胆小怕事，我就和桂花、阿洋串起来跟姚经理、周宏发和‘假贫农’斗了。就看在座的人支持不支持？”

陈二妹越讲越激动，劈头盖脸地批评了许春山。许春山却沉住气，不加反驳，照样抽着闷烟。

杨柳青只是认真地听，并不急于发表看法。倒是在座的村干部议论纷纷，莫衷一是，有人支持陈二妹的主张，有人赞同许春山的意见。时间在热烈议论声中一个小时一个小时地过去，厅堂里的电灯突然眨了三下，公社的火力发电站发出警告：离熄灯只有十五分钟了。

阿勤婆拿来两盏煤油灯放到桌上，边划火柴边说：“都半夜了，这样吵吵嚷嚷何时了，还是请柳青同志指点指点吧，要不吵到天亮也难有个定数。”

陈二妹想杨柳青定会支持她的主张，立刻附和：“对，公说公有理，婆说婆有理，还是请个公亲来判理！”

电灯一眨，熄了。厅堂里变得昏暗起来，加上几根“烟枪”整夜喷射，室内雾气腾腾。

杨柳青过去打开一扇窗门，然后走到煤油灯旁，把话题扯向别的事去：“我这次进沧桑路过老龙岭，碰到阿洋和阿兰，他们提出个‘办厂建站’的建议，就是在村里办一个木材加工厂，在岭头水库建一座坝后水电站。这是个很值得考虑、研究的事情。要是‘办厂建站’得以实现，沧桑的资源就能更好利用，村民的收入就会大大增加，集体经济也不是现在的这个样子了。我想，饭要一口一口地吃，路要一步一步地走，事要一件一件地办。现在不可能厂也办站也上，先易后难，尽量想办法把木材加工厂早日办起来，同时做好建电站的准备。这事办好了，沧桑的联产承包也就前进一步了。”他停了停，又说，“至于供应假农药、盗砍杉木林、刷出大标语这些事，肯定是要查的；可是怎么查？什么时候查？请大家再考虑考虑。明天，可以由春山先找周大队长谈谈话。时候不早了，大家也该回去休息了，有话另找时间再说吧。”

在场的人都瞪大眼睛，等着杨柳青对下一步的行动作出安排，听到最后，却得不到明确的回答，大家感到有些扫兴，特别是陈二妹心里更不舒坦。

一直坐在旁边默不作声的许志农，对杨柳青那“从长计议，引而不发”的做法，却是心领神会。他和王小华待大家离去之后，又留下来向杨柳青谈了自己的看法。王小华说：“我们村发生的种种怪事，在您没回来之前，我和志农哥作了多次分析。根据我在县里了解的情况，以及‘文化大革命’以来姚副书记的表现，再联系到这几次事件发生的前因后果，姚新副书记正在扮演一种不光彩的角色，他在我爸爸身上做了许多文章，挑起我爸爸和杨叔叔之间的矛盾；姚向鸿是姚副书记的儿子，薛腾飞和姚副书记的关系也不清不楚，他们的所作所为，很难说与姚副书记没有牵连。”

许志农给王小华作了补充：“蛇爬无声，奸计无影。看来，沧桑实行联产承包所遇到的阻力，主要还不在王县长身上；沧桑所发生的事情，也不是一种孤立的现象。交锋的现场在沧桑，策划的地点在县城，双方的指挥则是在县委领导班子内部。我和阿华作出这样的分析，是根据阿华长久以来观察姚新副书记在她爸爸面前所作所为而得出的结论，至于怎样采取对策，我们只能当当参谋，还得靠杨叔叔您拿主意。”

杨柳青专注地听着王小华和许志农的话，心中不禁激起一层波澜。那些事情他并非没有觉察，只是不愿去想也不敢去想而已。自从来到琼山以后，他总是想通过自己的工作去影响别人、感化别人，团结县委“一班人”、团结广大干部群众共同改变琼山的面貌。可是，“树欲静而风不止”，良好的愿望不等于现实。僵化的东西不可能只用温水去溶解，要靠奋争去冲破；心怀叵测的人出自个人目的而设置障碍和制造事端，逼使杨柳青不得不予以应战。现实就是这样明摆着。作为一个有素养的领导者，此时杨柳青并没有在一对年轻人面前表露出对县委某些领导成员的怀疑和不满，只是陷入了无言的沉思。

三十八

老榕树在秋风中沙沙作响，沧桑村又迎来了新的一天。勤劳的农民吃过早饭，又扛起劳动工具，上山下田耕耘去了；杨柳青和昨夜参加碰头会的村干部，也睁着熬红的双眼，继续为改变山村面貌操劳。

按照昨夜的分工，许春山来到大墓山场，与正在垦荒整地的周宏发“交心”。他拐了一个大弯，才正面接触“乱砍盗运”林木的事。周宏发不但不认错，反而指责许春山背离革命路线，破坏集体经济，复辟资本主义，并要许春山对沧桑大队所发生的“严重问题”负责，理由是“方向一歪，一切皆歪”“路线一错，一切皆错”“乱砍盗卖”木材的根源就在于推行联产承包责任制，要追究责任，首先得追究推行联产承包者的责任。而联产承包推行者指的是谁，周宏发并没有明讲，他只是紧紧咬住许春山一人，这也许是周宏发一种“指桑骂槐”的策略吧。

许春山工作做不下去，便暂时收兵。在回村路上，他碰到了杨柳青正带着许洋洋、许阿兰和许志农朝老龙岭的方向走，一问才知道他们准备前往岭头水库观察周围的地形水势，以便筹办坝后水力发电站。

许春山加入一行人，在路上把他和周宏发接触的情况详细汇报给杨柳青。杨柳青对于周宏发的强硬态度感到有些意外，心里随着产生一个疑团：他周大队长做错事，引起了村人的不满。身临这种处境还敢气壮如牛地和许春山顶撞，是他真的“路线斗争观念强”，还是背后有人做靠山？在没有得出准确结论之前，杨柳青只是谨慎地对许春山说：“思想工作不容易做，要有耐心。”其实，杨柳青说这个话还有另一层考虑：不能逼得太紧，以免打草惊蛇。

说话间，一行人来到老龙岭上，随后拐了个山弯，便到岭头水库库区。杨柳青站在大坝上，观察着周围的地理环境。时值雨季刚过，水库丰盈，波光闪闪，流水正漫过溢洪道哗哗泻入山坑；启闭机也升高起来，把库中多余的水排放出去。杨柳青以前曾搞过水利电力工程建设，办水电可算在行。他往水库周围溜达一圈，又回到大坝上，对着身旁的人们说：“在这里建个小型坝后电站看来挺合适，现在就看春山决心大不大、阿洋争气不争气了。”

许春山笑笑作答：“昨晚一听您说‘办厂建站’的事，我心里便发痒，巴不得马上动工。可是，现在沧桑穷成这个样子，电站怎能办得起来？”

杨柳青将了许春山一军：“穷则思变，穷而有志。在这一点上，儿子就比老子强，咱阿洋已准备当这座电站的站长了。”

许春山睨视许洋洋一眼，说：“别听他吹牛皮、放大炮，他能当得起电站站长，母鸡也会跟着公鸡啼。”

杨柳青笑对春山：“你别把人看扁了，我认为阿洋不是在吹牛皮，也不是在说大话，只要经过努力，这件事是可以办到、也是能够办好的。比如资金问题，可以采取个人筹一点、集体出一点、银行贷一点的办法来解决。再说，沧桑目前虽然还穷，资源却很丰富。在这一点上，阿兰姑娘又比我们想得深，她提议村里要办个木材加工厂，把过去光卖木材原料变成加工板材、用具出售，增加收入，以短养长支持办电站，这也是个筹集资金的好办法呀！”

许春山听了杨柳青的那番话，觉得很有道理，可还是不放心地说：“看来这得慎重。过去沧桑也办了不少集体企业，都是春上马，冬垮台，明年重新来，劳民又伤财，办得干部、群众都害怕了。这次要是再出现那种情况，就把沧桑的锅全砸了。”

杨柳青听了许春山的话，觉得不无道理，可他还是有意地问：“过去集体企业垮台的原因在哪里？”

许春山随口回答：“还不是和农业生产一样，管理不好，经营不善，吃公弄空给搞垮了。”

杨柳青反过来问许春山：“既然和农业生产一样吃公弄空给搞垮了，那么我们为什么不可以和农业生产一样来个联产承包，把村办企业振兴起来？”

许春山受到启发，来了信心：“是呀，这个道理我怎么没有想到？”

“您没有想到的事情还多着呢！思想不解放，脑筋就不开窍，要不是杨书记来沧桑，连活活的手脚也会让您给捆死。”许洋洋得到杨柳青的赞许和支持，便在他的老子面前要聪明。

杨柳青瞪了许洋洋一眼，诙谐地说：“你怎么能这样和咱许支书说话？不怕大官，只怕现管，要是得罪了他，他不给你支持，将来站长可就当不成了。”几句俏皮话，说得在场的人，包括有气的许春山和文静的阿兰姑娘，都舒心地笑了。

杨柳青、许春山一行人兴致勃勃地走出岭头水库大坝，朝着原路返回村里。在阿兰姑娘的请求下，他们又察看了一间被人们遗弃的旧厂房。这间厂房是“大跃进年代”用来“炼钢铁”的。厂房门口，至今还放着一堆氧化了的“烧结铁”。村里人无意拿它作为“纪念品”，然而，它却成了沧桑村一个时期的印记。当阿兰的父亲在这里参加“大炼钢铁”之时，阿兰姑娘尚未来到人世间。而今阿兰的父亲已经作古，则留下了那堆废铁和关养蚊子的旧厂房让阿兰这一代新人继承。能否“化废为宝”，这就得看阿兰姑娘的“运气”和本事了。

阿兰带着杨柳青、许春山等人走进厂房，指着空旷而冷清的场地说：“要是能在这里安装一台机器，再配上几个人，天天加工木材，天天出售产品，村里也就热闹多了。”

“不光是热闹，钞票还会整叠整叠从这里飞起来。杨叔叔，现在就拍板吧！”许洋洋急不可待。

“这个我可做不了主，要由你老子和你志农哥点头才行。”杨柳青来了个激将法。

“在这里办厂，我不但点头赞成，还要举双手拥护。”许春山言道，俗话说：“‘千家富难养一家穷’，光靠国家救济、贷款过日子总不是办法。要是把这个厂办起来，木材就能充分利用，个人、集体都能增加收入，村里办点事业也免去再向村民派款。可是，办厂本钱在哪里？机器在哪里？技术在哪里？难呀！”

“春山伯，只要您能点头，困难我们能克服。”阿兰姑娘闪动一对水灵灵的眼睛，恳切地望着许春山，“记得我和阿洋、志农哥上小学的时候，您给我们上政治课说过这么一句话：抓沙填海海难满，衔泥筑窝窝上檐。教育我们不能依赖别人恩赐，要自力更生，艰苦奋斗。现在我们都长大懂事了，也应该让我们来为村里衔泥筑窝了。”

“我的话你还记得这么牢！”许春山深深被感动了，他说，“既然你们有这样的志气，那我还能不支持？”

“好，春山你支持，我也投上赞成票。”杨柳青当场表明态度，“办厂这件事，我建议今晚就提交支委、队委联席会专题讨论，尽快作出表决。”

三十九

未晚先投宿，鸡鸣早看天。一直在“关心”杨柳青工作进展的姚新副书记，当收集到沧桑正在追查“乱砍盗卖”林木和计划“办厂建站”的消息后，认为主动出击的时机已到，神经立即紧张起来。他要在不露自己马脚的前提下“左右开弓”：收拢薛腾飞这个“亡命之徒”去同杨柳青作对；利用王云岗那堵“挡风墙”来掩护他姚新的进攻。按照这一战略部署，姚新采取“先易后难”的战术，首先把薛公子请到他的卧室里“做客”，投下诱饵引其上钩。

薛腾飞本来就是姚家的常客，不请也到。他大大咧咧地走进姚新的卧室，往靠背椅上一坐，便主动从桌上的烟罐里取出一支中华牌香烟点上火抽了起来，抖着二郎腿，问：“叫我有什么事？”

姚新依旧道貌岸然，摆出一副长辈的架势：“请你来不为别的，专为一件大事。我这个人思想并不封建，但认为做事总要有个规矩。你和向梅的关系已经不清不楚，我看婚事不能再拖了。今天就是要正式听听你的意见，做父亲的也好拿主意。”薛腾飞思想没有准备，一听姚新提出的问题，不禁一愣。本来，他只是想在姚向梅身上取乐，并没有真正打算要当姚新的女婿。“既然你姚新送肉上嘴，我薛腾飞哪能当傻瓜。如今不是提倡婚姻自由吗？我薛腾飞何不把这桩婚事先答应下来，要玩向梅也可以玩得自在，待玩厌了再作道理不迟。”薛腾飞把这番打算藏在心里，用了另一种腔调说话：“婚姻大事，不能草率，还是让我仔细考虑考虑，再征求征求爸爸妈妈的意见才定。”

姚新并不放过：“爸爸妈妈的意见是要尊重的，但婚姻大事取决于本人。只要你表明态度，薛厅长和你妈妈那边的工作我负责去做。”

薛腾飞装出认真思考的样子，好一会儿才说：“既然你看得起我，我小薛也不是不知好歹的人，这门亲事就由你做主吧。”

“骗子状元才”。姚新技能施展得很成功，薛腾飞也表演得很得体。一个小时之前，他们还是“朋友”；一个小时之后，二人已成“岳父与女婿”，关系非同一般，谋事也更加合拍、投机了。

现在，姚新已用岳父大人的身份来指点薛腾飞：“既然你成了我的女婿，我就不能不把关系到你前途命运的事提出来。杨书记从省里回县以后，听到‘乱砍盗卖’林木的事，非常生气。我很替你们担心，一旦案情大白，不知会有什么结果，你说该怎么办？”

薛腾飞开头有点着慌，随后便露出凶相：“先下手为强，把杨柳青搞垮！”

薛腾飞见饵上钩，这完全在老谋深算的姚新预料之中；王云岗秉性耿直，容易上火，且目前同杨柳青观点分歧、感情疏远，这也有隙可乘。然而，王云岗毕竟是王云岗，他资格老、阅历深，加上现在所处的地位，要在他的身上做文章，还得三思而行，谨慎从事。姚新考虑到这些因素，不敢贸然造次。他以研究工作为名，来到了王云岗家的会客室。一进门，看到桌上放有一瓶冠心苏合丸，便利用它作过渡：“哎，阿华一下乡就把家给忘了，没人提醒，药可别忘记吃呀！”

正在埋头读报的王云岗见是姚新到来，把报纸一放，示意姚新坐到他旁边的沙发椅上。

姚新若无其事地坐了下来：“今天没有什么要紧事，只是过来看看您。我准备明天再到跃进大队，不知您有什么吩咐？”

王云岗想了一想，说：“现在县里事情成堆，柳青又不在家，就暂时别下去了。”

“县里有您在，什么事情都好办，我还是下去走走，了解了解当前干部、群众的思想状况。再过半个月稻子就要抽穗了，今年寒流可能早来，也好顺便帮助那里及早研究防范措施。”

“预防寒流袭击，确保晚稻丰收，这可是一件大事，不能开玩笑，不仅跃进大队，还要提醒全县各地注意。”

“对对，您考虑问题总是比我全面，我马上就叫县委办公室打电话给各个社队，传达您的这个重要指示。”姚新已经抓到借题发挥的机会，便开始往王云岗的脸上贴金，“有的话我本来不爱当着您的面说，可是我们已经搭档多年了，您信任我，我也敬重您，就不怕误解了。说实在的，我非常佩服您的路线觉悟，您的坚定立场，您的工作经验，特别是您的坚强毅力。这几年您‘一马挂两鞍’，如果没有您来掌舵，琼山不知道会是个什么模样。”说到这儿，姚新看到王云岗皱起了眉头，他马上意识到自己的吹捧话说过了头，便紧接着不容王云岗插话，顺势说道：“我在想，好曲子要有好歌手，好政策要有好班子。要是杨书记能够和您同唱一个调，同走一条道，那么我们县委领导班子就会如虎添翼，琼山的面貌也会改变更快。从这一段的情况来看，杨书记的革命精神和工作作风都是很好的，可惜还不能从琼山的实际情况出发，也不够看重我们积累下来的一套行之有效的经验。我很担心这样继续下去，我们的领导班子会出现各吹各的号、各唱各的调，给工作带来困难造成损失。”

姚新后头的这番话正中王云岗下怀。王云岗苦笑着说：“你这点说到节骨眼上了。可是现在他已经被那个‘联产承包’迷住了，我看九头牛也拉不回来了，有什么办法呢？”

姚新叹了一口气，表示也很为难。他装模作样地沉思了好一阵子，然后说：“精诚所至，金石为开。我们还是一起来继续做做他的思想工作吧。”

王云岗摇了摇头：“他不是县里的部长、科长，更不是一般干部，是县委书记，靠我们来做他的思想工作，我看很难！”

姚新乘势而入：“说的也是。他去省里回来，您已经给他诵了很多经，他还是听不进去。昨天，我从沧桑来的几个干部口中听到，杨书记正在那里发动个人办工厂建电站，据说很快就要上马了。”

“真有其事？”王云岗猛然瞪大眼睛，“一意孤行，简直越走越远了！”

姚新故作姿态地安慰道：“现在您一定要冷静，千万不能激动，以免在外界造成不良影响。”

王云岗上了火：“我可不能睁着眼睛看他继续犯路线错误，更不能放任自由让资本主义在琼山复辟！”

姚新开始“替杨柳青说话”：“纲一下子也不要上得那么高，杨书记可能有自己的主见，有一套既搞‘联产承包’又防资本主义复辟的办法，如果现在思想工作不好做，就暂时搁上一段时间，不用操之过急。”

王云岗没有回话，只是脸孔板得铁紧，胸脯在上下起伏。

姚新离座走了过去，给王云岗倒上一杯茶，然后说：“实践是检验真理的唯一标准。我看可以这样：现在不要去干预杨书记，让他在沧桑继续搞联产承包；我们也选个点好好抓一下，使‘一大二公’的优越性充分显示出来，然后再作个比较。用事实说话，用事实去教育人，这样做可能更有说服力，也符合以点带面的精神。”

“我看这是个最好的办法了。”王云岗一边用手使劲地揉着太阳穴，一边问，“点要选在什么地方？”

姚新在会客室里来回踱步，表明他在郑重其事地考虑着。

王云岗等得不耐烦了，干脆自己提出地点：“我看就放在跃进大队吧，那里是县委的老挂钩点，你我情况都熟。”

“好，就定在跃进大队。”姚新正中下怀，满口赞成，“那明天我就先到那里去。”

“不，县里的工作交代李明和田峰管一管，我和你一起走。县委大院少了你和我，天塌不下来。”

“那太好了，有您亲临跃进大队，保证马到成功。”姚新不忘再奉承一下王云岗，“明天上午您在家里等着，我带车子来接。不用太早起床，好好休息一下，养精蓄锐。”

制造“分庭抗礼，杨、王对立”的奸计，早已藏在姚新的胸间。现在此计得逞，很快就要形成跃进、沧桑两个邻队对峙局面，这使姚新大喜过望，可他姚新还是佯装一副平静心态蒙蔽着王云岗。

四十

带着一种获胜心情，姚新离开了王云岗的住处，径直回到他自己的家中。泡上一杯浓浓的安溪铁观音乌龙茶，抽起上海卷烟厂出品的中华牌香烟，姚新顿感满身舒服。他一坐定，感触油然而生：人世间就是这样充满虚伪、欺骗，充满互相利用，充满尔虞我诈、你争我夺。“人之初，性本恶”，一切为人、助人、待人之举都是虚情假意，都是最终为了自己，世上哪有真正的道德、信义可言。你王云岗与杨柳青昔日是生死之交，现在姓杨的不按照你的旨意办事，不也反目为仇了吗？

室内已被烟雾熏得满屋混浊。姚新打开窗门透透气，然后便把姚向鸿和薛腾飞二人叫了来。他对着面前两个花花公子说：“我明天就要陪王县长到跃进大队蹲点，有些事需要提醒提醒你们。现在杨书记已组织专人在调查盗卖木材和供应假农药的事，你们要有思想准备。”

姚向鸿心里有些害怕，可口气还是不软：“供应农药一时失职，大不了经理被撤当个小干事，有什么了不起！”

姚新冷笑道：“没有那么简单。你们的所作所为瞒不了我，也瞒不过杨书记。我已经给小薛说过了，盗卖木材和供应假农药都是犯法的，只要查个水落石出，你们都得被判刑、送劳改。”

姚向鸿沉着脸说：“假如落到这种地步，那也没有办法。县里的政法工作是由您主管的，您大权在握，神通广大，要是连自己的儿子都保不住，当那个副书记顶屁用！”

“放肆！”姚新喝住姚向鸿，“权力归权力，办法归办法。而办法是靠人想出来的，你就只会喝酒抽烟，不会动动脑子？”

姚新恶了姚向鸿一眼，把脸转向薛腾飞：“小薛，我已经先给你打过招呼了，你来说说有什么打算。”

薛腾飞眼睛一瞪：“我不是也已经对你说过了吗？先下手为强，搞垮杨柳青！”

“你说搞垮就搞垮？没有那么容易！”

“那还很困难？不见得。‘谈起风流事，三道铁门关不住’。杨柳青到沧桑一直混在女人中间，只要我薛腾飞造个谣，说他在沧桑乱搞妇女，保证一夜之间满城风雨，他杨柳青不从琼山滚蛋才有鬼呢！”

姚新十分赞赏薛腾飞的“无毒不丈夫”之举；可是，他不能在这个花花公子面前暴露自己的本意，要在冠冕堂皇的外衣掩盖下保全自身，搞倒对手。因此，便打出一副严肃的脸孔，批评薛腾飞说：“亏你想得出来，真是无法无天，我不能同意你那样做。为人要讲道理、道德、道义，你们已经做错了事，最多只能保全自身，不能再去伤害别人。至于你们有什么万全之策，我就管不了那么多了。”

薛腾飞爱理不理地回答：“你念你的道德经，我干我的亏心事，互不干扰好啦！”

姚新见同薛腾飞、姚向鸿谈话的目的已经达到，便说：“好啦，反正我说服不了你们，你们可以走了，我还要做做明天下乡的准备呢！”。

薛腾飞和姚向鸿走后，姚新又把姚向梅叫到房里。姚新虽然“十分疼爱”这个平时很听话的女儿，可是总感到她思想上太单纯、政治上太幼稚，所以有什么重要的话是不对她直说的。当姚向梅睁大眼睛等待着父训之时，姚新便把向梅拉到身旁，用慈父的“真挚感情”去温暖女儿那颗被薛腾飞捣碎了的心。通过好说歹说、循循善诱，终于使姚向梅感到薛腾飞还是个“性情豪放、敢作敢为”的男子汉，且家庭条件也相当优越，从而答应了薛腾飞这门婚事。至于慈父背后还有什么别的目的，她全然未想，也全然不知。

姚新见向梅心情挺好，乘机谈起工作方面的事：“你到过沧桑，对这个村有感情。杨书记和阿华正在那里继续领导实行联产承包，听说工作做得很有成效，取得很大成绩。你文章写得不错，又是县广播站的特约通讯员，可以到那里去好好采访一下，多写些反映联产承包的做法、成绩和经验的稿子让县广播站广播，既锻炼锻炼自己，又支持杨书记的工作。”

姚向梅向来十分崇拜父亲，对姚新今天交代的“光荣”任务自是慨然接受：“好，明天您去跃进大队，我也下到沧桑。”

姚新或虚或实，或明或暗，或真或假地把事情安排定当，便带上香皂、浴巾到那环城溪里洗了个透身澡，而后独自一人在溪岸上散步。明月当空，别有一番感触：人说你翠竹高风亮节，我说你节节不通，只会招风；人说你恶藤务必砍三断，我说你条条柔韧，适应性强……姚新反过双眼冷对世界，感到面前根本没有什么真善美的存在，就连环城溪里的小船也是“见风使舵”的东西。

夜已深了，姚新怀着一种难以名状的心情回到家里，马上给跃进大队党支部书记李永成挂了个电话，通知他本人和王县长明天上午要到跃进大队蹲点，并布置沿途两面山要组织大批人马上场大干。随后，他进入卧室，再听上一曲《何日君再来》，便迷迷糊糊地入睡了。一觉醒来，旭日临窗。他急急忙忙梳洗一番，匆匆忙忙吃罢早饭，带起行装，赶往车场，乘上最近买来的那辆马自达小轿车，叫司机开到了王云岗的住处门前。

王云岗一夜睡不着觉，已经早早起床等待姚新的到来。姚新一进门便说：“我怕太早来了影响您休息，您却这么早就把行装准备好了。”

“不早了，走吧！”王云岗俯身欲提行装，姚新说了声“我来”，即跨出箭步替他提了。二人走出会客室，反锁起大门，乘上轿车，随之出发。姚新和王云岗并排坐在车上，随着车子的行进，一路察看山田景象。姚新两目流盼，当他发现前面一片山垅梯田稻子长得又黄又矮时，立即动了动身体，挡住王云岗的视线；等到渐入“佳境”，姚新又挪开身子，让那“大干苦干加巧干，千军万马战荒山”的壮观场面进入王云岗的眼帘。

轿车开到了跃进大队的村子里。王云岗一下车，便兴奋地对等候在那里的支部书记李永成、大队长李永功和一群干部说：“沿途我详细看了，稻子很粗壮长得好，开山气魄大热度高。建设社会主义，就是要有这样的气魄和劲头！”

一见面就受到王县长的表扬，李永成和李永功等人都觉得脸上有光。他们前呼后拥地把王云岗和姚新带到大队部的会议室，便争相把大话、空话、恭维话，连同事先泡好的山茶一起往王云岗的肚里灌。王云岗听得高兴，一时忘记旅途疲劳，在听取大队干部的粗略汇报以后，就提出要上山去看一看。

姚新、李永成都劝王县长休息一下再说，王云岗执意不肯，大家只好顺从。

先看哪里为好？在姚新的示意下，李永成、李永功把王云岗带到了毗邻沧桑笔架山的墨砚岭现场。这里，从山脚到山顶，人潮似海，红旗如林，喇叭声、歌声、口号声连成一片，你追我赶，龙腾虎跃，青年、小孩、老人斗志昂扬。眼望那炽热的场面，王云岗深受感动了。他边看边连声赞道：

“好，好，好，一大二公就是好。老姚你要帮助永成他们好好把这里的经验总结总结，拿到全县各地去推广。”

姚新没有直接回答王云岗，而是神采飞扬地对李永成说;“见到了没有，王县长高度评价你们跃进大队，这是个极大的鼓舞、极大的鞭策、极大的促进。今天晚上就要把王县长的重要指示及时传达到党员、干部和群众中去，使之化为强大动力，在跃进大队掀起战天斗地、改天换地新高潮，以报答王县长对跃进大队的亲切关怀！”

李永成频频点头，表示坚决照办。李永功抢前一步，态度更比李永成坚决：“身上脱掉三层皮，也要山顶插红旗，请首长放心！”

王云岗曾经到过这座墨砚岭，对周围的地形甚为熟悉。他背着手一步一步朝山那边走去，想看看目前沧桑笔架山究竟是个什么模样。姚新明白王云岗这时的心情，尽管山路崎岖，行走困难，也不劝阻，他要让王云岗从中得到“鲜明对照”。

笔架山近在眼前，山上只有零零散散的耕山者和那不能连片的鱼鳞坑，更没有墨砚岭上灼人的腾腾热气。王云岗边看边摇头，沉着脸返回人山人海的墨砚岭开山工地，严肃地对李永成说：“你们干得对，干得好，别受外界的干扰，要按照现在这样，坚持大干下去！”

四十一

就在王云岗和姚新盛赞跃进大队“群众热情高，大干气魄大”之时，姚向梅和薛腾飞也到达了沧桑村开始他们的“采访活动”。

姚向梅本想独自一人下沧桑，只因薛腾飞的胡搅蛮缠，才和他一路同行。思想单纯的姚向梅遵从“父令”，一到村里便请王小华、许春山介绍“联产承包”的成绩和经验，并且走家串户听取群众反映，上山下田观察现场情景。她感到一两个月之间，沧桑已经变成了另一种世界，要看的东西太多了，要写的材料实在太丰富了。尽管这些新事物只是按照她那有限的水平去接触、去分析、去判断，然而却是出自一种真心实意和满腔热情。

薛腾飞在下来之前就对姚向梅发誓：要一边调查研究，写出经验介绍文章，通过县政府办公室的《情况交流》简报发至全县各地，指导实际工作；一边帮助姚向梅整理稿件，及时投给县广播站广播，让外界了解沧桑，使沧桑影响外界。所以，他到沧桑之后同样十分忙碌。第一个访问对象便是来喜嫂，而且选择的时间和地点又是傍晚时分在来喜嫂那间屋墙灰层剥落的平房里。第一次访问，来喜嫂和许阿兰都在家，薛腾飞进门之后，阿兰给泡上茶，便借故出门；薛腾飞出神地望着阿兰姑娘，直到她的背影不见，才精神恍惚地回过头与来喜嫂说些牛头不对马嘴的话。第二次访问，只有来喜嫂一人在家，薛腾飞尽量找话题和来喜嫂磨嘴皮，拖延时间等待阿兰回家，最后什么也等不到，只好悻悻走了。第三次访问，只见来喜嫂家的大门上了锁，吃了个闭门羹。

如醉如痴的薛腾飞傍晚见不到许阿兰，就在大白天穷追不舍。当他得知阿兰姑娘和许洋洋一起上了老龙岭，起步就冲，一鼓作气赶到甘蔗园里。他装模作样地沿着梯田兜了一圈，然后摆出一副调查研究的架势，要许洋洋介绍怎么改造“大寨田”种好秋植蔗的先进经验。许洋洋爱理不理地应付了几句之后，便埋头挖土培蔗。薛腾飞乘机缠住了许阿兰，并声称县里最近要表彰一批“三八红旗手”，一定要许阿兰介绍本人的“先进事迹”。

许阿兰不温不火地对薛腾飞说：“我只会耕田种地，没有先进事迹。”

“凭你这样谦虚，就是一种美德，也是一种先进事迹。”薛腾飞满脸堆笑，“据了解，你们要办一座木材加工厂，现在准备得怎样了，有什么困难吗？”

许阿兰直截了当地回答：“有许多困难，我一下子也讲不清楚。”

薛腾飞献起殷勤：“你讲不清我来替你讲，无非是要解决厂房、机器、技术和产品销路等问题。对，还有一项最重要的东西：生产本钱。这个好办，我帮助你向县银行贷款，只要我给行长讲一声，要贷多少有多少，要贷多久就多久，连利息都不要付。”

许阿兰不想和薛腾飞再谈下去，一直挪着步子往后退；薛腾飞似被磁铁吸引住不断向前靠近。

许洋洋早已把薛腾飞的举动看在眼里，无名火随着薛腾飞对阿兰的步步紧逼而节节上升。待到薛腾飞不知不觉地把双脚踩到田埂上一块不稳固的条石时，许洋洋不介其意地走了过去，然后如踩翘板一样踩住条石一端，又把脚猛然松开。条石反弹，把薛腾飞从高高的田岸上摔进一处不深不浅的坑道里。

薛腾飞被摔蒙了。待他清醒过来之时，只觉得脸火辣辣的，伸手一摸，发现肿了个大包。再往肘部一看，只见血肉模糊。他痛楚地爬将起来，揩了揩顺着手臂流到手心的鲜血，而后攀出坑墙，站在田埂上与许洋洋怒目相对。

许洋洋毫不示弱，摆开了迎战的架势："你想干什么？"

薛腾飞从口袋里掏出手帕扬了扬："我命令你过来，把这手上的血擦干净！"

许洋洋头一斜，眼一瞪："自作自受，血该由你自己去擦！"

"好，你不擦那就由她来擦。"薛腾飞丢开许洋洋走近许阿兰，把手帕递了过去。

许阿兰不肯去接手帕，被薛腾飞逼得直往后退。

许洋洋忍无可忍，跨前一步，从地上捡起手帕揉成一团，狠狠朝薛腾飞的脸上掷去，随之大喝一声："你再欺人太甚，就别怪我许洋洋拳头无情了！"

"谅你也不敢！"薛腾飞双手一叉腰，挺起胸膛，"有种的就朝这儿打！"

许洋洋性起，一拳就要过去；许阿兰急忙上前，将许洋洋的拳头拦下，顺手把他推开一步。

"哼哼，殴打革命干部，我要叫你坐牢！"薛腾飞进行恫吓。

"哈哈，你是流氓不是革命干部，我要控告你调戏民女、欺压百姓！"许洋洋以牙还牙。

薛腾飞眼见许洋洋并不好惹，估计再相持下去占不了便宜，则以发出威胁来宣告暂时休战："姓许的，你给我记住，今天的事没有完，血债要用血来还！"说着，扬长下山。

当薛腾飞沿路想着回村怎么见人之时，正好在一道山弯处遇上收工欲要回村的周宏发。

周宏发一见薛腾飞的那个模样，吃惊地问："小薛，出了什么事故？"

"这个你不用问！"薛腾飞翻起白眼，"有谁找过你调查盗运木材的事没有？"

周宏发支支吾吾，一时不知怎样回答。

薛腾飞提高嗓门，恶狠狠地问："有谁找过你调查盗运木材的事没有？老实告诉我！"

周宏发吓生生地说："只有许春山找过我一次，我什么也没有对他讲。"

"你真的什么也没有讲？"

"真的，我不敢向你说假。"

薛腾飞斜起三角眼:“警告你，要是把我给供出去，就得当心你的脑袋!”说着，径直走到山脚下的公路旁，以手掩脸等待过往的车辆。

一部货车开来，薛腾飞站到路中拦下车子，二话没说，一手扳开驾驶室的边门强行爬上。随着车门呯然一声，发动机又再启动，车子朝着县城的方向奔去。

四十二

薛腾飞无脸见人，回到县城便一头钻进宿舍，除了偷偷摸摸出来吃饭、大小便以外，连续三天都躲在房间里。他几分钟就要照一回镜子，看看脸上那又青又紫的肿块是否消下一些，越看心就越烦，越看就越痛恨冤家对头许洋洋。当他躺在床上一手枕着脑袋、一手叼着香烟在寻思报复手段之时，突然有人敲门。

房门“咚咚”响了一阵子，还是不见动静，站在门外的姚向鸿忍耐不住，便出声骂道:“薛腾飞，你是昏了还是死了?快来开门!”

薛腾飞听出姚向鸿的声音，立刻翻身下床，跑去把门打开;姚向鸿一进门便说:“我爸爸下乡已经回来，叫你马上过去。”

“没有这个闲工夫，不去!”薛腾飞吊起眼睛，甩掉手中的烟蒂，随手再取香烟，哪知烟盒告罄，烟瘾又上，煞是难受。

姚向鸿眼见薛腾飞的狼狈相，便说:“当烟瘾君子，不如做讨烟乞丐，我爸爸那里的‘大中华’正等你去享受呢!”

“走，现在就去!”薛腾飞随姚向鸿走出房间，“呯!”的一声把门关上，便东躲西闪来到姚新那间华丽的卧室。

姚新见薛腾飞到来，示意他坐下，忙问:“怎么把脸碰伤了?”

薛腾飞随口撒谎:“在沧桑参加劳动，不小心跌倒了。”

姚新也不多问，他把话题一转:“目前沧桑联产承包的形势一定很好，你和向梅文章写出来了没有?”

“我可没有那个兴趣，向梅倒很卖力!”薛腾飞此时的兴趣是在中华牌的香烟上，他燃上一支，接连狂抽三口。

“要有那个兴趣才对。”姚新一本正经地说，“你打个电话叫向梅抓紧把稿件送给县广播站广播，新闻要讲时效嘛！”

“不干，电话要打你自己去打！”薛腾飞把头一扭。

“你不打就由我来打。”姚新不再勉强薛腾飞，“我知道你对沧桑不感兴趣，可对跃进大队应该不会再没有兴趣吧？那里正干得热火朝天，男女老少齐上阵，特别是那个‘铁姑娘’突击队的事迹非常动人。你最好去看一看，增加一点新的感受。”

薛腾飞几乎全没把姚新的话听进去，而那“铁姑娘”的动人事迹却引起了他的浓厚兴趣，说不定那里头还有比许阿兰更“高级”的角色呢？薛腾飞想到这里，来了精神，便说：“也好，在县城闷闷不乐，不如到农村逍遥逍遥，等我休息够了再去那里逛一逛。”

“逍遥是难于自在的，逛一逛也是不会舒心的。你应该到那里去好好干一点事，与天奋斗其乐无穷、与地奋斗其乐无穷、与人奋斗其乐无穷嘛！”

“大话别提，空话少讲，我薛腾飞有手有腿有脑袋，知道要干些什么，该干些什么，这就不用你多操心了。”薛腾飞不耐烦了。

“既然这样，就不用再多讲，你可以走啦！”姚新从橱子里取出一条“凤凰牌”的香烟交给薛腾飞，慷慨地说，“拿去抽吧！”

薛腾飞也不客气，接过香烟便大摇大摆地出了门。待薛腾飞走后，姚新就叫姚向鸿给他挂通沧桑的电话，并找到了姚向梅。

电话里，姚向梅激动地向她爸爸汇报了在沧桑的所见所闻，并把已写和准备再写的稿子一五一十地详细说了。姚新听得连声称好，说到末了特地交代：“已经写好的马上托人捎回县城送给广播站，还没有写的要抓紧时间写起来。对沧桑的联产承包要满腔热情，宣传得越充分越好。”

姚新放下话筒，自言自语地说：“是的，沧桑的大好形势是应该好好宣传的，宣传得越充分越好！”

“好，好极啦！”姚向鸿冷冷地说，“您的‘明修栈道，暗度陈仓’这一手可算高明。”

“别胡说！”姚新厉声呵斥道。

姚向鸿斜起眼睛：“您对自己的儿子都信不过，还想靠谁去搞倒杨柳青，别再和我捉迷藏了！”

姚新正色：“你的这些话只能对我说，不能再对任何人讲。”

“别把我的脑袋当西瓜。其实您所想的和我做的同是一码事，我不保护自己的父亲要保护谁？不为自己的父亲效劳要为什么人效劳？”姚向鸿已经把话说到了尽头，“兔死狐悲。现在供应假农药的事已经查到我头上，如何避过厄运，还是快给我出个主意吧！”

姚新经过一番沉思，觉得自己的谋略已被姚向鸿看穿，现在也不必有什么保留了，于是便正面加以回答：“要想得安生，先除阎罗王。只要杨柳青倒台，我姚新得势，谁还敢拿你怎么样？亏你长个好脑袋，连这一点都不懂！”

四十三

王云岗在跃进大队蹲上几天点，对“大干”作了充分肯定，把“特干”再加具体部署，便和姚新一起回到县城。毕竟是上了年纪，爬了几次山，熬了几个夜，已经感到疲劳，便在家里休息。

傍晚时分，王云岗在院子里修剪修剪花卉盆景之后，顺手拉下挂线开关，然后躺到会客室那只竹躺椅上听听县里的广播。

喇叭响起《步步高》轻音乐，随着传出男播音员的声音：“各位听众，晚上好！现在我们开始对农村广播。在这个时段里，向大家播送一篇专稿：《三姐妹兴办养鸡场》。”

王云岗一听，立刻睁大眼睛。

女播音员的声音：“东风浩荡传捷报，改革之年新事多。我县沧桑大队通过贯彻落实党在农村的经济政策，社员群众的生产积极性空前高涨。队里的陈二妹、黄桂花和来喜嫂三位老姐妹，自筹资金办起一个千头养鸡场。办场的第一天，县委杨书记亲临现场作了重要讲话。他说：三姐妹，办鸡场，方向对，路子宽。并要求她们解放思想大胆干，让那荒坡变银行。三位老姐妹遵照杨书记的重要指示，不怕苦，不怕累，不怕脏，不怕臭，齐心协力办好场，目前养鸡总数已经突破千头大关。事实证明：个人办鸡场的路子走得对，对极啦！”

随着播音员的声音，王云岗眉头逐渐拧紧，直至连成一线。

第二天清晨，王云岗早早起床，警觉地拉了挂线开关，喇叭筒又响起女播音员的声音："现在，我们再向大家播送一篇新闻:《专业承包大显威风，水毁工程固若金汤》。沧桑大队开山造田，过去吃'大锅饭'，工效低，质量差，洪水一来就冲垮；实行专业承包以后，社员苦干加巧干，全部修复水毁工程，新造的梯田丘丘种上秋植蔗。通过精心管理，甘蔗长得株粗杆壮，微风吹来，摇摆起舞，目前已经丰收在望。实践证明：'大锅饭'，越吃越懒散；'专业户'，越包越进步！"

王云岗越听越有气，脸孔一沉，连声说道："吹牛，真会吹牛！"

晌午，喇叭筒男播音员的声音又起："……沧桑千亩稻田，迎风泛起绿浪；沧桑条条田埂，豆花阵阵飘香；沧桑男女老少，人人喜气洋洋。沧桑啊沧桑，你为什么这样美好？你为什么这样兴旺？我们只有一个回答：是县委杨书记正确领导的结果，是'包产到户'带来的新气象！沧桑的巨大变化，深刻地教育了大家，也给那些怀疑、观望、甚至反对'联产承包'的人当头一棒！"

王云岗不听则已，一听双目冒火，用力拉下开关。"啪"的一声，立即线断喇叭哑，王云岗讨厌地把落在手中的断线甩了出去，线掉到竹杈间随风飘动。他转身抓起桌上的药瓶，倒出四粒冠心苏合丸，配水服下，然后躺到沙发上，伸手揉起太阳穴。

"老王。"从院外传来了李明的叫声。

没有回答。

"老王。"

还是没有回答。

"王县长！"李明提高了声音。

"别叫了，门一推不就行啦！"王云岗不耐烦地喊道。

李明把门推开复又关上，走进会客室："您的信。"

"哪里来的？"

"沧桑。"

"你处理一下不就行了。"

"信上写着要您亲收，所以我不好拆。"

王云岗接过信件，拆开来看，阅至信末，脸色遽变。他把信笺揉进手中，往桌上狠狠一砸，茶杯、药瓶震落地上，摔成碎片。

李明被吓一跳，蒙住了。

王云岗脑门青筋暴跳：“真是无法无天！”

李明忙问：“信中写些什么？”

王云岗恶声恶气地说：“别问了。往沧桑挂个电话，马上把小华给叫回来！”

在沧桑大队部的安静处，姚向梅正伏案疾书。她于电话上受到父亲的鼓励之后，写稿的积极性更高了。今天清晨一吃过早饭，便到岭头水库和村里的旧厂房现场观察，并找许春山、许阿兰介绍情况；中午顾不得休息，即抓紧赶写一篇立题《宏图大展，办厂建站》的稿件。当她思路受阻，一时难于继续下笔之际，突然听到由远及近的脚步声，随之走进来了杨柳青和王小华。

杨柳青上前轻轻拿起桌上的稿子，笑笑问道：“小姚，你又在写什么？”

姚向梅见杨柳青“欣赏”起她正在撰写的“佳作”，心里煞是高兴，忙说：“写得不好，请杨书记批评指正。”

杨柳青挪过凳子坐到姚向梅旁边，和蔼地说：“是要批评批评你呀！”

姚向梅本来只有受表扬的思想准备，听了杨柳青的话，不禁一怔：“是观点不鲜明，还是内容不充分？”

杨柳青口气和缓而严肃：“这样的报道是不应该写的，特别是表扬我的那些话更不应该说。”

姚向梅瞪大眼睛：“为什么？”

“办厂建站我们刚刚在探讨，还没有个定数。未做到的事，怎好去大吹大擂？”

“现在沧桑办事是说一件做一件，做一件成一件，我认为办厂建站一定能实现。”

“即使能实现，也要多做少说才好呀！”杨柳青耐心地加以疏导，“听说这几天县广播站一直在播送沧桑的消息，我忙着下地，只听到今天中午播送的那一篇。你可能只想到要多宣传宣传沧桑的事迹，并没有想到这样宣传会产生什么样的效果？”

就在杨柳青同姚向梅谈话之时，旁边的电话机铃声响起，王小华过去接了：“唔，李叔叔，我就是阿华……爸爸叫我马上回去。什么急事？……回去就知道？”

杨柳青听着王小华与李明的对话，预感到将会发生什么事情。　王小华拧紧双眉，心神不安地走到杨柳青身旁：“爸爸叫我马上回去，还特地交代不能延误。”

杨柳青略加思索后说：“那你就回去吧，有什么要紧事再打个电话告诉我。”

四十四

王小华离开沧桑，乘上便车回到县城。她进入家门，看见王云岗独自在会客室里踱步，便亲昵地叫了一声：“爸爸！”

王云岗不吭声，只是恶了王小华一眼。

王小华诧异地问：“爸爸，您怎么啦？”

王云岗往桌上一指：“先去看看那封信再来问我！”

王小华从桌上拿起那被揉皱了的信笺，略加舒平以后仔细地看了起来：

尊敬的王县长：

首先向您致意！

有些话，我们已经不能不说了，所以今天特地写信给您。

您曾经为沧桑办过好事，我们永远记在心里。可惜这几年，您的思想僵化，继续推行“四人帮”那套极左的东西，给社员群众造成了很大损失。

杨书记来我们沧桑抓点，按照党的十一届三中全会精神办事，坚持实行“联产承包”，又遭到您的阻挠和反对，我们实在感到不可理解。

您是一县之长，对工作负有重大责任，不能故步自封，不能独断专行，更不能凌驾于杨柳青同志之上。现在，他是我们琼山的县委书记，已不是您当年的通讯员了。

我们写这封信，没有任何恶意，只是希望您当“四化”建设的促进派，不要做“四化”建设的绊脚石。

以上忠言，望您三思。

此致

崇高的革命敬礼

沧桑大队：许志农、许洋洋等十位贫下中农
1979年10月20日

王小华把信看完，立刻否认："志农和洋洋绝对不会写这种信。"

王云岗语带讥讽："沧桑的秀才郎，本事大得很，写这种信有何难？"

王小华忙作解释："我是说，志农不会讲出信中的那种话。"

"哈哈哈！"王云岗笑得令人毛冷，"知人知面不知心，只怪我老眼昏花看错人！"

王小华欲辩不能，欲哭无泪："爸爸，您是看错人了，志农是绝对不会干这种事的。"

王云岗把手一摆："够啦够啦，不用再作解释了，我知道许志农没有这个胆量，是他背后有人！"

"您指的志农背后的人是谁？请爸爸明讲。"王小华明知故问。

"这你比我更清楚，何必装样。"

"我猜您是指杨叔叔。"

"既然知道，为什么要再问我？"

"我知道的和您不一样！"

"不一样在哪里？"

"您把杨叔叔当成写那封指责信的支持者；我认为信不是志农写的，杨叔叔也不是您所说的那种人。"

"不是那种人，是个什么样的人？"

"是一位高尚的人，光明正大的人，对党的事业忠心耿耿的人，对人民利益高度负责的人。"

"既然这么高尚，为何要要阴谋？"

"什么阴谋，我不明白？"

"你不明白，我就给你说明白。他到琼山便以县委书记自居，根本不把我看在眼里，直至发展到今天处处与我作对。个人恩怨我不计较，而他为了显本事、出风头，自作主张，标新立异，拿着社会主义事业开玩笑，这便不能含糊。"

"您错了，爸爸！杨叔叔到了琼山以后，发扬党的优良作风，深入调查研究；坚持实事求是原则，帮助沧桑改变面貌。他不强加于人，运用事实说话；他维护县委一班人的团结，尽量避免在县委内部引起剧烈争论产生意见分歧；他不在真菩萨面前烧假香，当面对您没有一句奉承话，背后对您尊重十二分。无论是过去还是现在，杨叔叔都是您的可靠同志，都是您的亲密兄弟。现在您这样看待杨叔叔，这样看待与您情同手足的人，实在是大错特错了。爸爸，我真替您感到伤心、难过呀！"

"伤心也好，难过也罢。我今天叫你回来，不是要听你为他评功摆好，而是要明确告诉你：'联产承包'的那条路子不能走！杨柳青要在沧桑步步往下滑，我管不着；你是我的女儿，我不能看着你跟他继续犯错误。我的主意已定：从今天起，你不得再去沧桑瞎闯，要跟我到跃进大队蹲点。"

"到跃进大队蹲点？"王小华重复着王云岗的话，心里不禁有些惊跳。她沉默了一阵子，尽量使自己冷静下来，"爸爸，我问您，您这样做能对得起杨叔叔吗？"

王云岗拖长着语气回答："有什么对不起的地方？在沧桑是抓点，在跃进大队也是抓点，萝卜、白菜，一样是菜嘛！"

"萝卜白菜，各有所爱；白菜萝卜，各有所恶！"王小华话已说得有点激动，"爸爸，我劝您一定不能在这个时候到跃进大队另立'典型'，有意同杨叔叔唱对台戏。"

"你来劝我，为什么不去劝劝你的杨叔叔？"王云岗斜着头问。

"因为您这样做是错的，杨叔叔那样做是对的，黑白要分明，是非要分清。"王小华明确回答。

"现在谁黑谁白、谁是谁非还很难说，你到跃进大队一段时间，然后再来做定论吧！"王云岗放低了声音，"要听话，明天你就跟我下到跃进大队去。"

"不，爸爸，我不能跟您去跃进大队，要马上再回沧桑。"王小华临行前不忘给她父亲再送一次药，再倒一次水。她把冠心苏合丸和开水送到王云岗手中，"爸爸，我作为您的女儿，诚心实意送您一句话：莫把假神当真神，别将妖精当观音。千万不要上甜言蜜语的当，不要让人家牵着鼻子走。"说着，起步出门。

王云岗大喝一声："阿华，你给我回来！"

王小华好似没有听见王云岗的叫声，头也不回地朝前大步走去。

王云岗追上两步，又退回来。他进入会客室，见到放在茶几上的药丸、茶杯，怒气骤升，一把将其扫落在地。随着，用他那颤抖的双手挂通电话，把姚新和李明叫了过来。

李明先到几步，一看王云岗胸脯上下起伏，直喘粗气，觉察到这里刚发生过一场风波。他也不加过问，拿过扫帚扫起撒在地上的药丸和茶杯碎片，然后坐到沙发椅上等待着王云岗的指示。

一会儿，姚新也进来了。他看看王云岗的表情，又瞧瞧李明的神色，马上意识到气氛异常，于是眼珠一转，说："老王，又有什么事情让您不高兴啦？憋气伤身，有话就说，有什么难办的事我们帮助您办。"

王云岗躺在沙发椅上，眼睛直视天花板，连连抽了几支烟，而后如同发布命令："你们马上把跃进大队的大干经验总结出来，通报全县各地。要发正式文件，还要在县广播站连续广播三天。此事立刻就办，不得延误。"

四十五

王小华出了家门，想起临离开沧桑时杨叔叔对她的吩咐：要上医院看望向民同志。于是，便先上果什门市部买了三斤天宝香蕉和两斤山东鸭梨，然后来到县人民医院。

县长的女儿，医院里无人不识，门卫、医务人员一路放行。当王小华进入病房时，向民正在凭窗观赏室外的景色，他听到脚步声，返身一看，见是小华到来，十分高兴，便不加谦让地接过小华提在手中的水果，把它放到桌上。随着，牵过小华的双手，让她坐到自己的身旁，用慈父般的目光望着面前这个可爱的孩子："阿华，你为啥这么久才来看我，我还以为你把向伯伯给忘了呢！"

王小华强颜作笑地说："村里的工作一直很忙，几次想来看您都被工作给冲了。"

"对，工作重要，你们把工作做好，比来看我还让我高兴。"向民随着向王小华问起了沧桑"联产承包"的进展情况。

王小华则把村里前段所发生的事情和眼下准备要做的工作详细讲了一遍。当说到村里打算开办木材加工厂时，向民立刻表示赞成。

"这个主意出得好，是你的杨叔叔提出来的吗？"向民兴致勃勃地问。

“不是，是洋洋和阿兰发起的。”王小华答。

“好呀，蓬蒿隐藏灵芝草，淤泥深埋紫金盆，联产承包把年轻人的聪明才智和生产积极性都给包出来了。请代我向你的杨叔叔捎个口信：要支持他们把这个厂办起来，并且认真办好。”

“向伯伯，我一定照您的话转达给杨叔叔。”

“光转达这个空话不济事。办厂需要资金、厂房、设备、技术，要办的事情很多，实际困难也不少，还得有具体措施才行！”

“向伯伯，您安心休息，事情我们来办，困难我们来克服，我们一定不辜负您的希望。现在厂房已经有了，购买设备的资金也正在筹集，工厂很快就会办起来的。”

向民松开握着的王小华双手，起身在房里来回走了几步，然后坐到写字台前，取出钢笔、信纸、信封，一笔一画地写完一封信，并用糨糊把信缄好放在桌上。随着，他又略有所思地问小华；“你把沧桑的情况和办厂的事告诉王县长了没有？”

王小华心情压抑地说：“还没有详细告诉他，告诉他也没有用。”

“为什么？”向民问。

“一提联产承包的事他就反感，有时候还要大发脾气。”王小华垂着眼睛，委屈地说，“向伯伯您还不知道，我爸爸已经和姚副书记在跃进大队另立一个点，还要把我从沧桑调到那里去跟他们一起驻队呢？”

“真有此事？”

“真的，我来这儿之前，刚和爸爸为这事闹翻了。”王小华说完这话，不禁眼泪滴下来了。

向民把脸板得铁紧，好一会儿，才吐出这样一句话；“马踏软地易失蹄，人听甜言易上当。王云岗呀你真糊涂，你越走越远了！”

王小华看到向民很激动，赶忙安慰说：“向伯伯，我不应该向您说了刚才那些话，让您心里难过。您千万不要去多想它，要注意保重身体才好。”

“孩子，我是过来人了，不必替我担心。你再到沧桑大胆工作去，王县长要是责怪你，向伯伯会为你做主。”向民拿起放在桌上的信交给王小华，郑重其事地说：“这封信托你交给我的老伴，注意不要丢了。”

王小华恭恭敬敬地把信接过手来，说：“我一到沧桑就马上把信交给阿勤婆。不知您还有什么吩咐？”

向民想了一想，又说：“告诉你的阿勤婆，这里的医生、护士把我护理得很好，请她不要挂意；柳青同志没日没夜地为沧桑操劳，要好好照顾他的身体，三餐的菜要做好一些。她养了一大群鸡，就说我交代的，不要舍不得杀，至少三天杀一只，炖上我以前买回放在家里的当归、熟地，给柳青同志补养身体。这个话不能忘记讲。”

王小华十分注意听着向民的吩咐，待到向民把话讲完，她才深深地鞠了一躬：“向伯伯，您的心地真好，我代杨叔叔衷心感谢您！”

向民送走王小华，独自一人坐定下来，顿时感到孤寂。上了年纪的人心事多，一有心事又难于摆脱。刚才王小华向他反映的情况，此时恰如加进酵母在他的脑海中发酵，尤其是王云岗和姚新在跃进大队立点的事，更使他感到不安。本来，县委领导成员分头抓点是件好事、正常事，怎奈现在他们“门神对联两边贴，上道东来下道西”，各执一端，两军对峙，好不叫人忧虑！想到这里，向民坐不住了，他拖着沉重的步子，走到院长办公室给王云岗挂了个电话，说有急事要过去和他当面商量。王云岗在回话中告诉向民：“路上车辆多，你不能出来乱闯，待我办完公事就过去。”

向民挂完电话又返回病房，仔细考虑如何去做王云岗的思想工作。

大约过了二十分钟，王云岗就来到向民的病房里，两人见面都没有好的脸色看，谁也不开第一腔。王云岗烟瘾又起，顾不得违反医院纪律，伸手取出带在身上的香烟；向民见之，便往桌子的抽屉里取出一包中华牌香烟丢到王云岗手中。王云岗接过香烟一看，便说：“你还抽烟，不怕医生处分你？”

“是小子从上海寄来的，专门留下招待你这位贵客。”向民还是沉着脸说话。

王云岗边抽烟边说：“有什么急事你就讲吧，何必见到我就不高兴！”

“我先问你，今天你为什么要让小阿华伤心？”向民摆出了责问的架势。

“她来向你告我的状啦？”

“不只是告状，还诉了一番苦。”

“我又没有打她骂她，苦从何来？”

“你不是要把阿华从沧桑村调到跃进大队吗？我看这比打她骂她还厉害！”

“在沧桑是抓点，到跃进也是抓点；跟着她的杨叔叔是做工作，跟着我也是做工作。无啥区别，厉害什么？”

“白糖颜色如海盐，一个甜来一个咸，我虽老眼昏花，还能辨得出来，你就别再跟我耍花腔了。”向民正色道，“过去，我只给你敲敲边鼓，今天倒要和你摊牌了！”

“那你就摊吧！”王云岗准备应战。

“好，你注意听着。”向民沉重的声音伴随严肃的表情，“我们都是共产党员，我们都曾提着脑袋干革命，我们都领导过农民闹土改，我们都带领过群众组织互助组建立农业合作社，我们在‘文化大革命’中也都住过‘牛棚’。这是为了什么？你明白，我也明白，都是为了建设社会主义，为了让人民过上好日子。可是，现在你已经偏离这一点，而且越偏越厉害了。”

“我错在哪儿？偏在哪儿？领导农民大干社会主义叫作偏，难道要我跟着去搞那个‘联产承包’才算正？”王云岗不服气地回答。

“是偏是正，群众来定。这些年你主持琼山的工作，凭着一副好心肠在赶鸭子上架，就没有认真看一看农民身上穿的是什么？锅里煮的是什么？他们一年分红领回多少粮、拿到多少钱？就没有认真听一听群众的呼声，没有感到你已经越来越脱离群众。”

“干社会主义就要艰苦奋斗，舍不得盐哪来的酱？”

“严重问题就在这里，你把盐投进去了，酱并没有很好做出来。”

“那你有什么神丹妙药？”

“联产承包！”

“不行，这是一条倒退的邪路，绝对不能走！”

“云岗呀，你年纪比我轻，为什么思想会这样僵化？”

“不是我僵化，而是你右倾！”

“就算我右倾，难道柳青、阿华他们也右倾吗？”

“差不多！”

“好呀，现在看来就只有你正确了。那你给我走吧，你就和姚新一起到跃进大队立点同沧桑唱对台戏吧！可是有话在先，不许在这个时候把阿华从沧桑调到跃进去！”

王云岗和向民的争论声，惊动了医院里的医生、护士，大家都跑来围观，他们看到向民脸色发青，直喘粗气，赶忙劝王云岗暂时回避一下。王云岗稍为微静下来，恍然意识到他是和一位正在住院的老同志怄气，顿时感到内疚。于是，便扮出若无其事的样子，叫医生、护士各就各位去。随后，他挨到向民的身旁道歉说：“你知道我的脾气，一激动起来就控制不了自己。不同认识归不同认识，私人感情归私人感情，请老兄弟多加原谅，切莫见怪。”

四十六

向民和王云岗在医院里争论得互不愉快，王小华也带着忧伤的心情回到沧桑。她眼见天色还早，便顺道沿沧桑溪两岸再巡视一遍稻田。

田野上的稻禾开始抽穗扬花，微微秋风轻拂着初绽的花穗，淡淡霞光染亮了茂密的剑叶，一眼望去，绿油油，齐刷刷。在沧桑村，有史以来第一次见到了这样令人称心的美景。王小华站在田间，回想起实行联产承包以来在这片田地上溶田、插秧，施肥……的一幕幕情景。尤其是那场防治白叶枯病的“假药风波”，更使她难于忘怀。如今，秋实的季节就要来到，丰收的喜悦向人靠近，所花的心血也算没有白费了。一种快慰的心情，暂时湮没了心中的忧伤，王小华那阳光、美丽的脸庞露出了陶醉的笑容。

带着稻花的芳香，王小华回到家里吃罢她阿母陈二妹给留下的晚饭，顾不得梳洗，便来到阿勤婆家中。

杨柳青和许志农也已用过晚餐，正在会客厅里商量着事情，他们一见王小华进门，一起笑脸相迎。

王小华叫了一声阿勤婆，阿勤婆走出厨房，问:“你这么快就回来啦，叫阿婆有啥贵事？”

王小华把向民所托的信件递到阿勤婆手中，说:“向伯伯交代我一回来就得把这封信交给您。”

阿勤婆边拆信边说:“有话交代一下就得了，还写信做啥？”

王小华随声应答:“瓜越熟味越甜，人越老情越深，贴心话还能随便交代给别人？”

“看你这闺女老实，今天也和阿婆说起俏皮话来了。”阿勤婆戴上老花眼镜，把信拿到明亮的灯光下品味起来，信中的字歪歪斜斜，铺满了一张信纸。阿勤婆识字不多，闹土改时她当上村妇女会主任，跟着南下的土改工作队长向民学了几个字，后来又进速成识字班。自此以后，她汉字、代号参半地与向民写情书、家信；扛长工出身的向民，尽管参加工作后勤学苦练，怎奈那双曾被寒霜冻裂、泥石磨粗的大手，握起笔杆总不自如。三十年来，当他们不在一起的时候，就用这种“瓜菜代”互通音信，日子一久，也都相互熟悉对方在信中所画的符号表明什么意思了。现在，阿勤婆正眯起眼睛瞄准老伴的信，只见上面写着：

勤：

你好！

今天阿华到医院来看我。听她说，我们村里要办一个木材加工厂，目前正缺资金。我们家里存在银行的那笔钱（我已经记不太清楚了，可能是三千一百元还是三千二百元），请全部交给柳青和春山同志，由他们安排，帮助把厂办起来。

你知道，这些钱有的是我的工资，有的是孩子寄来的，有的是你养鸡卖蛋添进去的。不管是你的我的还是孩子的，都是人民给我们的，拿出来光荣，献出来应该。生不带来，死不带去，留下一片心意在沧桑，你要想得通。

医生、护士把我照顾得很好，请你放心。

此致

革命敬礼

向民

1979年10月22日

阿勤婆把信看完，便靠到杨柳青的身旁，说：“小杨，老向对办木材加工厂很热心，这封信你看一看。”

杨柳青接信仔细一读，不禁深受感动。他将信交还阿勤婆，说：“向民同志的心意大家领了。眼下他老人家正在住院，需要用钱，捐款的事使不得。”

阿勤婆十分通达地说：“有啥使不得的，他住院医药费由公家报销，现在我屋里也不缺吃、不缺穿、不缺用，留着那些钱让它睡大觉做什么？老向有这片心意，你阿婆还能与他分心？”阿勤婆说着，便走进房里取出一本“活期储蓄存折”欲交给许志农，许志农不接；交给王小华，王小华也不收。阿勤婆发脾气了：“你们成天向伯伯长向伯伯短，叫得多亲热，可向伯伯交代的事都不肯办。知人知面不知心，阿勤婆今天才知道，你们还是把我和老向当外人。”她把存折重重往桌上一放，不再说话。

杨柳青见阿勤婆不高兴，赶忙上前赔不是：“阿勤婆，您不用生气，这笔款明天就用来买机器办工厂，不就行了？”

“你讲的不是真话，是在哄我。”阿勤婆还不相信。

“我哪能在长辈面前说假话，要是您不相信，当场就写一份保证书。”杨柳青极力取悦阿勤婆，“到时工厂办起来，还得取个好名字，这个名字就叫作‘民勤’木材加工厂，向民同志的‘民’，阿勤婆的‘勤’，好听吗？”

阿勤婆一听，立刻转嗔为喜，说：“小杨呀，党不知是怎样教育培养你的，你说话做事总是这样讨人喜欢、合人心意！”

有向民的三千二百元捐资作本钱，在沧桑开办木材加工厂的事情就好办多了。杨柳青想了一想，觉得此事要办就须抓紧，便叫王小华和许志农分头通知许春山、许洋洋、许阿兰和几个支委、队委到大队部开会研究。阿勤婆作为向民同志的代表，则由杨柳青陪着她直接到了大队部会议室。

不一会儿，该参加会议的人相继到来。杨柳青首先叫王小华在会上把向民写给阿勤婆的信从头到尾念了一遍，然后说；“开办木材加工厂的事我们已经研究过几次。大家感到最难解决的问题，向民同志帮我们考虑到了。志农、洋洋、阿兰到外地参观了几家有经营经验的木材加工厂，回来合计了一下，包括整修厂房、购买机器，大约需要资金一万元。现在向民同志一人就给出了三分之一，不足部分我们一起来想想办法。”

杨柳青话音一落，许春山便接上茬：“向民同志有那种精神，我许春山也应该有这种风格。不瞒大家，这几年穷积苦攒，我家已有千把元存款。本来这些钱准备给阿洋办喜事用，村里办工厂当然比家里办喜事重要，明天我就把这笔钱取出来投资。”

许春山一表态，会场上活了。几个支委、队委三百二百地争相投资。王小华听得激动，看得高兴，也报出了一个不小的数字：“我爸爸在家里根本不管钱，我们两人领的工资都是由我掌管，吃剩用剩现在还有两三千元，这些钱也可以全垫上。”

静静坐在一旁的许志农，留心地记录着大家所报的款额，当杨柳青问他时，马上回答说：“有十一人参加集资，共一万零三十五元。”

全场哗然。许洋洋高兴得蹦了起来，被他的老子瞪回座位上，许阿兰躲在角落里，暗暗拭着溢出眼眶的喜泪；阿勤婆把许洋洋和许阿兰拉到自己的身旁，轻声细语地说：“孩子，这下就看你们争气不争气了。”许洋洋和许阿兰同声回答："请您放心，请向伯伯放心！"

与会者均在兴头上，没感觉到夜已深沉。在许春山的提议下，大家又一鼓作气把人员安排、经营形式、设备购置、技术培训和开张时间等事宜作了研究，并决定第二天做好准备，第三天由许志农和许洋洋到地区五交化站选购锯木机和其他木器加工工具；由王小华帮助许阿兰带上几个男女青年，前往有技术水平的老厂"寄厂培训"。由于大家的意见基本上一致，当公鸡报晓之时，开办木材加工厂的方案已经制订完毕，马上要办的事也同时安排定当，与会者各自带着喜悦的心情回家休息。

四十七

许洋洋从大队部回到家里，由于刚才极度兴奋，现在感到相当疲劳。他连身都没洗就爬上床，想抓紧睡它一觉，好在天亮之后投入筹办木材加工厂的战斗。哪知越想睡越是睡不着。于是，索性翻身下床，顺手从床头摸了手电筒，轻手轻脚走出家门。

村子里万籁俱寂。许洋洋独自来到文化技术夜校，检修起停放在那儿的大型拖拉机，并往拖拉机的油箱装满了油，然后才躺到课桌上睡了个囫囵觉。当听到村旁风水林里的鸟儿叽叽喳喳叫开时，他立刻从课桌上跳了下来，跑出教室，奔去敲那阿勤婆的家门。这时，阿勤婆刚好起床做早饭，她打开房门一看，见是许洋洋站在门旁，便问："原来是你，这么早就来敲门做啥？"

许洋洋一时答不上话，他也不知道自己这么早就来敲阿勤婆的家门做什么，大概是因为"欣喜若狂"了。

阿勤婆明白许洋洋此时的激动心情，笑着说："你这孩子，做事就是这样浅浅现现、风风火火的。昨晚一定高兴得睡不着觉当起'夜游神'了，阿勤婆没猜错吧？"

许洋洋嘿嘿傻笑道："阿勤婆您真会相人。我现在心里好着急，请您给叫一叫志农哥好吗？"

就在阿勤婆和许洋洋对话之时，杨柳青和许志农都起床了。自从杨柳青寄宿阿勤婆家，许志农夜间也住在这里。他们一见许洋洋，便知其来意。杨柳青对许志农说："一提骑马屁股痒，一谈杨梅口水流。我看阿洋现在是心急如火了，今天你就和他一起抓紧把款项收集起来，并把要去培训的人组织好。"

这一天，许志农、王小华、许洋洋、许阿兰一直处在兴奋之中。他们按照事先制订的方案，有条不紊地做好各项准备。当夜，又郑重其事地向杨柳青和许春山作了一次汇报；次日天刚蒙蒙亮，许洋洋就把拖拉机开到村口老榕树下，载上王小华、许志农、许阿兰和要去"寄厂培训"的四位年轻人，浩浩荡荡地出发了。

拖拉机上的八位年轻人，一路欢声笑语来到地委和专署的所在地漳泉市。许洋洋按照预定路线，把拖拉机直接开到设在市郊的兴隆木器加工厂院子里。一群人的突然到来，引起职工们的注目。厂长郑湘梓事先已接到杨柳青挂给的电话，心中有数，十分热情地接待了这批乡下来客。他领着大家到车间进行一番现场参观，然后留下四位"寄厂培训"的年轻人，又派本厂女技术员周小芳陪王小华他们到地区五交化站选购机器。郑湘梓厂长对周小芳说。"工农一家亲，相帮要真心。你帮助买到机器以后，还要负责到底，跟去沧桑安装设备、传授技术，待真正能放手了再回来。"

性格开朗的周小芳，故意来个表演，啪的一声立正："坚决执行命令！"

郑湘梓厂长诙谐地说："是真执行还是假执行，得看沧桑的木材加工厂办好了才相信。"

王小华等人听了郑厂长的话都很高兴，他们一再向郑厂长表示感谢之后，便把周小芳带上拖拉机，一起前往地区五交化站。

五交化站，机器各色各样，令人目不暇接。周小芳把许志农、王小华、许洋洋、许阿兰带到摆着木材加工机械的摊位旁，征求他们要选哪种型号的锯木机和木器加工工具。小华、洋洋、阿兰你看看我，我望望你，都答不上来，只有许志农一知半解地说上一两句。还是许洋洋来得干脆："我们都是大姑娘上花轿头一遭，也不知怎样拜天地。就请周技术员选一部一天能吃三五立方米木材的锯木机，再加上几件会啃出水桶、粪桶、打谷桶的工具就行了。"

周小芳感到许洋洋的话太笼统，可她并没表现出任何为难神色，而是耐心地与"四位乡下客"一起商量合计。最后，选定购买一台邵武木工机械厂制造的MT 3210型刨车带锯机和一批必要的木器加工工具。许志农到柜台向营业员交钱开完发票，即组织大家把机器、工具一一搬上车。

许洋洋似迎新娘一样，喜笑颜开地驾起拖拉机就往归途行进。疾驰了十几里平坦路，越过了一座座小山岭，拖拉机开到老龙岭下，并没进村，而是继续朝琼山县城方向跑。王小华当即提醒许洋洋："走过头了。"

许洋洋自在地回答："没有错，听我的！"

拖拉机再朝前跑了三十二公里，开进琼山县城，来到姚新副书记的住处前，许洋洋有意放慢车速，按响喇叭，在那里兜了几个圈子，然后神气活现地沿着大街开出东门外。王小华、许志农、许阿兰心里都明白阿洋的用意：他是想给姚新副书记及其手下的姚向鸿、薛腾飞一个颜色看；也是要向一个月前刷出"谁搞复辟倒退，就和谁坚决斗到底！"大标语的那些家伙示威。因为有个客人周小芳在场，他们虽然感到许洋洋的做法欠妥，但也不便多说，只好让许洋洋任意发挥扬眉吐气。

就在许洋洋开着拖拉机绕姚新副书记住处兜圈子之时，姚向鸿卧室里三个醉眼惺忪的酒徒，一起把头探出窗外。薛腾飞一见仇人许洋洋和他的猎取对象许阿兰都坐在拖拉机上，顿时火冒三丈，大骂一声"臭他娘的，竟敢闯到太岁面前耀武扬威！"骂声未落，起步冲出门外。洪彤彤和姚向鸿急忙一人一手把薛腾飞扭回房里。

姚向鸿斜着三角眼："智者顺时而谋，愚者逆理而动。我不能让你一拳打乱整个计划。"

洪彤彤忙加附和；"我们是要捅他们的心窝，不是只伤他们的皮毛，小不忍则乱大谋也！"

许洋洋在琼山县城出了一口气，得意扬扬地把拖拉机掉过头开回沧桑村老榕树下，村里人事先都在盼望着，远远听见铁牛的吼叫声，都压抑不住好奇而激动的心情，提前赶来迎接。

陈二妹、黄桂花和来喜嫂拥着阿勤婆，在人群前面观赏起那台锃光闪亮的刨车带锯机，高兴得合不拢嘴；周进财、周大憨父子的兴趣则放在那些铡刀、凿子、鲁班尺上。周大憨伸手抓起一把手摇钻拨弄起来，许洋洋见之吆道："不许乱动！"周大憨被吓了一跳，急忙把手摇钻放回原处，转身钻进了人群。

王小华见来人很多，便站到石墩上向大家说："开办木材加工厂，在我们沧桑还是头一回，乡亲们都很高兴。只要人手多，石牌举过河。请几位主动站出来，听周技术员指挥，帮忙把机器搬到厂房去。”

原先大家的注意力都放在新买回的机器上，一听王小华提出个周技术员，立刻把目光转向站在拖拉机旁的那个陌生人。许春山赶忙迎上前去，同周小芳握手表示热烈欢迎；周进财、周大憨也挤出人群，和周小芳认起“周本家”。在欢声中，村民们前呼后拥把刨车带锯机送到了厂房里。一群村童围着机器又看又跳，久久不肯离开。

从机器搬进厂房那一天起，周小芳就把许阿兰带在身旁，她一边指挥安装机器，一边给阿兰传授技术。尽管周小芳比许阿兰只大一两岁，可她如大姐姐带着小妹妹，尽心尽力传帮带。当“寄厂培训”的四位年轻人半月出师回村时，木材加工厂的厂房整修、机器安装和首批原料也都准备就绪了。

择了个良辰吉日，“民勤木材加工厂”举行剪彩仪式。这一天，沧桑村似过节一样，大人小孩都换上新衣裳，没有新衣裳的人也尽量穿戴得整齐一些。他们说不清为什么要这样凑热闹，只是出自一种向往美好前景的本能。当一串鞭炮“噼里啪啦”响了起来，许春山举起锃亮的剪刀把红绸带剪断之后，王小华和周小芳就把许阿兰拥到临时设置的讲台前，宣布由民勤木材加工厂厂长许阿兰讲话。

阿兰姑娘心情激动，热泪盈眶，先是规规矩矩给众乡亲三鞠躬，然后颤着声音说了话。她没有忘记表达自己的喜悦心情，没有忘记感谢各方的关心支持，没有忘记保证履行厂长的职责。可是，当要再往下说时，原先准备在脑子里的一套今后办厂计划和打算，却被激动心情所冲乱。越是着急，越理不清，阿兰姑娘不好意思起来，忙跑过去一把拉住杨柳青的手臂：“杨叔叔，我说不下去了，请您替我讲吧！”

“真是秋蝉见天不响。”杨柳青笑着说了许阿兰一句，然后拍拍许洋洋的脊背：“好马不用鞭，好汉要争先；主帅打头跑，副手跟着到。上！”

许洋洋一直找不到表现自己的机会，杨柳青的推举正中下怀，他一步跳到台前，大声说道：“我许副厂长也来说两句，田中水稻山上瓜，无人播种不开花。要是没有杨书记来咱沧桑抓点推行联产承包，就不会有这座工厂。我们热烈欢迎杨书记讲话。”

杨柳青从容不迫地走上前来：“乡亲们，今天我和大家一样高兴。俗话说：一根稻草抛不过墙，一根木头竖不起梁。没有大家齐出力，这座工厂是办不起来的。现在沧桑已经有了一场一厂。只要通过联产承包，加强管理，搞活经营，我们的厂场就会越办越兴旺，就能顺风得利，三者受益。乡亲们，我们沧桑的田并不瘦，沧桑的山并不少，沧桑的人并不差，没有理由活受穷。贫穷不是社会主义，社会主义不该贫穷。希望大家在农村改革中放开手脚闯新路，辛勤劳动争先富。这就是我作为琼山县一位普通公民所要说的话。”

杨柳青的这番朴朴素素、充满感情的话，赢得了满场掌声。

当陈二妹、黄桂花和阿勤婆欢欣鼓舞之际，她们突然发现身边减少一个人：来喜嫂哪儿去了？

哪知来喜嫂一见女儿被拥上讲台，顿时克制不了自己。她心里直跳，全身发抖，偷偷离开人群，慌乱地回到那间灰墙剥落的屋子里。一进门，便伏在露出年轮的木桌上大哭一场。悲伤能使人哭泣不停，大喜也会让人泪流不止。来喜嫂，她第一次看到人生的价值，第一次感到真正和人家平起平坐，她的心激动得久久难以平静……

四十八

欢声笑语迎来马达欢歌。民勤木材加工厂开张以后，板材随着叽叽锯木声源源出厂运销外地，农具、家具在那铿铿斧凿声中成为产品销售四方，一切进展得是那么顺利。

喜事相连，三姐妹养鸡场战胜鸡瘟，也已从困境中崛起。现在，除了第一批进场的芦花洛克之外，又迎来另一批洛岛红和白色来航。场里鸡舍分布更加合理，孵化室、育雏室相继建立；根据鸡的消化生理，开始实行饲料科学搭配；防疫措施得到加强，防治鸡伤风、鸡白痢、鸡霍乱等常见疾病有了一套办法。王小华心灵手巧，她从布店买回十几尺白色的确良加工成三件大褂。三姐妹穿起这种引人注目的“洋服”，开头觉得不好意思，久而久之，也就习惯成了自然，甚至感到挺派头。就在这三位“白衣战士”的精心饲养管理下，鸡群竞相长膘，每头公鸡、母鸡都有二三公斤重。它们为场里招财进宝，千把只鸡留守本营，几千斤蛋换回钞票，“三姐妹养鸡场”红火起来了。

在那广阔的原野上，同样到处生机勃发。沧桑溪畔稻花阵阵飘香，预示丰年；老龙岭腰蔗园层层叠翠，丰收在望；笔架山坡新穴比比相连，蔚为壮观。

大地是这样美丽，景色是这样迷人，村民是这样欢心。为沧桑联产承包注入满腔热情、付出许多心血的王小华和许志农，面对眼前的美景，自然有着更深的感受、更深的理解、更深的索求。

日有所思，夜有所梦。王小华把白天的美景带入了扑朔迷离的梦乡，待到一觉醒来，但听村边的鸟儿在叽里喳啦欢唱。她下床站到窗前观赏起美妙的晨色，只见一对喜鹊跳下屋檐，一前一后追逐嬉戏。她目不转睛地跟踪那对喜鹊，直到它们飞向远去。触景生情，此时蕴存在她心间的情思厚积薄发了。

一段时间以来，许志农废寝忘食为村里联产承包操劳，无法顾及自留地上的那片蕉林。今日稍得闲暇，便想前去管顾一番。王小华随许志农进入蕉园，开始除草整地。二人自从孩提时代成了兄妹之后，同做游戏捉迷藏，同到山上打柴草，同坐板凳谈理想……亲亲热热，自自然然。哪知随着年龄的增长，许志农对王小华则越来越敬而远之，越来越沉默无言。今天在这蕉园里，他依然埋头锄地，不声不响。

王小华无心干活，走到园边的一株桂花树下。秋天玉桂正是满树黄花，她借题轻声吟起一首古诗来：“劝君莫惜金缕衣，劝君惜取少年时；花开堪折直须折，莫待无花空折枝。”

许志农听到王小华的诗吟，感到蹊跷，可表情依然平静，继续埋头锄地。面前一株挂果过重的蕉枞倾斜下来挡住去处，他伸出双手准备将它扶直，只因泥土疏松，蕉枞还是站立不稳。王小华一见，借机相帮，并弦外有音地说：“我们来个联产合作！”许志农照样没有反应。

蕉枞扶直、培土、立稳，王小华指着上端那串硕大的香蕉说：“志农哥，你看，这香蕉已经熟了，该采摘啦！”

“是该摘了。”许志农随口应答一句。当他发现王小华神情异样，脸泛红晕之时，立刻领悟到那话的含义，于是脸孔一沉：“不，蕉枞太高，攀不上！”

王小华胸脯突突跳动起来：“搭个梯子，不就行了！”

许志农淡然一笑：“我只会种蕉，不会采蕉。请你理解、原谅。”

“无法理解，不能原谅！”王小华壮壮胆子，干脆把藏在心里的话全倒出来，“新春播种，盛夏开花，现今已到秋实季节，该是结果的时候了。十几年光景不算长，也不算短。自从阿母把我背进沧桑，我们就青梅竹马，开始相爱。这种爱，从童年萌芽，到成年开花，纯洁、高尚、深沉。假如有人拒绝我的这种爱，我将终生恨死他；要是有人从我身上夺走这种爱，我便拉她上法庭。志农哥，当我阿爸住‘牛棚’的时候，你牺牲自己上学的机会，劳动赚钱供我读书，这个恩情我永远不会忘记。可是我爱你不只为了报恩，而是敬佩你的人品、才华和毅力，羡慕你那水晶般的心。我们有着一样的情趣，我们志同而道合，我们一定能在共同建设新农村中得到真正的幸福！”

许志农听完王小华的诉说，沉思好一阵子，还是摇了摇头：“不，我不能把好马绑在弱树上，我要让我的妹妹得到比这更大的幸福！”

王小华斩钉截铁地说：“不可能，绝对不可能！”

许志农不再答话，撩开步子走出蕉园。

“志农哥，你别走！”王小华眼含热泪，紧跟上去。

许志农和王小华出了蕉园，一前一后回到家里。此时已是晌午，他们同桌闷闷吃了午饭。王小华一时感到疲倦，便钻进卧房躺到床上，继续想着她的心事；许志农虽然心泛波澜，可他并未表露，依旧不动声色地帮助他爹切完半斤烟叶，又把烟丝装进塑料袋里，然后照常下地去了。

陈二妹毕竟是个过来人，她觉察到志农和阿华一起从蕉园回来心情都有异样，可又不便明问，只好闷在心里。到了傍晚时分，不见志农按时回家，也不见小华出房吃饭，疑云顿生。她进入卧房，看到小华坐在镜台前，双手托着下颚凝视台上的那张“合家照”，有意过去轻轻拍拍小华的肩背：“快吃饭。”

王小华只顾暗暗落泪，不予搭腔。

陈二妹走出房去，忙了一阵子之后又唤起来：“阿华，饭菜都凉了，听见没有？”

王小华还是无动于衷。

陈二妹自言自语地说：“也不知在变啥把戏，一个这么迟了不回来，一个这么晚了不吃饭，都想给老娘省点米！”她不忍心让孩子饿肚子，又进卧房拉起王小华的手，哄道：“走，吃过饭再来想你的心事。”

王小华挣开手，发起脾气：“肚子不饿，别一直叫！”

陈二妹把嘴一噘，扭身边走边念叨：“年轻人不顺心，拿老娘出气，我也不是吹火筒！”

王小华从愁绪中醒悟过来，顿感过意不去，忙把陈二妹拉回坐到床沿上，赔起不是：“阿母，请您别生气。”

陈二妹头一仰：“要我不生气，你得把今天的事一五一十倒出来！”

王小华张了张嘴，又不好开口。

“你不说，我也不想听了。”陈二妹假势要走。

王小华咬咬下唇，说：“今天的事，和当年阿母求阿爹那样，这您就知道了。”

“嗬，你不说实话，还挖我的旧根，我可不管你了！”陈二妹推了小华一把，就要起步。

“您别走，我讲老实话。”王小华赶紧拉回陈二妹，“今天上午在蕉园里，我向志农哥提起我们的终身大事。”

“他怎么回答？”

“一连三个‘不’字。”

“就没有一个‘要’字？”

“没有！”

陈二妹故作为难起来：“一个‘不’字是假意，两个‘不’字算客气，三个‘不’字无余地。那就没希望了！”

王小华一把抓住陈二妹的双手：“那您说该怎么办？”

“找别人呗！”陈二妹有意试探，“好闺女还怕挑不到俊女婿。志农有什么好？和他爹一样是个半哑巴，连我看了都生气！”

“他是金蝉，不是半哑巴。您生气可我不生气呀！”

“不生气我也不能把你许给他，一只金凤凰一辈子挨在这样的山窝草房里，有啥出息！”

王小华慢慢松开了陈二妹的手，失神地站了起来，说：“看来您和志农都不是真心疼我爱我。今天我才相信这句话：有娘的孩子是个宝，没娘的孩子是根草。”说着，伤心地哭泣起来了。

陈二妹听了王小华的话，暗自高兴，她双手扶过养女的脸蛋，重重一吻：“你娘不是坐在这儿吗？俗话说：能生能养儿女身，难捉难摸儿女心。今天可算把你的心摸透了。来，谈情说爱我比你有经验，你就坐着听我讲。”

王小华求之若渴，赶忙坐定听陈二妹出谋划策。

陈二妹放低声音，神秘地说：“这件大事靠你阿母办不成，靠你阿爹办不成，靠你那个县长爸爸更不好办，我想只有依靠一个人。”

王小华睁大眼睛，问：“这个人是谁？”

“你的杨叔叔。”陈二妹把话说得很肯定，“志农最尊敬杨书记，也最听杨书记的话，请你杨叔叔当月老，保管白面蒸出熟馒头，生米做成大年糕。”

王小华听之心喜，可是转而一想，又说：“我怎好意思自己去托杨叔叔做媒？”

陈二妹向王小华斜了一眼，说：“你这孩子也真没有勇气，杨书记从小带你疼你培养你，情同父女，这样的大事不向他说向谁说？”

陈二妹想了想，又出了个点子：“以前我们斗大的字不识一箩，有情话不敢托别人，只好偷偷当面讲；你现在文章满肚子，写封情书拜托 杨书记转给你的志农哥，顺势请他当个穿针引线人，不就借得拐杖过桥了。”

王小华听得句句入耳，心悦诚服。她一高兴，打趣道：“阿母对待爱情真有经验，将来夜校专门请您去讲课！”

陈二妹往小华的腿上重重拧了一把：“老娘教你办法，你来取笑老娘，真是养着老鼠咬布袋！”母女二人相对笑了起来，王小华喜不自禁，一头扑进了陈二妹的怀里。

四十九

十月的山村秋高气爽，含羞的月牙露出脸来。一天劳动一身泥、一日辛勤一身汗的农民，吃罢晚饭到那沧桑溪洗涤一番之后，或在自家，或找朋友，各取所需、各投所好地聊天寻找乐趣。

阿勤婆家的厅堂里亮着灯光，灯光下杨柳青与许志农二人谈得正欢。他们也许是在回忆往事，也许是在观顾当前，也许是在展望未来，到底谈些什么，只有他们两人知道。

“杨叔叔！”随着叫声，王小华扭扭捏捏地进了门，她一见志农在场，不禁心跳、脸红，想退出去。

“阿华，你过来。”杨柳青叫住王小华，“有事找我吗？”

王小华犹豫了一下，然后走到杨柳青和许志农跟前。她今天一反常态，失去了平时的自然大方，显得有点别扭，站也不是，坐也不是。

许志农心里有底，见王小华很尴尬，便托故走了。

王小华目送许志农出门以后即问："阿勤婆在家吗？"

杨柳青随口回答："吃过晚饭就串门去了。"

纯真无邪的王小华，觉得屋里没有他人，正是向杨叔叔交心托媒的好机会。于是，顺手把门掩上，然后挨到杨柳青的身旁，不好意思地说："有件个人的事，我阿母要我托您帮忙。"

"什么事你说。"杨柳青口气平平常常。

王小华鼓起勇气，亮出一封未缄的书信："请您看看这个就明白。"

杨柳青把信接过手一看，信封上写着"转呈：许志农哥哥收"。他认得这是王小华的字迹，感到蹊跷："天天在相见，有话当面说，写信作啥？"

王小华不好意思地指着那封信："您先看看内容再问我嘛！"

"写给志农的信，我看了不就违法啦。"杨柳青半开玩笑半认真地说。

"不违法，信是我写的，请您看您就看。"王小华把信要了回来，取出信笺交给杨柳青。

杨柳青边看信边露出笑容，阅到中间一段，感到很有意思，随口念道："……你为什么总是那样不理解我？为什么总是那样不近人情？现在沧桑的家庭联产承包责任制已经逐步落实了，难道我们的爱情就不能像生产责任制那样得到落实吗？"看完全文，杨柳青十分高兴地说："好，待到一日春雷动，卧龙腾飞上九重。许志农是大才，小阿华有眼力。这事包在我身上，杨叔叔等着在沧桑庆功会上吃你们的喜糖！"

恶狼有夜必出窝，疯狗无时不咬人。当许志农出门、王小华掩户之时，潜入沧桑躲在阴暗角落里的薛腾飞和洪彤彤，便鬼鬼祟祟挨到阿勤婆的屋门外。他们以小人之心度君子之腹，偷偷摸摸窥探室内的动静，并把薛腾飞随身携带的小型录音机安放到门板与地面接触的隙缝处。当窃听到杨柳青念出信中的那段话时，洪彤彤缩缩脖子，薛腾飞露出霾笑，按照他们的丑恶灵魂对事物作出判断，认为证据已经抓到手。薛腾飞打了个手势，示意冲进去抓奸；洪彤彤连连摇手，表明不能轻举妄动。就在此时，他们发现有人欲从这儿经过，急忙收起录音机退到无人处耳语一番，随之潜逃出村，抄小路跑回跃进大队，当夜来了个狂饮猛喝，共庆今宵的胜利，直至菜饱酒足才昏然入睡。次日清早，薛腾飞和洪彤彤便急不可待地在队里派了一部手扶拖拉机，二人跳上车直奔县城，向姚新副书记报功去了。

蓝布窗帘挡住了室外的阳光，姚新家的会客室显得格外孤寂阴沉。在一只软沙发上，躺着眼睛半闭的姚新。

转手锁把“咔嚓”一声，相继走进来姚向鸿、薛腾飞和洪彤彤。

洪彤彤喜形于色：“姚副书记，向您报告个重要情况。”

姚新不以为然地问；“什么情况？”

薛腾飞压低声音，有意把话说得更加神秘：“此事非同小可。昨晚半夜，我和洪彤彤到了沧桑，发现老向民家里情况异常，一侦察，原来是一只老鹫想吃小母鸡。”

洪彤彤以见证人的口吻添油加醋：“那姓杨的抱着王小华说，你为什么总是那样不理解我，为什么总是那样不近人情？现在，沧桑的家庭联产承包责任制已经落实下去了，难道我们的爱情就不能像生产责任制那样‘在今晚’得到落实吗？”

姚新将信将疑：“你们怎么知道两人抱在一起？”

薛腾飞“唔唔”两声，答不上来；洪彤彤信口撒谎：“是从门缝看进去的。”

姚新得意而不显露：“依我看，老杨不是那种人，决不会去干这种丑事。”

薛腾飞傲然回答：“耳闻不如目见，信不信由你，讲不讲由我，录音都在这里面呢。”他解下带在身上的录音机，重重放到姚新面前。

姚新见之一怔：“真是无法无天，哪能用上这种手段？！”

薛腾飞回答：“要用什么手段，各有各的自由！”

姚新扮出一副严肃的脸孔：“别的可以自由，对待这种事情不能自由！”

薛腾飞神气活现：“能自由也好，不能自由也罢，反正我是饶不了他们啦！”

姚新佯装生怒：“诬陷必须反坐，不许你们胡来！”

薛腾飞愤然回敬：“你若害怕，就别沾边，后果由我薛某承担！”

姚新又再一激：“这种自由，严重后果谅你也承担不起！”

“那就走着瞧吧！”薛腾飞逞起英雄，“走，别在这里浪费时间！”

姚向鸿见薛腾飞、洪彤彤出门，走到其父面前，把大拇指一竖：“您真高明！”

姚新摇摇头说：“那两个二流子提供的情况能不能靠得住还不好说，现在只是利用利用罢了。”

姚向鸿奸笑道：“不管是真是假，是靠得住还是靠不住，我们都得设法通过薛腾飞和洪彤彤之口，让那件事声扬出去，来个以假乱真，借刀杀人。”

姚新双眼直盯天花板："政坛是个大舞台，你上去，我下来；官场就像在演戏，你下来，我上去。为了政治上的需要，也只好如此了。"

姚向鸿心怀杀机地说："无奸难成事，无毒不丈夫。您在官场混了二三十年，是'左'是'右'，左右逢源。现在处境不同了，全国到处都在拨乱反正，要是让那个姓杨的在琼山站稳脚跟，您在'文革'中挑动武斗，大搞极左，连同杨柳青进琼山以后您、我的所作所为，都会被新账老账一起算。到那时，别说县委书记的宝座爬不上去，连现在的副书记也保不住，说不定还要进监狱。与其'六出祁山'不如来个'火烧赤壁'。现在不能再进进退退、犹犹豫豫了，要快抓住那件丑事大做文章，让杨柳青和王云岗都威信扫地，好叫三国尽归司马懿。"

"政治斗争不是在演戏编故事，没有那么容易。"姚新摆了摆手说，"现在是20世纪80年代，不是第三世纪，我只能当'渔翁'，不能做司马懿。"

姚向鸿问："您的意思是要让薛腾飞和洪彤彤下水当鸬鹚，我们在岸上坐收渔利？"

"算你聪明。"姚新把头一抬，"再说一遍，你我只能见机行事，不能抛头露面。"

正当姚新父子在策划图谋之时，案头上的电话机响起铃声。姚向鸿拿起话筒接完对方的通话后，即转达姚新："李明通知您马上到县委会去。"

姚新从沙发上站了起来，伸伸懒腰，边到镜台前梳妆打扮，边喃喃自语："成天研究什么屁事，真讨厌！"一会儿，他又成了个道貌岸然的君子，夹起公文包，洒脱大方地走出家门，到政坛上表演去了。

五十

秋风从远处吹来，乱云在空中飘荡。姚新副书记快步穿过林荫道，进入县委办公室。此时，杨柳青、王云岗、李明和田峰均在场，大家脸无笑容，心情沉重。

李明待姚新坐定便说："昨夜从省城来了长途电话，告诉杨书记的爱人从工厂下班时路上出了车祸，伤势很重，需要老杨立刻赶回家去。”

姚新一听不幸消息，即显露出震惊而同情的神色：“有没有生命危险？”

李明回答：“电话上没讲清楚。”

姚新比在场的任何人都着急：“时间不能延误，李主任你快安排车子送杨书记回家。需要用钱，先向总务组支一下。对，受伤需要消炎，到医药公司买几粒片仔癀，带回去用得上。”

“谢谢大家的关心，款和药品都不用为我准备，需要时再讲。”杨柳青冷静地说，“我赶回去料理一下，争取快些回县。一段时间以来，我大部分时间都在沧桑，县里的工作多亏你们主动承担。很快就要进入秋收大忙，我又不能投入这项组织工作，拜托大家多分担忧。几个建议我提出来供县委常委研究：一是要组织干部深入第一线，和群众一起劳动同甘共苦；二是要加强劳动组织，教育农民精打细收不能浪费粮食；三是收购粮食要兑现款，不能随意克扣；四是既要教育农民发扬爱国主义精神多售粮售好粮，又要注意不购过头粮。特别是第四点希望大家多关注。根据我所了解到的情况，现在群众手中的粮食并不宽裕，有的户甚至很紧，不让农民吃饱饭，生产是无法继续搞上去的，‘民以食为天’，一定要把群众生活安排好。”

因为杨柳青在建议中回避了联产承包问题，所以容易被王云岗所接受：“李主任你马上把柳青提出的意见整理一下，通知全县各地。”

姚新接上去说：“杨书记的这四点指示很重要，一定要交代各个社队坚决执行！”

李明答道：“我立刻就办。时间不早了，是不是让老杨准备一下，好赶快动身。”

在场者均表示赞同，各自离去。

王云岗待大家走后，沉着脸对杨柳青说：“你同我到宿舍一下。”

杨柳青跟着王云岗，一路无语走进了他所熟悉的那间会客室，只见室内摆设依旧，只有桌上增加了一层灰尘，他不忘拿起鸡毛帚轻轻给拂起来；王云岗看了也不加劝阻，只顾进入卧房取出一本《活期储蓄存折》交给杨柳青：“叫通讯员把款取出来带回去。”

杨柳青接过存折，不禁眼眶红了。他把存折放到桌上，感激地说：“老首长的心意我领了，这款就暂时留着，阿华还要派它作为别的用场呢。”

王云岗不解地问：“什么用场？”

杨柳青如实回答：“沧桑办了个木材加工厂，还缺一笔扩大生产用的资金，她准备拿去投资。”

王云岗不听则已，一听火又往上冒，可他不愿给遭到人祸的杨柳青增加精神压力，只好克制着说：“是人命重要还是办厂重要，给我把款带回家去！”

杨柳青收下《活期储蓄存折》，告别王云岗，再到自己的宿舍里收拾一下行装，即乘上吉普车，怀着惴惴不安的心情启程了。

已经返回家里的姚新副书记，听到室外吉普车的喇叭声，下意识地走向窗前。当他看见车子从街上疾驰而过之后，立刻返身抓起案上电话机的话筒，打电话到农资公司把姚向鸿叫了回来。

姚向鸿进门，见他的父亲面带喜色，便问：“有新情况？”

“是的，有新情况！”姚新手叼香烟，幸灾乐祸，“杨柳青的老婆被汽车轧成重伤，他已经回去准备料理后事。”

“妙哉，可下手了！”姚向鸿喜出望外，“做贼心不要惊，吃鱼口不怕腥，干！”

“不要激动，别打乱我的计划。”姚新矜持地说，“你先把消息传给那两个二流子，再花上几十元钱，请他们吃喝一顿，下步再说。”

姚向鸿不想苟同：“有事就叫他们去干，还要花那个傻钱？”

“狂言皆因酒，不义只为钱。你成天喝酒，喝得连这一点都不懂？”姚新从口袋里掏出一叠人民币往桌上一甩，“照我的话办！”

姚向鸿按照他父亲的旨意，出门找到薛腾飞和洪彤彤，把他们带往一家饮食店，选了个偏僻处，叫菜上酒，吃喝起来。酒到半酣，姚向鸿说出杨柳青离县探家的事。薛腾飞一听，拍桌叫好：“菜园无主篱笆松，野猫跳舞踩死葱。不干就没有机会了，马上行动，趁热打铁，不能手软。”

洪彤彤立刻附和：“对，一不做，二不休，打破醋瓶扳倒油，把杨柳青搞臭，把沧桑村搞乱！”

“这就要看你们的本事了！”姚向鸿又往薛腾飞和洪彤彤的杯里斟满酒。

三人喝得酩酊大醉。姚向鸿说他头痛，回家去了；薛腾飞、洪彤彤摇摇晃晃到处游逛，走到哪里，就神秘地把杨柳青的“风流事”说到那里。待到他们酒消人醒，不少人已半信半疑地暗暗议论这则“琼山的特大新闻”。

薛腾飞、洪彤彤见初步目的已经达到，随着乘上便车，又往跃进大队干起不可告人的勾当。

流言蜚语很快传到李明的耳边。开始，他对这种制造谣言、诽谤中伤的恶劣行径感到义愤，准备马上布置追查；仔细一想，又觉得此事非同小可，其中必有阴谋和政治目的，不可轻易采取行动。而使他最感为难的是，这个情况要不要让王县长知道？经过反复考虑斟酌，认为应该汇报才行。他怀着十分矛盾的心情，来到王云岗家的围墙外，又在那里徘徊了好一阵子。最后，终于鼓起勇气推开院子大门，走进了会客室。

会客室里，王云岗正拿着药瓶欲倒冠心苏合丸，见是李明来了，便把瓶子放回桌上，问："有事吗？"

李明话难出口，只是"嗯、嗯！"两声，低头坐在沙发，一再扶扶他的眼镜。

王云岗耐不住了："说话又不是读文件写文章，老扶眼镜干什么？有事就讲吧！"

李明抬起头来，说："外面有些风言风语。"

王云岗追问一句："什么风言风语？"

李明干脆说了："造谣老杨和阿华在沧桑有暧昧关系。"

王云岗一听，顿时睁大双眼，血往上涌。

李明接着说："还编造了一套谎言，说两个人关在向民同志的家里乱……"

"别往下说了，简直无耻！"王云岗盛怒之下，一巴掌把桌上的开水瓶、茶杯、烟灰缸等物扫落在地。

李明吃惊不小，呆住了。他搞不清王云岗喊出的"简直无耻"，是在骂谣言制造者还是杨柳青、王小华，更是感到心里不安。

王云岗脸孔由红转为铁青，大声吼道："马上挂个电话，把小华叫回来！"

李明沉住气，等待王云岗冷静下来。

王云岗胸脯激烈跳动，头往沙发靠背一昂，又连声说："无耻、无耻，简直无耻！"

李明在王云岗稍为冷静后说："这个时候把小华叫回来，我看不太妥当，还是过几天再说吧！"

王云岗稍微冷静："本来我就不同意她再到那里去嘛，有什么不妥！"

李明加以劝说："现在杨书记不在那里，小华又叫回来，这样做不但沧桑工作要受影响，还会造成人家的误会，请您再仔细想想。"

"有什么可想的，要你把她叫回来你就叫她回来，别再啰嗦！"王云岗的话已无商量余地。

李明脸有难色："那要怎么对小华说呢？"

王云岗挺起身子："就说我患了重病，要她回家照顾！"

五十一

薛腾飞和洪彤彤一路散布流言蜚语来到跃进大队，立即去找支部书记李永成。

李永成得到王云岗和姚新副书记的表扬，更是干劲一鼓再鼓，上游一争再争，在队里把大干的烈火烧得更旺。他现在正敞开外衣，双手叉腰站在墨砚岭的居高处指挥几百人马作战，决心在秋收前攻下整座山，待秋收之后就开始种植菠萝和其他水果。“违背季节没有关系，干字当头，闯字当先，要当先进就得带头大胆试验嘛，科学总是靠人探索研究出来的。”正当李永成踌躇满志地在思考如何创造奇迹之时，发现薛腾飞和洪彤彤急匆匆地从山下爬到岭上。

李永成一见薛腾飞便问：“带来什么新指示？”

薛腾飞按照预先的准备，故弄玄虚地说：“新指示没有，最新消息倒有一个，我们就是特地来向你透透风的。”

“什么新消息？”李永成忙问。

薛腾飞把李永成拉到无人处，十分神秘地说：“这个消息只能你一人知道，不能走漏风声！”

李永成急不可待：“我保证，你快说。”

洪彤彤翻动狡黠的眼睛，编造起来：“杨柳青在沧桑搞联产承包犯了方向路线性的错误，已经受到省委和地委的批评。”

薛腾飞紧作补充：“这还不算，他和县长的女儿关在向民家里乱搞男女关系，昨天已被叫到省里交代问题去了。”

李永成吃惊不小：“真有这样的事？”

洪彤彤把眼一斜：“这话还能随便乱讲。王县长年老体弱身上有病，县里的工作都已经叫姚新副书记主持了。”

薛腾飞拍拍李永成的肩膀，说：“你们跃进大队是姚新副书记的点，姚副书记对你的工作又十分满意，一再表扬你。这下，老兄可是前途无量啰！”

李永成露出得意的神色，说:“还得靠小薛你在姚副书记和王县长面前多讲些跃进大队的好话呢!”

薛腾飞坦然回答:“没有问题，只要你好好干，我一定帮你吹。现在沧桑搞起那个联产承包，开山有如老牛拉破车，王县长和姚副书记都很不满意。按我看，你们跃进大队墨砚岭和沧桑村笔架山交界的那片书桌大埔，可以抓紧把它开发起来，这更能显示你们大干的气魄和威力，我要汇报也才有新材料。”

李永成皱起眉头想了一想，犹豫地说:“这片地的归属问题一直没有解决，一动可能就会引起纠纷。”

薛腾飞佯装不以为然:“山地都是属于中华人民共和国所有，沧桑没有力量开垦，你们跃进大队把它利用起来，既不犯法，又有功劳，有何不可?”

洪彤彤也在一旁插话:“那片山地一直丢着不利用，实在可惜。我是个沧桑的队委，胳膊不该往外拐。可是，既然县里把我借用出来工作，应该维护全局利益，所以我还是支持小薛的意见，主张尽快把它开发利用起来。”

李永成对洪彤彤最近老是跟在薛腾飞的屁股后面转，本来感到迷惑不解;加上他是沧桑的队委，更存一层戒心。现在听到洪彤彤的表白，也就放下心来。于是说:“那好，明天我就找许春山商量，请沧桑把书桌大埔让给跃进大队开垦。”

薛腾飞一听李永成还要与许春山商量，感到事情已做不成，便把绳套拉紧:“你这个人简直是软骨头，还要与许春山商量，那我姓薛的话不就等于放屁!”

洪彤彤见薛腾飞冲动起来，赶忙替李永成解释:“李支书那样考虑也没有错，把事情办得稳妥一些有好处。可是，这件事两个队已经协商好几次了，我看再商量也不会有结果，还是先干起来再说。”

薛腾飞把手上的烟蒂往地上一扔，说:“是嘛，你李支书能相信许春山却信不过我薛腾飞。我可以给你担保，把那片山地开垦起来，沧桑村也不敢拿你跃进大队怎么样。他们不开垦，总要有人去开发，让好好的山地睡大觉，才是极大的犯罪。我看明天就把队伍拉过去，大胆干。这样做，王县长和姚副书记只会表扬你，不会批评你，不必有思想顾虑。”

洪彤彤把话说得更深一层:“抓问题要抓根本，看事物要看本质，你以正确路线去占领资本主义阵地，到什么时候都是对的，都是站得住脚的。现在杨柳青已经犯了错误，起来向他宣战，向错误路线宣战，更能显示你的路线斗争觉悟高，跃进大队的方向对。这样的大好时机不抓住，还在犹豫什么呢？"

经过薛腾飞和洪彤彤的一番煽动，李永成的心活起来了。他觉得平时铜钟鼓千遍，不如战时号角一声吹，眼下正是大显身手的良机，应当来个一鸣惊人，让上级发现李永成是个干将和人才。

当夜，李永成主持召开了跃进大队的支委、队委联席会。他把薛腾飞、洪彤彤提供的消息、发表的高见和所摆的道理，加以吸收、消化、提炼，做到既保守秘密又表达意思，在会上慷慨激昂地大说一番，然后提出自己的意见：马上组织劳力，拓展开山范围，开发书桌大埔，显示大干气魄。李永功也不甘示弱地在会上自告奋勇担任进军书桌大埔的总指挥，名曰大队长要身先士卒，带头奋战；实则在心里盘算，功劳哪能让一人独得，我李永功要与你李永成来个平分秋色，同样从王县长和姚副书记那里领得一份"犒赏"。会上虽有人对李永成、李永功的主张和做法持不同意见，而大部分人则认为支部书记、大队长说话算数，也就随意表示赞同。

会议一开完，李永成、李永功立刻把队里准备第二天组织人马、第三天向书桌大埔进军的决定告诉薛腾飞和洪彤彤。薛腾飞对此表示满意，他摆出一副钦差大臣的架子说话："支部书记、大队长就是要有这种权威才行，不要似许春山净让杨柳青、王小华牵着鼻子走，更不能像周宏发被一群女人指着鼻子骂得连头都不敢抬起来。你们好好地干，我替你们向王县长和姚副书记请功！"

洪彤彤看了一下手表，说："十点多了，李支书、李大队长你们回去睡觉，明日好带群众继续大干！"

李永成、李永功怀着兴奋的心情回家；薛腾飞和洪彤彤交头接耳一番，又抄小路潜进沧桑村。这时，村里已是万籁俱寂，二人偷偷摸摸来到周宏发的住处敲门。

刚躺上床的周宏发听到敲门声，便问："谁？"

门外无人回答，敲门声继续响着。

周宏发爬起床来，穿上人字拖鞋，前去把大门打开。薛腾飞和洪彤彤一同往屋里钻，随手把门关上。周宏发拉亮电灯，洪彤彤又把电灯关上。二人来得这么晚，又那么神秘，周宏发为此感到困惑，低声地问："有什么要紧事？"

薛腾飞傲慢作答："无事不登三宝殿，今晚特地来拜访你！"

周宏发忙说："不敢不敢，请多指教。"

薛腾飞吓唬:“告诉你一个新情况，我们乱砍盗卖木材的事快被查清了，你要有思想准备。”

周宏发心慌:“那该怎么办?”

薛腾飞应道:“有个立功赎罪的机会。”

周宏发急问:“什么机会?”

薛腾飞回答:“我们掌握到可靠消息，跃进大队很快就要组织人马占领书桌大埔，你和洪彤彤可以挺身而出，带领村民保卫这片山地，换取群众的谅解和信任。只要你们没有事，我薛腾飞也就好过关了。”

周宏发还是不放心地问:“这个消息可靠吗?”

洪彤彤忙作证实:“千真万确，他们连时间、劳力都确定下来了，人员有二三百个，后天上午就要动手。过去我害你做了错事，一直心惊肉跳，总是怕什么时候我们一起被抓去判刑送劳改，真想这次来个立功赎罪。”

周宏发自从那次砍了集体的林木以后，虽然嘴巴挺硬，心里则成天忐忑不安。现在有了表现自己纠正错误的机会，当然不能错过。于是问:“要不要把情况先告诉许春山?”

洪彤彤说:“把消息告诉许春山，他肯定会撇开我们去采取对付措施，那我们立功赎罪的机会不就完了。”

周宏发感到洪彤彤的分析有道理，当即和他们二人约定：暂不走漏风声，到时由薛腾飞帮助提供跃进大队的内部消息和行动情况，再由周宏发和洪彤彤出面组织村民阻止跃进大队侵犯沧桑山地。事情安排定当，薛腾飞和洪彤彤不约而同地拍拍周宏发的肩膀，表示一言为定，然后蹑手蹑脚退出门外，消失在沉沉的夜幕之中；周宏发轻轻关上大门，回到床上一夜辗转难眠，直至天亮。

五十二

太阳旷古不变地从东方升起，淳朴的农民依旧安分守己在新的一天里开始辛勤劳作。

许志农自两天前从杨柳青手中收到王小华的情书之后，心里一直不能平静。今天清晨吃过早饭出门，便身不由己来到他家的蕉园里。“花开堪折直须折”的诗吟；“这香蕉已经熟了，该采摘啦！”的提醒；“志农哥，你别走！”的呼唤……犹在耳边回响。望着眼前的美景，幻起小华的英姿，青春热血顿时在许志农身上加快流动，他感到世界是这样可爱，人生是这样美好，未来是这样光明。为了控制一时难以压抑的激动心情，许志农挥起手中的锄头，使劲锄开那蕉园尚未锄完的杂草地。

“阿农，阿农！”随着叫声传来，陈二妹急急跑进蕉园，“好事千遍呼不来，坏事不叫头上栽。你爹脚被扭成重伤，正躺在床上直哼哼，快回去看看他呀！”

原来是，有土老汉今天没有农活干，一得闲就上了心事。他想起志农要成亲，需把那间快要倒塌的厨房修理修理才行，便独个儿去搬石备料，不小心把脚给扭伤了。

许志农问明情况，立刻随他阿母出了蕉园赶回家里，一进房，就坐到他爹的床沿，问：“伤在哪个部位？”

许有土挪了挪右腿，痛苦地说：“下脚腕上。”

许志农伸手轻轻搓着他爹的伤处：“痛吗？”

许有土倒抽了一口气：“很痛！”

许志农拿过自己用的枕头，垫到他爹的脚腕处，而后对他阿母说：“我出去一下，一会儿就回来。”

陈二妹问：“老爹躺在床上，你又要去哪儿？”

许志农没有回答，拿了一条塑料袋子就往外走。

有土老汉是个思想感情很浓厚的人，只是平时不爱说话。他见志农出门，想了一想，便对陈二妹说：“咱阿农生肖属鸡，今年二十三岁了，打算啥时让他和阿华成亲？”

“你脚在痛，还想这事。”

“儿女是父母的心头肉，怎能不想。”

“这事杨书记临走时对我说了，志农答应待晚稻收成以后办。现在，还要看王县长那一关能不能过。”

“王县长应该不是那种忘恩负义的人，我想是会同意的。”许有土专注地想着他的心事，一时忘了伤痛，“自家定亲，礼数原在，要结婚总得有个定情礼物，我们现在没有金也没有玉，你去把咱那对订婚戒指拿来我看看。”

“那对老古董放了快三十年啦，你还没有忘记？嗨，我真后悔当初嫁给你这个穷光蛋，连只金戒指都没有。”陈二妹打趣说。

“吃得好，穿得好，不如两口子白发到偕老。银戒指不是也使我们有了现在这个家吗？”许有土露出了快慰而幸福的微笑。

“看你平时不说话，原来假老实，心里还藏着那么多的私货。”多年来，陈二妹难得和她的老伴这样动情地相诉衷情，此时心里恰似老树开了花。她高高兴兴地到对面卧房里拿来一个小荷包，从中取出一对银戒指，一只戴到自己的手指上，一只往老伴的手指送，两人相对笑了。

许有土观赏了一番戴着的戒指，然后把它解了下来，说：“物轻意重，就把这对戒指留给阿华和志农吧！”这时，老两口听到脚步声，知道是志农回来了，赶忙把那对银戒指又装进荷包里。

许志农进房把塑料袋子放到地上，顺手往口袋掏出一包药片，问：“爹，现在脚还很痛吗？”

许有土心情兴奋过后，顿时感到伤处痛得更加钻心，又哼哼起来。

许志农倒过一杯开水，连同两粒药片送到他爹手里：“把这药吃下去，先止止痛。”说着，提起塑料袋子上厨房，把放在袋中的生姜、蒜头、辣椒倒进石臼里捣碎，然后和上面粉，制成药膏，拿来贴到他爹的受伤处。这天上午，许志农一直守候在许有土身旁，每小时就给换一次药。

起初，父子相对默默无言。随后，有土老汉张了张嘴，问：“阿农，你心里埋怨我吗？”

许志农觉得他爹此话问得突然，眨了眨眼睛，说：“阿爹养育恩情比天都高，儿子还没很好报答，哪来‘埋怨’二字。”

有土老汉摇了摇头，凄然而语：“阿爹对不起你呀！只怪我没本事，害得你想读书无钱上学，有双腿跳不出山沟，让你这条卧龙困守在穷窝窝里，不知何时才能腾起身来？”

“阿爹，请您千万不能那样想，更不要讲这种伤心话。我在家乡，不是同样可以发挥作用吗？现在咱沧桑工作已经上路，今后要办的事情很多，家乡需要我，我也热爱我们的家乡，能在沧桑为乡亲们出点力，我心里就感到安然。”

“哎，不讲这些了，还是来商量商量你的终身大事吧！”有土老汉心事重重地说，“你阿母告诉我，说你答应晚稻收成以后就办婚事，我听了心里又喜又忧。现在只剩下不到一个月了，房子没修理，家具没添置，十件事还未办得一件成，这怎不叫你爹操心？”

“不用想得这么多，车到山前必有路，要是准备来不及，还可以推迟嘛。”

“推迟不得，你属鸡，今年二十三，老历十月结婚，良年吉月；明年二十四，犯上忌讳年，你要办婚事，阿爹阿母也不让你办呢。”

“阿爹阿母现在思想还这么封建，我就不信那一套。”许志农边说边蹲到床前再给有土老汉换药。

“宁可信其有，不可信其无，我们还是抓紧来做准备才好。”有土老汉伸出那只长满老茧的大手，抚摸着志农的头顶，把一片父爱传到了儿子的心间，“阿农，现在爹只要你忙完村里的公事，用些时间来准备办理个人的大事，你能做到吗？”

许志农尚未回答，大队通讯员已经跑了进来，说许支书有急事商量，请志农马上到大队部。

五十三

许志农进入大队部里，只见许春山已在那等候。

许春山告诉许志农：“接到公社通知，县里要召开大队党支部书记紧急会议，会期三天，要我马上就去报到。”

许志农问：“会议是什么内容？”

许春山说："研究秋收冬种。"

许志农沉思片刻，说："主帅都不在家，村里工作谁来主持？"

许春山诚心实意地说："我年纪大了，总需要有人接班。你就大胆地抓，这也是个锻炼。"

两人相对而坐，商量了一阵子加强稻田管理、加快荒山开垦和办好现有厂场的事宜之后，许春山把话题引到一个令人费解的问题上。他困惑地说："这一两天我心里总感到不自在，杨书记刚离开沧桑，王县长就把小华叫回县城，不知其中有啥缘故？"

许志农处事反应灵敏，王小华走后，也同样在思考着许春山提出的这个疑问，可他不轻易猜测，只把那事轻轻一语带过，又把话题引回当前村里要做的工作方面。

许春山感到事情已交代得差不多了，便提起从家里带来的简易行装："我走啦，有要紧事再打电话到县城联系。"

"我一定尽力把工作做好，请您放心。"许志农陪许春山走出大队部，一起来到村口的老榕树下。当许春山坐上拖拉机欲启程时，许志农又迎上前去，郑重其事地说："您到县城以后，请代我给向伯伯请安，就说家里的粗活重活我会帮忙做，我们会把阿勤婆照顾好。请他不要挂心，祝他早日恢复健康。"

许春山乘手扶拖拉机赴县城开会去了；许志农也按照支部书记的吩咐忙起村里的公事。

农历九月的山村，白天显得特别短，一晃又是日落西山，夜幕降临。今晚的天气有点反常，山风吹不来，石板烫人脚，蚊子叫哼哼。"霜降不凉，老天翻脸"。看来，不是寒流快到就是要下雨了。村民们吃过晚饭，感到屋里闷热，各自找理想的地方纳凉。陈二妹和许志农给有土老汉供饭、换药过后，也分别到养鸡场和大队部。

在大队部里，许志农第一次主持支委、队委联席会。与会者"众臣拥戴，众将扶持"，均十分自觉遵守会场秩序，十分注意听取志农讲话，十分认真讨论研究问题。他们为沧桑出现这样的新秀而感到由衷高兴，为"卧龙"即将腾起而产生新的希望。基层干部毕竟好人多呀。这天晚上，会议时间不长，工作却安排得井井有条。

次日早晨，村民们和往常一样，带着劳动工具准备出工。这时，只见周宏发、洪彤彤气喘吁吁地跑到村口老榕树下。他们已有两个多月没在此地慷慨陈词了，今天突然出现，立刻引起众人注目。

周宏发站上石墩，大声疾呼："乡亲们，请先不要出工，我向大家报告一个重要消息！"

村民们陆续围拢而来，惊奇地等待着周宏发的下文。

"乡亲们，我向大家报告一个非常重要的消息。"周宏发双手一叉腰，拉开了嗓门，"跃进大队不和我们沧桑协商通气，就把人马拉到书桌大埔，我出早工，亲眼看到他们已在那里动土。跃进大队这样欺负沧桑，真是无法无天。我们要把人员赶快组织起来，前去阻止那种违法行为！"

洪彤彤也跳到石墩之上，声嘶力竭地呼叫："周大队长说得对啊，难道跃进大队是铁，我们沧桑是豆腐。我洪彤彤对村里的事本来不想管了，现在为了保卫沧桑的利益，为了替乡亲们争回这口气，也只好豁出去了。恶狗怕揍，恶人怕斗，许支书不在家，我们就听周大队长指挥，去和他们对着干！"

在场的村民个个愤愤不平，老榕树下一时哄乱起来，有人摩拳擦掌，有人高声响应。

洪彤彤把手一挥："是英雄好汉，是沧桑的子孙，现在就跟周大队长和我洪彤彤走！"

"且慢！"许志农大喝一声，也跳上石墩，"大家听我说几句。"

人群停止骚动，树下也归安静。

许志农克制地说："乡亲们，一步走错百步歪。我们应该先把情况弄清，然后再好好商量怎样对待这件事，千万不能轻举妄动，以免造成两村纠纷。"

周宏发不等许志农把话说完，便盛气凌人地吼道："你许志农胆小怕事就靠边站，别在这里动摇人心。上级还没有免掉我周宏发大队长的职务，我还有权利领导沧桑的群众。你凭什么来反对我的指挥，凭什么来阻挠社员的正义行动，凭什么来出卖沧桑的利益。"他用身子把许志农挤到后面，再次疾呼："大军压境，事不宜迟，有种的跟我上书桌大埔！"

许志农也不相让，他挺身而出，再做劝止工作："请乡亲们理解，我不是大队长，也不是支部书记，可我是个共产党员，是个沧桑村的公民，有权利在这里发表意见。我认为，粗暴非强，鲁莽非勇；事不三思，终有后悔。即使跃进大队侵占了书桌大埔，我们也应该通过合法途径去同他们交涉，不能进行正面冲突，以免造成严重恶果。我提议，支部委员、大队队委、社员代表现在就到队部一起研究对策，村民们照常下地劳动。赞同这个意见的请举手。”

顿时，老榕树下手臂如林。

“好，现在该出工的人出工，该参加开会的人到队部开会。”许志农跳下石墩，第一个往大队部走去。

大队部的会议室很快挤满了人。当许志农刚把如何正确处理这场山地纠纷的议题提了出来，周宏发和洪彤彤就迫不及待地抢先发言，他们一个大叫“宁可擂穿鼓，不可放倒旗”；一个狂呼“宁愿站着死，不愿跪着生”。二人一呼一应，慷慨激昂，俨然就是英雄。可惜，他们的表演并没得到与会者的赞赏，而是受到了大家的冷落。

许志农耐心地等待着周宏发和洪彤彤把话讲完，然后提出了自己的建议：推选几位代表先到现场了解情况，再同跃进大队的领导进行接触，尽量求得问题合理解决，努力防止继续扩大矛盾。

绝大多数的与会者都赞成许志农的建议，并公推五位代表由许志农带队，立刻前往书桌大埔。

周宏发和洪彤彤没有进入代表的行列，大为不满，还想在会上胡搅蛮缠，与会者都不理他们，相继离开了会场。

许志农带领沧桑的代表离开大队部，当他们刚出村时，只见许洋洋边喊“志农哥”，边急急追了上来。

许志农驻步等着许洋洋跑上前，便问；“有什么事？”

许洋洋似一尊铜钟立在那里，说：“跃进大队人多势众，我跟着去，保护你！”

许志农瞪着许洋洋说：“我又不是关云长单刀赴会，担心什么？别制造紧张气氛！”

许洋洋执拗地说：“不怕一万，只防万一。你不让我去，我有手脚，也会自己去！”

在另四位“代表”的劝说下，许志农只好同意许洋洋随行，但有一个条件：“只听不说，只忍不怒。”许洋洋满口答应了。

许志农一行六人绕过笔架山，在一片草地上坐了下来，共同商量好与跃进大队交涉的内容、口径和方法。然后，相随来到书桌大埔。

五十四

书桌大埔人山人海，架在树干上的高音喇叭响着震耳欲聋的“大干歌曲”。正在挥锄挖穴的跃进大队群众，见沧桑村来了一行人，不约而同地停住手中的工具，相互交头接耳。一个武高武大的中年男子手里拿着电喇叭，神气活现地站到许志农等人面前：“请问诸位，你们到这里来有事吗？”

“沧桑村的群众派我们来这里找跃进大队的领导商量事情。”许志农作答，“请问尊姓大名？”

那位中年男子大大咧咧地笑道：“哈哈，你不认识我，你们许春山和周宏发可都认识我。我姓李，名永功，跃进大队的大队长，书桌大埔开山造田工程总指挥，有什么话就对我讲吧。”

许志农不卑不亢地说：“这事三言两语是说不清的，我们找个地方坐坐，一起交换交换意见。”

“交换什么意见？”李永功根本不把许志农看在眼里，“我正忙着呢，有话就在这里说一说吧！”

站在一旁的许洋洋看到李永功如此傲慢，便把许志农推前一步，说：“我向李大队长作个介绍，这位是我们沧桑村目前工作的主持人，名叫许志农。他是代表沧桑村群众来和你们谈判的，话可不能随便说一说就算了！”

李永功斜起眼来，冷笑道：“唔，真是有眼不识泰山，原来这位就是你们沧桑村的‘许主持’，而且是来谈判的，恕我没开中门迎接。好哇，一方代表，不分大小，应该讲平等，那就找个什么地方坐下来好好谈一谈吧！”

为了创造好的商谈气氛，许志农坚持以礼相待。他客气地说：“沧桑村的乡亲派我们来这里，目的是要商量解决问题。只要能一起交换看法和意见，什么地方都可以。”

“好，那就到书桌大埔开山造田工程指挥部去！”李永功有意向来客显示跃进大队的阵容，便带着许志农等人在开山人群中穿行一番，然后把大家引入一所用塑料布临时搭起的大工棚。这里，广播室正在向工地播送歌曲，双方对话都听得有点困难。

李永功选个体现主人的位置，正襟危坐，不忘挖苦：“许主持，你有什么高见就请讲吧！”

许志农并不计较对方的无礼，他很诚恳地说：“李大队长，沧桑和跃进是邻居，也是兄弟单位，我就把话直说了。过去，咱们两村曾为书桌大埔这片山地发生几次纠纷，经过上级和有关部门调停，决定暂时保持现状，待进一步协商解决才动手开发。可是，贵队未和沧桑商量就组织人马上场，这样做容易再引起两村群众互相冲突，我们建议贵队还是暂时停止行动为宜。”

“停止行动？哈哈哈，你们今天就是为这事而来的呀？”李永功故作意外，“那可不行，我们李支书在到县里开会时明确交代，开发书桌大埔是王县长和姚新副书记布置的任务，必须马上行动。很对不起，我可不敢违反上级的指示。”

许志农平静地说：“王县长和姚副书记并未向沧桑打过招呼，我相信他们要下令向书桌大埔进军，是会事先征求沧桑的意见的。”

李永功双眼一提，说：“县长、书记决定事情，还要经过你们同意，没有这个道理吧？”

“这个道理是应该有的。”许志农还是平心静气地说，“他们都知道跃进和沧桑曾为书桌大埔发生纠纷，绝对不会轻易指定某方单独采取行动。”

李永功把左腿往凳子上一跷：“这个我就说不清了，只好请你们直接去问王县长和姚副书记！”

许志农坚持说理：“要问不问这都不是主要的，关键在于应该按照政策办事。现在这片山地的归属问题没有解决，山权地界也还没有划分，要是你们强行动土，沧桑不肯相让，将会带来一种什么样的后果，请李大队长好好想一想。”

李永功轻蔑作答：“自己身上不长肉，莫怨别人大腿粗。谁有本事，谁有干劲，谁就开发，还用再想？沧桑若有能耐，也把人马拉到书桌大埔，我李永功绝不干预，更不反对。”

许志农一再克制：“跃进大队能办到的事，沧桑村同样能办到，我们只是不愿伤了两村和气，不愿看到双方再次发生山地纠纷，今天才来以诚相见，共同协商，请李大队长明白这一点。”

李永功冷嘲热讽：“许主持，我看就不必再协商了，你们还是按照杨柳青书记的那一套行事，好好把联产承包包下去，把现在的山地耕种好，待有力量开垦书桌大埔，我们再作协商吧！”

从“谈判”中，许志农明显意识到李永功借题发挥，有意把跃进大队和沧桑村分别同王云岗、姚新和杨柳青挂上钩，并以坚持正确方向、路线自居，咄咄逼人歧视沧桑村，蔑视杨柳青书记。对此，许志农已不能不作出必要的反应。他义正词严地回敬李永功：“爬过坡才知山的高低，蹚过河方识水的深浅。沧桑的联产承包是好是劣，将通过实践加以证明；杨柳青书记的那一套是否正确，也会用事实作出回答。我们今天所要协商的，并不是要对方坚持‘一大二公’或者实行‘联产承包’，而是为了求得书桌大埔这片山地的合理归属和充分利用，转移目标不是办法，请李大队长别把话题扯远了。”

“我不能同意你的看法和意见。”李永功盛气凌人教训起许志农，“路线一错，一切皆错；方向一歪，一切皆歪。杨柳青在你们沧桑村搞资本主义，王县长、姚副书记在我们跃进大队搞社会主义，这是两种路线、两条道路的斗争。农村阵地，社会主义不去占领，资本主义就会去占领。我们都是农村干部，土人打直拳，不必装斯文，现在我也把话直说了。书桌大埔这片山地社会主义来占领，一千个正确，一万个合理，我看就不需要再协商了。许主持，你还年轻，没有很好经过两条路线、两条道路斗争的锻炼，容易迷失方向。我劝你，还是朝着正确路线走，不要再去跟杨柳青犯错误了。”

李永功一再撇开要讨论的实质问题，蓄意把矛头指向杨柳青书记，且明目张胆地加以攻击，这使许志农感到无比气愤，也引起许志农的深思：“看来，跃进大队在这个时候把人马开进书桌大埔，并非孤立事件，一定有其复杂的背景。”至于背景如何复杂，特别是姚新副书记及其手下的干将、喽啰施展阴谋诡计而在跃进大队所产生的效应，许志农是无法了解也估计不到的。现在，他只能抱着保护“联产承包”的声誉，怀着维护杨柳青书记的威信而据理力争：“李大队长，我认为你刚才说了不少违背组织原则和客观事实的话，所以有必要提醒你注意。杨书记在沧桑大队抓点，帮助我们推行联产承包责任制，体现民意，深得民心，效果良好，群众拥护，这是不容置疑的。作为一个基层干部，不应该那样去攻击一位上级领导，更不应该在他的背后评头品足。”

“哈哈哈，你别把纲一下子上得那么高。”李永功更加肆无忌惮，“皇帝再大也有人说他背后话，何况这是两条路线、两条道路的斗争，每一个人都有权利发表看法和意见。老实告诉你，杨柳青的那一套，在琼山县是行不通的；杨柳青在你们沧桑干了那些不可告人的勾当，也是纸包不住火的。请你别再替他辩解，别再为虎作伥了。他在琼山，特别是在我们跃进大队已经威信扫地。我敢给他相命，过得了十五过不了三十，很快就会滚出琼山县了！”

“姓李的，你给我住口！”但听“啪”的一声，桌上跳起杯子，热水瓶震落在地。一直圆睁双眼守在一旁的许洋洋，已经到了忍无可忍的地步。他一步上前，与李永功怒目相对：“我们今天到这里，是要来谈判，不是来接受你的教训，更不是来听你放屁。警告你，不许再攻击沧桑村，不许再污蔑杨书记，若是不听劝告，沧桑人可不是好惹的，要文要武由你选。”

半路杀出个程咬金，这使李永功大吃一惊。他定定神，自恃身在本乡本土，依然用一种十分轻蔑的口气回敬许洋洋：“嗬，这位后生子倒有一点血气，你在沧桑当什么干部，我怎么不认识你？”

许洋洋将身一挺，把头一昂：“沧桑村党支部书记许春山的儿子、民勤木材加工厂的副厂长许洋洋。你不认识，现在就让你认识认识！”

李永功不肯放下身阶，仍以老大自居：“好哇，不打不相识，原来许春山还有这么一个壮小子。回去告诉你的爸爸，说李永功向他问好，但愿他那个联产承包包出个大好形势来，到时我李永功带着锦旗去向他表示祝贺！”

“沧桑大队部的锦旗不会比你们跃进大队少，多一面少一面不稀罕。现在，请你还是来谈正题，什么时候把跃进大队的人马撤离书桌大埇？”许洋洋单刀直入。

“这个我可做不了主，还得通过党支部和队委会研究决定才能作答复！”李永功不肯正面回答。

“几天答复，要定个时限。”

“这时限也很难定，研究完了就奉告。”

“不行，明天就要答复。”

“我们李支书到县里开会，他不在家，无人拍板，明天不可能答复你们！”

“你是大队长，又是工程总指挥，连这件事都拍不了板，是在队里混饭吃的？你的缓兵之计，瞒不过我们沧桑的‘卧龙’，不用来这一套。”

就在许洋洋和李永功相持不下之际，周宏发和洪彤彤突然闯了进来，也声称他们代表沧桑村前来同跃进大队谈判。这下可给李永功有隙可乘，他打起讽刺的笑脸，阴阳怪气地说：“这就不好办了，你们沧桑有两个‘谈判代表团’，到底谁是真的，叫我听谁的？谁讲话算数？”

五十五

许志农等人与李永功的“谈判”步骤，全给周宏发和洪彤彤打乱，一时处于十分被动的境地。为了避免在对方面前暴露沧桑内部的矛盾，许志农只好采取临时措施，提出改日继续协商的建议，并把四位代表和许洋洋带回沧桑。沿途，许洋洋气得直咬牙，一路大骂周宏发和洪彤彤是浑蛋。对此，许志农一反常态，不仅不加劝阻，反而任许洋洋骂个痛快。

沧桑村的群众远远发现许志农带回一行人，纷纷主动聚集到村口老榕树下迎候。眼见许志农等人脸色不好、表情严峻，人们觉察出这一定是出师不利，故都不敢多问。

面对众多乡亲，许志农越发感到心里不安。他一步站到石墩上，尽力抑制愤懑情绪，用一种平静的口气说话：“乡亲们，大家都想了解我们同跃进大队协商的情况，希望能带回公正、合理解决问题的消息，这种心情是可以理解的。书桌大埔山地纠纷是个历史遗留问题，不可能马上就解决。一次协商不行，再来二次、三次、四次；两村协商解决不了，还有上级可给我们作出公正裁决。俗话说，宁吃老实亏，勿得欺人利。我们要保持冷静，正确对待，千万不可感情用事。”

“我志农哥说的话大家听清楚了没有？”许洋洋高声问道。

“听清楚了！”群众齐声回答。

“既然听清楚，就不要给我志农哥为难了，都出工去吧！”许洋洋又大喊一声。

村民陆续散去，老榕树旁剩下许志农、许洋洋和那几位去参加“谈判”的代表。这时，从树干后面走出个陈二妹，她边拭着眼泪边挽起许志农的手臂，心疼地说：“阿农，你的肩膀还嫩，挑不起这样的重担呀，我们先回家去，待阿母明天上县城，找你春山叔和王县长讲明情况，再和跃进大队计较吧！”

“县里正在开会，不能这个时候去打扰他们。”许志农温顺地说，“阿爹躺在家里，请您代我好好照料他老人家。我和代表们一定会慎重处理好这件事，请阿母放心。”

许志农把他的母亲劝回家去，随之带着群众代表到了大队部，共同研究下步的对策。

再说，许志农一行撤离书桌大埔之后，周宏发和洪彤彤就以沧桑的“真正代表”自居，同李永功进入了所谓“实质性的谈判”。一开场，洪彤彤便说他受了风寒肚子疼，要上厕所，哪知一去不复返。周宏发感到这正是显示他“单刀赴会”勇气和本事的良机，便与李永功对仗起来。两人都是大队长，以前也曾为书桌大埔山地纠纷交锋过几次，双方都熟悉对方的“谈判”套路。李永功一上来就先发制人，以“农村阵地社会主义不去占领资本主义就会去占领”为理由来压住对方；周宏发不甘示弱，用“一切反动派都是纸老虎”的理论去加以反击。两人互不相让，从争吵、对骂、拍桌子发展到差一点打架。最后，李永功叫来几个人，把周宏发撵出了书桌大埔开山造田工程指挥部。

周宏发见跃进大队人多势众，只好忍气吞声离开书桌大埔。半路上，突然从一巨石旁闯出了洪彤彤。洪彤彤迎上前去便问：“谈判结果如何？”周宏发不予搭理。

洪彤彤满脸堆笑向周宏发赔起不是：“请大队长原谅，我从那个指挥部出来，肚子就痛得像刀子在绞，一蹲下去就站不起来了。我不能去助你一臂之力，心里比你还着急呢！”说着，装模作样地把手往腹部一捂，哼哼怪叫起来。

周宏发眼见洪彤彤的那个可怜相，信以为真，也就不再埋怨，便把受到李永功的欺辱情形说了一遍。

洪彤彤听得暗暗自喜，不等周宏发把话说完，就佯装生怒：“真是岂有此理，两国交兵，不斩来使，何况你是大队长，与李永功平起平坐，他竟敢无理。这口恶气莫说你周大队长，就是我洪彤彤也吞不下去。李永功是个欺软怕硬的家伙，不给他点颜色瞧瞧，他还会更加狂妄。现在已经到了忍无可忍的地步了，我们也把村里的人马组织起来，开到书桌大埔和他们对着干！”

周宏发想了想，犹豫不决地说：“这样闹下去，事情就大了。再说，现在我身在其位难谋其政，许志农他们不支持这样做，群众一时也组织不起来。”

洪彤彤已经忘记他在假装肚子痛，伸起捂在腹部的那只手，往周宏发的肩膀一拍："堂堂正正的大队长，哪能屈服于一个名不正言不顺的'许主持'。你为沧桑争气，群众就会拥护你，瞧不起那个胆小怕事的许志农。我敢打包票，到时只要你往老榕树下的石墩一站，便会抖出当年的威风，一呼百应，全村人都听从你周大队长的指挥！"

矛盾已经产生，事态正在发展，人心开始浮动。书桌大埔的山地争执究竟会落得个什么样的结局？沧桑村的干部、群众都在为此而忧虑、挂怀。随朝阳而出，伴日落归村，村民们从地里收工回家，吃罢晚饭，又三三两两凑到一块儿议论起来。他们不是"杞人"，也不是"忧天"，而是在准备迎接一场"战争与和平"的严峻考验。

几日闷热，老天要翻脸了。此时，人们的头顶上恰如盖着一个大黑锅，没有星星，没有月亮，没有雷鸣，没有闪电；只有同"黑锅"混在一起的乌云，如万马在天空奔腾，似海浪在苍穹翻滚。

雨点零零落落地掉了下来，山风虽还不大但已吹得老榕树叶沙沙作响。聚集在室外的沧桑村民眼见一场暴雨就要来临，便四散回到自己的家中。原野一片漆黑，村里亮着光点，大队部则是灯火通明。支委、队委和社员代表，还在运筹帷幄，研究对策。

由于线路不畅，许志农向县里挂了几次电话都挂不通，有一次挂通了又找不到许春山。现在已是深夜十一点半，志农只好请总机把电话直接挂到王县长的家里。来接电话的是王小华，许志农把书桌大埔发生的情况简要向她作了说明，并请她转告许支书和县里的领导。由于电话杂音严重干扰，王小华没听清楚许志农说了些什么，只听到许志农最后说了一句"我现在很好，不用挂意，请你自己保重。再见！"

山风刮起，暴雨来了。队部的窗门噼噼啪啪响个不停，从屋檐流下的雨水组成一副珠帘。待到风稍停雨稍歇，已是凌晨一点，此时事情尚未研究妥帖，可是时间已迟，许志农只好请大家乘着雨停之机离开大队部回去休息。

月黑风高贼作乱，天暗雨急狼出窝。当人们都已入睡之时，民勤木材加工厂的贮木场上忽然出现几个黑影在晃动，随着两下不易让人听见的木材碰击声响过，那黑影又消失在夜幕之中。

五十六

次日，天依然阴阴沉沉，雨照样淅淅沥沥。晌午时分，突然来了几个彪形大汉，他们在民勤木材加工厂周围兜了一圈，然后到贮木场煞有介事地翻翻堆积在那里的木头，并有人大声喊道："果然不出所料，我们丢失的木材就在这里。走，去找厂长算账！"

厂里，工人已经下班，只剩下阿兰姑娘一人在擦拭着那台她心爱的刨车带锯机。几个陌生人一起围了上来，领头的冲着许阿兰发问："你们的厂长在哪里？"

许阿兰放下手中的擦布，神态自若地回答："我就是，有什么事？"

"什么事你心里明白，还问我们？"领头的恶狠狠地瞪着许阿兰。

许阿兰感到莫名其妙："你们到底来做什么，不讲我怎么知道。"

"你不知道谁知道？"领头的把头一甩，"到贮木场看看！"

许阿兰随着陌生人来到贮木场。那个领头的提起脚来就往木材堆上一踢，上面几根杉木滚落在地，中间露出两根数米长、一二十公分尾径的柯木。

陌生人齐声吆喝道："看见了吧，这柯木是从哪里来的？"

许阿兰一时蒙住了："不清楚，待我问问保管员再告诉你们。"

"你别装蒜，这柯木明明是从我们跃进大队偷来的，还想赖！"领头的凶神恶煞地说，"老实告诉你，柯木是跃进村的风水林，一砍就会破地理、丧人命。沧桑人伤天害理，胆大包天，昨夜把我们的风水林毁掉一大片，该当何罪？"

许阿兰仍然自在地说："事情还未查清楚，请你不要诬陷人。"

"证据都在这里了，还说诬陷。"领头的手朝许阿兰一挥，"走，跟我们到公社派出所去！"

其他几个陌生人也冲上前，欲对许阿兰无礼。

"你们想干什么？"随着吼声传来，许洋洋出现在陌生人面前，"这里是沧桑的天地，竟敢如此放肆！"

陌生人一起围住许洋洋。领头的斜起三角眼，阴阳怪气地说："你不认识我，我可认识你许洋洋。哼哼，昨天你在我们指挥部大拍桌子多神气。我原以为你是英雄，现在才知道是个小人。对待书桌大埔的山地纠纷，要文要武随你便，何必去干那种见不得人的事，半夜偷砍跃进村的风水林。"

"沧桑人横是横，竖是竖，从来不干那种卑鄙事，不许你们血口喷人！"许洋洋坚决回击。

"不干那种卑鄙事，为什么跃进村的柯木会跑到这里来？"

"这是栽赃诬陷，是你们耍的阴谋诡计，想到这里来猪八戒偷瓜倒打一耙，办不到！"

"既然是栽赃诬陷，那我们就一起到公社派出所对质，谁不敢去谁就是狗养的！"

"走，现在就走！"许洋洋被那个领头的一激，起步出了贮木场。

"阿洋，你别走！"许洋洋转身一看，见是阿兰已把许志农请来，立刻止步。

许志农站到那几个陌生人面前，严肃地说："现在我们村里有事要洋洋办，他不能同你们一起去！"

那个领头的把香烟往嘴上一叼，挑战道："怎么，胆怯了，不敢去啦！"

"你别太自信，假的真不了，真的假不了，那两根柯木怎样跑到这儿来，是要查个水落石出的。现在还不到对质的时候，你们大可不必着急。"许志农泰然自若地说。

"你不着急我着急，要是沧桑不把作案者马上交出来，引起跃进大队群众的公愤而产生严重后果，你们就要负全部责任。"那个领头的公然发出恫吓。

许志农淡淡笑道："责任该由谁负，现在还很难讲。请诸位回去转告李永功大队长，冤家宜解不宜结，过去几次山地纠纷，教训已够沉痛的了。和睦相处，两村皆安；你争我斗，两败俱伤。希望他三思而行，不可轻举妄动。"

那个领头的见许志农义正词严，一时无懈可击，便耍了个缓兵之计："我也告诉你，是争是斗，是败是伤，就看交不交出作案者。限你们今天之内把人交出来，不然的话，到时别怪手下无情。"说着，向几个陌生人一挥手，"走！"

许志农见那些陌生人扬长出村，立刻陷入沉思。他想，跃进村的人开始制造借口，企图挑起事端，不认真对付不行了。于是，迅速赶到养鸡场，请他阿母快往县城跑一趟，好直接向李主任和王县长汇报这里所发生的情况，请求帮助采取紧急措施，防止两村发生冲突。

陈二妹放下手中活，二话没说，慨然接受志农的委托。跟着许志农到养鸡场的许洋洋，挺身而出，自告奋勇：“对手是只狼，长着黑心肠。二妹婶要上县城，得防途中发生意外，我来负责开拖拉机，同时保护二妹婶。”

许志农心想：若让许洋洋出车，途中遇到对手会克制不了，必然引起事端。因此，便把他留了下来，另派两名队里的干部与他阿母同行。

当陈二妹乘上拖拉机就要出村之时，只见阿兰姑娘跑了过来，她一步跳上车，说：“二妹婶，您是杨令婆挂帅，我虽然不是穆桂英，可也要随您出征！”

陈二妹劝许阿兰说：“这次出发，途中有危险，你是个女孩子家，我不放心，快下车去，留在村里帮你志农哥做事。”

许阿兰不肯下车，执意要跟着走；陈二妹再劝无效，只好答应。

拖拉机发出一阵怒吼声，排出滚滚浓烟，哒哒奔出村庄。

许志农返身到了大队部，继续同支委、队委一起分析情况、研究对策。正当热烈讨论的时候，一位陪着陈二妹上县城的干部冲了进来，慌忙告急：“事情不好，我们拖拉机开到老龙岭下，就被跃进大队的一群人挡住去路。那些家伙不容分说，强行把阿兰从拖拉机上拉了下来，连推带拽抢去了！”

在场的人一听，皆为震惊。

许志农急问：“我阿母呢？”

“二妹婶叫我回村通报消息。她还交代两句话：这事现在不要让来喜嫂知道；叫志农要稳住阵脚不能轻举妄动。”

许志农再问：“我阿母现在哪里？”

“她已经叫司机加快车速赶往县城。”

靠在志农身旁的许洋洋，一听阿兰被劫，开始呆若木鸡，继而好似一头中弹的雄狮吼叫起来：“狗养的李永功，你真是不想活了，看我许洋洋剥下你的皮！”吼声未落，人已冲出大门。

“给我回来！”许志农大声喝道。

许洋洋不肯止步。

许志农急冲上去拦住许洋洋：“我叫你给我回来！”

许洋洋夺路再往前跑。

许志农紧追上去，一把扭住许洋洋的手臂；许洋洋奋力挣扎，又想摆脱。斯文的许志农这下可发怒了，他挥起手来狠狠甩了许洋洋两记耳光。

许洋洋猛然清醒过来，他望着许志农那痛楚的表情，垂下头说：“志农哥，你莫生气，我听你的。”说着，眼泪随同话音夺眶而出。

“男儿有泪不轻弹，只是未到伤心处”。许志农一见站在面前的硬汉落泪，心又软了。他很后悔不该一气之下给阿洋甩耳光，自是心疼地挽过许洋洋：“好兄弟，原谅我！”

五十七

情况急剧变化，危机向人进逼。汇集于大队部的支委、队委都在等待许志农拿主意。

许志农走到大家面前，舒了舒郁在胸间的闷气，先把情绪稳定下来，然后郑重其事地说：“现在事情已经发展到非常严重的程度，两队冲突一触即发。我们不能继续坐在这里开会，要立刻把村民召集起来，宣布统一纪律，实行统一指挥，采取统一行动。只要跃进大队的人不越过书桌大埔冲进笔架山，我们就别把队伍拉出去。这就是说，要坚持防守自卫，不主动进攻对方，以免扩大事态，误伤农民兄弟。相信县里会很快采取措施，派人前来解决两村争端，设法解救阿兰。”

许志农还没把话说完，但听室外人声喧哗，乱成一片。原来是，洪彤彤和周宏发借许阿兰被劫为事端，大呼小叫煽动群众。一时，人心躁动不安，群众怒气油然。洪彤彤趁机鼓动村民拿起武器，听从周大队长的指挥，去与跃进大队的来犯者决一死战。

许志农中止他的说话，把头探出窗外，只见数百村民手握扁担、棍棒，肩扛锄头、猎枪，在周宏发和洪彤彤的领头下，队不成形地走出村庄，朝着笔架山进发。现在，许志农已完全陷入“外有强敌，内有对手”的困境，工作只能上笔架山去做了。他指定部分干部留在村里负责组织群众保卫村子，自己则带着支委、队委火速奔赴笔架山。

面向书桌大埔的笔架山坡，层峦叠嶂，怪石嶙峋。首先到达山上的周宏发和洪彤彤，俨然就是前线指挥官，开始调兵遣将，设障布防。

这时，书桌大埔的开阔地带已不见跃进大队开山造田的人群，工地上的高音喇叭也噤若寒蝉，唯有工程指挥部的塑料大棚在山风的吹刮下摇摇晃动。

透过书桌大埔，只见对面的墨砚岭飘着数面红色大旗，人群似蚁地在岭上不断蠕动。

笔架山和墨砚岭，已经拉开两军对垒的阵势。

山风越刮越烈，乌云越压越低，两山的人马也越集越众。挂在书桌大埔树上的高音喇叭突然响了起来，《我们走在大路上》和《大刀进行曲》轮番唱个不停。看来，一场“双方交兵，血染山岭”的宗派械斗已经不可避免。

许志农和支委、队委们一上笔架山，就找周宏发做起劝阻工作，叫他不能自行其是拉出沧桑的队伍与跃进的人马交锋，要和队里的干部一起正确分析、对待眼前的事态，教育群众继续加以克制，尽量避免发生流血事件。周宏发和洪彤彤这时都以英雄好汉和沧桑利益最忠实捍卫者面目出现，根本听不进许志农等人的劝解。出于无奈，许志农只好召开支委、队委战地紧急会议，采取举手表决的形式推选临时指挥部的组成人员，负责领导聚集在笔架山上的近千名群众。表决结果，许志农当选为总指挥，许洋洋被推荐为副总指挥，还有几位支委、队委当选为指挥部的成员。周宏发和洪彤彤落选。

“大敌”当前，须讲团结。许志农在接受担任总指挥的同时，提议由周宏发代替许洋洋担任副总指挥。支委、队委们理解许志农的用意，都表示赞成；许洋洋对他志农哥所出的主意，向来说一不二，唯命是从，所以也就慨然相让。

临时指挥部一成立，立刻开展工作。他们把山上的人员全部召集起来，听取许志农的动员、部署。

许志农站到一块大石上，宣布了“只能防守自卫，不能主动出击”的纪律，安排了队伍的布防，把支委、队委和指挥部成员放在第一道防线，所有村民都摆在第二道防线随时听从指挥。这样安排的目的，是尽量延缓两村正面冲突的时间，因为许志农相信他阿母一定会找到县委和县政府领导，县委和县政府也一定会很快派人来调停两村的严重纠纷。

按照许志农的部署，大家各就各位，开始选择地形地物，做好迎战准备。

许洋洋寸步不离地跟在许志农身旁，他准备随时以自己的危险来换取他志农哥的安全，因为他感到沧桑现在缺少许洋洋无关大局，而没有许志农即会出现群龙无首的混乱局面。“只要情义深，无声胜有声”。许志农对许洋洋的一片真诚是心领神会的，可是他并没有用任何语言来表现。

许志农站到笔架山的前沿地带，耳听对方播送的《大刀进行曲》，眼望墨砚岭上的猎猎红旗和滚滚人潮，越来越意识到问题的严重性，越来越感到心里不安。他在一分一秒地计算着从县城到沧桑的行车时间，盼望他阿母能带着县委或县政府的某一位领导人及早出现在笔架山上。

时间在无情地消逝，墨砚岭和笔架山两军对峙已经剑拔弩张。与此相反，在那琼山县委会议室里，王云岗和姚新二人则是镇静自若。他们都在“耐心听取”陈二妹等人的情况汇报，“仔细询问”事态的发展经过，“认真分析”纠纷的产生原因，“具体研究”眼下的应急措施。

姚新副书记对跃进大队公然侵占书桌大埔、强行绑架阿兰姑娘，不仅义愤填膺，而且强烈谴责。他由浅入深、由近及远，再由深入浅、由远及近，详细分析跃进大队干部宗派思想的严重危害性，论证跃进大队挑起宗派械斗的可能性；耐心细致地做起陈二妹和沧桑村干部的思想工作，缜密周到地交代沧桑村要教育群众正确对待这一严重事件。同时，建议县委、县政府领导成员当晚再作一次慎重研究，以便采取相应对策，防止扩大事态。

在场的李明起先不便打断姚新的高谈阔论，后来渐觉时间被他占用太多，只好中间插话发表意见：“现在时间就是生命，不能再有任何拖延，我们必须采取果断行动，马上派人前去做好工作。”

姚新至诚至善地说：“万事尽从忙里错，把事情考虑得周到一点没有坏处。既然李主任急着要县委采取行动，那么现在是不是就来研究一下派谁去比较合适。”

处于烦恼之中的王云岗，带气地说：“不必再研究了，由我亲自出马！”

姚新眼珠子一转，立即作出反应：“不行，您身体不太舒服，县里又正在开会，还是让我去吧！”

心急如焚的陈二妹、许春山和沧桑村的其他来人，都已按捺不住了。陈二妹冲着姚新说：“既然姚副书记你要出马，那就把话留着路上说，快和我们一起走吧！”

姚新带笑向陈二妹点了点头，说：“现在我比你还要着急呢！不过，我们县里还有许多工作要做，杨书记又不在家，我总得和王县长商量安排一下才行。”此时，老谋深算的姚新，正朝着与许志农相反的方向，也在一分一秒地计算着时间，估计两村什么时候才能大打起来。慈善面孔隐藏险恶灵魂、华丽外衣包裹恶狼心肠，姚新在众人面前表演得全无破绽，甚至还能博得王云岗的青睐。

李明再也坐不住了，他从椅子上霍地站了起来，说："时间不饶人，二妹婶、春山叔，我和你们一起走，马上行动！"

就在李明等人欲动身之时，王小华急急从外面跑了进来，大声责问："我把车子带到门口，已经干等了半个多钟头。你们这样议而不决拖延时间，是会贻误大事的，还不赶紧启程！"

姚新见大家已要出发，马上换出一副焦急的脸孔："你们行动要迅速，工作要做细，措施要坚决。有什么处理不了的事，马上打电话到县里，县委、县政府坚决支持你们！"

王云岗见王小华肩上背着挎包，知她要与陈二妹、许春山同行，便亮嗓喝道："小华，县里有事要你去做，他们去了就行，你留下来！"

王小华回敬了她爸爸一眼，说："我是沧桑人的女儿，沧桑是我的安身立命之地，这个时候您不能再阻挡我了！"

王云岗摆出父亲的尊严："我不让你去，你就不能去！"

王小华坚决反抗："此时我若不到沧桑，您、我都将成为沧桑乡亲的罪人。请爸爸原谅，现在我不能服从您的命令！"说着，毅然随同李明等人出发。

李明、王小华、陈二妹、许春山一起坐上停在县委会门口的马自达小轿车，奔出西门外；陪伴陈二妹来县里的沧桑干部，也坐上拖拉机，尾随出了县城。

五十八

正当李明等人乘坐的轿车风疾电掣地奔跑在山间公路上，相距几十公里远的笔架山已处在极端危急中。对面的墨砚岭，高音喇叭停止播送《大刀进行曲》，传出李永功慷慨激昂的声音："请笔架山的人注意，请笔架山的人注意，现在我代表跃进大队的群众发出最后通牒：你们为了书桌大埔的山地纠纷而采取卑劣手段，毁掉我们跃进村的风水林，想让我们村民家破人亡、断子绝孙。是可忍，孰不可忍？限定你们十分钟之内把罪魁祸首交出来，否则我们就要采取坚决行动了。到时产生的一切严重后果，由你们负完全责任。以上通牒，勒令你们立即作出反应！”这个通牒反复播送三遍，恐怖气氛笼罩着墨砚岭、笔架山，也笼罩着整个书桌大埔。

许志农站在前沿阵地上，举起手提蓄电喇叭，向对方喊话：“跃进大队的乡亲们，跃进大队的乡亲们，我代表沧桑村的干部、群众向你们致意，并向你们说几句话。破坏跃进村风水林不是沧桑人所为，是坏人蓄意制造事端。他们居心险恶，妄图借此挑起我们两村宗派械斗，以达到不可告人的罪恶目的。我们诚挚希望大家擦亮眼睛，明辨是非，不要上当，千万不可把拳头、武器对准自己的农民兄弟，以免造成双方损失。”

墨砚岭上和书桌大埔的高音喇叭，以强劲的《大刀进行曲》压住了许志农的喊话，使其不能产生任何作用。

十分钟过去了，插在墨砚岭上的红旗挥动起来了，紧跟在红旗后面的人群黑压压地冲下山了。

霎时，天空乌云翻滚，地上干戈林立……

笔架山的空气骤然浓缩起来。几百自卫大军迅速进入临时筑起的工事，个个摩拳擦掌，人人准备迎战。

置身第一道防线的许志农、许洋洋、周宏发和支委、队委，凭借比比岩石，摆开一字阵势，备下扁担棍棒，堆积泥丸石块，屏住呼吸，严阵以待。

数百手持长矛飞叉、鸟枪猎刀的跃进大队先头队伍，在红旗的先导下，哗哗进入书桌大埔开阔地带，呼呼向笔架山猛压过来。

许志农再一次举起手提蓄电喇叭喊话：“农民兄弟们，农民兄弟们，我们都是中国共产党领导下的公民，我们没有根本利害冲突，我们都要共同走社会主义道路，我们都想过上美好的生活，我们不应该兵戎相见，更不必要作出无谓的流血牺牲。我再一次向你们呼吁，赶快停止进攻，双方坐下协商，不要扩大事态，避免造成损失。”

已经逼近笔架山下的跃进人马，并未因许志农的呼吁而却步，仍然沿着山脚迂回，并向沧桑的要塞进攻。

许志农眼见已无和平希望，只好下令固守前沿阵地的人马开始阻击。一时，泥丸石块如同暴雨，朝着来犯之敌倾泻而下。

跃进人马处于不利地形，被居高临下的沧桑村人打得东躲西闪，无法继续前进，只好退回书桌大埔重新集结。这时，跃进大队的后援人马已经赶到，参战农民汇成人的海洋，在《大刀进行曲》的伴奏下，有如狂飙巨澜向笔架山再次席卷而来。

许志农意识到一场血战即将开始，他再一次告诫周宏发、许洋洋和支委、队委：不到万不得已，不能动起真刀真枪，避免造成人员伤亡。

一阵阵泥丸石块继续从笔架山上落了下来，跃进人马进进退退，出现拉锯局面。此时此刻，许志农视线屡屡投向连接笔架山的那条公路，他多么盼望阿母能带来县委领导，站到两军对垒的中间地带喝退来犯之敌！可是，时间一分钟一分钟地过去，仍然不见来人。

事态继续恶化，战斗更加激烈。李永功已通过高音喇叭发出总进攻的命令，跃进的人马随之排山倒海而来，把笔架山围困得水泄不通。就在这万分危急时刻，突然笔架山上打出一面白旗，许志农、许洋洋和周宏发定眼一看，正是洪彤彤举旗站在巨石之上，放开喉咙高喊“现在大势已去，必须争取生存”，呼叫沧桑人马缴械投降。许洋洋一时血往上涌，举步欲冲上去却被许志农强拉回来。但听一声枪响，只见白旗裹着洪彤彤的尸体从巨石上滚落在地。哪知此发子弹，正是从跃进村人手中的猎枪发射的。

随着山上白旗落下，山下的红旗已跃上笔架山腰。双方鸟枪猎枪开始交火，笔架山上杀声连天，战斗进入了白热化。

“啊，县委李主任来了！”许洋洋一声惊叫，高兴得跳将起来。就在这刹那间，许志农一眼发现对方几支猎枪同时对准许洋洋，急忙一个箭步猛扑过去，把许洋洋按倒在地。

一股暖流传来，许洋洋顿时感到身热，他迅即翻转过身，伸手一摸，满身是血，定眼一看，许志农已倒在血泊之中。他慌忙俯下身去，把许志农抱到怀里，连声呼唤着“志农哥，志农哥……”

许志农睁开眼睛，伸出他那只长满老茧的大手，抚摸着许洋洋挂满泪水的脸孔，开口艰难而吐音清晰地说：“阿洋兄弟，注意保护来人和我阿母的安全！”说着，眼睛一闭，手也慢慢从许洋洋的脸上滑落下来。

许洋洋继续撕心呼唤着“志农哥！”

许志农再次睁开眼来，直望那乌云飘动的天空，眷恋着稻浪翻滚的田野，胸脯在剧烈跳动，泪水朝眼角直流。一阵急促的呼吸推出了几声喃喃的嘱托：“阿洋兄弟，请代我向阿爹阿母请安，向杨书记致敬，向我妹妹……向我妹妹……向我妹妹王小华问好！”

“啊！”许洋洋狂了。他把许志农的身体平放于芳草地上，随手操起一把长矛，发出震山欲裂的吼声：“弟兄们，为我志农哥报仇，冲呀！”

笔架山上的人群如山洪暴发，汹涌澎湃地冲下山来；跃进大队的人马见势不妙，争先恐后退回书桌大埔；怒不可遏的许洋洋一路呼啸，带领大队人马向前冲锋。

已经赶到笔架山旁的李明，眼见双方即将短兵相接展开一场大规模的厮杀，感到情况严重。此时喊话已无济于事，他只好拔出别在腰间的手枪，对空鸣击发出警告。

枪声同样不起作用，许洋洋继续向前猛冲。

陈二妹拨开李明，跌跌撞撞抄小路直接跑进书桌大埔，边追边喊许洋洋。许洋洋依然不听劝阻，带领队伍直逼墨砚岭下。

陈二妹眼见无法劝退沧桑人马，便双膝跪下地来，凄然呼叫：“阿洋，阿洋，二妹婶跪着求你了！”

许洋洋回首一看，肝胆欲裂，迅即返身，犹如一股旋风卷到陈二妹身旁。但听“扑通”一声，许洋洋跪地把陈二妹扶将起来，随之展开双臂紧紧抱住陈二妹：“阿母，我的好阿母！”一时“母子”泪如泉下，泪水滴在衣裳上，也洒进了书桌大埔的土地里。

就在许洋洋和陈二妹相互抱头痛哭之时，李明、许春山、王小华也相继赶到。

王小华不见许志农，急切问道：“我志农哥在哪里？”

许洋洋饮泣不语。

王小华再次追问：“阿洋你快说，我志农哥在哪里？”

许洋洋紧紧咬住牙关，全身激烈颤抖，泪水夺眶涌出，血也从嘴角流了下来。

王小华心里明白了。她全身战栗，扑闪双眼，毫无目标地挤进人群，她在寻找着她的志农哥，她顿时感到面前有无数许志农，然而走近一看，又全不是。

李明和许春山发现王小华行动失常，赶忙一人一手把她从人群中搀回陈二妹身旁。

陈二妹此时已进入麻木状态，只是机械地搂着王小华，没有慰言，没有絮语，只是唯恐让她跑掉。

这时，跃进大队的人马已全部退到墨砚岭上。李永功从两军交锋中发现：沧桑的队伍浩壮且斗志旺盛，并不好惹，故不敢再次挥师出阵；沧桑的壮士服从李明和陈二妹的命令，也撤回笔架大山。双方人马消遁，书桌大埔一时成了无人地带，只剩李明、许春山、陈二妹、王小华和许洋洋。

五十九

集结着的乌云依然在天空中飘动，吹倦了的山风已经静止。许洋洋步子沉重地带着李明等人离开书桌大埔，来到笔架山下。他不让陈二妹和王小华继续上山，派人强制把她们从通途上护送回村。等到陈二妹、王小华一步三回首地渐渐远去，许洋洋才展开双臂急急排开密密的人群，把李明和许春山带到他志农哥的身旁。

许志农平躺在草地上，青春热血沁入沃泥中，已经没有任何痛苦、任何悲伤、任何牵挂，一切是这样平静、这样安详。

李明默默垂泪："志农同志，我们来迟一步了！"

许春山悲痛欲绝："沧桑的卧龙，你不该宏图未展就这样升天！"

许洋洋俯身抱起许志农，一步、两步、三步……步步沉重地走下笔架山，立定在书桌大埔："志农哥，你睁开眼睛，再看一看我们的笔架山，看一看我们的书桌大埔，看一看我们的沧桑大地！"

夜幕渐渐笼罩四方，山风阵阵吹过原野，雨点滴滴湿入衣裳。许洋洋抱着许志农欲离开书桌大埔，突然听到有人号啕大哭："志农兄弟，我有罪，我对不起你呀！"这哭声是由周宏发发出的，他站在离送行人群不远的地方，低头垂手地忏悔自己。

许春山走了过去，拉起周宏发的双手："宏发兄弟，希望你在血的教训面前擦亮眼睛，挺起胸膛，带领乡亲们好好守卫这座笔架大山！"

周宏发面带愧色而语气坚定地说："我周宏发还想在沧桑做人，请春山你尽管放心！"

就在一部分人留守笔架山、一部分人护送许志农离开书桌大埔之时，沧桑村里老榕树下已搭起迎候许志农的灵棚。周进财和周大憨站在灵棚两旁相对落泪；阿勤婆由两位姑娘搀扶还是站立不稳；桂花婶和来喜嫂头上均插起白花；男女老少层层肃立饮泣无言。

在大队人马的护送下，许洋洋抱着许志农一步一步由远及近，入村了。

顿时，老榕树下人头攒动，悲恸之声感天动地。

许洋洋小心翼翼地把许志农放在灵床上；桂花婶和来喜嫂一起给许志农敬上三炷香。

“志农儿呀！”

“志农哥啊！”

陈二妹穿着一身素服从地上爬过来了；王小华成了个泪人儿，迷迷糊糊跌入灵棚里了。母女二人一齐伏到许志农遗体上，不再哭泣，不知悲伤，她们都昏过去了。

待到王小华苏醒过来，她已经平静得让人感到面前好似没有发生什么事情。她重重地亲了一下许志农的脸庞，轻轻地抚摸着许志农鲜红的胸脯，解下了她志农哥沾满青春热血的上衣。这时，一封书信突然从那件衣服的口袋里滑落在地。王小华捡起信来一看，正是她托杨柳青书记交给许志农的那封情书。

人去书留成永诀，梦断魂系更伤情。王小华打开信来一看，鲜血浸透信笺，字迹业已模糊。“啊，志农哥，我亲你、敬你、爱你，你就这样不理解我吗？就这样不领情吗？？就是这样来回答我吗？？？”风雨折花春已去，不堪回首旧时情。她仰天长叫一声，顿时觉得天旋地转，站立不稳，一头栽到了陈二妹的怀抱里。

夜幕已罩住了村后的笔架大山，也罩住了整个沧桑村。人们凭借灯光守在许志农的停灵棚旁，依然久久不肯离去。

按照当地的风俗习惯，许志农在沧桑村里停灵三天。三天日子，三天悲伤。出殡之时，村党支部和队委会联合为他举行追悼会。许春山在宣读悼词时，用十分概括、深沉、动情的语言，颂扬了这位年仅二十三岁的青年农民；上千村民胸戴白花，脸挂泪水，默默地寄予哀思。

万物也似懂得人情。当许志农的灵柩送出村时，文化技术夜校一片肃穆，教室、课桌、黑板均陷入无言的痛楚；“三姐妹养鸡场”唱起挽歌，公鸡齐声悲鸣，母鸡低声啜泣，小鸡啾啾啼哭；老龙岭甘蔗园青纱盖地，给主人献上一个特大的花圈；沧桑洋水稻田翻起波浪，为“农哥”远去频频招手送行；沧桑溪长流水奏响哀乐，向“卧龙”升天表达惜别之情……

村人、万物是如此缅怀一位年轻共产党员为了农村改革、为了沧桑兴旺、为了防止宗派械斗而立下的功绩，唯独许有土老汉与众不同，让人感到迷惑不解。他到灵棚看了一眼儿子的遗体之后，便转身一路仰天大笑回到家里，且连续三天闭门不出。

陈二妹向村里人解释说，有土老汉脚伤未愈，行动不便无法出门；有土老汉向自己解释说，劫数难逃，“卧龙”升天，灵魂犹在。他拿起那袋烟丝，叫声“阿农！”抱起床铺的枕头，叫声“阿农！”捧起饭筷，叫声“阿农！”摸着贴在脚上的那帖药膏，又叫了一声“阿农！”志农停灵老榕树下三天，他都没和家人、外人搭上一句话；志农出殡的第二天，他突然话语多了起来，天南地北，上帝阎王，无所不懂，无所不谈。

夜，黑沉沉；风，寒萧萧。有土老汉瞒着陈二妹和王小华，偷偷摸出门去。他一跌一撞拐着走路，艰难地爬上笔架山，呼唤着“阿农！”越过深水坑，呼唤着“阿农！”来到老龙岭，照样呼唤着“阿农！”茫茫原野，毫无反应；峭峭山谷，传来回声。有土老汉遍地寻踪，终不见许志农的身影。

等到鸡啼头遍，陈二妹和小华还是不见有土老汉回家，母女二人心里着了慌，相随来敲春山家门。许洋洋一听有土伯离家未回，说了声“我去找他！”立即披上衣服，冲出门去。

从笔架山到深水坑，一路响彻许洋洋那“有土伯！”“爹！”的呼叫声，却听不到任何回音。

在老龙岭上的蔗园旁，许洋洋发现他志农哥的安息处伏着一个人，赶忙俯身把这人扶了起来，同时叫上一声“爹！”

夜幕尚未拉开，二人朦胧相见。有土老汉大梦初醒，神志不清，他颤抖着双手，从许洋洋的脸上抚摸到胸膛，乐滋滋地说：“阿农，你就在这儿，爹可找到你了。这里山风大，睡着凉，你阿母和阿华正等着你呢，跟爹回家吧！”

许洋洋听到有土老汉的话语，心撕胆裂般地疼痛。他哽咽着说：“爹，我听您的话，现在我们一起回家吧！”

有土老汉听出对方回答的不是许志农的声音，便推开许洋洋，又朝着老龙岭的山坡上蹒跚而去，口中继续叨念着：“阿农，跟爹回家吧……”

这一夜，王小华搀着陈二妹村前村后查了个遍；得知有土老汉夜出不归的村里人，也都彻夜不眠帮着找寻。

许洋洋随着有土老汉漫山夜游到天明，待他清晨把有土老汉护送回村时，沧桑乡亲人人喜出望外，一起迎上前去表示庆幸。有土老汉见到众人，直着眼睛，大笑起来："哈哈，大家都来迎接我了，哈哈，你们真傻，怕我丢掉；哈哈，我是到志农那里做客呢；哈哈……"

有土老汉疯了，又一场灾难降临到陈二妹的头上了。"天啊，我陈二妹前世到底做了多少坏事，今天才得到这样的报应？！"陈二妹一时感到眼前是那么茫然，一切仿佛都不可思议，一切是这样无法理解。

六十

就在陈二妹一家蒙受巨大灾难之时，姚新副书记家中则是别有一番情景。华丽的会客室里充满喜气，薛腾飞和姚向鸿备下丰盛的酒菜，正在你一杯我一盅地相互庆贺。

醉眼惺忪的薛腾飞洋洋自得："真没想到就那么挑动一下，两村便火拼起来，而且一箭双雕：用跃进人的枪，干掉杨柳青的得力干将许志农；假沧桑人的手，来了个杀人灭口剪除洪彤彤。老兄，薛某够本事的吧？该不是你爸爸心目中的那个只会喝酒不会办事的笨蛋吧？"

"你又在讲酒话了。"姚向鸿扮出一副心悦诚服的脸孔，"我爸爸一向十分器重你，一向把你当成一个敢作敢为、大有作为的热血青年。要不，怎么会连我的妹妹也许给你呢？他只是希望你走正道别走邪道罢了。"

薛腾飞听得开心，哈哈笑道："你说的只有一半是真话，还有一半是假话。好啦好啦，不管是真是假，废话无用，我还要再到跃进大队审讯从沧桑抓来的一个人呢！"他把剩下的半杯酒一口喝完，顺手把酒杯往桌上一丢，便踉踉跄跄地步出门去。

薛腾飞前脚出门，姚新后脚即到。他斜了那狼藉的饭桌一眼，鄙视地说："干出一点屁大的事，就洋洋得意庆起功来，小人气概还能有啥大的作为！"

姚向鸿替薛腾飞辩解道："话也不好那样讲。这次挑起两村宗派械斗，他确实干得挺漂亮，也算立了一个大功呢！"

姚新不以为然："那可谓表面轰轰烈烈，其实只伤皮毛。我的主要目标和根本目的，并非要演一场威武雄壮的闹剧。”

姚向鸿有意在他老子面前表现自己的洞察力：“我明白您的良苦用心。您施了那个调虎离山计，借召开全县支部书记会议为名，把许春山和李永成都捆在县里，想让跃进和沧桑群龙无首，混战一场，借跃进人之手把三姐妹养鸡场、民勤木材加工厂、老龙岭甘蔗园，还有那个什么文化技术夜校，统统夷为平地，叫杨柳青苦心经营出来的‘联产承包’成果化为乌有，这便是您的目标和目的。可是，您这样想，别人并不让您那样干，又有什么办法呢？”

“办法是人想出来的！”姚新抬起眼睛盯着姚向鸿，“现在需要明白告诉你，我的目标和目的不是别的，正是最终导致杨柳青彻底倒台，滚出琼山。其他的其他，一切的一切，都是手段而已，你不能再糊涂下去了！”

姚向鸿摇摇头说：“我们的手段该用的都用上了，还能有什么新招？”

姚新没作正面回答，而是把话题一转：“新招不新招，往后再讲。当务之急是要立刻叫薛腾飞放走从沧桑抓来的那个女子！”

姚向鸿不解地问：“放不放那个女人，同您的目标和目的有什么关系，何必着急？”

“这你不用问。”姚新处心积虑地说，“只要你懂得‘逼虎伤人’和‘色胆包天’的含义，便可明白。”

姚向鸿眨了眨狡黠的眼睛，心领神会地说：“我佩服您有一口袋锦囊妙计。可是，那样做未免太冒险、太缺德也太残忍了吧！”

姚新露出狰狞的笑脸：“政治斗争，官场角逐，本来就是残酷的，你不彻底搞倒他，他就彻底搞倒你。不冒险，不缺德，能站得住脚、能生存下去、能占有一席之地吗？”

姚向鸿此时倒有点胆怯起来：“话虽这样说，可我们也还得留下一条后路才行。积恶越多，下场越惨，不能不加以考虑。”

实际上，老谋深算的姚新早已开始“从最坏处着想，从最好处努力”。前前后后反反复复考虑过几遍，他要来个“承前启后”，让宗派械斗继续再斗下去，这次主动进攻不应该是跃进大队而是沧桑；要来个“借刀杀人”，让薛腾飞走上犯罪道路，促使薛厅长出面为他儿子护短而卷入同杨柳青的对立；要来个“嫁祸于人”，把琼山县发生一切坏事的责任全部归到“主帅”杨柳青身上。这就是姚新所设计的下一步行动计划，而这个计划的配套措施，只能他本人知道，不能告诉第二个人，就连对自己的儿子姚向鸿也要绝对保密。正是出自以上考虑，姚新选定了一个新的突破口。他再次催促姚向鸿："现在的事情你不必多问，最要紧的是，逼迫薛腾飞放走那个沧桑村的女人。要逼得紧，还要逼得巧，一定要在杨柳青回来之前完成'逼虎伤人'的计划。听懂了没有？"

"听懂了！"姚向鸿和他父亲本来就是一丘之貉，对薛腾飞的品行也了如指掌，所以对"逼虎伤人"这个词句的理解并不困难。

"听懂了就好！"姚新下意识地用手理一理他那头秀发，留下一声"我得马上到县委会同王云岗研究事情，你也走吧！"说着，夹起公文包出门。

姚向鸿没有立刻起身，他进入宿舍，躺到床上，双手枕着脑袋，考虑起如何创造性地去执行他父亲"逼虎伤人"的部署。经过一番思索，感到已有几分把握，拳头往床上一擂，挺起身来，奔出门去，搭上便车，朝跃进大队出发。

当姚向鸿来到跃进大队部时，只见这里闹哄哄乱成一团。李永成正在大声指责李永功不该指挥失控，造成两村宗派械斗导致发生人命案；李永功则不服气地进行反驳，说是李永成布置组织人马开发书桌大埔，才导致产生这种恶果。两人你争我辩，互相推卸责任。在旁的大队干部，有人缄口不语，有人各袒一方。他们一见姚向鸿到来，都把视线转移过去，共请姚向鸿给作评判。

姚向鸿觉得这是个可以利用的机会，摆出一副正人君子的模样，坐定耐心听取大家的争吵，并从他父亲那里借来那套"鬼人说鬼话"的伎俩，发表了自己高深的见解。说到末了，作出高度概括："路线斗争，你死我活，出点问题，在所难免。希望大家共同掌握大方向，坚决克服各种障碍，大胆排除一切干扰，继续沿着正确的道路胜利前进！"这篇外表冠冕堂皇、内在隐含杀机的讲话，博得了在场者的热烈掌声。人们不禁叹服："真是有其父必有其子！"

姚向鸿在洋洋得意地接受人们的喝彩之后，才想起此行的主要任务还未去完成。经过打听，得知薛腾飞此时正在李永功家里审讯许阿兰。

六十一

自从那天老龙岭下发生不测，阿兰姑娘被劫持到跃进大队以后，她就被禁于李永功家中临时腾出的一间厢房里。薛腾飞自告奋勇，负责审理沧桑民勤木材加工厂盗砍跃进风水林一案。起初，他以追查“幕后策划者”和“前台作案者”为名，成天找许阿兰个别谈话；继而，便软硬兼施规劝许阿兰别跟许洋洋在农村受苦，要到县里找工作当“城市小姐”；后来，干脆撕下了假面具，叫许阿兰嫁给他薛腾飞。阿兰姑娘义正词严，坚贞不屈；薛腾飞一筹莫展，雷池难越。

现时，薛腾飞又独自在房间里纠缠许阿兰。他一副斯文，虔诚地表白着自己：“喷泉的水堵不死，爱情的火扑不灭。自从我到沧桑遇上你，便一见钟情，自我发誓，非你莫属，非你不娶。请你理解我，我薛腾飞虽然是个大厅长的儿子，却不是那种眼长额头脸朝天的贵公子。我一向对农村怀有特殊感情，对农民抱着深切同情。我感到农村姑娘最可爱、最可亲、最可敬，特别像你这种既勤劳又勇敢、既朴素又大方、既平凡又高尚、既聪明又漂亮的穷家姑娘，更是既关切又同情、既崇拜又尊敬、既爱慕又倾心、既真挚又忠诚……”

许阿兰端庄而镇静地坐在那里，不屑正视薛腾飞，只是直眨巴着那对睫毛长长的眼睛，在考虑着如何对付身边的这条恶狼。

薛腾飞挖空心思，生编硬造出那一大堆“既”和“又”，对许阿兰发起最后的攻心战。他满以为这些动人的词句已在阿兰姑娘身上发生作用，则趋步挨近许阿兰身旁，把脸贴了过去：“这下可想得开了吧，理解我了吧。现在只要你答应一声，我们便是一对好伴侣，你便可以获得自由，可以回沧桑见你的母亲。要是你愿意，还可以和我一起到省城拜见我的厅长爸爸，坐上他的那部丰田牌小轿车四处兜风。到时，我带你上大街，进商场，逛公园，享受荣华富贵，再也不用守在那个穷山沟里活受罪了。”

许阿兰挪开身子，反问道：“薛公子，你不是对农村怀有特殊感情吗，怎么又说在山沟里是活受罪呢？我要明白告诉你，你爸爸的小轿车我不想坐，你的那个荣华富贵我也不想享，请你尽早死了这条心！”

“嘿嘿，不到长城心不死！”薛腾飞猥笑着又挨过去，“我知道，你早已把心交给那头土牛子许洋洋了。这也难怪，山里人见识短，不知道世界有多大，世界多奇妙，只是把目光放在山窝窝里兜圈圈。我再一次诚心奉劝你，不可把好花插在牛粪上，误了美好的青春。”

许阿兰冷冰冰地回答：“我要把花插在哪里，用不着你来替我操心。请你自重一些，走开一点！”

薛腾飞不仅没有后退，而且逼得更近：“别不好意思，世界上的一切纯洁都是一层虚假的面纱、骗人的东西。现在我可以给你透露个秘密，这也许对你解放思想会有帮助。你所尊敬的那位杨柳青书记和你所亲近的那个王小华姐姐，表面上规规矩矩，一本正经；暗地里勾勾搭搭，进行私通。他们的证据已经被人家抓在手里了。我薛腾飞虽然也知道这件事，但总感到不必太认真，感情这东西，应该让它自由嘛！你可能连听都没有听过，当今世界上出现一种新潮流，都在搞性解放了。性解放不是别的，就是这样……”薛腾飞说着，展开双臂，如同老鹰欲抓小鸡扑了过去。

“啪啪！”两记耳光落在薛腾飞淫秽的脸上，许阿兰斜身相对，怒目相视，咬牙切齿地说道：“你这个流氓，满口胡言乱语，满腹丑恶肮脏。若再疯狗咬人，我就与你拼个死活！”

薛腾飞后退两步，定了定神，又开始进攻。他解开上衣纽扣，瞪大血眼，不再作声，一步两步，逼了过去。此时，门外传来两声干咳，薛腾飞慌忙扣上纽扣，跑出房外，随手反锁起厢房房门，然后穿过会客室，再把正门打开。姚向鸿站在门外，矜持地睨视着薛腾飞：“老弟，房里可能关着人吧，这样私设公堂可是犯法的，我看还是快把‘公堂’撤了为好！”

“把‘公堂’撤了，说得倒轻松！”薛腾飞好梦刚被打断，恶气正在发作，受到来人警告，更是又气又恼，“大丈夫敢作敢为，有事我薛腾飞自己负责，你别来这里假正经、吓唬我！”

姚向鸿收紧脸孔，正色道：“不是在吓唬你，而是来忠告你。根据可靠消息，杨柳青马上要回琼山，再不把许阿兰放出去，到时你就吃不消了！”

薛腾飞一时惶惑起来。他迟疑片刻，然后恶声回答：“这事你别多管，薛某自有主张！”

姚向鸿佯装生怒：“那好，今天我是专程来为你通风报信的，你若不听劝解，把人再给扣住，明天便会错过时机，后果将是不堪设想。我不能在此久留，望你当机立断！”

“那你就走吧！”薛腾飞巴不得“干扰者”马上离开。他未等姚向鸿走远，便迫不及待地返身入室，并把房门紧紧闩上。

许阿兰乘薛腾飞出门，抓紧裹束身装、备下利器，准备与色狼作最后的拼搏。

薛腾飞复又进房，但见一尊“观音”亭亭玉立站在那里纹丝不动，只有一对水灵灵的眼睛喷射着怒火，神态更加动人。自从初秋时节，薛腾飞于沧桑村会场门口同阿兰姑娘目光相遇之后，他便无时无刻不在往这位美人身上打主意；尤其是那次老龙岭甘蔗园旁受到了许洋洋的惩罚，他更是把性欲和仇恨加在一起，伺机进行泄欲和泄恨。数月梦寐以求，费尽心机，好不容易才把猎取的对象掌握在手心之中，岂能让她冲出樊笼。根据姚向鸿提供的情报，杨柳青很快就要回县，今天若不马上下手，明天便会错过时机，美梦就将成为泡影，此欲此恨何时可泄。薛腾飞想到这里，顿时欲火怒火攻心，犹如一头发狂的野兽向那尊洁白无瑕的“观音”扑了过来。

许阿兰急忙后退两步，从腰间拔出一把雪亮的剪刀：“姓薛的，你再走前一步，剪刀便不认人，别来找死！”

薛腾飞假装已被吓住，亮出了一副可怜相：“好啦好啦，不用这样剑拔弩张，两性交往必须两相情愿，我们还是坐下来谈谈为好。”

“没有任何谈的余地，你若再不滚出这个房间，我就要喊救命了！”许阿兰发出最后警告。

薛腾飞垂头丧气地连连颔首：“好，好，我走，我这就走！”他边后退边盯着许阿兰手中的剪刀。退至门槛处，突然回身跳向前去，扳住许阿兰的手腕，顺势将许阿兰推倒在床。

剪刀在挥动，两手在争夺；床铺在摇晃，房间在旋转。许阿兰的呼救声已被薛腾飞卡哑，许阿兰的裤带子已被薛腾飞扯断，许阿兰的最后一道防线已被突破，阿兰姑娘那洁白的身子已被野兽所玷污……

正当薛腾飞兽欲未足，还想再次强奸瘫在床上的许阿兰之时，室外传来李永功等人的说话声。薛腾飞一阵疯狂之后，顿感全身战栗。他慌忙整理衣服，跑出会客室，并把厢房倒锁起来，然后坐到茶几旁若无其事地泡茶喝水。

李永功一进门，见薛腾飞气色不好，低声问道：“审讯得怎样，有新进展吗？”

薛腾飞装模作样地摇了摇头：“不仅不交代问题，还以死来威胁。我刚对她进行一番动员劝解，现在才安静一些。让她好好去睡一觉，待醒来再作工作吧！”

李永功给薛腾飞丢了个眼色，把他带到室外，忧心忡忡地说：“李明刚给我来了电话，说沧桑村人已经控告到县公安和检察院去了。”

“控告什么？”

“控告我们劫持许阿兰。”

“李明怎么讲？”

“责令马上放人，不然就要追究刑事责任。”

“你的意见如何？”

“我服从你的决定。”

“这女人是你派人把她抓来的，我只是帮助审讯而已，决定还得由你来做才行。”

“有福同享，有难同当，现在我们还是一起来商量商量处置办法要紧。”

“谁要与你有福同享、有难同当？我的办法也差不多都用上了，只能帮到这里，要关要放，由你自己拿主意！”薛腾飞说着，从口袋里掏出房间的钥匙丢给李永功，把头一昂，扬长而去。

李永功接住钥匙，呆若木鸡。他失神地望着薛腾飞渐渐走向远处，然后返回室内，一个屁股丢到沙发上，心里怦怦直跳。放在茶几上的一包香烟，连续被他抽掉二十支，还是生不出主意来。李永功咬咬牙，操起钥匙，打开房门，但见房里一片混乱，床铺景况异常，而许阿兰则穿戴整齐，犹如一尊木塑像摆在椅子上。李永功明白了刚才所发生的一切，不寒而栗，大惊失色，欲退不能，欲进不得，双脚好似被钉在门槛上。

许阿兰紧闭双唇，一动不动，从双眼喷出的愤怒目光，简直可把李永功的胸膛射穿。

李永功硬着头皮踏进房里，用一种同情、怜悯、仁慈的口气对许阿兰说：“薛腾飞这个坏家伙也太残忍了，把你糟蹋成这个样子。开始我就对他说，善事多做，恶事莫为，坚决反对把你抓到这里来，可他一意孤行，不听劝解。现在我不能再见死不救了，你要赶紧离开这个魔窟。”

许阿兰横眉冷对李永功，一言不发。

李永功再献殷勤：“摆船摆到岸，救人救到底。我马上派人暗中保护你，使你安全离开跃进回沧桑。"

许阿兰仍然不予搭理，慢慢站起身来，眼睛直愣愣地望着前方，一步一步走出李永功的家门，连头都不回地朝着归途走去。

来到通往沧桑村的笔架山凹小道上，许阿兰的脚步愈加迟疑、沉重；出了山凹，右侧便是乱葬岗，左边濒临深渊处，许阿兰走到坑沿，脚步静止了。山风吹拂她的头发，阵雨拍打她的衣裳；从远处传来的鸡鸣，好似村人在向她呼唤。她擦了一把眼泪，慢慢转过身来，当要起步再往前走之时，突然从墓群里闯出一个人来，定睛一看，正是薛腾飞又拦住她的去路。

薛腾飞出了跃进村，便躲进村旁无人涉步的林荫深处，躺在一块岩石上，打开那恶狼的心窗。起初，他还自鸣得意，感到把责任推给李永功这一手很高明；后来，渐觉破绽太多，已经极难弥补；继而，惶恐罪恶太大，下场必定可悲。抵赖，罪证消灭不了；逃跑，终究是要落网；自首，还得受到惩罚。现在已无上策可言，唯有铤而走险杀人灭口这条路了。想到这里，薛腾飞霍地从岩石之上跃起身来，又兜回跃进村暗暗观察动静。当他看到许阿兰走出李永功的家门之后，即进行了远距离的跟踪。许阿兰步至险谷旁，薛腾飞认为下手机会已到，即从乱葬岗里闯将出来。

此时，薛腾飞正瞪大两只血眼，一步一步地向许阿兰逼近；许阿兰面对仇人，立定双足，毫无惧色，准备一命匹敌。

薛腾飞伸出一双魔爪，往许阿兰的脖子卡了过来；许阿兰后退一步，让薛腾飞扑了个空；薛腾飞又冲上前，揪住许阿兰的头发不放；许阿兰拔出藏在身上的剪刀，猝不及防地朝薛腾飞的下部捅去；薛腾飞被刀击中，犹如野兽咆哮起来，随之丧心病狂地紧紧抱住许阿兰往深渊猛推；许阿兰双脚顶地，奋力抵挡，怎奈力不能支，已被薛腾飞逼到深渊边缘。这时，但听一声枪响，乱葬岗上跃起数人。薛腾飞见势不妙，死劲把许阿兰一推，慌忙夺路而逃。

六十二

昼夜轮回，阴阳交替，待到许阿兰告别噩梦一觉醒来，已是次日清晨。她张开双眼，审视着那间灰层剥落的房子，感到好不熟悉、好不亲切、好不安宁。可是，她又不敢相信自己的眼睛，怅然自问："这是哪里？我在哪里？"

"这是你的家，你就睡在我们的家里。"一直守候在阿兰姑娘床边的来喜嫂，听到女儿说话，心里有如一块石头落地，泪水又从她那哭肿了的双眼扑簌簌掉了下来。

一直关切着阿兰姑娘的李明、许春山和许洋洋，昨天接到李永功打来电话，得知阿兰姑娘已从跃进大队起程回沧桑，为防发生意外，马上前往保护。就在途中，他们赶走了恶狼薛腾飞，救下了姑娘许阿兰。当时许阿兰已经落进坑里，幸亏一棵大树把她拦在坑墙。许洋洋从坑墙上背起昏迷不醒的许阿兰，径直送回来喜嫂家中，此时已是家家灯火。邻里众人关切，村医精心护理，亲属彻夜守候，干部问长问短。现在，来喜嫂家的小小房子里，正挤满了一屋子人。王小华一听到阿兰的说话声，立刻进入房里，拉起许阿兰那无力的手来，叫了一声："好妹妹！"

"阿华姐！我可想念你呀！"许阿兰"哇"的一声，大哭起来了。

"好妹妹，别难过，好好休息，乡亲们都在关心着你呢！"

就在两姐妹说话间，李明慢步轻声地走进房里。他对阿兰姑娘说："车子已经准备好了，我和阿洋送你到县医院。"

"感谢李叔叔！"许阿兰报以感激的目光，摇摇头说，"现在我哪里都不去，我要留在我阿母身旁，明天我就会好起来的。"

李明一再耐心动员，阿兰还是不想离开家。大家经过商量，感到也不好太过勉强，便请村医继续看护。也许农村姑娘的生命力特别顽强，不到两天时间，阿兰就愈若常人。她从母亲口中得知志农已经作古，一阵痛哭之后，便怀着悲伤的心情去找王小华，请她一起到老龙岭给志农哥上坟。王小华陪着许阿兰来到老龙岭下，阿兰姑娘突然放慢脚步，当要登上山坡之时，又折了回来。王小华一时感到蹊跷，便问："妹子，你怎么啦！"阿兰姑娘苦笑不答，只是摇了摇头，她心里在想：我这不干净的身子，怎好去玷污志农哥的灵场。

王小华莫名其妙地陪着许阿兰回到村里，主动带她到了民勤木材加工厂。相别才数日，思念逾多年。厂里的工人见到他们的厂长回来，个个兴高采烈；技术员周小芳见到阿兰姑娘回厂，很为沧桑庆幸；阿兰姑娘见到厂里生产秩序井然，打内心感激周小芳姐姐。她身不由己地走近那台心爱的刨车带锯机旁，真想再操作一番，可是手才伸了出去又缩回来。她心里在想：这家工厂是杨叔叔带领我们实行"联产承包"的产物，这台机器是向伯伯和乡亲们用干净的钱买回来的，我哪能用不干净的手去污秽它？

许阿兰处处感到世界已不容她这个"不干净"的身子继续存在下去，完全陷入了绝望之中。

此时此刻阿兰姑娘的痛苦心境，安分守己的来喜嫂是不了解的。在那阿兰被劫、志农牺牲的日子里，来喜嫂时刻生活于恐惧、惶惑、悲伤之中。阿兰姑娘失而复得，母女团圆，给来喜嫂得以慰藉。此时，她正点燃三炷香，面对玉立神龛的救苦救难观世音，感谢神明赐予恩典，祈求菩萨多加保佑。她哪里知道，就在烧香拜佛之时，家中已孕育着新的劫数。

阿兰姑娘从民勤木材加工厂返回家里之后，更是精神恍惚、坐立不安。她一会儿呆立在母亲面前，欲想开口又把话咽了回去；一会儿说要到养鸡场看望二妹婶和桂花婶，可脚刚跨出门槛又缩回来。

来喜嫂发现阿兰言谈举止异常，心里又添不安。此时陈二妹还处在极端悲痛之中，不好再去打扰，便请黄桂花前来帮忙劝慰阿兰。

许阿兰在黄桂花面前只是连连落泪，并没表露心事，待到她桂花婶起身欲走之时，才从口中挤出一句话来："请阿婶往后多多关照我的阿母，祝愿咱养鸡场越办越兴旺！"

黄桂花听出阿兰姑娘的弦外之音，一时感到心里发悸。她赶忙去找王小华和周小芳，求助于阿兰的同龄人发挥作用。

王小华和周小芳感到事不宜迟，立刻放下手中活计，赶来与阿兰促膝谈心。

阿兰姑娘仍然没有暴露心中的隐痛，只是一路倾诉着她对老龙岭甘蔗园的向往和对民勤木材加工厂的深情。

当王小华和周小芳带着怜悯、困惑、不安的心情告辞许阿兰之时，许洋洋也看望阿兰来了。

阿兰姑娘见到许洋洋，顿觉心里一阵恐慌，连连往后退了几步。粗心的许洋洋并未察觉到许阿兰心理上和情绪上的变化，他把提在手中的一捆草药放到桌上，很有把握地对来喜嫂说："医生交代，一天三帖，水碗六煎八分，连服三天，阿兰的身体就会恢复正常。"

来喜嫂看了看那捆中草药，又望了望许洋洋，心疼地说："阿洋，你现在又黑又瘦，也该注意注意自己的身体，往后几家的担子都得落到你的肩上。"

许洋洋坦然地说："我无粉白的脸膛，有着纯洁的心肠，再苦再累也要把'三姐妹'三个家的担子挑起来。往后，我是两家的儿子一家的女婿，阿兰便是一家的女儿两家的媳妇。我们一定像孝敬我阿爸、阿母一样孝敬二妹阿母、有土阿爹和您。"

已经躲进房里暗暗落泪的阿兰姑娘，聆听着许洋洋的肺腑之言，一时心如刀绞，一头伏到床上，一阵悲泣撩人。

许洋洋听到许阿兰在哭泣，大步跨进房里，尽情予以相劝。可是，他并不理解阿兰那难言的痛苦，越是规劝，越使对方伤心。

沉重的夜幕又降了下来，本来已是令人压抑的气氛，更加叫人透不过气。许洋洋烦闷地告辞许阿兰，走出来喜嫂的家门，又去伺候那精神失常的有土阿爹，代尽他志农哥的义务。

阿兰姑娘一见许洋洋出门，立刻冲出卧房，立定在正门的门槛处，双手紧紧抓住门框，直望到许洋洋的身影消失在夜幕之中，才在心底里说了一声："阿洋哥，来世再见了！"油灯不灭，人已困倦。来喜嫂陪伴阿兰相对而坐，不知不觉斜到床上，睡去了。待到雄鸡啼鸣，夜幕消失，来喜嫂一觉醒来，已不见阿兰坐在身边。她一时大惊失色，慌乱中发现床头放有一封信，可她不识字，赶忙带信去找许洋洋。

许洋洋把信拆开一看，只见泪痕伴着字迹，如诉如泣：

亲爱的阿洋哥：

首先请你原谅我这样厚着脸皮称呼你！

我这是第一次给你写信，也是最后的一封信了。

现在我应该告诉你：我洁白的身子已被恶狼薛腾飞玷污，我已经无脸再见人，无脸再见你！

我留恋着沧桑村，留恋着老龙岭，留恋着木材加工厂。可是，我不得不向它们告别！

“联产承包”使我们沧桑村旧貌换新颜，杨柳青书记是我们沧桑乡亲的知心人。你要像志农哥那样，向杨书记学习，听杨书记的话，把老龙岭甘蔗园种好，把木材加工厂办好，把我们的沧桑村建设好。我对你没有别的要求，只希望你替我多出一份力。

我阿母的命实在太苦了，我这一走，她一定很难再活下去，你若对我有情，就请你救救她吧！ 阿洋哥，永别了，请原谅我不敢向你伸出不干净的手！

许阿兰　　泪别

1979年11月12日

许洋洋未等把信全文看完，便大声叫道：“事情不好，又要出人命了，赶快去找阿兰！”

来喜嫂一听，当场瘫倒在地。

许春山、黄桂花立刻四处呼救，全村顿时轰动，人员分头出发。刹那间，村前村后，山上山下，沧桑溪边，都布满了人群。

许洋洋把阿兰姑娘的遗书往口袋里一塞，便迈开双脚，毫无目标地狂跑乱闯。他在笔架山的密林里，不顾荆棘伤身，到处搜寻；在老龙岭的深谷间，身贴峭壁岩帮，鹰视坑底；在沧桑溪的沿岸上，煽动两只大脚，顺流而觅。就在踪影不见陷入绝望之时，突然有人高喊：“快来人呀，阿兰就在这里！”

许洋洋循声奔去，只见溪下游的拐角处，一株弯腰曲臂伸入溪中的相思树拦住了许阿兰。此时，阿兰姑娘正仰面浮动在滚滚流水之上。许洋洋一时顾不得深秋的寒冷，把衣服脱得只剩一条裤衩，纵身跳入溪流之中，游过去把阿兰抱在怀里。哪管此时阿兰生命是否存在，许洋洋紧紧抱着他的心上人，似一股旋风卷着一团棉絮落到了来喜嫂那间灰层剥落的房子里。阿兰姑娘身刚着床，便神奇地睁开那对水灵灵的眼睛，吃惊地望着站在床边的许洋洋。

“好哇，阿兰没有死，阿兰还活着！”许洋洋双手往大腿一拍，连蹦带跳冲出门外，急急排开关切地围在房子外面的人群，一口气跑到文化技术夜校，启动停放在那里的手扶拖拉机，直奔公社卫生保健院。大约过了半小时，许洋洋又把拖拉机开回村里，带着医生来到阿兰的床前。

六十三

经过一番急救，阿兰姑娘复活了，邻里乡亲宽慰了。然而，许洋洋痛定思痛，一股怒火猛然中烧。跃进村欺人太甚，薛腾飞狂施暴行，罪大恶极，岂能容忍；笔架山无辜喋血，志农哥不幸牺牲，有土爹被迫发疯，许阿兰惨遭蹂躏……此仇不报，何以为人。越思越想越愤怒，越怨越恨越难忍，许洋洋终于无法抑制自己。

就在许阿兰第二天重新下床之时，许洋洋也如一尊铜钟站到村口的老榕树下。他放开喉咙，一声大吼："沧桑村的乡亲们，请大家都过来，听我许洋洋说上几句狂话。"

吼声惊动四邻，人们蜂拥而至。李明、许春山和村里的干部也被这突如其来的行动搞蒙了，他们都站到了人群之中欲看个究竟。许洋洋登上石墩，声色俱厉："乡亲们，首先我要作个声明，许洋洋神经正常，没有发狂，只是被李永功和薛腾飞逼上梁山了。乡亲们，我们沧桑人没有罪，我的志农哥没有罪，我的有土阿爹没有罪，许阿兰她也没有罪，为什么要让人欺负、让人侮辱、让人打死、让人逼疯？沧桑村同样是村，沧桑人同样是人，难道我们挨人家打不懂得还手，受人家欺负还不敢反抗？我们若不抬起头来，他们就要把你的头踩到脚下；我们若不教训教训他们，他们就会把我们当成软弱可欺；我们现在若不主动进攻，他们将来又要欺负我们。勇将不怯死，壮士不毁节。为了收回书桌大埔，讨伐墨砚岭，教训李永功，擒拿薛腾飞，我许洋洋第一个站到前面，自愿者就跟上来，操起武器，立刻出发，决一死战，报仇雪恨！"

沧桑人本已义愤填膺，沧桑村好比一堆干柴，经许洋洋这把火一放，仇恨怒火立刻化为燎原之势。李明、许春山、王小华、陈二妹一起尽力劝阻，仍然无法浇灭熊熊升腾的烈焰。

连日里悲伤沉寂的沧桑村，刹那间风雷滚滚盖地而来。老榕树下已经容纳不了数百之众，誓师场地临时移到笔架山坡。一个自然村就是一面大旗一个方队，一个方队都有上百人马。鸟枪猎枪、利刀尖矛、锄头扁担，错落有致；黄旌红旗、口号壮歌、风呼林啸，气壮山河。

许洋洋此时已横下心来，不听任何人劝阻。他站在一块巨石之上，提起志农用过的那只蓄电喇叭宣布四条“军令”：一是所有将士务必勇往直前，若当逃兵，一概捆绑回村；二是坚决攻占墨砚岭，直至跃进大队交出李永功和薛腾飞才能回师；三是不准随意进入跃进村，不准伤害无辜群众，不准损坏对方财物；四是对方若再顽抗，就把跃进村夷为平地，让墨砚岭血流成河。

就在笔架山旌旗飘动之际，墨砚岭上也已集结大批人马，据壕固守，严阵以待。

许洋洋一声令下，先头队伍越过李明、许春山、陈二妹、王小华的“劝阻防线”，如猛虎下山，挺进书桌大埔；保持一定距离的二线队伍，步伐整齐顺坡而下，准备随时接应；留在山上的后援队伍，身兼增援和守卫双重任务，进入能攻能守的有利地形。

一时，沧桑村气冲牛斗，跃进村风声鹤唳，激战前夕的紧张空气笼罩着笔架山、墨砚岭、书桌大埔，也笼罩在每个人的心头。再过几分钟，就要兵戎相见，就将爆发一场比前次更大规模、更加激烈、更为残酷的宗派械斗。仇人相见，分外眼红，谁能预料这场械斗将持续几天，将死伤多少，将如何结局？

山风劲吹，乌云飘动，已经多日不见的阳光透过云层，射在书桌大埔绿地上，洒向笔架山上丛林间。山风卷着鲜艳的红旗，人群挥起林立的干戈，雄赳赳向前继续挺进，气昂昂直逼敌方营地。墨砚岭下开始挥军上山，墨砚岭上依然按兵不动。

此时，沧桑村的先头队伍已在墨砚岭腰占据有利地形，立刻就要向据守战壕的跃进守军发起冲锋。当许洋洋正想发布强攻号令之时，挂在跃进大队战地指挥部的高音喇叭突然响起呼声：“请许洋洋注意，请许洋洋注意，我命令你停止带领队伍继续前进，立即把人马撤下墨砚岭，带回沧桑村……”

“真他妈的，李永功你死到临头还敢向我许洋洋下命令，看来是不见棺材不落泪了！”许洋洋一气之下，跃身把手一挥，“弟兄们，报仇雪恨的时刻到了，跟我冲啊！”

数百壮士就像数百离弦之箭，一起射向墨砚岭战壕边缘。许洋洋第一个纵身跃入战壕，定睛一看，逶迤于山岗的壕沟空无一人。他感到纳闷：李永功到底在耍什么新战术、摆什么新阵势？许洋洋不愿多想，只是来了个激将法："李永功你听着，舍生取义是英雄，贪生怕死是狗熊。你敢攻占笔架山，为何不敢守卫墨砚岭。今天我许洋洋特地找上门同你算账，是英雄好汉就站出来！"

等了一阵子，还是毫无反应，许洋洋再次升级，破口大骂："李永功拉开你的狗耳朵听着。是英雄，宁愿站着死，不愿跪着生。只要你现在跪到许洋洋面前，我就称你是英雄，给你留下一条狗命！"

骂已骂了个痛快，但是兵未相交尚难解恨。许洋洋一时性起，毅然率部离开无人之区，一举包围了跃进大队的战地指挥部。刀光剑影寒索索直逼而去，骂语呼声闹嗡嗡响彻山野，对方还是没有任何动静。许洋洋再也忍不住了，他挥起一把大刀冲进指挥部，看准黯然坐在一旁的李永功晃了两下，揪住李的衣襟吼道："姓李的，你的死日到了，看我提着你的狗头去祭我志农哥的英灵！"

李永功一时吓得魂不附体，睁大两只求饶的眼睛直望那坐在对面的一位中年男子。

这位中年男子缓缓站起身来："阿洋，你把刀放下！"

许洋洋感到声音很熟，转过身来，愣住了。他揉了揉眼睛，再仔细一瞧，不禁失声叫道："杨书记，您怎么会在这儿？"

原来，杨柳青人回家里，心挂琼山，在处理完他爱人被车轧伤事故之后，立即日夜兼程重返工作岗位。当得知在他离开琼山的几天中，沧桑接连发生不幸事件之后，心里顿感悲痛，未在县里歇脚，马上下来沧桑。一进村，阿勤婆又向他告急，说是许洋洋带领大队人马出发，沧桑、跃进两村马上就有一场血战。杨柳青一听，感到问题严重。他计算了一下时间，前往笔架山做劝阻工作已来不及，便当机立断抄小路直奔跃进大队墨砚岭，来个迎面拦截。一到墨砚岭，他立即下令撤退岭上全部人马，避免再次发生正面冲突。跃进大队群众本已感到理亏，军无斗志，一听命令，则顺水推舟，一哄而散……

此时，杨柳青正在跃进大队战地指挥部严肃地同许洋洋说话："我估计你一定会到这里来。现在，你就作为沧桑一方的代表，坐下和跃进大队的代表协商。我认为，你们两村已经结怨很深，所有问题无法一时全部解决，可以逐步来。但有一条，今天双方必须明确表态，保证不再出动人马，坚决制止宗派械斗，做到两村和睦相处。”

许洋洋听了杨柳青的话，虽然心里还不服气，但也不敢当面顶撞。他憋得满脸通红，好不容易才克制住自己：“杨书记的指示，许洋洋坚决服从。可是，我志农哥和许阿兰的仇不报，沧桑乡亲怒气难消，许洋洋也无脸见人。我的要求不高，只提一个条件：把李永功、薛腾飞交给沧桑村发落，我们的人马便立刻撤退，不在墨砚岭留下一兵一卒。”

杨柳青不加斟酌地回答许洋洋：“你的这个条件可以马上兑现一半，还有一半往后再议。你许洋洋无脸见人，我就给你赏脸，立刻陪你回沧桑，帮你做解释工作。能同意吗？”

“杨书记的意见，我不同意也得服从！”许洋洋一听杨柳青马上就要再到沧桑，高兴得忘乎所以，已经无心在这个指挥部里挨下去了。

“既然服从，马上行动。”杨柳青离席而起，临行前交代在场的跃进村干部，“前车之覆，后车之鉴。你们要好好吸取血的教训。人命关天，往后不能再犯那种天大的错误了！”

一场可能导致双方严重伤亡的宗派械斗，就这样被轻而易举地制止了；姚新副书记苦心策划的“承前启后，让宗派械斗继续再斗下去”的那一步，也成泡影了。

这次两村交锋完全处于劣势的跃进大队，得到了杨柳青书记的解危，干部、群众感激之情油然而生，大家主动列队目送杨柳青走下墨砚岭；墨砚岭下的沧桑大军，一见杨柳青书记在许洋洋的陪同下步入书桌大埔，立即爆发出经久不息的欢呼声。

杨柳青置身于沧桑大军的欢呼中，没有挥起手臂向大家频频招手致意，也没有张开笑脸在众人面前慷慨陈词，而是带着人们不易察觉出来的内疚和痛苦表情，平静地穿过人群朝笔架山通往沧桑村的那条山道走去。

一时，沧桑人马不召自随，排成首尾相距上里的长龙阵，秩序井然地跟着杨柳青和许洋洋班师回村。不知杨柳青心里怎么想，他又没利用这个“千人空巷”的难得机会来一番“动员和部署”，而是只叫许春山作了几句简单的发言，就请大家回去干活搞生产。准备参加宗派械斗的大军，顿时化成遍野繁星。

六十四

沧桑村里里外外又出现一派升平景象，杨柳青却在心中翻动着难以平静的波澜。他迈着沉重的步子跨入了陈二妹家的门槛，抬头凝望那挂在厅堂的志农遗像，泪水随之从眼角滚落下来；他颤抖着双手，点燃三炷香向志农行拜，又拿起放在桌上的一叠纸钱烧于炉中；他进入厢房牵起两眼发直静坐床上的有土老汉之手，紧握良久。所有这些，都是在默默无言的情况下进行的。

杨柳青走出陈二妹的家门，还是没有说上一句话。他继续朝村巷走去，王小华、许洋洋盲目地跟随其后，也不知要上哪儿。当到了来喜嫂那间低矮的房门口时，杨柳青戛然止步，稍加思索，然后走进屋里。

来喜嫂见杨书记到来，急忙又拉凳子又要泡茶。杨柳青随意坐下，对来喜嫂说:“你不要忙，现在不是泡茶喝水的时候。请把阿兰叫过来，我有话想对她说。”

来喜嫂进入房里把阿兰带出房门，阿兰姑娘怯生生地望着杨书记，站在那里不敢继续举步；杨柳青十分理解阿兰此时此刻的心情，便迎向前去，伸出了他那慈父般温暖的双手；阿兰姑娘把手一缩，脱口而出:“我的手不干净，不要碰脏!”柳杨青听到许阿兰口出此言，不禁心酸，执意把阿兰姑娘挽到身旁坐了下来，声音很轻却分量很重地说:“你没有错，水晶无瑕疵，人比水晶纯，你的心比沧桑溪水还要清澈，你应该勇敢坚强地站起来做人!”寥寥数语，补愈一颗破碎的心。阿兰姑娘全身一热，无法自抑，一头扑进杨柳青的怀里:“杨叔叔，沧桑的乡亲好盼您呀，您怎么不早几天回来呢!”说着，放声大哭起来了。

站在一旁的来喜嫂、许洋洋和王小华，见此情景，均被感动得热泪盈眶。

杨柳青看到在场的人心情都很激动，便告诉大家一个消息:“薛腾飞已经死啦!”

原来，那条色狼在笔架山乱葬岗旁被许阿兰一刀刺中，血流不止，便落荒逃回县城，一头钻进宿舍。他解下内裤一看，伤口不偏不斜，就在要害之处。不上医院，剧痛难忍；要上医院，见不得人，且丑恶行径也会败露。就在犹豫不决伴随着痛苦挣扎之时，蒙蒙眬眬一觉睡去。数日之后，隔壁有人闻到异味，便去报告公安机关，侦破人员迅即赶来打开房门，此时薛腾飞的尸体已经僵硬发臭。

一听到薛腾飞已死的消息，来喜嫂谢天谢地，庆幸琼山除掉一条恶狼；许阿兰舒心而笑，自喜色狼死在她的手中；许洋洋余恨未消，声言还要再找恶狼的同党算账；王小华颇为镇静，考虑起将会由此引发啥样的风波。而杨柳青则是只传消息，不动声色。

牵着阳光，牵着和风，牵着梦想，牵着希望。杨柳青在探访了来喜嫂的家之后，又同以前进入沧桑无异，独自一人沿着他所熟悉的路线，开始进行“实地考察”。在“三姐妹养鸡场”里，听不到陈二妹和黄桂花往时的欢笑声，只见她们依然身穿阿华亲手缝制的白大褂，头上加扎了一束白纱绳，正默默无言地在精心饲养鸡群。杨柳青觉得此时三言两语不能解除她们心中的悲痛，只是向她们点点头表示诚挚的慰问。然而，看来大鸡小鸡已经忘却了悲伤，都在尽情跳跃，尽情歌唱。几天不见，队伍又壮大了，鸡场更兴旺了。当杨柳青走出场外之时，心里在想：“三姐妹遭受严重精神打击，不仅没有消沉误事，而且把鸡场办得更好，这究竟依靠一种什么力量在支撑？”

问题尚未找到答案，杨柳青已走到了民勤木材加工厂。当他离开沧桑之时，这家工厂刚刚开张。在风波迭起、恶浪冲击的情况下，工厂没有停工，更没有倒闭，而是机器照常运转，产品源源出厂。眼前，刨车带锯机正起劲地加工着木材，技术还不熟练的工人也在精益求精地制作产品，这又是依靠一种什么样的支撑力量？

登上笔架山，只见条壕挖得更多，鱼鳞坑开得更密；来到老龙岭，随风摇曳的蔗林，看上去也长得更粗更高了。

杨柳青“实地考察”的最后落脚点，又放在沧桑溪两岸的田野上。现在，那绿波荡漾的稻海已变得一片金黄，夕阳的金辉把田野映照得熠熠闪光。丰收在望，再过半月新谷就要登场了。

饱览沧桑山和地，思考老龙景与情。杨柳青站在沧桑溪边，回想起自从他第一次踏上老龙岭以来沧桑村经受的风风雨雨，眺望着眼前所发生的种种变化，心里得到了某种慰藉。然而，“这是依靠一种什么样的力量在支撑？”这个问题仍在他的脑海中盘旋。

正当杨柳青望着滚滚奔流的沧桑溪水，泛起难以平静的心中波澜之时，李明风尘仆仆地从村那边走了过来。他挨近杨柳青，扶了扶眼镜，说：“我从东奔，您往西跑，没想到一场即将血流成河的宗派械斗，就这样让您不费吹灰之力给制止了，您到底耍了什么魔法？”

“什么魔法？”杨柳青望着李明，眼睛一挑，“我冒着风险冲入阵地，你临阵退却当了逃兵，还来问我耍了什么魔法？”

“冤枉！”李明把杨柳青所说的话当真，感到委屈，忙解释说，“许洋洋不听劝阻，直把队伍拉了过去。我想，只有调动县里的公安人员才能制止，赶忙跑回队部往县里挂电话。王县长上地区去。找不到姚新副书记，他家里人接电话，说姚副书记不在家。我只好乘上车子往县城搬兵，哪知公安人员刚要出发，我再挂电话到沧桑询问局势，春山告诉我说：杨书记从中调停，两个村相安无事。我便把兵给撤回去，只身跑到这儿来了。”

“你跟我还用得着这么多的解释吗？”杨柳青挽过李明的手臂，向他报以诚挚的目光，“刚才只是跟你开开玩笑，你便那么认真。疾风知劲草，严霜识桢木。你已经作了最大的努力，我应该感谢你，沧桑的乡亲也应该感谢你！”

两人并肩踱了一段溪岸，杨柳青挽着李明回过身来，又边走边谈：“李明同志，我正在思考着这样一个问题：自从我走之后，沧桑接二连三发生不幸事件；可回来一看，却是群情悲痛人心齐，沧桑大地有生机，这到底是依靠一种什么样的力量在支撑？”

李明思索了一阵子，然后发表见解：“我想，这是联产承包符合广大群众利益，群众自觉保护联产承包成果的一种效应。”

“不错，是党的政策发挥了作用，产生了威力。这也说明联产承包这条路子走得对，应该继续走下去。”杨柳青点了点头，随后又问，“既然联产承包符合群众利益，为啥还会遇到上下左右的那么多干扰？”

李明作答：“您提出这个问题，引起我想到了毛主席所说的一段话：‘世界上的事情是复杂的，是由各方面的因素决定的。看问题要从各方面去看，不能只从单方面看。’自从沧桑实行家庭联产承包责任制以来，我总感到有一股逆流或明或暗地作祟甚至作孽。”

“何以见得？”杨柳青有意发问。

作为一个对农村改革抱定必胜信心、对当前形势有着清醒估计的领导者，杨柳青此时的注意力，已从具体事物、事端、事件中转移到究其事由、事理、事态上，以期透过现象抓住本质，号准脉搏对症下药。为了做到这一点，杨柳青现在正请教于他那诚挚、得力的助手李明。

六十五

沧桑溪水依然滚滚奔流，二位战友交谈仍在继续。

李明正面回答着杨柳青“何以见得”的提问，他说：“周宏发乱砍盗卖木材、姚向鸿供应假农药、大标语刷到县委会门口、县广播站连篇累牍报道沧桑村的事迹、假贫农给王县长寄警告信、王县长在跃进大队树样板，直至发展到败坏您的名誉、劫持阿兰姑娘、挑起两村械斗，事事有来头，件件有文章。”

“有什么来头，是什么文章？”

“文章专门做在妄图扑灭沧桑这盏灯，撵走对手杨柳青。来头桩桩出自县委一位道貌岸然而心怀阴谋者。”

“此人是谁？”

“您的副手姚新。”

“有何根据？”

“其他事情不用再讲，您心中已经有数；两村械斗发生经过，因为您刚回县，来龙去脉还搞不清。”

“请把来龙去脉详细讲讲。”

“您一离开琼山，姚新急忙召开全县支部书记会议，来了个‘调虎离山’，让两村群龙无首；两村即将发生冲突频频告急，姚新又施了个‘缓兵之计’，导致耽误劝阻时间，造成两村交火致使志农牺牲。透过现象看本质，罪魁祸首在姚新。”

“以你之见，下步姚新还会玩弄什么手段，施展什么阴谋诡计？”

李明胸有成竹地说：“薛腾飞是个厅长的儿子，他这一死，轰动全县，惊动上头。我认为姚新必然抓住此事大做文章，激薛厅长出面，挟王县长表态，再加罪于您，这一着不得不防。”

杨柳青点点头表示赞同，继而又问：“你说该怎么防？”

李明沉思片刻，回答说：“急流滩头，观水顾泥。依我看，一个是要努力巩固阵地，继续把沧桑的联产承包搞好，事实可把谎言戳穿，真理能将谬误击败。另一个是要做好转化工作，上打通王县长思想，拆除姚新的‘挡风墙’；下促使周宏发、李永功认错，争取事件的知情者，以活人作证，用事实说话，进而顺藤摸瓜，擒贼擒王。现在我所担心的是，这些工作做起来需要时间，要是姚新先发制人，那么您便处于被动境地，如何争取主动，还得研究对策才行。”

“对策呀对策，真是不该有的对策。”杨柳青痛心地口出此言。他没有正面肯定李明所出的主意，而是把话题转到另一层意思上，“本来，对党内的同志应当以诚相见，同心同德，亲密无间；哪知姚新处心积虑，阴险狡诈，伤天害理。他为了个人名利地位，不顾党的事业，不顾群众利益，不顾伤害好人，已经走向反面。我们采取与他针锋相对的措施，这也是万不得已的事。他可以先发制人，我们可以后发制人。谎言跑得再快，永远追不上真理，这一点请你放心；松枝扔进火中，香气将会变得更浓，这一点也请你相信。”

李明双目直盯着脚下的路子，不无保留地说：“您所摆的道理，我信服；您作出的抉择，我支持。可是，有一点看法也想提出来。自从您到琼山，在县委领导班子里总是委曲求全，在实际工作中总是多做少说。您到琼山也有几个月了，到目前为止还是没在领导班子占主导地位，没在全县各地造成您的影响，这样的县委书记当得未免有点……”

“有点什么，尽管说下去。”杨柳青鼓励道。

“有点窝囊！”

杨柳青停止脚步，习惯地双手叉到腰间，直望着天边的晚霞，深沉地说：“是呀李明同志，你所说的话全在一般情理之中，我也曾经和你一样这般想过。但是，仔细考虑考虑，又有不同想法。我总感到，在我们党的干部队伍之中，对待现实社会和现实生活，不外有三种态度：第一种是把个人的命运同党的利益、国家利益和人民利益连在一起，并且为之而努力奋斗，牺牲个人一切在所不惜；第二种是有良好的主观愿望，可是他的主观愿望与客观实际相背离，辛辛苦苦，兢兢业业，盲目工作，徒劳无益；第三种是为了个人名利地位，便置党、国家和人民利益于不顾，什么违纪、违法、卑鄙手段和行为都使得出来，身上还披着马列主义的外衣。李明同志，我作为一名共产党员、一个县委书记，应该采取哪一种态度？只要怀揣改革豪情搞好党的事业，一切个人得失无所谓！”

李明很少听过杨柳青这样慷慨陈词，今天听到这番内心表述，一时感到有点意外，但很快他又认为这是有的放矢。他想从杨柳青口中得出更加明确的下文，便有意地说：“您的这番表述固然很好，但我感到与我们眼下要做的事离题太远，并无直接关联。”

杨柳青转过身来，平静地说：“是离题太远、没有直接关联吗？唔，这可能是我表达不清，或者说得太悬了。要是你不嫌累赘，那就听我再往下说。我认为，实行家庭联产承包责任制，这不能不说是在我国农村中的一大改革，这场改革比起成立互助组、合作社，乃至实行‘三自一包’‘四大自由’，都要更加艰巨和困难，都要冒更大的风险。因为它不仅涉及社会主义的基本理论问题，而且要同二十多年来在人们头脑中所形成的固有观念发生激烈冲突。不作出艰苦的努力，不付出必要的代价，是无法让农村摆脱旧体制的束缚而使生产力得到进一步解放的，也是无法使农民较快摆脱贫困逐步富裕起来的。所以，我到琼山，不想去吃‘现成饭’而是进行‘标新立异’，不是去坐‘太师椅’而是一头栽到沧桑，目的也就在这里。李明同志，你可以想一想，姚新处心积虑干扰破坏，不正是怕我从事的事业取得成功而在琼山站稳脚跟吗？王县长与我感情疏远谈不到一块，不也是因为他的固有观念与我的主张和做法产生碰撞吗？离开改革与反改革的这条主线来观察、分析和处理问题，而去同王县长、姚新计较个人恩怨和争权夺利，那不仅毫无意义，而且是一种羞耻。作为一个共产党员特别是党的领导干部，应当时时处处牢记党的根本宗旨，把全心全意为人民服务作为自己全部活动的出发点和归宿。既然在农村实行家庭联产承包责任制是符合广大农民利益的事，那么我认定这件事，努力办好这件事，首先到沧桑实践摸索经验，以便将来在琼山进行全面推广，这不是比谋求在全县各地造成我个人影响意义要大几百倍吗？不是比坐在‘太师椅’上占据主导地位而维持过去的那一套‘一大二公’，求得虚假的繁荣和表面的安宁不窝囊吗？李明同志，你能不能同意我这样来分析问题、对待问题、处理问题？”

“我当然同意，可是有人不同意怎么办？目前遇到的重重阻力如何去排除？这是摆在面前的最现实问题。”李明边作回答边在思索。

“要排除干扰和阻力，现在不外有两种办法：一种是求助于上级的表态；另一种是靠我们艰苦的工作。姚新能激薛厅长来对我施加压力，我也可以取得省委陈振邦书记的支持以摆脱目前的困境。但是，靠走这样的‘捷径’，能使党的政策真正深入人心吗？能让联产承包在琼山扎根吗？能够切实履行上级交给我的职责吗？”杨柳青的这段话与其说是在回答李明的问题，不如说是在告诫他自己，“在某些人看来，联产承包只不过是一种经营管理方法的改变，这就把事情看得太容易了。一场大的变革，不付出大的代价、大的努力是无法成为现实的。志农的牺牲，阿兰的遭遇，二妹婶的不幸，都是为这场改革付出的重大代价。作为我们，现在必须准备作出个人的最大牺牲，去迎接新的挑战。努力做好王县长的思想转化工作，抓紧组织力量查清一系列案件，认真采取对策击破姚新的各种图谋，这些事情件件重要，不能不做。然而，归根结底，还是要靠真理去战胜谬误，靠正义去惩治邪恶，靠事实去作出判决。李明同志，对不起，我又把话说离题了。”

“不，您既给我上了一堂很好的政治课，又已明确地回答了我想寻找的答案。”李明叹服，“杨书记，请允许我当面说上一句‘恭维话’，今日这番长谈，使我进一步了解到您的品德、智慧和人格。”

六十六

不出杨柳青和李明之所料，姚新把握着局势的发展，已经开始采取新的行动。几天前，他所设计的那个行动计划虽未全部实现，可主要目的已经达到：让“宗派械斗再斗下去”的阴谋被杨柳青粉碎，引薛腾飞走上犯罪道路的诡计却不仅得逞而且超出预料。薛腾飞一死，“借刀杀人”的图谋便可付诸实施了。

此时，姚新又在他那华丽的卧房里同姚向鸿一起“运筹帷幄”。惨白的灯光下，姚新一边来回踱步一边纳纳言语：“坐而论道，不如起而行之击石生火。看来我得上省城一趟，把薛腾飞的老子烧起来，让他亲自出面指责王云岗、问罪杨柳青，到时我便乘势来个摊牌。”

“对，摊牌。现在时机已经成熟，此时不干更待何时！”姚向鸿杀气腾腾，“我看您在这个时候离开琼山，难免引起别人怀疑，不如由我先打前站，然后看准下手。”

姚新想了一想，说：“也好。事不宜迟，明天你就以到省城调运农资为名，开上专车，载上礼品，明里以示慰问，暗地激人成祸。”

姚向鸿望着姚新，问：“见到薛的父母，话该怎么讲？”

“你只管把东西送去，扮出一副悲伤沉痛的模样就行了，要说的话就由我来说。”姚新的注意力已不在同姚向鸿谈话上，他聚精会神地坐到写字台前，按亮台灯，摆开信纸。

姚向鸿走了，姚新又点燃一支香烟，连吸几口，然后提起钢笔在信笺上方写下了：“敬爱的薛厅长和厅长夫人：”当要落到正文之时，笔又停住了。他站起身来，又是一番踱步，一番斟酌。就这样反而复之，直至鸡啼头遍，要函终于撰就。他把费尽心机修改雕琢的一纸花花草草文字重新誊写得工工整整，又再从头到尾逐句逐字看了一遍：

敬爱的薛厅长和厅长夫人：

我作为您们一手栽培的忠实部下，在这里向二位首长请安！

我怀着极其悲痛的心情，悼念为琼山社会主义建设事业献出年轻生命的薛腾飞同志，他的英灵将与琼山的山山水水一样永垂不朽！

薛腾飞同志是您们的亲生儿子，也是我的乘龙快婿。他的牺牲，是我们两家的共同灾难、共同损失、共同不幸。我已为您们代行父母的责任，把他安葬在琼山最适宜的地方，让他在此长眠，让琼山人民永远怀念一位厅长的儿子为建设琼山而英勇献身。

人生自古谁无死，留取丹心照汗青。薛腾飞同志虽死犹荣，我和您们一样感到光荣和骄傲。然而，导致他牺牲的责任必须坚决、彻底追究，才能慰藉在天英灵。现在小薛死因已经查清，责任也已分明，凶手是沧桑村的青年农民许洋洋，幕后策划者则是琼山现任县委书记杨柳青。

杨柳青自从上级派他来到琼山，便飞扬跋扈，独断专行，标新立异，祸国殃民。他置全县工作于不顾，一头钻进沧桑村，在那里推行分田到户，复辟资本主义；在那里乱搞男女关系，败坏党的名声；在那里制造队际矛盾，挑起宗派械斗。他的倒行逆施和恶劣行径，引起了县委领导成员的坚决反对，激起了广大干部、群众的公愤。由于他不听劝阻，一意孤行，终于导致沧桑、跃进两队发生千人宗派械斗，酿成“三死一疯”惨案。薛腾飞同志正是在这场斗争中为捍卫社会主义阵地而壮烈牺牲的。他在大是大非面前，旗帜鲜明；在强权高压之下，不肯屈服。最后，杨柳青终于下了毒手。

“庆父不死，鲁难未已。”若不坚决批判、制止杨柳青的错误行为，彻底清算他所犯下的罪行，琼山将无宁日，群众将受涂炭，社会主义事业将受破坏，薛腾飞同志的冤案也将无法申雪。我为薛腾飞同志的牺牲感到无比沉痛，更为琼山的社会主义建设事业遭受损失而深感不安。为此，殷切期望薛厅长及早采取措施，尽快帮助琼山扭转目前这种严重局面。琼山县委、县政府的领导成员在等待着，琼山的广大干部、群众也在等待着。

万望您们节哀保重！

您们的学生　姚新　顿首

1979 年 11 月 1 4 日

姚新看完此信，不禁露出一脸奸笑。他为能炮制出这样的一篇佳作感到得意，同时也期待着迅速激起薛厅长及其夫人的强烈反响。然而，姚新毕竟是角逐政坛的老手，他深知一位厅长要左右一个县委书记的政治命运，从组织关系、隶属关系和人际关系的角度来说，都只能是施加个人的影响，不能作出真正的决定，要导致杨柳青的下台，最终还得突破省委和地委这两关。于是，他又大动一番脑筋，把那封信的内容砍头去尾，留下列数杨柳青所犯错误和罪行的那部分，再加上标榜自己坚持原则和请求省委、地委采取措施的两段冠冕堂皇、充满激情之语，又写成两封信件。

待到三件信函缄就，天边已露出鱼肚白。姚新唤醒鼾声如雷的姚向鸿，待他梳洗完毕，便把信件郑重其事地交给姚向鸿：“一封面交薛腾飞的老子，两封用挂号从邮电局寄出去，不得有误！”

六十七

一场正义与邪恶、改革与设障、前进与倒退的斗争，已经进入关键时刻；杨柳青同姚新之间的较量，也到了势不两立、不可调和的地步。对于这种严峻局面，王云岗心中既有数又无数，头脑既清醒又胡混。他到地区向地委和专署的领导汇报了琼山所发生的事件时，虽然得到上级的重视、关注和安慰，可也受到责问、非议和批评。为了帮助琼山扭转局面，地委、专署领导表示要尽快组织一个调查组进入琼山，同时要求王云岗肩负起稳定大局的责任。

王云岗带着上级的指示精神回县之后，首先碰到的最大难题，就是如何统一县委领导成员的思想认识。现在，对宗派械斗的发生原因，分析各执一端；对联产承包的正确与否，认识大相径庭。统一思想，谈何容易；解决问题，更是困难。在百思不解、左右为难之时，一股怨气不禁从王云岗的心中油然而生。他埋怨杨柳青不该在琼山标新立异，打乱正常的工作秩序；不该到沧桑惹是生非，导致发生宗派械斗酿成人命惨案；不该狂妄自大，听不进我王云岗还有姚新副书记的意见。这一连串不该，使王云岗得出了如下结论：杨柳青不来琼山，琼山就不会出现眼前这种混乱局面；杨柳青不来琼山，“一大二公”的社会主义秩序就不会受到冲击。只有杨柳青离开琼山，联产承包才能得以制止；只有杨柳青离开琼山，也才能实现县委一班人的团结。

然而，当王云岗服下冠心苏合丸，抽起大前门香烟，再仔细想想，又否定了自己那“杨柳青应该离开琼山”的见解：虽说人是在不断变化的，可小杨从十几岁起就跟在我王云岗身边，他忠诚踏实人品好；在“文化大革命”期间，别人看到我这个“走资派”躲远了，他一片真情待故人；在这半年时间里，虽说我们两人“平起平坐”，可他的举止言谈总是把我放在“老首长”的位置上，总是不把自己的意见强加于人。这样的同志，说他“狂妄自大”，公道吗？说他“自行其是”，合理吗？目前他身处逆境，我不拉他一把反而“落井下石”，良心过得去吗？嗨，杨柳青啊杨柳青，你要是不在琼山“标新立异”，我们之间就不会产生意见分歧，琼山也不会出现这么多的麻烦事，你为什么不听我的规劝？为什么要自讨苦吃呢？

私人感情和政治主张的严重矛盾冲突，使王云岗陷入不可摆脱的烦恼和痛苦之中。他苦思冥想，欲从那两者之间找到调和点，可又徒劳。

就在王云岗心事重重，躺进自家会客室的那只竹卧椅上使劲揉起太阳穴时，身穿素服的王小华带着她阿母陈二妹，一前一后走进门来。

王云岗见到来人，立即撑起身子，不禁一个踉跄，王小华急忙上前扶住了他。王云岗推开王小华，一步过去，紧紧握位陈二妹的双手：“二妹嫂子，你可来了！”

陈二妹失去往时那种人未到声先扬的泼辣劲，静静坐在沙发椅上，掀开随身带来的竹篮子：“老王，有几个鸡蛋是三姐妹养鸡场托我送给你补养身子的，土产不算贵物，只是一点心意。”随着，又抖动着手，从衣襟里掏出一封信来：“这是阿农留下的遗物，他来不及送给你，现在只好由我转交了。”

王云岗把信接过手，马上展开往下看：

敬爱的王伯伯：

首先向您请安！

我不善于言谈，信也写得不好，只是在这里说上几句心里话。

听说将近一个月前，您曾收到一份署名许志农、许洋洋等十位沧桑贫下中农的信件。我可以在这里向您保证，我们没有写过那样的信，肯定是别有用心的人冒充的。而现在这封信却是真的，望您能在百忙之中过目一下。

我想向您汇报的事情很多，一下子难于说完，也难于写完，这里只谈沧桑实行家庭联产承包这件事。自从杨柳青书记到咱琼山县，他用了许多时间，花了许多心血，做了许多工作，和沧桑群众打成一片，在沧桑深入调查研究，帮助沧桑实行联产承包。短短几个月时间，这里已经发生了根本性的变化：群众的生产积极性调动起来了，山地的开发步子加快了，过去一无所有的股份制企业发展起来了，晚稻也丰收在望了。只要您能亲临沧桑走一走看一看，相信就会感到这里正在发生着可喜的变化，就会感到实行联产承包没有错，就会坚决支持杨书记的正确做法。

请王伯伯原谅小侄在您面前“班门弄斧”。我认为，实行联产承包是在农村进行的一场重大改革，必然会有不同的认识和态度，这是很正常的。

但是，现在却有不少怪事随着相继出现，尤其令人愤慨的是某些别有用心的人制造流言蜚语诽谤杨书记，采取卑劣手段对付沧桑村。种种迹象表明，他们正在图谋扑灭沧桑这盏灯，赶走好人杨柳青。

杨书记是个品德高尚、胸怀坦荡、作风正派、爱民爱党的好书记，这不只是我一人说的，而是沧桑广大群众的共同评价。您对杨柳青同志的过去是很了解的，而对他的现在可能并不真正了解和理解。他对党的事业忠心耿耿，对您的感情诚挚深沉。我为什么在这里突然讲这个话，自己也说不清楚，但总觉得这个话并不多余。

王伯伯，我又要出工了，恕我就此搁笔。

祝您康安！

愚侄 许志农 敬上

1979 年 11 月 2 日

王云岗尚未看完许志农的遗书，两行老泪已从眼角流到腮边。他把身子往后一仰躺在竹卧椅上，边举起右手轻轻敲着脑门，边连声叹息。

王小华走近父亲身旁，声调平稳而话语动人地说：“爸爸，这是我志农哥牺牲前两天给您写的信，也是最后的一次告别了，如今您想见他已经见不到，您想回信也已无人收。人死不能复生，瓯缺尚可弥补。您若疼他怜他怀念他，就请听听他的遗言，办办慰藉活人的事。”

王云岗从竹卧椅上慢慢站起身来，感慨地说：“断肱犹可续，人去已难留，现在伤心也没有用了。二妹嫂子，你有什么要求尽管提出来，我一定尽量办理、尽量满足。”

陈二妹好似没有听到王云岗的话，依然垂着头默默坐在那里。

王小华望望陈二妹，沉思了一阵子，然后说：“身病能治，心病难医。我志农哥离开人世，我的沧桑阿爹疯了，我阿母现在够惨够艰难的了。这种精神上的创伤，爸爸您是无法帮她愈合的。”

王云岗凄然摇了摇头：“你说的也是，可我总得尽到自己的责任才能心安呀！”他负手踱起步来，一直在寻索着能减轻陈二妹精神痛苦的话题和办法，可是一直难以找到。一阵沉寂，一阵压抑，王云岗又闷闷坐回竹卧椅上，充满深情地说：“嫂子，我难以使你得到精神安慰，唯有的办法，就是把阿华全部交给你。往后她便是你的女儿，也是你的‘儿子’，让她代尽志农的孝心，奉敬沧桑双亲。”

陈二妹缓缓抬起头来，直望着王云岗："老王啊，世间骨肉亲情最宝贵，你已把最宝贵的'家产'送给我，我陈二妹还能再要求什么呢？现在只是一件心事未了，望你帮我排解。"

王云岗听到陈二妹说出话来，心里也舒坦一些了："你有什么心事，就尽管对我说吧！"

"好，那我就来说。"陈二妹提起精神，打开话匣，"阿农的信你已经看了。他生，专心致志帮助杨书记办联产承包的事；死，用他的鲜血保护沧桑村的联产承包成果；留下的遗愿，也是支持好人杨柳青，点亮沧桑这盏灯。咱阿华已经替我把话说了，您若疼他怜他怀念他，就请听听他的遗言，办办慰藉活人的事。老王，你不是问我有什么要求吗？若是你能那样做，这便是给我精神上的最大安慰了。"

王云岗听出了陈二妹的弦外之音，便问："嫂子，你们母女都要我'办办慰藉活人的事'，你能不能给我提醒提醒应该从哪些方面去办？"

陈二妹事先已做了充分准备，专门等着王云岗说出这句话。她不再犹豫，明白地说："你要我提醒，我就直说了。现在琼山的'三驾马车'已经有两驾动起来了。老奸巨猾的阴谋家、害死阿农的罪魁祸首姚新，开始要对杨书记狠下毒手；杨书记和李主任已经忍无可忍，也被迫准备和他斗个输赢。眼下是，眼下是……"

"眼下是一台天平两头分，就看阿爸您把秤子压在哪一头。"王小华帮她阿母把话说完整。

王云岗一听立即瞪大眼睛："问题可有这么严重？"

"是这么严重！"王小华加重了语气，加快了语言的节奏，"请阿爸想想，自从沧桑实行联产承包，怪事一桩连一桩，案件一个接一个，哪一桩哪一件不是薛腾飞和姚向鸿所为？哪一桩哪一件不是出自与姚新有直接关系的人之手？就那连篇累牍地广播沧桑'先进事迹'引起阿爸反感的稿件，也是姚新的女儿写的。远的不去提，近的说一件。沧桑、跃进两村即将发生武斗频频告急，姚新坐在县委会议室里高谈阔论稳若泰山，此情此景阿爸您还觉察不出来？今天我得明白告诉阿爸一件事，那天李主任、我阿母和我三人赶到笔架山，只迟了双方交火十分钟。我的志农哥就是在这十分钟里给打死的。若不是姚新有意拖延时间，就不会发生这种悲惨事件。紧张的十分钟，宝贵的十分钟，罪恶的十分钟。阿爸，'十分钟'，您听进去了没有？您明白了没有？您清醒了没有？"王小华说到这里，难以自制，呜呜大哭起来了。

王云岗起身挽过王小华，泪水伴随话音劝道："歇一歇再说吧，你镇静镇静，也好让爸爸喘一喘气。"

王小华摇摇头，任性地回答："不，我现在镇静不下来，我还要继续往下说。阿爸，请再仔细想一想，为什么您最亲近的人现在都和您谈不到一块，走不到一起；'文革'中曾经欲置您于死地而后快的人，现在却对您俯首听命，歌功颂德，这是为什么？这是为什么？？这是为什么？？？阿爸，您蒙了，您错了，您已经做出许多对不起我杨叔叔的事了，做出许多对不起我沧桑阿爹、阿母的事了，做出许多对不起琼山人民的事了，做出许多亲者痛仇者快的事了！阿爸，我对您不能说假话，今天是杨叔叔、李叔叔派我们来找您的。我和我阿母对您说的这许多话，是自己的心声，也是杨叔叔、李叔叔的忠言。关键时刻到了，您也应该醒悟过来了，阿爸！"

王云岗被王小华那连珠炮般的话语攻得招架不住，一时摇摇晃晃跌坐于竹卧椅上。

六十八

琼山的"三驾马车"相互碰撞分道扬镳，由地委派来的"三人调查组"业已进县。

这个调查组的组长是地区纪委副书记郑清添，组员是地委组织部副部长赵帧帱、专署农业委员会副主任魏振抑。他们的头衔虽然都挂一个"副"字，可是均来自重要部门，人员精悍，阵容甚强。调查组到了县里，把介绍信交给王云岗后，便东溜西逛，好似游山玩水。他们最感兴趣的是：笔架山的美丽风光、老龙岭的宜人环境、书桌大埔的宽阔地带，还有那"百凤朝阳"的三姐妹养鸡场、"机器欢歌"的民勤木材加工厂，偶尔也到县城的农资公司、县委的宿舍区转一转。他们走到哪里就同哪里的人交朋友，最有交情的要算许洋洋、许阿兰、陈二妹、阿勤婆，还有那姚向鸿、周宏发、李永功和县农资公司的汽车驾驶员许万两。

几天时间消磨过去了，看来调查组的人员也“玩”够了。他们“突然心血来潮”，提出要召开县委常委座谈会，听听每个领导成员对实行农村家庭联产承包责任制的看法。此时李明已离开沧桑回县，他按照调查组的意见，马上打电话通知，开会时间地点定在次日上午七点半、县委会议室。

每位县委领导成员接到通知之后，都按照各自的思路认真做起准备。在姚新那间华丽的卧房里，灯光整整亮了一个通宵，从姚新口中不断喷出的烟雾，把灯光染得一片混浊；在县委办公室，直到凌晨鸡鸣头遍，还有一个身影在晃动，这是李明在整理各种有关材料，其中包括几次县委常委会议的发言记录、几个主要案件发生经过的记载，还有李明本人准备在座谈会上表明看法的发言稿。卷宗、笔记本、文件、公文纸，铺满了几张办公桌；在王云岗家，虽是夜半灯灭室内如常，可竹卧椅的咯吱声伴随人的叹息声，同样响到天明；田峰在怎样进行准备，不得而知；杨柳青到座谈会预定时间将至之前，才从沧桑赶抵县城。

金色的阳光照在窗帷上，姚新和王云岗率先来到县委会议室。王云岗表情严峻，来回踱步，他掷掉手中的烟蒂，随手又取出一支香烟；姚新急忙上前，拨亮打火机给予点燃。王云岗狂吸几口，吐出的烟雾悠悠荡荡飘进从窗棂射来的阳光里。他双眉一拧，眼睛一提，发问姚新：“他们为什么都不来？”

姚新看了一下手表，说，“时间还没到。”

过了一会儿，人们的交谈声从室外传来，随之走进了杨柳青、李明和田峰；紧接着，地委调查组的三位同志也鱼贯而入，会议室顿时热闹起来。

姚新与众寒暄，频频点头以示热情、诚挚和谦恭。他同地委调查组的成员一一握手，举止不卑不亢，言谈恰到好处；而对杨柳青则是关心、体贴，真情溢于言表，他亲自把一杯茶水捧到书记座位前，很有分寸地向地委调查组的同志介绍说：“柳青同志到了琼山，一直深入基层调查研究，早上也是刚从沧桑村赶回来的，他比我们县委的每一位同志都辛苦。”

“好啦，我们开会吧！”王云岗对姚新的那一套并不感兴趣，依然板着脸孔替在场的人作了相互介绍，然后请杨柳青主持会议。

杨柳青首先征询郑清添副书记：“请调查组先给我们出个题目，大家再来一起汇报情况，谈谈认识，这样好吗？”

郑清添笑笑说：“那就由我先来个开场白吧。这次我们带着地委交给的任务到琼山，其中一项重要内容，就是想听听你们县委领导对当前农村经济政策的看法。特别是实行家庭联产承包责任制，这是当前广大干部、群众所关心、所议论的一个‘热点’问题，请大家联系思想实际和工作实际，放开来谈情况、谈看法、谈建议，大家意见如何？”

“好，那么我们就按照郑副书记出的题目，充分发表见解吧！”杨柳青把目光投向在座的县委常委。

会场沉静下来，过了十多分钟，还是没人开“头炮”。

郑清添的目光与姚新相遇，姚新借取香烟的动作，巧妙地把脸一转回避开了；请田峰发表看法，田峰“嗯嗯”两声，不置可否；请李明发表见解，李明顺势推崇杨柳青。

“那就由我先来抛砖引玉吧。”杨柳青胸有成竹、从容不迫地说，“走过一段陌生路，现在心中有个数。我到沧桑住了三四个月时间，在那里帮助党支部和队委会抓了家庭联产承包工作。实践证明，联产承包有利于调动群众的积极性，有利于解放农村生产力，看来这是一条使农村由穷变富的必由之路。这条路子尽管现在刚踏出来，还窄还不平坦。可是，我相信经过努力，一定会把它铺平拓宽。”

姚新听到“铺平拓宽”一语，视线立即从杨柳青的身上移向王云岗，暗中观察王云岗表情有何变化。

王云岗低着头抽闷烟，注意听取杨柳青的发言，表现出异乎寻常的冷静。

“四个月来，沧桑面貌在某些方面已有明显变化。譬如说，水田包产到户，稻子长得好于往年；农地专业承包，秋植甘蔗丰收在望；山地分片经营，林木管理工作加强，并为明春造林开了许多条壕、新穴；建立股份企业，养鸡场、木材加工厂也日见兴旺。按照当地农民的说法，叫作‘包’字出头，各业都好。”

“我看就有一样不好！”魏振抑副主任有意引出县委领导成员的不同看法，便借用一句当时在领导干部中颇为流行的话，“‘辛辛苦苦三十年，一夜退到解放前’，这也可以说好吗？”

杨柳青的发言被魏振抑的突然插话所打断，只好停顿下来，重新整理出他的下文。

姚新从魏振抑的提问中闻到了“气候”，就势上阵：“我也是在这一点上想不通。几十年来，历尽沧桑，从互助组、初级社、高级社，直到办起人民公社，好不容易才把一家一户引上集体化的康庄大道，使‘一大二公’的社会主义优越性得到充分发挥。现在搞起分田到户，岂不是自己搭台又自己拆台。我认为，我们都是共产党员，应当无限忠于社会主义事业，倒退的事绝对不能做，助长资本主义复辟的事更是万万干不得。”

杨柳青待姚新把话说完，又平心静气地继续发言：“是的，共产党人流血牺牲，前仆后继，正是为了消灭人剥削人的资本主义制度，建立‘各尽所能，按劳分配’的社会主义制度。可惜，在我们的人民走上康庄大道之后，由于集体化运动的缺陷，‘共产风’‘平均主义’‘大呼隆’的弊病在许多地方蔓延，出力者得不到应有的报酬，偷懒者从中得利，成了变相的人剥削人。共产党人用自己的双手‘搭台’，又用自己的双手‘补台’，避免正直的变刁、自私的变懒、为公的变穷，使‘各尽所能，按劳分配’的原则得到真正的体现，这样的事为什么不能做，为什么干不得？”

“不仅能做，而且应当做下去，做到底！”李明加重了语气，“我也认为，我们的新中国比起旧中国来，可说是已经发生了翻天覆地的变化。可是，目前农村尚有不少地区还处于贫困状态，就我们琼山来说，也还是个‘穷山’，这是很不正常的。社会主义姓富不姓穷，要使‘穷山’变‘富山’，联产承包正是一帖良方。”

“嘿嘿！”姚新斜了李明一眼，轻蔑笑道，“社会主义姓‘富’不姓‘穷’，此话不错；而包产到户表面看来也能暂时起点作用，但它是姓‘社’还是姓‘资’，这就值得好好研究了。”

“老姚，你认为联产承包‘表现不错，行动可疑’，是不是这个意思？”魏振抑又突然插进话来。

“是这个意思。”姚新明确回答。

魏振抑把手一招，说：“好，你继续往下说。”

六十九

姚新受到鼓励，说得越发起劲：“联产承包姓‘社’还是姓‘资’，确实值得怀疑。这‘社’与‘资’，一字之别，相差万里。真正的革命者，真正的马列主义者，绝不会被表面的繁荣所蒙蔽，被暂时的困难所吓倒，更不会放弃建设社会主义、实现共产主义的坚定信念。为了一时把生产促上去而搞复辟倒退，实不可取。”

杨柳青眼望姚新，浓眉一扬：“真正的革命者，不在于言论的激进，而在于所作所为是否符合客观实际，是否符合广大群众的利益。依我看，决定社会主义性质的是公有制及按劳分配等基本原则，而不是生产、分配和经营管理的具体形式。社会主义的根本出发点和归宿，是有利于社会主义生产力的发展。哪一种具体形式对发展生产有效，就应该采用哪一种形式，给它铸下一个固定的模式，任它阻碍生产的发展，就是僵化的表现。当前在农村中实行家庭联产承包责任制完全适应现在农村的生产水平和农业特点，完全合国情、顺民意，这同坚持社会主义、实现共产主义的信念有何矛盾？”

姚新嘴角一抖，欲加反驳：“我看不然……”

“请你让我把话说完。”杨柳青呷了一口茶，继续往下说，“至于联产承包是姓‘社’还是姓‘资’？是前进还是后退？对于这个大是大非问题，我也想谈谈认识。现在的家庭联产承包责任制，已不是过去的小农经济；现在的农民，也不是新中国成立前那种踩着‘独木桥’的农夫，而是走在‘阳关道’上的劳动者。他们在实行联产承包之后接受国家的计划指导，履行承包合同；他们把联产承包看成是致富的金钥匙，劳动生产积极性空前高涨；他们可以从劳动致富中切身体会到今天的社会主义制度好，出自内心地拥护我们的党，热爱我们的国家。由此，可以得出一个结论：联产承包是姓‘社’不是姓‘资’，社会主义也应该是姓‘富’而不应该姓‘穷’！”

“好，说得好！”李明听到杨柳青最后所下的结论，忘情地拍案叫绝；

田峰也一时忘了地委调查组的同志在场，噼里啪啦鼓起掌来。

此时，姚新已失去平时的“谦恭大度”，决意在地委调查组面前表现他的坚定性和革命性：“我不能苟同杨柳青同志那联产承包是姓‘社’不是姓‘资’的结论。更不主张十年内乱吃尽苦头之后，又在琼山折腾！”

杨柳青也不相让，他毫不含糊地说：“‘折腾’正是为了拨乱反正，改革才有真正出路。可以预言，历史的损失，必将由历史的进步来补偿；进步的事业，必将由进步的力量去完成。在这一点上，姚副书记尽可放心！”

“您放心，我可不放心！”姚新深感取胜这场争论至关重要，开会前苦苦熬了整个通宵，一半是在东摘西抄有关文件和材料上的论点、佳句，作为争论的本钱、进攻的炮弹；一半是在考虑如何充分展示自己的理论修养、路线觉悟和政策水平，好让调查组的人感到无论哪个方面，这姚副书记都比杨柳青强。因此，绝对不能在这重要时刻败给杨柳青，一定要以攻为守，战胜对方。现在，姚新完全以“正统的马列主义者”姿态站在县委会议室里。他现在已经有些忘乎所以：“我读过马克思的《资本论》，学过毛主席的《关于农业合作化问题》，翻阅了大量的政治经济学经典著作，从未见过‘联产承包’四个字，只有‘坚持公有制’这五个字。我认为，‘包产到户’就算能刺激农民的积极性，就算能暂时把生产促上去，那也只是一种‘兴奋剂’。在农村，土地一分，私字膨胀，人人为自己发家致富，谁敢担保资本主义不卷土重来，谁敢……”

“我看这样吧！”姚新尚要大加发挥，却被调查组组长郑清添把话给打断，“对于联产承包问题，目前你们县委领导成员认识很不一致，特别是柳青同志与姚新同志的观点完全相反，看来要取得思想认识上的统一并不那么容易。在观点和认识严重分歧的情况下，为了有利于琼山县委领导班子的团结，有利于琼山工作的正常开展，我们调查组根据地委的授权，可以从实际情况出发，对县委工作的主持人作出临时决定。”郑清添环视了一下会场，郑重其事地说，“现在我提议，目前琼山县委的工作由王云岗同志主持，待柳青同志进一步熟悉熟悉琼山的情况，熟悉熟悉农村工作以后，到时再作考虑。帧畴、振抑同志，你们意见怎样？”

“我赞成这个提议。”看来，赵帧畴、魏振抑二人事先已有思想准备，故不约而同，齐声回答。

虽然前段杨柳青经常深入基层，长时间在沧桑抓点，县委的日常工作实际上已交给王云岗主持。但是，由上级党委作出这种正式宣布，情况就大不一样了。决定突如其来，众人不禁一发怔，“这到底意味着什么？”每个县委常委都按照自己的思路在心中琢磨、分析和判断。座谈会，一时由激烈的争论变成沉寂的思考。

郑清添看到大家都不发言，平静中包藏着不平静，无声中隐含着心跳声，便把征询的目光投向杨柳青：“柳青同志，你对这个提议有什么想法和看法，可在会上谈一谈。”

杨柳青虽然受到震动，可他还是镇静地说：“坚决服从组织决定。只要给我留下改革豪情，一切个人得失都无所谓，我保证全力支持王云岗同志主持县委工作。”

“我来谈谈个人意见。”一直沉默未语的王云岗开腔了，“在农村实行家庭联产承包责任制，事关方向、路线、道路，必须十分慎重。强扭的瓜不甜，强求的事难办。既然目前在我们县委常委中观点分歧，那么就不必急于强求一致，可以通过实际工作来检验一下联产承包在琼山是否可行。二十几年翻来覆去，一直没个定数，我看让柳青同志继续在沧桑试试也碍不了大事。既然柳青同志是琼山的县委书记，县委的工作理所当然应该由他主持，这样才符合正常的组织原则。至于县里的全面工作，他下去抓点，我可以多作考虑，并不需要给我挂个‘主持’的头衔，挂上这个头衔工作反而不方便，还会在干部和群众中造成各种猜测和误解。我的意见，希望调查组的同志能加以采纳。”

郑清添让王云岗把话说完以后，又征求了姚新、李明、田峰的看法。

李明、田峰都表示赞同王云岗的意见。

姚新在听到郑清添的提议之后，脑子已转了几转。他把杨柳青被贬有机地同他发出的那“三封信”联系了起来，同他刚才在座谈会上发表的“高见”联系了起来，同薛厅长“施加影响”联系了起来。最主要的，还是同他最近所得到的小道消息“中央对联产承包意见不一致”联系了起来。然而，他在暗暗自喜的同时，也感到困惑和不快：在座谈会上，王云岗为什么对联产承包的态度变得那么暧昧，为什么不仅不加反对反而提出可通过实际工作来检验？莫非他的“立场”已发生动摇，观点已开始改变，或者已被杨柳青给拉过去了。不管如何，地委能作出由王云岗主持县委工作的决定，这便是我姚新的胜利。本来嘛，醉翁之意不在酒，联产承包好不好这与我姚新何干？今天在会上一本正经地同杨柳青争论，不也是只为摆摆样子表演一番而已？想到这里，姚新给郑清添作出回答的分寸就把握准了。他亮出一副心情沉重的表情，说:“工作争论归工作争论，同志感情归同志感情。按照我的想法，是赞同王县长的意见的。可是，上级党委既然已经作出决定，当然应该无条件服从。”

郑清添很有耐心地等待大家把话说完，然后明确地表了态:“你们的意见调查组可以带回去向地委汇报。但是，目前由王云岗同志主持县委工作的决定要坚决执行。我们相信杨柳青同志一定能够正确对待。”

七十

地委调查组开完座谈会，不动声色地走了。他们给琼山留下了一个“谜”，叫县委领导成员猜想、思考、解答，让广大干部、群众分析、判断、评说。

李明做了一夜材料准备，并未发挥应有作用，心里感到遗憾；田峰经过反复推敲，工工整整写在笔记本上的发言提纲，只能留下自我欣赏；王云岗此时站在十字路口，身为“主持”，中庸之道已行不通，调和折中更不可能，感到左右为难；姚副书记显然是个“胜利者”，他在“船过水无痕”的平静言行掩盖下，正准备采取进一步的行动；杨柳青的心情不同于上面四人，可四人的心思却都在他的洞察、分析、掌握之中，同时也有他自己的主见和打算。

“联产承包”已无法继续讨论下去，只好搁置一边；当前工作则摆在县委常委面前，必须抓紧安排。王云岗执行上级决定，正儿八经地主持起县委的工作，在开完座谈会后的当天下午，就召集全体县委常委会议，把秋收冬种、年终分配、秋征秋购、开山造田等“四季歌”中的“歌词”重温一遍，并且唱得声色俱佳。当会议临近结束之时，县委办公室的一名干事突然蹑手蹑脚走进会议室，请姚副书记去接长途电话。

姚新出去一些时间复又回到会议室里。他心底有点紧张，但表情依然平静地告诉大家:“薛厅长从省里打来电话，说他明天上午启程，在地区过夜，后天就到琼山。”

在场的人听之均为一愕。王云岗问:“薛厅长要来琼山，准备办什么事?”

“他没有说。”姚新把话说得很平淡，“年终快到了，大概是来了解了解今年工作情况吧。”

“看来并不那么简单。”王云岗只是把话说在心里，“这可能同追查他儿子之死的案件有关。”

在场的人心照不宣，都与王云岗有着共同的想法。

王云岗郑重其事地说:“薛厅长来琼山检查指导工作，我们应该热烈欢迎。李主任、田主任你们抓紧做好汇报材料准备，姚副书记你负责接待陪同。柳青同志就暂时不要下去了，我们一起来向薛厅长作汇报，你的意见呢?”

杨柳青想了一想，说:“我看就不必了。现在沧桑一些事情急着办，不少问题需要解决。有你们给薛厅长接待、陪同和汇报就行了，还是让我下去把那里的工作抓一抓吧。”显然，这是有意回避。

王云岗也不再勉强杨柳青。他一宣布散会，便走出县委大门，开了一整天会议，血压升高，头脑发胀，需要回家休息休息了。

杨柳青没同任何人告辞，带起他那只军用挎包，穿过热闹的街市，来到幽静的县人民医院。他不事声张，如同平民百姓一般，悄悄地走往向民所住的病房。

向民戴着老花眼镜正在阅读报纸，他一见杨柳青到来，立刻把报纸放到一边，迎上前去拉住杨柳青:“好几天没见面了，我的好小杨，快坐下，把咱沧桑联产承包的进展情况通报通报。”

杨柳青坐到向民身旁，强颜作笑:“进展得挺顺利，请您放心。民勤木材加工厂办得很有生气，现在已经能成批生产水桶、打谷桶和加工橱柜、沙发了，产品销路很好，经济效益也不错。待您身体恢复健康，我再接您回去饱饱眼福。”

向民听了杨柳青报给的喜讯，仿佛刨车带锯机就在面前旋转，成批成批的产品正装上拖拉机运出村去。他双眉一展，喜不自禁地说:“不费心血花不开，不下功夫甜不来。小杨你和志农、小华、洋洋、阿兰都花了心血，出了大力，我应该好好感谢你们!”这位一心记挂沧桑联产承包事业的可敬老人，只知道杨柳青和沧桑乡亲花了心血、付出努力、克服困难、取得成绩，哪知人们对他严密封锁着许多重要消息，致使他对村里接二连三发生不幸事件一无所知。

杨柳青从向民那快慰的笑容中发现:此时依然很有精神的老向，两颊已深陷下去，眼窝也塌了下来。这使人明显地觉察到癌病正吞噬着向民同志的躯体，挽留向民同志的生命已经到了用日计算的时刻了。心中隐隐作痛之余，一种加快搞好沧桑联产承包工作的紧迫感，顿时在杨柳青胸间反映得更加强烈。他暗自下定决心：无论如何一定要让向民同志在弥留之际，看到沧桑的联产承包开花结果，以慰这位对党的事业和人民利益鞠躬尽瘁的好同志。

向民精神越来越好，话语越来越多。他细细询问了沧桑的每一件事情，询问了王云岗近来对联产承包的态度；杨柳青尽量往好的方面讲，尽量少接触到敏感的问题，以防言谈中露出破绽。有时回避不过向民的提问，为了不使他伤心、烦恼，只好撒谎。在这“谎言”之中，隐含着一片志同道合的诚挚情谊。

就在杨柳青向一位快要离开人世的可敬老人倾注满腔深情之时，姚新副书记也准备把“感情投资”倾泻到薛厅长身上。他费尽心机，周密设计，要让薛厅长相信：姚新所执行的是一条完全正确的路线，所干的都是符合社会主义方向的事业；在琼山县委领导班子之中，姚新又是最为坚持原则、最有组织才能、最有工作能力、最有道德修养的优秀人才。而最最紧要的，还要使薛厅长认定：薛腾飞之死，是杨柳青在沧桑推行联产承包导致两村发生宗派械斗的恶果；“三死一疯”惨案，根源在于杨柳青到琼山以后执行了一条错误路线。只要能叫薛厅长那样“相信”和“认定”，那么同杨柳青一场较量的胜负，则有几分把握。道理很简单，因为薛厅长不仅能对地委、专署的领导施加一定影响，而且人命关天，薛厅长是饶不了杨柳青的。按照这个思路，姚新即于次日派出姚向鸿赶到跃进大队，胁逼李永功在薛厅长到达他们那里之时，作证薛腾飞是为了帮助跃进大队捍卫社会主义阵地而壮烈牺牲的。姚新本人则亲自出马，到了县招待所精心安排布置接待事宜，以取悦薛厅长。从招待所返回家里，他又根据新的对象，把原先用来向地委调查组汇报的那份材料修改、充实一番，好用花言巧语打动薛厅长。这一天，姚新紧锣密鼓地进行张罗，直到下半夜三点钟，他才关上卧房里的那盏台灯，带着一种不可名状的心情上了床。

次日清早，晨光熹微。“卖豆芽、豆腐！卖油条、麻花！”的阵阵叫市声，飞进华丽的卧房，吵醒还在蒙眬入睡的姚新。他睁开惺忪的睡眼，看了一下戴在手上的那只梅花表，时针指向六点二十分。他在心里骂了一句：“他妈的，这么早又来喊爹叫娘！”接着翻了一下身，又似睡非睡地闭上眼睛。

他已经估计好薛厅长从地区出发的时间，料定最快也得上午九时才能到达琼山。因此，要争取好好睡上一觉，以便精神抖擞地接待、陪同他那戴“绿帽子”的老上司。

时至八点，姚新起床刷牙洗脸，吃罢油条、豆浆，又到卧房的照身镜前梳妆打扮一番，然后风度翩翩地走出宿舍，提前来到县招待所等候薛厅长的光临。

七十一

“大驾”将至，不亦乐乎。当墙上的挂钟敲过九响，一部丰田牌的黑色小轿车即从街上驶进县招待所的院子里。姚新断定此乃薛厅长驾到，立即边抬手梳理本已油光发亮的头发，边张开笑脸快步迎上前去。

轿车车门打开，首先走下一位两鬓斑白、身躯枯瘦的花甲老人，随后出现一个肤色白皙、身子丰腴的半老妇人。这妇人是某厅办公室副主任、薛厅长的妻子。

姚新扮出一副悲欢交集的脸孔，紧紧握住那位枯老人的双手：“老首长，我总算把您盼来了！”姚新又一步走到妇人面前：“朱梅同志，欢迎您到琼山！”当姚新欲陪厅长及其夫人离开停车场时，才发现旁边还站着一个人，这人便是前两天刚离开琼山的地委调查组成员、专署农委副主任魏振抑。姚新顿觉出了纰漏，赶忙返身补上一课：“魏副主任，今天又见到您，实在太高兴了，快请进！”

两位贵客在姚新的前导下步入招待所的会客室。服务员紧紧跟上，又是请坐又是进茶。姚新迅即跑到服务台挂电话，把薛厅长驾到的消息告诉王云岗、李明和田峰。片刻，几位县委常委已在会客室里“众星拱月”了。

薛厅长环视着在场者，好似发现缺个什么？王云岗明白其意，解释说：“柳青同志下乡去，今天不能来，他托我向您们问好，向您们表示欢迎！”

薛厅长不介意地“嗯！”了一声，到底心里有些什么想法，那就不得而知了。

一阵寒暄之后，王云岗征询薛厅长：“是先安排休息还是我们先来作个汇报？”

薛厅长不动声色地说：“不必先安排休息，也不用作什么汇报，就坐下来随便聊聊吧！”他瞧了瞧摆在桌上的水果、香烟和当地特产琼山贡糖之后，手一指：“先把这些都收起来再说。”

在场者无言以对，只好叫服务员将摆在桌上的东西全部撤走，仅留下“清茶一杯”。

薛厅长不出话题，也不加引导，十分随和地与大家东拉西扯了一两个小时，直到午饭时间快到，才提出下午要去乡下跑跑看看。王云岗和姚新等人根据薛厅长的意思，当场安排行动路线并征得了薛厅长的同意。

开饭时间到了。县委领导成员和服务人员前呼后拥地陪着贵客，穿过玉兰大树掩映、成行绿篱护边、鹅卵石子铺地的人行道，进入了窗明几净、摆设幽雅的小餐厅。在两张安装茶色有机玻璃转盘的饭桌上，大杯小盅、茅台名酒、青岛啤酒和易拉罐装饮料，列队等待客人。姚新笑容可掬地把薛厅长和厅长夫人请上首席，又将魏振抑副主任安排在紧挨厅长的位置上。然后，王云岗、姚新、李明、田峰依次坐定。另有一席，汽车驾驶员、陪同人员也已就座。

薛厅长扫了一眼桌上的摆设，身子往后一靠，又板起脸孔发问：“放上这些东西干什么？”

姚新作笑回答：“难得厅长来琼山，这只是表达我们的一点心意。”

“意好不在于吃。”薛厅长有点不高兴了，“把这些东西统统收起来，吃个便饭就行了！”

姚新一听薛厅长“要吃便饭”，眼珠子一转，立刻临场发挥：“薛厅长严于律己，带头垂范，不让设宴，只准从简。他为我们树立了榜样，我们要好好向他学习。现在就遵照厅长的意见，改为‘三菜一汤’。白酒收起来，啤酒、果汁是饮料，不属违反规定之列，让它为咱助兴。大家要是赞成，就请热烈鼓掌。”

姚新话音一落，掌声立刻响起。

厨房内油上热锅的“嗞嗞”声，刀砍猪骨的“呯呯”响，传到餐厅里，煞是吊人胃口。姚新进入厨房，向司锅的、掌勺的、送菜的面授机宜。一会儿，“三菜一汤”同时上桌。三菜是三个大拼盘，美味佳肴尽在其中；一汤是全鸡炖枸杞，属滋阴补肾上品。

薛厅长一看上桌的“从简菜肴”十分丰盛，“三菜一汤”只是变换手法而已，开始生气：“哼，杀鸡，还要宰羊呢！”他叹叹气，又说，“我们正在提倡廉政，可不能这样干呀！既然菜已经做起来，那就只好下不为例了。”

“对不起，今天给大家扫兴了！”厅长夫人见在座的人都很尴尬，便出面打圆场，“薛厅长对自己、对家属、对部下要求都很严格，不允许任何人搞特殊化，他已养成这个怪癖，要改也难，请大家理解、原谅！”

“完全理解，不用原谅。今后我们一定以薛厅长为榜样，不搞铺张浪费，坚持勤俭节约，提倡艰苦朴素，发扬优良作风。”姚新应付自如，侃侃而谈。

“别讲那么多了，大家快吃吧！”薛厅长听得有点烦了。

在座的人均已饥肠辘辘，一闻厅长叫吃，都举起筷子干开啦！

“三菜”也是菜，啤酒还是“酒”，在一阵“感谢亲临指导”“祝您健康长寿”“恭祝万事如意”“祝愿琼山繁荣昌盛”的热烈气氛中，几十只底子朝天的啤酒瓶已靠边站，几十个被捏扁了的易拉罐壳也无人理它，给服务员留下的是两个狼藉的“战场”。朱梅和姚新一人一边搀着满脸通红、走路不稳的薛厅长离开餐厅，一步步走到了二楼的住宿区。

薛厅长脚一踏入住房，立刻反过身来，提起猩红的双眼盯住姚新：“你们安排这样的房间叫我住，莫非存心叫我晚节不保！”

姚新松开薛厅长，忙带服务员去打开另一套普通房间，旋即返身把薛厅长搀了过去。薛厅长进入房内，审视一番，点点头说：“这才差不多！”

薛厅长表示满意，几位县委常委也就放心了。他们都请厅长及其夫人中午好好休息，下午再办事情。

厅长一到琼山，三次谢绝厚待，叫人肃然起敬。王云岗从薛厅长的言谈举止中得到安慰：“这位厅长可是个正派人，看来过多的思想顾虑是不必要的。”李明、田峰也开始对自己的臆想产生怀疑，感到面前的厅长并非“与人为仇”而是“严于律己”的领导干部，可能会对琼山的是是非非作出正确判断。而姚新对于自己的接待安排则自鸣得意：盛情已经尽了，好感已经有了，圆场已经打了，初步目的也已达到了，待厅长和厅长夫人一觉醒来再见机行事不迟。

整座招待所在一片森严、寂静中度过了三小时，薛厅长和厅长夫人也酒消人醒。他们喝完茶水之后，便提出要到薛腾飞墓场，并指定由王云岗和姚新陪同。

薛腾飞的新坟就在县后山的革命烈士陵园内。这里苍松翠柏，浩气凛然。当薛腾飞死得发臭急于埋葬之时，姚新不顾众人反对，利用职权，以“厅长儿子为琼山献身”为理由，强行把薛腾飞葬在烈士公墓旁。事物就是这么复杂，是非就是这样难辨：在革命队伍里头，坏人混在好人中间；在渺渺九天之上，魔鬼打进英灵行列。

厅长夫妇在王云岗、姚新及其他工作人员的陪同下，走过一段山道，拾级登上花岗岩砌成的台阶，来到了薛腾飞的墓前。新坟尚未立碑，黄泥覆盖其上，野草还没长出，鸟粪已撒不少。薛厅长默默站在儿子墓前，不禁流下两行老泪；厅长夫人喊了一声“腾飞啊，娘来看你了！”便一头扑了过来。

姚新事先已有准备，急忙一把抱住朱梅：“不要太过悲伤，注意保重身体！”说着，自己天才演员般地呜呜大哭起来，泪水沾湿了一条手帕。

王云岗无言地站在一旁，不知应该怎样表现自己，也不知要说一些什么。因为把薛腾飞埋葬在这里，他本来就是坚决反对的，“两副脸孔”他表演不来。

薛厅长边擦着眼泪，边绕坟墓转了一圈。

厅长夫人则边啜泣，边问姚新：“阿梅今天怎么不一起来？”

姚新撒谎本来就无须动脑筋：“您们到来之前，她每天都要上这儿大哭一场。因为过分悲伤，精神已经有点毛病，所以今天不敢让她同行，连您们来琼山我都还没告诉她呢！”

厅长夫人受到感动，边擦眼泪边说：“实在亏待、为难阿梅了，回去我们还得一起去安慰安慰她才好。”

人既已死，焉能复生，看来薛厅长是想得开的。他在薛腾飞的墓前沉吟片刻，只语不发，悻悻离开坟场，在姚新和朱梅的保护下一级一级走下台阶，坐上停在山脚下的丰田轿车，返回招待所。

七十二

还是在县招待所的会客室里。室外投来的阳光，把窗影拉成长长的斜线，时候不早了。可是，薛厅长执意还要到乡下去“走一走看一看”，大家只好把茶水喝一喝，便随他出发；只有李明被姚新以留下管家为名，给支开了。

此行只有两部车子。前面的小丰田坐着薛厅长、厅长夫人，还有姚新作向导；后面的马自达乘有王云岗、田峰和魏振抑。尽管轻车简从，厅长那辆漂亮的“坐骑”，在琼山这偏僻的地方还是很引人注目的，一路而过，观者瞠目，大家都认定这是上头来了“大人物”。好奇归好奇，议论归议论，车子一过，也就了事啦！

然而，跃进大队的干部、群众却没有那么超脱。他们从今晨直至现在，思想和行动都处于极端紧张状态之中，厅长大驾光临，本队大事一件呀！守在墨砚岭上制高点观察动静的大队长李永功，一发现两个黑点从环山公路远远移动而来，便断定“重要时刻”已到，急忙奔至设在山腰间的开山指挥部。他对播音员连声喊道：“快快，赶快把扩音器打开！”播音员手忙脚乱地扭动扩音器的开关，连连吹着麦克风，室外的高音喇叭却毫无反应。李永功更急了，他一手夺过麦克风，一手重重地拍打扩音器，这一招果然奏效，高音喇叭呜呜响起来了。

李永功放开喉咙高声呼叫：“社员同志们，社员同志们，请大家立即各就各位，鼓足干劲，力争上游，向山地发起最猛烈的进攻。谁英雄，谁好汉，墨砚岭上比比看；男比男，女比女，人人争先夺红旗！”大队长发出的号召，震荡整座山岭。

然而，山场的民工并不那么听话。在一处新筑起的梯田旁，一群年轻人我行我素，继续笑闹着打赌“跳高坎”：谁敢从几公尺高的坎上往下跳，就可以取得摆在田头的那份“奖品”——刚从平整土地中挖到的一个大番薯。几位年轻人跃跃欲试，可一站到“跳台”抖了抖腿，又缩回去，那实在太危险了。有个勇敢者向后退者逞强：“你们都是胆小鬼，看我的！”他一脚登上田埂，闭住眼睛，定了定神，随之纵身一跳。腿起人落，田埂崩塌，泥丸、石块连同那份“奖品”，“哗！”的一声倾泻而下。“不好了！”在场的人们急忙蜂拥过去，只见那位跳坎者双手紧紧抱住一只脚，皱起脸孔哀天叫地。生产队长见状冲了过来，牛声马喉吼叫：“厅长马上就到，再不给我老老实实干活，就把你们今天的工分全部扣掉！”驱散了围观的人群，生产队长又一把揪住那位跳坎者的衣襟，顺势将人往前一推：“再捣蛋，晚上就把你揪到社员大会上批斗！”跳坎者吓生生地从地上爬了起来，一瘸一拐钻进了人群。

生产队长朝前走了几步，发现一块巨石后面有动静，便偷偷循声而去，近前一看，原来是一群人躲在那里打扑克甩老K。生产队长霎时火冒三丈，不容分说，夺过扑克牌撕得粉碎。玩扑克者心里惊慌，拔腿四散逃跑……

就这样在“强有力”的组织、指挥下，几百劳动大军集结工地，奋勇争先。顿时，满山战歌嘹亮，遍野银锄挥舞，一派龙腾虎跃、气吞山河的动人景象，呈现在进入跃进大队地界的薛厅长面前。

薛厅长被那炽热的场面所吸引，他轻轻拍了拍驾驶员的肩膀：“停一停。”

车子戛然停止，车上人员相继下车。薛厅长仰望着岭上迎风招展的红旗，滚滚如潮的人群，此起彼落的银锄，层层而上的梯田，不禁叫了一声“好！”

“是呀，真好看！”大概厅长夫人很少下农村，所以也就少见多怪，“这比‘文化大革命’红卫兵集会还壮观。老王，你们这里的工作搞得不错呀！”

王云岗“嗯嗯”两声，无言以对；姚新上前一步，作起介绍：“跃进大队是王县长亲自抓的点，几年来大干不停，开山不止，成为琼山县名副其实的样板。对于这个样板，目前评价不一，有人说好，有人说不好，个别人甚至想搞垮它。今天厅长和朱梅同志亲临视察，闻其名观其实，必将对它作出最正确的评价，这也是对我们工作最有力的支持。”

薛厅长只听不开腔，脸上的表情也无明显变化，他揉了揉眼睛，起步就要上岭。

姚新一步过去，搀回厅长：“不要太劳累了，这里看看就行，详细情况再叫队里的干部向您汇报。”

薛厅长返回小车旁，准备继续开路。这时，李永功飞也似的从开山指挥部奔下山来。他认定那个枯瘦老人是薛厅长，慌忙上前，喊出已经背诵两天的“欢迎词”：“薛厅长您好，一路辛苦了！我代表跃进大队全体干部、群众热烈欢迎您的光临，衷心感谢您对跃进大队的亲切关怀。现在请您检查指导！”

薛厅长望着李永功，心中无数：“你是……”

“他是琼山的模范干部、跃进大队的队长李永功同志。”姚新忙作介绍。

薛厅长点了一下头：“唔，李大队长，你们干得还不错。一起上车吧！”

李永功把“欢迎词”朗诵得一字不差，自感庆幸；一见面就受厅长大人的表扬，洋洋自得；能坐上厅长的高级轿车，更是脸上有光。在车子行进中，他不时把头伸出窗外，好让工地上的人们看得见，感到李永功不简单。

姚新早有打算，他领着司机沿墨砚岭的环山公路，把车子开到距离书桌大埔不远的地方停下。

李永功带薛厅长和厅长夫人步至墨砚岭的边缘地带，向他们介绍说：“对面就是沧桑村的笔架山，新来的杨柳青书记正在那个村抓点搞包产到户。山下这片土地叫作书桌大埔，因为产权归属问题长期没有解决，至今还是得不到开发。不久前，跃进大队就是因为要开发利用这片荒埔遭到沧桑村的横加阻挠，结果发生大规模械斗，死伤了不少人。”

“死伤多少？是一些什么人？”薛厅长不温不火地问。

李永功望了望王云岗，又看了看姚新，吞吞吐吐地难于把话再说下去。

姚新板起脸孔盯住李永功：“对上级应该如实反映情况，不必有什么思想顾虑！”

李永功咬咬牙，打出了一副悲伤的脸孔：“薛腾飞同志就是为了制止这场械斗，被沧桑村党支部书记的儿子许洋洋打死了！”

薛厅长睁大眼睛：“你说的可是真话？”

李永功咬定：“是真话！”

“不对，薛腾飞不是在械斗中被打死的！”在场的人定眼一看，说出此话的不是别人，正是平时处事严谨的田峰。

一阵山风由远及近，刮得树叶沙沙作响。站在墨砚岭边缘地带的人们，均感身上有点发冷。身体单薄的薛厅长微微打着寒战，他走近田峰面前，口气温和地说：“腾飞是怎么死的，请把情况如实告诉我。”

田峰沉思了一下，然后说：“请薛厅长原谅，这是一桩复杂的案件，在这儿讲不清也不便于讲，待回县里再叫有关人员向您详细汇报。”

“有什么不便于讲和讲不清的，这儿是现场，在场的人又都是你们县里的领导干部，不是最好说话的地方吗？”朱梅急不可待地要田峰当场作证。

“老田，既然朱梅同志要你说，那你就说吧，这里没有外人，不要紧。”

姚新完全以第三者的面目出现。他在心里盘算着：薛腾飞之死案件的内幕，田峰是不可能真正了解的，姓田的在此作证只能靠第二手材料，拿不出真凭实据来，而我姚新加上李永功，则可以不费吹灰之力，把你田峰驳得哑口无言，让你在厅长和厅长夫人面前下不了台，使厅长及其夫人更加相信李永功所说的才是真话。

姚新有姚新的手段，田峰也有田峰的办法。田峰采取“以其人之道还治其人之身”的招数，向厅长和厅长夫人介绍说：“对于这起重大案件，我们姚副书记自始至终十分关切，他既亲自听取情况汇报，又参加料理腾飞的丧事，还是请他来说更具体、更准确。”

“也行，那就由姚新同志你来说说吧。”薛厅长把视线移到了姚新身上。

姚新没料到田峰会来这一手，可他并不感到难以对付，脑子一转，计上心头：“我本来就准备把所了解的情况向薛厅长和朱梅同志作个说明。后来考虑到还是在县委常委中统一统一看法再作集体汇报更妥当、更全面、更准确一些。现在天色不早了，我们先在这里看看现场，今晚厅长您和朱梅同志好好休息一下，明天我们再向二位作详细汇报，好吗？”

薛厅长不置可否地把双手又往背后一剪，返身朝停在不远处的轿车走去，拉开车门，坐进车里。

随行人员见薛厅长心情不好、脸色不佳，也就不再说些什么，都随着上车。李永功被丢在墨砚岭的山道旁，他不忘一边频频招手一边高呼：“感谢首长的亲切关怀，祝首长们一路平安！”

薛厅长把一只干瘦的手伸出车窗外面招了两下，表示谢意。

两部轿车一溜烟离开墨砚岭，奔跑在公路上，不到一个小时，又回到了县招待所。此时天色已暗，县城四处亮起点点灯光，与天上的群星遥相辉映。招待所里，盏盏日光灯同时开放，服务员一片忙碌，有的打洗脸水，有的递毛巾，有的送茶。看来这里的服务人员是“训练有素”的，他(她)们每把一样东西送到薛厅长和厅长夫人面前，都要用一种颇为准确的“北京音”道一声：“首长辛苦了！”此话就像“印版”一样规范，说多了倒叫人感到有点滑稽。薛厅长和厅长夫人开始还向服务人员说上一句“谢谢！”后来“谢”得太多，也就不耐烦了。

一顿美餐、一阵寒暄、一场电视过后，已是晚上十一点半，所有人各自“鸣金”收兵，各作自由安排。

薛厅长和朱梅已经够累的了，他们沐浴完，便都睡下。深秋的夜晚，不热偏凉，盖着一条松软的棉被，虽说普普通通，倒也舒适宜人。一觉醒来，已是早餐时分。

在餐厅里，王云岗和其他县委常委边陪厅长夫妇用膳，边征求他们对今天活动安排的意见。魏振抑副主任建议到沧桑村去走一遭，薛厅长欣然接受。可是，县里由谁陪同，却发生了麻烦。此时，王云岗不想去，姚新不敢去，他们都婉转“谦让”了一番，最后把任务落到李明和田峰身上。厅长夫人本来对那种“土里土气”的偏僻山村缺乏兴趣，便以想找姚向梅谈谈话为借口，决定留在县城。

薛厅长显得很大度，他对大家的去留都无所谓，一概表示同意。吃罢早饭，王云岗和姚新免不了又要送一送薛厅长上车。薛厅长上车之前，对朱梅说：“来琼山一趟不容易，你可以请老王和老姚带到县城转一转，领受领受山区县城的独特风貌。”

七十三

两部轿车又开出县城东门外；朱梅也在姚新的陪伴下逛起县城。

小小的琼山县城，横竖加起来还不及省城的一条大街，姚新带着朱梅转了一圈，感到没有多少东西好看，便一起来到姚新的住处。

是时上午半晌，姚向鸿、姚向梅均已外出，房内空无一人。姚新把朱梅带到会客室，手示沙发：“请坐！”随着从橱子里取出高级糕饼点心，泡上两杯咖啡，一并放到一对沙发中间的茶几上。

朱梅不用人请，大方自然地举起杯子，边喝咖啡边问：“向鸿、向梅都到哪儿去了？”

姚新双眼直视朱梅：“向鸿我叫他暂时住到我们昨天去的那个跃进大队，帮助当地做做工作；向梅最近心情不好，让她住在外婆家散散心。现在屋里就剩下我们两个人了。”说着，把手搭到了朱梅按在茶几上的那只雪白、肥厚的手背。

朱梅犹如触电，她提起一对迷人的眼睛望着姚新，说话的声音有点颤抖：“你还记得我呀！”

“记得，一年三百六十五天、每天二十四小时都把你记在心里，有时一夜都要梦见好几回！”姚新说着，把朱梅那只嫩软的手捏得更紧了。

“别这样，我们还是来谈谈正经事吧。”朱梅把手缩了回去，“你把腾飞是怎么死的如实告诉我。”

“腾飞是怎么死的，现在我可以把真情全部告诉你，可你要绝对保密，不能再让厅长知道。”

“为什么？”

“让他知道了，你、我都要承担管教不严的责任。”

“这话怎讲？”

“你听我说。三年前，厅长和你担心腾飞在省城闯祸，把他送到琼山锻炼，托我管教，我便尽最大的努力去关怀、教育、引导他，甚至连向梅也许配给他。本想这样做能使他安分守己一些，可他还是恶习不改，仍旧如在省城一样，终日花天酒地，寻花问柳。后来，他说要到沧桑村熟悉农村生活，做点工作。我满心高兴，就让向梅和他一起去了。哪知……”

“哪知怎样？”

“哪知他到那里依然不务正业，又干坏事。那个村子有位姑娘名叫许阿兰，长得很美，被他看中了。”

“后来如何？”

“后来……”姚新把薛腾飞如何制造借口，挑起事端，派人劫持许阿兰；如何糟蹋许阿兰，又企图杀人灭口，最后反而死在许阿兰手中的经过，从头到尾细说了一遍。至于他姚新怎样设下圈套引薛腾飞走上犯罪道路，这个“天机”当然不能向朱梅泄露。

“天啊，真是罪有报应！”朱梅听完姚新的“真话”，不禁身子一瘫，无力地躺到了沙发上。

姚新对于朱梅此时心中的悲伤并不介意，他睁大贪婪的双眼，直盯着朱梅那富有弹性的身躯，只觉得她的风韵不减当年。十几年前，当“文化大革命”烈火烧进薛厅长的家时，身为厅长贴身秘书的姚新，也曾来了个“反戈一击”，可他还算有点“良心”，当薛厅长被送进“五七”干校劳动改造后，又来了个“明打暗保”，代替薛厅长关照起朱梅和薛腾飞，白天不敢靠近，就趁更深夜静无人监视之机潜入厅长家中。就在那个时候，血气方刚的姚新，以一颗炽热的心感化了活力正旺的朱梅，并于一个神不知鬼不觉的深夜，在朱梅房里的干净地板上铺起毯子，两人第一次媾和了。也是那个时候，已经到了上小学年龄的薛腾飞，看到姚新经常深夜上他家，开始从感激变为怀疑，他睡在隔着木板墙的一间小房子里，当听到姚新轻轻的脚步声在他母亲房中响起时，便闭上眼睛假装入睡，待姚新和他母亲开始动作，即把耳朵贴到隔板上听动静。两年有余时间，薛腾飞就在这种“特殊”的环境中接受“熏陶”，开始在他那幼小的心灵中播下了犯罪的祸根。有天清早，薛腾飞抢先在他母亲的睡房外面，待姚新打开房门一步跨了出来，便迎上前去道一声“姚叔叔，向您请安！”自此之后，姚新和朱梅开始“疏远”，一块心病也无法在两人心中消除。母虎再恶也不咬亲生子，朱梅只好以“母爱”去感化薛腾飞，换取知情者的“庇护”；姚新则是一头笑脸雄虎，不时在心惊肉跳中考虑着如何除掉这个后患。

姚新秘书毕竟是个善于钻营的人，他靠高呼“把‘无产阶级文化大革命’进行到底！”的口号，取得了“革命派”的美称，并自告奋勇到“最艰苦的地方”去工作，从而离开那“心惊肉跳”之地，来到了琼山县担任革命委员会副主任，又开始干起一番“轰轰烈烈”的事业……

往事如烟，今事似梦。姚新审视着躺在沙发上的朱梅，感到她那不高不矮的身材还是那么匀称迷人，鼓起的胸脯还是那么丰满结实，鬓边的那个“三角地带”还是那么粉白细腻；鹅蛋形的脸孔虽然已布上几丝皱纹，而那不变的弯弯柳叶眉和小小樱桃嘴，足以弥补被皱纹损伤的风韵。

一种异性的强烈吸引力，勾得姚新六神出窍。他抖索着双腿过去把门户关好，又返回朱梅跟前，俯身把她抱了起来：“亲爱的梅，不要伤心，现在就让我们以爱情来治疗这心灵的创伤吧！”说着，把嘴贴到朱梅的脸颊又移到唇边，狂吻起来。

朱梅双手紧紧搂住情人，一阵陶醉之后，伸手推开姚新：“时候不早了，薛老头可能很快就会回来，我们还是赶紧到招待所去吧！”

“他来回路程所需时间，我已作了精确计算，不到十一点半回不了县城，你尽管放心！”姚新一把挽过朱梅，走进了他那华丽的卧室。

朱梅后退两步，靠到墙上，心在激烈跳动：“不行，你我现在都有个家，一旦隐情败露，后果不堪设想。”

姚新欲火攻心，一步过去，使劲把朱梅抱上了床：“里外防范措施严密，这里是个保险柜，风不透雨不漏，神不知鬼不觉，不必惊心，不用害怕。”

朱梅翻起身来，把手搂在姚新的脖子上：“说老实话，你真心爱我吗？”

“不用我再对天发誓了！”姚新把脸贴到朱梅丰满的胸脯间，“自从向鸿的母亲死后，我就下了决心，非你莫属，非你不娶。只要那个枯老头一死，我们便正式结为一对恩爱夫妻。”

“唉，你呀，真是冤家对头！”朱梅已经完全失控。是姚新征服了她，还是这半老徐娘春心躁动难以自制？不清楚。两人各自脱掉衣服，五体一丝不挂。姚新身子一挺，朱梅双眼一闭，成事了。

台上的座钟在嘀嘀嗒嗒地响，床铺的蚊帐在微微抖动。一阵云雨，一阵疯狂，一阵惊心，一阵舒畅……二人又一起站到照身镜前整理身上的衣装。朱梅余兴犹存地瞟着姚新：“感觉如何，好受吗？”姚新淫笑回答：“久别赛新婚，此话不假！”姚新顺手扭动放在床边的录音机，随着轻轻响起了《何日君再来》。看来，朱梅“心灵的创伤”已得到了弥补；姚新除掉薛腾飞那个知情者，也用不着再担心“后患”了。

日近中午，两部轿车又开回县招待所。前车走下薛厅长、魏振抑，后车步出李明、田峰。姚新和朱梅均泰然自若地等候在停车场上，他们一见薛厅长下车，即迎上前去。

薛厅长随口问朱梅：“上午溜达得怎样？”

朱梅以颇为满意的口气回答：“县城虽小，可看的东西倒不少，跑了一个上午都看不完。”

“朱梅同志兴趣很浓，一直遛至十一点多，我们也刚到这里。”姚新很随意地补上一句。

“是呀，可别小看山区小县城，有不少东西在省城是看不到的。”薛厅长在大家的蜂拥下，径直朝餐厅方向走去。

姚新亲热地靠近厅长身旁：“一路辛苦，还是先喝喝茶，休息一下再用餐吧！”

“不啦，洗个手就吃饭，中午也不用休息了，你们把该说的话都说一说，我们今天傍晚就要上地区去。”薛厅长边说话边往前走。

“那么着急做什么，在这里多休息一两天吧！”姚新恳切地挽留他的老首长。

“公务缠身，有许多事要办，不能久留了。”薛厅长主意已定，他环视了一下周围的人，问：“王县长中午不来？”

“他身体有些不舒服，交代我们陪您吃饭，要汇报工作才通知他。”姚新恭恭敬敬地陪着薛厅长进了小餐厅。

七十四

午饭过后，招待所的会客室又热闹起来了。除开杨柳青，县委常委都已到场，加上魏振抑及有关工作人员，济济一堂。薛厅长今天下午就要离开琼山，他们是来向厅长汇报工作、听厅长作指示，也是来为厅长及其夫人送行的。

在朱梅和姚新的护送下，薛厅长迈着沉稳的步子进入会客室。他对站立在那里迎待的人招招手，和善地说："不用客气，请坐下，请坐下。"厅长一落座，又说："这两天给你们增添许多麻烦，光阴宝贵，不好再占用大家太多时间，趁我们要走之前，一起座谈座谈。客套话不用讲，打开天窗说亮话，直截了当回答我两个问题：对薛腾飞的死有什么看法？对沧桑村的包产到户有什么见解？请放开说吧！"

薛厅长把话说得轻松，在场者回话感到为难，过了十几分钟，还是无人发言。薛厅长瞪大眼睛来回巡视全场两遍，然后手按茶几慢慢站起身来："既然都不说话，也不好勉强大家，那我只好走啦！"

王云岗听之一震，赶忙请厅长坐下，勉为其难地作了发言："那就由我先来说说吧。腾飞的死因，我们县里正在组织专案调查，目前还难以作出结论。以我个人的看法，这不是一个孤立事件，它同跃进、沧桑两村发生宗派械斗，同在这次械斗中导致的'三死一疯'惨案都有关联。事情是很复杂的，所以必须花大力气搞清来龙去脉，才好作出结论。请厅长和朱梅同志相信，我们县委、县政府一定认真对待，谨慎从事，把整个事件搞个水落石出，并作出严肃处理。"王云岗停顿了一下，继续把话往下说："至于沧桑村的联产承包问题，我也在这里表明个看法和 态度。开头，我对那种做法是坚决反对的，直到不久前还是持否定态度。"

"过去就不用讲了，说说现在好啦！"薛厅长插进话来。

"现在我的认识有了改变。"王云岗不加修饰地说，"自从沧桑搞起联产承包，我虽然还没去过那里，可是从了解到的情况看，那种做法深受群众拥护，有利发展生产，符合‘三者’利益。既是这样，让它实践实践也未尝不可，过一段时间再好好总结经验教训。可行，便推广；不行，就纠正。一个村，小范围，无碍大局。”

“嗯，老王你的看法和态度是这样的。”薛厅长不动声色，“其他同志也都讲讲。”

李明扶了一下眼镜，接着发言：“我的看法，今天上午在沧桑现场考察时已经向厅长表明了，现在说得更明确一点，‘三死一疯’案件，包括腾飞之死在内，事出同源，互有联系，应当一并查清，我们正在组织力量抓紧侦破，今天难以马上作出结论；沧桑联产承包，适合当地生产力的发展水平，符合广大人民群众的意愿，不宜干扰反对，应该坚决支持。我的话说完了。”

薛厅长矜持地望着李明：“唔，李主任把话说得挺干脆！”他把目光移到田峰身上，“来，你也说说。”

“我的见解和李明同志一样！”田峰回答。

“嗯，看来你们的观点很一致呀！”一丝令人难以捉摸的笑意，从薛厅长那瘦削的脸盘掠过。

“我来发表发表不同看法！”姚新破脱口而出，“凡事都要透过现象看本质，拨开枝节抓根本。方向一偏，一切皆偏，路线一错，一切皆错，这是个颠扑不破的真理。发生‘三死一疯’惨案的根本原因并不难找，结论也不难下。我现在可以明确地说，这桩惨案，是沧桑推行联产承包导致两村宗派械斗酿下的苦果！”

“好，这话说得好！”朱梅直声叫道，“还是姚副书记站得高、看得远，抓住了事物的本质，作出了正确的判断。腾飞之死，你们县委不用再作调查了，现在该作结论了。”说完此话，朱梅拍案而起，放肆攻击沧桑村的联产承包，历数杨柳青的罪状，指责王云岗、李明和田峰良莠不分、是非不辨。

厅长夫人咄咄逼人，厅长本人不动声色。待朱梅说完骂够之后，薛厅长方若无其事地征询还没发言的魏振抑：“老魏你有什么话要说吗？”

魏振抑想了想，嘴角挂起一丝令人费解的笑意，模棱两可地回答：“这两件事，一件人命关天，一件事关大局，我看都得十分慎重。”

“嗯，慎重，应当十分慎重！”薛厅长带着讽刺意味，点头对魏振抑的话表示“赞赏”。

太阳下山，投进会客室的一抹阳光消逝了，室内顿时暗淡下来。此刻，薛厅长的脸孔也变得十分阴沉，与初次在这里同大家会面判若两人。他正襟危坐好一阵子，有意先引而不发，然后来个妙语惊人：“大家都把话讲了，薛某也听得明白了。在这里，我想引用一句哲语：喜时之言多失义，怒时之言多失理。为了慎重起见，今天我就不多说了，只是拾别人的牙慧，敬送琼山县委两句赠言：‘路线一错，一切皆错’；‘众军杀人，罪归主帅’！”话音一落，随之起身，不告而别步出会客室。

气氛骤然变得十分紧张。薛厅长撩开大步，头也不回地朝着停车场走去。王云岗等人跟在其后，不知如何对付这种极为难堪的局面。姚新和朱梅乐在其中，急忙走进住房收拾行李，两人乘无旁人相对一笑，而后提起行装赶到车场。这时，薛厅长已经坐进车里。

朱梅为同厅长保持一致，冰冷对待王云岗、李明和田峰，她身子一扭，便钻上车。

魏振抑看到云岗心情沉重，深感内疚和同情。此时，他很想替大家打个圆场，因碍于厅长和厅长夫人也不便有过分举动，只好与每位县委常委握握手，随着上车。

小巧的座位，堆上行李显得有点拥挤，驾驶员给取下一个包包准备放到后头的车厢。姚新见之，慌忙把包包接了回来：“没关系，这车子跑得快，一会儿就到市里，放在前面就行了。”原来是，漂亮的丰田轿车，正身坐着“正人君子”，屁股暗藏“贡品礼物”，姚新害怕车厢一开便露馅。“三谢厚待”原是装模作样，“捞取实惠”方为货真价实。薛厅长同姚新配合得是如此默契。

轿车启动了，厅长的“赠言”留下了。几位县委常委出自礼节，向薛厅长夫妇招手道别。得到的回答是：从车后撒来缕缕烟尘。

七十五

唯姚新脸有喜色外，几个县委常委都憋着满肚子气离开县招待所。王云岗摇摇晃晃走回自家，一进门，即从橱子里取出冠心苏合丸，又倒了一杯水，闭着眼睛把药服下，随着躺到了那只与他交情甚厚的竹卧椅上。他已感到十分疲倦，决意一切暂时不想，图个宁静。可是，“沧桑村的联产承包”“杨柳青的前途命运”，恰似赶不走、驱不散的魔云在他脑海中缭绕，使他欲罢不能。同样是人，你薛厅长把自己的儿子视为珍宝，又要将他之死归罪“主帅”；难道我王云岗的“未来女婿”是泥土捏成的，他的死要归罪何人？同样是人，你薛厅长坐着轿车兜了一圈，就用那个骇人的“赠言”给杨柳青定罪；难道杨柳青在沧桑苦苦探索了几个月，就没有一点申述的发言权？同样是人，你薛厅长可以盛气凌人，冷落琼山县委领导成员；难道琼山县委领导成员都是“奴才”，可以叫人随意蔑视？一股怨气逐渐转化为一团怒火，王云岗顿时血往上涌，一个拳头猛砸在茶几上：“真理不怕势来压，难道我王云岗非屈服于你薛厅长不可！”

就在王云岗怒火中烧之时，李明和田峰也找了个安静处相互交换意见。

“琼山县发生‘三死一疯’惨案、调查组留下一个‘疑团’、薛厅长送给县委两句‘金言玉语’，事事都牵连到柳青同志身上。”田峰心潮难平，可说话仍慢条斯理，“看来，老杨现在的处境相当困难、十分不妙，我们也到伸张正义、挺身而出的时候了！”

“是到时候了！”李明愤愤不平地说，“不坚持原则、不伸张正义、不主持公道，何以为人。现在不怕以势压人，就怕是非难辨。沧桑联产承包的成果明摆着，又有老杨在那里掌舵，不用我们操心；制造‘三死一疯’惨案的罪魁祸首，虽然你我心中有数，可还得拿出确凿的证据才能定论。当务之急，就是要抓紧案件侦破工作，到时候才能以事实说话，让真相大白于琼山。”

“说得对！”田峰毫无保留地支持李明的意见，“案件侦破的组织工作老杨不好亲自出马，这个任务应该由我们来完成。”

王云岗、李明和田峰的思想变化、心理活动和行动打算，难于跳出姚新的分析、判断和预料。当薛厅长的“坐骑”一出琼山县城，姚新就把注意力转移到面前的对手。他清醒地估计着薛厅长此次琼山之行的作用，认为这只能施加“影响与压力”，无法“定案和结论”。当务之急是要“趁热打铁”“乘势而上”，采取突然袭击的手段，“挟天子以令诸侯”，逼迫王云岗按照薛厅长的“赠言”办事，“主持”县委对“沧桑联产承包”进行表态，对“三死一疯”案件作出结论，并向上级呈送报告，逼得越紧，办得越快越好，以加速杨柳青的倒台。以上只是姚新的一手，还有一手，如果那个“理想方案”不能得逞，便进行“背水一战”。至于此战的行动计划，姚新现在只能锁进他的心里，不能泄漏半点。

有人在同情，有人在支持，有人在暗算，有人在加罪，沧桑村的联产承包和杨柳青的前途命运，已经到了决定成败胜负的紧要时刻。对此，杨柳青是否了解得透彻、掌握了主动，不得而知。只见他安于沧桑，整日奔忙在田野上，成天生活在群众中，自自然然，坦坦荡荡，并无异样。

当太阳升起，秋风吹来，沧桑溪水飘飘洒洒泛着一路金波之时，杨柳青又到达沧桑洋上。他蹲到田边，捧起金灿灿、沉甸甸的稻穗，心情感到格外舒畅。再过两天，就要在这里开镰了。在为丰收景象陶醉之时，一曲优美动听的芗剧清唱由不远处传来，杨柳青循声望去，发现是周进财男假女嗓在动情地唱着《梁山伯与祝英台》中的“楼台会”。

周进财今天比杨柳青早些到了沧桑洋的承包地。记得三个月前，当周进财领回《承包合同书》开始耕耘这片田地时，周大憨曾在这里进行过一场“斗牛表演”，周进财也蹲到田头向杨柳青倾谈耕种这片田地的打算。转眼已是金秋时节，联产承包后的第一个丰收年十拿九稳了，这怎不叫人心情激动，喜上眉梢。

杨柳青站到周进财面前，半玩笑半认真地说：“原来你是拳头藏在袖子里，还是个戏剧家呢！”

“乐在心头，曲从口出，哼哼两句，请莫笑话。”周进财并不感到不好意思，而是眉飞色舞地说，“我种地四十几年，从未见过沧桑的稻子这样粗枝秆、大穗头、好色水，拿捏拿捏，一亩十担谷子准到手。可大憨的心比我还大，他硬说……”

“不是硬说，我是用夜校教给的定点选择法测算的。通过计算穗数、粒数、千粒重，平均亩产可达一千零三斤。现在种田讲科学，哪能像我爹那样随便‘拿捏拿捏’算个大概账。杨书记，我说得对不对？”周大憨已不再憨，而且挺精明。

“三斤之差，可是个不小的数字呀！”杨柳青见周进财、周大憨父子争得挺有意思，乐在其中，“现在我也估计不准。看鱼大鱼小，潭见底知晓。你们现在不要争，先来画个押，我当公证人。待谷子登场，晒干扬净，过秤定数，再论输赢。”

“就按杨书记的话办，到时谁输了出钱请戏，谁赢了台前看戏，怎样？”周大憨向他老子挑战。

说者无心，听者有意。杨柳青感到刚才同周进财父子聊天，他们总离不开一个“戏”字，便想探个究竟：“进财老兄，大憨要输赢请戏，你敢不敢？”

“别听他吹牛皮放大炮，请一台戏要花好多钱，就是把我家责任田收成的谷子全卖了都不够数呢！”周进财谈戏上了瘾，“杨书记，我们村里好久没演大戏了，要是能准许村民凑钱请个专业剧团演它一场，来个演社戏，庆丰收，那才神呢？”

“沧桑的乡亲都喜欢看戏？”

“那还用说，不只是沧桑人喜欢看戏，所有乡下人也都喜欢看戏。”周进财说得更来劲了，“在我们山村，结婚算大喜，喜不过村里演社戏。以往有个习俗：五谷丰登，唱戏谢神；后来进行改革，谷子登场，演戏庆功。咱沧桑穷，请不起专业剧团，就自排自演。杨书记您还不知道，前年秋收以后，我们村里自排自演了一出芗剧《梁山伯与祝英台》，远近十里八村，男女老少都赶来看。在这出戏里，志农扮山伯，小华演英台，唱得真入神，当演到‘十拜梁哥’那一场时，台上啼，台下也哭。过了一两年，不少来看过这出戏的外村人还向我提起这件事呢！”

“刚才我听到你也唱得很动人，是在这出戏中扮演什么角色？”

“他们要我扮演那个花花公子马俊，我不干。后来专司大管弦，小华‘十拜梁哥’的那一段唱，就是我给她配乐的。”周进财正在兴头上，当他欲想继续吹嘘自己时，只见李明由远及近匆匆而来。

李明步至杨柳青跟前，问：“你们在探讨什么，谈得这样热火？”

杨柳青一本正经地答：“我在听进财兄说戏，很有意思，你也一起听听。”

“嗨，您现在还有这个闲情逸致，真是莫名其妙！”李明一把挽过杨柳青就走，而后回身向周进财点点头，表示歉意。

七十六

杨柳青和李明如同以往，并肩沿沧桑溪岸走去。看来，此地即是他们互通信息、交换意见的最佳地点了。

厅长“赠言”，李明一字不漏地向杨柳青作了转达。与此同时，他还提供了一个新情况：薛厅长走后，姚新便搞“突然袭击”，要县委常委对沧桑实行“联产承包”加以否定；就“三死一疯”案件下定结论。大家坚决反对，姚新图谋败北。

李明原以为那两件事会震动杨柳青，没料到并未引起反响。杨柳青不盘问“正事”，却向李明出了个偏题：“沧桑晚稻将有好收成，乡亲都想乐一乐。刚才周进财对我说，在乡下，结婚算大喜，喜不过村里演社戏。我们现在就来帮助筹措，谷子登场，演戏三天，你说好不好？”

李明认为演社戏与“要事”风马牛不相及，即说：“眼下大事迫在眉睫，别为这件小事费心了。现在我比您还着急，您却对自己的处境和前途命运无所谓。”

杨柳青见李明心情沉重，有意把话说得轻松一些：“演社戏，庆丰收，关心群众生活，反映群众意愿，这可不是小事呀！”

李明还是摇摇头说：“就算大事，我们也得设身处地想一想，二妹嫂子一家人和沧桑群众还在悼念志农，现时演社戏合适吗？”

“这个问题倒很实在。”杨柳青受到触动，“看来还得征求征求二妹嫂子的意见才好。”

杨柳青和李明并肩步出绿柳依依的沧桑溪岸，返回村里。路上，杨柳青还在一边琢磨一边喃喃自语：“演社戏，庆丰收；庆丰收，演社戏。对，是个好形式、好办法！”

李明见杨柳青对演社戏如此着迷，感到无法理解，心里煞是纳闷。他不想让杨柳青扫兴，静静跟在其后，朝陈二妹的家门走去。

陈二妹正在伺候有土老汉，见杨柳青和李明进门，习惯地提起茶壶，说：

“是往地里跑累了吧？口准渴了！”

杨柳青坐到有土老汉身旁，然后对陈二妹说：“这回既是来讨茶喝，又是要征求你的意见。”

陈二妹把茶斟好，拉只凳子坐到杨柳青跟前：“征求啥意见，你提我来答。”

杨柳青抬头望望墙上的志农遗像，婉转地说：“今年晚稻丰收已成定局，乡亲们心想演社戏庆丰收，可又过意不去。”

“有啥过意不去的？”

“他们都说，志农牺牲不久，大家心里悲痛，这个时候敲响喜庆锣鼓，对不起志农，也对不住你和有土兄。”

陈二妹通达地说：“这话差了。阿农在世，他和小华一起办夜校，传技术，抓治虫，防病害，还不是为了沧桑有个好收成。如今年景喜人，乡亲们乐，他也会乐的，演社戏庆丰收怎说对不起阿农？”

杨柳青既征询陈二妹，又尊重许有土：“有土兄，你的意见呢？”

许有土站起身来，颠颠簸簸走进卧房，语不成句报以回音：“演社戏，咚咚锵；演社戏，真热闹。”

杨柳青望着有土老汉的背影，心感难过，可他还是违心地说：“既然二妹嫂子和有土兄都支持，那演社戏就成事一半了。”

告辞陈二妹，走在村街上，杨柳青又郑重其事地对李明说：“你回县城，不要忘记告诉向民同志村里打算演社戏。拜托转达一句话：到时我去带他回沧桑，和乡亲们同乐。”

李明听烦了：“从溪边到村里，从村里到这里，都在念着‘社戏经’，我可没有那份好心情！”

杨柳青拍了拍李明的肩背，笑笑说：“在困难的时候更需要乐观主义精神，这个你应该懂。”

李明摇摇头：“您闷葫芦里装着什么药，我也不再多问，就照您的吩咐去办便是了。”

二人回到杨柳青在沧桑的住处——向民家的那座平房里。此时阿勤婆正在做午饭，她见多了个李主任，赶忙往锅里加了两把米，随着又把茶水端了过来。杨柳青、李明与阿勤婆亲密无间，也没和她客套和寒暄，只顾边喝茶边交谈要事。

李明又把他和田峰正在组织力量，抓紧侦破“三死一疯”惨案和“盗砍偷运木材”“姚向鸿供应假农药”等案件的情况说了一遍。他尤为兴奋地告诉杨柳青：最近，王县长对姚新的真面目已有所认识，对待联产承包的态度也有明显变化。

不知不觉，阿勤婆已把一顿美餐摆上饭桌。她边取走茶具，边嗔了杨柳青和李明一眼："把话留着讲，快吃饭吧！"

杨柳青和李明用饭之时，话语不断。待放下饭碗，眼下急办的事已商量定当。李明顾不得休息，带上阿勤婆送给向民的鸡蛋、香蕉，唤 来在二妹嫂家做客的汽车司机，开动停在老榕树下的轿车，回县城去了。

太阳西斜树影斑斑，县医院下午上班时间又到了。轿车开进花香竹翠的院子里，李明提着鸡蛋、香蕉走下车来，直抵病房探望向民。

房里空无一人，床边放着一张摊开的报纸。李明把提着的物品放到一边，顺手拿起报纸浏览起来，一版头条的大字标题赫然在目："联产承包是放是收，关系农村何去何从"；再看副题："目前干部群众认识不一，两种不同观点各执一端。"当要再读正文之时，两位护士已扶着向民进入房内。李明忙将报纸放下，返身叫了一声"向民同志！"

护士轻轻把向民安放床上，示意李明不要打扰病人，然后退了出去。

李明静静站在床前，只见向民已经十分虚弱。向民想坐起来，怎奈无力撑起身子，只好躺着说话："刚才去做理疗，让你久等了。"

"我也刚从沧桑回来，阿勤婆托我把东西带到这儿。"李明讷讷地说。

"老送东西做什么？"向民喘喘气，吃力地问："小杨有没有捎来口信？"

李明回答："别的没有，只交代告诉您，今年年景好，村里准备演社戏庆丰收，到时他要亲自来接您回去与乡亲们同乐。"

"演社戏，庆丰收？"向民沉思了一阵子，脸上渐露笑容，"这个点子出得好，小杨这个点子出得好！"

李明听到向民连声称赞，困惑地问："演个社戏，有啥了不得？"

向民睁大眼睛望着李明："小李子，你平时很聪明，怎么对柳青同志的这一招却理解不了？"

七十七

杨柳青从周进财口中受到启发，在陈二妹家里得到支持，又经过一番慎重考虑，决心下定了。他于当晚把沧桑村的干部集中到大队部，就“演社戏庆丰收”事宜作了专题研究。度过一段悲伤、苦闷的日子，今天能换个心境来讨论“喜事”，自然话语颇多，主意不少，每个人都想发表一番高见。会议从晚上七点半延续到次日凌晨，大家还是精神焕发，毫无倦意。

这次会议对“演社戏庆丰收”的时间、规模及与此相关事宜都作了安排。按照许春山和其他支委、队委的主张，要把时间放得近一些，沧桑洋早熟稻一收起来，就将戏台搭在那里；到地区和县里各请一个专业剧团，来它连续三天“双台斗”；在老榕树前的村口上搭起彩门，三姐妹养鸡场、民勤木材加工厂、老龙岭甘蔗园都要打扮一番，利用文化技术夜校的场地，举办联产承包成果展览。通过系列活动，达到总结成绩，鼓舞斗志，再接再厉，继续前进的目的。这个指导思想和庆祝方案是否真正体现了杨柳青的本意，还很难说；然而，杨柳青却尊重大家的意见，表示满意。

次日清早，干部们分头宣布了党支部和队委会的决定，人们一听，喜不自禁，奔走相告，社戏锣鼓尚未敲响，全村已是轰轰动动，不少农家立刻忙碌起来。

周进财、周大憨父子暗中请了两个帮手，带上禾刀扛起打谷机，抢先在责任田里开镰。他们显然是要来个“一箭双雕”：第一个传出丰收捷报，叫全村为之震动，使人们认识周进财父子已不是“吃大锅饭”时期的那种“脓包”；最早收成稻子腾出土地，让戏台搭在他的承包地上，赢得一份“荣耀”。

周进财责任田里打谷机一响，立刻惊动四邻，谁也不甘落后地收割起已经成熟的稻子。顿时，沧桑洋布满人群，稻海里一片欢腾。此时天气正好，田野充满阳光，金闪闪，暖烘烘，乐融融。

争强好胜的许洋洋，哪肯让周进财父子抢了“头标”。他把王小华、许阿兰和他的老子许春山都叫了来，率先背起一架百把斤重的脚踩打谷机，就往陈二妹家的责任田里跑。

周进财父子哪是许洋洋一群人的对手，他们抢先开镰，随着紧追快赶，最终还是落后了一大截。

日近中午，二妹家的责任田里稻子全收完了。王小华取来皮尺、大秤，把地块重新丈量一番，将打下的谷子全部过秤一遍，然后拨响算盘，复算几次，即报出了一个令人吃惊的数字：面积三亩六分二，总产五千零八十六斤，平均亩产一千四百零五斤，湿产折干产以八折五算，实际单产一千一百九十四斤二两半。这个数目要比往年同季高出一倍多。山区实实在在出现了晚稻亩产“一纲半”田，沧桑历史上没有，琼山记载里罕见。

周进财和周大憨听得咋舌，忙请王小华和许阿兰帮忙把他们打下的稻谷也都过秤，详细计算，折合亩产干谷同样上千斤，只是每亩少了陈二妹家的责任田一百八十斤，却超出周进财那“十担谷子”的估产，也超过了周大憨“科学测算”的数目。这时，周大憨已不敢同王小华他们比了，而是同他的老子周进财比，大声宣扬他的“科学测算”要比“拿捏拿捏”来得准。

许洋洋根本无心去听周大憨的“宣言”，俯身挑起一担约有二百斤重的谷子，就往村里小跑。来到晒谷场，把担子一搁，径直冲到村后山坡上的养鸡场，大呼小叫喊“阿母”。黄桂花一听忙迎上前搭腔，许洋洋斜了她一眼：“我不是在叫您！”他一步跨进鸡栏，挽过陈二妹：“阿母，我给您报个喜讯，我们家责任田的稻子收割完了，拢共打粮五千零八十六斤，折合干谷每亩将近一千二百斤。这儿的事情放下让她们做，您快去照料晒谷场，我还要到田里挑谷子。”

陈二妹看到许洋洋大汗淋漓，忙拿过毛巾为他揩擦起来：“看你高兴成这个样子！”

当陈二妹随着许洋洋来到晒谷场上之时，这里已经放有十几袋稻谷，春山、阿兰和主动帮忙的乡亲呼啦一阵子，把陈二妹家责任田打下的稻谷全挑回来了。大家一起动手，摊开袋袋稻谷，偌大的晒埕顿时变得一片金黄。

人们在欢腾雀跃，秋收在加紧进行。早开镰的有场地晒稻谷，迟动手的没地方晾谷子。沧桑洋上，割倒的稻子铺晒遍野，一眼望去，犹如一条巨席覆盖大地；沧桑村里，垒起的稻垛好似一座座小山，比比相连。好一个金灿灿的山村，好一个联产承包后的丰收年。

“十月冬，紧匆匆。”在这繁忙的秋收季节里，真是家家无闲人。尤其是养鸡场里的“三姐妹”，既要晒谷又要养鸡，既要管家又要看场，一人分两身，简直累得直不起腰来。然而，心里的快乐冲走身上的困倦，她们还是做到了“一兼两顾”，当薄暮时分把晒干的金黄稻谷收进仓后，便赶着全家人快吃晚饭，又来一番挑灯夜战。就这样，“三姐妹”在三家年轻人的帮助下，把养鸡场内内外外梳理得整整齐齐，打扫得干干净净。杨柳青为她们题写的“三姐妹养鸡场”六个大字，已请油漆工重新描了一遍红；“三姐妹”身穿的白大褂，一人又新添了一件；那新设立的静电孵化室门上，特地请电工给安上了一串串能一眨一闪的装饰电珠。沧桑的这盏“明灯”，在村后的山坡上熠熠闪光。

与“三姐妹养鸡场”相得益彰，民勤木材加工厂也高悬起很有气派的厂牌。厂房里，除开那台刨车带锯机仍在日夜欢歌之外，金工车床开始为它伴奏，电焊机发出的弧光也为之增添一层湛蓝的色彩。这当然是阿兰姑娘经营有方、厂里工人艰苦创业的结果。可是，不能忘记还有一位城里来的姑娘周小芳。此时，她正在测试着每一台机器的运转情况，以保证在村里演社戏的时候也加入“合唱”行列。

人们都面带笑容履行各自的职责，而在文化技术夜校的场地上，却有一人脸挂珠泪在那里默默布置展室，是悲是喜，只有她本人才能说得清楚。想起两个多月前，“天生一对”在这里共举教鞭，孜孜不倦地给乡亲们讲授农业知识；如今别鹤孤鸾，怎不叫人百感交集。把爱种在心田就是希望，把爱写在脑海就是未来。王小华将她志农哥生前亲手绘制的那幅《沧桑村十年发展规划图》加上个金漆木框，端端正正地挂在展室的最前方，随之而来的是各业发展的示意图、实物和说明。展览虽未布置就绪，室内却已琳琅满目。

此时最吸引人的还是村口那个地方。许洋洋爬上老榕树，采摘那墨绿的树叶往下丢，站在树下的两位年轻助手又将树叶汇集成堆。

只见许洋洋从树上嗖地跳将下来，向那两位助手喊了一声：“跟我走！”

一会儿，许洋洋等人从民勤木材加工厂抬来木桩、木板，便在村口开始搭搭盖盖。

一切进行得十分利索，不到半天工夫，一座绿色彩门就屹立在老榕树前的村口上。在这之前，许洋洋已打着他老子的旗号，叫当地民办教师把十四个竹管漆得鲜红，然后用棉花在上面粘出十四个立体大字：“联产承包展美景，五谷丰登颂党恩”。现在，他们正把这些大字一个一个悬挂到彩门两旁。绿牌红框镶银字，龙飞凤舞呈吉祥，好不宏伟壮观。

许洋洋站到距离彩门约五米远的地方，横看竖看，左瞧右瞧，自我欣赏面前的佳作。他边想边看，边看边想，突然感到美中不足，便对两个助手吩咐一声：“你们在这儿等着，我去一下就来。”说着，拔腿往村里跑。

正在厨房里淘米洗菜的陈二妹，听到会客厅有动静，走出一看，只见许洋洋站上凳子，伸开双手欲取挂在墙上的许志农遗像。

陈二妹忙问：“阿洋，你在做什么？”

许洋洋回答：“把我志农哥的宝像挂到村口彩门上去。”

“亏你想得出来。”陈二妹走了过去，伸手拍拍许洋洋那结实的小腿肚，“还不赶紧给我下来！”

许洋洋执拗地说：“叫志农哥老躲在屋子里多憋气，我要让他坐到高高的彩门上，看看沧桑的丰收美景，听听社戏的锣鼓声音，同乡亲们一起欢乐！”

陈二妹劝不过许洋洋，只好从他手中夺过许志农的遗像：“你那样做，杨书记和阿华都会批评的。”

许洋洋还是不听劝；“阿华和杨书记批评我也不怕。沧桑村里一卧龙，联产承包立头功，那个位置他不坐谁坐？”

“天大的功劳，不值得一句自夸。何况沧桑能有今天，那是全靠杨书记掌舵，全靠党的好政策，你志农哥只是做了他应该做的一份事。”陈二妹继续开导许洋洋。

就在“母子”二人相持不下之时，王小华进门来了。她问明情况，含着热泪对许洋洋说：“好兄弟，你仔细想一想，志农哥生前见困难就挺身而出，见荣誉便躲到后头，现在把他请到那个最显眼的地方，他会高兴吗？你再仔细想一想，志农哥生前工作做出成绩，都归功于党的正确领导和群众力量，我们这样去颂扬他，他能心安吗？咱阿母说得对，沧桑今日好光景，来自党的好政策，你应当把‘联产承包展美景，五谷丰登颂党恩’这副对联挂在彩门上，也贴到自己的心间才是。”

许洋洋静静地听着，然后把志农的遗像复又端端正正挂回墙上。他立于志农的遗像前默默站了片刻，而后不声不响地走出门去，此时也许还在思念着他的志农哥，也许正在思考着刚才小华所说的那番话。

七十八

演社戏的日子一天比一天接近，村民们的心情也一天比一天激动，家家户户都在抓紧收割稻子，好到时安安心心看戏，快快乐乐庆功。

已是日暮黄昏，沧桑洋上仍然人潮滚滚，机声隆隆。杨柳青卷着裤管，挽起袖子，在一家“三缺户”的责任田里帮助割稻，周围的劳动者不断向他报以询问声。这个打听：“演社戏定在哪一天？”那个建议：“剧团要请得高级一些，戏台要搭得派头一点。”

杨柳青简直招架不住，干脆来个总回答：“以最快的时间，请最好的剧团，搭最大的戏台，大家满意不满意？”

“满意！”田间响起一阵欢笑声。

正当杨柳青与村民们乐在一起之时，发现王小华从沧桑溪边急急跑来。杨柳青见小华心情紧张而沉重，便问：“有啥急事？”

王小华走近杨柳青身旁，轻声说：“李主任刚从县医院打来电话，说向伯伯病危，要您马上带阿勤婆到县城。李主任还说，接您的车子已从县里开出来了，请您做好准备。”

杨柳青的心一下子收紧了，他忙把手中的禾刀挂到打谷机旁，同小华一起返回村里，大步走进阿勤婆的家门。为了不使阿勤婆精神遭受突然刺激，杨柳青尽量控制着自己，以一种婉转的话语告诉阿勤婆：“县里来了电话，通知我和阿华同去研究工作。这段时间您都没去看望老向，我们一起走吧？”

“现在二妹、桂花和来喜嫂正忙着，我得帮她们做些头头尾尾的事，离不开身呀！”阿勤婆边做饭边说，“你不是打算村里演社戏就接他回来看吗？老夫老妻了，过几天就要在家里见面，何必心急？”

王小华一旁劝道：“阿婆，既然我杨叔叔请您一起走，那您就走吧！”

杨柳青请，王小华催，阿勤婆心里顿感蹊蹊。她放下手中活，猜疑地问：“你们为啥一定要阿婆今晚上县城，快把真话告诉我！”

对话间，县里的小车司机已一步跨进阿勤婆的家门，焦急地对杨柳青说："王县长和李主任都在县医院等着你们，快走！"

这时，阿勤婆心里已完全明白了，她不禁一个踉跄，把手托住脑门；杨柳青和小车司机扶住了阿勤婆，让她慢慢镇静下来；王小华跑去请过她阿母，交代她关顾阿勤婆的家。

杨柳青和王小华都顾不得吃晚饭，立即护送阿勤婆上车。一路上，他们只有忐忑跳动的心声，没有互相安慰的语言。小车开得很快，不到一个小时时间便驶进了县医院的停车场。

一位医务人员把杨柳青、王小华和阿勤婆带进了住院部的急救室。

急救室里，日光灯柔和而惨白；急救台旁，王云岗、李明、田峰和有关工作人员悲伤而宁静；急救床上，向民睁着深陷的双眼，在接受医生、护士供氧。

经过输送氧气，加上精神作用，向民的神志逐渐清醒过来。他一眼认出面前的杨柳青、王小华和阿勤婆，即向他们微微颔首。随着侧过身子，缓缓向王云岗伸出一只干瘦的手来，王云岗双手紧紧把它握住。

"老兄弟，我就要去马克思那里报到，没有机会再与你'吵架'了。我房间里还藏着一瓶蜜沉沉，可惜也没有福分同你对饮了。"向民的话音低弱而伤情。

王云岗默默无言，凄然泪下。

向民把手收了回来，指指杨柳青。

杨柳青靠近急救台，眼含泪花，深情地叫了一声："向民同志！"

向民胸脯在微微起伏："柳青同志，我可想你呀，我真不想在这个时候离开你。可是，没有办法，只好告别了。祝愿你事业成功！"

杨柳青已无法自制，眼泪扑簌簌滚落下来："向民同志，岁寒知松柏，患难见真情。您的深情厚谊永远留在我的胸中，也永远记在沧桑乡亲的心里！"

向民脸上泛起慈祥的笑容，不听劝阻，直想说话："我一出沧桑，就回不去了。柳青同志，你托小李子告诉我，我们村里打算演社戏庆丰收，现在准备得怎样了？"

杨柳青明白这已是最后一次同自己的良师益友话别，他想让向民临终前得到安慰，便恭恭敬敬地汇报说："现在村里的稻子已经收成过半，亩产普遍上千斤，庆丰收的各项准备工作正在加紧进行。乡亲们人人心里热乎乎，他们都想来向您报喜，来请您回村看社戏！"

“不费心血花不开，不下苦功甜不来。沧桑能有今天的好光景，这都多亏小杨你花了心血，下了苦功。我已经帮不了你的忙，往后有事要和云岗、李明、田峰同志多商量，同心协力把联产承包工作搞得更好。只要你们这样做，我此去也就心安了。”向民强打精神，谆谆嘱咐。

杨柳青、王云岗、李明和田峰同时挥泪，一齐点头。

向民突然精神更好，说话的声音也更加清晰：“阿勤、小华，你们过来，我还有话对你们说。”

王小华把阿勤婆扶到向民跟前。

向民满怀眷恋之情直视着阿勤婆：“阿勤呀，我们三十几年夫妻，眼下就要分手了。你我都是共产党员，有着同样的志向。时间不允许我对你说更多的知心话，现在只交代两件事：孩子们在外路途远，叫他们不必回来，安心好好工作；咱沧桑要庆丰收，把我积蓄用来料理后事的那笔钱，全数交给村里请社戏。我的余热到今天尽了，我只能给党和人民再作这点小报答了。”说到这里，向民突然呼吸急促，脸色骤变，眼睛也渐渐闭上。

阿勤婆呼唤了一声：“老向，你带我一起走吧！”一头扑到急救台。

杨柳青、王云岗急忙走上前去，一人握住向民一只手，好似要把他从死神那里抢回来。

向民没有走，他舍不得离开大家，他还在回想过去和展望未来。他再一次睁开眼睛，用最后的一点力量紧紧抓住王云岗和杨柳青的手，并把他们的两只手拢到了一块儿，断断续续地说：“我别无牵挂，我要走了。柳青同志，你一定要把社戏演下去；云岗同志，你一定代我到沧桑看社戏！”

您的真情化作春雨，您的心血滋润大地。向民在漫漫人生道路上走完了最后一程，可惜他来不及身临其境、眼见其实，快快乐乐地与沧桑乡亲一起看社戏、喝美酒、庆丰收，就带着恋世之心、惜世之情离开了人间。琼山县委、县政府和沧桑党支部、队委会，违背向民同志“丧事一切从简”的嘱托，以隆重的礼仪料理了他的丧事；遵照向民同志“让我安息沧桑”的遗愿，把他安葬在老龙岭上。奠瞑的这一天，王小华、许洋洋、许阿兰取来三姐妹养鸡场的鸡蛋、民勤木材加工厂的产品、沧桑洋里的稻穗、老龙岭上的甘蔗，摆到向伯伯坟前，表示深切的哀悼。杨柳青将向民留在医院病房里的那瓶蜜沉沉带上山，把酒洒向墓场，默默寄以哀思。

向民和许志农一起安息在钟灵毓秀的老龙岭上，一老一少，日夜做伴，共享人间烟火，观赏沧桑巨变。

七十九

杨柳青虽然主持办妥了向民同志的丧事，可向民那生前的音容笑貌仍在眼前展现，临终的谆谆嘱咐还在耳边萦回。他很想找个安静的地方“疗养”心灵，回顾回顾往事，好换个心境去开展下一步的工作，便暂时离开沧桑，回到县城住处。当他迈着沉重的步子刚跨入宿舍之时，已是华灯初上时分，即把房门关上，准备一晚不再接客。哪知刚刚坐下，外面就响起轻轻的敲门声。他把房门打开，是通信员送来了一封家书。

通信员一走，杨柳青即挨到台灯之前拆信阅笺，只见上面写着：

亲爱的爸爸：

我犹豫了好久才给您写这封信，因为怕增加您的思想负担、影响您的工作。现在已到万不得已的地步，只好把近来家中所发生的事情写信告诉爸爸。

我妈妈被车轧伤，爸爸赶回家来看望她，使她精神上得到安慰。可是，她的危险期未过您就急着再到琼山，我看妈妈的心里是有想法的，这从她在病床上老是叨念着“柳青”的名字便猜得出来。特别是当妈妈看到住在同一病房的人，每天都有丈夫前来嘘寒问暖，而她却只有子女在下班时才来和她谈上几句，随着又匆匆赶去上班，更是触景伤情。有时候，她一边催着我们不要迟到快去上班，一边在流着眼泪。

现在情况十分不妙，妈妈的大腿骨折衔接错位，需要重做手术。弟弟正在准备期终考试，又是高三毕业班。爸爸您知道，我弟弟的学业虽然优秀，可是现今考大学和“龙舟竞渡”一样激烈，只有闯过毕业考试这一关，接着又充分做好高考准备，将来榜上题名才有希望。我已免掉他的一切家务，让他专心攻读。

而我呢，现在年终将到，厂里生产任务繁重，已把“两班制”改成“三班倒”。我作为一个县委书记的女儿，应该严格遵守劳动纪律，努力创造优异成绩，所以也不能偷懒。爸爸，自从您再到琼山以后，我是家里、工厂、医院三头跑，既当女儿又当“丈夫”和“妈妈”。这样重的担子，我是很难撑起来了。特别是妈妈的腿伤需要很快再做手术，不然就有彻底残废的危险，我请求您尽快在百忙之中拨出时间赶回家里。全家人都在焦急地等待着。

祝您

工作顺利

您的女儿　志华敬上

1979年12月2日

志华的来信，给精神负担已到饱和程度的杨柳青又加上新的压力，使他一时难以承受。杨柳青把信放在桌上，走出凉台。此时，上弦月已挂天际，浮云凌空飘动。杨柳青抬头仰望着忽隐忽现的月亮，思绪万千，心潮翻滚，不禁发出一声长叹：“干一点事业为何这么难？”

寒风阵阵拂面，令人感到身凉。杨柳青回到写字台前，提起笔来在信笺上写下；“志华女儿：你的来信爸爸已经收到。”想再续笔，不知该写什么。头脑一阵发胀，胸脯一阵起伏，杨柳青把信笺抓到手里，不知不觉揉成一团。

夜已深了，当杨柳青准备休息之时，突然又有人敲门。

“是谁？”杨柳青问。

“是我。”

杨柳青听出是李明的声音，即开门让他进来：“有要事？”

“是有要事。”李明直截了当回答，“薛厅长和他的老婆就薛腾飞之死案件正式起诉，被告者便是您。地委办公室刚来电话，说办案组明天上午到琼山，叫您在县里等着。”

“那好呀！”杨柳青坦然地说，“舌头是肉的，事实是铁的。有办案组来作调查，是非将会更快分清，案情也会更快大白，这是我所求之不得的。”

“话虽这么说，可还得认真对待才行。”李明把随身带来的一叠卷宗交给杨柳青，“这是前段我和田峰同志组织力量调查整理的材料，您先翻一翻，作个参考。”

杨柳青接过卷宗：“谢谢你们！”

李明不以为然：“现在不要讲这个话，到底谁应该感谢谁，根本说不清。办案组的同志明天就要到来，我还得回办公室开夜车，好到时‘公堂作证’。您抓紧把这些材料看一看。”说着，告辞了杨柳青。

杨柳青打开卷宗，不禁吃了一惊：卷首大纲小目，分门别类，条款清清楚楚，文字简明扼要；卷内口供笔录、旁证材料，一份接着一份，订得整整齐齐。“偷砍盗运木材”“供应沧桑假农药”“书桌大埔械斗”“许阿兰被劫”“许志农之死”“洪彤彤之死”“薛腾飞之死”等案情真相尽在其中。李明、田峰作了如此大量工作，完全出乎杨柳青意料之外。杨柳青翻着案卷，双手颤动了：“啊，多么忠实的战友，多么诚挚的同志！”

这一夜，杨柳青的宿舍灯光通明。待案头上电话机铃声惊动杨柳青，已是大白天了。

背靠椅子而眠的杨柳青，睁开眼来一看手表，时针指在九点零五分。他也搞不清是啥时候睡着，又为啥这样好眠不知晓。他俯身捡起掉在地上的一卷材料，随着接了电话。

电话是李明打来的，他通知杨柳青：地区办案组的同志进县了，快到招待所见他们。

杨柳青还未吃早饭，他放下话筒，赶忙漱口洗脸，然后从抽屉里取出回家时志华孝敬的那盒饼干，配着开水，草草就是一餐，随着离开宿舍。

八十

县招待所。在薛厅长夫妇到过的那间会客室里，几位县委常委已陪着客人边喝茶边交谈。杨柳青进门一看，办案组的成员是地委“三人调查组”的原班人马，此外多了两位陌生人。经介绍，方知一个是地区中级人民法院副院长秦志发，一个是地区人民检察院副检察长由世辉。

杨柳青见办案组阵容强大，明白上级已下最后决心解决琼山的疑难、复杂问题。他坐了下来，等待客人出示意旨，哪知办案组的同志并未提出任何实质性意见和具体要求。郑清添副书记更是把话说得轻轻松松：“现在请你们来，目的是要让办案组的同志先同大家见见面，互相熟悉一下。至于我们的活动，只要有个把人陪一陪就行了，你们照常工作，别受影响。”

作为“被告人”杨柳青，不知是想自觉回避，还是为了别的，他一听完郑清添副书记的话，即说：“要是办案组能同意，我打算明天早上再到沧桑，有事要办请找在家县委领导成员。”

郑清添问：“那么着急下去作啥？”

杨柳青答：“那里正在抢收晚稻，并准备演社戏庆丰收，不少事情还得帮忙村干部研究安排一下才好。”

“演社戏？”郑清添对这件事反应特别敏感，他问杨柳青，“你也热心演社戏？”

“当地群众有这个要求，我表示支持。”杨柳青不加讳言。

办案组的同志均为一愣，几双眼睛一齐望着杨柳青。然而，大家都没对此发表任何议论。

“杨书记，我向您提个建议。”善于察言观色的姚新，见办案组对杨柳青支持演社戏的举动感到意外，即乘机作了发挥，“依我之见，现在县里的大事需要认真研究，几起人命案件也亟待加以查处，这都比那个演社戏重要得多。再说，社戏往往带有封建迷信色彩，锣鼓一响，触及一颗颗躁动不安的心灵，敬神祭祖随之而来，铺张浪费难以控制，农民的一点微薄收入便会化成袅袅青烟、虚无冥资，真是有百害而无一利。”

“可有这么严重？”杨柳青随意反问。

“是这么严重！”姚新咄咄逼人。

“我看不然，演社戏可以活跃农村文化生活，鼓舞群众斗志，有百利而无一害。”杨柳青针锋相对。

“我不想在演社戏这个问题上同您争高低。但是，作为一个县委副书记，对此必须表明自己的态度。演社戏，我不仅不敢苟同，而且坚决反对！”姚新把话说得更加激烈。

“在这一点上，姚副书记你尽可放心，如有严重后果，责任由我承担。当着地区调查组和县委常委的面，我以党籍作保证。”平时极少生怒的杨柳青有点火了。

一个表示“坚决反对”，一个要用“党籍保证”，姚新与杨柳青均带着强烈的对立情绪来看待“演社戏”。办案组的同志从他们的反唇相争中闻到了“火药味”，明白这是积怨已超饱和的一丝泄漏。郑清添副书记有意借机来个“摸底测验”，便说；“沧桑演社戏这件事，本来由他们村里自己去拿主意就行了。既然事情已在这里提出，那么我们也不妨参加议论议论，你们县委可先表明看法。田峰同志，你先说。”

“我表示赞成。”

“李明同志，你说说？”

“我坚决支持！”

“云岗同志，你呢？”

“我不反对！”

郑清添斜着头笑笑说：“看来你们都很一致，那就没有什么好议论了。”

“我保留自己的意见。”姚新欲再显示旗帜鲜明，又跳将出来。

“有不同意见是正常的，也是允许的。”郑清添不偏不倚，“多数人支持，我话就不好再说了；姚新同志你也不用着急，有时真理在少数人手中，那就让实践去做定论吧。”

地区办案组与琼山县委领导成员的会面，无形中出现“李代桃僵”的情形，办案问题毫无触及，“社戏”之事谈得不少，在“不务正业”中消磨掉了一两个小时时间。会面之后，几位县委常委各有各的分析判断。杨柳青认为办案组的同志不反对便是支持，心里更加踏实；姚新则从“有时真理在少数人手中”一语得到鼓励，决意再来表现一番自己的“革命性”；而王云岗对地区办案组的真正态度如何？真实意图何在？则感到难以捉摸。

不管怎样，从杨柳青的角度来说，着迷于沧桑村演社戏，实在不识时务。向民同志刚刚去世，尸骨未寒便演社戏图欢乐，不近情理；妻子住院亟待重做手术，置若罔闻，没有良心；地区办案组进入琼山，作为县委书记不是与之配合办案而是干那“花花草草”之事，本末倒置；目前干部群众议论纷纷，不少人认为杨柳青是个“不走正道走邪道，很快就要倒台的县委书记”，再去“招花引蝶”，必然加上一层歹名声。“不近人情”“没有良心”“本末倒置”“不好名声”，逼使杨柳青不得不再作一番慎重考虑。

吃过午饭，杨柳青返回宿舍。他觉得十分疲倦，打算睡个午觉再说，躺到床上，脑海翻腾，煞是难受，索性起床。挨到桌前，想把李明送来的案卷继续阅完，翻来翻去，神思不定。“演社戏庆丰收”之事，占据着思路，缠住他不放。就在来回踱步权衡社戏演与不演的利弊之时，摆在书架上的一瓶“蜜沉沉”，突然抓住他的视线，勾起他的一段回忆；想当时，联产承包刚在沧桑“播种”，王云岗即为一个“包”字与他发生意见分歧，向民为了减轻他的苦恼，带上这瓶“蜜沉沉”，要他“一酒解百愁，喝了再说。”他接过酒来，婉言谢绝：“把它留下吧，待琼山喜庆丰收，咱们再来对饮。”如今，沧桑喜庆丰收成为现实，向民同志已经离去，只有“柳青同志，你一定要把社戏演下去！”的遗嘱在耳边回响。这遗嘱，包含着向民同志对“演社戏”的透彻理解，也体现了向民同志对联产承包的最后支持。想到这里，在“社戏演与不演”的均等天平上，又往一端放上了一个砝码，没有什么好犹豫的了。他抓起电话机话筒，把电话挂到县委的小车班。随之，携起李明送来的案卷和书架上的那瓶“蜜沉沉”，带着“极端痛苦”的心情，又去筹办那“十分欢乐”的喜事。

还是杨柳青最初进县乘坐的那辆北京牌吉普车，一溜烟开出了县城东门外，奔驰在通往沧桑的公路上。车上，载着一位“被告者”，载着压力和阻力，也载着决心与希冀。

八十一

杨柳青一头扑进沧桑，王云岗、李明和田峰对地区办案组缺乏热情，这便给姚新提供了一个极好的活动机会。

此时，姚新副书记把一腔希望和全部赌注压在地区办案组。他这样做，并非孤注一掷，而是出自对这一段事态发展的客观分析：首先，不久前地委调查组到琼山，宣布县委的工作由王云岗主持，实质上已解除杨柳青的真正职位和权力；其次，薛厅长夫妇正式起诉，地区组织办案组来办案，成员几乎是原班人马，前后相互衔接，动向完全一致；最后，杨柳青成为“被告者”，办案组进县时与县委常委会面，杨柳青在座，郑清添回避实质问题，不把行动计划当场告诉琼山县委，这也证明已对杨柳青失去信任。姚新从中得出结论：对于地区办案组不必存有过多戒心，可以主动靠拢甚至与之协同作战。姚新还有另一层考虑：如今薛腾飞和洪彤彤已死，当时或明或暗、或隐或现唆使他们所干的事，现已无人揭发和披露，没有后顾之忧；相反，那两个流氓却给我姚新留下可叫杨柳青致命的炮弹。因此，不必担心会暴露自己，可以放手主动进攻。

那么，如何抓住时机继续在办案组的身上做文章呢？姚新经过一番运筹，又以惯用手法谱出一组《决胜三部曲》：首先取得办案组的好感 和信任；

再来揭发杨柳青的错误和丑行；然后采取最有效的措施和行动。

按照这个《决胜三部曲》，姚新以他素有的不卑不亢风度和娴熟的机动灵活手法，很有分寸地安排办案组的住、吃、娱、行，十分虔诚地配合办案组调查办案。此举果然奏效，办案组将不少“内幕事情”告诉姚新，把许多“重要任务”交给姚新。看来，现在的姚副书记已牢牢掌握主动权，成为琼山县委常委中唯一能让办案组信得过、靠得住的人了。

姚新认为条件基本成熟，又开始实施《决胜三部曲》中的“第二部”。他考虑得很周到，特地在县招待所给办案组安排了一间不大不小、设备齐全、有利保密的专用办公室。此时室外阳光正艳，室内却显得有点阴暗，墙上的日光灯还开了两盏。时值办案组进县三天，全体成员正在汇集材料、分析案情、研究步骤、制订措施。突然，从招待所院子里传来一阵杂乱的人声噪声，为了不受影响，赵帧畴副部长过去关起窗门，顺手拉上窗帘。

哪知院子里来的正是准备求见地区办案组的一群跃进大队农民，他们碰上姚新副书记，行动受阻。一位上了年纪的社员央告姚新：“请您帮忙转达一声，就说我们派个代表去向他们说说几句心里话。”

“我不是讲过了吗，地区来的同志工作很忙，不好打扰。”姚新心中厌烦，脸上还是笑容可掬。

“要不就请地区领导同志出来和我们见见面，我们不会占用太多时间。”

“有什么话就由我负责转达好啦，难道你们连一位县委副书记都信不过？”

“那好，相信你姚副书记，请把这封信转交地区来的同志。”

姚新从那位上了年纪的社员手中接过信件，和蔼可亲地说：“我马上送到，你们尽管放心，都回去吧！”

打发走了跃进大队的来人，姚新步入卫生间佯装洗手，从那封开口信取出信笺一看，上面写道：“……我们队里的干部瞒上欺下，年年虚报粮食产量，季季超额完成征购任务，队部挂满奖旗，农民饿着肚皮，那些掌权的还在说什么跃进大队形势大好，家家户户不愁吃用，真是吹牛皮、放大炮！今年秋收已经结束，他们又在虚报产量，准备所谓‘多卖余粮’。我们请求地区领导同志为民做主，给我们留足口粮，让农民不再挨饿……”姚新未把全文看完，发现有人进来，忙把信件藏进口袋。

地区办案组临时办公室的房门被轻轻推开，随着是一声不轻不重的“可以进来吗？”

郑清添抬起头，见是姚新站在门槛处，即给回话：“请进！”

姚新规规矩矩坐到一旁，郑清添副书记未等他开口就先发问：“刚才院子里发生了什么事？”

姚新带气地说：“真不像话，是沧桑村的群众要来向办案组告杨柳青书记的状，已经被我劝回去了。”

“人都走了？嗨，你应该让他们进来才对。”郑清添若有所失。

“我担心让他们进来便说个没完没了，影响办案组的工作。”姚新花言搪塞，随着摸摸口袋，取出的并非那封跃进大队农民交给的信件，而是他物，“在我手头保存着两份重要材料，我一直严加保密，不敢外传，现在应该交给组织上了。”

郑清添把姚新送来的“重要材料”接过手后，从头到尾反复看了两遍，然后交给办案组的其他成员传阅。大家绷紧脸孔，看得认真，一时办公室里鸦雀无声。

究竟是什么“特殊材料”让办案组的成员均感吃惊？因为白纸黑字写着：

《杨柳青和王小华搞不正当男女关系的见证》

一九七九年十月十五日晚上九点半左右，我们一起在沧桑村串门找朋友聊天，路过向民家门口，听到屋里有动静，便朝着门缝窥视，看到屋里关着两个人，一个是县委书记杨柳青，一个是县长的女儿王小华。我们还听到杨对王说：“你为什么总是那样不理解我？为什么总是那样不近人情？现在沧桑的家庭联产承包责任制已经逐步落实了，难道我们的爱情就不能像生产责任制那样得到落实吗？”他们还说了许多话，我们听不清，只看到杨柳青伸开手臂，把王小华紧紧抱住。就在这个时候，村里来了人，我们赶快跑开。以后的情况就不知道了。

见证人 薛腾飞　洪彤彤

一九七九年十月十六日

另一份材料写得比较简单：

我们提供杨柳青与王小华搞不正当男女关系的材料，是亲眼看到、亲耳听到的，情况属实。如有造假，愿受法律制裁。

具保证人 薛腾飞　洪彤彤

一九七九年十月十六日

两份材料出自一人手笔，字迹歪歪斜斜，画押的指纹却相当分明。

办案组的同志看完材料都受震动，可是均没当场发表见解。郑清添对姚新说："这两份材料就放在这里。你还有什么情况要提供或者有什么意见要发表？"

姚新已在心中为那两份材料准备了"按语"，呼之即出："现在我向诸位领导作个说明。为了对组织负责，同时保证不误伤好人，在薛腾飞、洪彤彤向我反映那些情况以后，我十分严肃、郑重地向他们指出：此事必须百分之百真实，不能半点造假。他们口头保证我不放心，又让作出书面具结。现在问题不在于事实是否确凿，而在于薛腾飞、洪彤彤两人都已作古。这就令人产生一个疑问：为什么揭发者均死在那次宗派械斗之中？我可以用党籍作保证，他们向我提供情况之后，我一直绝对保密，直到把两份材料送来这里为止，还没告诉第二个人。那么，如有杀人灭口之嫌，这便同后来薛、洪二人到处传播那桩丑闻，造成杨柳青在社会上名声不好有关。这个看法仅供办案组分析案情参考。"

由世辉副检察长听了姚新的说明，吃惊程度超过审阅见证材料："按照你的推理，薛、洪之死同他们揭发杨柳青与王小华搞不正当男女关系有关。是不是这个意思？"

"不是推理，而是有充分的事实根据；不仅有关，而且有直接的内在联系。"姚新把话推进一步。

"那么，你能不能现在就把主要事实根据和内在联系摆一摆？"由世辉说。

"可以！"姚新很有把握地回答。接着，"有理有据"地摆开了杨柳青的桃色行为和杀人灭口罪责。

秦志发副院长边听边思索，从中提出疑问："既然杨柳青与王小华有不正当行为，且已引起各种各样的议论，他们为何不做贼心虚？为何仍自由自在？为何在地区办案组到来以后，还敢一头栽在沧桑村？"

"对此，起初我也感到不好理解，后来一经分析，则觉得在于情理之中。"姚新应答自如，"采用这种障眼法的人，古今中外并不少见。《荀子·成相》篇曰：'拒谏饰非，愚而上同，国必祸。'汉代杨雄《法言·问道》则云：'炫玉而贾石者，其狙诈乎？'战国吕不韦赠妾秦庄襄王，明里道貌岸然辅佐王后执掌朝纲，暗处与之藕断丝连；唐武则天夜同张昌宗深宫密寐，昼与邺国公君臣相称；清慈禧太后和恭亲王关系不清不楚，也是……"

“好啦，不必再往下讲了。”秦志发副院长听得有点烦，可他还是客气地说，“姚副书记学识渊博，看来对这方面的历史很有研究。”

“明镜能照影，鉴古可知今。我觉得研究研究历史，对观察分析现实问题是很有帮助的。”姚新一边回话，一边心想：刚才提供的“特殊材料”、所加的“精确按语”、援引的“古言史实”，已经产生一种强烈的“力偶”作用，它与薛厅长夫妇的起诉，与地区办案组在琼山听到的对杨柳青生活作风问题的议论，形成有机联系，作出有力印证。《决胜三部曲》的“第二部”不仅奏响，而且成功在望，“第三部”可以再出场了。

八十二

姚新陪伴地区办案组的同志吃罢晚饭，又上县电影院看完一场《保密局的枪声》之后，即带着一种亢奋的心情回到自家宿舍。

看来，姚向梅的精神创伤不仅没有治愈，而且日渐沉重。会客室墙上的挂钟已敲过十一响，她仍呆呆躺在沙发里，两眼直盯天花板，连她父亲进门也无所觉察。

姚新不在意地对他的女儿说了一声“时候不早了，睡觉去吧！”便到卫生间边洗脸边哼起《四郎探母》中的一段唱：“我好比浅水龙，被围困在沙滩；我好比笼中鸟，有翅难展……”洗过脸，更来精神。他泡上一杯铁观音好茶，点燃中华牌香烟，坐到与姚向梅对面的沙发上，又开始筹划下一步的行动。抽完三支香烟，喝完一杯浓茶，精神到了更高的兴奋点。这时，他不顾姚向鸿死睡卧房鼾声如雷，大呼小叫把他儿子唤了出来。

姚向鸿迷迷糊糊走到姚新面前，抬手揉揉惺忪的双眼，问：“什么事，明天再说不行吗？”

“不行，现在时间对我们来说，太宝贵了！”姚新示意姚向鸿坐下，随手丢给一包香烟，“打起精神来！”

姚向梅迷惘地望望她的父亲，又看看姚向鸿。她不想在这混浊而阴险的环境中折磨自己，怀着一种厌恶的心情悻悻进了卧室。

姚新见向梅离去，顿感会客室里清爽许多，父子二人随之密谈起来：“我问你，姓杨的在沧桑策划‘演社戏庆丰收’，你知道吗？”

“知道。”姚向鸿睡意已消。

“他为什么对演社戏那么热心，你明白吗？”

“不明白。”

“演社戏的日期定在什么时候，你了解吗？”

“不了解。”

“我看你还在睡大觉，并没有醒过来。”

“在一个小山村演几台鸟戏，何必大惊小怪。”

“村小威不小，戏鸟事不鸟，你应当清楚！”姚新在严肃警告姚向鸿之后，即对“沧桑演社戏庆丰收”一事作了透彻的剖析。

姚向鸿恍然大悟，骂道：“臭他娘，姓杨的竟然要出这一高招，我姚向鸿岂能让他阴谋得逞！”

“纸人纸马过不了大江，靠咒靠骂击不倒对手。光发火没有用，要拿出比杨柳青更高明的招数才行。”

“您有什么高招就亮出来，我可以充当凶手。”

姚新心怀杀机：“道高一尺，魔高一丈，针锋相对。姓杨的在沧桑演小戏，我们就在县城唱大戏。你以县农资公司的名义，举办个大型物资交流会，告示全县乃至整个地区，招揽四面八方来客参加物资交流，电影、戏剧一起出场，白天晚上连闹三天，同杨柳青唱对台戏。到时，不怕沧桑的社戏不黯然失色，不怕地区办案组不认定我们的举动比杨柳青正确、健康和革命。只要把观众都给吸引过来，杨柳青想在琼山投下的那颗‘原子弹’，必然送进历史的博物馆。”

“此策甚妙！”姚向鸿不禁赞绝，“这事包在我的身上，您居幕后指点指点就行，以免暴露有意同杨柳青对抗。”

“可以由你出面，你必须抓住三条。”

“哪三条？”

“第一，声势规模要大；第二，革命口号要响；第三，掌握火候要准。第三条最重要，一定要随时监控，缜密侦察，掌握沧桑演社戏的准确时间。他们什么时候开场，你就什么时候出台，一分一秒不得误差。这个意思弄懂了没有？”

姚向鸿心领神会：“懂了！”

姚新和姚向鸿一夜策划直至二遍鸡啼，老子进入寝室抢了个囫囵觉又赶紧起床，准时去招待所陪地区办案组的人吃早饭；小子则大睡一场，直至太阳偏西才醒过来，他躺在床上连抽两支香烟，然后爬出被窝，梳洗一番，饱餐一顿，打起精神前往农资公司经理室坐定，把几个副经理和大小科长统统叫来。姚向鸿对他的副手和部下大谈了一番服务农村、支援农业、方便农民的重要意义之后，随着提出要尽快在县城举办一场大型物资交流会，并马上制订方案、具体分工、布置任务。经理一声令下，领导全力以赴投入组织工作，职工夜以继日积极奋战，全公司都动起来了。

就在紧锣密鼓筹办全县物资交流大会之时，姚向鸿得到一个“可靠消息”：沧桑村把“演社戏庆丰收”的日期定在新历十二月十五日至十七日。根据这个日期，姚向鸿表面办事“靠大家”，心中暗存“一本账”。他召集全县物资交流大会筹备领导小组会议，从当天十二月八日起，周密排出工作进程，确保到时万无一失。手下人员都很卖力、尽力、得力，筹备工作进展顺当、迅速、有效。对此，姚向鸿洋洋自得，信心十足。

一餐犒劳筹备工作人员的美味佳肴过肚，已是万家灯火时分。姚向鸿带着酒兴一路哼着小调回家，走进门来，但见他的老子板紧脸孔坐在会客室，心情显得与近日大不相同。

姚新一见姚向鸿，劈头就问：“物资交流大会筹备工作进展如何？”

姚向鸿得意地答：“进展很快，万事如意！”

“何时能开场？”

“十二月十五日开始，连干三天。”

“沧桑演社戏确切日期是哪一天？”

“十五开祭，十七完丧！”

“消息可靠？”

“准确无误！”

“果真如此？”

“丝毫不差！”

“你敢保证？”

“脑袋担保！”

姚新瞪大血眼，一手过去，朝姚向鸿的脸上便是“啪！啪！”两记耳光。

姚向鸿被这突如其来的袭击搞蒙了。他后退两步，直视姚新：“您这是什么意思？”

“混账，还敢问我！”姚新把捏在手中的一个纸团朝姚向鸿脸上掷去，“睁开眼来看看这个！”

姚向鸿俯身捡起落在地上的纸团，打开一看，只见尺把见方的红色油光纸上印着工整的文字：

海报

联产承包展美景，五谷丰登颂党恩，沧桑村里演社戏，欢迎各界齐光临。

日期：公历十二月十日至十二日

地点：沧桑洋千亩农田上

沧桑大队党支部

沧桑大队队委会

一九七九年十二月九日

“他妈的，我们中了杨柳青这个老贼的‘缓兵之计’啦！”姚向鸿如兽中箭咆哮起来，把手中的《海报》撕得粉碎。

姚新稍为冷静下来，自怨自艾地说：“真是灾从麻痹生，祸由大意出。这也怪我太轻敌了。”

“再讲这些多余的话顶屁用。我知道您足智多谋，绝对不会败在姓杨的手下。现在火烧眉毛，刻不容缓，快拿出您的撒手锏吧！”姚向鸿完全相信他的老子会有办法。

姚新不去正面回答姚向鸿，他反问道：“过夜就是十号，你能在明天把‘海报’贴出去吗？”

“不可能。”

“后天？”

“也来不及。”

“大后天？”

“可以尽量赶。”

“不能尽量赶，要绝对保证。”姚新竖起眉毛，“下个命令，明天就把‘海报’给贴出去，十三号准时开场。成败在此一举，来个背水一战！”

八十三

当启明星亮在天际，姚新父子分别进入寝室去做黎明前的噩梦之时，在距离县城三十二公里的沧桑山村，家家户户已是欢声笑语，男女老少起早梳妆打扮。

在陈二妹家中的镜台前，王小华抬手摘下她阿母发髻上的那朵小白花，给插上一对鲜红的“石榴春”。镜台照现母女二人热泪盈眶的脸庞，是悲是喜也难说清。阿母打扮好了，王小华随着从衣橱里取出一套崭新的衣服来。这套新衣是小华连赶两个通宵给她阿爹做成的。

眼见村人喜气洋洋，有土老汉也不明白这到底怎么一回事。自从志农牺牲以后，他的睡眠全无规律，常是天未亮就恍恍惚惚到那村前村后游逛，今晨也是早早出门，见人家笑自己也笑，见别人乐自己也乐。王小华在“三姐妹养鸡场”旁找到有土老汉，把他挽回家里。

同样在二妹和小华睡房的镜台前，王小华先给有土老汉梳好蓬乱的头发，随着把新衣穿到他身上。有土老汉照着镜子，好不快乐：“嘿嘿，这套衣服真新；嘿嘿，穿上这套新衣真漂亮，阿农看了一定很高兴！”

王小华听到她爹口出此言，一时克制不住，眼泪夺眶而出。

有土老汉乐滋滋地摸着身上的新衣裳，向着小华笑：“傻孩子，看阿爹穿新衣流泪作啥，我又不会把它弄脏。”说着，欢欢喜喜跑出门去。

门外，一群打扮得如花似锦的小孩，一见有土老汉也换上新衣裳，便蜂拥过来，争着拉起有土老汉那粗糙的大手，这个说：“有土公公，我带你去看彩门，门上有龙又有凤。”那个说：“沧桑洋上戏台搭好了，我最早拿凳子去占好位置。有土爷爷，我先带您去认认，晚上看戏我们坐一起。”这个拉，那个扯，弄得有土老汉无所适从。此时，家家户户门已大开，许多村民见状围了上来。有土老汉看见人人和他一样穿着新衣裳，感到很有趣：“我穿新衣，你们也穿新衣；我乐，你们也都乐。好快活呀！”

沧桑村的男女老少心里乐开了花。家庭主妇从自留地上拔起青菜，顺路到沧桑溪洗涤干净带回家；随后又大开“杀戒”，把自家养的连同“三姐妹养鸡场”供应的肥鸡一起杀了几只。男人们已无心帮做家务事，都到远近各地去请亲戚朋友来作客，不少人的上衣口袋里还装着大前门或飞马牌的过滤嘴香烟，既见面应酬，又显示“派头”。要说最不冷静的，还是村里的儿童，他们扛着长条板凳，抬着古老八仙椅，争先恐后到沧桑洋上的戏台前占据最佳位置，然后便在那里打闹嬉戏。

大队部的会议室里，别有一番情景。杨柳青正在亲自主持一场“特别会议”。与会者有支委、队委，还有群众代表。陈二妹和许洋洋“母子”受到“特殊优待”，坐在杨柳青两旁，十分显眼。

杨柳青出了个题目：“沧桑演社戏庆丰收，要不要请跃进大队的干部出席？”大家一听，均为愕然。

许洋洋瞪大眼睛直望着杨柳青，想开口又不好意思“打头炮”，憋得满脸通红。

杨柳青预料到许洋洋会有强烈反应，便鼓励他：“充分发扬民主，阿洋你有话就说吧！”

许洋洋一触即发：“这个问题根本不用讨论。他妈的李永成和李永功与沧桑为敌，我志农哥的血海深仇都未跟他们算账，还请他们做客？我第一个表示反对！”

杨柳青笑笑望着许洋洋，毫无责备之意。倒是许春山感到他的小子太放肆，恶起眼来批评道：“洋洋你对杨书记越来越不讲礼貌。你做你的事情去吧，别在这里瞎嚷嚷。”

“我就喜欢他的这个直脾气。”杨柳青一把拉回许洋洋，“别走，有炮还可以继续放！”

许洋洋受宠自傲，还了他老子一眼，意思是说：“杨书记不讨嫌我，您也拿我没办法！”

许春山不再理会许洋洋，只顾发表自己的见解：“俗话说，‘耐得心头火，方为大度人’。沧桑与跃进山水相连，理应和睦相处，不能因为我们演社戏庆丰收，给对方造成一种有意示威、有意奚落人家的感觉。冤可解不可结，礼该有不该无。”

在场者感到许春山的话有理，均表赞同。许洋洋仍然不服，跳将出来同他老子顶撞：“您是支部书记，肚里能撑船；我是普通老百姓，只懂得为我志农哥报仇雪恨。要是谁去请来李永功，我便拦在大彩门下给他颜色看！”

“阿洋，你给我坐下。”陈二妹听着大家的发言，思量一番，拿定主意，“宁伸扶人手，莫开伤人口。现今跃进大队的乡亲都为参加宗派械斗做了亏心事感到不安。我们来乐，他们发愁，于心何忍。我想应该把李支书和李大队长都请来，还要在沧桑洋上安排个好位置，让跃进大队的乡亲和我们同欢共乐才好。至于李永功错误有多大，犯法有多重，将来让党纪国法去找他。我们这样做，叫他自己摸摸良心，认真反省，没啥不好。”

杨柳青听了陈二妹的话，脸上不禁露出快慰的笑容：“多么朴实的言语，多么高尚的情愫，多么识大体、顾大局的品行！”他没把这种敬佩心情表露出来，只是想在心里。杨柳青不仅想到了要给跃进大队得到某种慰藉，从而改善两村关系；而且站得更高，看得更远，这将通过实际效果加以证明。此时，杨柳青把目光投向唯一的“反对者”许洋洋：“你还有什么不同意见？”

许洋洋眨了眨眼睛，勉强作答：“既然我二妹阿母赞成邀，您杨书记也支持请，我许洋洋哪敢再说一个不字？”

“好，那就决定邀请。”杨柳青边定音边提出新的问题，“我们再来商量一下派谁去当‘特使’？”

在场者经过一番议论，公推许春山和许洋洋父子出使跃进村。杨柳青对此甚感满意，同时又推荐了两个人：周宏发、陈二妹。

“我？”周宏发一听杨柳青点了他的名，不禁一震，“我行吗？”

“一队之长，名正言顺，怎么不行？”杨柳青肯定的口气中带着鼓励。

出使跃进大队的“代表团”正式组成，并随着这次“特别会议”的结束立即出发。

沧桑“代表团”一进入跃进村，立刻引起人们的关注。不少村民都认得这四个人，尤其是身材剽悍、威风凛凛的许洋洋，大家一眼就认出他是两村宗派械斗的沧桑“指挥官”。众人联想，这一定是找李永成和李永功算账来了，可是从他们身穿新衣、脸带笑容看去，又没怀恶意。他们到底来干什么？村民们莫衷一是，猜测纷纭。

在跃进大队部，李永成和李永功表面以礼相待欢迎沧桑来客，心里怀着戒意准备应付对手。

双方坐定喝茶过后，许春山从口袋里掏出一份大红请帖，呈到李永成面前：“沧桑拟定从今天至十二日演社戏庆丰收，我们受本村干部、群众委托，怀着兄弟情谊，前来敬请李支书、李大队长和跃进村的乡亲届时光临，一起欢乐。”

事情如此意外，令人一时难以反应过来。李永成呆了好一阵子，伸出微微抖动的双手接过请帖；李永功含着热泪，上前挽住陈二妹的手臂：“二妹嫂子，你们这是在剜我的心呀！”

沧桑村“以德报怨”的消息霎时传遍整个跃进大队，当地的干部、群众无不为之深受感动。许多人闻讯欲为沧桑“代表团”送行，可是，许春山等人早已离开跃进大队回沧桑村了。人们情不自禁步上墨砚岭，望着巍巍的笔架山，望着宽阔的书桌大埔，忏悔自己，忏悔过去。大家一齐动手，噼里啪啦拆掉设在墨砚岭上的宗派械斗指挥部营房，以此表示对沧桑村的好意。

当日下午，李永成、李永功和跃进大队的群众代表，一路放着鞭炮朝沧桑村进发。许春山听到鞭炮声，立即带了周宏发、陈二妹和许洋洋赶到村口迎接来宾。在老榕树前的大彩门下，两村干部和群众代表会师了，沧桑村的男女老少蜂拥而上了。

李永成展开写在大红纸上的贺信，以充满感情的语调宣读开来，然后把贺信呈到许春山手中。

李永功当着众人的面，扑通一声，跪到陈二妹面前：“二妹嫂子，李永功向您请罪来了！”

陈二妹慌了手脚，急忙俯身扶起李永功：“李大队长，你不能这样做！”说着，热泪夺眶而出。

顿时，欢声四起，锣鼓喧天，干戈化为玉帛，仇敌变成亲朋……

这一天，沧桑迎来了几十个大队的干部和群众代表；

这一天，沧桑家家户户亲戚朋友盈门；

这一天，沧桑鼓乐之音不停，欢声笑语不断。

八十四

沧桑已是人潮歌海，客人依然络绎不绝。还在村口迎接来宾的许春山和周宏发，同时发现前方公路上有两部轿车奔驰而来，他们料定是上级领导光临，立刻打发许洋洋赶去大队部通告杨柳青和王小华。

杨柳青、陈二妹、王小华随之来到村口大彩门下，这时两部轿车也一前一后停在那里。客人相继下车，许春山一眼认出其中有王云岗县长、田峰主任，还有不久前到过沧桑的地区纪委副书记郑清添、地委组织部副部长赵帧帱、专署农委副主任魏振抑，另外两人首次见面，尚不相识。

杨柳青一一给大家作了相互介绍。未曾到过沧桑的秦志发副院长、由世辉副检察长，分别与陈二妹握手。秦志发感情真挚地说："未来沧桑，我们就听了王县长说您几箩好话，没见面先识人啦！"由世辉补上一句;"您真是一位伟大的母亲！"

陈二妹听到秦志发和由世辉那样褒奖，心里一热，双手和嘴角不禁同时颤动。她一时答不上话，只是以热泪来表达自己的感激心情。

地区、县里、本村的要人汇集大彩门前，无形中揭开了沧桑村"演社戏庆丰收"的序幕。

郑清添副书记站在村道中间，兴致勃勃地观赏宏伟壮观的彩门。只见彩门顶上红旗飘飘，彩门两旁对联熠熠。他问许春山："这座彩门是谁设计的？"周宏发手指许洋洋，代许春山予以说明："是这位小春山的杰作。"郑清添对许洋洋笑了笑，点点头："有两下子！"

"'联产承包展美景，五谷丰登颂党恩。'多好的一副对联呀！"郑清添边赞叹边询问，"这副对联又是谁的杰作？"

许春山抢着回答："是二妹嫂子的闺女、咱王县长的千金想出来的。"

"好哇，真是一代更比一代强！"郑清添喜不自禁，把王小华和许洋洋挽到身旁就朝村里走。

刚才大彩门前的情景，已经辐射到整个沧桑山村。成群结队的村民自发排列在村街两旁，热烈鼓掌欢迎地、县领导同志。

当地、县领导同志路过许春山的家门时，站在门前等候的黄桂花，毫无顾忌地跑进来宾行列之中，抓住王云岗的双手就是一声喊："王县长，沧桑的乡亲都很想念您，今天总算把您盼来了！快，快把这些同志带进我家，好茶好水在等着您们呢！"

王云岗脸有愧色地望着黄桂花："嫂子，你请云岗是要敬酒还是罚酒？"

黄桂花应答："罚酒三杯，敬酒三杯；坏话三句，好话三句。敬酒罚酒，好话坏话，都得接受。"说得大家都笑了。

王云岗轻轻拍拍黄桂花的手背，亲热地说："嫂子，你家的喜酒回过头再喝，且要喝个够。现在还是让我陪地区来的领导先去看望阿勤婆吧。"

阿勤婆家里，灵堂庄严肃穆，与室外的热烈气氛形成鲜明对比。杨柳青、王云岗陪地区调查组人员进门，先是朝向民遗像深深鞠躬，后向阿勤婆致以亲切慰问。

阿勤婆心情虽然悲伤，可她还是勤快、热情地接待了客人。杨柳青扶阿勤婆坐下，接过她手中的茶壶，代为泡茶待客。为了妥善安排今晚"演社戏庆丰收"的开场，杨柳青和王小华给地区办案组的同志说了一声"失陪了，对不起！"即忙村里的事去了。

办案组人员与阿勤婆聊了一阵子杂事之后，有意把话题引到杨柳青身上。郑清添副书记婉转地对阿勤婆说："柳青同志到沧桑抓点，几个月来都住在您家，一定给您添了不少麻烦。"

阿勤婆望着郑清添："这话看怎么说。杨书记住到我家里，从早到晚有人找他，烧水泡茶就够我忙的了；他每天起早贪黑田间地里跑，我得五更起床为他做早饭，晚饭有时热了再热还不见人回来；晚上他与乡亲聊天往往到半夜，别人走了，他又在房里写什么。有几回，我起床做早饭，他一夜还没睡，惹得我好生气。要论这些事，实在够麻烦。"

郑清添问："既然这样，您还欢迎他住下来吗？"

阿勤婆答："小杨一天不进门，我要想他好几回，几个儿子出远门，我都没这样挂心。"

"他给您带来那么多麻烦，您为啥还喜欢他继续打扰？"

"我自己也不明白，小杨不在，总觉得屋子里太冷清，他的话语一直揪住我的心。"

"什么话使您印象这么深刻？"

“这样的话有几箩，叫我一下怎能搬得完？”

“您把印象最深的说上一两段，好吗？”

“印象最深的要算惹我生气那一次。有天清早我起床做饭，看到他还在灯下埋头写材料。我过去夺下他手中的笔，拿走桌子上的纸，板起脸来对他说：我们都是共产党员，党内讲平等，现在我要向你提意见。他说，您尽管提，我保证虚心接受。我说，你这样作践自己的身体，对公对私都不利，我有权利监督您！”

“他怎么回答？”

“他求我把纸、笔还他；我不肯，叫他睡上一觉再来讨。他骗我说：‘就剩下几个字了，还是让我写完吧！’我将纸、笔还给他，待到煮熟早饭回过头来，看见他没有睡，还在写，我生气了。”

“后来呢？”

“在吃早饭的时候，他先说了好多话讨我欢心，然后叫我理解他。”

“他怎么叫您理解的？”

“他说，我们搞了这么多年的社会主义，琼山农民兄弟的温饱问题还没很好解决。党派我到这里，面对这种情景，我怎能睡得安然？”

“他还说了些什么？”

“他还说，焦裕禄同志把生命献给兰考，难道我不应该把生命献给琼山吗？”

“照您这样说，柳青同志是个党的好干部。”

“不是照我这样说，沧桑千人千张嘴，人人都说他是党的好干部。”

“既是这样，为什么还有人在非议他呢？难道他的衣食住行都无纰点？”

“论起柳青同志，衣，干干净净；食，随随便便；住，规规矩矩；行，端端正正。非议他的，不是坏人便是反革命。阿勤婆虽说不大懂事理，还能明白您们问我的那些话不是白问，您们来沧桑也不会单单为了看热闹。社戏演得再好，比不上城市剧场里的大戏。要是想了解柳青同志的情况，我先带您们从他的房间了解起。”阿勤婆说着，把地区办案组的同志和王云岗带进了杨柳青的住房。

不大的房间摆着两张单人床，床上被盖整整齐齐。其中一铺是杨柳青的，床头放着几本书；另一铺原来是志农睡用的，现在由许洋洋接替。墙上挂着一幅琼山县地图。图上有处用红色炭笔画起的圆圈，圈里有“沧桑”二字。从红圈圈伸展开来，画着一条条蓝线。

赵帧畴副部长望着地图问阿勤婆：“您知道这蓝线是什么意思吗？”

阿勤婆说：“只看到柳青同志出远门回来，就拿起笔往地图上做记号，我也不懂这是啥意思。”

经阿勤婆这么一说，大家心里明白了：这是杨柳青在标明他走过的地方。眼前，全县百把个行政村，他已跑了大半。

大家又把注意力转移到那只简陋的办公桌上，一沓沓整齐的书籍和材料占据桌面一半。一套完整的《毛泽东选集》、几本政治经济学书籍置放其上。还有一本印得不够精致的小册子，像个文件汇编。这本册子放在案前，翻开着，郑清添拿起一看，里面汇有《中国共产党第十一届中央委员会第三次全体会议公报》《解放思想，实事求是，团结一致向前看》《关于农村政策问题》等文章。有几篇，题目下面均署名“邓小平”。这些文章是杨柳青汇集一起的，看来已读了不止一遍，从字里行间红、蓝铅笔交替画下的密密麻麻符号，便可得出这个结论。

再看案头的一叠材料，那是杨柳青的笔迹。其中有两份最引人注目：一份是《沧桑村实行家庭联产承包责任制试点工作初步总结》；另一份是《琼山县推行家庭联产承包责任制的初步设想》。人们还来不及详细看这两份材料的具体内容，已听到杨柳青在阿勤婆家的大门外同村人打招呼。出自“礼貌”，地区办案组的同志和王云岗都出了杨柳青的住房，又坐到会客厅里若无其事地喝茶聊天。

八十五

太阳收回余晖落下西山，夜空星斗与家家灯火交相辉映。大彩门满门紫气，老榕树火树银花，养鸡场红灯高悬，木工厂霓虹闪烁。

家家充满欢声笑语，户户盛情接待客人。自养的鸡鸭、自种的蔬菜，经过精心烹调一起上桌；自酿的米酒、自产的香蕉，伴随丰盛佳肴增色宴席。杨柳青和王小华给阿勤婆当助手，办了一桌颇有特色的饭菜，在阿勤婆家的会客厅里盛情招待地区办案组的同志，杨柳青、王云岗、王小华和阿勤婆一起陪伴客人用餐。向民同志的灵堂设在这里，肃穆的会客厅，一时增添了几分喜气。美好的晚餐过后，人们的注意力自然集中到沧桑洋上。

此时的沧桑洋，东南西北四盏聚光灯齐放光明，数里之遥尚可望见此地上空呈现一片白光。地、县领导同志和跃进大队的干部，在许春山和周宏发的陪同下，兴致勃勃地从村里出发，沿着绿柳依稀的溪岸来到沧桑洋上。放眼望去，但见：

相隔百米、并排而立的一对戏台傲然屹立。舞台之上，灯火通明，帷幕飘动，上百平方米的木板场地足以让演员任意驰骋。

台前，排排座椅比比相连、望不到边，身穿五颜六色的本村和四方戏迷挨肩而坐；伸长脖子站在周围的无数观众，层层叠叠筑成一道厚不可测的人墙。上万苍生，把千亩沧桑洋化成一片如潮涌动的人海。

郑清添副书记眼望这场面恢宏、气势磅礴的奇景，不禁在心里赞叹："杨柳青的这个点子出得真绝，杨柳青真是个大智若愚的帅才！"

挤得水泄不通的观众，一见地、县领导同志到来，都主动让开一条通道。倒是地区办案组的成员、跃进大队的代表、沧桑本村受人尊敬的阿勤婆和陈二妹、许有土一对老夫妻，三方互相谦让，谁也不肯走在前头。后来，杨柳青扶着阿勤婆、郑清添挽起陈二妹、王小华搀上许有土走到了前面，赵帧畴、魏振抑、秦志发、由世辉、王云岗以及李永成、李永功，才鱼贯而入摆在台前的嘉宾席位。

两个剧团均已各就各位。左台由地区芗剧团登场，右台属琼山芗剧团领地。他们均于昨日随着沧桑大队党支部和队委会告示的发出，各自公布了准备三天献演的拿手好戏。地区芗剧团的节目表是：第一天，传统剧《安安寻母》《加令记》；第二天，案情戏《秦香莲》；第三天，现代戏《碧水赞》。琼山芗剧团的节目表是：第一天，传统剧《三家福》《吕蒙正》；第二天，案情戏《十五贯》；第三天，现代戏《龙江颂》。无独有偶，两个剧团摆出的节目同天同类，异台异戏，由此看来，必有一番激烈竞争。多数观众认为，地区剧团水平必高一筹，因此台前观众特别拥挤，开幕的主会场和嘉宾席位也设在这里。

按照预定时间，两个舞台上的锣鼓同时敲响了，万双眼睛不约而同地朝舞台望过来了。身穿全新中山装的大队长周宏发，神采飞扬地主持起这盛况空前、声势浩壮的《演社戏庆丰收》大会。他站到摆在舞台上的讲台前，弹指敲敲麦克风，喧天的锣鼓声随着戛然而止，欢腾的沧桑洋顿时安静下来。

周宏发充满激情地宣布了三天欢庆活动的程序安排和主要内容，接着念起了光临沧桑的贵宾名单。当念完地区办案组全体成员时，全场报以热烈掌声；在介绍跃进大队的李永成和李永功的名字后，热烈掌声又再次升级；一提到王云岗县长正在观众中，掌声如同暴风雨；杨柳青书记的名字一出现，雷声掌声分不清。

在群情激越、万众狂欢的气氛中，许春山出场向公众介绍起“联产承包半年，沧桑面貌一新”的概况。增产数字叫人吃惊，成功经验令人叹服，生动事迹使人感奋。他的发言没有拖泥带水，而是言简意赅，特别是结束语更为精彩：“耳听为虚，眼见为实，欢迎四方朋友、八面乡亲，明天亲临现场参观指导。”

简短、紧凑的见面仪式结束，随着响起“叫台锣鼓”，拉开“社戏序幕”，演员就要出场了。这时，突然场上有人高声呼唤：“我们想见陈二妹。请陈二妹上台讲话！”顿时一呼百应，唤声有如春雷激荡。

观众按照自己的意愿，给“见面仪式”插进了一项令人意想不到的内容，使得主持人周宏发一时不知所措，更叫陈二妹的心跳动不停。

陈二妹没有上台，观众呼声不止，社戏难以开场。

坐在嘉宾席上的人们，一起动员陈二妹上台和观众见面。陈二妹推辞不过，只好叫她的闺女王小华陪着登上了舞台。

这位全无打扮的“演员”一出场，立刻轰动万千观众。“向陈二妹学习，向陈二妹致敬！”“志农是英雄，我们想念许志农！”喊声山呼海啸，口号震撼笔架山、墨砚岭。

陈二妹身不由己地一步跨到讲台前，鼓起勇气对准麦克风：“我陈二妹万分感谢乡亲，万分感激大家！”话音刚落，不禁一阵晕眩，王小华知道她阿母过分激动，赶忙将其扶入台后。

台前观众呼声不止，台后演员热泪盈眶。嘉宾席上，人们更是感慨万千。

郑清添副书记在自言自语：“社戏，社戏，这就是最感人的戏文！”

王云岗县长坐着一动不动，陷入了无限的沉思。

办案组的几位成员也都一言不发，只是在眼眶里滚动着欲滴的泪水。

杨柳青悄悄离开了座位，不知不觉地步至灯光微明的沧桑溪旁。他坐在一处柳荫之下，望着粼粼闪闪的溪水潺潺流去，望着满天繁星独自出神。

阵阵锣鼓声，丝丝管弦音，不断在杨柳青的耳边回响、缭绕。沧桑洋上，《安安寻母》《三家福》开场了。

台上演员“起疯”，唱得出神入化；台下观众“热狂”，看得喜怒无常。直至从村里传来二遍鸡鸣，生旦净丑、锣鼓管弦才一起告别舞台；男女老少、主人客人方离开场地。附近的外村人，成群结队一路喋喋不休地评论着演员和戏文，有的边走边哼起刚从今晚演出中学来的唱段。原野上、归途中，响彻《加令记》中的“杂碎调”：“三年养你非容易，怕你寒来惊你饥，只望与你长相伴，安分守己乐无比。”《三家福》中的“匆仔调”：“千金难买好邻居，从此三家胜自己，欢欢喜喜过日子，相依相靠不分离。”《吕蒙正》中的“七字调”：“八月十五是中秋，月娥楼上抛绣球，绣球抛落吕蒙正，但愿夫妻情意稠。”独嚷的独嚷，合唱的合唱，跑词的跑词，走调的走调，五花八门，极不规范。然而，唱的人并不感到不好意思，听的人也不觉得不很顺耳，因为大家戏瘾未过，兴奋犹存，而且都在急不可待地等着第二天晚上《秦香莲》和《十五贯》的开场。

远方的来客，各自投宿亲戚家中。盛情的主人，按照当地的传统习惯煮了咸粥、卤面，请客人边吃点心边聊家常，然后安安稳稳睡觉，养精蓄锐准备次日再来一番新的欢乐。

八十六

社戏演至三更，加上走路、吃点心时间，四更很快就过，五更随之来临。家家灯火又似繁星，户户炊烟迎接黎明。当朝阳又从东方冉冉升起之时，沧桑村文化技术夜校的高音喇叭随着响起悠扬的《步步高》乐曲声。这曲调人们都很熟悉，今天感到更加动听。来宾和投宿沧桑的四方客人用过早餐之后，不往别处去，均朝“夜校”行。

文化技术夜校的大门早早敞开，大门上方“沧桑联产承包成果展览馆”的镏金大字在阳光照射下熠熠生辉。门前的广场上，人潮涌动；门旁的常青树，苍劲翠绿；门顶的五彩旗，迎风飘扬。

鞭炮齐鸣，王云岗县长举起铿亮的剪刀，把许阿兰和周小芳各拉一头的大红彩带剪断。霎时，人潮冲开缺口，一齐涌进了展览馆。

地区办案组的全体成员在郑清添副书记先导下，开始顺序参观：

红底金字的前言写得很特别，它没有人们通常看到的那种政治术语加响亮口号的言辞，只有一首不够规范的抒情诗:《春意颂》——

多少年，春去又春来；
多少载，花落又花开。
春天去了盼春归，
花儿落了望花回，
何时春色满乾坤？
何时花开永不败？

多少年，春去又春来；
多少载，花落又花开。
百花迎春春意浓，
万家致富富常在，
今日春色满乾坤，
今日花开永不败。

郑清添副书记吟诵着这首诗，胸中不禁翻起一层波澜。他带着激动的心情继续往下看。面前是一幅镶着金漆木框的《沧桑村十年发展规划图》。图中运用各种颜色区别山水田林路，表明“现在与将来”；采取图案、数字相济的手法，标出十年各业指标，展示沧桑美好前景。全图清清楚楚、明明白白、洋洋洒洒、实实在在。郑清添仔细看着规划图，目光突然凝滞在图下方的一行字上：许志农、王小华绘制。特别是加在许志农名字四周的那个黑框，紧紧揪住了郑清添副书记的心，使他不敢在此久立。

郑清添暗暗拭了一把泪，把步子移到一幅大表格前。白底红字的表格上，用长宋字体写着标题：“沧桑村联产承包各业实绩一览表”，表中是一行行具体数字：

村名：沧桑；户数：三百一十三户；人口：一千五百零二人。

联产承包时段：一九七九年八月至十二月。

经营方式：坚持以家庭联产承包责任制为主体，兼顾国家、集体、个人三者利益。集体水田、农地包到各家使用，分户经营，自负盈亏；林业、山地采取“分股不分山，分地不分林”的形式，收益集体和村民四六分成；企业实行联户合营，股份投资，按劳分配……

经营实绩：晚稻种植面积三千一百五十二亩，总产三百四十四万四千七百斤，亩产一千零八十三斤，总产、亩产均比去年同期增长百分之八十五；山地总面积一万八千五百六十二亩三分，新抚育幼林三千五百六十亩、开垦荒山一万零六百三十九亩七分(其中已造林种果三千五百六十五亩，已挖穴整地准备明春造林种果七千零七十四亩七分；建立联合体企业四个，总投资六万七千八百元(其中自筹四万七千八百元、贷款二万元)，已创产值三十万五千元，盈利十二万八千五百元……这一连串数字是刻板、枯燥的。然而，郑清添却从中受到极大震动，当他看完最后的一行数字时，不禁连声赞叹：“了不起，了不起，真了不起！”

相继而来的是分类实物展览加文字说明。农业部分：枝粗秆壮、穗大粒饱的稻束扎着红绸带，展示了农户辛勤耕种、科学种田的丰硕成果；坚固实用的农具、新颖精致的家具，反映出民勤木材加工厂非同一般的经营能力和生产水平；关在特制鸡笼里的“芦花洛克”“白色来航”和“洛岛红”昂首挺胸地告诉观众，三姐妹养鸡场办得是多么兴旺……异彩纷呈的展览，使郑清添看得眼花缭乱，他感到自己已经太过兴奋，需要镇静镇静激动的心情了。

王小华把郑清添副书记、地区办案组成员和他阿爸王云岗带进了展览馆休息室。休息室里的服务人员，不是年轻的姑娘，也不是村里的干部，而是周进财和周大憨，这使大家感到意外。

周进财和周大憨父子二人新衣新裤新帽子，笑脸笑语笑动作，忙不歇手地给大家领座劝茶。郑清添副书记感到有趣，一面向周进财父子表示感谢，一面询问：“二位到这里当服务员，是村干部给安排的还是你们主动来的？”

“是主动来的。”周进财乐呵呵地回答，“村里大喜，我家大乐，不插插手帮忙做点事，心里痒痒！”

“为什么？”郑清添更好奇了。

“首长您不知道，我家的情况比别人特别，所以今天说话办事也特别。”

“特别在哪里？”

“您听我说。半年前，咱村还在吃那个‘大锅饭’，我们父子出工‘桃花搭渡’，收工‘三战吕布’，大家都说周进财和周大憨是队里的两条大懒虫；加上收入少，家里穷，谁都没把我们父子看上眼。自从七月来了个县委杨书记，领导我们端走‘大锅饭’，另起‘小炉灶’，懒虫变成龙，穷家变富翁，秋收打下谷子四十担，山上造林种果百把亩，还有自留地种菜卖钱，我粗粗算了算，固定财产除外，今年现金收入不下三千元。新中国成立前沧桑地主、富农的收入也不过如此吧。首长，您说我该喜不该喜，该乐不该乐？”周进财眉飞色舞，话说得嘴边满是泡沫都顾不得擦。

“应该喜，应该乐。”郑清添心里比周进财还高兴，“我向沧桑表示祝贺，也向你家表示祝贺！”

站在一旁直想插嘴的周大憨抓到了机会，他一本正经、很有礼貌地向郑清添副书记深深鞠了一个躬：“谢谢您，谢谢首长！”

周大憨的表情、动作和语言均显得有点滑稽，可他那憨厚、质朴、喜悦的言谈举止还是受到大家的赞赏，地区办案组的同志和王云岗在一旁看到这情景，也都发出了会心的微笑。

离开休息室，郑清添一边挽过陪着大家的王小华，一边对王县长说：“云岗，你这位千金真有心计，连休息室都展出了活人标本，让他们来现身说法。”

王云岗听得心里乐滋滋的：“年轻人容易骄傲，您可别那样夸奖她！”

地区办案组的同志一起穿过展览馆里拥挤的人群，回身来到大门旁的桌台前。郑清添提起搁在桌上的毛笔，饱蘸墨水，有备而来地在留言簿上写下四句话：“联产承包一事悬，沧桑村里观巨变。击石生火火花溅，待看琼山换新颜。”并在后面落上款。地区办案组的几位同志，都感到郑清添副书记的题词表达出他们的心声，也相继在上面签了字。

从四面八方前来参观的人群络绎不绝，接踵而至。饱经风霜的农民兄弟、无所适从的基层干部、有志探索的党政机关工作人员，好奇求新的青年学生，还有难表其意的各个阶层人士，带着各自正在思考的问题，在这展览馆里寻找答案。他们那渴望、追求、憧憬的表情和心态，足以使人感触到各方要求在农村实行一场大变革的愿望，犹如一股潜流正在地下强烈躁动，这股潜流一旦冲破缺口，必将势不可当地席卷广阔的农村天地。

作为一县之长的王云岗，身临其境，心领其意，已经完全觉察到实行农村家庭联产承包责任制势在必行，不能再怀疑、再观望、再反对，应当积极提倡、热情扶持、坚决实行、大胆推广。他陪着地区办案组的同志离开那让他心灵受到陶冶、思想获得解放的“沧桑联产承包成果展览馆”，一路沉思回到阿勤婆家中，在烟来茶去、谈笑风生的厅堂里，王云岗一直默默无言地想着他的心事。

八十七

老天也似懂得人意，万里苍穹一路放晴，太阳张开笑脸陪着精神振奋的人们，从东方移到西边。这天下午，各地来宾和四方客人均按自己的安排和意愿，探亲的探亲，访友的访友，取经的取经。

地区办案组的人员吃过午饭，又往三姐妹养鸡场、民勤木材加工厂跑。他们看到：养鸡场里，陈二妹、黄桂花、来喜嫂均身穿“洋服”，头头是道向众多参观者介绍办场、养鸡经验，不少外村人在向场里订购种鸡和鸡苗；民勤木材加工厂的厂长室更是挤满顾客，许阿兰和周小芳一起与来人洽谈业务，签订产品销售合同，简直应接不暇。魏振抑副主任看得啧啧称奇，他对办案组的人说：“我搞了二三十年农村工作，看到在这样的山沟里做起生意来，还算头一回。”

全村处处令人向往。然而，人群最为拥挤、气氛最为热烈的仍属“沧桑联产承包成果展览馆”，从早到晚，那里总是人流不断，直至沧桑洋上聚光灯又大放光芒，两台社戏的锣鼓再次敲响，人群才渐渐向那边转移。

今夜的沧桑洋，观众更比昨晚多，望不到边的人潮在涌动，数不尽数的“骚客”又涌来。两个舞台之前再不是左台拥挤右台疏，而是平分秋色、势均力敌了。这也许是因为昨晚琼山芗剧团演出了与地区芗剧团一样的高水平，也许是观众过多已无选择余地。地区办案组的同志不愁没有座位，可也出现了“一分为二”：郑清添副书记、赵帧畴副部长、魏振抑副主任，仍在左台前欣赏《秦香莲》，秦志发副院长、由世辉副检察长，则跑到右台观看《十五贯》。看来对于节目的选择，也同职务的分工息息相关。

这夜两个剧团的精彩演出，又使上万观众大饱眼福。当终场锣鼓敲过、观众四散离去之时，一路上已不是昨夜那种“独嚷的独嚷，合唱的合唱”余波，而是都在发表高见，热烈地评论起包拯的刚直不阿，况钟的明察秋毫，表达世人对清官的敬佩、对腐恶的仇恨。而地区办案组的同志由于职业关系，自然想得更多，何况他们前来沧桑，名曰“现场参观”，实则“调查案情”，自然更是感触良深，一夜睡不安稳。次日清晨，他们一吃过早饭便作了适当分工：由郑清添副书记、赵帧畴副部长首先同阿勤婆“座谈”，然后与陈二妹“交心”；让魏振抑副主任同周宏发“接触”，并察看当时“乱砍盗运木材”的现场；派由世辉副检察长、秦志发副院长找许阿兰“个别谈话”、促李永功提供真实情况。

分工定当，随之行动。郑清添、赵帧畴与阿勤婆“座谈”的内容很简单，只询问了“十月十五日晚上九点半左右”的这段时间，她离开家里有多久？进出之时是否发现异常情况？同陈二妹“交心”则来得特别谨慎，不敢造次。他们拐弯抹角绕了一个大圈，仍然没接触到“正题”。倒是陈二妹从中听出了话意，干脆来个暗事明讲：“郑副书记、赵副部长，你们可能已经听到了风声，说王小华和杨书记两人在阿勤婆家里有不轨行为，我没猜错吧？”

郑清添一见陈二妹戳破“谜底”，便语带双关地说：“您怎么会想到那里去呢？”

陈二妹直言直语：“这种风声已不是一天两天，也不是一件小事，您们总会听到，也总想了解的。”

“既然您提起这件事，能不能请您谈谈想法和看法？”

“能，你们没叫我谈，我也想乘地区办案组到沧桑的机会把积在心里的恶气吐一吐。”陈二妹慨然回答，“要谈清这件事还得把我的闺女给叫来。”说着，起身出门，回家带来王小华。

王小华站到郑清添、魏振抑面前，端庄而有礼貌地叫了一声：“郑伯伯、魏伯伯！”

陈二妹对阿华说：“你把信拿出来！”

郑清添副书记接过王小华呈上的信件，一见上面满是血迹，不禁瞪大眼睛。随之急往下看：

亲爱的志农哥：

你好！

我的一生不能没有你，我把爱写在现今，也写在未来。我们在同一个家中生活，在同一张桌子吃饭，在同一块地里劳动，天天相见，平平常常。可是你哪里知道，咱们蕉园的那一席话，已经藏在我的心中多少年？

志农哥，我们青梅竹马，两小无猜。自从阿母把我背进沧桑，我就爱上阿母和阿爹，也深深地爱上了你。

志农哥，我懂得终身大事必须两相情愿，却不明白你心里到底在想些什么？不明白你为什么总是那样不理解我？为什么总是那样不近人情？现在沧桑的家庭联产承包责任制已经逐步落实了，难道我们的爱情就不能像生产责任制那样得到落实吗？

志农哥，你不把我留在咱们沧桑的这个家，阿母和阿爹是要留我的，阿爸和我们敬爱的杨叔叔也是会支持我留下来的。反正我已下定决心，就是棍飞棒打，也不离开这个家了……

你的妹妹　阿华

一九七九年十月十五日

郑清添副书记把信看完，不禁重复念着这个日期："十月十五日，十月十五日。嗯，同样是十月十五日。"

陈二妹和王小华对郑清添副书记那么关注"十月十五日"这个日期，心里都感到蹊跷，可又不便明问，只好静静坐着等待下文。

郑清添将信递给赵帧帱副部长，便反剪双手在室内踱起步来。他边沉思边问王小华："你的这封信上怎么沾满血迹。"

王小华眼含泪水回答："沧桑、跃进两村发生宗派械斗，我的志农哥不幸中弹牺牲，当时此信藏在他的口袋里，人亡信在，血染情书。"

"那么这封信是怎么送到你的志农哥手中的？"

"拜托我的杨叔叔代效'柳毅'之劳。"

"托书地点在哪里？"

"就在这个地方。"

"是什么时候？"

"十月十五日晚上九点半左右。"

"当时还有其他人在场吗？"

"只有我和我的杨叔叔。"

"你的杨叔叔有没有看到信的内容？"

"看了，他看得高兴时还念出声音来。"

"这并非一般信件，是一封情书，怎么能让他看呢？"

"杨叔叔是我的大恩人，我和志农都视他为慈父，没有什么不可告诉他的。"

"你知道因为这封情书，在社会上引起一场风波吗？"

"知道。"

“那你心里感到焦急和难过吗？”

“既焦急又不焦急，既难过又不难过。”

“这话怎讲？”

“焦急、难过，是因为我的事牵连了杨叔叔；不焦急、不难过，道理很简单：根深不怕风摇动，树正何愁月影斜。”

“好，你已经清楚地回答了现在我想了解的情况。”郑清添副书记重重地点了一下头，“这封信是不是暂时放在我们这里，待以后奉还？”

“此信给我留下和志农哥的永生纪念，敬请郑伯伯妥为保管。”王小华郑重其事地说。

“到时一定‘完璧归赵’，请你放心。”郑清添此时已完全丢开平时办案的那种严肃架势，他以长者的慈爱轻轻拍了拍王小华的肩背，“节日忙，不能耽误你们太久，你和你阿母忙去吧，待有时间我们再好好聊一聊。”

赵帧辏和郑清添把陈二妹、王小华送出阿勤婆的家门，返身回到桌旁。郑清添从案卷中抽出姚新副书记提供的那两份“见证材料”，又摊开王小华留下的那封“染血情书”，放到桌上进行比照。他同赵帧辏一起，从“材料”和“书信”中寻找着共同点和不同处，用铅笔于关键处画下了杠杠。就在这个时候，魏振抑副主任、秦志发副院长、由世辉副检察长先后回来了。

郑清添副书记请大家一起审阅摆在桌上的证据，只见“见证材料”和“染血情书”都有“一九七九年十月十五日”的日期，都有这样一段话：“……现在沧桑的家庭联产承包责任制已经逐步落实了，难道我们的爱情就不能像生产责任制那样得到落实吗？”最大的差异是：“见证材料”中有“后来，杨柳青把王小华紧紧抱住”的做证；而“染血情书”则不能“言语”，无法对此“评介”真实与否。

为了帮助办案组的同志进行正确分析、推理和判断，郑清添请赵帧辏把刚才与王小华谈话的笔录给大家念了一遍。地区办案组的同志均是富有分析水平和办案经验的老将，他们把“见证材料”“染血情书”和“谈话笔录”联系起来，相互反证，综合分析，最后得出这样一个结论：王小华托杨柳青给许志农传递情书，情况属实，作法可信，行为正常；薛腾飞、洪彤彤的“见证材料”断章取义，添油加醋，纯属诬陷；姚新与杨柳青结怨甚深，事先私取“罪证”暗藏“炮弹”，关键时刻抛出“见证材料”，故有“借刀杀人”之嫌。由此看来，所谓“特大桃色案件”实则一桩“蓄谋诬陷他人”案件，这已基本成为定论。

接着，魏振抑副主任向办案组汇报了他同周宏发进行接触和察看“乱砍盗运木材”现场的情况：周宏发做证，煽动他砍伐集体林木的是洪彤彤，前来装载运走木材的是薛腾飞和县农资公司的汽车驾驶员许万两，运输工具是一部大卡车。而现在薛腾飞和洪彤彤已死，只剩下许万两尚可做证了。

由世辉副检察长、秦志发副院长调查薛腾飞之死案情也取得重大进展。还在沧桑村做客的李永功做证：薛腾飞对许阿兰垂涎三尺，欲图不轨，先是暗中收买一些人毁了跃进大队一片风水林，然后嫁祸于民勤木材加工厂，偷天换日，制造口舌，在老龙岭下劫持许阿兰，并挑起两村宗派械斗，预谋杀害许阿兰的未婚夫许洋洋。许志农舍己为人，在掩护许洋洋之时中弹牺牲。两村发生宗派械斗期间，薛腾飞“私设公堂”，以审讯为名，强奸了许阿兰。许阿兰和许洋洋作为当事人和受害者，更把薛腾飞从作恶多端到自找死路的原原委委、前前后后，向由世辉、秦志发细说一遍，并写出作证材料。

地区办案组的同志正在聚精会神梳理材料、分析案情，虚掩着的大门“咿呀”一声被推开。大家定眼一看，是杨柳青跨进门来。

杨柳青走到郑清添等人面前，呈上一叠卷宗，这便是李明和田峰组织力量调查整理的有关案件材料。

郑清添开着玩笑问：“柳青同志，你是来‘投案自首’还是来‘雪中送炭’？”

“都谈不上。”杨柳青回答得平静而自然，“杯水车薪，送些材料仅供领导作个参考。”

郑清添副书记翻阅着卷宗文字和照片，表情从平静、严峻、沉思直到化为惊喜：“柳青同志，你这不是‘杯水车薪’，而是‘如汤沃雪’呀！”

“郑副书记。”随着叫声，王云岗走进门来，“有件事向您通报。”

郑清添把目光投向王云岗：“什么事，你说吧。”

王云岗禀告：“刚才姚新打来电话，说县里物资交流大会今天开幕，请地区办案组的同志和县委领导回县城观光、指导。”

郑清添反问：“你的意见呢？”

王云岗回答：“今天是沧桑演社戏庆丰收活动的第三天，这里村民和四方来客情绪正高，我想继续留下来给他们助兴。”

郑清添又征询办案组的同志：“大家的意向呢？”

办案组的同志一致表示不回县城，要留在沧桑。

郑清添理解大家的意见包含着一种没有直言的态度，便明确答复王云岗:“你向老姚挂个电话，就说我和老赵身体都有点累，乡下空气好，想在这里休息休息。”

八十八

守在自家卧室电话机旁的姚新，听到“叮铃铃”声响，急忙抓起话筒，一听是王云岗的话音，耳朵立刻拉长了。他开口便问:“地区办案组的同志什么时候能回县城?”

“郑副书记、赵副部长现在身体不太舒服，要留在沧桑休息休息，暂时不回县城。”

“魏副主任、秦副院长和由副检察长呢?”

“他们也都不打算今天到县城。”

“那您一定马上回来，物资交流大会的开幕式正在等着剪彩呢!”

“地区来的同志都在这儿，我怎么好意思离开?就叫在家的李明负责主持，由你本人剪彩，不就行了。”

“这够规格吗?”

“够了，很够了。就这样吧!”

姚新同王云岗的对话结束了。他把话筒抓在手里，愣了好一会儿，然后“啪!”的一声，把话筒重重扣到电话机上，又将座椅使劲往后一推，走到会客室，坐卧不安地在那里踱起步子。老奸巨猾的姚新副书记不用多想，已从同王云岗的通话中完全意识到地区办案组在对他冷落，而这种“冷落”又非同一般，内中包含极其可怕的危机。空虚、愤懑、惊慌的心理病态一时成了并发症，紧紧缠住“足智多谋”的姚新副书记;暴露、失败、惩罚的不祥之兆骤然化为一张网，飘飘向这位阴谋、野心家撒了过来。姚新霎时不寒而栗，全身战悸。他一下子服进四个“安定片”，抽了三支中华牌香烟，以图从中求得“镇静”和“灵感”，迸发出新的“智慧火花”，在穷途中又“柳暗花明”。哪知此着依然不能奏效，香烟越抽越发心烦。

姚新正在苦苦思索，只见衣冠楚楚的姚向鸿踏进门来。他盯了姚向鸿一眼，爱理不理地沉下脸去，继续考虑他的对策。

姚向鸿不敢打断他老子的思路，伫立一旁等待说话机会。

“有什么话就讲，老站在那里干什么？”姚新把眼睛一提，闷声闷气地说。

姚向鸿应声作了通报：“物资交流大会开幕式全部准备就绪，原定下午二时半举行剪彩仪式，现在已经超过三点，看来不能再拖了。”

“谁去剪彩？”

“您不是说要请郑清添或者王云岗主刀吗？”

“他们都被沧桑那块磁铁给吸住了！”

“都不回县城？”

“不回来！”

“那总得有人去干这件事呀！”

“叫谁去？”

“李明不是还留在县委会吗？”

“你说他会去吗？”

“他不去，您就去，堂堂的县委副书记为一个物资交流会剪彩，规格也够高的啦！”

“小子主持，老子剪彩，大庭广众宣告‘琼山父子店’开张？简直是没有头脑的蠢材、笨蛋！”

“现在已是三点半，事不宜迟，快拿定主意，空话少说。”

“我也山穷水尽，拿不出什么主意了！”姚新很不耐烦地给姚向鸿摆了摆手，“屎壳郎酿不出蜜来。现在剪彩不剪彩都是无关紧要的啦，你就自己摆灵台自己当孝男去吧！”

姚向鸿无可奈何地走出家门，急急赶到设在琼山县体育场的物资交流大会主场地。这里，看台四周红旗招展，看台之上座无虚席；场中摊位鳞次栉比，农副产品琳琅满目；体育场那宏伟的观礼台，上方高悬“琼山县物资交流大会”的红底金字横幅，台上排排长方桌子罩着花格桌巾，桌上茶杯、烟灰缸摆得井然有序，台前讲台上麦克风包扎着红绸布。此时，万双眼睛朝向主席台，均在等待一睹地、县领导干部出场的风采。时针移到四点整，只见姚向鸿走到讲台前，强作镇静地宣布琼山县物资交流大会开始，鸣炮、剪彩。观众的视线又从台上移到了拉在彩门前的红绸带，一看，负责剪彩的不是什么地、县的“大人物”，只是农资公司的直接顶头上司县供销社主任。主席台冷冷清清，剪彩者普普通通，大煞风景，观众哗然，一场精心布置、气派非凡的开幕式，顿时变成群众议论的笑料。为了扭转这种尴尬局面，姚向鸿下令搬来几十串大鞭炮，燃放得震耳欲聋，硝烟弥漫，借此加强热烈气氛。

尽管“香粉填不平麻子坑”，琼山县物资交流大会总算开场了。由于几天前告示发遍全县乃至整个地区，来者甚众。因此议论归议论，交易归交易，县城里还是人来人往；加上大戏几台、电影数场，交流活动仍然有声有色。作为这场物资交流大会的策划者姚新，并没从中得到丝毫安慰，而是越看越刺眼、越厌烦、越伤感。

白天喧闹，夜晚狂欢，煞是吵人。姚新副书记干脆来个充耳不闻，闭门思过。他关上自家会客室所有的窗户，泡上一杯好茶，取来高级香烟，躺在沙发上细细回想半年来同杨柳青的“明争暗斗”和“反复较量”。思绪由远及近，慢慢又靠到了最近所发生的事情。意想唱开对台戏，利用大戏压小戏，把群众吸引过来，叫沧桑黯然失色，这个图谋已经不能得逞；欲让地区办案组在县物资交流会上为我姚新树立“政治招牌”，替我姚新捞取“政治资本”，这个目的业已无法达到。相反，他杨柳青在失去“县委主持地位”，难以在琼山放手推广“联产承包经验”的逆境中，却绕道而行，通过“演社戏庆丰收”来吸引广大群众和四方人士，让沧桑的联产承包经验不胫而走传遍各地，既征服了王云岗、征服了地区办案组，又征服了成千上万的干部、群众。想到这里，刚愎自用、老谋深算的姚新，不得不承认杨柳青是个胜利者。然而，他所担心的自身“彻底失败”远非于此，最可怕的还是几起案件真相的大白，整个政治阴谋的败露。如何避过这一“厄运”，以图“东山再起”？姚新陷入苦苦思索，怎奈百思不得其解。气恼、怀恨、着急，一齐在姚新心间发酵。

推门声打破了会客室的沉静，姚新把头一抬，只见姚向梅拖着有气无力的身子走进门来，便问：“今夜去哪里玩了？”

“满县城跑，跑个痛快，跑个舒心！”姚向梅不冷不热地回答。她摇晃了几步，把身子丢到一旁的沙发上，不愿正视自己的父亲。

姚向梅刚刚坐定，姚向鸿也回来了。他恶声恶气地嚷道：“他妈的，从下午到现在，人一群又一群、一车又一车，净从县城往沧桑跑，我不相信那个鸟村子就有那么大的吸引力！”

“让他们跑吧，要是一下子能全跑光，那就更好更安静了。”姚新根本不把姚向鸿通报的情况当作一回事。

“没有那么便宜，他杨柳青搞垮我姚向鸿的物资交流会，我姚向鸿也不会让他杨柳青把社戏安安稳稳演下去！”已经喝得满脸通红全身酒气的姚向鸿在咆哮。

姚向梅睨了姚向鸿一眼，便离开座位。她厌恶会客室里的污浊空气，要自找个干净、安静、清静的地方。

姚向鸿对他妹妹本来就存有戒心，一见姚向梅离开，更感自由。他坐到靠近姚新的那只沙发上，伸长脖子，瞪大血红的眼睛，神秘地说：“您闻得出这酒气的真正味道吗？”

“闻不出来！”姚新根本无心搭理姚向鸿。

“这酒味特别浓烈，闻不出来还得再闻。”姚向鸿提高声音，以引起姚新的注意，“好好坐在这里等待消息，再过三小时，也就是午夜十二点整，必有爆炸新闻。”

“什么爆炸新闻？”

“杨柳青要把您战败垓下，叫您自刎乌江；我姚向鸿就先来个‘火烧连营’，让他杨柳青败走白帝城。”

“这是什么意思？”

“一个小时之前，我已请了两个肝胆兄弟狂饮饱餐一顿，然后打发他们乘着人流涌向沧桑之机，进入沧桑潜伏下来。根据事先侦察，沧桑村里几百堆稻垛紧挨一起，有如‘连营’。今夜山风正高，待到沧桑洋上社戏临近终场，即在沧桑村里放上一把火。火借风势，漫卷‘连营’；戏刚散场，人群哄乱。到那时，物烬人亡，就是神仙也难救杨柳青的狗命了！”

“混账，你真是胆大包天！”姚新一听姚向鸿准备下毒手，大为震惊，“这是自找绝路，还不赶快告诉你的肝胆不能下手！”

“嘿嘿，现在想要告诉他们也来不及了！”姚向鸿毫无反顾之意，“一不做二不休，不搞得杨柳青落花流水、人仰马翻，难消我的心头之恨。”

“不能那样干，绝对不能那样干。”姚新一时急得似热锅上的蚂蚁，“这是要你的命，也是要我的命呀！”

“现在着急也没有用了。”姚向鸿连推带拉地把姚新按坐到沙发上，“我可以向您打保票，在上万乱军之中放上一把火，到底黑手是哪一只，谁也认不准、抓不到。加上我已事先做了周密安排，保证天衣无缝，万无一失。您不用担心，也不用害怕，好好坐下来等待胜利消息吧！”

姚新依然坐立不安，他在会客室里直打转转，还是想不出应急对策，只好对姚向鸿发出威胁："纵火罪大，后果不堪设想，你再不采取紧急行动，立刻通知你的肝胆不要下手，我就马上打电话到沧桑告发了。"

"您想自投罗网，那就告发去吧！"姚向鸿安然自得，无动于衷，"我要闭闭目养养神，好在午夜收听爆炸新闻，别吵了！"

姚新对姚向鸿发出威胁不起作用，心更虚了。他极力调动神经，"灵感"还是不来，一筹莫展。当要再取烟抽之时，发现放在沙发几上的一包香烟只剩下个空壳子，便唤了一声"阿梅，你到我房里拿香烟来"。连叫几声，向梅均无反应，反而吵醒了把头斜在沙发上打盹的姚向鸿。

姚向鸿睁开双眼，听到姚新还在唤着姚向梅，神经立刻紧张起来。他从沙发上一跃而起，快步冲进他妹妹的卧房，卧房里没有人；搜遍整座小楼的每个角落，仍无姚向梅的身影；打开他家的柴草间，平时停放在那里的姚向梅专用自行车业已不见。"出事了，问题严重！"姚向鸿一时魂不附体，拔腿就往县农资公司汽车驾驶员许万两的住处跑去。

这时，整幢小楼里只剩下姚新一个人，他发现姚向梅和姚向鸿均已出门，更感情况不妙。平日处事波澜不惊的姚副书记，从最坏处着想，开始销毁罪证。当时薛腾飞交下的那卷"杨柳青与王小华对话"录音带，本想让它在关键时刻发挥作用，现在大势已去，留它何用？姚新气急败坏地把录音带丢到脚下，将它踩个稀巴烂……

八十九

在一座普通平房的会客室里，许万两正兴致勃勃地同朋友一起泡茶聊天，他见姚向鸿慌慌张张而来，忙问："姚经理，有事吗？"

姚向鸿旁若无人，劈头就是一声："走，马上出车！"

许万两向在座的人表示歉意："改日聊，欢迎再来。"

客人离去，许万两随着姚向鸿出门，一路小跑来到县农资公司的停车场。

"把小工具车开走。"姚向鸿指定。

"这部车子坏了还没修好，开不动。"许万两回答。

“真见鬼，快开卡车！”姚向鸿急不可待。

“这么紧张，有啥急事？”许万两问。

“别啰嗦，快开车！”姚向鸿喝道。

许万两打开驾驶室，姚向鸿一头钻了进去，对着车灯看看手表，表针指在十点零五分。

马达声响，启动器“呼哧呼哧”几声，又熄火了。

姚向鸿急得大叫：“快，快，再不快就误大事了！”

随着汽车启动，许万两无所适从地问：“开往哪里？”

“沧桑！”姚向鸿答，“超速前进，越快越好！”

“这么晚了往沧桑跑，究竟有什么事？”

“不必多问，到时你便明白！”

卡车开出县城东门外，在通往沧桑的公路上奔跑。

满天繁星洒下微微光亮，照现山间公路来往过客，姚向鸿全神贯注审视着路上的每一位女性行人。

卡车在继续颠簸，姚向鸿的心跳也在加快。来到老龙岭下，姚向鸿不禁一震，果然不出所料，奸细就在这里！他往许万两背上一拍：“刹车，马上刹车！”

卡车戛然声响，随着惯性往前滑行几米。姚向鸿打开车门纵身跳下公路，不容分说，把一位骑着单车而来的姑娘拦在卡车旁边。

“你来干什么？”姑娘一眼认出站在面前的是姚向鸿。

“山路不好走，我来保护你！”姚向鸿在车上已看清那位姑娘便是他要拦截的姚向梅，“这么晚了你到沧桑做什么？”

“看社戏！”

“坐上卡车，我陪你去。”

“不，我自己骑车舒坦，别干预我！”

“社戏快散场了，你骑单车太慢，赶不上趟。”姚向鸿一步过去，抓住姚向梅的自行车把，命令许万两：“过来，把这架车子扛上汽车！”

许万两被眼前的情景搞蒙了，一时不知所措，站在一旁发呆。

姚向鸿叫喊：“许万两，站在那里干什么，还不过来！”

“没有你的事，不要插手！”姚向梅喝住许万两。

就在许万两左右为难之际，姚向鸿自己动手去夺自行车；姚向梅紧紧抓住手把，对姚向鸿发出警告：“再不放开，我就喊来人了！”

“山间公路，七弯八拐，一个人骑自行车瞎闯，多危险！”姚向鸿见硬的不行，就来软的，“你不知道，我和爸爸一发现你失踪，都急得快哭出来了。爸爸叫我无论如何一定要把你找回家，要不他就整夜别想睡觉了。”

“谢谢你和爸爸的关心，我有腿有胳臂，会自己料理自己。你走吧！”姚向梅跳上自行车，准备夺路而逃。

姚向鸿一把揪住车后架，车身强烈摇晃，姚向梅跌落在地。

“你这人面兽心的魔鬼，竟敢干出那种罪大恶极的事情来。”姚向梅痛苦地从地上爬起，与姚向鸿怒目两对，“现在，你只有答应一个条件，才能把我带回家去，要不，我就在这老龙岭下与你拼个死活！”

“什么条件？你说。”

“你、我都留在这里，让许万两一人开车进沧桑，一头通知村里防范，一头命令你的肝胆收回魔爪。”

“那好说，还有什么条件？”姚向鸿暗中看了一下手上的夜光表，表针指向十一点二十分。这时，他便采取拖延战术，因为再过四十分钟，一场大火将在沧桑熊熊燃烧，沧桑联产承包成果便会付之一炬。

时间一分一秒地过去，阻挠与反阻挠在激烈进行。姚向梅眼见此时路上没有行人，呼救不灵，脱身无望，只好就近求助：“万两兄，请求你拿出良心和勇气，快向沧桑报告有人……”

“再往下说，就卡死你！”姚向鸿一个箭步，双手朝姚向梅的脖子卡去。姚向梅拼尽全力挣扎，姚向鸿把手越卡越紧；姚向梅渐渐瘫软下来，姚向鸿将其猛推在地。

为了保住生命，再次争取机会向沧桑报告消息，姚向梅忍辱负重，求饶死神：“哥哥，现在我有三月身孕，你不能下此毒手啊！”

姚向鸿毫不动心：“是你自找死路，别怪老兄无情。留下那个孽种何用，还是让他和你一起上西天吧！”说着，起脚欲往姚向梅的腹部踢去。

站在姚向鸿背后的许万两见此情形，迅即飞腿扫倒姚向鸿，顺手朝姚向鸿的头部猛击两拳，将他打昏。随之俯身抱起姚向梅，把她送进驾驶室。

卡车启动，加速前进。从沧桑洋上传来的锣鼓声已听得清晰，沧桑村口那棵高大的老榕树也隐约可见了。

卡车冲过村口龙凤呈祥大彩门，“吱嘎”一声停在老榕树下。此时村民全到沧桑洋上看社戏，村里一片寂静。许万两按响汽车喇叭，两个护村民兵应声从隐蔽处跑到汽车旁。许万两不等民兵询问，抢先开腔：“我们连夜从县城赶来，有件急事必须当面告诉杨书记，请快带我们找到他。”

姚向梅一看手表，再过十五分钟就是十二点整，事情万分火急，不容稍有拖延。她强打精神跳下车来，对许万两说：“杨书记由我去找，你快召集护村民兵搜捕凶手，保护稻垛！”

在场四人分成两路马上出发。一位民兵领姚向梅朝沧桑洋而去，另一位民兵带许万两到护村民兵集合点通报情况。

许万两面对许洋洋带领的一班民兵，只说了声：“事不宜迟，再过十分钟坏人就要纵火烧稻垛，快！”

“听我命令，按照预定地点各就各位，首先隐蔽，见机出击！”许洋洋也不多言，只见他把手一挥，全体民兵随着出发……

沧桑洋上，锣鼓一阵紧似一阵，《龙江颂》的剧情已进入高潮。沧桑村里，众多民兵撒下天罗地网，搜捕纵火凶手的行动正在加紧进行。沧桑大队部楼上，满室灯光明亮，杨柳青、许春山、周宏发、王小华组成“临时指挥班子”，正在控制着事态的发展，指挥着全局的运转……

“老实一点，站在那里！”许洋洋的吆喝声从队部楼下传到杨柳青等人的耳际，一听便心里明白：凶手抓到了。

杨柳青等人走下楼来，只见两个身穿新装的年轻人，被五花大绑押在楼梯旁。

许洋洋兴奋地报告杨柳青：“这两个家伙刚要下手，就被我们发现了。他们还想逃跑，哼，孙悟空哪能跳得出如来佛的手心。我们把人抓到，还从他们身上搜出了汽油瓶、雷管和炸药。”

“好大胆，身上藏着易燃品、爆炸物，就不怕炸死自己？”杨柳青走到两个凶手面前，语带讥讽地斜了他们一眼；然后转向许洋洋和许万两，“把他们押下去！”

杨柳青等人刚回队部楼上，便听到楼梯响起急促的脚步声。

“阿梅现在大叫肚子疼，看来是要小产。怎么办？”陈二妹站到杨柳青等人面前告急。

“宏发你留在这里照顾电话，我们去看看她。”杨柳青说着，起步走下楼去。

陈二妹的卧房里，姚向梅正在床上辗转、呻吟。她一见走进好多人，极力克制着痛苦，当看到杨柳青也站在床前时，不禁伸出手来，呜呜哭道：“杨书记，我对不起您呀！”

杨柳青握着姚向梅双手:“你为沧桑、为琼山立了大功，我应该感谢你，大家应该感谢你！”这时，他感觉到姚向梅的手是冰冷的，而一颗赤诚的心却是炽热的。

许春山、陈二妹和王小华随杨柳青走出房门，在厅堂里抓紧商量如何抢救向梅。

“我的意见，还是马上把向梅送往县医院。”杨柳青略加思索，“阿华你再叫个村里的医生一起负责护送；春山你去派几个民兵随行保护。就开县里来的两部小车，一路小心，注意安全！”

杨柳青旋即回大队部，立刻给李明挂了电话，向他明确交代今晚要办两件事：到县医院组织抢救姚向梅；在县城连夜搜捕姚向鸿。

就在杨柳青挂通电话之时，两部小车也相继开出沧桑村。

已经苏醒而躺在老龙岭下喘息的姚向鸿，一见小车疾驰而过，马上作出判断：纵火得逞了，送往县城抢救的烧伤人员，正在车里呻吟、挣扎呢！他再窥视沧桑上空，只见红光一片，料定那是“火烧连营”映红天际。已到歇斯底里地步的姚向鸿，仰天发出一阵狂笑：“哈哈哈……沧桑村，你灭亡了；杨柳青，你也完蛋了！”

与姚向鸿的诅咒相反。现在，沧桑洋上的社戏演得正酣，沧桑村里的彩灯大放异彩，笔架山麓的林涛纵情欢呼，沧桑溪中的流水放声歌唱。杨柳青、王云岗和地区办案组的同志，正置身万众之中与民同乐。“演社戏庆丰收”的高潮，在每个人的心间激起了浪花。

九十

三天社戏犹如一场春雨。当久旱逢甘霖之时，多少农民舒展双眉，绽开笑容，放眼飘飘洒洒从天而降的珠帘，笑语充满农家，欢声荡漾原野；在雨水潜入地里滋润万物之后，也许人们已经收敛笑容、嘎止欢声，然而，春雨赋予人间的意义、作用和价值，这时才真正显现。沧桑洋上连续三夜的锣鼓声，扣动成千上万观众的心弦；终场锣点敲定、大红帷幕落下、观众轰然散去，它又给人们留下些什么？对于这一点，杨柳青心里是清楚的，沧桑人心里也是明白的。

温柔、多情的晨曦，又光临古老而年轻、安谧而活跃的沧桑村，家家户户泛起节后余波，开始招待、话别、欢送留宿的客人。

在来喜嫂那间平房里，穷家亲戚向来喜嫂、阿兰姑娘报以羡慕的目光，道以赞美的言辞，寄以良好的祝愿。他们已看不到这家母女昔日那为三餐难度而常挂脸盘的愁容，只见一位变得年轻、开朗的养鸡场“董事”和一个生气勃勃、精明能干的加工厂厂长，是那样对现实深感欢快和自豪，对未来充满憧憬和信心。穷家亲戚吃罢来喜嫂为他们备下的丰盛早餐，带着来喜嫂赠送的礼物跨出门槛，再回身表示道谢时，仿佛看到面前这间灰层剥落的小屋，已变成一座坚固美观的楼房。

在周进财那座空旷、陈旧的住宅中，几天前收下的稻谷已堆满四周，只留下几条通道让主人和客人回旋。周进财父子一扫往日那种畏畏缩缩的小家子气，财大气粗地向前来他家做客的亲戚朋友大夸海口：“你们要借多少谷子就给多少谷子，想欠多久就欠多久，以后有可能就还，不可能就送。现在我正发愁粮食压得太多，到时能不能卖得出去呢！”亲戚朋友眼望周进财的风神劲，不禁联想起一件事：半年前，同是这位周进财。有天早上，他肩扛锄头准备下地，走到村口代销店门前，突然一俯身，随着往回走。生产队长看了感到蹊跷，问他为啥不出工，他说一时肚子疼。队长不信又追问，他把手上一张纸币抖了抖：“刚才拣到五角钱，够我一天的劳动报酬，今天就不用出工啦！”这则笑料，姚新副书记曾作为“典型事例”到处讲，所以传得特别快，也传播特别广，全县大人小孩几乎人人知道沧桑有个“周五角”。今非昔比，现在“周五角”已变成“周三千”，从外村来的亲戚朋友在他面前均感矮了一截，只好甘拜下风。各人都在心想：“什么时候我也能有周进财的这种派头？什么时候我也请周进财做客，好好回敬他一下！”

全村家家户户都在你呼我唤欢送客人，唯独阿勤婆家中别有一番情景。昨夜仗义立功的许万两，正在向地区办案组的同志详细陈述有关“乱砍盗运木材”“姚向鸿供应沧桑假农药”“薛腾飞策划挑起两村宗派械斗”以及昨晚“姚氏兄妹搏斗，幸免火烧‘连营’”的案情。就在这个时候，许春山一步跨进门来：“有件要事通报。”

郑清添搁下手中笔录，望着许春山，伸伸腰舒舒气，然后问：“什么要事？”

许春山答：“姚副书记亲自打来电话，说他已经逮住姚向鸿，准备带子投案。请示地区办案组把人带到沧桑发落，还是放在县城监禁？”

“唔，姚副书记‘大义灭亲！’”一丝不易觉察的讥笑掠过郑清添的脸庞。

“哈哈，真是‘表现不错，行动可疑’！”赵帧畴和魏振抑不约而同道出此言。

由世辉、秦志发对赵、魏二人言辞如此一致，均感奇妙，殊不知此话有着它的来历。记得半月之前，由郑清添、赵帧畴、魏振抑三人组成的地委调查组，在琼山召开了县委常委座谈会。就在那次会上，魏振抑曾用“表现不错，行动可疑”的这句话，“代替”姚新概括对实行联产承包的基本看法和所持态度，今天反用此语评价姚新其人，则是十分准确、贴切，因而言路同归。

郑清添向赵、魏二人报以一个赞许目光，而后对许春山说：“你去告诉姚新副书记，沧桑又不设拘留所，他把儿子带到这里做什么？按法律办事，送到县公安局去！”

许春山一出门，郑清添即征询地区办案组的其他同志：“还有什么要问万两同志？”

“各案真相基本查清，可以暂告一段落了。”几位同志一致表明看法和态度。

“万两同志，你是个不可多得的知情者，给我们办案帮了大忙，我代表地区办案组感谢你！”郑清添拍拍许万两的肩膀，热情送他到门外。郑清添返身进门，兴致勃勃地对魏振抑说：“魏主任，劳驾跑一趟，把柳青、云岗和田峰都叫来，就说阿勤婆要对他们训话！”

魏振抑心领神会，起步就走。

郑清添朝着厨房里问：“阿勤婆，可以开动了吧？”

“准备开动，您帮我把酒杯、碗筷摆好。”阿勤婆发出回音。

郑清添饶有兴味地边摆餐具边数座位，一共安排了十套酒盅、碗筷，然后又抖着指头从头到尾算一遍。

当魏振抑带着杨柳青、王云岗和田峰一起进门时，菜已上桌。九人相互让座，郑清添把阿勤婆扶上首席，说：“这两个座位，一个是您的，一个是老向的。今天，向民同志就坐在这里和我们同欢共乐！”

阿勤婆坐到首席上，低下头来望着身旁的空位，伤情地说：“郑副书记，我们坐下来是要快快乐乐喝喜酒，您不应该再让大家心里难过。”

“大家不会难过，大家都看到了向民同志含笑和我们坐在一起。”郑清添说着，眼眶红了。

在座的人都陷入了对向民同志的哀思。

杨柳青擦了一把泪，离座去菜橱里取出一瓶酒来，强颜作笑对大家说：“这瓶蜜沉沉，是向民同志几个月前就为我们准备好的。现在由我替他掌瓶，敬上诸位一杯！”

酒，最先斟进空座位前的那个杯子，再依次斟满每只酒盅。

“今天我既当客人，又做主人。首先是热烈祝贺沧桑村联产承包取得初步成功，再来是衷心感谢向民同志给咱留下了‘蜜沉沉’！”郑清添把酒杯高高举起，“为社会主义建设事业的胜利，干杯！”

大家把酒一饮而尽，只剩下一只杯子还美酒盈盅。杨柳青走到阿勤婆身旁，举起那杯酒：“向民同志生前很喜欢‘小李子’，二人可算知己同心。这次李明留在县里管家，未能前来沧桑。我代李明给向民同志致敬，以慰向民同志在天之灵！”

杨柳青想得周到，因此博得了大家的热烈掌声，就连挂在厅堂上的向民遗像也报以快慰的笑容。

人们心境异样，酒席气氛也变了。郑清添副书记兴头一来，立刻频频出击。他先敬阿勤婆一杯，接着便与王云岗、田峰和地区办案组的同志角逐开来。再上两瓶白酒，顿时又喝个精光。

郑清添虽有好酒量，怎奈寡不敌众，刚到宴席中途，已是满脸绯红、身出热汗，说话也开始飞嘴。他放开别人，紧紧抓住个宴席上的弱者，坚持要与杨柳青对杯；杨柳青躲躲闪闪，不敢应战。郑清添把杯子往桌上一放，话便来了：“柳青同志，你在今天的酒席上对我这样冷，很不应该呀！人说酒桌旁边无真言，我倒要向你说说真实话。半个月前的地委调查组，现在的地区办案组，是为谁而来的你明白吗？”

杨柳青闪动着一对明澈的眼睛，规规矩矩地回答：“明白，是为琼山而来，为沧桑而来，更是为杨柳青而来，我心里十分感激！”

“感激谁呀？感激我郑清添？感激调查组和办案组？要知道，这些人都不是你的主要感激对象。你首先应该感激省委陈振邦书记和地委高志国书记。”郑清添“醉语”开始“泄漏天机”。

“郑副书记这不是酒话，是反映客观事实的正话。”赵帧帱副部长在一旁加以肯定。

郑清添把话匣打得更开了：“自从柳青你到琼山之后，省、地纪检部门和陈振邦、高志国书记，接连不断收到对你的告状信。是真是假，是是非非，一时也搞不清。陈振邦书记说：真金须从熔炉来，好钢要经烈火炼；高志国书记也讲：经不起风吹浪打，不算是英雄好汉。他们两人不谋而合，都主张暂时把你'免去'县委'主持'，让你专心在沧桑大胆实践，创造经验。现在，你对这一招该理解了吧！"郑清添停顿了一下，想把话匣关上，可又刹不住，继续往下说："如果说那次调查是虚晃一枪，这次办案倒是真刀真枪在干。事实证明，杨柳青'大智若愚，正道成奇'，是一块真金、一片好钢，所以今天我特别兴奋，非喝个一醉方休不可！"

杨柳青心里十分清楚，郑清添副书记是位办事严谨、作风正派、组织纪律性很强的老同志，他不是酒后戏言，而是有意借机向琼山县委通气、交底。听完郑清添副书记的那席话，一股暖流不禁传遍杨柳青全身，这位向来很少激动的县委书记，霍然站了起来，举杯提议："为我们的党徽永放光芒，为农村改革的更大胜利，干杯！"

九十一

午后时分，阳光正艳。昨夜载送姚向梅等人上县城的两部小车，一前一后开回沧桑村口老榕树下，等候地、县领导同志启程。霎时，小车两旁列上层层欢送人群，阵容比三天前欢迎贵宾光临还要雄壮。

地区办案组的同志及王云岗、田峰在杨柳青、许春山、周宏发的陪同下，从阿勤婆家出发，一路接受热烈掌声和喧天锣鼓送行。当他们来到老榕树下的时候，养鸡场"三姐妹"、周进财父子均已站在欢送队伍前列。随着，许洋洋、许阿兰一人一边护拥阿勤婆，让她与地区办案组的同志握别；王小华也搀着有土老汉走到王云岗面前，表达"亲翁相敬"之意。王云岗向有土老汉点头回礼，并没多言。此时，他思绪不宁，正在斟酌去留。

地区办案组人员已经挨近车旁，王云岗一步过去握住郑清添的手说："我想多住沧桑几天，田峰同志陪诸位回县。来时同行，去时离队，很失礼！"

"你做得对！理该留下来和柳青同志好好交谈交谈。"郑清添副书记对王云岗的主意表示赞赏。

地区办案组的同志向送行人群挥手致意，恭手祝愿，然后相继上车，在一片鞭炮、锣鼓声中离开了沧桑。

欢送人群渐渐散去，老榕树下恢复宁静，只有杨柳青和王云岗二人还留在那里。

王云岗抚摸着老榕树干，脑门在跳动，心潮在翻滚。只见他愧疚地摇了摇头，起步便朝村口走去。杨柳青随着王云岗，默默无言走了一段路，同到老龙岭下。王云岗提起沉重的双腿，边往上登边问："小杨，你记得我们什么时候一起上了这山岭？"

杨柳青准确回答："今年八月十五。"

"那时我们曾争论过什么？"

"记不得了。"

"不，你会记得，也应该记得。"

"我请求您，往后不要再提这些事。"

"不仅应该提，且要经常讲。唉，现在连给向民同志道歉的机会都没有了！"心情忧伤的王云岗，不禁发出一声叹息。

王云岗今天要找的目的地到了。在当时由他亲自指挥修建、亲自树为样板的那片"大寨田"上，粗如麻竹、齐似排兵的蔗林，随风翩翩起舞，有如久别重逢动情欢迎故人。王云岗旧地重游，心潮难平。他记得清楚：这一百三十亩"大寨田"曾经几垮几建，耗费多少人力物力，还是难以长出理想的作物；他心里明白：眼前的这片蔗林，一棵棵都打着联产承包的印记。王云岗身不由己地绕着绿浪欢腾的蔗园来抒发他幡然悔悟的心情；他情不自禁地走到并排静卧于蔗园上方的向民和许志农坟前，默默表达他对这一老一少的敬意、诚意和歉意。

初冬的老龙岭上，虽有阳光抵消山风所加重的寒气，却消除不了罩在王云岗心间的阴影。杨柳青充分理解王云岗此时此刻的心境，婉转劝道："时候不早了，还是回去吧，免得村里有事找不到咱。"

王云岗被杨柳青的话音所提醒，他面向英灵深鞠一躬，移动步子离开坟场。可是，并未下岭，又往上走。杨柳青随其后，拐过山弯，岭头水库赫然在目。

眼下正是枯水季节，库区已不见当时烟波悠悠、水帘荡荡的"八月风景"，蓄水依然丰盈的库容里，山风阵阵掠过，波光粼粼闪闪，几只"钓鱼翁”鸟自由自在翔其上空，伺机猎食。站在大坝上的王云岗，心好似被钓鱼翁啄痛，他凝望着不平静的水库，发出一番感慨：“还是向民同志说得对，水库固然壮观，只有涓涓流水，才能把水蓄满。农民群众的意愿不能违背，联产承包的路子非走不可呀！”转身再看闸门出口处，照旧流水淙淙，银波熠熠，王云岗由此想起一件事：沧桑计划“办厂建站”。现在厂已办，站未建，应当帮助完成此事才好。他开门见山地问杨柳青：“坝后电站准备啥时候动工？”

“条件还不具备。”杨柳青实事求是地回答，“目前沧桑的经济状况虽有好转，可要拿出几十万元不大可能，打算推迟一步再说。”

“单靠沧桑自筹资金当然不行，可以民办公助，让本村负责投工，由县里拨给专款。现在琼山财政虽然困难，我给批个几十万元还是办得到的。”王云岗表现出极大的热情，“冬季枯水期已到，眼下正是勘探地质、设计施工的好时机，趁你还没离开沧桑，抓紧让这项工程上马。”

杨柳青心里明白：王云岗如此执意“办站”，这是作为他“幡然悔悟”，支持沧桑实行农村改革的一种表示；杨柳青心里也有数：专靠县财政拨款在沧桑办电站，将会产生什么样的影响。因此，他不忙表明态度，只是一兼两顾地说：“电站立刻上马固然好，可也得考虑到上下左右的关系。若是在岭头办个200—500千瓦的坝后电站，每千瓦以一千元投资计算，就需二十万元至五十万元。由县里拨款，财政吃不消；向国家贷款，要考虑到今后的偿还能力；依靠当地群众集资，很难筹足此数。我想……”

“想得那么多干什么？”王云岗打断了杨柳青的话，“干事业哪能老瞻前顾后，认定要做一件事，就得下决心办起来抓下去。沧桑建电站是件大好事，上下左右应该支持。别担心沧桑是你抓的点，由县里拨款让人家说闲话。你不好出面由我出面，我也不会在沧桑跟你争功劳。”

“这话说到哪里去了。”杨柳青十分诚挚地说，“我从进入琼山的第一天起，就抱着由咱共同拨亮沧桑这盏灯的愿望。现在殊途同归，怎不令人快慰。我是想，沧桑办电站，一来要有利继续开展农村改革；二来要有利激发自力更生精神；三来要有利兼顾‘三者’利益。这样，把沧桑实行联产承包的经验推广到全县去，才有普遍指导意义，也才有说服力。”

“沧桑的联产承包成果不是已明摆着吗？办起电站，锦上添花，那就更有说服力了。”王云岗走出水库大坝，心情显然已同上山之时异样，“破冰才见清水流。事实证明你的路子走得对，我还能不跟着走？王云岗也不是那种顽固不化的人，要是你能放心，就把建电站的事交给我来办。志华妈腿部骨折衔接错位，没抓紧治疗就会残疾，那不是好开玩笑的。我留在沧桑，你明天就回家去，把那里的事情办妥再来接替我。”

杨柳青见王云岗既诚意一片，又热情正高，不好再说什么，可心里总感到有些不踏实。

王云岗迈开大步顺岭而下，放眼揽望那与沧桑毗邻而等待变革的一座座山村和广阔田野，充满着激情和信心。

九十二

次日，杨柳青在他的老首长一再催促下，不声不响地离开沧桑，回家关照妻子腿伤治疗去了。王云岗则抱定“补偿过去”的决心，情真意切地在沧桑张罗起办电站的事。他在亲翁家安顿了下来，日与陈二妹家人共进三餐，夜与许有土老汉同房就寝，相处得融融洽洽、亲亲热热。

三天之后，王云岗吃罢晚饭，不再出门，和陈二妹、许有土、王小华一起在厅堂里谈心叙事。有土老汉经过“演社戏庆丰收”喜气的感染，精神已较稳定，说话仍不清楚，静静坐在一旁抽闷烟；王小华发现她的县长阿爸今晚心境不如近日好，猜测必有烦恼事，可又不便明问；还是陈二妹心直口快：“正题未上，偏话先来。老王我想问问你，今晚你脸上的笑容跑到哪儿去了？”

“二妹嫂子很会相人。”王云岗叹了一口气，说，“我本想办电站这件事必定一呼百应，哪知三天来接触村里不少干部、群众，除了许洋洋和阿兰姑娘几个人有热情，大家都很冷淡、消极。县里出大钱，村里只投工，这样的事别的大队求之不得，沧桑却不想要，真是难以理解。”

“原来你是在为这事烦恼呀！”陈二妹把话说得很轻松，“既然沧桑人不识抬举，那就把电站建到别的队去不就得了。”

“连你二妹嫂子也跟我说这种不体谅的话。现在的老王已不是几个月前的老王了，支持沧桑农村改革，我是真心实意的，还用再怀疑吗？”王云岗神经过敏，话说得有点委屈。

“我敢打保票，沧桑乡亲不会怀疑王县长的诚意，只是柴火还没烧够，生米难成熟饭，道理讲明，好处摆清，干部、群众就会齐声拥护办电站。”陈二妹说得很有把握。

“既然这样，鼓动沧桑干部、群众的这面大旗，还得由你二妹嫂子来扛。办事总要有人喊头声带头走，沧桑演社戏庆丰收的开幕式上，那众人齐呼要见陈二妹的感人情景，足见你的影响力和号召力要比我王云岗大几倍。要是你肯支持我老王在沧桑为民办事，那就带头站出来表个态，点燃发动群众办电站这把火。”王云岗今晚同陈二妹一家人谈心叙事，真正的目的就在这番话中。

“要我带头表个态，这很容易，可事情并不那么简单。如今实行家庭联产承包责任制，说话做事都得和这个‘包’字联起来才中用，再像‘搞大呼隆、吃大锅饭’时节那样高呼‘谁英雄，谁好汉，劳动工地比比看’是没有人听的。看来，还是把给我的带头站出来表个态差事免了好。”陈二妹说的是真心话。

王云岗处处受到冷淡，今晚又遭陈二妹谢绝，心同拿糖做醋一般酸楚：“二妹嫂子不肯领情，我也不敢太过勉强，那就等柳青回来再说吧！”

从交谈中，王小华觉察出她阿爸显然有一种自卑心理，所以看待、分析问题总感到别人对他不信任。为了让他“吹糠见米”看到本质，王小华插上话来：“阿爸您别误解，我阿母不是不领情，她有她的难处。现今沧桑的农业经营方式已经改变，家庭经济地位、人的思想状况也都随着变化。我志农哥在世，家中兵强马壮，可为集体出大力，谁敢给咱说闲话。现在剩下老将弱兵，由我阿母‘站出来带头表个态’，村里乡亲也会给她热烈鼓掌，可是掌声响过，人们心里又会怎么想？有的人可能出自一种道义和同情心，认为我志农哥为公而亡，不好挑剔；有的人则会产生一种错觉：想当时，你陈二妹主张实行家庭联产承包喊的声音最大，现在劳力少了，又想从‘大锅饭’中占便宜。我阿母可不是后面的那种人。这话要是阿爸能听得进去，您就会意识到把阿母选做办电站的‘扛旗人’有多么不妥当……”

当王小华想把话继续说下去时，只见有土老汉离座而起，口中喃喃叨念着：“阿农，我的儿子……”颤巍巍地走进睡房。

“老王呀，有些话我想讲也讲不清楚，还是咱阿华有知识，道理摆得直，你就让她再参谋参谋吧。”

王云岗没有回答，只是向陈二妹摆了摆手。他望着有土老汉的背影，一时被烦恼加伤心所困惑，无意继续叙谈，便叫小华陪他到室外散心。个把小时以后，父女相随返回家门，各进各的卧室。

在卧室里，王云岗和有土老汉相对无言，静静坐了一会儿，则熄灯各自上床。有土老汉的喃喃自语慢慢被鼾声所代替，入眠了；王云岗辗转反侧，心被那床铺的“咯吱咯吱”声所刺痛。这一夜，王云岗想得很多，而最使他犯难的还是理不出点燃发动群众办电站这把火的头绪来，直到鸡叫二遍，他才自己安慰自己：不用着急，干事业并非一天两天的事。村看村，户看户，群众看干部，明天再开个支委、队委联席会统一统一认识吧！

厨房里的涮锅声传到有土老汉睡房里，本来寐不安然的王云岗从朦胧中被吵醒，一骨碌爬起床，穿上衣服，走出厅堂。他见有土老汉坐在门槛上抽闷烟，便道了一声：“有土兄起得早呀！”

“早！”有土老汉识礼地回应一声，忙把手中的旱烟袋递了过去。

王云岗神不在焉地向有土老汉点头表示谢意，即到厨房打水洗脸。他不见小华在场，便问陈二妹：“阿华呢？”

“昨晚进房也不知又在画些什么，直到鸡啼才上床，还在好睡呢？”陈二妹边烧水边回答。

“往后早饭让她煮，你别老是包办代替。”王云岗严肃地说，“可以把她叫起来了。”

“昨晚睡得迟，让她多躺一会儿吧！”

“不早了，给叫起来，有事要她去办。”

陈二妹不好再推辞，进房摇了摇正在甜睡的王小华：“你阿爸有事要办，快起来！”

王小华起床穿戴完毕，出门先向她的有土阿爹道了一声早安，随着走到王云岗跟前。

王云岗责备道：“老娘早早起来做饭，你安心睡大觉，好意思吗？”

“接受阿爸的批评，以后早饭我来做。”王小华揉了揉眼睛，问，“有啥急事？”

“你去找春山，叫他通知今天上午召开支委、队委联席会。”王云岗昨夜那“不用着急”的自我约束现已失灵，他催促起王小华，“马上就去，免得人一出工会又开不成。”

王小华奉命前去通知许春山，又立刻回过头来吃早饭，随后跟她阿爸到大队部。

大队部里，支委、队委到齐，会议马上开始。王云岗开门见山：“我不想再拐弯抹角，直话直说。到底二十万元你们想不想要，请大家明确表态。”会场默然。

王云岗提高声音：“明话明讲，别再吞吞吐吐。”

“王县长决定拨款支持沧桑办电站，干部、群众如鱼得水，高兴都来不及了，哪会不想要呢？”周宏发首先开了腔。

“既然想要，为什么办电站的事你们还举棋不定？”

“目前生产任务重，劳力摆不开，工程要上还得统筹安排一下。”许春山找了个托词。

“好，那么现在就来安排安排吧！”王云岗跟上一句，“大家有什么想法和打算都可以谈一谈。”

许春山想了想，说：“眼下秋收已经结束，向国家交售合同订购粮的任务要抓紧完成，冬种季节不能耽误，开发山地也得进行。办电站虽然有县里支持资金，可队里的劳力实在摆不开呀！”

“制订方案，勘察设计，需要多少劳力？这与售粮、冬种、开山有什么矛盾？”

在场者都被王云岗给问住了。

王云岗板起脸来，一言以蔽之：“我看实质问题并非劳力不好安排，而是大集体与小自由之间的利益冲突。有什么困难就摆什么困难，有什么矛盾便揭什么矛盾，不要虚以应付假话真说。”

许春山见瞒不过王云岗，只好谈出真实思想：“办电站，政策问题没解决，要组织劳力上场是很困难的。尽管有县里的资金作保证，可群众都被过去的‘大呼隆’‘大锅饭’和‘一平二调’搞怕了，心里还是不自在。将来电站办成了，所有权属谁？村民能不能直接受益？还打着问号。所以，目前大家的心思并不在办电站上，普遍把注意力放到耕好种好现成的承包地。先富户周进财的思想就有一定的代表性。”

“他有什么样的思想？”王云岗对此感兴趣。

“他说：牡丹富丽空入目，枣花虽小结实果；他还说：看别人的金库银库，不如守自家的瓜园菜园。他一听到沧桑要办水电站，就说不想去沾这个光。”周宏发如实作了汇报。

“这位‘周先富’个人算盘打得倒很精，待开完会我再去向他领教，现在还是来谈谈你们自己的态度和打算。”王云岗又把注意力拉回在座的干部身上。

由于王云岗追得紧，许春山只好表了态；“俗语说，‘社会主义人人爱，不能坐着等花开’。我们一定遵照王县长的指示，带头做好工作，认真发动群众，争取电站早日开工。”

王云岗听了许春山的空洞言词，很不满意。他感到这样的会再开下去效果不大，便叫大家分头好好考虑考虑，另定时间再作研究。

九十三

支委、队委联席会散场了。王云岗步出大队部，不忘登门拜访“周先富”。他由王小华陪同，走完一段鹅卵石铺成的村街，穿过一条狭窄的小巷，来到一座树荫掩映的平房里，这便是周进财的住宅。几天前稻谷堆满四周只留下通道的室内，现已收拾得井然有序。房屋年久失修，打扫得倒很干净；家具已经陈旧，摆放得也甚合理。从中可以看出一种“懒汉发愤思洗澡，惰娘变勤先梳头”的向上精神正在这家子发扬。

靠在饭桌前埋头打算盘记账目的周大憨，一见小华和王县长进门，慌忙起身让座，同时喊了一声：“爹，王县长到，还不赶快出来迎接！”

周进财应声从房里冲出，一步上前与王云岗握手：“草屋迎大驾，满门生辉，实在太有福气了！”

王云岗打量着周进财一身新装，意在言外：“人逢喜事精神爽，看来‘演社戏庆丰收’的喜气还在你身上散发呢！”

周进财拉拉身上的衣服，不好意思地说：“这套新衣从那个时候一穿上，就舍不得脱下来，我想待谷子卖出去，再添一两件替换替换。”

“说得那么拮据，当今你是沧桑的先富户了，添一两件新衣还不容易，哪需等卖谷子才办。”王云岗弦外有音。

在周进财与王云岗对话之间，周大憨把茶泡好了，他很有礼貌地尊呼客人：“请王县长、阿华姐喝茶。”

王云岗边品茗，边翻阅周大憨刚才填写的那册账本：“现在家大业大，设个账簿，记记收支，合理安排家庭经济，很有必要。”

周进财自感“竹篮子结彩”，有点尴尬：“舢板船扯起单条帆，只进了一小步。阉鸡学凤飞，请王县长莫笑话。”

王云岗似是而非：“哪能笑话你，‘牡丹富丽空入目，枣花虽小结实果’。这一步可是实打实的。”

“王县长官大，说话倒很实在。”周进财一听王云岗那样肯定，开始感到自得，“现在党的政策好，社员收入有保证，往后一步一步朝前走，勤劳致富便不是一句口号了。”

王云岗话中有话：“是呀，把承包地好好经营经营，一年四季都有收成，这是最实惠的，‘看别人的金库银库，不如守自家的瓜园菜园’。不过，金库银库总比瓜园菜园值价，应该两项都要。”

周进财已闻出王云岗话语的味儿来，尤其是连续两次引用他的原话，更使他心里不自在，一时窘住了。

王小华见她阿爸旁敲侧击，说话反常，既感到不对劲，又觉得挺有趣。为了帮助周进财摆脱窘境，便说；“进财叔，我阿爸说的那一些都是闲聊话。他来登门拜访，是想和你商量商量村里的事。”

“不敢说商量。”周进财乘势逢迎，“王县长有什么指示，请多赐教，我洗耳恭听。”

王云岗不禁一笑：“嗬，进财同志满口文言，还是个有学问的秀才呢！”

双手托着下巴坐在一旁的周大憨，找到了插话的机会：“别看我爹土里土气，他还是个村里业余剧团的编剧加导演哩！”

“唔，原来如此，真是有眼不识泰山。既然进财同志有这套本领，那你能不能把沧桑准备办电站这件事编个剧本？”王云岗半认真半开玩笑地说。

周进财最怕触及办电站的事，王云岗偏要出这个难题。他佯装不解其意，以虚对虚：“这出戏该怎么编，要请王县长给定个调子才好办。”

“定调子，设框框，这出戏你就不好编了，我可以帮助你开开思路。”王云岗一本正经地说，“比如，县里出钱，村里投劳，群众还不想接受怎么办？承包地要种，水电站要上，劳力如何兼顾两头？小自由要有，大集体不丢，这个矛盾能不能解决？都可以在剧本里头得到反映。”

周进财煞有介事地想了一阵子，而后露出为难神色：“王县长提的思路都很好，可惜我只能编编小杂剧，这样的大戏文实在编不来。”

王云岗大度地说：“既然大戏文编不来，也就不好为难你了。谈谈对这些问题的见解，总可以吧？”

周进财已摸透王云岗这次登门的用意，便见风使舵：“常言道，大河有水小河满，大河无水小河干。办电站是件发展壮大集体经济的事，难得县长亲自过问，县里拨款支持，劳力再紧也得上，承包地上再忙也要让路。”

“这话说对了。”王云岗听得舒心，表情豁然晴朗，“沧桑只要把电站办起来，就可以充分利用水力资源，增加集体收入，扶持发展家庭经济，联产承包也就有了强大的后盾，这个道理很明白。我希望你这位‘周先富’，能在办电站上有个好表现。”

“沧桑办电站，我周进财举双手拥护，到时工程动工，劳力上场，绝对不落人后，请王县长放心！”周进财表面态度坚决，心里却想：“办电站那是雾里看花的事，先应付过去，再待价而沽、待时而动不迟。”况且，王云岗的突然到来，打乱了周进财上午的行动计划，他心不在焉，无心和贵客磨下去了。

王云岗认为已不虚此行，起身告辞：“拥护办电站，不能只挂在口头上，要落实到行动中，到时看你的。”

“难得县长到我家，再多坐一会儿吧！”周进财口是心非，巴不得客人赶紧离开。

“耽误你好多时间了，改日再谈吧！”王云岗带着满意的心情步出门去。

周进财和周大憨一再感谢县长的光临，直把王云岗和王小华送出小巷。

周进财返身入门，立刻钻进他的睡房里，定了定神，然后从床上的草席底下抓出一叠大票面的人民币，连数两遍，足足三千一百元，一角不多，一分不少。他一手拿着钞票，往另一手的手心拍了拍，不禁露出笑容。随即，取出一百元装进口袋，把三千元整数收进抽屉里。抽屉上了圆珠锁，又加了一把大铁锁，他把抽屉拉了拉，感到万无一失。收完钞票，忙着刮起胡子，直至摸摸上唇下巴光光滑滑才罢手；还有那昨天刚理的平头，也不忘用梳子再耙一番。一切准备定当，即从桌上拿起一面镜子，从头到脚，分段细细照量一番，然后把镜子放回原处，又拉了拉那套穿了将近一个星期还未换下的新装，潇潇洒洒出门，朝村后山坡上的“三姐妹养鸡场”走去。

养鸡场一派兴旺景象，办场初期的草棚已被一排排瓦房所代替，化验室、孵化室、研究室连成一片，门上挂起白底红字的牌记。一间设备虽然简陋而桌子、椅子、茶杯、热水瓶齐备的办公室，设在场部前方，“三姐妹”就在这间办公室里接待四方前来参观和洽谈业务的客人。

此时日近中午，场里客人正少，只有“三姐妹”和几位饲养员、工作人员在忙碌。周进财大大咧咧走进场里，到了办公室找场长陈二妹。在场的黄桂花一见周进财风度翩翩、气概非凡，失声叫道：“哎呀呀，进财老大真是旧貌换新颜了，看你这般模样，就像个十七八岁的新女婿呢！”

周进财听得心乐，可还是谦逊地回答：“桂花嫂子真会拿捏人，别让进财太难堪了。”

“生活改善，人也精神了。”陈二妹说得比较有分寸，“进财兄找我有事吗？”

“无事不登三宝殿！”周进财尽量把话说得斯文。

“这几天你不是无事也往我们场里钻吗？有一天，还来三次哩！”黄桂花抢白。

“一天来三次不算多，关心我们的养殖场很好嘛！”陈二妹瞪了黄桂花一眼，然后问周进财，“有什么事要办吗？”

周进财下意识地摸摸口袋里的钞票，说：“现在粮多饭饱，想买几只母鸡回去饲养，好利用残粥剩饭，减少浪费；母鸡下蛋，也好给大憨增加一点营养。”

“大憨够壮了，再增加营养就受不了啦！”黄桂花存心让周进财难堪。

“别老是打岔！”陈二妹往黄桂花腿上重重拧了一下，再问周进财，“母鸡准备买几只？什么品种？”

“芦花洛克，十只八只吧。”周进财嘴上答话，眼睛却在寻索着什么。

“那我带你去鸡栏里挑选吧！”陈二妹起身。

周进财随陈二妹和黄桂花走出办公室，他一眼发现来喜嫂在东头那处鸡舍里饲养鸡群，不由自主地朝着那边走。

“芦花洛克养在西头，往这边走。”陈二妹提醒道。

“唔唔，没关系，都看一看，别的品种也可以。”周进财被前方的一块磁铁所吸引。

来到东头的鸡舍，周进财不走了。他望着鸡群连声称赞：“这群鸡养得真好，实在好！”随着，便开始与来喜嫂搭讪，一会儿问这种鸡好不好养，长得快不快，下蛋多不多；一会儿又要来喜嫂讲鸡的特性，传授饲养技术。来喜嫂自自然然地回答周进财的各种提问。

“买翁之意不在鸡”，周进财眼睛不离来喜嫂，搜肠刮肚找话题。后来，干脆丢开“鸡话”说起“体谅话”：“看你们也是够忙的了，几个人要管顾上千只鸡，阿兰又成天在木材加工厂忙着，地里的活怎兼顾得过来？我倒有个想法。”

“你有啥好主意就说吧。”陈二妹有点不耐烦了。

周进财摆出一本正经的样儿:“我买二十只鸡寄这里托来喜嫂一起饲养，来喜嫂地里的活由我和大憨帮忙，以工换工，互助互济，岂不两全其美。”

“什么两弯八拐。你是来买鸡还是要买人，快说实话，别再啰啰嗦嗦！”黄桂花忍不住了。

来喜嫂一听黄桂花那话，脸唰地红了。

“桂花嫂子怎说出这种没分寸的话，让人家连听都不敢听。”周进财正中下怀，假装不好意思。他从口袋里掏出那一百元人民币，有意在来喜嫂面前摆阔;“这里的鸡子我看中了，买上十只，先交款后取货，下午我拿笼子装回去。”

陈二妹道:“那就下午取鸡交款一起办吧。”

周进财把钞票放回口袋:“也好，我下午再来。”他偷偷斜了来喜嫂一眼，看她有啥反应，然后大大方方走出鸡场。

黄桂花望着周进财的背影，翘起嘴巴对陈二妹说:“这周进财真不是好东西，黄鼠狼给鸡拜年——没安好心！”

陈二妹有意发问:“你说他安的是什么心？”

黄桂花见来喜嫂已经走开，便放肆地说:“猫走河滩为吃鱼，猴转蜂窝想偷蜜。这周进财粮仓有几斗谷、口袋有几片钱，便想讨老婆了。他在往来喜嫂身上打主意，你还看不出来？”

九十四

中天的太阳刚刚西移，村民们顾不得午休又纷纷出工。

周进财和周大憨一路往“三姐妹养鸡场”方向走。显然，他们是要去取回上午订购的那十只种鸡。周大憨肩挑一担竹编稀目大鸡笼，很不高兴地走在前面；周进财押后空手而行，这次显得比上午更为洒脱，穿了将近一个星期的那套新中山装已换下来，另一套全新的蓝色青年装穿得正合身，再背个帆布挎包，真有几分农村管财干部的那种派头。当周进财满脸春风朝前行时，突然神经一阵紧张，原来是发现王云岗由许春山作陪，正在不远处同几个刚要下地的村民交谈。他估计王云岗又在发动群众开办电站，为了避免“再受牵连”，赶忙催着大憨加快步子，躲开王云岗的视线。

类似周进财这种心态的人，现时在沧桑村为数不少。对王云岗操持办电站一事，报以满腔热情者有之，采取虚应故事者有之，感到不合时宜者也有之。尽管王云岗抱着良好的愿望，欲为沧桑实行联产承包锦上添花，可惜人们并不真正领情。

一个多星期过去了，办电站的事如堕入五里云雾，王云岗心间也罩上一层阴影。正当他从地里回到陈二妹家中，靠坐在那只古老的八仙椅旁一筹莫展之时，突然听见一阵熟悉的汽车喇叭声从村口老榕树下传来。王云岗有些预兆，即朝陈二妹的卧室唤道：“阿华，老在房里写写画画些什么？真讨厌！可能是你的杨叔叔回来了，去看一看！”

王小华带着一卷图纸走出房门，说了声“走！”便陪她阿爸出门，急急朝老榕树下走去。

村口老榕树下，村民围拢着杨柳青，这个问这，那个问那，虽说刚个把星期没见面，人们却如同久别重逢迎接着自己所信赖的人。大家见王小华和王云岗到来，主动让开路子。

王小华帮她杨叔叔提起那简单的行装欲走出人群，不小心，让一本书从网上滑落于地，她捡起一看，是上海人民出版社出版的《农村小型水电站》，心里一喜，话随口出：“哎唷，杨叔叔您人回家心却没带走呀！”

“多嘴！”杨柳青笑笑瞪了王小华一眼，又向在场的人们招招手表示谢意，就同王云岗并肩而行，回到他在沧桑的住宿地阿勤婆家中。

阿勤婆见杨柳青进门，头一句话就问：“志华妈平安无事吗？”

“闻音知鸟，相脸知人，您看看我的表情便知道。”杨柳青几分调皮几分卖乖地说，“这次手术做得很成功。她托我向您捎个口信，待她腿伤治好行动自由，一定要用休假时间带志华到沧桑来探望您，和您老人家同住一段时间。”

“你没骗我？”阿勤婆由衷地高兴，“那我得赶紧把家里这群鸡养肥，到时好招待侄媳妇和小孙女。”

“就不招待我呀？”王小华讨份。

“招待，一起招待。”阿勤婆嗔着王小华，“到时就让志华妈吃鸡腿，小志华吃鸡头，咱阿华啃鸡脚。”

杨柳青和王小华听了阿勤婆的话，都笑了起来。心事重重的王云岗，仍然没有一丝笑容，他巴不得赶紧言归正传，好商量办电站的事。

阿勤婆给杨柳青等人泡完茶，乐呵呵地忙做晚饭去了。

王云岗眼望小华放在桌上的那卷图纸，叹息道：“现时开展工作真难，几天过去了，办电站的事连个眉目都没有。沧桑的干部怎会那么不开窍，真不好理解！”

“这也不能都怪村里的干部，认识问题和政策问题没解决便想赶鸭子上架，事情当然办不成。”王小华回了她阿爸一句，然后将那卷图纸摊开桌上，“这是我和小芳一起绘制的草图，请杨叔叔过目。”

杨柳青站起身来，双手按住桌角俯视草图。图纸上，标明岭头水库的位置，坝后电站的站址，装机容量的选择，厂房机室的布局，还有水轮、电气、传动、运行设置以及水文、流量测算数据等。

王云岗见杨柳青看得那么注神，不耐烦地说：“电站是要靠干出来的，不是能画出来的，还是先商量商量怎么开展工作吧！”

“这也是工作呀，靠爸爸您那样光开会叫干部带头，只宣传办电站好处，谁听您的？”王小华冲着王云岗说。

“你懂个啥？就懂得描描画画，那张宝贝现在叫我看我还不想看呢！”王云岗自信地说，“我们几十年来所积累的工作经验，就是一靠宣传发动群众，二靠干部树立榜样，不靠这个靠什么？”

“还要靠政策，靠科学，靠这个——”王小华手往桌上的草图一指，“您的那一套思想、工作方法，已经不适应当前的农村改革新形势了……”

“别不礼貌！”杨柳青喝住王小华，来了个兼收并蓄，“宣传发动群众，干部树立榜样，依靠政策，依靠科学，当前农村改革都离不开这些。还有最重要的一条，就是从实际出发，实施党的正确领导。我觉得，在筹办电站这件事情上，你们已经做了不少工作。比如说，老王您多方面接触干部、群众，听取各种各样的思想反映，从中看到阻力和困难，这就让我们研究下一步工作能够有的放矢；阿华和小芳主动把基础数据和办站规划提了出来，这也使我们制订办电站方案更加心中有数。父女俩，真是不谋而合呀！”

杨柳青的一番话，说得王云岗和王小华脸上都露出了笑容。

“柳青你现在学得很会说话了。”王云岗口气仍带往日那种特殊情感，“你搞过水电建设，办电站可算内行；在沧桑又实践了一段时间，情况熟悉。

下一步如何开展工作，你拿主意，我支持便是了。”

“孤掌难鸣，合手有音。您工作经验比我丰富，有事我们商量着办，一起帮助沧桑把电站建成。”杨柳青诚挚地说，“我有个想法，可以在你们前段工作的基础上，抓紧办这三件事：第一件，由阿华和小芳继续负责，按照现在测定的流量拟定电站装机容量，然后参照普通水平，匡算出投工、投资数额和经济效益。有了这些基本数据，才能制订施工方案，也才好同干部、群众说话。第二件，适应农村改革要求，组织村里的干部、群众共同讨论确定经营形式和投资投工、受益分配办法。第三件，做好重点户重点人的思想工作。发挥积极分子的带头作用，我感觉这部分人比较好办；应当把注意力着重放在类似周进财那样的‘先富户’，教育他们正确处理个人与集体、眼前与长远的关系，参加投工、投资。要是同意这个想法，我们就来一起继续开展工作。”

“我举双手赞成。”王小华立刻表态。她把头一歪，斜了王云岗一眼，“杨叔叔说话办事就是让人信服，咱王县长开口就拿大道理压人，让人家未听就先吓跑了。”

杨柳青和王云岗见王小华的那调皮劲，相对笑了。王云岗摇摇头说：“这孩子在你柳青和二妹嫂子面前装得挺乖巧；可一碰到我就抬杠子，真是拿她没办法。”

“要女儿不抬杠子，做爸爸的就得先把这个换一换。”王小华把手指在自己的脑瓜上。说着，卷起图纸，带上那本《农村小型水电站》，起步就往门外跑。

“阿华，晚饭都做好了，你还去哪里？”阿勤婆从厨房里捧出一大钵头干饭来，大声呼唤。

“我找小芳师傅去，你们不用等我。”室外传回了王小华银铃般的声音。

实际上，杨柳青和王云岗的心情都与王小华一样，急着帮助沧桑把建电站的事情办妥。县里的党政第一把手，哪能长期泡在一个村子里？这还是次要的，更主要的是，眼下已进入冬季枯水期，工程若不抓紧上马，来年春雨一到，就会给施工带来困难。基于这层考虑，杨柳青和王云岗白天走家串户征求意见，夜里二人同房运筹帷幄。王小华和周小芳的工作热情也很高，只用两天时间就把建设电站的基本数据全部测算出来。

早饭过后，村民出工。一场如同几天前王云岗主持的村“两委”联席会议，又在大队部的会议室里召开。会场上的气氛显然与前次大不相同，与会者不再躲躲闪闪，而是争先恐后地发表各自的见解。

杨柳青先让大家畅所欲言，后叫王小华把她们绘制的那幅电站建设草图张挂墙上。

如同文化技术夜校上课那样，王小华举起教鞭，指指点点，侃侃而谈：“根据岭头水库正常水流功率，可在坝后建设一座二百千瓦电站。参照现行造价，每千瓦投资一千元，总投资额为二十万元。一千瓦等于每小时一度电，每度电卖价为三角。二百度一天二十四小时计，共四千八百度，按每度三角钱计，共一千四百四十元。这就是说，电站建成投入正常运转，每天能够收入一千四百四十元。扣掉枯水期，每年按八个月出力计算，可收入三十四万五千六百元；再扣掉30%的成本和管理费用，纯收入为二十四万一千九百元。”

数字激动人心，会场开始活跃。王小华收回教鞭，眼睛一亮，加重语气：“由此可以得出一个概念：一年全部收回投资，还有四万多元盈利；从第二年开始，年年都有二十多万元的纯收入，这是一笔相当可观的财富。”

与会者人人听得目瞪口呆。周宏发从吃惊中清醒过来，一拍大腿：“不算不知道，一算吓一跳。这样的好事不办，等于傻瓜！”

许春山也深有感触：“多少年来，眼望金山银水活受穷，白花花的银子就那样不知不觉地给漂走了。要致富，山水资源找门路，我也赞成下决心把这座电站办起来。可是，目前县里经济有困难，二十万元全靠财政拨款，就会给杨书记和王县长增加压力。再说，沧桑村是老杨抓的农村经济改革试点单位，单纯依赖上级扶持，总结出来的成绩和经验也不能叫人信服，还会让人家说闲话。劳力投入由村里自行解决，这不成问题；投资的事，我们还是自己再想想办法才好。”

“二十万元不是二千元、二万元，自己有什么办法？这些年，公共积累全部搞光，如大瓷缸敲起来铛铛响，钱从哪里来？”周宏发自以为是地说，“只要电站能办起来，会有收入，我们就可以向国家贷款，先借后还嘛！”

“这话说得也有道理。要是我们能够自筹一部分，不足的再用贷款加以解决，就会更好一些。”许春山总觉得资金全靠外来，心里不踏实，可又一时拿不出办法，“俗话说：一人心里没好计，三人肚里唱本戏。大家一起动动脑筋献计献策，门道也许会有的。”

会场上热烈议论开来，各种各样的意见和办法都有。最后，大家又把目光集中到杨柳青身上，请他再开导开导。

杨柳青接受大家的要求，开始发表意见。他心情兴奋地说："有志者，事竟成。凭今天大家的这种创业热情，我认为电站一定能够开办起来。刚才小华把测算的一些情况加以说明，那只能作为参考。事情往往不比写的、算的那样顺当，我们应该从好处努力，往困难处想。发电能力、经济效益不能满打满算，投工投资、施工时间则要有个保险系数。至于集资办法，这要同经营体制和经营形式结合起来考虑，才能找到比较有效的解决办法。我们是否可以本着'谁投资谁兴建谁受益'的原则，鼓励农民个人投资或合股集资呢？"

"鼓励农民个人投资或合股集资"的这句话，杨柳青是在不动声色中提出来的。然而，它隐含着杨柳青对沧桑实行联产承包责任制后家庭经济能力的客观分析，也体现着杨柳青把农村经济改革继续向前推进一步的意向。此言好比一颗石子投进流水滚滚的沧桑溪中一样，在人们的心间又激起了雪白的浪花。

许春山受到启迪，发挥说："个人投资、合股集资这可是个好办法。我们沧桑三百一十多户人家，现在虽然还有相当一部分的困难户，而有投资能力的至少半数以上，要是每户投资五百元到一千元，全村便是十几万元；加上三姐妹养鸡场、民勤木材加工厂等四个企业已有十几万元盈利，也可以拿出几万元参加股份。这样，所欠的钱不会太多，王县长要支持我们就比较好讲话了。"

周宏发也跟着改了口："只有不锋利的斧头，没有劈不开的柴头。经过杨书记那样一点拨，资金来路便活了。既然最大的困难能克服，办电站的锣鼓就可敲响。"

杨柳青归纳了大家的意见，说："集资的办法可以这样确定下来：个人投资、合股集资、银行贷款，把这三根麻拧成一股绳。分配问题还得制订出一个合理、可行的方案。比如还贷、积累、分红等，都要有明确的条文，并用合同形式固定下来，保证兑现。这样，农民才会相信，也才能放心。这件事，春山、宏发你们负责主持讨论起草，然后提交社员代表大会审议通过。"杨柳青拍板之时不忘尊重老首长："我的意见不一定准确，最后还得请王县长定夺。"

王云岗看到"两委"成员情绪高涨，问题又讨论得不错，加上杨柳青的尊重，心里煞是舒坦。他毫无保留地说："电站能办起来，又不向我伸手要钱，这么便宜、实惠的买卖还不懂得做，我就成了周大队长说的那种大傻瓜。干吧，别犹豫了，把事情办起来再说！”

杨柳青又出了个附加题：“晚稻收成已经结束，冬种马上就要开始。往年‘以粮为纲’，冬季所有集体田地都是清一色种麦子，春天气候湿度大，锈病发作，有种无收。现在田地承包到户，应让村民自由种植，蔬菜、豌豆都可考虑。这样做，既能增加家庭收入，还可‘以短养长’，集资建设电站。大家意见如何？”

“对，没有不同意见！”与会者齐声回答。

九十五

按照会上确定的方案和所作的分工，村“两委”成员各负其责展开紧张工作。杨柳青本人则显得很超脱。他整天串农家溜地里，好似没把办电之事记挂心中。

吃罢晚饭，杨柳青又到沧桑溪边溜达一圈，然后兜回陈二妹家里。此时，室外夜幕降临，室内灯光已亮，有土老汉仍呆呆地坐在那只古老的八仙桌旁抽闷烟。陈二妹刚做完家中杂活，便坐下来与杨柳青闲聊。

这次的话题没牵扯办电站，只涉及养鸡场。陈二妹在向杨柳青介绍近来场里种鸡、鸡蛋销售情况时，津津乐道地谈起周进财买鸡的事：“进财这人好古怪，为买十只鸡，已往场里跑了十几趟。起先天天打听到底哪个品种好，后来一天三次上门学技术，缠得桂花不耐烦。”

“买鸡学技术，卖鸡传技术，有来有往，好事一桩，哪能不耐烦？”杨柳青有意引发下文。

“你不知道，周进财的本意不是买鸡，用桂花的话说，他是来买人。”

“这话怎讲？”

“斑鸡树上啼，意在麻地里。他是看上来喜嫂了。”

“来喜嫂有些什么表示？”

“她是个厚道人家，不笑不恼，不声不响，心事还难摸清。”

杨柳青听了“鸡场韵事”，不禁引起联想。记得半年前他初进沧桑之时，曾在田头与这进财道长论短。周进财担心联产承包合同有变，借人之言表己之意，“包一年就撒化肥，包两年就施水肥，包三年就下绿肥。长期包下去，种地又养地，‘洋参加高丽’‘狗屎埔’也要让它变成‘状元田’。”这些话语犹在耳际。在那低矮的瓦房里、昏黄的油灯前，也曾听着来喜嫂的诉说：“我们社员总相信共产党好、社会主义好！”拳拳心声同样令人难以忘怀。“人盼出头树望春”，如今周进财已成了“先富户”，来喜嫂也扬眉吐气挺起腰杆做人。他们不再为三餐难度而发愁，他们开始有心思、有可能去追求美好、幸福的生活，他们的“秦晋之盟”理应成全。杨柳青想到这里，便作试探：“你和桂花嫂子怎么看待周进财追求来喜嫂这件事？”

陈二妹怀有恻隐之心：“来喜嫂年轻轻的就失去丈夫，孤儿寡妇过了好多年苦日子，应该有个男人作依靠；周进财私心重些，可还算得正道人，没有女人当内助，有钱也不成个家。若是双方愿意，我就撮合他们。”

杨柳青又问：“桂花嫂子的态度是不是也和你一样？”

陈二妹摇着头说：“不一样，她对周进财的举动很不顺眼，说这是‘猫走河滩为吃鱼，猴转蜂窝想偷蜜’，不过，黄桂花这快嘴婆，讲话像蜂蜇人，做事有一片好心，只要给她挑明道理，她便会改变态度，热心当起月老。”

“那你应该开导开导桂花嫂子才好。”杨柳青说。

“她嘴尖舌利，我说不过她。”陈二妹感到没有把握。

杨柳青略加思索，随之建议：“是不是可以这样，你先向她透透我的意思，看她态度如何再说。”

“坏事莫啰嗦，好事要多做……”一直不声不响的有土老汉突然插进话来，边念念叨叨边走进睡房。

杨柳青一看手表，才觉察到时候已经不早，即问：“阿华这么迟了还不回来？”

陈二妹好似不高兴又似在夸耀：“这些天她成了个疯癫婆，连饭都顾不得吃，有时多叫两遍还要发老娘的脾气，成天成夜在木材加工厂和小周、阿兰一起设计那个水电站，今晚可能又不回家了。”

“很好，年轻人就应该有这种志气和闯劲，你要多鼓励支持她们。”杨柳青说着，起身往外走。

“几十万元的工程，这些毛孩子能设计得出来吗？你可别太相信她们了。”陈二妹边说边送杨柳青。

“三个臭皮匠，顶个诸葛亮。这三个女孩子都很聪明能干，相信她们一定会把电站的设计任务完成好。”杨柳青话音充满着信任。他走到门口，又把话兜回“鸡场韵事”上，“有土兄说得对，坏事莫为，好事多办。希望你和桂花嫂子多操这份心，成全进财和来喜嫂的婚事。”

夜虽已深，村子里依然灯火点点，人声未泯。村民们在谈论啥？杨柳青什么也没听清，可他觉得言言语语都很清晰。有人在商量已经到手的秋粮怎样安排；有人在筹划冬种、开山如何抓紧；有人在合计村里办电站自家要投资多少；有人眼见邻里经济改观而自身依然如故，面对灯火感到空虚和惶惑；有人也像周进财一样，谷囤有了粮，口袋有了钱，正在打算年关办喜事……半年前肩负党的重托进琼山，半年来迎着风风雨雨蹲沧桑，不正是为了唤起民心、打开出路，不正是为了使农民的生活过得好一些吗？一种快慰的心情，不禁涌上这位中年县委书记胸间。他漫步于富有生气的山村，翻动着心中的波澜。

阿勤婆家厅堂里灯火明亮。阿勤婆与王云岗闲聊得疲倦，先睡觉去了；王云岗则独自留在那里抽烟喝茶，十分精神。自从杨柳青又回沧桑，他就从二妹家移到这边和杨柳青同房住宿。今晚，又在等待杨柳青回来，以便睡前再作一番交谈。

“巴山楚水凄凉地，二十三年弃置身。怀旧空吟闻笛赋，到乡翻似烂柯人。沉舟侧畔千帆过，病树前头万木春。今日听君歌一曲，暂凭杯酒长精神。”随着诗吟声由远及近传到王云岗耳际，杨柳青一步跨进门来。

王云岗以好奇的目光望着杨柳青：“今晚没人请你喝酒吧？”

“没有。”杨柳青一时反应不过来，“怎么啦？”

“哪来的诗兴，吟诵的声音虽轻，我在室内还听得见呢！”

“哎呀，真不像话，今晚我简直是忘乎所以了！”

“这得叫作情不自禁才对。吟诗抒情，总比唉声叹气好呀！”王云岗说得两人会心地笑了……

墙上的时钟已指向凌晨零点零五分，杨柳青还是毫无倦意，他余兴未艾地“贩卖”起刚才听到的“鸡场韵事”；王云岗甚感有趣，也不觉得夜深了。

再说陈二妹送走杨柳青，回身进入睡房意想安眠，哪知躺在床上总是难以合眼。陈二妹平生乐于助人，杨柳青交代要办的事更不含糊。“怎样才能促成来喜嫂和周进财这门婚事？”问号直在她的脑子里打转。当她想出眉目，迷迷糊糊刚睡去时，村后养鸡场的公鸡开始大合唱。她索性爬起床来，做饭兼干早活。待家人用餐之后，顾不得收拾碗筷，跑到春山家找桂花。

黄桂花一见陈二妹进门，当头便是一句时兴话：“陈场长早安，有什么指示？”

此时许春山和许洋洋都出门了，陈二妹也不客气地说：“是有指示，你坐下来听着。”

黄桂花挪只板凳坐到陈二妹跟前：“来，是建电站，还是扩大鸡场，你张嘴讲，我拉耳朵听！”

“不讲建电站，不说扩鸡场，只为一件要紧事。”陈二妹有意把话说悬，“要叫我讲，有个条件，不能我没说完你就先跳起来。”

“我这不是挺规矩吗？”黄桂花急不可待，“别抬高价了，你快说吧！”

“好，你听着。”陈二妹一本正经，“来找你，不为别的，专门要说周进财和来喜嫂的事。”

“嗨，膏药不好靠敲锣，我还以为真有要紧事呢。叫来喜嫂别去理他周赖皮就得了，何必着急和费心！”黄桂花泄了气。

“不是叫来喜嫂别理周赖皮，是要促来喜嫂去爱‘周先富’。”

“你没把话说颠倒吧？”

“没有颠倒，我有心成全他们。”

“哎呀呀，我看你是中了周进财的邪了！”

“我也没有中邪，心头很自在。”

“既然自在，还做这种缺德事，想把好花插到牛粪上。”黄桂花按捺不住，把板凳往后一推，“你再说这事，我就把耳朵捂起来了！”

“我们条件品明了，不能我没说完你先跳起来。给我老老实实坐下来！”陈二妹喝住黄桂花，“吃饭吃米，说话说理。你能讲出周进财的牛粪味，我便服你。”

黄桂花坐回原处，翻了翻白眼，说：“这还要我来讲？咱村不管大人小孩，谁会把他周进财放在眼里！”

“周进财也是个堂堂男子汉，不缺胳膊不短腿，无非是过去人穷志短，志短变懒，讨不到婆娘吃不上饭，才叫人家小看。如今懒汉回头，力大如牛，勤勤恳恳，衣食把稳，连他家那个大憨，也是能吃能干，一条好汉，哪一项不如人家。你别再往门缝里看人，把他们看扁了。”陈二妹继续说理。

黄桂花感到陈二妹的话实在，心里服气嘴尚不软：“照你这样说，周进财还顶中用呢！”

陈二妹干脆把话说够：“不单我说中用，连老杨都夸他吨牛醒来力千斤哩！”

“杨书记也夸起他了？”黄桂花不禁一怔，她动动眼珠子，婉转改了口，“好呀，能拔出脓来便是好膏药，我的心算被你二妹说动了。宁伸扶人手，莫开陷人口，你当月老公，我做月老婆，牵成他们来搭伙。”

“既然你肯牵成他们，就得真心实意。”陈二妹见话已说得差不多了，起身欲走。

“你去哪里？”

“到养鸡场。”

“一块儿走。”黄桂花跟着陈二妹出门，途中发现周进财正在通往沧桑洋和养鸡场的交叉路口徘徊，即亮起声音叫道：“进财兄，要学养鸡技术尽管来吧，别想吃咸鱼，又怕口里渴，大方一点。”

周进财一听黄桂花主动招呼他，喜不自禁，赶忙大步跟上，笑容可掬地对陈二妹、黄桂花点头哈腰：“老去场里打扰你们，实在不好意思。”

“有啥不好意思的？一天门槛踩三遍，铁锁将军心也软。你有这种诚心，连石头也会被感化的。”陈二妹语带双关。

“二妹嫂子你们品行真好，我应该向你们学着做人。”周进财此话一半出自真心，一半为了奉迎。

“盹牛醒来力千斤，你周老大当今很有个人样儿了，还用再学做人？”黄桂花打量着周进财又换上的一套新装，“你看看，锄头底下出黄金，衣衫鞋袜样样新。嗳，真是身有勤劳与才能，世间何事做不成，咱进财兄当抖该抖，当阔该阔，应该成个家了。”

周进财感到黄桂花今天口气全变，到底出自真言还是有意作弄，一时难以断定，便再试探：“二妹、桂花嫂子这么看得起我周进财，可在别人眼里就不一定那么公道，成个家哪有这么容易呀！”

三人边走边谈，登上山坡，进入养鸡场。此时，来喜嫂已在忙着整理鸡舍、饲养鸡群。周进财难以自制地望过去，黄桂花有意作弄，抢先一步挡住周进财的视线。

“进财兄，办公室没有人，进去坐坐吧！”陈二妹把门打开，黄桂花、周进财相继入室。

三人坐定，黄桂花话匣子又启：“进财老大，今天是我们请你来的，二妹嫂子有话问你，莫假话真说，要实话实讲，不能挂羊头卖狗肉，听见没有？”

周进财一听黄桂花口气那么硬，心都绷紧了，他看看桂花，又望望陈二妹，心虚地说：“不知二妹嫂子啥事找我？”

“是好事，不是坏事，不用担心。”陈二妹和善地说，“我们都是过来人，脸皮不薄，有话直说。这些天来，你三番两次跑鸡场，到底为什么？”

周进财“做贼心虚”：“唔唔，买种鸡、学技术呀！”

“叫你实话实说，你又在说假话。”黄桂花自恃施恩，盛气凌人，“到底是买鸡还是想买人？再不说实话，你就得自误了！”

周进财被黄桂花揭了底，如坐针毡：“我真糊涂，我昏了头，实在不正经，马上就收脚，往后不敢再来场里了。”

“进财兄，别把桂花好心当恶意。我们今天请你来，不是叫你收脚，是为了帮你伸出脚去。”陈二妹正言道，“远亲不如近邻好，人到难处邻里亲。你说实在话，是不是看上我们场里的来喜嫂了？”

周进财见话已说到底，也就撕下脸皮：“老来俏，真见笑，是这回事。”

“既然你说了实话，我和二妹嫂子也就真心实意来帮你的忙。”黄桂花想再教训周进财一下，“不过，人家来喜嫂肯不肯答应，还不知道呢。挂个油壶子，也要试上三遍钉。现在你不要太入迷，免得到时害上相思病。”

“一个钱不响，两个钱成双。我明白，这事还得对方心甘情愿才有用。”周进财已完全相信陈二妹和黄桂花在真心牵线，也就放下心来，“‘名誉无价宝，人格值千金。’你们能这样好意看待我，已经幸运了。饮水思源真君子，食果忘树是小人。不管将来事情办成办不成，我都记得你们的大恩情。”

“生米还没下锅呢，别讲那一大箩客套话……”黄桂花正想再发挥一番，外面有人找上门来联系业务，只好暂把话匣子关上。

陈二妹感到此时不宜继续多说，便请周进财改日再谈。

周进财毕恭毕敬地告辞陈二妹和黄桂花，走出办公室。他来到大门旁，又回首偷偷看了看仍在鸡舍那边忙着饲养鸡群的来喜嫂，然后带着一颗涌动的春心走出三姐妹养鸡场。

九十六

一粟能做千种饭，一米养出百样人。周进财手中有钱有米痴心折桂攀蟾，而邻里乡亲又在想些什么呢？眼下，人们各有自己的计划和打算。然而，最集中、最热门的话题，还在于“村里办电站，要不要投资？应投资多少？”

陈二妹毕竟上了年纪，心事颇多，在助人之时，也想到自家目前的处境。打从儿子牺牲老伴发疯之后，她的性格全变了，表面上还看不出非常痛苦，仔细观察，言谈举止已失去往日的那种开朗、泼辣劲。一种难于名状的忧伤，时时在折磨着这位坚强的人，也使她待人处事多了一层自卑感。吃过午饭，有土老汉又四处溜达去了；王小华把碗筷洗涮收拾完毕，也急着出门。

陈二妹想了想，叫住王小华：“孩子，我知道你这几天很忙，有些话想讲又咽进去，你能坐下来听我说说吗？”

王小华收住刚要出门的脚步，走到陈二妹跟前：“阿母有话就说，再忙也得听您讲。”

陈二妹指指面前的凳子叫王小华坐下，然后心情沉重地说：“有件事我心里不明白，眼下村里人都在谈论办电站，可你的杨叔叔为啥见到我从不提起这件事？”

王小华感到她阿母此话问得伤情，明白其中隐含着什么。她眨了眨眼睛，言不成理地解释说：“您办鸡场，他就不说办电站谈养鸡，看菜吃饭、量体裁衣呗！”

“你这是在哄我安慰我呀。”陈二妹摇摇头说，“杨书记是个细心人，不在我面前谈办电站的事，是有他的想法的。”

王小华问：“您说他有什么想法？”

陈二妹凄然一笑：“你聪明伶俐，还猜不出来吗？想当时，咱家兵强马壮，在这沧桑凡事都不输人。现在大将已折，老将下阵，虽说今年晚季收成不少谷子，我在鸡场也有收入。可资金、劳力都比不上人家，投工、投资有困难，你杨叔叔不在我面前提办电站的事，还不是为了避免让我为难和伤心？”

“阿母，您多心了。”王小华眼眶里泛起了晶莹的泪花，“村里办电站，我们照样能作贡献。阿爹治病要花钱，咱没投资人家也不敢说闲话；目前投工有困难，我也可以顶个劳力嘛！”

陈二妹还是摇了摇头：“话虽这么说，可我们总难挺着腰杆站在众人面前，总难再为集体立下头功，也总难和人家平起平坐呀！”

王小华想再说几句安慰话，可又找不到更合适的语言，只是眼睁睁地望着陈二妹。这时，西斜的阳光从大门投了进来，照在厅堂里，也照在陈二妹的身上。王小华突然发现，她阿母原先的满头黑发已经变得斑白，那本来相当丰满的脸庞不仅瘦削下去而且布上许多新的皱纹。啊，沧桑风雨岁月难，不堪回首梦魂寒，这个变化是在仅仅半年时间里发生的。王小华不禁全身颤动了：“今日沧桑家家户户在分享着联产承包的果实，哪知一位普普通通的农家妇女，竟为农村改革付出了这么大的代价；哪知在逐渐向‘伊甸园’靠拢之时，开路者为铺平前进道路已承受了多大的牺牲？”

就在陈二妹母女相对默默伤情之时，许春山家已闹翻了天。许洋洋把手扶拖拉机开到家门口，搬出屋里袋袋稻谷，装了大半个车斗。此时，黄桂花叉开双腿站在门槛处，拦住继续往外抢搬稻谷的许洋洋：“你不停手，我就找杨书记，看他把你抓到公安局！”

“您去找吧，我是老子皇帝都不怕，没把家里谷子卖够就不在沧桑做人！”许洋洋推开黄桂花，又把一袋谷子装上拖拉机，随着启动马达，开车出发。

“快，快拦住他！”黄桂花气急败坏地向村人大声呼援。围观群众纷纷躲开，无人敢于上前。

“快，快，赶快拦住他呀！”黄桂花再次疾呼。

回答的只有更响的马达吼叫声。

“怎么回事？”

黄桂花转首一看，问话者正是刚赶上来的杨柳青。

“是杨书记，您来得正好！”黄桂花如遇救星，“阿洋这逆子和老娘拌了两句嘴，就把家里的谷子搬出去要卖钱。快叫住他呀！”

杨柳青快步上前，高声喊道：“阿洋，阿洋，给我回来！”

马达轰鸣，吞掉呼声。前头有人见杨柳青朝拖拉机方向招手，明白其意，拦路相告："洋洋，杨书记唤你，快把车子停下。"

许洋洋刹车回首，但见杨柳青上路而来，只好下车等待受训。

杨柳青来到拖拉机旁，也不多说，坐上车斗，就是一声："给我把车开回去！"

许洋洋委屈言道："杨书记，您先听我说。"

"回去再说！"杨柳青回答。

许洋洋无可奈何，老老实实掉转拖拉机。

车子又回到许春山的家门口，杨柳青率先进门，许洋洋、黄桂花相随入室。三人坐定，黄桂花泡茶，许洋洋赌气。

"清官难断家务事，今天我偏要把你们这桩大案断清楚。"杨柳青有意把话说得幽默，以缓和缓和眼前的紧张气氛，"谁是原告，谁是被告？"

"我是原告！"黄桂花抢先。

"我才是原告！"许洋洋不让。

"两个都是原告，令堂为尊。桂花嫂子你先说。"杨柳青当即决定。

"待我讲完，你再插嘴。"黄桂花盯了许洋洋一眼，然后向杨柳青诉说开来，"洋洋这逆子，不知何时偷吃了麦芽糖，今天上午一直粘住我，叫我要把准备给他办喜事的钱全数拿出来。我问他，拿这笔钱作啥用；他说，投资办电站。我对他说，办电站投资，咱不落人后，现成千把元凑得起，不用去动那个钱。他硬说千把元太少，三千元才够。我不答应他，他便翻了脸。下午开来拖拉机，就把家里的谷子一袋一袋往外搬，大呼小叫说这粮食是他劳动所得，有权做主，卖粮筹款。杨书记，您公正论断，这种野蛮举动对不对？"

"嗯，这是一面之词。洋洋，现在你可以答辩。"杨柳青煞是一本正经。

"她说的全是事实。"许洋洋绷紧脸孔。

"既然事实，这便是你的错了。"

"我没有错！"

"强词夺理，抢运粮食，哪能不错？"

"我卖粮是为投资办电站，错在哪？"

"有事需商量，投资要自愿。再说千把元已不算少，为何非要三千元不可？"

"没三千元不够数。"

"不够数，你是用什么标准算出来的？"

“办电站要投资二十万元，全村三百一十户，就算半数能投资，一户一千元，也还缺个大窟窿。”

“千元不够，可也不一定要那么多钱呀！”

“一户一千五，两户是三千。”

“唔，我明白了。你真是个好女婿，尚未成亲，就把岳母一户考虑到了。”

“不，不是阿兰，也不是来喜婶；是我的有土阿爹，我的二妹阿母，我的志农哥！”许洋洋克制不住了，“我要让我的二妹阿母和大家平起平坐，让我的有土阿爹不受人家冷眼，让我的志农哥在老龙岭上睡得安然！”

“啊，洋洋你的心事怎不对娘明讲呢？”黄桂花猛然醒悟。

杨柳青心田受到强烈震撼，一时语塞。他慢慢站起身来，挽过许洋洋，轻轻拍了拍这位义汉的肩膀，随即无言地一步一步走出门去……

九十七

太阳移到了西山尖，缕缕炊烟又从家家户户屋角上飘起。杨柳青带着不平静的心情走往村后山坡上，意想再到鸡场里看看那些大鸡小鸡进窝前的欢歌跃舞，以消胸中郁闷。步至山坡处，巧遇周进财。

周进财笑脸相迎，开口便说：“杨书记，您很忙，我一直想拜见您又不敢打扰。”

“找我有事吗？”杨柳青停住脚步，笑笑地问。

阅人历世半个世纪的周进财，此时却还腼腆起来：“没有别的事，只为感谢您的成全。”

“我成全你什么，你要感谢我？”杨柳青佯装不解其意。

“杨书记，别再瞒着我，二妹、桂花嫂子都把内情说了，来喜嫂这门婚事若无您的牵线，只能是井里明月镜中花呀！”周进财感激之情溢于言表。

原来，通过陈二妹、黄桂花这两个月老诚于牵线，勤于搭桥，动之以情，晓之以理，终于说活了来喜嫂的心，打通了许阿兰的思想。周进财和来喜嫂已从“隔着门帘”说话发展到“待月西厢”谈情，婚事也进入实质性的“接触阶段”了。现在，周进财正乘着养鸡场里人稀客少，欲同来喜嫂相会。

杨柳青见周进财的那身装束，那个表情，心中有数，借口回避：“你说感谢，使我想起小芳、小华和阿兰她们为设计水电站连饭都顾不得吃，我还得去慰问慰问她们才好。”说着，起步下坡，又回身向周进财点了点头，“去吧，好好把养鸡技术学到手，祝你成功！”

周进财目送杨柳青走远几步，旋即进入养鸡场。他见场里人员都已回家去做晚饭，陈二妹、黄桂花也不在场，只有一两个年轻姑娘在鸡舍那边给鸡群加料，觉得此时正是与来喜嫂单独会面的良机，不禁喜出望外。

来喜嫂在办公室里值班，她见周进财春风满脸而入，不禁心跳，脸也刷地红到了耳根。周进财倒是很大方，他往椅子上一坐，便直望着来喜嫂：“我下午提前收工，是想这时场里人少，有些事好和你商量商量。”

来喜嫂耷拉眼皮，直盯着自己的脚尖：“商量什么事？”

“赶路宜早不宜晚，时间要抢不要拖。现在离春节不到一个月了，我们的喜事什么时候办，先把日期定下来，才好做准备。”

“时到花便开，有啥好准备的？”来喜嫂眼睛还是没抬起来，“你不是托二妹嫂和桂花嫂转告我了，事情先定，待阿兰过门和阿洋成亲，我们才合成一家吗？”

“是大是小，不能颠倒。咱的喜事要比他们先办才成体统。至于啥时合成一家，可迟可早，倒免着急。”

来喜嫂见周进财已“破门而入”，感到不是三言两语能够把话说完的。一男一女挨在办公室长谈，实在过于浅现。她起身出门，周进财理解其意，尾随而行。两人一前一后走向鸡场后面的树林旁翠竹下，在一处粗糙的石板桌边相对而坐，又开始了新一轮的“谈判”。

正在给鸡加料的那两位村姑，发现来喜嫂和周进财林间“幽会”，一个缩缩脖子，一个伸伸舌头，相对扮了个鬼脸，赶忙躲向远去。

周进财环顾一下周围，四旁无人，又开了腔：“现在万事俱备，只欠东风，你把时间定下，我便送过彩礼，告示亲戚朋友，备办酒肉宴席。”

来喜嫂坐得很不自然，把脸侧到一边，冷冷地说：“好大的气派，你准备多少钱花？”

周进财眉宇一展，乘机摆阔：“三两千元现成！”

来喜嫂斜过眼问：“花这么多的钱，你不心疼？”

“嘀，心疼？”周进财力讨对方心欢，“千金易得，贤妻难求，只要你满意，万金不在惜。”

“结婚摆阔气，婚后无柴米，我劝你还是实在一些好。”来喜嫂此时显得很冷静，“再说，我们都不是红花人，那样大操大办，不怕人家背后议论？”

“二出人又怎么样？姜是老的辣，醋是陈的香，酒是陈的醇，情是老的深。”周进财越讲越自负，“我就是要让人家瞧一瞧枯木逢春发新芽到底怎么一回事！”

来喜嫂不肯苟同，摇摇头说：“你的打算全不对路子。”

“怎不对路？”周进财好似热炉子遇冷水。

“我想问一句，你成‘周先富’，钱从哪里来？”

“这还用说，‘老包’给的。”

“既是‘老包’给的，联产承包又是谁领着办的？”

“还有谁，当然是杨柳青书记。”

“杨书记现在心里想些什么，你明白吗？”

“哪会不明白，他表面平平静静，内心突突腾腾，正在为办电站大伤脑筋。”

“既然你理解，为啥当闲人？”来喜嫂动了感情，“水有源，树有根，吃米不忘种谷人。你应该把心思放到办电站，不能成天忙在婚事上。”

“桥归桥，路归路，村里办电站，我们办婚事，不矛盾，不冲突。你相信我周进财不是那种忘恩负义的小人，到时水电站一动工，我便第一个报名上场。”

“不是到时，是现在。”

“现在我该做什么，你就帮忙出主意。”

“叫我出主意，你得真正办。”

“不会有二话。”

“那你听着。”来喜嫂睁大眼睛正视周进财，“现成三千元，投资办电站。”

“这……”周进财愣住了，“钱用去投资，我们办喜事呢？”

“好马不在鞍，喜事不用奢。把钱投资，婚事照办。”来喜嫂此话说得很坚决。

“你讲的是真话？”周进财还不放心。

“你能对我诚心，我便对你实意。村里电站开工，我们就办婚事。”来喜嫂把话说到底了。

“好，就照你的主意办。‘两委’宣布一股多少款，我就投资两份连心钱。”周进财感到娶亲不用破费，既省菜又下饭，得意忘形，“连心钱，万万年，我周先富交了红运，注定要成家立业了。”

天已渐暗下来，养鸡场的电灯亮了。来喜嫂是个注意检点的人，她觉得不宜在这偏僻的树林旁继续挨下去，起身返回鸡场。此时，陈二妹、黄桂花已前来场里接班。

陈二妹见周进财和来喜嫂脸有喜色，为之高兴:“对呀，好好商量商量，择个良辰吉日，就把喜事给办起来。”

“二妹嫂子，这次你没说准。”周进财有意表现表现进步，“我们不是商定婚期，是在讨论公事。”

“讨论啥公事，能不能公开公开？”陈二妹问。

“能！”周进财巴不得有这机会炫耀一下，“商量婚事从简，把钱投资办电站。”

“嘀，勤俭节约传家宝，建设四化少不了。咱来喜嫂和进财兄啥时长出这么高的觉悟？”黄桂花挑逗道。

“桃花欲乘东风开，幸福要靠改革来。现在农村在改革，婚事也得随着改革嘛！”周进财说话跟形势是有些本事的。

“好呀，一个进财，一个来喜，不怕口袋无钱缸无米，真是新人新事新思想啦！”陈二妹说得大家都乐了。

笑声，在这村后的山坡上显得格外清亮……

九十八

如同村民喜悦心境，近来天气一直晴好。沧桑冬种已是全面展开，田野上虽无往年那种红旗飘扬、战歌嘹亮的壮观场景，可拉牛耕地、挥锄培畦、运肥下田的人群，却星罗棋布井然有序。

此时，地委、专署所在地漳泉市区，城市综合改革开始喷出火花，个人自谋职业和农贸自由经营受到了鼓励。一些居民不顾路途遥远，跑到沧桑村来收购农民从自留地上生产的蔬菜，再到城里贩卖。他们得知沧桑村今年冬季将在个人承包地上种菜两三千亩，立刻与农户签下购销合同，并按合同中的数量计算，先付三成现金。这下子，沧桑村又热闹了起来，农户争先签约，定金到手喜气洋洋。可周进财不想凑热闹，只观察，没沾边。

临近傍晚，周进财从外面回到家中，冲泡铁观音好茶，抽起大前门香烟，坐在靠背椅寻思：城里人愿从远地前来买菜，一定有利可图，我不免去探个虚实。第二天清晨，周进财草草吃过早饭，就背起一只篷布袋子，到村口等候过往车辆。有人问他要去哪里？他以进城购买结婚用品为名搪塞。

乘车跑了四十公里路，到达漳泉市区，周进财一头朝农贸市场里钻。农贸市场，人群拥挤。卖菜摊前，顾客与摊主讨价还价，一斤“上海青”四角摊主还不肯卖，一斤小白菜三角出价摊主也咬定要加一角五……周进财听得入神，他想：城里人在沧桑村收购蔬菜，价格比这里低了一大半，菜贩子的良心简直给狗吃了！

日暮黄昏，周进财风尘仆仆从城里返回自家，顾不得喝水吃饭，忙拿算盘噼里啪啦地打起来：冬季种植一亩蔬菜一般能收三千斤，要是把自家的承包地全用上，再加租赁劳力困难户的部分田地，种它个三五亩，到时把菜运到城里销售，就有五六千元收入。假如在沧桑村建个收购点，往城里设个门市部，由我周进财取代菜贩子，来个购销“一条龙”，这笔经济收入那就算也算不清楚了。

“周先富”一时想得昏昏然、飘飘然。他把在家的大憨叫到身边，板起脸孔发问：“你在干什么？”

周大憨扮了个鬼脸：“和你一样，想讨老婆！”

周进财恶了周大憨一眼：“现在跟你说正经话，别胡来！”

周大憨并不示弱：“讨老婆是胡来不正经，那你为什么成天往三姐妹养鸡场跑？”

“我今天是往城里跑！”周进财理直气壮。

“去买结婚用品？有没有我的？”周大憨向他老子挑战。

“有，你有我有统统有，只要有了钱，事情就好办！”周进财不想再和周大憨磨嘴皮，便把心里打的如意算盘端了出来。

周大憨听得高兴，一拍大腿：“以后我们分工合作，我到城里卖蔬菜，你在本地搞收购。你说过，‘不怕虎生三只眼，就怕人怀两样心’。往后我们就一条心，你清楚，我明白，收入都公开，赚钱二一添作五，亏本由你去担待。”

周进财要起权威：“不怕吃饭拣大碗，就怕做活是懒汉。跟我好好干，不会亏待你。”

“周先富”毕竟是个精明人，现在他把办婚事放到第二位，一心想赚大钱，养鸡场也就少去了。

“祖宗赐予便宜饭，后代事业必无成。”周进财也懂这个理。几天来，他把周大憨抓得紧紧的，父子二人合计起如何以冬种为新的突破口，来个宏图大展。决定分作三步走：第一步扩大冬种，第二步办点设店，第三步开业运营。照此方案，周进财迅即迈开第一步，访家问户，租到五亩承包地，又从邻村亲戚家借来三个劳力两头牛；周大憨现在也有了肝胆朋友，请来几个人帮助买肥送肥到地里。借牛耕田和请人种菜，都付给了一定的工钱。

周进财的举动，引起村里人议论纷纷。有人认为他的胃口也够大，真是人心不足蛇吞象；有人感到这属政策允许范围，不好给他说三道四。

消息传到了杨柳青和王云岗的耳朵里。在老轨道上挨惯了的王云岗，虽然对联产承包有所认识，可因惯性使然，考虑问题、办起事来难免还有“劣根性”表现。他对周进财的做法心里感到很不踏实，便问杨柳青：“周进财租地、顾工搞冬种，这事你怎么看？”杨柳青坦率地表明自己的观点。两人思想认识上的差距又来了。

王云岗不无顾虑地说：“吃得过饱，就会拉稀。如今沧桑村土地已经联产承包到户，山地、林权作了适当调整，各种联合企业也陆续办了起来。过去我思想老化，对那些改革作为持反对态度，现实证明我是错的。不过，办事也要留有余地适可而止，‘少一点是大，多一点是犬’，要是雇工、租地都给放行，那性质就完全变了。我想，类似周进财的这种行为还得有所控制才行。”

杨柳青并没苟同：“农村经营体制改革和生产方式改变，解放了生产力，调动了群众劳动热情和生产积极性，农民主动性、创造性都得到更好的发挥。周进财由‘懒猫床下睡’变成‘好猫抓老鼠’就是例证。他点子特别多，意想争先富，让他去闯一闯摸摸路也没有什么不好。”

王云岗一反听到“农村改革”就皱眉头的心态，平静地说：“你说的也是。要摸着石头过河，就别怕打湿衣裳，那就让周进财去闯吧！”

杨柳青感到在对待农村改革问题上，他的老首长在认识上已有根本性转变，这是个好兆头。于是，决意抓住时机，同老首长来一次抚今追昔、推心置腹的情感交流；循序渐进，深入一步地进行启发引导；诚心合作，把农村改革付诸共同行动之中。

九十九

是夜，天蓝蓝，月溶溶，风摇竹影到窗前。杨柳青躺到床上难以入眠，心情一直很激动。次日，他起了个大早，出门转了一圈，待回住处，王云岗也已起床泡茶看报。二人用过早餐，杨柳青便以到老龙岭检查坝后电站开工准备为名，邀请王云岗同行。

季节已是深秋，一路习习晨风把杨、王送上了山。二人登高远望，顿觉心旷神怡。王云岗感到此行工作检查并无新意，猜想杨柳青可能另有心思，便走到蔗园旁的石板前，示意杨柳青坐下，反客为主地问："今天你是不是还有要事想谈？"

"是的。"杨柳青明确回答，"'饮水要思源，食果莫忘树'，我想首先在老首长面前回忆回忆往事。想当年，我的父母相继病故，杨柳青孑然一身流落街头。1951 年，您带领工作队到我家乡搞土改。那年我刚十四岁，跟着乡亲斗地主惩恶霸，引起您的注意，您让我当了工作队的通讯员。自此，我跟着您干革命，您成了我的领路人。"

王云岗若无其事地说："事情已经过去那么久了，还提它做什么？"

杨柳青继续往下说："我们命中注定有缘，乡里完成土地改革任务后，您就推荐我到速成中学、漳泉农校读书。在您担任县长时，我也从农校毕业当上您的秘书。您经常教导我：做人，要忠于革命忠于党，热爱国家和人民；干事，要从实际出发，从人民的根本利益出发。我遵照您的教导，从来不敢懈怠。'文革'期间，有人说我是给您'提过尿壶的保皇小丑'。遭此骂名，我心安理得，不觉丢人。忘记过去，就是忘本；忘记过去，就是背叛；忘记过去，就是小人。您的教导，我时刻牢记；您的恩情，我永铭心里。"

王云岗被杨柳青的回忆所触动，内疚地问："这次您回琼山，我给您造成严重创伤、留下极大遗憾，难道你不埋怨我？"

杨柳青平静地说："真人面前不说假话，怨与不怨我都有。要说埋怨，是因为您固执己见，因为您听信谗言、中了奸计，伤了我们的手足之情。要说不怨，那是想到您对党对人民的事业忠心耿耿，只是一时跟不上时代潮流，在农村改革中打滑。所以我尽量采取适当回避和绕道而行的办法，预防您我产生不必要的碰撞和误伤。我有信心、耐心和孝心，等待您的醒悟，等待我们思想、行动的一致。这种等候艰难、痛苦和惆怅，请您能够理解我。”

“这话说颠倒了，不是您请我理解，而是我求您原谅。我应该好好吸取教训，避免重蹈覆辙。”王云岗心情激动。

说话间，一条五步虎毒蛇突然从前面穿行而过，让王云岗吃惊不小。

杨柳青顺势言道：“今天，我还想说说人家的‘背后话’。姚新此人是个地地道道的两面派、阴谋家、野心家，不是同志是敌人。可以这样说，他的是非标准唯有一个，只要影响他既得利益和将得利益，一切改革都要反对破坏；只要妨碍他登上县委书记宝座，就要拿出浑身解数陷害他人搞垮他人。姚新这种人，是我们干部队伍肌体上的毒瘤，是改革事业的主要障碍。我认为，对付这种人，无法通过教育、感化使他走上正道，只有靠‘实践是检验真理的唯一标准’这面明镜来审视他、暴露他、惩治他。”

“你说得具体一点。面对这头狡猾的狐狸，我上了他的当，你能斗赢他，这到底采取了什么策略？”王云岗想从中得到一些启示。

杨柳青直言：“明，尽量避免无谓争斗；暗，坚持有理有节较量。遵循党的方针政策，依靠广大干部群众，创造更多更好的改革成果来进行回击。姚新自以为高明、巧妙、得计，然而与真理抗衡的人永远不会得胜，为别人挖陷阱者掉下的正是自己。他姚新不也是在‘实践——真理’面前完全暴露丑恶嘴脸，并以彻底失败而告终吗？”

王云岗听得认真，张了张嘴，也想发表见解。

“等一等，我还没有把话说完。”杨柳青准备检讨自己，“在这场改革与反改革斗争中，我的工作也有不少缺陷，存在许多问题……”

“现在又不是搞‘人人过关’，你有功无过，众所公认，就不要再谦虚了。”王云岗打断杨柳青的话，“眼下情况好啦，‘毒瘤’已经割除，我也开始醒悟。往后你就放开手脚工作，县委一班人都会支持你！”

此时，阳光已经移走蔗林凉阴，直射到杨柳青和王云岗身上。他们换了个地方，上到高处树荫下继续交换看法和意见。杨柳青从带在身上的公文包里取出二份文稿，送到王云岗手中：“这是我起草的文件，一份是《沧桑村实行家庭联产承包责任制的初步经验》，另一份是《琼山县推行农村家庭联产承包责任制的初步意见》，请您先过目。待这里的坝后电站开工后，我们就回去召开县委、政府领导成员联席会，进行讨论修改充实完善。”

王云岗接过文稿，视若至宝，喜形于色。

杨柳青不胜其烦地说：“明日总是新的一天，新的任务又在召唤。譬如沧桑村的经验怎样继续完善全面推广、农村中哪些领域必须重点突破加强改革、各种经营管理制度如何建立健全等，都得紧紧抓在手里，尽快研究实施。像周进财那样的‘先富户’，预示着农村改革的某种走向，也要加以正确引导，使之健康发展。”

愉悦的互动，总觉得时光宝贵。两个小时的真情诉说，让双方都得到很大满足，也使王云岗受到很大震动，他心悦诚服地赞叹：“我真佩服您小杨，是什么时候锻炼得这样有水平、有原则、有素养？”

杨柳青诚挚地回答：“许多东西是向您学的，您永远是我的恩师。”

樊篱摒弃，亲情如初，二人握手。王云岗兴奋油然：“船载千吨，掌舵一人。往后我们同乘一条船，你在后头掌舵，我在前面敲锣，齐心协力把航船驶向胜利的彼岸！”

为了回县就以新的姿态在县委、县政府领导成员联席会上亮相，办事细心的杨柳青，事先特地安排了这场“双龙会”，看来目的已经达到。

“嘟，嘟，嘟……”从老龙岭下公路上传来了汽车的喇叭声，杨柳青和王云岗知是小车来接他们回沧桑。此时此刻，抬头仰望，丽日中天；回首一看，陵园含笑；侧耳听去，蔗林放歌。满山景色多欢乐，共同庆幸“将相和”。

沧桑改革工作步伐不断加快，在推进冬种的同时，拟建电站也成为街谈巷议的主话题。村民中有人心情振奋，有人摩拳擦掌，有人感到不安，有人无所适从。开天辟地以来，在这穷乡僻壤的笔架山下、老龙岭旁，何曾有过自筹二十万元投建一项工程的先例？何曾出现家家户户能拿“大钱”来为家乡建树丰碑的壮举？在沧桑父老兄弟姐妹心目中，此事多么引以自豪；而那未出远门的“山里佬”，对此感到不可思议，怀疑能否办到。

见多识广的杨柳青，当然不会因为要建一座小小电站如临大阵，他在水电战线可算斫轮老手，要办这样的工程实为如臂使指，不在话下。然而，此时此刻杨柳青的心情也和沧桑乡亲一样难以平静，他把为三百多户人家建设一座二百千瓦电站，视同我们国家建设丰满水电站一般宏伟。因此，在这“岭头大战”打响之前，正毫不懈怠地主持着一场“三级干部”会议。

大队部楼上的会议室里，五位县委常委全部到场，公社党委书记、社长专程赶来，村“两委”成员无一缺席。杨柳青和王云岗本来就在沧桑，必然到会；李明、田峰对沧桑怀有特殊感情，顺理成章；而姚新副书记是为了“将功补过”？是碍于“不好离群”？还是“另有目的”？疑问自在人们心中。

姚新是琼山县委的“第三把手”，会议由王云岗开场，杨柳青殿后，姚新便按照习惯排列，从容不迫地发表意见：“对任何事物都有一个认识和理解过程。这次我到沧桑身临其境，眼见其实，受到一次极其深刻的教育，从中得出一个结论：改革先行，面貌一新；政策对路，迈开大步。现在我所考虑的是杨书记在沧桑抓点取得的丰硕成果和成功经验，来之不易，十分宝贵，应当加以珍惜和保护。把沧桑这盏明灯拨得更亮，让它照耀琼山，这是县、社、大队的共同责任，不能袖手旁观。因此，既要坚决支持沧桑把电站办起来，又要尽量减轻农民的负担。基于这种认识，我既支持杨书记发动群众集资入股的决策，又赞同王县长从县财政拨出专款重点扶持的主张，这就叫作民办公助。”

“是民办公助，还是全数自筹，此事已经研究多次，看看集资情况如何再定，这个会上不用讨论了。”王云岗担心把大家的注意力转向依赖财政拨款，不利发动群众集资，违背杨柳青的意向，便打断姚新的发言。

姚新咳嗽两声，佯装并未听清王云岗的话，继续高谈阔论“民办公助”的必要性和正确性，直至发挥得淋漓尽致才罢休。他的精彩发言果然产生效应，使一些人感到姚副书记毕竟还是姚副书记。联系到他最近“大义凛然，带子投案”，批评跃进大队李永功，颂扬沧桑许志农等一系列“出自公心”的行动，也就更加相信他那“对于任何事物都有一个认识和理解过程”的话语说得真切。

李明、田峰随之先后发言，他们意见都很简单，均赞成沧桑自筹资金建设电站。有所不同的是：一个表示要帮助解决技术力量和设计鉴定问题；一个答应要从建筑材料和机器设备方面提供保证。

公社党委书记、社长无关宏旨地说了一些落套言词，总算表明坚决支持沧桑办电站的态度。

有了那么多的县、社领导出主意、作决策，村“两委”成员已被“喧宾夺主”，有人偶尔插上一两句话，也是不成气候。许春山则与大家不同，他是一村之主，负责在会上作了电站建设方案和筹备情况汇报，同时提出岭头水库坝后电站工程指挥部和工作班子组成人员名单、投资办法和股金数额，并经村“两委”成员举手表决顺利通过。

会议的气氛是热烈的，开法是正常的，进展是顺利的。然而，形式的东西也免不了。人们心照不宣，都想尽快听一听杨柳青实实在在、真正算数的发言。

队部楼上响起热烈掌声，欢迎杨柳青讲话；队部楼下人们心有灵犀，满堂人语与之呼应。打算先声夺人的“三姐妹”，怀着激动心情的许阿兰，早已按捺不住的许洋洋，准备一鸣惊人的周进财，还有许多不甘人后的村民，均为急不可待地在那里等候楼上拿出最后决策。当大家听到热烈掌声再起之时，明白大计已定，立刻朝着楼梯口涌去。

楼上楼下人群汇合，各找对象挨肩攀谈。

许阿兰拉起王小华的手走出大队部，瞪大一对晶亮的眼睛轻声细语地问：“电站决定啥时动工？”王小华嫣然一笑，故弄玄虚：“现时消息保密，下午召开村民大会统一宣布。”

许洋洋想找杨柳青打听消息，碍于县、社干部在其左右，不敢上前，欲进欲退，心神不定，失足撞到许春山，遭他老子一个白眼。

杨柳青主动走到“三姐妹”跟前，深解其意地说：“正月十五办喜事，大年初一就心跳。你们都急着来打听电站开工日期、了解股金一份多少，我没猜错吧？”

陈二妹直言快语回答：“大家心里揣着一盆火，想在众人面前亮一亮。你看我们‘周先富’那两个口袋有多鼓，连投资款都带来了。”

周进财听到陈二妹说他，借势挨近杨柳青，偷偷地问：“杨书记，请先给我透透风，到底一个股份多少钱？”

杨柳青见群众热情很高，有意借机鼓动，便和周进财开起玩笑。他暗中伸出一根食指，又展开五个指头：“看懂了吗？”

“懂，一股一千五，三千是两股。”周进财探明消息，得意忘形，失声喊道。

“嗬，和我们猜想的差不多，定得合人意！”“杨书记，我们把钱都带来了，什么时候交款？”人声哄然而起，人群围拢过来。

杨柳青为了活跃气氛，来个转移目标：“这个我做不了主，要由你们的支部书记和大队长来定才行。”

“下午召开村民大会，大家快去做好准备。”周宏发神气活现，一显权威，“自觉自愿，量力而行。有可能的，下午交款；钱不足的，抓紧筹集；困难户，以后再讲。”

人群散去，县、社领导干部分头活动，或访熟人串门子，或跑鸡场上工厂，或谈工作交任务。

“演社戏庆丰收”之时李明没到沧桑，二妹嫂子总感遗憾，今天决意要他去吃午饭，补喝喜酒。李明也不推辞，随着陈二妹、王小华来到那座他所熟悉的平房里，先是朝许志农的遗像深深鞠了一躬，后又向有土老汉表示亲切慰问。

陈二妹进入厨房，忙做午饭；王小华洗杯沏茶，接待李明。

李明一坐下来便问：“阿华，你看今天会议开得怎样？”

王小华回答：“开得不错，大家情绪很高，该定的事都定下来了。”

李明再问：“你对姚副书记的那篇讲话有何评价？”

“很精彩！”王小华冷笑道，“狐狸扮观音，扮来扮去还是老妖精。”

李明斜着头问：“何以见得？他不是谈得顶诚挚、顶实在、顶有政策水平吗？”

“李叔叔，您这是在给我考试呀！”王小华闪动着黑白分明的双眼，开始认真起来，“嘴在念佛，心在动邪术。姚新是鬼不是人，漂亮言辞藏祸心。所谓既支持杨书记的决策，又赞同王县长的主张，实际上又在挑拨离间；他还以‘民办公助’这个正确原则来掩盖其笼络人心的图谋，想让人家形成一种印象：姚新副书记比杨柳青更通情达理，更体贴农民，更关心沧桑，借此贬低杨书记。”

“还有一个用意……”

“对，还有一个用意，说得更确切一些是险恶居心，这便是以支持为名，行诋毁之实。只要接受县财政拨专款建电站，他便有理由说沧桑是靠‘吃小灶’起家，并不是联产承包带来变化，给‘明灯’蒙上一层灰尘，使它减弱对周围的影响力。李叔叔，我的分析该不是牵强附会、无限上纲吧？”

“恰如其分，实事求是。你已经认识到这一点，我就不用再和杨书记交谈了。姚新在沧桑，我不好出面，有个重要消息交代你转告杨书记和王县长，对其他人暂时保密。”

“什么消息？”

“昨晚郑清添副书记和我通了电话，地区办案组回去汇报以后，地委已决定对姚新采取必要的处置措施。我相信，今天是姚新的又一次要奸，也是他在琼山的最后一次表演了，刑法正在等着他呢！据我所知，这姚新来沧桑之前，又到跃进大队跑了一趟，这和沧桑开办电站的事不无关系，你们还得有所思想准备。”

“请李叔叔不用担心，重要消息我会及时转告，注意保密。至于跃进大队的事，杨叔叔已经考虑在内，并和村‘两委’商量了妥善处理办法，我看小纰漏会有，大问题不会出。”

“那好，今天我来沧桑的任务就算完成了，吃过二妹嫂子做的好饭，马上就回县城。”

“饭还没吃，酒也未喝，那能马上回县城。”陈二妹在厨房里只听到李明后面的半截话，赶忙跑进会客厅，“你要是现在就走，往后就别再上二妹嫂子的家门了！”

“好好，我听二妹嫂子的，吃饱喝足才走。”李明狡黠一笑，将错就错，“来，阿华，我们一起动手，可别把你阿母给忙坏了。”

对共产党感恩戴德的沧桑人，把一腔热情倾注在党的干部身上。他们争先邀请县、社领导做客，热烈欢送县、社首长出村，然后成群结队转向大队会场。

半年前，各家各户的家长就在这会场里排队领取《承包合同书》；今天，思想、经济状况普遍起了变化，他们不再是为了解决温饱才争先认耕田园和山场，而是从承包地上获得了本钱，准备来个“养鸡生蛋”，在投资办电的新层次中赢取更大的经济效益，因此情绪越发高昂。值得注意的是，不少当时衣衫褴褛、蜷缩后排的村民，现在则衣冠楚楚，大大方方地坐到前排的显眼处，周进财父子便是其中的代表。

会场上座无虚席，支部书记和大队长一上台，喧哗的人声戛然而止。周宏发已不用重复当时发动联产承包，靠高声呼喊来维持秩序，他从容不迫地宣布了会议议程，并请许春山讲话。

许春山走到讲台前，抑扬顿挫地宣读村“两委”所作出的各项决定。首先是岭头水库坝后电站工程指挥部的组成人员，总指挥王小华，副总指挥周宏发、许洋洋，另外还有五位成员。看来村民对这个“班子”是拥护的，从许春山念完名单立刻博得热烈掌声便可得到印证。再来是电站体制，属集体所有；经营形式，靠专业管理；集资办法，由村民投资投劳；受益分配，利润三七分成，提取百分之三十作为公共积累，百分之七十按股分红。对此，大家也是满意的。人们最关心的还是一个股份到底多少钱，当听到正式确定为一千五百元时，会场上立刻活跃起来，不少人开始摸着自己的口袋，跃跃欲试了。

台下的人们凝望台上等待下文，突然发现许春山和周宏发先是一怔，随之注视着会场入口处，大家回头一看，来了一位不速之客，这人好脸熟。

“是向梅！”坐在前排的王小华惊喜地叫道。她快步迎上前去，一把挽过姚向梅，便是一声，“好妹妹，你怎么跑来了？”

看上去，姚向梅此时身体是虚弱的，精神却是振作的，依然丰满的胸脯在上下起伏，细腻苍白的脸因心情激动而变得白里透红。她在沧桑乡亲的热烈掌声中被迎向前排，会场上出现了暂时的骚动。

姚向梅见到陈二妹，“哇！”的一声扑了过去；陈二妹把姚向梅紧紧搂在怀里，热泪不禁夺眶而出；黄桂花、来喜嫂难以自制，泪水也在眼里打转。

亲临参加会议的杨柳青和王云岗，待女人们心情平静下来之后，均以目光和言语报给了姚向梅慈父般的关怀。

姚向梅尊呼着“王伯伯、杨叔叔”，万端感慨油然而生：“时间过得真快，不久前我才在这会场门口碰到阿华姐，看见乡亲手捧‘承包合同书’。那时，阿华姐问我是给什么风吹来的，我说是爸爸叫我来沧桑‘包产到户’；阿华姐纠正说，是要你来帮助实行联产承包，不是把你包产到户。从此，有甜也有苦、有喜也有悲、有乐也有泪。半年过去了，沧桑的日子也好起来了。当我得知‘老龙岭要挂夜明珠’的消息，心中便只有甜和喜……”

“阿梅，我理解你的心情，你来得对，你完全有权利和沧桑乡亲分享喜悦。”杨柳青话音充满真情，“报名投资马上要开始了，你就坐下来分享这喜悦吧！”

姚向梅心境异于当初，脸上绽开笑容：“杨叔叔，要是不把阿梅当成局外人，投资入股收款记账，就让我当个助手吧。”

“好，忠字无价宝，诚字值万金。将来沧桑电站建成，有你阿梅一份功劳！”杨柳青给姚向梅点了点头，然后对王小华说，“你去告诉春山，会议继续进行。”

王小华上台向许春山和周宏发耳语几句。周宏发会意，宣布继续开会，会场复又鸦雀无声。

许春山站到台前，亮开声音：“现在开始报名投资。向梅同志专程赶来帮助我们收款记账，大家热烈鼓掌表示感谢！”

掌声四起，全场活跃。

虎视眈眈的许洋洋第一个跳将出来，声如铜钟：“许志农参一份，许洋洋入一股，请把名字排在一起，三千现款全数交清！”

陈二妹和周进财同时站起，争着报名，周进财可算识礼，谦让了陈二妹。

陈二妹悲欢交集，极力克制着激动的心情：“养鸡场三姐妹合资参加一股，款也带来了。”

周进财紧跟而上：“树靠土长，鱼靠水养；今日有钱，不忘来年。我周进财把家底全抖出来，一股不想入，要入就两股！”说着，从口袋里掏出一叠人民币，往手上拍了拍，又当众扬一扬。

会场轰动，人声哗然。

“你‘周先富’能入两股，我‘许大户’敢参三股！”有位中年村民一跃而起，欲与周进财比个高低。

“两强相争，威震四邻。”往日固守私利的周进财和许大户，今天竟摆开这般架势，真是使人大吃一惊，也使观望者受到感染。霎时，报名投资者蜂起，人群有如春潮涌动，临时摆上的两张办公桌前挤得水泄不通，姚向梅和大队会计简直应接不暇了。

眼前的炽热情景，是王云岗始料不及的。他一时还来不及多想，只是在心里赞叹："这杨柳青真有本事，提倡一项'投资入股'，把大钱抓到了手；突破一个'中间人物'，将众人给鼓动起来。高明！"

就在会场气氛正浓之时，一位留守队部值班的村干部，急急跑到杨柳青和王云岗面前报告说：李永成带着跃进大队的社员代表前来求见。

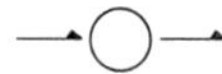

"挥旗直指通天岭，半路杀出程咬金"，这使王云岗感到不快。他脸一沉，没好气地问："李永成早不来晚不来，这个时候到沧桑干什么？"

那个村干部不知所云，吃吃说道："我也不清楚，他只说有急事，别人不行，要找杨书记、王县长当面汇报。"

"什么急事，可别又来干扰再犯错误！"王云岗根据他的分析，预感李永成此行不怀好意。

杨柳青眼睛一闪，不动声色地说："既然人来了，就一起去见见他们吧！"

"这儿正在报名投资，我们都走会影响群众情绪，你留下，我去。"王云岗起身，不声不响地随着那个村干部出了会场。

来到大队部，只见李永成和几位陌生人在楼上会议室里边喝茶边交头接耳。王云岗找个位置坐下，扫了来人一眼，瞪着李永成，并不说话。

跃进大队的来人都很局促，面面相觑。李永成用"过渡"办法，首先指着身旁一位身体健壮的年轻人，向王云岗介绍说："他是跃进大队新任队长，名叫李志宏。"

"我认识他，原来的副大队长。"王云岗还是脸无表情。

因为李永功在跃进、沧桑两村宗派械斗中犯了严重错误，已被免职听候处理，在改选大队长时李志宏当选。今天，他以一队之长的身份，和李永成一起来执行一项特别使命。

李永成见王云岗表情严峻，只好鼓起勇气赔着笑脸："我们今天来沧桑，不敢为难王县长，只想把跃进大队的群众意见反映给杨书记，请他帮助我们排解困难。”

“他现在没有时间，有什么意见就对我说吧。”王云岗仍然板着脸孔。

“跃进大队是王县长抓的点，干部、社员对您都很景仰，现在我就大胆把群众意见说了。”李志宏破门而入，“岭头水库虽说是由国家投资建设的，可当时沧桑、跃进两队都有劳力上场。再说，笔架山与老龙岭、墨砚岭山脉同根，水流同源，岭头水库又是两村的共同财产，谁也不能据为己有。听说沧桑要在那里建设坝后电站，这事可得好好协商，以免发生类似书桌大埔的流血事件。”

“流血事件？”王云岗的心被戳了一下，他斜起眼来望着李永成和李志宏，“这得靠你们去做解释、说服工作，哪能把责任推到杨柳青同志身上？”

“动员、教育、解释、说服，这些工作我们都做了，群众思想就是不通，所以才找到您和杨书记。”李志宏打出为难腔调。

“我看不是群众思想不通，而是你们这个有毛病。”王云岗指指自己的脑袋，教训道，“‘干部不领，水牛掉井’，这话的道理你们应该懂得。当干部的应当发扬风格，顾全大局，不能本位主义。岭头水库坝后电站大家都不建，让哗哗流水白白跑掉，对你们有什么好处？不能要穷就一起穷，要上就一起上，总得有先有后才行！”

“道理可这么讲，碰到实际问题就不好办了。”李志宏开始带着情绪说话，“开发书桌大埔，跃进大队没有事先征得沧桑同意，酿成流血事件，这是我们的过错；建设岭头水库坝后电站，要是不和跃进大队协商，一方强行动工，万一发生意外，就得请杨书记、王县长体谅我们，不要大哥打破碗，小弟挨竹板就行了。”

“叫我和老杨体谅你们什么？群众工作没做好，是你们的责任！”王云岗有点火了。

“王县长，我们在您面前不敢讨价还价，只想求个公道。”一位上了年纪的社员代表插上话来，“沧桑村和跃进大队都是您和杨书记领导的，千万不要让人家说闲话。”

“什么闲话？”王云岗瞪大眼睛。

“心若偏，好比乌云遮月缺一边。说你们把沧桑当作亲生儿，将跃进看成室外人。”那位社员代表毫不修饰直言相告。

“哼哼，亲生儿还要有父母缘才行。跃进大队我王云岗并没有少支持，可想扶都扶不起来，这要怪谁？只能怪你们自己不争气！”王云岗站起身来，把手一甩，“甭多说了，沧桑办电站的事已定下来，你们都回去做群众的思想工作吧！”

“王县长，要是没研究出妥善的解决办法，思想工作是做不通的。压而不服，必有后患，到时就麻烦了。”李永成还不肯走，继续缠着王云岗，“我们有个建议，提出来供您参考。”

“什么建议？”王云岗爱理不理地问。

李志宏刚要开口，突然楼下响起热闹的脚步声和谈话声。随着一阵楼梯声响，走进了一群人，其中有杨柳青、许春山、周宏发、王小华和许洋洋。会议室里，两村人见面，互相寒暄，煞是热闹。

杨柳青走到王云岗身旁，请他一起坐下，然后笑笑问跃进大队的来人：“你们专程到沧桑商量建设岭头水库坝后电站的事吧？”

“不敢相瞒，是专为这事来的。”李永成把注意力从王云岗身上转向杨柳青，“刚才王县长指示我们顾全大局，回去做好群众思想工作，以免干扰沧桑办电站。未走以前，我们想再向领导提个建议。”

“有什么建议就尽管提吧。”杨柳青宽宏大度地说。

李永成事先已有准备，信口回答：“请沧桑暂时不要组织人马上场建电站，等两村协商好了再说，避免互相误解，又发生纠纷。”

“这可不行，耽误枯水季节就不好办了。”杨柳青摇摇头说，“还有什么更好的建议？”

“既然那个要求不行，我来提个新的建议。”李志宏初生牛犊不怕虎，敢想敢说，只是在上级领导面前不敢太过放肆，才把语气放得缓和一些，“建设岭头水库坝后电站，如同开发书桌大埔一样有争议。我认为可以来个‘兄弟分家，财产等价’，坝后电站交沧桑兴建受益，书桌大埔归跃进开发利用，等价交换，公平合理。”

“这也不行，一个是水，一个是地，风马牛不相及，怎么等价交换？”杨柳青还是摇摇头说，“有没有更好的办法？”

“杨书记，请原谅土牛仔说话鲁莽，我要向您提个意见。”那位上了年纪的社员代表有气了。

杨柳青循声望去，只见说话者好脸熟。他眉头一皱，说：“唔，我想起来了，你的大名叫作由进步，割早稻时节我们在山窝里相会过。听说后来你还带了跃进大队的乡亲到县招待所想找地区办案组没找到，只好把一封信交给姚新副书记代转，是吗？山与山不相遇，人与人总相逢，我们今天又碰到一起了。”说着，迎上前去，与由进步热情握起手来。

由进步进退两难，不知要表示感激还是提意见，一时乱了方寸。

杨柳青看出由进步心情矛盾，便鼓励道：“朋友面前，不说假话。有什么看法和意见，就大胆谈，如实讲。”

由进步壮起胆子，直言直语：“大家都说，县委书记杨柳青关心百姓，办事公道。从今天对待沧桑和跃进的争执看来，关心百姓是真，办事公道是假。”

杨柳青温和地问：“怎样处理你们提出的这件棘手事才算公道，就请帮我参谋参谋好吗？”

“好！”由进步坦然接受，“我看唯有分给跃进权利，两村合办电站这个办法了。”

“对，联合办电站，利益各一半。”跃进大队的来人同声叫道。

一方动起感情，一方默不作声，会议室里出现了异常气氛。

杨柳青收敛笑容，十分严肃地说：“以石击石，石必两碎；精诚所至，金石为开。这个道理可能王县长已经向你们说过了。沧桑、跃进本是兄弟大队，理当互相协作共创大业，不应各揣私心闹起矛盾。以我之见，岭头办电无须争议，双方受益不成问题。”

在场者均睁大眼睛，等待着杨柳青拿出神方妙药。

杨柳青环顾一下全场，而后提议：“趁两村主要干部都在这里，马上就来协商合办电站事宜。集资入股，按股分红，这是沧桑‘两委’一致通过的决定，要是跃进大队也赞成这种做法，那么完全可以一视同仁。事情就是这么简单，何必互相讨价还价。”

李永成、李志宏和跃进大队的社员代表一时无话可说，再也提不出什么不同意见。

杨柳青目光避开跃进大队的来人：“沧桑的同志先来表明态度，是否同意两村一起集资，合办电站？”

“同意！”声音回答得十分整齐。

“那好！”杨柳青目光再移向跃进大队的来者，“我顺便把一些情况告诉你们。本来，在岭头水库只准备建设一座二百千瓦的坝后电站，按照这样的建设规模计算，投资大约二十万元。刚才沧桑召开村民大会报名集资，已经筹集十五万元，估计再过一两天，二十万元就可收齐。你们要是有心合办电站，就马上回去，抓紧按照‘自觉自愿，量力而行’的原则，集资入股。假如能再筹集二十万元，就把电站的设计能力扩大一倍，增加到四百千瓦，根据现有水库流量，再开一条环山渠道引水补充，便可达到水流功率要求。若是无法筹到此数，十万、五万也行，看米做饭，量体裁衣，合理设计。你们意见如何？”

“没有意见！”跃进大队的来者口服心服。

杨柳青略加思索，然后扬起头来：“既然跃进大队的同志也没意见，那我再来提议，李志宏和由进步同志加入岭头水库坝后电站工程指挥部，至于怎么分工，你们全体成员再去讨论决定。王县长，您看这样做好吗？”

“这样做很好，我同意。”此时的王云岗已从忧虑变得兴奋，“要是大家都赞成，就热烈鼓掌吧！”

掌声顿起，沧桑、跃进双方人员握手言欢，相互道贺。欢笑声萦绕于室，传出窗外，飞向远方。

跃进大队的干部从沧桑村回去后，马上紧锣密鼓地在群众中开展诸如“砌屋要打基，吃蛋先养鸡”“钢要放在刀刃上，粪要施在季节上”的宣传、鼓动，勉强凑起二三万元。李永成、李志宏起初感到那个数目太少，拿不出手；后来一经商量，觉得这笔款作为“挂号费”也足够了。他们壮壮胆子，硬着头皮，又到沧桑来找杨柳青，要求还是按照“联合办电站，受益各一半”的原则，把建设工程规模扩大，前期必要投资由沧桑负责大头，后期所需资金才让跃进筹集承担。理由是：电站最快也得一年才能最后装机发电。沧桑实行家庭联产承包半年，村民经济翻身有钱投资；跃进只要推广沧桑的成功经验，最迟明年秋季经济状况便能好转，到时发动群众集资就不难。杨柳青把李永成、李志宏提出的要求和申述的理由转达了许春山、周宏发等人，他们慨然回答：“见利不忘义，方为大度人。我们总不能只顾沧桑富裕起来，看着跃进继续受穷。为了事业成功，就该诚挚协作，没说的！”

两村取得相互谅解，办电筹备工作顺利进入最后定案阶段。还是在沧桑大队部的会议室，三天前坐在这里“谈判”的原班人马又全部到场。这次不再各执一端，讨价还价；而是以诚相见，互尊互让。因此很快取得一致意见：电站出力，定为四百千瓦；工程指挥部成员，由王小华任总指挥，周宏发、李志宏任副总指挥，许洋洋和由进步等人为成员；正式开工日期，1980 年 1 月 15 日，到时民工准时上场；汇集地点，老龙岭上宽阔地带；首期开工项目，春节前完成建工棚、修道路、清坝基。

会上取得一致意见，有关事宜也安排定当，沧桑、跃进双方人员握手言定：各上精壮劳力二百，按预定时间老龙岭上会师。

准备时间，转瞬即过，已是到了电站正式开工的前夜。杨柳青和王云岗同到沧桑大队部，与村“两委”成员再作一次战前复议。然后，踏着铺满月色的村街，回到了阿勤婆家里。他们进入寝室各自上床，免不了又来一番入眠前的交谈。寝室里电灯熄了，对方表情互看不见，话语却更加清楚。直到王云岗鼾声大作，杨柳青才被岭头水库的悠悠烟波、启闭闸下的滚滚流水慢慢带进了梦乡。

一〇二

日历已掀到 1980 年 1 月 15 日，办电誓师大会就要举行了。如果说先前举办的“演社戏庆丰收”是沧桑村联产承包成果的最初展示；那么建设岭头水库坝后电站则是向农村改革更高阶段进军的一个标志。水往低处流，人往高处走。现在农民能够集资股份联办电站，这是沧桑村开天辟地头一回，它预示着农村改革将更大规模、更深层次、更加迅猛地开展，因此气氛显得特别隆重、热烈和活跃。

阿勤婆家的公鸡引颈高歌，厨房里也开始响起涮锅声，天蒙蒙亮了。杨柳青和王云岗一觉醒来，赶忙下床漱口洗脸，吃罢阿勤婆备下的早餐，便一起出门。

闽南山区的元月清晨，虽有一层薄霜盖地，却封不住那满山遍野的绿色生机。杨柳青和王云岗一口气登上老龙岭，放眼眺望，只见与老龙岭一壑之隔的笔架山耸立眼前，那峻峭不平、连绵起伏的山峦，构成了岭头水库的深广集雨地带；山下的岭头水库，承接雨季从笔架山倾泻而下的滚滚银流，凝成一颗永不熄灭的明珠落在“老龙”口上。此时，这颗明珠正往老龙岭和笔架山分界处的漫长峡谷喷射着光华。不久的将来，这光华便会被收进坝后电站，转化为电流输送四方。

杨柳青回身观赏今日会师地点的四周景色，霞光正从地平线上喷出，有如热血飞沫于荒寒之空。随着，那清晨的光辉映照于漫山遍野的树梢上，也洒向那婆娑起舞的甘蔗林。蔗林前宽阔地带，搭起了临时指挥台，上方挂着红底黄字的“岭头水库坝后电站开工誓师大会”横幅，两旁配以“沧桑跃进起波澜”“笔架墨砚挂明珠”对联，甚是雄伟，蔚为壮观。一阵晨风吹来，杨柳青顿觉一股气流在胸中回荡，炯炯有神的双眼显得更加明亮，眼前的景色也变成了一幅有生命的山水画卷。

当杨柳青正在驰骋幻想之时，一面红旗猎猎跃上老龙岭，一支精壮的队伍在周宏发的带领下，步伐整齐地跑到集合场地上。沧桑的民工连刚刚站定，另一支队伍也登上山来。这支队伍虽然比不上沧桑民工精壮，可也是个个精神抖擞。两路人马会师，排成几列纵队，站在“指挥台”前听候命令。

民工到齐，誓师大会就要开始了，这时老龙岭下的公路上突然奔来一辆吉普车，另一部大卡车随后也到。老龙岭上的人们不约而同投去视线，只见车上跳下几个人，领头的是县委常委、办公室主任李明，随行者都是陌生人，可能只有杨柳青、王云岗和王小华才认识他们。

李明等人爬上岭来，进入誓师场地。王小华迎上前，以主人身份欢迎李明等人的光临，并向汇集在“指挥台”前的四百民工作了介绍：“乡亲们，李主任带着县水电局的技术员、农资公司的购销员和运输公司的驾驶员支援我们来了。大家热烈鼓掌，表示欢迎和感谢！”

掌声好比鞭炮齐鸣，在老龙岭震响，在山谷里回荡。

霎时，闻风而动的四邻乡亲，从岭下的公路上，从岭旁的耕地中，从岭后的山坳里，争先恐后自发蜂拥而至，把整个誓师场地围得水泄不通，连大树上、山石巅也爬满了人。

流水下滩非有意，白云出岫本无心。一场规模比原计划大几倍的誓师大会，在老龙岭上摆开了气贯长虹的阵势。红旗，迎着晨风猎猎飘扬；人群，有如春潮席卷山冈；喇叭，播送歌曲震天价响。受惊的林间百鸟飞腾而出，好似盛大节日放起千羽信鸽，在阳光灿烂的天空中翱翔。

誓师大会主持人李志宏宣布会议开始，总指挥王小华兴奋地走到指挥台前，以清亮的声音，很有条理、相当简洁地讲明开办岭头水库坝后电站的目的意义和任务要求，时间只用了十分钟。

接着是王云岗代表琼山县委、县政府对电站正式开工表示热烈祝贺。他站在指挥台上讲话，言语字斟句酌、声音十分洪亮：“沧桑村的父老兄弟姐妹们，你们在杨柳青同志和大队党支部的领导下，进行了伟大的实践，伟大的创造，用金字在史册上写下‘联产承包展美景，五谷丰登颂党恩’的光辉记载。我王云岗，作为对这一历史性变革缺乏充分思想准备的人，从你们的伟大实践和丰硕成果中，受到一次极为现实、极为深刻、极为有益的教育。从中认识到农村实行家庭联产承包责任制，克服了过去共吃‘大锅饭’、劳动‘大呼隆’和平均主义的弊病，使集体优越性和个人积极性、创造性同时得到发挥。我认为，这是马克思主义农业合作化理论在我国实践中的新发展，合国情、顺民意，它体现了我国农村的一次重大转折。”王云岗停顿下来，想了一想，接着很有把握地继续往下说：“是的，是重大转折，我所下的这个定论不会错。现在，方向已经明确，道路已经开通，群众正在前进，今天我们在这里召开誓师大会就是一个具体表现。我王云岗向大家保证，往后一定不再落伍，一定要让沧桑这盏明灯照亮琼山！”

王云岗的那番话虽然比较抽象也有点生硬，却谈到了本质，而且谈得言诚语挚，因此话音一落便博得满场掌声。

掌声再起，热烈欢迎杨柳青讲话。

杨柳青心情很平静，他没有任何慷慨激昂的言辞，只是说了几句平平常常、普普通通的话：“我想说的，王县长已经说了。在这里，只希望大家同心协力，早日把电站建成。预祝事业成功！”

欢呼之声四起，誓师大会结束。

四百民工领走任务，摆开战场，龙腾虎跃奋战开来。

王小华、周宏发、李志宏、由进步、周小芳、姚向梅，还有和民工们一起上山的许春山、李永成，均随李明到那用篷布临时搭起的指挥部，与县里来的技术员、购销员共同会审有关建设电站技术方案和所需建筑材料数额、机电设备型号去了。

誓师场上顿时安静下来，只剩杨柳青和王云岗未走。站在不远处的许洋洋和许阿兰相互递了个眼色，随之跑到杨柳青跟前，他们见到王云岗在场，欲言又止。

杨柳青理解面前这对年轻人此时此刻的心情，便给开了个话头：“阿洋、阿兰，你们还记得曾在这里对杨叔叔说过什么吗？”

“记得！”许洋洋眉开眼笑地回答，“那时我和阿兰提出‘办厂建站’的要求，起初还怕您笑我们说疯话。可您坚决支持了我们，还说到时阿兰是厂长，阿洋是站长，阿兰穿旗袍，阿洋穿西装，让外界的人都看到，沧桑山村飞出金凤凰。现在要办这么大的一个水电站，我洋洋站长实在不敢当，只要能当个保卫人员，就会在梦里乘着金凤凰飞上天！”

“要是这样，那我相信你一定会越飞越高。”杨柳青望着许洋洋这个可爱的年轻人，发现他瘦了不少，却成熟多了。

“杨叔叔，我们山里人有句土话：面山爬坡不知高，回头一看腿发抖。开办‘一厂一站’的愿望就要实现了。可我们的二妹婶一家，我们的阿华姐，还有杨叔叔您，付出的代价实在太大啦……”阿兰姑娘心情过于激动，话说一半喉咙就哽塞了。

杨柳青若无其事，坦然回答：“不爬过这艰难的高山，就到不了那安乐的平原。现在是向前看、向前进的时候，往事就莫多提了。”他把许洋洋和许阿兰挽到身旁，放眼那炽热的工地：“你们看，火越烧越旺，人越干越壮，再过一年半载，水电站就要从你们手下出现了。好好奋斗吧，沧桑村的美好将来是属于你们的！”

“杨叔叔，我们会永远记住您的话，请放心吧！”许阿兰闪动着晶亮的眼睛，向杨柳青和王云岗各鞠一躬，然后偕许洋洋走向工地，人影渐渐远去，直至融汇在民工队伍之中。

炸石开路的炮声轰鸣，挖泥清基的银锄飞舞，搭盖工棚的巧手拽动。蓝天，朵朵白云不断变换形状；工地，滚滚人流来回穿梭。返老还童的老龙岭，沸腾了！

挂在相思树上的高音喇叭，不断播送着激励斗志的歌曲，也播出了由王小华填词、周进财作曲、沧桑业余剧团演唱、县广播站帮助录制的那首《春意颂》：

多少年，春去又春来；
多少载，花落又花开。
春天去了盼春归，
花儿落了望花回。
何时春色满乾坤？
何时花开永不败？

多少年，春去又春来，
多少载，花落又花开。
百花迎春春意浓，

万家致富富常在。
今日春色满乾坤，
今日花开永不败。

王云岗边侧耳聆听，边兴奋赞道:“别小看了山里人，这首歌词填得好，曲谱得好，唱得也很好！”

“是吗？”杨柳青望着那峻峭的山岭、弯弯的石径、宽广的原野、清澈的流水、欢腾的工地，露出审慎而深沉的表情，“我倒有个感觉，这首歌虽然不错，可听起来，似乎词填得太满，调定得过高；唱，也还不够有劲。”

王云岗明白杨柳青的话意，充满信心地说:“一切事物总是从不完善到完善的，假以时日，人们一定会把这首歌唱得更动听，不但在沧桑唱，还要唱遍咱们整个琼山县。”

碧云天，红花地，百鸟鸣，喜鹊起。暖暖阳光照在杨柳青的脸上，习习山风飘起杨柳青的衣角。杨柳青心潮起伏，闪动着一对波光闪闪的明眸，眼望着面前的一切，沉思，还是沉思……

后记

写罢《转折》全稿，最后画上个省略号，掩卷回思，许阿兰那“面山爬坡不知高，回头一看腿发抖”的怦怦心声，不禁引起作者的共鸣。一年多来，我没登过任何一座高山，却在平展展的书笺上苦苦“爬”了三十四万个格子，现在不仅双腿酥软，而且全身战悸了。心绪未定，杨柳青品评《春意颂》的声音又在耳际回响：“调定得过高，词填得太满，唱不够有劲。”整部《转折》写作上的缺陷，不也是如此吗？聊以自慰的是：上上下下，好好歹歹，总算爬过了“一座山”，创作了“一首歌”，偿还了“一笔债”。

想当初，我投笔从政来到闽南山区小邑长泰担任县委副书记，适逢辛酉年梅花盛开季节。那时，家庭联产承包责任制恰似一山春笋，在沃泥中躁动，在风雨中萌芽，在阳光下伸展，既有“艰难奋争”的苦斗情景，又有“蓬勃向上”的动人场面。身临其境，从事其业，我感奋了。而后当上县长，主持一方政务，农村改革浪潮迎面扑来，激流勇进抑或坐岸观涛，必须作出正确抉择，我豁上了。远在农业合作化时期，我当过村里的文书；人民公社化期间，先后担任基层领导干部、省报专业记者。农村变革每一阶段，可谓不是袖手旁观而是积极参与，自然会有切身感受，也自然留下亢奋和哀伤。现在，一种既能克服管理过于集中和分配平均主义弊端，又能继承以往合作化积极成果的“伟大创举”，已从农村地平线上出现，怎不令人欢欣鼓舞。因此，当同广大干部、农民共度喜怒哀乐、荣辱浮沉交替出现的不平常日子之时，我决心用笔杆记下这农村改革的壮丽篇章。遵循“源于生活，高于生活”的创作原则，忙里偷闲，一日十行，终于写出了中篇小说《转折》。哪知此作初稿尚未修改，我又弃政从文，调到地区主持筹办《闽南日报》。也许是因为工作太忙，或许是逻辑思维与形象思维难于“和平共处”，这《转折》被我打进“冷宫”一晃就是七年多时间。

七年多后，祖国大地已是“东风化雨山山翠，政策归心处处春”的兴盛景象。中国共产党成立七十周年的光辉日子就要来到了,《闽南日报》“九龙江”副刊献礼征文作品一时无着，责任编辑知我《转折》尚未面世，借得原稿，且“胆大妄为”地将第一节见诸报端。小说连载“告示贴出”，便“一发而不可收”，把我“逼上梁山”了。我再把八万字的原稿从头到尾扫描一遍，心情随着内容和情节的演进，逐渐逐渐兴奋起来：七年多过去，主题不见模糊反而越发清晰，人物不见衰老反而越发年轻，情节不见过时反而越发贴近。一不做二不休，干，下决心修改、充实、完善，把中篇扩展为长篇。自此，我集身任县长的切身经历和所见所闻的动人情景，又开始在“方格上”进行新的跋涉。每夜凌晨三点审完当天见报稿件，便独对孤灯直至天明，一日千言，随写随发，锲而不舍，从未懈怠，一年时间，刊登完毕。至此，“山不弃撮土，故能成其高；海不择细流，故能成其深”，此话我已深有领悟。

如今《转折》已从报纸连载延伸为成书出版，成败得失自有广大读者评说。而我只想从创作始末谈点个人感受。

《转折》的问世离不开精神动力。这部作品萌生于“改革春潮涌动”之时，成稿于“光辉节日到来”之际，均有它的政治背景。我作为一个马列主义信徒，正是出自政治动机而去涉足长篇小说创作领域的。在政务缠身、报务繁忙的情况下，时间、精力都成问题；然而，尤为力不从心的，还是写作能力上的差距。干了多年文字工作，新闻、通讯、言论写了不少；散文、报告文学、短篇小说也时有产出；写这长篇小说，却是大姑娘坐花轿——头一遭。上焉？下焉？进焉？退焉？如此这般，产生极大矛盾。是群众的伟大创举，是人民的根本利益，是党的正确主张，激起我的创作欲望，鼓起我的创作勇气，燃起我的创作热情。我在下笔之前曾做过这样的分析比较：观专业作家学识之渊博、技巧之娴熟、文采之风流，我望尘莫及；论政治舞台环境、工作实践经验、农村生活阅历，我倒有一定的优势。扬长避短、取长补短，估计还有成功的希望。这一分析产生明显效应：胆子壮了，决心下了，写作也开始了。回顾《转折》的成稿过程，我得到如下启示：创作的欲望出自对党和人民事业的执着追求，创作的勇气来源于对必备客观条件的准确判断，创作的韧劲产生于对自已认定事业的必胜信心，创作的成功与否则取决于对真善美和假恶丑的判别能力、揭示程度、表达水平。

《转折》的问世离不开有益争论。作品面世，有褒有贬，有抑有扬，这是一种正常现象。《转折》共计百节，初上“九龙江”版的十余节，读者议论之声已起；越是往后，评说越烈。大致分为两种见解：一种认为，当代潮流，人们求轻松、讲娱乐，历史、神话、爱情、武林作品叫市都难，选择那种土里土气的农村题材，刊登这种生硬乏味的“政论小说”，真是不合时宜，浪费版地；另一种认为，尝多了味精，又会想吃咸盐。此类反映农村改革壮丽图景之力作属多年少见，有意义、有价值、有看头。“咸菜萝卜，各有所恶；萝卜咸菜，各有所爱。”议论纷呈，莫衷一是。在这当儿，许多事情使我深受感动和鼓舞。报社收发室和广告发行科，常有读者前来索取刊载《转折》作品的报纸；不少人把连载于报纸上的《转折》一节节剪贴成册。平和县城一家宾馆的经理和我相逢在市人民代表大会上，拿钱托我代购《闽南日报》合订本，说是因为他收集载有《转折》作品的报纸不全；有些学校还选了其中的一些章节，作为语文课本辅导教材……尤其令我难以忘怀的是：辛未年春节，我到市老干所向一位老首长拜年。恭喜之言过后，这位老首长即说：“小江你的《转折》，我每一节都看。里头写的和我做过、看过的一样，好，实在！”老首长的夫人和女儿接上话茬，就《转折》的内容、人物、情节作了评论，说得头头是道。母亲说她最喜欢杨柳青、陈二妹这两个人物；女儿说她最欣赏王小华、许志农那一对子。首长夫人还说了一段趣话：“有一次她下楼，被一位埋头登梯的老干部撞到了身上。她问：‘干什么呀？’回答的是：‘对不起，我正在看《转折》呢！’”别话没讲，专议作品，不短不长，一个小时，全家人同声预祝《转折》获得成功（这不是在写小说，全部真人真事，如果哪位读者有兴趣，我可以个别提供这位老干部一家人的名字）。种种反响，使我更加坚定了信心，更加看清了前景，更加放手往下写。如今，《转折》已获全国第三届报纸副刊好作品评选优秀奖；出版社“海纳百川有容乃大”，已将《转折》成书出版，正式发行之前，预订已近万册。由此看来，在当前文坛百花齐放、作品推陈出新的大环境中，“土里土气的农村题材”“生硬乏味的政论小说”，照样有着它的位置，它的市场，它的知音，它的旺盛生命力，大可不必妄自菲薄。文学是时代的号角，小说是生活的镜子。只要敢于面对活生生的现实，跟上新时代的潮流，把政治与艺术、时事与思辨、哲理与抒情有机结合、融为一体，传达出社会前进的准确信息，反映出社会变革的本真面目，那么，无论是哪一种题材、哪一种表达方式的文艺作品，都会受到广大读者的欢迎。当然，要让作品真正产生艺术魅力和社会效应，还得从理论与实践、历史与现实的观照中，促使创作观念的更新，把作者的情感世界和思维世界置于活跃而不是僵化、实实在在而不是虚无飘缈的自由王国里。从《转折》

的创作实践中，我更加深切地感受到：毛泽东同志关于文学艺术属性的光辉论述和由他提出的文艺工作指导方针，一点也不过时；周立波、赵树理、柳青、李凖等一批擅长撰写农村题材作品的文学巨匠，他们所走过的创作道路，仍然值得人们“步其后尘”。

《转折》的问世离不开各方支持。我十分感激当地党政领导的高度重视，十分感激闽南日报社战友们的密切配合，十分感激广大读者的热情鼓励，十分感激家乡龙海的亲切关怀，十分感激许多单位的有力帮助，十分感激出版社的悉心扶持，十分感激邵华大姐惠笔作序、尹瘦石方家题写书名、周哲文老师篆刻封底……

这里应当说及一点：为了更好衔接全国农村实行家庭联产承包责任制的发展进程，《转折》作者把琼山县的实际工作移前一年半在作品中表述，以求得“先行先试，难上加难”的构建效果。这么一来，在某些方面便产生了时间上的前后矛盾，而这个矛盾又一时找不到好的解决办法。此一难处，敬请读者多加理解。

这个后记就像我的拙作《转折》一样，赤裸裸地在行家和读者面前班门弄斧。敬请诸君惠与箴言，不吝赐教，对书作和后记中所暴露的缺点、错误加以批评指正，帮助我加强政治修养、文学修养和人生修养，在往后的征程中真正写出无愧于时代、无愧于人民、无愧于文坛的作品。

江山

写于 1992 年 5 月